Nancy Pfeil

Thalél Malis

Das Flüstern der Flammen

Tagträumer Verlag

Für Marlo, meinen kleinen Falken.
Und meine Komplizin Bi.

Kein Freund kann dir das beibringen, was dich ein Feind lehren würde.

Neyla presste ihr Gesicht in die schwarze Mähne des Hengstes. Sie spürte jeden einzelnen angespannten Muskel des Pferdes, während es durch das Unterholz des Waldes jagte. Ihre Hände umklammerten die straffen Zügel und streiften dabei immer wieder den Hals des Tieres. Feuchtigkeit lag in seinem strohigen Fell und sein Atem, den es durch die Nüstern presste, gefror in der Luft. Es waren die ersten Tage im September, die so kalt waren, als hätte sich die müde Gilbhartsonne bereits schlafen gelegt und aufgegeben, das langsame Vergilben und Welken der Natur voranzutreiben.

Neyla wagte einen Blick über ihre Schultern. Sie konnte die Hufschläge ihrer Verfolger hören. Sie waren ganz nahe. Die Prinzessin wirbelte herum und versuchte vergeblich, die Reiter im Dickicht des Waldes auszumachen. Sie trat dem Pferd in die Seiten und ihre rotbraunen Locken wurden zurückgewirbelt, als der Hengst kurz strauchelte und aufbäumte, bevor er in noch rasanterem Tempo durch den Wald jagte. Blattwerk peitschte Neyla in das Gesicht, so heftig, dass sie die Lippen aufeinanderpressen musste, um einen Aufschrei zu unterdrücken. Das Grün des Waldes verschwamm vor ihren Augen. Der Wind verursachte ein Surren in ihren Ohren. Neylas Pulsschlag hämmerte unaufhörlich gegen ihren Hals. Nicht einen Wimpernschlag später flankierte ihre rechte Seite ein Schatten. Er riss ihr den Zügel aus der Hand und zog daran. Unter Neyla bäumte sich der Hengst auf. Sie verlor den Halt und stürzte mit einem Aufschrei vom Rücken des Pferdes. Keuchend landete Neyla mit dem Gesicht im Dreck.

Ihre Hände gruben sich beim Aufprall in den nassen Waldboden und feuchte Kälte durchweichte ihre smaragdgrünen Kleider, kroch unter ihre Haut und fraß sich bis zu den Knochen vor. Der Waldboden roch nach Tod und Verderben. Und vermutlich hatte die Vergangenheit auch beides unter ihm begraben. Angewidert sah Neyla auf und blinzelte durch die Flut ihrer Haare, die sich ungestüm vor ihrem Gesicht ergoss.

Dunkles Männerlachen. Ein paar schwarze, abgewetzte Lederstiefel setzten unmittelbar neben ihr auf dem Boden auf, während ein Pferd unruhig hin und her tänzelte.

„Wenn das alles ist, was du in den letzten Monaten gelernt hast, Ney, dann solltest du dich an das Gefühl gewöhnen im Dreck zu liegen", höhnte eine Männerstimme belustigt. „Ganz ehrlich, wofür bezahle ich Kadiel überhaupt?"

Neyla atmete schwer und noch immer presste sie die Lippen so fest aufeinander, dass sie zu blau-weißen, schmalen Strichen verliefen. Vor Emilijan im Dreck zu liegen war durchaus entwürdigend. Aber es war nichts gegen das Gefühl, versagt zu haben. Wut flutete Neylas Körper und erfüllte ihn mit wallender Hitze.

„Ich reite besser als mancher Mann deiner Leibgarde", presste Neyla zwischen den Zähnen hervor, wischte sich die Haare aus dem Gesicht und blickte trotzig hinauf zu ihrem Bruder. Der König saß mit belustigtem Gesichtsausdruck auf seinem schwarzen Hengst und streifte sich die Lederhandschuhe von den Händen.

„Und dennoch wärst du jetzt tot", bemerkte er scharf und die Belustigung wich schlagartig aus seinen unscheinbaren Gesichtszügen. „Für den Fall, dass du es vergessen hast: Du bist nach mir die wichtigste Person für dieses Land. Du magst die Intrigen bei Hof überleben, aber ich schwöre dir, das Schwert unserer Feinde wird erbarmungsloser sein, als es das Mundwerk meiner Mätressen jemals sein könnte. Ich würde es daher begrüßen, wenn du deine Ausbildung etwas ernster nehmen würdest."

Neyla hatte ungefähr ab der Hälfte seines Vortrages aufgehört, zuzuhören. Es waren nur andere Worte, die exakt denselben Inhalt vorheriger Ansprachen dieser Art ihres Bruders an sie wiedergaben. Mit leerem Gesichtsausdruck hielt sich Neylas Blick an den abgewetzten Stiefeln zu ihrer linken Seite fest und glitt daran hinauf. Kräftige Beine, die in schwarzen, verschlissenen Lederhosen steckten. Eine ausgeblichene aber saubere Tunika, die einstmals weiß gewesen war, darüber der roségoldfarbene Brustharnisch, den alle Soldaten der königlichen Leibwache trugen. Neyla blinzelte. Aber der Mann, der hier vor ihr stand und abwartend seine große Hand zu ihr herunter streckte, war kein Mann der königlichen Garde. Er war das Lieblingsspielzeug ihres Bruders. Danis. Ein anartischer Gefangener. Seinen Hals umschloss ein breiter, roségoldener Ring. Alle anartischen Gefangenen trugen dieses Erkennungsmerkmal. Aber nur Danis' Ring trug das Emblem Thalél Malis'.

Ohne zu zögern, griff Neyla nach Danis' Hand und zog sich an ihr nach oben. Die Haut des Gefangenen war einmal bronzefarben gewesen. Anartische Krieger verbrachten die meiste Zeit im Freien. Neyla hatte immer angenommen, dass die Sonne ihr diesen wunderbaren Akzent verliehen hatte, aber während Danis' Gefangenschaft war sie kaum wahrnehmbar aufgehellt. Wie ein Fremdkörper ruhte Neylas zierliche Hand mit dem hellen Teint in seiner sonnengegerbten Pranke. Ihr Blick glitt über runenverzierte, kräftige Arme, die unter den zurückgeschlagenen Ärmeln seiner Tunika zum Vorschein kamen. Über seine breiten Schultern, auf denen dunkelblonde Locken ruhten. Locken, die in ihrer sanft anmutenden Art so gar nicht zu Danis' stets mühsam beherrschten und angespannten Gesichtszügen passten. Lediglich die Augen des Gefangenen strahlten in der Farbe eines lupenreinen Ratanakiri-Zirkons, erfüllt von einer unergründlichen Tiefe und Unbeugsamkeit.

„Danke", murmelte Neyla und löste sich mit einem kaum merkbaren Kopfschütteln aus ihrer Erstarrung. Dabei entging ihr nicht das Zucken um Danis' Mundwinkel. Natürlich hatte er bemerkt, dass sie ihn angestarrt hatte. Noch im selben Moment, in dem sie sich darüber bewusst wurde, dass sie gerade von der Hand des Feindes aus dem Dreck gezogen worden war, sah sie zu Emilijan und konnte in seinem Gesicht lesen, für wie schwach und unwürdig er sie hielt. Sein Blick ruhte wie ein Peitschenhieb auf ihr und brannte heftiger als die Striemen, die das Blattwerk des Waldes in ihrem Gesicht hinterlassen hatten.

„Kadiel ist ein guter Lehrer", sagte Neyla dann und wischte beiläufig mit zitternden Händen den Dreck von ihren Kleidern. Nur mühsam unterdrückte sie die aufsteigenden Tränen. Sie kannte diesen Ausdruck im Gesicht ihres Bruders. An ihm konnte sie stets verlässlich erkennen, mit wem sie gerade sprach: mit ihrem Bruder oder mit dem König. Jetzt stand ihr Emilijan eindeutig als König gegenüber und die Kälte, die von ihm ausging, ließ Neylas Innerstes erbeben.

„Kein Freund kann dir das beibringen, was dich ein Feind lehren würde", antwortete der König und Neyla war sich nicht sicher, ob diese Anspielung ihr oder Danis galt. Vermutlich ihnen beiden. „Die Schonfrist ist vorbei, Neyla. Ich habe aufrichtig gehofft, du würdest begreifen, worum es hier geht. Stattdessen zwingst du mich dazu, zu unschönen Methoden zu greifen."

„Emilijan …"

„Danis wird dich ausbilden", fuhr der König seiner Schwester ins Wort.

Neyla erstarrte. Emilijan war kein Mann der Scherze. Seine Worte auf die Probe zu stellen, war genauso gefährlich, wie ein Raubtier am Schwanz zu ziehen.

„Das, was du von dem Anartenkrieger übrig gelassen hast, wird Kadiel kaum das Wasser reichen können." Neyla hasste die Gleichgültigkeit, die in ihrer Stimme mitschwang und auch, dass sie über Danis redete, als wäre er gar nicht anwesend. Dabei brannte sich sein Blick in ihren Rücken und es war schwer, die Präsenz des anartischen Gefangenen zu ignorieren.

„Das wird Kadiel unter Beweis stellen müssen." Emilijan lächelte humorlos.

Neyla atmete schwer. Wie hatte es nur so weit kommen können? Wie konnte dieser Tag so enden, wo sie noch heute Morgen mit dem Gefühl aufgewacht war, sich die ganze Welt untertan machen zu können?

„Bei den Göttern, lass es gut sein, Emilijan." Nur sehr leise kamen Neyla diese Worte über die Lippen. „Ich werde einfach härter an mir arbeiten."

Der König sah zu ihr hinunter, während sein Hengst ein paar Schritte rückwärts tänzelte.

„Zweifellos, das wirst du." Emilijan deutete mit einem Nicken zu Danis. „Denn im Gegensatz zu Kadiel, hat der Anartenkrieger nichts mehr zu verlieren."

Fassungslos schüttelte Neyla den Kopf und konnte nicht verhindern, dass ihr jetzt doch die Tränen in die Augen schossen. „Was hast du vor, Emilijan?"

„Das, was ich schon längst hätte tun müssen."

Entrüstet wollte Neyla ihrem Bruder entgegentreten, aber dem König stand nicht der Sinn nach Diskussionen. Er gab seinem Pferd die Sporen und ritt so nahe an Neyla vorbei, dass Danis sie am Arm zurückriss, damit sie nicht Bekanntschaft mit den beschlagenen Hufen des Pferdes machte.

Wie betäubt sah Neyla ihrem Bruder nach. Unter den Hufschlägen seines Hengstes spritzte der Waldboden in alle Richtungen. Dieses Bild war bezeichnend dafür, wie sehr es dem König bereits innewohnte, seine Spuren zu hinterlassen.

„Bist du in Ordnung?", vernahm sie Danis' dunkle Stimme.

In Ordnung? Nichts ist in Ordnung! Wütend über sich selbst schob Neyla Danis unsanft von sich und taxierte ihn. Noch nie hatte sie ihn reden hören. Und das seit immerhin mehr als zehn Jahren. Es war Gefangenen nur dann gestattet zu reden, wenn man es ihnen erlaubte. Und Emilijan erlaubte fast nie etwas. Neyla löste die Haarnadel aus ihrem Zopf.

„Ich brauche deine Hilfe nicht!", fuhr sie Danis ungehalten an. Sie griff sich nachdenklich in den Nacken, fasste ihr Haar zu einem losen Dutt zusammen und steckte ihn mit der Nadel fest. Sicher, ihre Unfähigkeit zur Selbstverteidigung hatte Emilijan verärgert. Aber das Danis ihr die Hand gereicht und sie auch noch danach gegriffen hatte, war mit Sicherheit der Tropfen, der das Fass zum Überlaufen gebracht hatte. Sie hatte nie verstanden, was da zwischen Danis und Emilijan lief. Warum ihr Bruder eben diesen Anartenkrieger hütete wie einen Schatz. Ihn einerseits misshandelte und demütigte und andererseits behandelte wie einen engen Vertrauten. Ganz offenkundig schien ihr Bruder Danis zu hassen und gleichzeitig über alles zu schätzen, gerade so, als würde es ihn selbst schmerzen, Danis so zu behandeln. Viele anartische Krieger waren in Gefangenschaft gestorben und um keinen hätte Emilijan einen solchen Wirbel gemacht, wie um Danis.

Als die Anarten in Thalél Malis eingefallen waren, hatte Emilijan nicht nur seinen Vater verloren. Auch seine Jugend. Die Unbescholtenheit und Reinheit, die ihm als Neunzehnjährigen innegewohnt hatten. Er hatte den ehernen Thron bestiegen und dieselbe Härte und Kälte angenommen, wie das Metall auf dem er saß. Die überlebenden anartischen Krieger in Gefangenschaft zu lassen, hatte Emilijan eine weitaus größere Befriedigung verschafft, als es jeder schnelle oder langsame Tod hätte erreichen können. Die Gefangenschaft war schlimmer. Sie war der Tod auf Raten. Und das niemand darum wusste, barg eine unfassbare Grausamkeit in sich.

„Es tut mir leid, wenn du den Eindruck hattest, dass ich dir helfen wollte." Danis' Augen funkelten Neyla herausfordernd an. Instinktiv tastete Neyla nach dem Messer, das in ihrem Gürtel steckte und brachte mit ein paar Schritten rückwärts etwas Abstand zwischen sich und den Gefangenen.

„Fass mich an und du wirst nicht genügend Zeit haben, dich daran zu erfreuen", zischte Neyla. Nein, so dumm und verzweifelt konnte der anartische Krieger nicht sein. Nicht nachdem er zehn Jahre Gefangenschaft unter Emilijans Hand überlebt und all die verbalen und körperlichen Demütigungen wortlos ertragen hatte. Nachdem er mit angesehen hatte, wie man seine Landsleute gefoltert und anschließend ihre Köpfe vor den Toren Thalél Malis' gepfählt hatte. Jetzt, da Emilijan meinte, den Gefangenen gebrochen und den Anartenkrieger in ihm ausgelöscht zu haben, genoss Danis das Vertrauen des Königs. Er würde es nicht wagen, sie anzugreifen. Nicht jetzt. Nicht nach alledem. Neyla stolperte gedanklich über ihre eigene Unsicherheit. Danis machte nicht den Anschein, seinen aufrechten Gang verloren zu haben. In seinem Gesicht spiegelte sich kalte, berechnende Überlegenheit. Unter ruhigen Atemzügen hob und senkte sich seine Brust. Vermutlich hatte er bereits in Gedanken alle Möglichkeiten durchgespielt und erkannt, dass es keine lebensverlängernde Option war, mit der Prinzessin als Geisel, die Flucht aus dem Feindesland zu wagen. Neyla starrte dem anartischen Gefangenen unvermittelt ins Gesicht. *Überleben.* Das war es, was der Anarte in den vergangen zehn Jahren getan hatte. Warum auch immer. Andere wären lieber gestorben, als sich derartigen Qualen auszusetzen. Danis würde nichts tun, was sein Überleben gefährdete, dessen war sich Neyla sicher.

Der Anarte stand einfach nur regungslos da und betrachtete die Prinzessin mit zusammengekniffenen Augen und geballten Fäusten. Alles, wirklich alles an seiner Haltung wirkte bedrohlich. Auch ohne ein Schwert in der Hand war Danis gefährlich. Neyla schob die Erkenntnis zur Seite, dass der anartische

Krieger noch immer in ihm war. Tief und verborgen. Aber unauslöschlich.

„Danko ist irgendwo in der Nähe", erinnerte Neyla den Gefangenen an ihren ständigen Begleiter und konnte nicht verhindern, dass in ihrer Bemerkung ein Ton mitschwang, der lediglich zu ihrer eigenen Beruhigung dienen sollte. Warum, zur Hölle, ließ Emilijan sie mit dem Gefangenen allein zurück? War das wieder einer seiner undurchschaubaren Schachzüge, der ihr in aller Härte die Realität verdeutlichen sollte? Wo, verdammt noch mal, steckte Danko? Die Unsicherheit ließ Neyla wanken.

„Du magst recht haben, wenn du sagst, dass der Thronerbe nicht viel von dem Krieger in mir übrig gelassen hat. Aber für dich wird es noch reichen", ließ Danis sie dann kühl wissen und sein Gesicht verzog sich angewidert. Prüfend blickte er die Prinzessin an. „Ich werde Kadiel töten. Mit dem Segen deines Bruders. Und dann werde ich alle Zeit der Welt haben, mich an deinem Leid zu erfreuen, Neyla von Thalél Malis."

Sie schnaubte verärgert und blickte sich nach ihrem Pferd um. Wie redete der Anarte eigentlich mit ihr? Warum wagte er es *überhaupt,* ohne Erlaubnis zu sprechen? Angesichts dieser Respektlosigkeit fehlten Neyla regelrecht die Worte. Der Gesichtsausdruck der Prinzessin verfinsterte sich, als sie feststellte, dass ihr Hengst durchgebrannt war. Einzig das Pferd des Anarten stand noch unter den Bäumen und graste.

„Willst du mir drohen?", erkundigte sich Neyla mit einem Klang in der Stimme, der vermuten ließ, dass sie die Bemerkung des Anarten für einen Witz hielt. Vorsichtig ging sie auf das Pferd zu, ohne den Gefangenen eines weiteren Blickes zu würdigen.

„Drohen? Nein, ich bin kein Mann der leeren Worte", vernahm sie Danis' Stimme in ihrem Rücken. „Das würde ich an deiner Stelle nicht tun."

Neyla griff nach den Zügeln des schwarzen Pferdes, als dieses mit einem Wiehern den Kopf zurückwarf und sich aufbäumte. Erschrocken wich Neyla zurück und streckte besänftigend die Hände nach dem Tier aus. „Schhhhh, ruhig", sagte sie mit honiggleicher Stimme. Doch das Pferd tänzelte weiter rückwärts.

Neyla blickte zu Danis hinüber. Der Anarte hatte die Arme vor der Brust verschränkt und beobachtete, offenkundig amüsiert, das Geschehen mit hochgezogener Augenbraue. „Wenn du mich nett bittest, nehme ich dich auf *meinem* Pferd mit."

Verärgerung legte Neylas Stirn in Falten. Sie sollte um etwas bitten? Bei ihm? Einem Gefangenen? Einem Anarten?

Danis ging mit sicheren, großen Schritten auf sein Pferd zu, griff nach den Zügeln und strich dem Tier fast liebevoll über den Nacken. Dann schwang er sich in den Sattel und sah auffordernd zu Neyla hinunter. „Du kannst den Heimweg auf dem Pferd antreten. Sitzend. Vor mir. Oder zu Fuß. Vermutlich *hinter* mir und dem Pferd. Ganz wie du es wünschst."

„Du solltest beten, dass ich dem König nicht von deiner Respektlosigkeit berichte", fuhr Neyla den Anarten erbost an.

„Ich habe aufgehört zu beten, als mich kein Gott dieser verfluchten Welt von dem Anblick meiner gepfählten Brüder befreite", antwortete Danis leichthin. Dann sah er die Prinzessin eindringlich an. „Wir werden in Zukunft viel Zeit miteinander verbringen, Prinzessin. Ich weiß, wie viel Schmerz ich ertrage. Wie steht es um Euch?"

Befriedigt stellte Neyla fest, dass er sich zumindest jetzt an die offizielle Ansprache hielt, die ihr als Mitglied des Königshauses zustand. Die Drohung allerdings, die in seinen Worten mitschwang, war alles andere als unterschwellig und zu ignorieren. Neyla musste den Kopf etwas in den Nacken legen um zu dem Anarten aufsehen zu können. Er hatte wirklich vor, Kadiel zu töten und seinen Platz einzunehmen. Als ihr Lehrmeister.

„Fahr zur Hölle, du verfluchter Bastard!", sprach sie dann sehr leise in die stoische Ruhe seines Gesichtes, wirbelte herum und ging stampfend voraus. Ohne weitere Worte. Solange, bis sich dunkle Wolken über das Grau des Himmels wälzten und am Horizont die Türme Thalél Malis' wie schwarze Schatten emporragten. Danis war hinter ihr geblieben. Er hatte ihr die Demütigung erspart, als Prinzessin zu Fuß einem anartischen Gefangenen auf einem Pferd folgen zu müssen. Immerhin. Dabei wäre es ihm ein Leichtes gewesen, anders zu handeln. Neyla fragte sich, ob der Anarte bewusst so gehandelt hatte. Dann zog sich der Schmerz wieder durch ihre vom Marsch geschundenen Füße und ihre Kehle schrie förmlich nach Wasser. Neyla beschloss, dass es egal war, was sich der Anarte bei alledem gedacht hatte.

Danis machte sich nicht einmal die Mühe, seine Haltung zu verbergen und blieb auch dann noch auf seinem Pferd sitzen, als sie die Zugbrücke zum Königssitz Thalél Malis passierten. Unsagbar laut schallten die Hufschläge des Pferdes im Hof wider. Neyla sah an den trostlos anmutenden, hohen Mauern Thalél Malis' entlang nach oben zum Plateau, wo die Garde des Königs Wache hielt und Emilijan für gewöhnlich anzutreffen war. Mit den meisten Männern der Garde war ihr Bruder freundschaftlich verbunden. Sie hatten die Rolle ihres Vaters eingenommen, lange bevor er in der Schlacht um Thalél Malis gefallen war. Sie waren es, die Emilijan gelehrt hatten zu lesen, sich mit den Fäusten zu verteidigen, ein Pferd zu zähmen und zuzureiten. Wie man mit verbundenen Augen seinen Gegner im Schwertkampf besiegte und auf sein Gefühl hörte, wenn man niemandem mehr trauen konnte. Ihr Vater wäre stolz auf Emilijan gewesen, wenn er ihn heute sehen könnte. Zweifelsohne. Emilijans Brustharnisch reflektierte das Grau des Himmels. Er hatte sich mit beiden Händen auf der Mauer abgestützt. Sein Blick war irgendetwas zwischen spöttisch und ausdruckslos, als er zu ihr hinunterblickte. Schallend und demonstrativ langsam begann er, in seine Hände zu klatschen. Er applaudierte höhnisch dem surrealen Bild, das sich vor seinen Augen im Hof erschloss. Ein Teil der Führung Jordanes und ein Gefangener - und es war nicht zu erkennen, wem das Leben welche Rolle zugedacht hatte.

Neylas Kehle schnürte sich zu. Sie senkte den Blick und kämpfte die Wut und Verachtung, die sich in ihrem Inneren aufbäumten, mühsam nieder. Sie wünschte sich nichts sehnlicher, als das Verebben dieses entwürdigenden Applauses, der die gesamte Aufmerksamkeit auf sie richtete.

In ihrem Rücken vernahm die Prinzessin, wie Danis von seinem Pferd sprang. Dann sah sie auch schon Danko, den engsten Vertrauten aus der Leibgarde des Königs, über den Hof kommen. Sein schwarzer Umhang wehte hinter ihm her und auf seinem Brustharnisch glänzte das eingravierte Emblem von Thalél Malis, ein Adler mit ausgebreiteten Schwingen.

„Prinzessin." Danko nickte und blieb vor Neyla stehen. Er war einer der ältesten Gardisten und hatte schon unter ihrem Vater gedient. Seine Ausbildung durch die Männer des Inneren Kreises, den gefährlichsten Kriegern am königlichen Hof, machte Danko so gut wie unantastbar. Er besaß eine ausgeprägte Menschenkenntnis und einen messerscharfen Verstand. Seinem Körper sah man das fortschreitende Alter nicht an. Er konnte ohne Weiteres mit den jungen Gardisten mithalten.

„Wo zur Hölle warst du?" Neylas Stimme bebte. Sie blickte in Dankos Gesicht und las darin die Antwort. „Er hat mich mit diesem … Bastard da draußen *allein* gelassen?", schlussfolgerte sie dann ungläubig.

„Für Euch bestand zu keinem Zeitpunkt eine Gefahr", versicherte Danko mit ruhiger Stimme. „Jedenfalls nicht, wenn Ihr Euch selbst so verteidigen könntet, wie es der Stand Eurer Ausbildung zum jetzigen Zeitpunkt eigentlich vorsieht."

Fassungslos schüttelte Neyla den Kopf und rang nach Worten. „Spart Euch besser die Worte." Danko blickte kurz über seine Schulter hinauf zum Plateau, wo der König zu ihnen heruntersah.

Neyla nickte kaum merkbar. Wozu noch Worte, wenn alles an dieser Situation hier so offenkundig gegen sie sprach?

„Wo ist Kadiel?“, erkundigte sich Neyla mit belegter Stimme.

„Euer Bruder hat angeordnet, dass sich Kadiel morgen einem Duell gegen den anartischen Gefangenen stellen wird. Er befindet sich in Gewahrsam, Prinzessin“, antwortete Danko sachlich und unberührt.

Neyla rang nach Luft und kämpfte gegen die Tränen an, die heiß in ihre Augen schossen. Emilijan machte also Ernst.

Neyla trat näher an den Gardisten heran. „Lass das nicht zu, Danko. Bitte!“ Die Prinzessin dämpfte ihre Stimme. „Kadiel ist ein guter Mann. Er tut sein Bestes, um mich zu einer vorzeigbaren Thronerbin zu machen.“

„Neyla.“ Danko sah sie mit festem Blick an. „Ihr wisst ebenso gut wie ich, dass kein Argument dieser Welt den Willen Eures Bruders schlagen wird. Und er tut gut an seiner Entscheidung. Uns läuft die Zeit davon. Schon in wenigen Wochen endet das Friedensabkommen zwischen Jordanes und Anartier und Ihr seid gemeinsam mit dem König dazu angehalten, neue Verhandlungen mit den anartischen Stammesfürsten zu führen. Wie, zur Hölle, wollt Ihr im Land des Feindes überleben, Prinzessin?“

Stumm starrte Neyla auf die feinen Linien der ausgebreiteten Schwingen des Adlers auf dem Brustharnisch des Gardisten.

„Man kann Euch nicht im Frieden den Krieg lehren, Neyla. Frieden hinterlässt keine Narben.“ Dankos Stimme klang eindringlich.

Neyla schaute über ihre Schulter hinweg zu Danis, der schweigend sein Pferd versorgte und ihren Blick auffing. Seine Augen funkelten wissend und unterdrückten jeden sichtbaren Widerstand und Ekel, den er mit Sicherheit gegen jeden hier im Königssitz empfand. In einem Zweikampf auf Leben und Tod würde er alldem freien Lauf lassen. Er würde Kadiel besiegen, da war sich Neyla sicher. Kadiel war niemand, der es seinem

Gegner einfach machte. Aber der Gefangene hatte Kadiel etwas voraus: zehn Jahre des ungestillten Hasses und der Wut. Zwei mächtige Gegner. Neyla senkte unter Danis' Blicken den Kopf und konnte nur mühsam ihre Angst verbergen. Wortlos drängte sie sich an Danko vorbei und eilte über die Steintreppe hinauf zum Tor, um sich hinter der schweren Eisentür, geschützt vor den Augen der Gardisten, zu übergeben. Wieder schossen ihr die Tränen in die Augen. Doch diesmal ließ Neyla sie zu. Sie übergab sich erneut, wischte sich mit dem Ärmel ihres Kleides über den Mund und weinte so lautlos und beherrscht, wie man es von ihr als Prinzessin stets gefordert hatte. Als sie eine warme Hand auf ihrer Schulter verspürte, hielt die Prinzessin inne, wischte sich fahrig die Tränen aus dem Gesicht und atmete beherrscht ein, bevor sie sich umdrehte. Danko.

„Ich kann Emilijan nicht umstimmen, was Kadiel betrifft. Aber wenn Ihr es wünscht, werde ich Euch nachher zu ihm führen."

„Was hier geschieht, ist meine Schuld. Ich werde nicht dabei zusehen, wie mein Bruder Kadiel auf dieselbe Weise vorführt, wie mich."

„Ihr werdet zusehen und lernen", entgegnete Danko in einem scharfen Ton, der keinen Widerspruch duldete. „Nehmt mein Angebot an. Es wird kein Weiteres geben."

Vergebens suchte Neyla in dem Gesicht des Gardisten nach einer Gefühlsregung. Was hatte sie erwartet? Dass der Gardist über den großen Schatten sprang, den seine Loyalität auf den Königssitz warf?

Neyla nickte ergeben und zitterte dabei am ganzen Körper. „Danke", sagte sie mit rauer Stimme und legte schützend eine Hand auf ihr rasendes Herz, bevor sie sich an Danko vorbei schob und dabei versuchte, Haltung zu bewahren. Sie würde ein heißes Bad nehmen und sich diesen Tag von der Haut schrubben bis diese ebenso rot war wie die feurigen Sonnenuntergänge des

Gilbhartmonats. Und dann würde sie den Kopf unter Wasser tauchen. Solange, bis es sich anfühlte, als ob ihr der Brustkorb zerspringen würde. Damit jeder weitere Atemzug sie künftig an Kadiel erinnern würde, immer dann, wenn sie des Lebens überdrüssig war.

Die Prinzessin schob die Kapuze ihres Umhanges über ihre noch feuchten Haare tief ins Gesicht und folgte Danko im schwachen Schein unruhig tanzender Fackeln durch das Gewölbe. Der Wind pfiff geräuschvoll über den steinernen, dreckigen Boden. Neyla rümpfte die Nase. Hier unten stank es nach Tod, Krankheit und Fäkalien. Danko blieb vor einer Zelle mit Eisengittern stehen. „Beeilt Euch!" Der Gardist nickte Neyla auffordernd zu und zog sich zurück. Nur langsam gewöhnten sich Neylas Augen an die Dunkelheit, die hinter dem Eisengitter lag.

„Kadiel?", fragte Neyla mit kratziger Stimme in die Stille. Sie trat näher an das Gitter heran und lehnte ihre Stirn dagegen. Irgendwo dahinter löste sich lautlos eine Silhouette aus der Dunkelheit. Sie war von stattlicher Größe und Statur und Neylas Herz machte einen Sprung, als Kadiels Gesicht unmittelbar vor ihr aus der Dunkelheit auftauchte. Seine Augen hatten den für ihn so typischen Glanz verloren und blickten Neyla ernst und besorgt an. Die Prinzessin umgriff seine Hände, die sich rechts und links von ihrem Kopf an den Gitterstäben festhielten. Sie waren kalt. So bitterkalt, dass es Neyla schüttelte. Die Prinzessin hatte Kadiel so viel sagen wollen, doch jetzt kam ihr kein Wort über die Lippen.

„Ist schon in Ordnung", meinte Kadiel beruhigend.

Neyla atmete tief ein, um zu verhindern, dass sich ihre Worte jetzt überschlugen. „Hatte ich jemals eine echte Chance, den Eldarstein zu erreichen, Kadiel?", fragte sie dann beherrscht.

„Niemand legt mir mehr Steine in den Weg, als der Mann, der meine Ausbildung unbedingt vorantreiben will. Egal was ich tue, es wird Emilijan niemals gut genug sein."

„Es sollte *dir* niemals gut genug sein, Neyla", verbesserte der Gardist die Prinzessin mit ruhiger Stimme. „Alle Dinge, in denen du gut bist, verlieren an Bedeutung in dem Moment, indem du etwas *nicht* beherrschst." Kadiel legte den Kopf etwas schief und sah Neyla prüfend an. „Was war es diesmal?"

Die Prinzessin seufzte. „Sie haben meine Fährte aufgenommen, da hatte ich Thalél Malis noch nicht einmal verlassen. Und dann bin ich in den Wäldern auch noch vom Pferd gefallen. Emilijan hält mich für unfähig, auch nur einen einzigen Tag in Anartier zu überleben. Und er wird nicht müde, mich daran zu erinnern."

„Das Bogenschießen?", erkundigte sich Kadiel.

„Jeder einzelne Schuss saß", versicherte Neyla ihm aufrichtig.

„Und der Schwertkampf?"

„Danko war gnädig mit mir", antwortete Neyla. „Immerhin habe ich ihm zweimal das Schwert aus der Hand schlagen können."

„Danko und Gnade?" Kadiel versuchte ein Lächeln und Neyla war überrascht, wie sehr ihm die wenigen Stunden im Gefängnis bereits zugesetzt hatten. Sein Gesicht war aschfahl und unter seinen Augen lagen tiefe, blaue Ringe. Dennoch hatte der Gardist nichts von seiner stolzen und würdevollen Haltung verloren. Man hatte ihm seinen Brustharnisch abgenommen und sehr wahrscheinlich war seine Tunika bereits von Kälte und Feuchtigkeit durchzogen. Aber Kadiel ließ sich nichts anmerken. Er war um die dreißig Wintersonnenwenden alt, nur knapp zwei Jahre älter als Emilijan. Auch Kadiel war eine Ausbildung durch die Männer des Inneren Kreises zuteilgeworden. Aber seine Wesenszüge waren schon immer anders gewesen, als die von Danko. Sein Dienst bei der königlichen Garde füllte ihn nicht vollkommen aus. Kadiel war ein Familienmensch. Jemand, dem man seine Gefühlsregungen ansah. Wut und Enttäuschung, aber auch Zuneigung und Stolz verbarg er nicht hinter kühler Distanz oder Selbstbeherrschung. Tod und Leid, die ständigen Lasten auf den Schultern eines Kriegers, ließen ihn nicht verrohen, sondern überzogen seine Seele mit tiefen Narben. Dennoch war Kadiel stets an der Seite des jordanesischen Königs gewesen. Damals, bei der legendären Schlacht um Hale, bei welcher die königliche Garde nur mühsam die Stammesfürsten und ihre Krieger hatte zurückschlagen können. Und dann später, als die Anarten in Thalél Malis eingefallen waren und der König sein Leben verloren hatte, war Kadiel unter den Männern gewesen, die Seite an Seite mit Emilijan, dem Thronfolger, den Angriff zurückgeschlagen hatten. Das war kurz nach Emilijans neunzehntem Geburtstag gewesen. Neyla war fünfzehn gewesen, als ihr Vater in eben dieser Schlacht gefallen war und Emilijan den Thron bestiegen hatte. Männer wie Danko und Kadiel hatten Emilijan auf dem Weg zum Thron, der vom Tod ihres Vaters überschattet worden war, begleitet. Hatten ihn gestützt und Mut zugesprochen. Wie konnte Emilijan all das nur vergessen haben? Kadiel war ein guter Mann. Was hier geschah, war großes Unrecht. Neyla spürte, wie Angst und Wut ihre Kehle zuschnürten.

Kadiel lehnte ebenfalls seinen Kopf gegen das Eisengitter und blickte der Prinzessin direkt in die Augen.

„Du bist keine Kriegerin, Neyla. Dir liegen all diese Dinge nicht im Blut, du musst sie dir mühsam anerziehen. Und du bist eine gelehrige Schülerin."

Neyla schob sich eine vorwitzige Haarsträhne hinter das Ohr und legte ihre Hand wieder auf die ihres Lehrmeisters.

„Emilijan und ich wollen dieselbe Sache. Dass du überlebst. Für Jordanes."

„Du nimmst meinen Bruder noch immer in Schutz?

Trotz alledem?“ Neyla sah den Gardisten ungläubig an. „Er ist nicht mehr der junge, trauernde Mann, an dessen Seite du bei der Krönung gestanden hast. Der eherne Thron hat sich in sein Herz gefressen und verdrängt jene Menschen von dort, die er achten, ehren und lieben sollte. Aber am meisten verdrängt er Emilijan selbst. Und wenn du morgen im Kampf gegen den Anarten dein Leben verlierst, dann schaffst du nur noch mehr Platz für den ehernen Thron.“

„Noch lebe ich“, versicherte ihr Kadiel mit fester Stimme und einem schiefen Grinsen.

„Danis … er ist so voller Wut und Hass“, überging Neyla seinen trostlosen Versuch der Aufmunterung.

„Dessen bin ich mir bewusst“, stimmte Kadiel der Prinzessin leise zu. „Was weißt du über die Stammesfürsten der Anarten?“

Neyla überlegte einen Augenblick.

„Modorok Ward, Yarne Bork und Thore Hell“, kamen ihr die Namen der Feinde wieder in den Sinn. „Modorok und Thore haben jeweils sieben Anartenstämme unter sich, Yarne vier. Nur weil sich Modorok und Thore zusammenschlossen und damit zahlenmäßig überlegen waren, kam das Friedensabkommen zwischen Anartier und Jordanes zustande. Dieser Umstand führte in Anartier zur Spaltung des Reiches. Modorok und Thore beherrschen jeweils den Süden und Westen Anartiers und Yarne den gesamten Norden.“

Kadiel nickte zustimmend.

„Yarne Bork stimmte gegen das Friedensabkommen mit Jordanes, weil er Rache für seine vier Söhne wollte. Alle starben in der Schlacht um Thalél Malis oder kurz danach in Gefangenschaft. Alle. Bis auf einen.“ Verschwörerisch hob Kadiel die rechte Augenbraue. „Danis.“

„Danis“, echote Neyla tonlos.

„Wir nahmen damals Hunderte von Anarten gefangen, welche die Schlacht um Thalél Malis überlebten. Yarne weiß nicht, dass sein Sohn noch lebt. Eigentlich dürften Danis Bork und die anderen anartischen Gefangenen nicht einmal hier sein. Jordanes verstößt damit gegen die Deklarationen des Friedenspaktes mit Anartier. Das Gerücht, das unterhalb der Wächtertürme Thalél Malis' anartische Krieger gefangen gehalten werden, konnten wir nur mühsam unterdrücken. Aber Worte, einmal ausgesprochen, verlassen niemals mehr diese Welt. Und irgendwann finden sie Gehör." Kadiel blickte die Prinzessin ernst an. „Deshalb nahm Emilijan jedem, der um Danis' Abstammung wusste, einen Eid ab, mit niemandem darüber zu sprechen", fuhr Kadiel mit gedämpfter Stimme fort.

„Aber warum?" Irritiert blickte Neyla Kadiel an.

Schweigend musterte Kadiel die Prinzessin und überlegte dabei angespannt. „Dafür gibt es zwei Gründe", sagte er schließlich. „Einen persönlichen und einen von rein politischer Natur." Kadiel zögerte einen kurzen Moment lang. „Emilijan ist ein guter König, Neyla. Nichts von dem was er tut, geschieht ohne Grund." Der Gardist ließ seinen Blick über den dreckigen Steinboden gleiten, auf dem vereinzelt Stroh in der Feuchtigkeit vergammelte. „Thore und Modorok profitieren vom Handel, der durch das Friedensabkommen entstanden ist." Kadiel seufzte. Er schien mit sich zu ringen. „Sie würden auch davon profitieren, wenn du dich für eine Hochzeit mit einem ihrer Stammeserben entscheiden würdest."

Neyla riss empört die Augen auf und wollte etwas einwenden, als Kadiel ihr bedeutete, still zu sein.

„Thore und Modorok haben unter diesen Vorzeichen nicht das geringste Interesse daran, irgendwelchen Gerüchten Glauben zu schenken oder gegen Jordanes Krieg zu führen. Yarne Bork hingegen …"

„… hat nur vier Stämme unter sich. Er könnte niemals in einem Krieg gegen den Königssitz bestehen", fiel Neyla Kadiel ins Wort.

„Falsch, Neyla." Wissend funkelten Kadiels Augen die Prinzessin an. „Yarne braucht die anderen Stammesfürsten nicht um Krieg gegen Thalél Malis zu führen. Alles, was er tun muss, ist die Aufständischen zu mobilisieren, die in Anartier wie Pilze aus dem Boden schießen. Dann hat er ein ganzes Heer von Kriegern." Kadiel wischte sich mit einer flüchtigen Handbewegung kalten Schweiß von der Stirn. „Danis Bork war damals genauso alt wie du, als er zusammen mit seinem Vater und Brüdern und all den anderen Anartenkriegern in Thalél Malis einfiel. Ein Junge, nicht mehr. Kein Krieger, nicht einmal ein ganzer Mann. Und dennoch tötete er mit bloßen Händen einen Mann, der schwerer, größer und im Kampf erfahrener war als er selbst."

Neyla presste nachdenklich die Lippen aufeinander und betrachtete Kadiel aufmerksam.

„Für den Fall, das Yarne Bork Thalél Malis irgendwann den Krieg erklärt, und das ist nach den Informationen unserer Späher mehr als wahrscheinlich, ist Danis die einzig wirksame Waffe in Emilijans Händen."

Neyla nickte. Sie verstand. „Den persönlichen Grund, verrate ihn mir!", flüsterte sie dann.

Kadiel blickte die Prinzessin fest an. Das haltlose Funkeln in seinen Augen verrieten ihr bereits jetzt das Gewicht seiner unausgesprochenen Worte. Und die Tatsache, dass er sie ausgerechnet in diesem Moment damit konfrontierte, ließ Neyla wissen, welche Chancen sich der Gardist selbst in einem Kampf mit dem anartischen Gefangenen ausmalte.

„Kadiel", wisperte Neyla flehend.

In dem Augenblick, als alles an seiner Haltung signalisierte, dass er bereit war, sich ihr anzuvertrauen, bemerkte Neyla eine Gestalt zu ihrer Rechten, die sich lautlos aus der Dunkelheit gelöst hatte.

„Das reicht jetzt", brummte Danko in Kadiels Richtung.

Über Kadiels Gesicht schien fast so etwas wie Erleichterung zu huschen.

„Kadiel, du kannst Danis doch besiegen, oder?"

Kadiel erwiderte Neylas bohrenden Blick und versuchte, das Wasser in ihren Augen zu ignorieren. „Manchmal geht es nicht darum, jemanden zu besiegen."

„Worum dann?"

„Platz zu machen auf dieser Welt. Für jemanden, dem Größeres bestimmt ist als einem selbst."

„Du hast Familie, Kadiel! Kämpfe für sie! Überlebe! Besiege Danis Bork!", flehte Neyla.

Kadiel nickte, löste seine Hände vom Eisengitter und wich einen Schritt zurück in die Dunkelheit seines Gefängnisses. Sein Blick bat die Prinzessin stumm um Verzeihung.

Neyla schob sich die Kapuze vom Kopf und entledigte sich ihres Umhangs. Vorsichtig stopfte sie ihn durch das Eisengitter und drückte ihn Kadiel in die Hände.

„Ich hoffe, er wärmt dich etwas", sagte sie dann leise. „Ich habe Süßbrot in den Taschen versteckt." Nur schwer konnte sie sich von Kadiel trennen, doch Dankos Hand umfasste bereits nachdrücklich ihren Arm.

Als sie Kadiel einen letzten Blick zuwarf, meinte sie, erstmals Angst in seinen Augen erkennen zu können.

„Prinzessin", bellte Danko genervt und klopfte zum dritten Mal energisch gegen die schwere Eisentür ihres Schlafgemaches. „Euer Bruder wünscht, dass Ihr Euren Platz einnehmt."

Neyla blieb regungslos auf ihrem Bett sitzen und starrte auf die Eisentür.

„Kadiel würde es bestimmt auch freuen, Euer Gesicht unter den Zuschauern zu entdecken. Und das sage ich jetzt nicht nur, weil ich höchst ungern Eure Zimmertür aufbrechen und Euch an den Haaren auf Euren Platz schleifen würde", vernahm sie Dankos Stimme.

Nur sehr langsam erhob sich Neyla und strich dabei ihr schwarzes, schlichtes Kleid mit zarter Spitze glatt. Ein letztes Mal trat sie an den Spiegel heran und fuhr sich mit der Bürste durch die langen, rotbraunen Haare. Es entsprach nicht der Etikette, die Haare zu einem derartigen Anlass offen zu tragen. Vermutlich würde es Emilijan verärgern. Wenigstens ein kleiner Trost. Neyla legte die Bürste zurück und ging zur Tür. Sie drehte den kleinen Schlüssel um und als die Tür aufsprang, stand Danko mit verschränkten Armen und finsterer Miene vor ihr.

„Bereit?", erkundigte er sich.

Neyla fiel es in solchen Momenten schwer, Danko zu mögen. Sie hatte sich an seine raue, unerbittliche Art gewöhnt. Auch an die beherrschte Unverfrorenheit, mit der er ihr stets gegenübertrat, wenn er Befehlen des Königs folgte, nur, um sein eigenes Bedauern zu verbergen. Aber heute war es ausgerechnet Dankos Loyalität, die ihn von Neyla entfremdete. Kadiel und Danko waren beide hochrangige Mitglieder der königlichen Garde, ausgebildet von Männern des Inneren Kreises zum Schutz der jordanesischen Thronerben. Sie kannten einander und hatten Seite an Seite gekämpft. Diese Männer verband ein ehrvolles, brüderliches und respektvolles Band, welches ein Außenstehender kaum zu deuten wusste. Wie war es Danko nur möglich, all dies bedingungslos seiner Loyalität zu Emilijan unterzuordnen?

Wortlos ging Neyla an Danko vorbei und ihre Schritte hallten auf den Gängen wider. Sie raffte ihr Kleid seitlich zusammen, als sie die Stufen hinauf zum Plateau nahm. Oben angekommen lief sie, erhobenen Hauptes, an den Gardisten vorbei. Emilijan stand bereits an der Mauer und sah nach unten. Als er ihre Anwesenheit bemerkte, trat er von der Mauer zurück und reichte seiner Schwester die Hand. Neyla überging diese Geste wortlos, blieb an seiner Seite stehen und starrte regungslos über die Mauer hinweg. Kadiels Worte waren über die Nacht hinweg ihre ständigen Begleiter gewesen. Jetzt fiel es ihr schwer, all die Informationen und ihre Bedeutungen aus ihrem Kopf zu verbannen. Denn in ihnen lag Schwäche und Schwäche spürte Emilijan wie kein anderer, ihr bekannter Mensch. Neyla zwang sich dazu, Haltung anzunehmen. Sie streckte den Rücken durch und zog die Schultern zurück. Unten im Hof standen Männer der Königsgarde. Dieser Kampf war für die meisten von ihnen eine willkommene Abwechslung und angesichts der sich gegenüberstehenden Kontrahenten war klar, auf wessen Seite sie standen und wem ihr Jubeln und Bangen gelten würde. Neyla war mit dem Protokoll einer derartigen Veranstaltung vertraut. Der König eröffnete den Kampf mit dem Befehl zum Münzwurf. Der Kämpfer, dessen gewähltes Symbol die Münze zeigte, durfte die Waffen wählen. Danach folgte der Kampf, den erst der Tod beendete. Neyla schluckte, als Kadiel unmittelbar von Danis gefolgt, den Hof betrat.

„Du irrst dich, wenn du glaubst, dass mir dein nächtlicher Spaziergang entgangen ist", vernahm Neyla dann die ruhige Stimme ihres Bruders. Die Prinzessin erstarrte und vermied es, sich dem König zuzuwenden.

„Werft die Münze!", rief Emilijan nach unten und Neyla beobachtete, wie Danko zu Kadiel und Danis schritt und zwischen den beiden stehen blieb. Seine Hand ruhte einen Moment lang auf Kadiels Schulter und die beiden schienen in dieser vertrauten Geste letzte Worte auszutauschen. Dann wandte sich Kadiel an Danis. Neyla schloss einen Moment lang die Augen. Kadiel überließ Danis die Wahl des Münzsymbols. Danis sagte etwas und Danko nickte.

„Der Anarte wählt das Sonnensymbol!", erklärte der Gardist dann mit erhobener, lauter Stimme und hob dabei die Hand mit der Münze zwischen seinen Fingern in die Luft.

„Kadiel Kronenborg wählt das Emblem Thalél Malis', den Adler!"

Die umherstehenden Gardisten brachen in Jubel und Gegröle aus und wieder musste Neyla beherrscht durchatmen. Das Wappentier des Königssitzes würde Kadiel nicht beschützen. Kadiel hatte das Münzsymbol nicht einmal selbst gewählt. Und anstatt zu jubeln, sollte es jedem der hier Anwesenden auffallen, dass der anartische Gefangene, der die Wahl zwischen beiden Symbolen der Münze hatte, das Emblem des Königssitzes eindeutig abgelehnt hatte.

Danko tauchte zu ihrer Rechten auf und reichte Emilijan die Münze. Zögernd nahm Emilijan sie entgegen und bedachte Neyla mit einem prüfenden Blick, bevor er die Münze leichthin in die Luft warf, wieder auffing und sie demonstrativ vor Neyla auf der Mauer ablegte. Die Sonne, auf der nach oben zeigenden Seite, hatte unlängst ihren Glanz verloren. Neyla wurde siedend heiß und Röte schoss in ihr sonst so blasses Gesicht.

„Die Sonne", verkündete der König laut. „Danis wählt die Waffen."

Ein Raunen ging durch die Reihen der Gardisten.

„Wenn du das tust um mir zu verdeutlichen, dass ich nicht mit der nötigen Ernsthaftigkeit an meine Aufgabe herangegangen bin, so bitte ich dich inständig, das hier zu beenden. Ich versichere dir, dass ich dich verstanden habe." Neyla sah ihren Bruder von der Seite an.

„Schon in wenigen Wochen werden wir in das Land unserer Feinde reisen, um mit Modorok und Thore die Friedensverhandlungen wieder aufzunehmen. Yarne hat zwischenzeitlich ein beachtliches Kopfgeld auf uns ausgesetzt und es ist damit zu rechnen, dass uns nicht nur seine Krieger, sondern auch Aufständische angreifen werden." Mit Gesichtszügen, die von Kälte zeugten, wandte sich Emilijan seiner Schwester zu. „Bedauerlicherweise sieht das Protokoll zu diesen Verhandlungen die Anwesenheit *aller* Thron- und Stammeserben vor.

Wir können nicht mit der gesamten königlichen Garde in Anartier einrücken, um dich zu beschützen, denn das würde den Akt der Friedensverhandlungen unschwer erkennbar infrage stellen.“ Emilijan kniff beide Augen zusammen. „Das sind Umstände, die dir bereits seit Jahren bekannt sind, Neyla. Wenn ich dir nur auf diesem Weg verdeutlichen kann, was uns in Anartier erwartet und damit du verstehst, warum es nicht reicht, ein Schwert nur einigermaßen führen zu können, sondern man es auch beherrschen können muss, dann ist das Letzte, was ich tun werde, das hier zu beenden.“

Neyla schluckte. Oft genug hatte ihr Emilijan diese Ansprache zu Teil werden lassen. Aber noch nie barg sie derartigen Nachdruck in sich.

„Lasst das Duell beginnen!“, rief Emilijan nach unten. „Möge der bessere Mann gewinnen!“

Einer der Gardisten blies das Horn und eine gespenstische Stille legte sich über Thalél Malis. Angespannt ballte Neyla die Hände zu Fäusten. Danis hatte als Waffen zweischneidige Langschwerter mit Griffen aus Bronze gewählt. Die Prinzessin blinzelte nur ein einziges Mal und schon trafen die Klingen der Schwerter mit aller Gewalt aufeinander.

„Ich nehme an, Kadiel hat dich über Danis’ Abstammung aufgeklärt“, setzte Emilijan erneut mit ruhiger Stimme an. Eine Feststellung, keine Frage.

Neyla spürte, wie sich ihr Körper unter der Anspannung versteifte und sie die Lippen fest aufeinanderpresste. Kadiels Schwert streifte Danis an der Schulter und hinterließ eine blutende Wunde. Doch der anartische Gefangene verweilte in stoischer Ruhe. Er ließ Kadiel in unzähligen Angriffsversuchen Kraft und Schnelligkeit aufwenden, während er ganz offenkundig seinen Gegner und dessen Schwertführung studierte. Und kaum hatte Kadiel dies ebenso realisiert wie Neyla, begann Danis zurückzuschlagen. Und zwar in einer Härte und

Unnachgiebigkeit, der Kadiel nach einer Nacht in Kälte und Dunkelheit kaum gewachsen war.

Neyla trat näher an die Mauer heran und als Kadiel stolperte, stockte ihr der Atem. Aber Danis dachte nicht daran, Kadiels Sturz auszuloten. Stattdessen wartete er seelenruhig, bis sich Kadiel wieder erhoben und in den Kampf zurückgefunden hatte. Schwer atmend wehrte Kadiel Danis' Schwerthiebe ab. Und die kamen in einer unvorhersehbaren Abfolge. Mal von oben, dann seitlich. Und immer dann, wenn Kadiel die Angriffe des anartischen Kriegers parieren konnte, wechselte Danis die Schwerthand und dadurch seinen gesamten Kampfstil. Danis war schnell und wendig, trotz seines muskulösen Körperbaus. Zu oft taktierte er seine Schwertschläge so, dass Kadiel rückwärts oder seitlich ausweichen musste und Danis somit kurze Zeit im Rücken hatte.

Danis war das, was Kadiel stets als unbequemen, gefährlichen Gegner bezeichnet hatte. Jemand, der ohne erkennbare Linie sein Schwert führte – und es dennoch beherrschte. *Stehst du jemals so einem Gegner gegenüber, dann musst du ihn von seiner Waffe trennen. Nur so hast du eine Chance.* Kadiels Worte hallten in Neylas Kopf wider. Wie paralysiert nahm sie Kadiels Versuche wahr, genau das zu erreichen.

„Neyla." Emilijan trat sehr dicht an sie heran. So nahe, dass sie seine Nasenspitze förmlich an ihrem Hinterkopf erahnen konnte. „Weißt du, wer Danis ist?"

Neyla vermochte es kaum, den Blick vom Kampf abzuwenden.

„Ja", antwortete sie mit rauer Stimme. „Er ist Yarne Borks Sohn."

„Danis ist weitaus mehr als das", sagte Emilijan und hielt einen Moment lang inne. „Er ist der Mörder unseres Vaters."

Er ist der Mörder unseres Vaters. Dumpf drangen die Worte ihres Bruders zu Neyla vor. War es etwa das, was Kadiel ihr hatte sagen wollen? Der persönliche Grund, aus dem Emilijan Danis Bork gefangen hielt, statt ihn zu töten.

„Das ist nicht wahr.“ Neyla drehte sich zu Emilijan um und sah in sein ausdrucksloses Gesicht. „Du sagtest, du hättest den Mord an unserem Vater gerächt.“

„Das tue ich. Seit zehn Jahren. Gestern, heute und jeden weiteren Tag in der Zukunft.“ Die Nähe, die der König während des Gespräches zu seiner Schwester suchte, stieß sich an seiner eigenen, kühlen und distanzierten Ausstrahlung und raubte Neyla förmlich den Atem.

„Bist du verrückt geworden? Da unten steht unser Feind und tötet einen *unserer* Männer!“, fuhr Neyla den König fassungslos an.

„Was er tötet, ist deine Illusion vom Frieden. Alles hat seinen Preis.“

Neyla sah ihren Bruder einfach nur an. In seinen dunklen Augen flammte etwas Unheilvolles auf. Es schien, als wäre er mit dem Morgen vertraut, schon lange, bevor der Tag anbrach. *Emilijan ist ein guter König, Neyla. Nichts von dem was er tut, ist ohne Grund.* Kadiels Worte hatten sich in Neylas Verstand eingebrannt. Und dennoch ergaben sie einfach keinen Sinn.

„Ich verstehe das alles nicht mehr, Jan. Ich verstehe *dich* nicht mehr“, stellte Neyla leise fest.

Emilijan nickte und strich ihr kaum merkbar mit der Hand durch das offene Haar. „Ich wünschte, du würdest mir vertrauen.“

Vertrauen. Lautlos probierte Neyla das Wort aus. Es fühlte sich unaussprechlich an. In diesem Moment ging ein Raunen durch die Reihen der Gardisten. Neyla wirbelte herum und blickte über die Mauer nach unten. Kadiel war es tatsächlich gelungen, Danis zu entwaffnen. Die beiden rangen miteinander auf dem Boden. Kadiel lag dabei auf Danis und versuchte, die Klinge seines Schwertes an den Hals des anartischen Kriegers zu führen. Danis hatte die Klinge mit beiden Händen umfasst und hielt dagegen. Das Blut lief an seinen Armen hinunter und jeder Muskel seines Körpers war angespannt. So sehr, dass Neyla annahm, dass ihn der Metallreif um seinen Hals enorm einengen und behindern musste. Und dann versetzte Danis Kadiel einen Schlag mit seinem eigenen Kopf. Kadiel kippte zur Seite und Danis rappelte sich auf, taumelte einige Schritte mit dem Schwert in seinen blutverschmierten Händen. Von seinem Kopfschlag war eine Augenbraue aufgeplatzt und eine tiefe Wunde klaffte auf seiner Stirn. Blut rann ihm über das Auge, an seiner Wange und Kehle hinab. Leichthin warf er das Schwert in die Luft und fing es an seinem Heft wieder auf. Dann beugte er sich über Kadiel und stieß das Schwert in ihn hinein. Es durchbohrte das Herz des Gardisten und keine Sekunde später erstarb das Licht in Kadiels Augen und sein Blick starrte in den blauen Himmel über dem Königssitz.

Neyla sah mit offenem Mund auf das Geschehen.

„Nein. Nein, nein, nein!" Fassungslos und von Entsetzen getrieben, drängte sie sich an Emilijan vorbei und rannte, ohne von den Gardisten aufgehalten zu werden, die Treppen hinunter zum Hof. Unmittelbar vor Kadiels Leichnam lief sie Danko in die Arme.

„Nicht, Prinzessin", bat er sie eindringlich.

„LASS! MICH!", schrie Neyla und befreite sich aus Dankos festem Griff und seinem Versuch, sie von Kadiel fernzuhalten. Sie brauchte den Anblick des Toten. Um zu begreifen. Um ein Gefühl in sich aufkeimen zu lassen, das sie starkmachen würde, für eine Zukunft, in welcher sie dazu gezwungen sein würde, Danis Bork gegenzuüberstehen.

Atemlos stürzte Neyla auf Kadiels Leichnam zu und ging neben ihm zu Boden. Ihre Hände umrahmten flehend sein Gesicht, während Neyla durch einen Tränenschleier in ihren Augen wahrnahm, dass sich Kadiels Brust nicht mehr hob.

Kein Atemzug.

„Oh, verflucht! Kadiel! Atme! Atme, verflucht noch mal!", schrie Neyla wie von Sinnen. Und dann, als sie bemerkte, dass Bitten, Fluchen und Schreien nichts halfen, hüllte sie die Hilflosigkeit ein, wie eine warme Decke. Ergeben kroch Neyla unter sie und ließ sich von ihrem Kummer treiben. Als sie aufsah, stand Danis vor ihr. Seine blutenden Hände warfen ihr Kadiels Schwert vor die Füße. Der wilde Herzschlag des Anarten ließ den Ring an seinem Hals pulsieren. Und während sich in seinem Gesicht Blut und Schweiß miteinander vermischten, lagen Abscheu und Ekel in seinem Blick. Doch all dies schien nicht ihr oder Kadiel zu gelten. Neyla folgte dem Blick des Gefangenen hinauf zum Plateau, wo Emilijan zu ihnen heruntersah. Und da erkannte Neyla, dass der Anartenkrieger nichts mehr zu hassen schien, als das, was der König aus ihm gemacht hatte.

Der Runde Tisch. Zum ersten Mal in ihrem Leben sollte Neyla daran Platz nehmen. In jenem Raum, in dem seit Anbeginn der Geschichte Jordanes, jeder König mit seinen engsten Vertrauten den Großen Rat abhielt. Hier wurden Könige gemacht und gestürzt, Kriege geplant und Frieden ausgehandelt, Hochzeiten beschlossen und Todesurteile unterzeichnet. Fast lautlos betrat Neyla den Raum und alle Gespräche ebbten ab. Die Prinzessin sah zu ihrem Bruder, der ihr mit einer flachen Handbewegung einen Stuhl zuwies. Neyla folgte seiner Anweisung und nahm zwischen Danko und Aaden, dem oberen Befehlshaber der königlichen Garde, Platz.

„General Aaden." Neyla nickte.

„Prinzessin." Aaden verzog keine Miene. Es war schwer, sein Alter zu schätzen. Er kam damals als Fremder, um in der Garde ihres Vaters zu dienen. Genauso exotisch wie sein Aussehen, waren auch sein Kampfstil, die Ruhe, mit der er taktische Entscheidungen traf und die Weisheiten, die seinem Mund entsprangen. Im Gegensatz zu den meisten Einheimischen Jordanes' war Aaden klein gewachsen und schmächtig, seine Haut dunkel und das lange Haar, das er stets zu einem Knoten auf dem Kopf zusammenband, tiefschwarz. Aadens Augen strahlten Neyla freundlich an, als er bemerkte, dass sie ihn gedankenversunken studierte.

Ertappt wandte Neyla den Blick von General Aaden ab. Ihr gegenüber saß Weena. Mit ihren schwarzen, langen Haaren, den smaragdgrünen Augen und der alabasterfarbenen Haut wirkte sie wie ein Zauberwesen aus jenen Geschichten, die man Neyla in Kindertagen abends vor dem Zubettgehen immer erzählt hatte. Neyla könnte schwören, dass Weena nicht einen Tag gealtert war, seitdem sie die Frau, die ihr auf die Welt geholfen hatte, erstmals bewusst erblickt hatte. Weenas Wesen war kaum mit Worten zu beschreiben. Ihre Anwesenheit glich stets einem lauen Sommerwind und ihre Bewegungen waren so fließend und ruhig wie ein klares Bächlein. Meistens schien Weena nur zu beobachten. Aber wenn sie dann das Wort ergriff, so lag eine samtige, freundliche Dunkelheit in ihrer Stimme. Die Menschen im Königssitz redeten viel über Weena. Sie erzählten sich, dass sie eine Begabte Anartiers sei. Und das Weena Schuld am Tod ihrer Mutter hätte. Aber niemand wagte es, das laut auszusprechen. Es machte auch keinen Sinn. Eine anartische Tusjo im Königssitz, dazu noch die Vertraute des Königs und später des Thronerben. Nein, niemand hätte es gewagt, laut darüber zu sprechen. Niemand in Jordanes hatte eine Ahnung, wo Weena wohnte, wovon sie lebte oder ob sie Mann und Kinder hatte. Weena schien nach Belieben sichtbar oder unsichtbar zu sein. Was sie für das Königshaus so unentbehrlich machte, war ihr Wissen. Jenes, was die Vergangenheit, aber auch die Zukunft in sich verbarg.

Neylas Hand strich über die Oberfläche des Eichentisches, auf der sich das Relief Jordanes erhob. Über die Hälfte der Stühle an dem großen Runden Tisch blieben leer. Im Gegensatz zu ihrem Vater vertrat Emilijan die Auffassung, dass sich unter zu vielen Ratgebern und Vertrauten ebenso viele Verräter befanden.

„Kadiels Leichnam wurde entsprechend unserer Tradition beerdigt. Da er im Dienste der königlichen Garde sein Leben gelassen hat, haben wir seiner Frau und den Kindern eine beachtliche Geldsumme zukommen lassen. Sie werden sich über die Zukunft keine Gedanken machen müssen", teilte Emilijan über den Tisch hinweg mit.

„Das Geld wird seine Kinder sicherlich über den Verlust ihres Vaters hinwegtrösten", antwortete Neyla spitz. „Hast du mich hierher rufen lassen, um mir *das* mitzuteilen?"

„Nein, natürlich nicht." Emilijan sah Neyla unvermittelt an. „Du bist hier, weil ich dich über den weiteren Fortgang deiner Ausbildung informieren möchte."

Neylas Haltung versteifte sich.

„Die Trauertage sind vorbei. Du wirst ab heute das Training wieder aufnehmen und die Tage an Danis' Seite verbringen."

Neyla schnappte hörbar nach Luft.

„Du wirst tun, was immer er von dir fordert, Neyla", überging Emilijan den offenkundigen Widerstand seiner Schwester mit erhobener Stimme. „Ich erwarte, dass du sehr bald in der Lage bist, mir zu beweisen, dass es keinem Vabanquespiel gleicht, dich mit nach Anartier reisen zu lassen."

„Was, wenn nicht?", herausfordernd sah Neyla den König an. „Lässt du den Mörder unseres Vaters dann auch hinrichten?" Während sie das aussprach, funkelten ihre Augen angriffslustig.

„Nein", antwortete der König mit dunkler Stimme. „Und es wird mir auch keine Freude bereiten, zuzusehen, wie du auf anartischem Boden entlangkriechst, anstatt aufrecht zu gehen."

„Vielleicht versucht Ihr auch einfach nur, von dem Anartenkrieger zu lernen." Weenas Stimme klang so durchdringend, dass sich die feinen Härchen auf Neylas Unterarm aufstellten. „Vielleicht vermögt Ihr es dann, ihn eigenhändig für den Mord an Eurem Vater zu richten, wenn die Zeit dafür gekommen ist."

„Diese Zeit wird nie kommen, Weena. Das wisst Ihr ebenso gut wie ich. Solange Danis Bork lebt, wird sein Vater niemals einen Schlag gegen Thalél Malis wagen. Also hört auf, mich mit Aussichten auf seinen Tod zu locken", antwortete Neyla.

Weena nickte und ein anerkennendes Lächeln umspielte ihre Mundwinkel. „Solange Danis lebt, werdet *Ihr* nie fallen."

Kryptische Aussagen. Neyla verdrehte genervt die Augen.

„Ihr seid die einzige Person in Thalél Malis, der Danis Bork jemals seine Hand reichen wird", fuhr Weena fort. Einen Moment lang hielt Neyla inne. Danis hatte ihr seine Hand gereicht. Vor ein paar Tagen im Wald. Aber woher wusste Weena darum und warum maß sie diesem Umstand derart viel Bedeutung bei?

„Vertraut darauf, dass alles seine Bedeutung hat." Weena legte den Kopf etwas schief und betrachtete die Prinzessin mit einem freundlichen Lächeln. „Alles hat seinen Sinn. Die Dinge finden sich, fügen sich ineinander. Und irgendwann offenbart sich Euch ein vollendetes Bild."

„Es fällt mir schwer, zu vertrauen", gab Neyla trocken zurück. „Gute Menschen sterben. Und ihr alle seht dabei zu. Ich komme mir vor wie eine Marionette, an deren Stricken ihr nach Belieben zieht. Was zur Hölle ist hier eigentlich los?" Neylas Blick wanderte zwischen Emilijan und Weena umher. Sie bereute es wie nie zuvor, niemals ein Augenmerk auf die politischen Belange Jordanes' gehabt zu haben.

„Wir sind die Thronerben von Thalél Malis. Das mag märchenhaft anmuten, aber Tatsache ist, dass auch über den Boden zu unseren Füßen kein Sternenstaub weht. Wir sind, was wir tun", entgegnete Emilijan gelangweilt und betrachtete Neyla abschätzend. „Es werden noch mehr Menschen sterben, wenn du nicht in deine Rolle als Thronerbin findest, Schwester."

„Du tust genug, Emilijan“, ließ Neyla ihren Bruder wissen. „Genug für uns beide.“

„Schmerz und Leid sind gute Lehrmeister, Neyla von Thalél Malis“, durchdrang Weenas samtige Stimme den Raum. „Sie erinnern uns daran, niemals leichtfertig etwas aufzugeben, das derartige Opfer gefordert hat.“

Neyla starrte Weena einfach nur an, bevor sie sich langsam erhob und dabei beide Hände auf der Tischplatte abstützte. „Bitte sag mir, dass du Vaters Mörder nur aus einem politischen Begehren heraus hast leben lassen.“

„So einfach ist es nicht“, gab Emilijan bestimmt zurück.

Einen Moment lang hielt Neyla inne. Dann hob sie ergeben die Hände in die Luft. „Also gut. Ich lasse mich von dem Mörder meines Vaters unterrichten, um während der Friedensverhandlungen in dessen Heimat, dem Land unserer Feinde, zu überleben. Richtig?“

„Mitunter“, antwortete Emilijan und warf einen flüchtigen Blick zu Weena.

Mitunter. Neyla schloss demonstrativ die Augen, um diese Antwort zu veratmen. *Mitunter.* Nicht mehr als ein Wort, hinter dem sich Lüge und Geheimniskrämerei verkrochen hatten.

„Du hast wissentlich gegen die Explikation des Friedensvertrages zwischen Jordanes und Anartier verstoßen, als du beschlossen hast, die Kriegsgefangenen nicht zu begnadigen. Was wir mit Sicherheit wissen, liegt über Anartier wie ein Gerücht. Irgendwann, wird man auch dort diesen Worten Glauben schenken. Und wenn es so weit ist, werde ich nicht die Einzige sein, die gelernt haben sollte, wie man am Leben bleibt.“ Neyla öffnete wieder die Augen und sah mit Nachdruck in das Gesicht ihres Bruders. Dann wandte sie sich um und ging.

Wir beide sind Verbündete, keine Freunde. Und wenn das hier vorbei ist, dann stehen wir uns als das gegenüber, was wir seit jeher sind.

Neyla vermochte es kaum, ihren Widerwillen zu verbergen, als sie Danis im Hof gegenübertrat. Sie trug eine Lederhose, Stiefel und eine Tunika aus Leinen. Die Haare hatte sie am Hinterkopf zu einem Zopf zusammengefasst. Und obwohl sie unzählige Male in dieser Aufmachung zum Training mit Kadiel erschienen war, verunsicherte sie Danis' abschätzender Blick bis auf ihre Grundmauern.

„Ihr seid zu spät", bemerkte Danis und taxierte die Prinzessin von oben bis unten.

„Ich bin untröstlich." Neyla lächelte jovial.

Danis schnalzte abschätzend mit der Zunge und reichte Neyla ihren Bogen und einen Köcher mit Pfeilen. „Man sagte mir, dass Eure Schießkünste ganz passabel seien." Er legte seinen Kopf etwas schief, nickte zu einem alten Eichenfass, das in einiger Entfernung neben dem Eingang zu den Ställen stand, und ahmte Neylas Lächeln nach. „Seht Ihr das Holzauge auf dem Eichenfass? Trefft es!"

Neyla kniff beide Augen zusammen. Vermutlich wäre es gar nicht so schwierig, aus dieser Distanz das Holzauge auf dem Eichenfass zu treffen, aber die Herbstsonne stand hoch am Himmel und blendete derart, dass rote Punkte vor Neylas Augen tanzten. Allerdings kam es nicht infrage, schon jetzt vor dem Anarten klein beizugeben. Also riss Neyla dem Krieger mit einer ruppigen Handbewegung den Bogen aus der Hand, fischte einen Pfeil aus dem Köcher und stampfte quer über den gesamten Hof zum Eichenfass. Dann blieb sie abschätzend davor stehen und suchte sich Orientierungspunkte, die man auch aus der Distanz und trotz des hohen Sonnenstandes gut erkennen konnte. Die obere Eisenumrahmung. Eine Handbreite darunter, auf der rechten Seite. Das Holzauge war kleiner als ein Kornapfel, an manchen Stellen rissig und dunkler als der Rest des Eichenfasses. Neyla sah über ihre Schulter hinweg zu Danis, der abwartend die Arme vor der Brust verschränkte und sie gelassen beobachtete.

Dann nahm Neyla den Blick ihres Bruders vom Plateau wahr und fühlte sich noch unbehaglicher als zuvor. Sie hatte nicht die geringste Ahnung, wie sie es schaffen sollte, ohne Mordgedanken die Tage an Danis' Seite zu verbringen und ihn respektvoll als Lehrmeister anzuerkennen. Dass ihr Emilijan dabei auch noch über die Schulter sah, fühlte sich unbeschreiblich demütigend an. Neyla schob dieses Gefühl zur Seite. Sie ging wieder zu Danis hinüber, blieb unmittelbar neben ihm stehen, legte den Pfeil in den Bogen und spannte ihn. Konzentriert richtete Neyla ihren Körper und die Spitze des Pfeils nach dem Ziel aus. Kaum hörbar atmete sie kontrolliert durch die Nase ein und durch den Mund wieder aus. Doch so sehr Neyla auch versuchte, die Sonne durch ihre zusammengekniffenen Augen wegzublinzeln, es wollte ihr einfach nicht gelingen. Neylas Arme begannen, unter der Spannung des Bogens zu zittern. *Obere Eisenumrahmung. Eine Handbreite darunter, auf der rechten Seite.* Und dann surrte der Pfeil durch die Luft. Er traf das Holzfass irgendwo unterhalb des oberen Eisenbeschlages und Neyla atmete erleichtert auf. Sie senkte den Bogen und beobachtete, wie sich Danis in Bewegung setzte und Kurs auf das Eichenfass nahm. Neyla sah nach oben zum Plateau. Emilijan war verschwunden. Einen Augenblick lang zögerte Neyla, dann griff sie einen zweiten Pfeil aus dem Köcher, den Danis achtlos auf dem Boden hatte stehen lassen. Sie spannte ihn in den Bogen und zielte erneut. In dem Moment, in dem Danis den Pfeil aus dem Holzauge ziehen wollte, surrte

Neylas Pfeil an seiner Schulter vorbei und traf direkt neben dem ersten Pfeil ebenfalls in das Holzauge. Um Haaresbreite verfehlte er die Finger des anartischen Kriegers. Nur sehr langsam drehte sich Danis zu Neyla um und sah sie düster an.

Befriedigt senkte Neyla den Bogen und konnte sich ein Grinsen nicht verkneifen.

„Ins Schwarze trefft Ihr schon einmal", bemerkte Danis auf halbem Weg zurück. „Wie steht es um bewegte Ziele?" Er blieb unmittelbar vor der Prinzessin stehen und reichte ihr die zwei Pfeile, die er aus dem Eichenfass gezogen hatte.

„Ich jage keine Tiere nur zum Spaß", antwortete Neyla und ließ die Pfeile in dem Lederbeutel verschwinden, den sie an ihrem Gürtel befestigt hatte.

„Wer redet denn von Tieren?" Danis lächelte sardonisch und zeigte dabei eine Reihe weißer Zähne. Er drehte sich suchend um seine eigene Achse und deutete dann mit einer Handbewegung hinauf zum Plateau, wo General Aaden gerade die Wachablösung abnahm. Er war dabei ständig in Bewegung, ging von Gardist zu Gardist, prüfte den Sitz der Uniformen und Waffen seiner Männer. Unaufhörlich wackelte dabei sein Haarknoten.

„Das Nest auf seinem Kopf. Trefft es!", verlangte Danis.

„Dir ist klar, dass ich General Aaden dabei verletzen kann?" Verständnislos sah Neyla den Anarten an.

„Wenn *ich* mit einem Pfeil auf den General zielen würde, wäre mir das klar. Im Moment ist das Eure Aufgabe", gab Danis ungehalten zurück. Neyla runzelte erbost die Stirn. *Du wirst tun, was immer er von dir fordert, Neyla.* Die Prinzessin legte die Maske der Gleichgültigkeit über ihr Gesicht und wirkte dabei nur mühsam beherrscht. Sie nahm sich einen Pfeil aus dem Köcher, legte ihn auf die Sehne, spannte den Bogen und zielte auf den General. Aaden könnte durch ihre Unachtsamkeit sterben. Neylas Herz raste.

„Im Übrigen ist es Sinn und Zweck denjenigen zu verletzen,

auf den man eine Waffe richtet", vernahm Neyla Danis' Stimme in ihrem Rücken.

„Ich bin nicht im Krieg", antwortete Neyla leise und konzentriert, gerade so, als könnte ein zu lauter und emotionaler Impuls dazu führen, den Pfeil unkontrolliert losgehen zu lassen.

„Man muss nicht im Krieg sein, um Feinde zu haben", antwortete Danis ebenso leise und trat näher an ihren Rücken. Zu nah. Neyla konnte die Wärme seines Körpers spüren. Sein Blick, der in ihrem Nacken ruhte. Wie er ihre Anspannung und Nervosität auslotete. *Zur Hölle, warum kann General Aaden nicht einmal eine Sekunde lang stehen bleiben?* Seine Bewegungen waren schnell, geschmeidig und kaum vorhersehbar. Er schien bei jedem Gardisten etwas anderes zu beanstanden.

„Natürlich könnt Ihr das Ganze auch aussitzen", meinte Danis dann spöttisch. Neyla schoss. Sie kaute energisch auf ihrer Unterlippe herum und verfolgte den Pfeil, der General Aadens Kopf ziemlich nahe kam, um sein Ziel nicht zu verfehlen. Und er traf. Der Pfeil durchbohrte den Haarknoten, löste dabei einige Strähnen heraus und blieb stecken. Der Gesichtsausdruck, mit dem General Aaden erschrocken herumwirbelte, zu ihnen heruntersah und sich dabei geistesgegenwärtig den Pfeil aus seinen Haaren zog, ließ Neyla ungewollt auflachen. Als sie wahrnahm, dass General Aaden im Begriff war, Männer nach unten zu schicken, drehte sie sich erschrocken zu Danis herum und blickte in dessen überaus amüsiertes Gesicht. Dann kamen die ersten Gardisten die Treppen zum Hof herab gerannt. Danis griff nach Neylas Hand und rannte los. Quer über den Hof, vorbei an dem Eichenfass, durch das Tor und zu den Pferdeställen. Geschickt umrundete Danis einen Stalljungen, der gerade einem Pferd die Trense angelegt hatte.

Danis ließ Neylas Hand los, schwang sich unter der entrüsteten Gegenwehr des Stalljungen auf den Rücken des Pferdes und ergriff die Zügel. Auffordernd streckte er Neyla seine Hand entgegen und blickte zu ihr hinunter. Die Prinzessin überlegte angestrengt. Auf dem Hof brach Hektik aus und Männerstimmen riefen durcheinander. Ein Huhn flog durch den Stall, aufgescheucht von einem Gardisten, der Neyla entdeckt hatte und auf sie zu gerannt kam. Und er sah nicht so aus, als hätte er sie als Prinzessin erkannt. Vielmehr schien er eine Meuchelmörderin in ihr zu sehen. Neyla seufzte, schulterte ihren Bogen und tastete nach dem Lederbeutel an ihrem Gürtel. General Aaden war anwesend gewesen, als Emilijan von ihr gefordert hatte, alles zu tun, was Danis verlangte. Es war unlogisch, dass er jetzt die königliche Garde auf sie ansetzte. Ein scheinbarer Anschlag auf sein Leben jedoch, könnte Aaden die Worte des Königs anders bewerten lassen. Entschlossen griff Neyla nach der Hand des Anarten und ließ sich von ihm auf den Rücken des Pferdes ziehen. Der Hengst jagte, wie vom Teufel besessen, los und Neyla schaffte es mit einem erschrockenen Aufschrei gerade noch, Danis' Körpermitte mit beiden Armen fest zu umschlingen und ihren Kopf an seine Schulter zu drücken, damit sie nicht rücklings hinunterfiel. Der Hengst galoppierte durch die Stallungen hinaus zum Tor. Gardisten stoben auf dem Hof auseinander. Und als sie durch das Tor die Zugbrücke des Königssitzes passierten, schlugen die Hufen des Pferdes so heftig auf den Boden, dass Neyla Angst hatte, es würde sich verletzen.

Am Rand des Waldes angekommen, drosselte Danis das Tempo und Neyla löste sich erleichtert aus seinem Rücken. Danis ließ den Hengst um seine eigene Achse tänzeln, damit er einen Blick auf die zurückliegende Siedlung und Thalél Malis werfen konnte.

„Sie folgen uns", sagte Neyla, obwohl sie sich ziemlich sicher war, dass auch Danis die Reiter in der Ferne nicht entgangen waren.

„Das möchte ich doch schwer hoffen." Danis sah Neyla über seine Schulter hinweg an und verschmitzte Grübchen um seine

Augen herum ließen ihn entspannt und fröhlich wirken. „Ich wüsste sonst nicht, wie ich dir beibringen soll, in Bewegung ein bewegtes Ziel zu treffen."

Neyla traute ihren Ohren nicht. Doch bevor sie ihre Bestürzung zum Ausdruck bringen konnte, verlagerte Danis sein Gewicht leicht nach links und trieb den Hengst an. Wieder gelang es Neyla gerade so sich an Danis festzuhalten, während unter den Hufschlägen des Pferdes die feuchte Erde zur Seite spritzte.

Neyla fluchte. Kaum waren sie allein und der Anarte fühlte sich unbeobachtet, schienen ihn Etikette und korrekte Ansprache einen Teufel zu scheren. Offenbar war ihm nicht nur das Benehmen abhandengekommen, sondern auch sein Verstand. Sie hasste es, sich an seinem Körper festhalten zu müssen.

„Das werde ich ganz sicher nicht tun! Aadens Verständnis für diese Art meiner Ausbildung hat offensichtlich Grenzen!", widersprach Neyla entschieden. „Du hältst jetzt sofort an!"

„Ich bezweifle, dass die Männer der königlichen Garde ebenso umsichtig mit dir umgehen werden. Je näher wir der Grenze zu Anartier kommen, desto mehr werden sie bestrebt sein, dieses Pferd zu stoppen", gab Danis unbeeindruckt zurück und trieb das Pferd weiter durch den Wald. „Sie werden nicht tatenlos zusehen, wie ein anartischer Kriegsgefangener mit der jordanesischen Prinzessin durchbrennt."

„Nicht irgendein Gefangener", zischte Neyla in seinen Nacken. Danis schien der Gedanke, sie in Gefahr zu bringen, nicht sonderlich zu stören.

„So gern ich dich auch tot sehen würde, niemand würde es wagen eine Waffe gegen dich zu erheben. Lass! Mich! Absteigen!"

„Wie schön, dass dich der König über meine Abstammung ins Bild gesetzt hat." Aus Danis' Gesicht wich jenes freudlose Lächeln, was ihm in Neylas Gegenwart in Fleisch und Blut übergegangen war. Doch anstatt das Pferd in seinem Tempo zu zügeln, trieb er es noch mehr an.

„Danis!“, wetterte Neyla entsetzt.

Die Männer der königlichen Garde waren ihnen dicht auf den Fersen. Sie schlugen den oberen Waldweg ein, um ihnen an der Gabelung den Weg abzuschneiden. Ihre Silhouetten verschwammen zwischen dem grünen und braunen Blattwerk des Waldes.

„Was willst du eigentlich damit erreichen, verflucht?“ Das Herz schlug Neyla jetzt bis zum Hals hinauf. Der Waldboden war voller Hindernisse, die das Pferd zum Straucheln bringen könnten. Wenn Danis dieses Tempo beibehielt, würde er sie früher oder später beide umbringen.

„Triff in Bewegung ein bewegtes Ziel“, wiederholte Danis geduldig. „Und ich halte das Pferd sofort an.“

„Das kann ich nicht!“, schrie Neyla. „Ich kann bei der Geschwindigkeit nicht mal den Bogen spannen ohne vom Pferd zu fallen.“

Danis nahm beide Zügel in die linke Hand, langte mit der Rechten in seinen Rücken und presste Neyla mit festem Griff an sich.

Neyla schluckte. Sicherer fühlte sie sich auch jetzt nicht. Aber Danis würde nicht nachgeben. Also löste sie beide Hände aus ihrer Umklammerung und es fühlte sich beinahe so an, als ob Danis das Tempo des Pferdes tatsächlich etwas drosselte. Seine Hand in ihrem Rücken übte einen warmen und festen Druck aus. Neyla zog sich den Bogen von der Schulter, fischte einen Pfeil aus ihrer Gürteltasche und drehte sich seitlich um. Sie benötigte mehrere Anläufe, um den Pfeil richtig auf die Sehne zu legen. Es war schwer, eben diese Position zu halten, denn Danis’ breites Kreuz war nicht nur aus Platz- und Sichtgründen mehr als behindernd. Neyla schickte eine Tirade von Schimpfwörtern in Danis’ Rücken. Sie war inständig bemüht, zwischen dem ständigen Auf und Ab des Pferdes und den Bäumen einen

Gardisten auszumachen, der auch nur annähernd so etwas wie ein Ziel darbot. Danis folgte ihren Bemühungen interessiert. Einer der Gardisten trug einen Helm. Aber Neyla war sich zu unsicher, ob sie wirklich den Helm oder seinen ungeschützten Hals treffen würde. Und dann fiel ihr der Fahnenträger auf. Neyla zielte. Und schoss daneben. Der Pfeil blieb in einem Baum stecken, hinter dem der Fahnenträger kurzzeitig verschwunden war. Jetzt hatte sie nur noch einen Pfeil. Mit fahrigen Bewegungen zielte sie auf die wehende Fahne, auf welcher das Wappentier Thalél Malis' abgebildet war. Sie wartete, bis Danis mit dem Fahnenträger auf gleicher Höhe ritt, ließ ein paar Bäume vorbeiziehen. Und dann schoss sie. Der Pfeil bohrte sich in die hölzerne Stange, nur eine Handbreite von den Fingern des Gardisten entfernt. Dieser erschrak so sehr, dass er die Fahne kurzerhand fallen ließ. Neyla meinte zu hören, wie Danis triumphierend auflachte. Doch als er sie über seine Schulter hinweg anschaute, war davon nichts mehr zu sehen. Er drosselte die Geschwindigkeit, zog seine Hand aus Neylas Rücken zurück und brachte das Pferd zum Stehen.

„Wolltest du die Fahne treffen?“, erkundigte er sich beiläufig, sprang vom Pferd und reichte Neyla die Hand.

„Nein, du Bastard, ich wollte seinen Kopf treffen!“, zischte Neyla zynisch und ignorierte seine helfende Geste demonstrativ. Sie ließ ihren Bogen fallen, rutschte vom Rücken des Pferdes und landete auf allen vieren auf dem Waldboden. Neyla schaffte es gerade noch, sich aufzurappeln und nach dem Bogen zu greifen, als auch schon die Gardisten vor ihnen auftauchten. Danko, der Fahnenträger ohne Fahne und zwei weitere Männer aus der königlichen Leibwache. Keiner von ihnen sah erfreut aus.

„Entschuldigt“, sagte Neyla an niemanden Bestimmtes gerichtet. „Ich folge lediglich dem Wunsch des Königs, das zu tun, was … mein *Lehrmeister* von mir verlangt.“ *Lehrmeister.* Fast hätte sich Neyla an diesem Wort verschluckt. Sie wandte sich an den Fahnenträger. „Ich hoffe, Ihr seid unverletzt.“

„Es ist mit dem König abgesprochen, dass der Anarte bei der Wahl seiner Trainingsmethoden freie Hand hat. Ich war nur kurzzeitig um Eure Sicherheit besorgt, Prinzessin“, antwortete Danko anstelle des Fahnenträgers und warf Danis nachdrücklich einen finsteren Blick zu. „Strapaziere meine Nerven nicht allzu sehr, Anarte. Der König mag an deiner körperlichen Unversehrtheit Interesse haben, ich nicht. Die Pferde der königlichen Garde sind allgemein bekannt für ihr wildes Gebaren. Sie gehen gerne mal durch, da ist es nicht ungewöhnlich, dass ein Mann vom Pferd fällt und sich unschöne Verletzungen zuzieht.“ Dankos Drohung an Danis war unmissverständlich. Doch der stand einfach nur da und badete in stoischer Ruhe.

„Auch, wenn Ihr mich nicht seht, ich bin stets in Eurer Nähe“, wandte sich Danko mit einem nachdrücklichen Blick an Neyla. Dann gab er ein Handzeichen und die Gardisten setzten sich wieder in Bewegung. Irritiert sah Neyla den Männern nach. Sie hatte Auseinandersetzungen mit Danko reicher an Konsequenzen in Erinnerung.

„Du hast auf das Wappentier der Flagge gezielt und den verdammten Holzstiel getroffen“, schlussfolgerte Danis dann trocken.

„Ich habe in Bewegung auf ein bewegtes Ziel geschossen. So, wie du es wolltest“, gab Neyla beherrscht zurück.

„Sinn der Übung war es, das eigentliche Ziel zu treffen.“ Danis’ Augen funkelten angriffslustig. „Es wird die Krieger meines Vaters sehr erheitern, wenn die Prinzessin Jordanes’ zur Verteidigung auf ihre Köpfe zielt und dann einen Nachttölpel vom Baum schießt.“

Neylas erster Impuls war es, sich auf den Anarten zu stürzen und mit geballten Fäusten auf ihn einzuschlagen. Stattdessen hielt sie inne.

„Sind wir dann fertig?“, presste sie hervor.

„Wir sind fertig, wenn ich es sage", antwortete Danis kaltherzig. Er ließ die Zügel des Pferdes los und gab dem Hengst einen kräftigen Klaps auf das Hinterteil. Wie vom Blitz getroffen bockte das Pferd auf, bevor es davon galoppierte.

„Bist du wahnsinnig? Thalél Malis ist fast einen halben Tagesmarsch von uns entfernt!", schrie Neyla und sah den Anarten entgeistert an.

„Du musst deine Wut beherrschen und dich darauf verlassen, dass deine Zeit irgendwann kommen wird", antwortete Danis ungerührt und setzte sich in Bewegung.

Einen Moment lang starrte Neyla in seinen Rücken. „Etwa so wie du deine Wut beherrschst?", erkundigte sie sich provokativ. „Wann kommt deine Zeit, Anarte?"

Danis blieb stehen. Nur sehr langsam wandte er sich Neyla zu, breitete seine Arme aus und sah sich um, bevor er sie beinahe resigniert wieder senkte. „Was muss ich noch tun, damit du bemerkst, dass meine Zeit bereits angebrochen ist?" Er legte den Kopf etwas schief und taxierte Neyla.

„Mein Bruder *benutzt* dich nur." Neyla spuckte diese Bemerkung förmlich vor lauter Verachtung vor die Füße des Anarten.

„Genau wie dich", gab Danis ruhig zurück.

Neyla schnalzte abschätzend mit der Zunge. Es war klar, dass der Anarte versuchen würde, einen Keil zwischen sie und ihren Bruder zu treiben. „Oder welche Theorie verfolgst du, warum derartig Wert auf deine Anwesenheit bei den Friedensverhandlungen gelegt wird?", erkundigte sich Danis mit einem überlegenen Grinsen auf den Lippen. Er verschränkte die Arme vor der Brust und sah Neyla abwartend an.

„Weil das Protokoll vorsieht, dass alle Thronerben, Stammesfürsten und deren Nachkommen den Verhandlungen beiwohnen müssen. Die getroffenen Übereinkünfte sollen so auch für nachfolgende Generationen bindend sein." Mechanisch wiederholte Neyla das, was ihr Kadiel stets auf dieselbe Frage geantwortet hatte.

Danis hob eine Augenbraue. „Seit wann werden Bündnisse zwischen zwei Reichen durch Worte geschlossen und nicht durch eine Hochzeit?“

„Was?“ Neyla erstarrte und sie konnte spüren, wie sich ihre Hände schlagartig kalt und taub anfühlten. Zum zweiten Mal innerhalb kürzester Zeit geriet die Vermählung mit einem anartischen Stammeserben in einen Fokus, der ihr missfiel.

Danis zuckte bedeutungslos mit den Schultern und wandte sich zum Gehen ab. „Du bist vermutlich schon so gut wie verheiratet. Mit einem anartischen Stammeserben.“

„Das ist nicht wahr!“, schrie Neyla Danis hinterher und folgte ihm mit schnellen Schritten. „Bleib gefälligst stehen, wenn ich mit dir rede, Danis Bork!“

„Wenn du das wirklich glaubst, warum regst du dich dann so auf?“, gab Danis mit einem anmaßenden Augenzwinkern zurück und ging unbeeindruckt weiter.

„Bleib stehen, verdammt!“ Neyla verstellte Danis den Weg. „Keine Ausbildung der Welt könnte mich auf das Leben an der Seite eines Anarten vorbereiten.“

Es sei denn, dein Lehrer ist ein Anarte.

Danis sah Neyla einfach nur an. Er konnte regelrecht beobachten, wie der Prinzessin die Antwort selbst in den Sinn kam und Erkenntnis ihre Stirn in Falten legte.

„Siehst du. Ich wusste, dass uns ein kleiner Waldspaziergang einander näher bringen würde“, sagte er dann, als er sich sicher war, dass Neyla noch sehr lange über seine Worte nachdenken würde. Mühelos schob er sie an den Schultern zur Seite und ging weiter.

Neyla starrte seit geraumer Zeit schweigend in Danis’ Rücken. Seine Worte ließen sie nicht mehr los. Sie war fünfundzwanzig Jahre alt und Emilijan hatte zu keinem Zeitpunkt jemals

Anstrengungen unternommen, sie zu verheiraten. Unter diesem Gesichtspunkt rückten die Friedensverhandlungen in ein ganz anderes Licht. Eines, das ihr ganz und gar missfiel und ihr Angst machte.

„Danis." Neyla blieb abwartend stehen. Sie spürte ihre Füße kaum noch. Durst und Hunger vermochte sie zu ignorieren, aber nicht Danis' Worte.

„Danis", wiederholte die Prinzessin und der Anarte blickte über seine Schulter zu ihr.

„Neyla." Der Krieger blieb stehen und wandte sich genervt zu ihr um. Es schien auf ihn befremdlich zu wirken, sie beim Namen zu nennen.

„Du und ich …", setzte Neyla an und wischte sich eine Haarsträhne aus dem Gesicht. „… wir sind aus einem bestimmten Grund hier. Ich habe keine Ahnung warum, aber in den letzten Tagen häufen sich die Dinge, die mir vor Augen halten, dass ich nicht die geringste Ahnung habe, was hier vor sich geht. Ich weiß nicht mehr, wem ich vertrauen kann." Sie trat bis auf die Distanz einer Armlänge an ihn heran.

„Ich bin der Mörder deines Vaters. Die Vernunft müsste dir eigentlich sagen, dass du mit mir als letzten Menschen auf dieser Welt über Vertrauen sprechen solltest", sprach Danis dann sehr bedacht in ihr Gesicht.

„Ebenso wie mein Bruder der Mörder deiner Brüder ist", nickte Neyla.

„Dann haben auch wir beide ausreichend Gründe einander nicht zu vertrauen", stellte Danis leichthin fest.

„Du lebst in einem Land, das du verachtest. Und ich werde selbiges in Kürze bereisen."

„*Bereisen* trifft es nicht ganz", bemerkte Danis scharf. „Worauf willst du hinaus?"

„Lehre mich alles, was ich wissen und beherrschen muss, um in Anartier vor den Stammesfürsten bestehen zu können.

Ich habe nicht vor, auf dieser gottverdammten Reise tollwütige Anartenkrieger zu überleben, nur damit man mich dann wie ein Stück Vieh an den Sohn eines Stammesfürsten verkauft." Neyla gab sich alle Mühe, Danis ihr Anliegen selbstsicher zu vermitteln. Das Letzte was sie wollte, war, vor dem Anarten hilflos zu wirken oder ihn gar um etwas bitten zu müssen. „Im Gegenzug sorge ich dafür, dass du uns nach Anartier begleitest."

Danis' Blicke ruhten prüfend auf der Prinzessin. Er schien nachzudenken.

„Man wird dir das Halsband abnehmen", fuhr Neyla fort.

„Ich würde versuchen zu fliehen, noch bevor wir die Windbergschlucht zum Westen Anartiers passiert haben", antwortete Danis provokativ.

„Daran habe ich ja gar nicht gedacht", gab Neyla ebenso offensiv zurück. „Ich ging schwer davon aus, dass du uns nach Jordanes zurückbegleitest."

Danis setzte wieder sein freudloses Lächeln auf. „Du willst mir also zur Flucht verhelfen", konstatierte er dann. „Warum?" Das Lachen in seinem Gesicht verebbte und mit einer schnellen Bewegung packte er Neyla an den Armen und zog sie zu sich heran. „Damit ich zu meinem Vater zurückkehre und ihm von all den Demütigungen, Misshandlungen und Hinrichtungen berichten kann, die ich unter deinem Bruder an mir und meinen Landsleuten erlebt habe? Damit ich meinem Vater noch mehr Gründe liefere, Thalél Malis dem Erdboden gleich zu machen? Damit *ich* Rache nehmen kann? Ist *das* dein Wunsch?" Er schüttelte Neyla unsanft und zwang sie dazu, ihm in die Augen zu sehen. „Denn genau das werde ich tun, wenn du mich mit nach Anartier nimmst. Ich werde deinen Bruder töten. Und dich. Thalél Malis wird brennen."

Neyla sah Danis an und stellte irritiert fest, dass sie nicht den geringsten Anflug von Angst verspürte, obwohl genau das angebracht wäre. Die Grobheit, mit der er ihr begegnete, schürte lediglich ihren Zorn. Mit einer energischen Bewegung befreite sie sich aus Danis' Griff, blieb jedoch vor ihm stehen.

„Der Krieg zwischen Jordanes und Anartier hat viele Opfer gefordert, Danis Bork. Nicht nur auf der Seite Anartiers. Und selbst der Weg zum Frieden ist noch immer mit Blut getränkt. Ich bringe einem Vater seinen Sohn zurück, in der Hoffnung, dass die Freude darüber jenen Hass obsiegt, den mein Bruder im Kriegsakt säte. Auch du bist nicht frei von Schuld. Vergiss das nicht." Ihre Augen funkelten angriffslustig.

Sofern Danis ihre Worte überdachte, so ließ er sich nichts anmerken. Ihm entglitt lediglich ein Nicken als Zeichen, ihre Ansprache als gegeben hingenommen zu haben. Dann drehte er sich um und ging weiter.

Neyla fühlte sich seltsam verändert. Weniger ahnungslos zu sein schien gleichzeitig damit einherzugehen, eine Last auf den Schultern zu tragen, die niemand sehen durfte. Und obgleich Neyla von Danis keine Antwort erhalten hatte, so bemerkte sie, dass sich seine beherrscht impulsive und feindselig anmutende Körpersprache in sachliche, kühle Distanz gewandelt hatte, mit der er ihr gegenübertrat. Gerade so, als wollte er Neyla ausweichen, verlagerte er den Ort des Trainings unter den wachsamen Augen der königlichen Garde auf den Hof des Königssitzes, dabei hatte ihm Emilijan sowohl bei der Wahl seiner Trainingsmethoden als auch der Orte freie Hand gelassen. Nachdem sich Danis offenbar mit Neylas Bogenkünsten zufriedengegeben hatte, lag sein Augenmerk seit Tagen auf dem Schwertkampf. Doch statt auf ein übliches Schwert bestand er, natürlich aus Gründen des Eigenschutzes, auf ein Training mit Holzschwertern. Wenn Neyla allerdings ihren Körper betrachtete und kaum eine Stelle fand, die nicht mit blauen

Flecken besiedelt war, keimte der Verdacht in ihr auf, dass Danis diese Waffe aus noch ganz anderen Gründen gewählt hatte. Sie versuchte, sich nicht anmerken zu lassen, wie sehr ihr seine groben Trainingsmethoden körperlich zusetzten und es kostete sie mehr als Überwindung, nach Danis' Hand zu greifen, die er ihr meistens dann reichte, wenn er sie erbarmungslos zu Boden gekämpft hatte. Doch Neyla biss die Zähne zusammen, auch, wenn sie vor lauter Muskelschmerzen erst kaum in den Schlaf und am nächsten Morgen nicht aus dem Bett kam.

Mitunter. Dieses Wort ging ihr nicht mehr aus dem Sinn. Es war Emilijans Antwort auf ihre Frage gewesen, ob sie nur von Danis trainiert wurde, um auf der Reise nach Anartier auf alle Eventualitäten vorbereitet zu sein. *Mitunter.* Dieses schlichte Wort nahm jetzt Ausmaße an, die ihr Kopfzerbrechen bereiteten. Hatte Emilijan wirklich vor, sie mit einem anartischen Stammeserben zu verheiraten? Ein politisches Arrangement zugunsten Jordanes.

In diesem Moment passte Neyla wieder einmal nicht auf, und Danis' Holzschwert traf ihre Schulter. Neyla zuckte unter dem dumpfen Schmerz kurz zusammen, bevor sie Danis wütend ansah und einen erneuten Angriff parierte.

„Ich habe nachgedacht", sagte sie leise und versuchte, dabei möglichst gleichgültig zu klingen.

„Wir sind nicht allein", meinte Danis nüchtern und nickte nachdrücklich in Dankos Richtung, der nur wenige Schritte von ihnen entfernt stand und sie mit verschränkten Armen beobachtete. Danis duckte sich und drehte sich blitzschnell von Neyla weg, um ihren Rücken zu attackieren.

„Wann?" Die Prinzessin wirbelte herum und traf hart auf Danis' Holzschwert.

„Beim Schwimmtraining."

Schwimmtraining? Neyla warf Danis einen verärgerten Blick zu, bevor sie ihre Kraft ballte und eine Abfolge von Angriffen startete. „Ihr könnt doch schwimmen, oder?", erkundigte sich Danis und hielt ihren Schlägen mühelos stand.

„Was spielt das für eine Rolle? In Anartier gibt es mehr Berge und Wald als Wasser." Neyla wich mehrere Schritte zurück, um Danis auszuweichen. Noch im selben Moment fluchte sie innerlich. Er drängte sie immer mehr zurück und nahm ihr damit die Kontrolle über den Kampf.

„Keine. Es dient einzig meiner Belustigung", gab Danis mokant zurück.

Neyla runzelte die Stirn und änderte ihre Taktik. Statt sich weiter von Danis zurückdrängen zu lassen, trat sie ihm entgegen. Sie parierte sauber ein paar Schläge, doch dann schlug Danis ihr mit einem ziemlich hinterlistigen Hieb auf den Arm. Neyla fluchte, ließ unter dem Schmerz das Holzschwert fallen, blinzelte und schon deutete Danis einen weiteren Hieb mit seinem Schwert an, der daumenbreit vor ihrer Kehle stoppte.

„Tod", verkündete er dann. „Noch mal!"

Neyla stöhnte. „Das hier ist kein Schwertkampf, sondern eine Prügelei!", beschwerte sie sich. Danis setzte jede bekannte, niedergeschriebene Regel des Kartells für Schwertkämpfe außer Kraft.

„Ich trainiere Euch auch nicht für ein Turnier, oder?" Danis gab Neyla ein Handzeichen weiterzumachen, doch die Prinzessin blieb kraftlos stehen und nahm eine verweigernde Haltung ein.

„Also schön", gab Danis genervt nach. „Wenn Ihr es schafft, mich einmal k. o. zu setzen, verschaffe ich Euch eine Pause."

„An einem anderen Ort", forderte Neyla nachdrücklich und schielte aus den Augenwinkeln zu Danko hinüber.

„Meinetwegen." Danis nickte. „Aber glaubt nicht, dass ich es Euch einfach machen werde."

Natürlich nicht. Schließlich ist der Anarte auch alles andere als ein netter Mensch. Neyla schnaufte. Sie las ihr

Schwert vom Steinboden auf und stürzte sich in das Gefecht. Die Prinzessin versuchte ernsthaft den Kampf zu beherrschen und befriedigt nahm sie wahr, dass Danis ein paar ihrer Aktionen überraschten. Dennoch reichte keine davon aus, den anartischen Krieger zu schlagen. Selbst, als er über einen Stein stolperte und auf dem Rücken landete, schaffte er es, Neyla die Beine wegzutreten und sie direkt neben sich auf den Hosenboden zu befördern. Doch während er auf dem Rücken liegend nach seinem Holzschwert griff, sprang Neyla auf ihn. Zeitgleich erreichten ihre Holzschwerter jeweils die Kehle des anderen.

„Jetzt haben wir ein Problem", meinte Danis und seine Augen funkelten wie Wasser in der Sonne.

„Ein Patt ist kein Problem", entgegnete Neyla atemlos.

„Das nicht." Danis feixte über beide Ohren. „Aber ich bin immer noch ein Mann. Und Euer … *Engagement* erfordert gerade höchste Körperbeherrschung von mir."

Im ersten Moment war Neyla nicht einmal klar, was er ihr damit sagen wollte. Doch dann realisierte sie, dass sie irgendwo auf seinem Unterleib hockte. Augenblicklich schoss ihr eine heiße Röte ins Gesicht, was Danis offenkundig noch mehr amüsierte.

„Alles was Ihr tun müsst, ist Euer Schwert von meiner Kehle zu nehmen." Danis lächelte allerliebst.

„Das tue ich. Sobald du dich ergeben hast." Neyla lächelte ebenso allerliebst zurück.

„Bedaure", meinte Danis. Keinen Wimpernschlag später fand sich Neyla entwaffnet auf ihrem Rücken wieder, während Danis triumphierend auf ihr saß.

„Runter von mir!", fluchte Neyla und schickte eine wilde Tirade von Beschimpfungen hinterher. Aber es half nichts. Danis saß, wo er saß und begrub sie unter seinem Körpergewicht. Das Holzschwert des Anarten streifte flüchtig Neylas Kehle.

„Wenn Ihr mich nett darum bittet."

„RUNTER!“

„Was sonst? Ruft Ihr dann Euren Schatten zur Hilfe?“ Danis lächelte provokativ und leckte sich dabei über seine makellosen Zähne.

„Damit ich mich unter den Augen meines Bruders noch lächerlicher mache?“ Nur mühsam konnte Neyla verbergen, wie sehr sie dieser Gedanke demütigte.

Danis sah hinauf zum Plateau, auf dem der König, wie jeden Tag, ihr Training verfolgte. Als Danis dann wieder zu Neyla blickte, war es schwer, das Wasser in ihren Augen zu ignorieren, welches sie mit aller Macht zu unterdrücken versuchte. Er presste die Lippen fest aufeinander, um sein Nachgeben nicht kommentieren zu müssen, zog sein Holzschwert von Neylas Kehle zurück und stand auf. Breitbeinig stand er über Neyla und reichte ihr seine Hand. Wie so oft in den letzten Tagen. Doch diesmal schien es fast stillem Trost nahezukommen. Neyla zog sich an seiner Hand auf die Beine und strich sich die Kleidung glatt.

„Gehen wir.“ Danis’ Arm streifte im Vorbeigehen ihre Schulter.

Neyla warf einen Blick nach oben zu Emilijan, der mit ausdruckslosem Gesicht zu ihrer heruntersah. Dann wandte sie sich ab und folgte Danis zu den Ställen. Der Anarte führte zwei Pferde an den Zügeln durch das Tor. Neyla stieg in den Steigbügel und schwang sich auf den Rücken des Pferdes. Wortlos stieg auch Danis in den Sattel seines Hengstes. Mit rasantem Tempo dirigierte Neyla ihr Pferd, dicht gefolgt von Danis, über den Hof. Sie spürte Emilijans Blick in ihrem Rücken und konnte es gar nicht abwarten, Thalél Malis hinter sich zu lassen.

Die Kontrolle, die Emilijan über sie auslebte und der sie sich in den letzten Wochen überhaupt erst bewusst geworden war, nahm ihr die Luft zum Atmen. Ihr machte Angst, was Emilijan aussprach und noch mehr fürchtete sie das, worüber er sich in

Schweigen hüllte. Neyla jagte über die Zugbrücke von Thalél Malis, ließ den Marktplatz und die Siedlungen hinter sich. Aber erst, als sich das saftige Grün der Wiesen zu ihren Füßen ausbreitete und am Horizont die Bäume des Waldes in den Himmel ragten, beruhigte sich Neylas Herzschlag. Danis hatte unlängst zu ihr aufgeholt und ritt mit ihr auf gleicher Höhe. Neyla schloss die Augen. Die ersten, milden Sonnenstrahlen des Herbstes tanzten auf ihrem Gesicht und der Wind löste ihre Haare aus dem Zopf. Danis übernahm wieder die Führung und ritt voraus. Er nahm Kurs auf den See. Neyla wurde wieder einmal eines Besseren belehrt, bis jetzt hatte sie nicht daran geglaubt, dass Danis sie tatsächlich zum Schwimmen antreten lassen würde. Das Wetter war heute zwar mild, aber weder der Wind noch die Wassertemperatur waren besonders einladend zum Baden. Dennoch folgte sie dem anartischen Krieger, forderte ihn sogar zu einem Wettreiten heraus. Die Prinzessin und der Krieger jagten ungestüm durch die Wälder, bis sich die Bäume lichteten und sich der Bergtau, wie die Einheimischen diesen See nannten, wie ein unter der Sonne funkelnder, wallender Teppich vor ihnen ausbreitete. Dahinter ragten in der Ferne, umhüllt von weißen Wolken, jene Berge auf, die Jordanes und Anartier trennten. Neyla beobachtete, wie Danis von seinem Pferd sprang und sich bereits im Gehen seine Tunika über den Kopf zog. Dabei entgingen ihr nicht die vernarbten Striemen auf seinem Rücken.

„Ich werde mir den Tod holen", sagte sie und war dankbar dafür, dass sie beim Absteigen von Ihrem Pferd den Blick von Danis abwenden musste, weil sich dieser gerade seiner Stiefel und der Hose entledigte.

„Wenn du glaubst, dass Sterben so einfach ist, bist zu noch naiver, als ich angenommen hatte", antwortete Danis ohne sich zu ihr herumzudrehen und tauchte einen Fuß in das Wasser.

„Oh, wie ich höre, gehen deine Umgangsformen mit dir

baden.“ Neyla blickte auf Danis’ nacktes Hinterteil und dann demonstrativ in den Himmel.

„In Anartier redet niemand so geschwollen.“ Danis war bis zu den Hüften im Wasser verschwunden und drehte sich zu Neyla um. „Worte, die schön klingen sind bei uns keine Frage des Respekts.“ Bei Neylas Anblick musste er auflachen. „Du kannst wieder hersehen, ich bin komplett bedeckt!“

„Ich hoffe, das Wasser ist richtig kalt“, gab Neyla verärgert zurück.

„Das wirst du gleich selbst herausfinden.“

Neyla runzelte die Stirn und lauschte in die Stille. Hufschläge in der Ferne. Vermutlich Danko, der sie, wie angedroht, im Auge behielt. Wenn sie also mit Danis ohne Zeugen sprechen wollte, musste sie ihm ins Wasser folgen. Als sie Danis ins Gesicht blickte, so las sie in der Freude, die sich darin spiegelte, dass er sehr genau um diesen Umstand wusste. Widerwillig nestelte Neyla an den Knöpfen ihrer Tunika herum. „Hättest du die Güte wegzusehen?“, fuhr Neyla Danis genervt an.

Danis lächelte, wandte sich jedoch ohne einen weiteren Kommentar ab. Der Ring um seinen Hals wirkte übermächtig. Kaltes Metall auf nackter Haut. Allein die vage Vorstellung daran, ließ Neyla einen tiefen Schmerz empfinden. Unsicher blickte sie sich um. Sie schlüpfte aus ihrer Tunika und zog sich das Leinenunterhemd so weit wie möglich über ihr Hinterteil. Die Prinzessin streifte sich die Stiefel von den Füßen und schälte sich aus ihrer Hose. Mit finsterem Blick starrte sie in Danis’ Rücken, als sie den großen Zeh in das Wasser tauchte und erschrocken zurückzog. *Kalt. Mehr als kalt.* Sie konnte Danis’ höhnisches Grinsen erahnen, obwohl sie es nicht sehen konnte. Also biss Neyla die Zähne zusammen und lief mit geballten Fäusten in das Wasser. Jetzt, wo sie Danis’ Rücken immer näher kam, waren die Narben auf seiner Haut mehr als nur rote Striemen. Wulstig zogen sie sich komplett darüber und waren der offenkundige Beweis menschlicher Grausamkeit. Wie viele Male war Danis ausgepeitscht worden, dass die Wunden so schlecht hatten verheilen können? Erschrocken bemerkte Neyla, dass sie gerade im Begriff gewesen war, mit der Hand über eine der unzähligen Narben auf Danis' Rücken zu streichen, als sich der Anarte in genau diesem Augenblick zu ihr herumdrehte. Ertappt zog Neyla ihre Hand zurück und umschlang mit den Armen schützend ihren Oberkörper.

Danis betrachtete sie mit zusammengekniffenen Augen.

„Ich wusste nicht, dass man dir das angetan hat", sagte Neyla dann und spürte, wie die Kälte Besitz von ihrem Körper ergriff.

„Du musst dich bewegen", überging Danis ihre Bemerkung. „Schwimm!" Er ließ sich ins Wasser fallen und schwamm davon. Zögernd folgte Neyla ihm. Sie war keine besonders gute Schwimmerin, schon gar nicht, wenn das Wasser sie vor Kälte zittern ließ. Als sie das Gefühl hatte, dass das Ufer zu weit in die Ferne gerückt war, stoppte sie und hielt sich mit ruhigen Bewegungen über Wasser.

„Also", sagte Danis und schwamm um Neyla herum. „Du hast nachgedacht. Ich höre."

Neyla zitterte am ganzen Körper.

„Weena, die Vertraute des Königs, misst dir eine große Bedeutung für den Fortgang Thalél Malis' bei. Das ist der Grund, warum dich Emilijan nicht töten ließ."

„Ich bin eine Geisel. Das ist von keiner großen Bedeutung, sondern Politik."

„Du verstehst das nicht." Neyla begann mit den Zähnen zu klappern. „Gott, mir ist so kalt, ich kann kaum noch denken." Sie wischte sich die Haare aus dem Gesicht und sah Danis an. „Weena sieht Dinge, die in der Zukunft liegen. Bedeutende Dinge."

„Was hat sie gesehen?"

„I-ich weiß es nicht. In meiner Gegenwart fallen nur

bedeutungsschwangere Worte.“ Neyla sah zum Ufer. Danko und drei Gardisten sprangen gerade von ihren Pferden und traten näher an den See heran.

Ein heftiger Krampf packte Neylas linke Wade.

„Ich denke nur, dass wir es herausfinden sollten. Ich habe eigene Pläne, was mein Leben angeht. Und du sicher auch.“ Schmerz zeichnete Neylas Gesichtszüge. Plötzlich spürte sie Beklemmung in ihrer Brust und jeder Atemzug fühlte sich schwer wie Blei an. Schweißperlen standen auf Neylas Stirn, während sie am ganzen Körper zitterte und die blauen Lippen aufeinanderpresste. Der Schmerz in der Wade zog sich immer weiter nach oben durch ihre tauben Gliedmaßen. Ihre Bemühungen, sich über Wasser zu halten, wurden unkontrollierter und unruhiger.

„Danis, ich kann nicht mehr!“, rief sie dem Anarten bestürzt zu und tauchte im selben Moment unter Wasser. Sie kämpfte sich atemlos zurück an die Wasseroberfläche und blickte sich panisch nach Danis um. Ein paar Armlängen von ihr entfernt, dort, wo sich die aufgeregten Wellen glätteten, betrachtete Danis sie interessiert und in seinen Augen lag nicht mehr als erhabene Ruhe.

Neyla schluckte Wasser, als sie sich erneut nicht über der Wasseroberfläche halten konnte. Sie hustete und ihre Arme schlugen wild auf das Wasser. Die Prinzessin versuchte nach Danis zu greifen, Halt zu finden. Aber der Anarte machte keinerlei Anstalten, ihr zu helfen. Bevor die Wasserdecke über Neylas Kopf zusammenschlug und sich ihre Lungen mit kaltem, schwerem Wasser füllten, war das Letzte, was sie von ihm wahrnehmen konnte, der kurze Moment des Bedauerns, der in seinen Augen aufflackerte. Erleichterung legte sich über Neylas Sinne. Das Wasser trug sie schwerelos durch die Kälte, während um sie herum winzige Luftbläschen tanzten und mit ihrem letzten Atemzug an die Wasseroberfläche stiegen.

„Die Dinge haben sich bereits verändert, Emilijan", vernahm Neyla gedämpft Weenas eindringliche Stimme, irgendwo am Ende ihres Bettes. „Glaubt Ihr ernsthaft, er hätte nicht fliehen können, wenn er das gewollt hätte? Bei den Göttern, er hätte Neyla ertrinken lassen können, stattdessen rettet er sie und bringt sie nach Thalél Malis zurück!"

Danis. Er hat mich nicht sterben lassen. Ein Lächeln huschte über Neylas Gesicht. Noch immer spürte sie die Kälte des Wassers und so gut wie jeder Atemzug, war er auch noch so flach, hatte einen Hustenfall zur Folge, der einen unangenehmen Druck in ihrem Brustkorb zurückließ.

„Keine Veränderung ist von Bedeutung, solange du Thalél Malis noch immer brennen siehst", antwortete Emilijan ebenso leise.

„Diese schon", antwortete Weena inständig. „Es ist nicht mehr Yarne Bork, der Thalél Malis zu Fall bringen wird. Sondern Eure Schwester."

Neyla hielt den Atem an. Sie durfte sich nicht anmerken lassen, dass sie diese Unterhaltung mitbekam. Allerdings befürchtete sie, das Flackern ihrer Augenlider nicht unter Kontrolle zu haben, welches Schlafenden gottgegeben war. Also runzelte sie die Stirn, als würde sie unter einem Traum leiden, seufzte und ließ ihren Kopf zur Seite fallen, abgewandt von Emilijans und Weenas Blicken.

„Warum sollte Neyla so etwas tun?"

„Ich weiß es nicht." Weenas Gewänder raschelten, als sie zur Tür schritt.

Eine Antwort, die dem König offenbar nicht gefiel. Er verstellte Weena den Weg, packte sie am Arm und hinderte sie ziemlich unsanft daran, das Zimmer zu verlassen.

„Du weißt es nicht?“, zischte er. „Mein Vater folgte deinen Worten blind. Und starb. Ich werde nicht denselben Fehler begehen!“

„Euer Tod ist genauso vorausbestimmt, wie der Eures Vaters. Egal was Ihr tut, Ihr könnt diesen Tag nicht aufhalten. Verzögern, vielleicht. Aber niemals verhindern“, antwortete Weena mit ruhiger Stimme. „Vergesst niemals, worum es hier geht. Nutzt die Zeit, die Euch auf dem ehernen Thron verbleibt, weise.“

„Das tue ich!“, spie Emilijan Weena entgegen. „Ich tue seit dem Tod meines Vaters nichts anderes! Ich wache morgens auf und spinne Fäden für eine Zukunft, in der ich nicht einmal mehr existieren werde! Und abends, bevor ich einschlafe, bete ich jeden Tag aufs Neue, dass diese Zukunft noch nicht angebrochen ist. Also sag mir nicht, dass ich nicht vergessen soll, worum es hier geht. Noch bin ich hier! Noch bin ich König! Du spielst mit dem Feuer, Weena. Es ist mir ein Leichtes, deinesgleichen auf dem Scheiterhaufen zu verbrennen“, fuhr Emilijan Weena ungehalten an und zerrte dabei unsanft an ihrem Arm.

„Wie es scheint, werden wir dann alle brennen“, gab Weena gleichgültig zurück. Mit einer einzigen Bewegung befreite sie sich aus dem Griff des Königs und verließ Neylas Schlafgemach.

Stille. Nur Emilijans Atmen war zu hören. Dann knarrten die Dielen unter seinen Stiefeln und ein leichter Luftzug durchströmte das Zimmer, als er hinter sich die Tür schloss.

Neyla schlug die Augen auf. *Was zur Hölle geht hier vor sich?*

Zehn Tage ließen die königlichen Heiler Neyla das Bett hüten, obwohl sie sich bereits nach ein paar Tagen wieder bei Kräften fühlte. In Neyla wuchsen die Ungeduld und auch die Angst, Emilijan könnte Danis in der Zwischenzeit etwas angetan haben. Sie fühlte sich abgeschirmt von der Welt jenseits der

Mauern ihres Zimmers. Die Bediensteten brachten bei ihren Arbeitswegen keine Neuigkeiten über Danis mit und auch Emilijan ließ sich nach ihrem offenkundigen Erwachen nur ein einziges Mal blicken. Er wirkte dabei aufrichtig besorgt um ihren Gesundheitszustand, aber seine Stirn war durchzogen von einer kritisch anmutenden Falte. Er stellte keine Fragen, wie es zu dem *Unfall* im Bergtau kommen konnte. Vermutlich hatte Danko ihm bereits alles berichtet, was er gesehen hatte. Als Emilijan der Wiederaufnahme des Trainings zustimmte, war Neyla erleichtert. Seitdem fieberte sie dem Ende ihrer Bettruhe entgegen und als dieser Tag angebrochen war, trat sie bereits im Morgengrauen in voller Trainingsmontur aus ihren Gemächern.

Fragend ruhte Dankos Blick auf der Prinzessin, als er im Türrahmen Haltung annahm.

„Wo finde ich Danis?“

„Vermutlich schläft er noch.“ Danko rieb sich mit seiner Hand die Müdigkeit aus dem Gesicht. „Solltet Ihr es nicht etwas ruhiger angehen lassen?“

„Ich fühle mich bestens, Danko. Wo ist Danis untergebracht? Ich möchte zu ihm.“

Danko räusperte sich. „In seiner Zelle unterhalb der Wächtertürme. Dort, wo alle Kriegsgefangenen untergebracht sind.“

Neyla runzelte die Stirn. Warum hatte sie das nicht früher in Erfahrung gebracht? „Er ist auch mein Lehrmeister. Ich verlange, dass man ihm eine entsprechende Unterkunft zuteilt.“ Ihre Hände umklammerten fest den Umhang, den sie für Danis von einer Bediensteten hatte besorgen lassen.

„Ich werde mit Eurem Bruder darüber reden. Es spricht sicherlich nichts gegen eine Unterbringung im Bedienstetentrakt“, antwortete Danko sachlich.

„Dann bring mich jetzt zu ihm“, verlangte Neyla und ging voraus. Mit nur wenigen Schritten hatte Danko sie eingeholt. „Es ist Euch nicht gestattet, das Gewölbe unterhalb der

Wächtertürme zu betreten", ließ er verlauten. „Zu Eurer eigenen Sicherheit", fügte er noch hinzu, als er Neylas fragenden Blick bemerkte. Sie passierten mit schnellen Schritten die Treppe zum Hof und Danko stoppte Neyla, indem er sie am Arm festhielt.

„*Ihr* wartet. *Ich* hole den Anarten." In Erwartung einer zustimmenden Antwort blickte er Neyla eindringlich an und rang der Prinzessin ein Nicken ab. Dann ging er mit schnellen Schritten über den Hof. Zum ersten Mal fiel Neyla auf, welch mächtige Schatten die zwei Wächtertürme in den Hof warfen. Sogar jetzt, im Morgengrauen. Dunkel erhoben sie sich in den Himmel, wo die schwache Morgensonne bereits ein paar Wolken in ein kräftig leuchtendes Rot getaucht hatte, die vom Wind über den Horizont geschoben wurden. Die Wächtertürme muteten schlank und unendlich hoch an. Sie überragten das Plateau. Auf ihren Kuppeln wehten die Flaggen mit dem Emblem Thalél Malis'. Neylas Blick folgte wieder Danko. Die Wachen gewährten ihm Einlass durch ein breites Tor in der Mauer, hinter der sich die Türme erhoben. Die Prinzessin atmete tief durch und legte den Kopf in den Nacken. Atmen tat nicht mehr weh. Die Luft roch feucht und frisch. Über Thalél Malis lag eine friedliche Stille. Neyla konnte die Wachen auf dem Plateau stehen sehen. Aus den Ställen drang das Schnaufen der Pferde. Einer der Stallburschen stand auf dem Hof und bürstete geräuschvoll einen Hengst, als er rückwärts taumelte und über das Zaumzeug stolperte, welches er auf dem Boden ausgebreitet hatte. Entschuldigend sah er zu Neyla herüber. Die Prinzessin lächelte und nahm aus dem Augenwinkel die beiden Gestalten wahr, die durch das Tor an der Mauer die Wachen passierten. Danko, gefolgt von einem mürrisch dreinblickenden Danis. Neyla atmete kontrolliert aus.

„Bitte keine Schwimmausflüge mehr, Hoheit", meinte Danko im Vorbeigehen und hob mahnend die Augenbraue. Dezent zog er sich zurück.

Unausgeschlafen blickte Danis Neyla an und fuhr sich durch

die wirren Haare. „Ich nehme an, du hattest starke Sehnsucht nach mir. Anders kann ich mir nämlich nicht erklären, warum du um diese Zeit deinen Schatten auf mich hetzt."

„Ich bin bereit zum Training", antwortete Neyla mit ruhiger Stimme.

„Schön für dich. Ich bin müde. Und hungrig."

Neyla nickte. Sie hatte nicht erwartet, dass Danis ihr anders gegenübertreten würde, als bisher. Trotzdem musste sie unweigerlich lächeln. Er hatte sie nicht sterben lassen. Sie zog sich die Kapuze ihres Capes über den Kopf. „Gegen den Hunger lässt sich etwas tun", sagte sie dann verschwörerisch und reichte Danis den Umhang. Argwöhnisch griff er danach und breitete ihn aus. Neyla gab Danis ein Zeichen, ihr zu folgen. Nur zögernd setzte sich der anartische Krieger in Bewegung und schwang sich dabei den Umhang um die Schultern.

Neyla führte Danis über die Zugbrücke von Thalél Malis hinunter zum Marktplatz, wo schon geschäftiges Treiben herrschte. Bauern und Händler errichteten ihre Stände, breiteten Stoffe und Kleider auf dem Boden aus und rollten Weinfässer an ihren Platz. Eine Horde Kinder jagte lachend quer über den Markt einem Hund hinterher. An einem Fuhrwerk, der mit Backwerk beladen war, hielt Neyla an. Sie fischte ein paar Münzen aus der Ledertasche ihres Gürtels und kaufte einen Laib Süßbrot. Neyla bedankte sich mit einem Lächeln bei dem Bauern, riss das flache, tellerförmige Brot in zwei gleichgroße Hälften und reichte Danis eine davon. Sie folgte Danis zu einem Mauervorsprung und nahm neben ihm darauf Platz. Gierig schob sie sich ein Stück Süßbrot in den Mund und betrachtete das Treiben auf dem Marktplatz. Es tat gut, nicht als Prinzessin von Jordanes erkannt zu werden. Ob es Danis ebenso ging, jetzt, wo der Umhang den verräterischen Ring an seinem Hals verbarg?

„Du hättest mich sterben lassen können", bemerkte Neyla dann unvermittelt, während ihr Blick noch immer über den

Marktplatz schweifte.

„Die Versuchung war groß", antwortete Danis und biss in das Süßbrot. „Aber mir kam in den Sinn, dass dein Leidensweg an der Seite eines anartischen Stammeserben länger sein wird, als er es beim Ertrinken jemals sein könnte." Seine Stimme troff vor Zynismus.

„Dir ist klar, dass ich jeden Anarten töten werde, der es wagt sich in mein Bett zu legen."

„Betten werden überbewertet." Über Danis' Mund huschte ein schiefes Lächeln. Dann wurde sein Gesicht ernst. „Ich werde dir alles beibringen, was du wissen musst, um in Anartier überleben zu können. Aber das ist keine Garantie dafür, dass man dich nicht zu einer Hochzeit zwingen wird. Und ehrlich gesagt ist mir das auch egal. Wenn wir in Anartier sind, werde ich bei der erstbesten Gelegenheit verschwinden. Solltest du mich daran hindern, werde ich über Leichen gehen. Auch über deine."

„Wirst du gegen Jordanes in den Krieg ziehen?", erkundigte sich Neyla, ihren Blick weiter auf den Marktplatz gerichtet.

„Wir beide sind Verbündete, keine Freunde. Und wenn das hier vorbei ist, dann stehen wir uns als das gegenüber, was wir seit jeher sind."

„Feinde." Nur sehr leise kam Neyla dieses Wort über die Lippen. Es fühlte sich im Zusammenhang mit Danis falsch an und Neyla suchte nach Worten, ihm das mitzuteilen. Gab es ein Wort für das, was sie in der Nähe des anartischen Kriegers empfand? Neyla schwieg. Sie wandte den Blick vom Markt ab und betrachtete Danis von der Seite. Der Anarte wirkte angespannt.

„Der gesamte Weg von der Zugbrücke bis zum Markt und dann noch weiter bis zu den Bauernsiedlungen …", erinnerte er sich zurück. „… auf beiden Seiten standen unzählige Pfähle, auf die dein Bruder die Köpfe tapferer und ehrbarer Krieger spießen ließ. Einige von ihnen waren fast noch Kinder." Danis sah Neyla mit festem Blick an. „Er hat ihre Leichen zur Schau gestellt und sie entehrt. Kein einziger von ihnen konnte den Tod erfahren, der ihm zustand."

Neyla senkte den Blick. Es war unnötig zu erwähnen, dass auch Jordanes' Krieger brutal geschlachtet worden waren. Oder das Danis ihren Vater getötet hatte.

„Die Walküren wählen auf dem Schlachtfeld die ehrenvoll Gefallenen aus, um sie nach Walhall zu führen, aber sie kratzen keine verwesten Schädel von Pfählen." Danis verzog angewidert das Gesicht und zerbröselte ein Stück Süßbrot zwischen seinen Fingern. „Ich bekomme diesen Anblick einfach nicht mehr aus meinem Kopf. Oder diesen Geruch. Ich bin auf dem Blut meiner Leute ausgerutscht, als mich dein Bruder wie ein Stück Vieh hinter seinem Pferd herzog." Danis ließ sich von dem Mauervorsprung gleiten und blieb vor Neyla stehen, beugte sich zu ihr hinunter und stützte sich dabei mit seinen Händen rechts und links von Neylas Körper ab. Sein Gesicht war ihrem jetzt so nahe, dass seine Nasenspitze ihre Stirn streifte.

„Du tust gut daran, diesen Tag ebenfalls niemals zu vergessen. Denn sonst vergisst du, wer *ich* bin. Und worauf du dich eingelassen hast."

Thalél Malis wird brennen.

„Keine Angst, du wirst ja nicht müde, mich ständig daran zu erinnern", antwortete Neyla und ihr Herz klopfte ihr bis zum Hals. Sie fühlte sich ertappt. Es entfiel ihr immer wieder, welcher Abstammung Danis war. Und so paradox es auch klang, aber sie fühlte sich wohl in seiner Nähe.

Über Danis' Lippen huschte ein Lächeln. „Sieh über meine linke Schulter", forderte er sie dann auf. „Deinen Schatten, siehst du ihn?"

Neyla tat, was Danis verlangte und nickte. Dankos Statur war unschwer zu erkennen. Er hielt sich zwar im Hintergrund, hatte aber offenbar nicht die geringste Absicht, seine ständige Nähe zu verbergen.

„Häng ihn ab. Benutz deinen Kopf statt Waffen. Dein Training beginnt *jetzt*", raunte Danis' Stimme in Neylas Ohr.

Er ist ein Wolf, den du zurück in seine Wälder bringst.

Die Tage vergingen wie im Flug und Danis hielt Wort. Er unterrichtete Neyla, teilte sein Wissen und Kampferfahrungen mit ihr. Er ließ sie stundenlang durch den Wald rennen und zeigte ihr, von welchen Beeren, Pilzen oder Kräutern man sich ernähren konnte. Er ließ sie aus Ästen Pfeile für ihren Bogen schnitzen, auf Bäume klettern und dort übernachten. Längst war es zu einem amüsanten Spiel geworden, ihren unnachgiebigen Verfolger Danko abzuhängen und Neyla bemerkte kaum, dass die Taktiken, die sie hierfür entwickelte, ebenfalls Bestandteil ihrer Ausbildung waren. Neyla lernte, ohne Sattel auf einem ungezügelten Pferd zu reiten, wie man ein Messer warf und Menschenansammlungen und Chaos nutzte, um spurlos zu verschwinden. Ihre Schwertkampfkünste entwickelten sich zwar ganz passabel und würden den ein oder anderen Gegner mit Sicherheit überraschend daran erinnern, dass eine Frau mehr als nur ein hübsches Gesicht zu bieten hatte, aber gegen einen geübten Schwertkämpfer würde sie chancenlos bleiben. In ruhigen Augenblicken erzählte Danis von anartischen Göttermythologien. Er brachte Neyla bei, mit welchen Worten man einen anartischen Krieger beleidigen konnte, welche Umgangsformen in Anartier herrschten und wie die einzelnen Stämme unter ihren Stammesfürsten organisiert waren. Danis erklärte ihr, wie man anhand der Form der Wolken das Wetter voraussagen und dieses Wissen für taktische Pläne nutzen konnte. Er ließ die Prinzessin anartische Runen zeichnen und lehrte sie ihre Bedeutung. Die Tage an der Seite des anartischen Kriegers schienen ihre Stunden in nur wenigen Wimpernschlägen zu verlieren und so sehr sich Neyla auch bemühte, Distanz zwischen sich und Danis und zu bringen, so konnte sie nicht verhindern, dass sie jede noch so zufällige Berührung ins Schwanken brachte.

Und dann kam der Tag, an dem Neylas Ausbildung erneut auf den Prüfstand gestellt wurde. Abwartend saß Danis auf seiner Pritsche in seinem kargen Bedienstetenzimmer und starrte auf die von außen abgeschlossene Eichentür. Er hatte lediglich ein Gefängnis gegen ein anderes getauscht. Allerdings hatte er so viel Zeit mit der Prinzessin an der frischen Luft verbracht, dass ihm dieser Umstand erst jetzt auffiel. Danis überraschte es nicht, als er dem Stimmenwirrwarr hinter seiner Tür von den Bediensteten entnahm, dass die Prinzessin sich offenbar nicht einmal bemüht hatte, unauffällig den Königssitz zu verlassen. Stattdessen war sie, eingehüllt in ein rotes Cape, unmittelbar nach dem Wechsel der Wachen, durch das Tor die Zugbrücke entlanggeritten. Der König und die Männer der königlichen Garde hatten sofort ihre Fährte aufgenommen und folgten indes einem Pferd und seiner Reiterin in die Wälder Jordanes'.

Danis lächelte. Wenn der König und seine Männer die Reiterin und ihr Pferd eingeholt hatten, würden sie mit Erstaunen feststellen, dass es sich nicht um Neyla handelte. Die Prinzessin war eine gelehrige Schülerin gewesen und hatte verstanden, dass eine Täuschung manchmal ausreichte, sich den entscheidenden Vorsprung zu verschaffen. Sie war im Trubel auf dem Marktplatz vom Pferd gestiegen und hatte ihr Pferd an eine eingeweihte, vertrauenswürdige Bedienstete abgegeben, die sich das rote Cape der Prinzessin über die Schultern gelegt hatte, bevor sie zügig davongeritten war.

Und während die Reiter der königlichen Garde, mit dem König an ihrer Spitze, über den Marktplatz der vermeintlichen Prinzessin hinterherjagten, überreichte Neyla einem jungen Bauern ein paar Münzen. Dann stieg sie zu den Schweinen in einen alten, knarrenden Karren, der von zwei Gäulen gezogen wurde und schmierte sich unter dem Lachen des Bauern

Schweinemist ins Gesicht. Der Bauer setzte die Pferde in Bewegung und führte den Karren aus der Stadt bis zur Siedlung. Dort angekommen stieg Neyla aus, bedankte sich, schulterte ihren Bogen und rannte los in den Wald. Noch hatte sie keine Verfolger im Nacken. Doch bald würden sie die Täuschung bemerken. Leise ging Neyla abseits der bekannten Wege durch den Wald. Immer wieder hielt sie an, lauschte in die Stille. Als die Prinzessin irgendwann Hufschläge vernahm, kletterte sie auf einen Baum und versteckte sich im Astwerk. Neyla versuchte kontrolliert und lautlos zu atmen und ihren Herzschlag zu beruhigen. Sie späte durch das Blattwerk des Baumes und sah Eileen, ihre Bedienstete, die auf ihrem Pferd zum Königssitz zurückritt. Was bedeutete, dass ihre Täuschung aufgeflogen war. Da niemand Eileen gefolgt war, schlussfolgerte Neyla, dass man ihr auf dem Weg zum Eldarstein eine Falle stellen würde. Emilijan und seine Männer erwarteten sie also. Was wiederrum bedeutete, dass Neyla einen anderen als den bekannten Weg zum Eldarstein nehmen musste, um an ihren Verfolgern vorbeizukommen. Wenn die sich allerdings getrennt und mehrere Wege zum Eldarstein eingeschlagen hatten, stand Neyla vor einem Problem. Obwohl sie jetzt durchaus in der Lage war, es mit einem Mann aufzunehmen. Neyla kletterte vom Baum, orientierte sich kurz und lief weiter. Der große Umweg, den sie einschlug, würde sie einen halben Tag kosten. Gott sei Dank war sie schmerzende Füße in letzter Zeit gewohnt. Um ihren Durst zu stillen, presste sie Moos aus und gegen den Hunger kaute sie Kräuter. Der Mond warf bereits sein silbernes Licht auf die Erde, als sich der Wald lichtete und der Boden immer steiniger wurde. Felsbrocken ragten aus dem Boden empor und die Möglichkeiten, sich versteckt und lautlos fortbewegen zu können, wurden immer geringer. Neyla blieb hinter einem Felsen hocken und lugte hervor. In der Ferne war der Eldarstein bereits zu erkennen. Der mannshohe und breite Felsen, auf dem die Namen aller Könige

Jordanes' verewigt waren. Ihn zu erreichen, ohne vorher gefasst zu werden, war das Ziel. Und sie war so kurz davor. Wild schlug Neylas Herz. Der Triumph war zum Greifen nahe. Doch es erschien ihr zu einfach. Emilijan und seine Männer waren irgendwo da draußen und warteten nur darauf, dass sie in Erscheinung treten würde. Sehr wahrscheinlich sogar, hatten sie sich voneinander getrennt und hockten vereinzelt hinter den umliegenden Felsen oder Bäumen. Neyla lauschte in die Stille der Nacht und überlegte angestrengt. Um ihre Verfolger herauszulocken, benötigte sie ein Ablenkungsmanöver. Der Mond tauchte die Umgebung in ein kühles Licht. Neyla sah sich um. Unweit entfernt entdeckte sie in einem Baum einen Bienenstock. Geräuschlos ergriff Neyla ihren Bogen und spannte einen Pfeil ein. Sie zielte. Surrend zerschnitt der Pfeil die Luft und traf den Bienenstock, der beträchtlich hin und her schwang, sich jedoch nicht vom Ast löste. Neyla fluchte im Stillen und spannte erneut ihren Bogen. Der zweite Pfeil traf und der Bienenstock sauste mit einem Krachen und Rascheln, das selbst Tote wieder zum Leben erweckt hätte, durch das Astwerk des Baumes nach unten. Gebannt sah sich Neyla um. Drei Gestalten lösten sich lautlos aus der Dunkelheit. Eine gab ein Handzeichen und ging voran in die Richtung, in welcher der Bienenstock zu Boden gefallen war. Neyla lächelte zufrieden. Doch in dem Moment, in dem sie sich erhob, bemerkte sie einen Schatten in ihrem Rücken. Neyla wirbelte herum und blickte in Dankos Gesicht.

„So 'n Pfeil ist ganz schön laut", bemerkte er mit gedämpfter Stimme und sah Neyla ausdruckslos an. „Außerdem stinkt Ihr drei Meilen gegen den Wind. Ist das etwa Schweinescheiße in Eurem Gesicht?"

In Neyla brach etwas zusammen, das sie panisch erscheinen ließ. Das hier durfte nicht so enden. Ihre Hand tastete nach dem Heft ihres Schwertes. Danko registrierte diese Bewegung mit erhobener Augenbraue. Dass ihre Entschlossenheit ganz offensichtlich zur Belustigung des Gardisten beitrug, verärgerte Neyla.

„Das ist der Moment, in dem Ihr rennen solltet", sagte Danko dann und nickte in Richtung des Eldarsteines. „Bevor ich es mir anders überlege."

Fragend blickte die Prinzessin Danko in die Augen. Warum tat er das für sie? Es war schwer, aus Dankos Verhalten schlau zu werden und die richtigen Schlüsse zu ziehen. Aber auf eines konnte sie bei Danko sicher vertrauen: Er war ihr gegenüber niemals wortbrüchig geworden. Und wenn er ihr die Empfehlung gab wegzurennen, dann sollte sie diese auch befolgen. Neyla nickte dem Gardisten dankend zu. Dann rannte sie, so schnell wie der Teufel, los.

„Warum überrascht mich deine Bitte so gar nicht, Schwester?" Emilijan lehnte sich auf seinem Stuhl zurück und betrachtete Neyla forschend über den Runden Tisch hinweg.

„Danis Bork hat mich in den letzten Wochen ausgebildet." Neyla schob sich eine Haarsträhne von der Schulter. „Erfolgreich", fügte sie dann noch hinzu. „Es ist nachvollziehbar, dass ich ihn in Anartier an meiner Seite haben möchte. Er kennt das Land. Und ich fühle mich sicherer."

„Er ist ein Wolf, den du zurück in seine Wälder bringst. Bei der ersten Gelegenheit wird er uns angreifen und versuchen zu fliehen. Ihn an deiner Seite zu wissen, sollte dich in Panik versetzten, Neyla", antwortete Emilijan nachdrücklich. „Du weißt, wie wichtig er für Jordanes ist, wenn Yarne Bork den Kriegsweg einschlägt."

„Ich verbürge mich für Danis. Kette ihn meinetwegen an mich", schlug Neyla vor.

„Denkst du wirklich, dass er auch nur einen Moment lang

zögern würde, dich zu töten, wenn er dadurch die Freiheit erlangt?", antwortete Emilijan prävalent.

„Ich glaube mich daran zu erinnern, dass er bereits eine Chance hatte, mich sterben zu lassen."

„Meine Antwort darauf lautet trotzdem nein."

„Das war keine Bitte, Emilijan. Ohne Danis Bork werde ich dich nicht nach Anartier begleiten." Neyla fing den Blick ihres Bruders auf und hielt ihm stand. Wenn Emilijan sie wirklich mit einem Stammeserben verheiraten wollte, so dürfte ihre Anwesenheit ein wesentliches Druckmittel darstellen.

Nach Selbstbeherrschung ringend, wischte Emilijan mit den Händen über sein Gesicht und hielt einen Moment lang inne.

„Lass uns allein, Neyla", sagte er dann mit kalter Stimme.

Neyla zögerte. Sie sah zu Danko, dessen Blick dem Befehl des Königs stumm beipflichtete.

„Danko. General Aaden." Neyla nickte den Anwesenden kurz zu, bevor sie sich umdrehte und zur Tür ging. Und kaum hatte sie ihr Gesicht abgewandt, huschte ein Lächeln über ihre Lippen. Sie fühlte, dass sie sich diesmal gegen ihren Bruder durchgesetzt hatte. Leise schloss sie die Tür hinter sich.

„Ich habe kein Problem damit, sie gefesselt auf ein Pferd zu verfrachten." Der König sah nachdenklich in den Raum.

„Gefesselt kann sie sich im Fall eines Angriffes nicht verteidigen", bemerkte Danko scharfsinnig. „Außerdem wird es Fragen aufwerfen, wenn man die Prinzessin den Stammesfürsten und ihren Erben derart vorführt."

General Aaden nickte zustimmend.

„Es wäre besser, die Prinzessin vorzubereiten auf das, was in Anartier von ihr erwartet wird." Danko sah den König prüfend an. „Ich fürchte, dass sie nicht erfreut sein wird."

„Sie ist Neyla von Thalél Malis. Es gehört zu ihren Verpflichtungen Jordanes gegenüber, persönliche Befindlichkeiten den Interessen des Reiches unterzuordnen.

Und wenn die Stammesfürsten, zur Festigung einer Allianz unserer Reiche, auf eine Heirat bestehen, dann werden sie eine bekommen." Emilijan wandte sich an General Aaden. „Seht Ihr eine Möglichkeit, die … *Bitte* meiner Schwester zu erfüllen, ohne dass wir unsere einzige Verhandlungsbasis zu Yarne Bork aufs Spiel setzen?"

„Mir gefiel ihr Vorschlag mit dem Anketten ganz gut", antwortete General Aaden. „Ich glaube nicht, dass er ihr etwas antun würde. Die beiden scheinen mir recht vertraut miteinander."

„Vertraut", wiederholte Emilijan und wandte sich fragend an Danko. „Ist mir etwas entgangen?"

„Er hat sie lediglich unterrichtet. Wie Ihr es verlangt habt", antwortete Danko ruhig. „Eure Schwester vertraut ihm."

„Und du? Vertraust du ihm?"

„Ich zolle ihm Respekt, Hoheit. Er trägt sein Schicksal und geht dennoch aufrecht. Aber wenn Ihr mich fragt, ob ich ihm vertraue, so lautet meine Antwort nein."

Emilijan nickte. „Stellt den Tross zusammen. Nicht mehr als zehn Männer. Bevorzugt Krieger des Inneren Kreises. Kleidet Yarne Borks Sohn in die Uniform der königlichen Garde. Es dürfte seinen Fluchtgedanken zumindest etwas bremsen, wenn man ihn im eigenen Land für den Feind hält." Der König erhob sich von seinem Stuhl. „Und, Danko? Besorge die Ketten, mit denen sich meine Schwester an den Anarten zu binden wünscht!"

„Seht mich nicht so an", meinte Danko fast entschuldigend, als er den Eisenring um Neylas Handgelenk zudrückte. „Das hier war nicht meine Idee."

Neyla betrachtete argwöhnisch die Eisenkette, die von dem Eisenring ihres Handgelenkes zu Danis führte und an einem massiven Eisenring an seinem linken Handgelenk endete.

„Ist das Euer Ernst?“ Mit zornigen Blicken sah Danis zu ihr hinüber. Man hatte ihm das schwere Halsband abgenommen. Er trug die Uniform der königlichen Leibgarde und der polierte Brustharnisch wirkte an ihm wie ein Fremdkörper. „Ihr nehmt mir die einen Ketten ab, um mir andere anzulegen?“

Neyla seufzte und zuckte mit den Schultern. Sie hatte nicht damit gerechnet, dass Emilijan sie beim Wort nehmen würde. „Wir werden ein paar Tage unterwegs sein. Es wird sich eine Gelegenheit finden, diese Dinger loszuwerden.“ Neyla sah Danko fragend an. „Oder? Er wird mir unmöglich folgen, wenn ich mich erleichtern möchte.“

„Darauf würde ich nicht wetten, Hoheit“, antwortete Danko, reichte Neyla die Zügel ihres Pferdes und ließ sie stehen. Neyla fluchte innerlich. Sie stieg in den Steigbügel und wollte sich gerade in den Sattel schwingen, als sich ein Zug auf die Eisenkette legte und sie zu Boden riss. Neyla sah zu Danis auf und stellte fest, dass er absichtlich an der Kette gezogen hatte, um sie vom Pferd herunterzubekommen. Zornig runzelte sie die Stirn, erhob sich und klopfte den Staub aus ihren Kleidern, während Danis sie einfach nur demonstrativ anblickte. Was durchaus ausreichte, um seine Haltung unmissverständlich klarzumachen.

Neyla trat näher an Danis heran. Sie musste ihren Kopf ein wenig in den Nacken legen, um ihm ins Gesicht sehen zu können. „Ich trage diese Ketten nicht um meinetwillen“, sagte sie dann sehr leise. „Sondern wegen des Versprechens, das ich dir gab.“

Danis nickte und blickte sich um. Dann beugte er sich unvermittelt zu ihr herunter. „Wenn du mich nicht zu meinem Vater begleiten willst, siehst du besser zu, dass wir sie loswerden.“ Sein warmer Atem streifte Neylas Ohr. „Und … ich fürchte, wir werden uns dieses Pferd teilen. Das war es, was ich dir eigentlich sagen wollte.“

Neyla sah sich um und zählte lautlos Männer und Pferde.

Zur Hölle, Danis hat recht! Suchend wandte sich Neyla nach Emilijan um und fand ihn an der Spitze des Trosses. Mit zufriedenem Blick sah er zu ihnen herüber.

„Aufsitzen, Schwester“, sagte er und Neyla presste trotzig die Lippen aufeinander. Die Eisenkette klirrte und Neyla bemerkte an ihrem Zug, dass Danis auf das Pferd gestiegen war. Wie immer reichte er ihr auffordernd seine Hand. Und während Neyla danach griff und sich vor ihm auf das Pferd schwang, wurde ihr schmerzhaft bewusst, dass der Feind ihr öfter die Hand reichte, als ihr eigener Bruder.

Emilijan gab ein Handzeichen und der Tross setzte sich in Bewegung. Der König ritt Allen voraus. Er trug ebenfalls die Uniform der königlichen Garde, lediglich der Siegelring an seiner rechten Hand verriet seine Abstammung. An seiner Seite ritt Danko. Jeweils fünf Männer vor Neyla und Danis und fünf Männer hinter ihnen bildeten die Mitte des Trosses. Nicht irgendwelche Gardisten, sondern Männer des Inneren Kreises. Wortlos und mit ausdruckslosen Gesichtern schirmten sie Neyla und Danis ab. Ihre Anwesenheit war dabei so unterschwellig, dass Neyla fast vergaß, von ihnen umzingelt zu sein. Am Ende des Gefolges zogen Pferde einen beladenen Karren mit Kleidung, Waffen und Verpflegung.

Ein paar Tage, dachte Neyla und ließ sich mit dem Rücken gegen Danis’ Brust sinken. Irgendwo dazwischen würde Danis, der anartische Krieger, *der Königsmörder,* verschwinden. Und Danis Bork, Sohn des Stammesfürsten Yarne Bork, würde heimkehren.

Danis sprach kein einziges Wort. Manchmal ruhten seine müden Hände einen winzigen Augenblick lang auf ihren Oberschenkeln, bevor sie die Zügel wieder fest ergriffen und Abstand hielten.

Neyla war alles egal. Das Schweigen. Danis in ihrem Rücken. Sein stoppeliges Kinn, das gelegentlich ihr Ohr streifte. Das Klimpern der Eisenkette, welche sie mit dem anartischen Krieger verband. Neyla hing ihren Gedanken nach. Sie starrte ununterbrochen in Emilijans Rücken und hoffte, es würde ihn zumindest wütend machen, dass sie sich derart provokativ an den Feind anlehnte. Doch selbst als der König sie nach einer gefühlten Ewigkeit mit einem Schulterblick würdigte, blieben seine Gesichtszüge gleichgültig und ließen keine Schlussfolgerung auf seinen Gemütszustand zu. Emilijan schien wie der eherne Thron geworden zu sein, von dem aus er Jordanes regierte. Kalt. Oder wie Thalél Malis selbst, das von meterhohen Mauern umgeben war. Neyla begann sich zu fragen, wann ihr Bruder sich so verändert hatte und warum ihr all das erst in den letzten Wochen derart bewusst geworden war. Sie hatte Emilijan abgöttisch geliebt, zu ihm aufgesehen und war stets bemüht gewesen, seinen Anforderungen gerecht zu werden. Er war alles, was von ihrer Familie übrig geblieben war. Und dennoch schob er sie, genauso wie Danis oder Kadiel, wie eine Figur über ein Spielbrett.

Mit Verwunderung beobachtete Neyla, wie derselbe Mann jetzt demütig vor dem Eldarstein niederkniete und mit geschlossenen Augen innehielt, während am Horizont die Sonne unterging. Emilijan erbat den Segen seiner Ahnen. Er neigte Kopf und Gesicht vor all den Königen Jordanes'. So wie es ihr Vater getan hatte, wenn er »in den Krieg gezogen war, um Frieden zu machen«, wie er es immer bezeichnet hatte.

Dann stieg Emilijan wieder auf sein Pferd, gab ein Handzeichen und der Tross ritt weiter, bis die Sonne vollständig verschwunden war und sich Dunkelheit über den Himmel legte.

Nachdem die Männer des Inneren Kreises ein Feuer entzündet und die Pferde versorgt hatten, verteilten sie Tierfelle für das Nachtlager.

„Danko? Ich bräuchte einen Moment für mich allein." Neyla streckte dem Gardisten demonstrativ die Hand mit dem Eisenring entgegen.

„Und ich bräuchte ein heißes Bad", gab Danko schlecht gelaunt zurück und trat ein Stück näher an Neyla heran. „Ernsthaft, Prinzessin, Ihr solltet Euch wenigstens etwas Mühe geben, zu verbergen, dass Euch nicht nur Ketten an den Anarten binden. Wenn Ihr so weiter macht, wird es Eurem Bruder egal sein, ob Ihr nur zu ihm aufs Pferd oder auch in sein Bett steigt. Die verdammte Kette bleibt dran!" Trotz gedämpfter Stimme klang Danko mehr als wütend. Eine Wut, die möglicherweise daraus resultierte, dass er auf Neylas Seite stand und ihr Verhalten für töricht und dumm hielt. Vermutlich wollte er sie bloß beschützen. Wie ein Vater seine Tochter. Oder wie der engste Vertraute des verstorbenen Königs, dem er versprochen hatte, stets ein Auge auf die Prinzessin zu haben. Das hatte sie verstanden, als er sie am Eldarstein nicht aufgehalten hatte. Und ein Teil von ihr wollte den Gardisten dafür einfach nur in die Arme nehmen. In ihrem Rücken spürte Neyla, wie Danis näher an sie heranrückte. Geräuschvoll klirrte die Kette an ihrem Handgelenk. Neyla rollte mit den Augen. Zwischen zwei so impulsiven Männern zu stehen, war alles andere als erstrebenswert. Es fühlte sich an, wie die sprichwörtliche Zwickmühle.

„Wenn es so weit ist, richte meinem Bruder bitte aus, dass Betten in Anartier überbewertet werden", gab Neyla beherrscht zurück. In ihrem Rücken unterdrückte Danis nur mühsam ein Auflachen, das in Dankos Augen Zorn aufflackern ließ. Der Gardist ballte die Hände zu Fäusten, atmete demonstrativ durch, starrte zu Danis und ging dabei gedanklich alle möglichen Varianten durch, die dem anartischen Krieger mit nur einem einzigen Schwerthieb den Tod bescheren würden. Dann drehte er sich um und ging wortlos davon. Neyla sah ihm befriedigt nach. Sie war es leid, dass man sie für alt genug hielt, eine Waffe zu tragen aber gleichzeitig von ihr erwartet wurde, sich wie eine eingeschüchterte Maus zu verhalten.

„Er versucht, dich zu beschützen“, erkannte Danis in ihrem Rücken scharfsinnig.

Durchaus, das tat Danko. Neyla seufzte. „Ich fürchte, ich muss mir jetzt einen Busch suchen.“

Danis Augenbraue zuckte amüsiert. „Und ich fürchte, dass ich dir folgen muss.“

Der Prinzessin entglitt ein leises Stöhnen, bei dem Gedanken, ihren nackten Hintern in Danis' Gegenwart in einen Busch strecken zu müssen, nur, um ihre Notdurft verrichten zu können.

„Wir sollten aufhören, deinen Bruder unnötig zu provozieren“, sagte Danis unvermittelt.

„Bitte, was?“ Neyla glaubte, sich verhört zu haben, und blickte den Anarten ungläubig an.

„Du weißt genau, wovon ich spreche“, antwortete Danis leise und bestimmt. „So sehr es mich auch amüsiert, dass du glaubst, den König verärgern zu können, indem du den Anschein erweckst, zwischen uns sei so etwas wie Vertrautheit entstanden. Aber das Ende unserer gemeinsamen Reise ist abzusehen. Und wir wissen beide, was das bedeutet.“

Danis' Worte trafen Neyla genauso unvorbereitet wie das Holzschwert, das er im Training stets bevorzugt hatte. *… indem du den Anschein erweckst, zwischen uns sei so etwas wie Vertrautheit entstanden.* Glaubte Danis wirklich, sie wolle nur den *Anschein* von Vertrautheit erwecken? Fühlte er denn gar nichts in ihrer Nähe? Neyla schluckte und rang nach Fassung. Wie konnte sie nur … so unglaublich dämlich sein und glauben, dass Danis ihre Gegenwart als behaglich empfinden würde? Sie war sein Schlüssel zur Freiheit. Und die Eisenkette war alles, was sie miteinander verband.

„Wir sollten zusehen, dass wir die Kette loswerden“, entglitt es Neyla tonlos.

„Ja", stimmte ihr Danis leise zu.

Schnell wandte sich die Prinzessin ab und setzte sich in Bewegung. Unter Dankos mürrischem Blick folgte Danis ihr vorbei an den Gardisten. Weit genug aus der Sichtweite der Männer entfernt, sah sich Neyla suchend nach einem Busch um. Ungeduldig zerrte sie dabei an der Kette. Bereits jetzt fröstelte es sie und die Nacht würde noch kälter werden.

„Dahin!"

Danis nickte und beobachtete, wie sich Neyla durch das Gestrüpp kämpfte, während er davor stehen blieb.

„Umdrehen!", befahl Neyla.

Verfluchtes Frauenzimmer, dachte Danis. Der Anarte verdrehte die Augen. Wortlos kehrte er ihr den Rücken zu. Neylas Kleider raschelten im Gebüsch und immer wieder spannte sich die Kette und zerrte an seinem Handgelenk. Dann verlieh Neyla ihrer plätschernden Erleichterung mit einem Seufzen Nachdruck und Danis musste unweigerlich grinsen. Während Neyla wieder ihre Kleider ordnete und sich anschließend aus dem Gebüsch kämpfte, öffnete auch er seine Hose, um seinem menschlichen Bedürfnis freien Lauf zu lassen.

„Bei den Göttern!", stieß Neyla aus, wandte erschrocken den Blick ab und trat wieder hinter Danis. Sie starrte in die tanzenden Baumkronen, bewunderte den vollen, silbernen Mond und konnte nur mühsam das Plätschern ignorieren, das vor ihr im Gange war. Noch während er die Hose schloss, drehte sich Danis grinsend zu Neyla herum.

„Du genießt das richtig, nicht wahr?", stellte Neyla angesäuert fest.

„Es gibt Schlimmeres, als an eine Frau gekettet zu sein", feixte Danis. „So müde wie heute war ich noch nie. Ich kann es kaum erwarten, mich auf meine Felle zu legen."

Neyla schnappte nach Luft. Er zog sie auf. Und zwar

schamlos. Leider fehlten ihr darauf die passenden Worte. Neyla stampfte durch das Unterholz und zog Danis an der Kette hinter sich her. Am Feuer saßen Danko und der König. Sie aßen und unterhielten sich angeregt. Fünf Männer des Inneren Kreises waren verschwunden, vermutlich hielten sie Wache in der Dunkelheit. Die anderen fünf Männer standen still um das Lager verteilt herum und blickten der Nacht entgegen.

Neyla ließ sich auf ihr Fell gleiten. Irgendjemand hatte ihnen eine Flasche Wasser und einen Bronzeteller mit Brot und kaltem Schweinefleisch bereitgestellt. Danis griff über Neylas Schulter hinweg nach dem Brot, teilte es und reichte der Prinzessin ein Stück.

„Wie stehst du zu deinem Bruder?", erkundigte er sich dann unvermutet und nahm neben Neyla Platz.

„Die Frage ist doch, wie er zu mir steht", antwortete Neyla und sah Danis an. „Wenn er tatsächlich beabsichtigt, mich in Anartier zu verheiraten und mir gegenüber bis heute noch kein einziges Wort darüber verloren hat, was sagt das dann über ihn aus?"

Kauend zuckte Danis mit den Schultern.

„Da wo ich herkomme, steht die Familie über allem. Ich würde meine Schwester nie verkaufen."

Neyla ließ mit einem verächtlichen Auflachen das Brot auf den Teller gleiten. „Aber du würdest dir den Frieden erkaufen, wenn es von dir erwartet wird. Notfalls durch die Hochzeit mit einer Frau, die du nicht kennst und für die du nicht mehr übrig hast als Verachtung." Die Prinzessin war sich sicher, dass auch Danis eine Vermählung mit ihr nicht ausschlagen würde, wenn die Dinge anders lägen und Danis und sein Vater den Friedensverhandlungen in Lahn ebenfalls beiwohnen würden.

„Auf diese Weise erkauft man sich keinen Frieden", bemerkte Danis und seine Augen funkelten. Er ließ sich rücklings auf sein Fell gleiten und starrte in den klaren Nachthimmel.

„Man befriedigt lediglich seine Rachegelüste."

Neyla dachte lange über seine Worte nach. Und je intensiver sie darüber nachdachte, desto mehr wurde ihr bewusst, dass ihr die Ehe mit einem Stammeserben weit mehr Angst machen sollte, als es bisher der Fall gewesen war. Sie würde in Anartier ebenso gefangen sein, wie Danis in Thalél Malis ein Gefangener gewesen war. Und weder ihr Angetrauter noch irgendjemand anderes würde zimperlich mit ihr umgehen. Dann wäre Danko nicht da, um sie zu beschützen. Neyla lief es siedend heiß über den ganzen Körper. Deshalb hatte Emilijan mit aller Macht ihre Kampf- und Überlebenskünste vorangetrieben. Damit sie in Anartier nicht untergehen würde und sich selbst zu helfen vermochte. Neylas Atem gefror in der Luft und sie rieb ihre kalten Hände aneinander. Sie hüllte sich in mehrere Lagen von Fellen und rollte sich auf die Seite, um in das Feuer zu starren, welches ruhelos vor sich hin knackte und Funken warf. Doch die Angst, die ihre Überlegungen geschürt hatte, brodelte unaufhörlich in ihrem Inneren. Sie verspürte den unnachgiebigen Drang, darüber zu reden. In ihrem Rücken spürte sie Danis, der sich zum hundertsten Mal unter seinem Fell zurechtlegte. Es war so kalt geworden, dass es Neyla nur Recht war, dass Danis näher an sie herangerückt war. Jetzt allerdings spürte sie seine Körpermitte an ihrem Hintern und seine Hand streifte wie zufällig ihre Taille.

„Würdest du das bitte lassen?", zischte Neyla.

„Entschuldige. Mir ist so kalt, ich spüre meine Knochen kaum noch."

„Dafür spüre ich sie umso mehr."

Danis seufzte. „Ich wusste, mit dir ein Nachtlager zu teilen, wird schön."

Stille. Nur das Knacken des Feuers. In der Dunkelheit schnaubte eines der Pferde.

„Du wirst in Anartier um deine Jungfräulichkeit hartnäckig kämpfen müssen", bemerkte Danis leise.

Jungfräulichkeit! Neyla atmete tief durch. Glaubte der Anarte allen Ernstes, sie hätte bis jetzt gelebt wie eine Ordensschwester? „Halt einfach die Klappe!", giftete sie ihn über ihre Schulter hinweg an und wollte etwas Distanz zwischen sich und den Anarten bringen, als sie von Danis zurückgerissen wurde. Die Eisenkette klimperte, als sich seine Hand um ihre Kehle legte. Nicht kräftig aber nachdrücklich genug, um die Prinzessin zu ängstigen. Neyla schluckte erschrocken und hielt still.

„Achte auf deine Worte, Neyla. Einen anartischen Krieger wirst du damit nicht beeindrucken, sondern wütend machen. Und das würde ich an deiner Stelle nur provozieren, wenn du ihm mit Pfeil und Bogen direkt gegenüber stehst und auch bereit bist, zu schießen. Nicht jedoch, wenn du waffen- und chancenlos in seinem Bett liegst. Nicke, wenn du mich verstanden hast." Sehr leise drang Danis' Stimme an ihr Ohr.

Neyla beeilte sich, heftig zu nicken. „Du machst mir Angst", flüsterte sie dann und versuchte, den Kloß in ihrem Hals hinunter zu schlucken.

Einen Moment lang hielt Danis inne. Dann lockerte er den Griff um ihren Hals und seine Hand glitt über ihre Brüste hinab zu ihrem Bauch. „Es ist kalt und ich habe vor, diese Nacht unbeschadet zu überstehen. Ich denke, das liegt auch in deinem Interesse." Nachdrücklich rückte Danis in Neylas Rücken und richtete die Felle über ihnen. Wie erstarrt ließ Neyla ihn gewähren. Irgendwann vernahm sie Danis' gleichmäßige Atemzüge und die Wärme seines Körpers strahlte auf sie ab, verscheuchte die Kälte. Neyla schloss die Augen und der Gedanke an Danis' Hand, die auf ihrem Bauch ruhte und sie an ihn drückte, jagte ihr einen warmen Schauer durch den Magen. Es war schwer, aus seinem Verhalten klug zu werden. Hatte er eben noch davon gesprochen zu frieren oder Emilijan durch den Anschein von entstandener Nähe nicht verärgern zu wollen, so schien jetzt kein einziges seiner Worte von Bedeutung zu sein.

Sein Körper glühte in ihrem Rücken. Und könnte Emilijan sehen, wo die Hand des Anarten ruhte, wäre Verärgerung nicht annähernd das treffende Wort.

Neyla schreckte hoch, als der Boden unter lauten Hufschlägen erbebte. Verschlafen strich sie sich die Haare aus dem Gesicht und nahm wahr, dass Danis, eingehüllt in ein Tierfell, bereits aufrecht auf seinem Nachtlager saß. Neylas Blick glitt über das erloschene Feuer zu dem Reiter in der Uniform der königlichen Garde, der in rasantem Tempo angeritten kam. Der junge Mann sprang aus dem Sattel, noch bevor er das Pferd zum Stehen gebracht hatte, und kam unmittelbar vor dem König auf dem Boden auf.

„Das ist einer der Männer, die Aaden vorausgeschickt hat", erkannte Neyla und schaute zu Danis.

„Er sieht ein wenig aufgebracht aus, meinst du nicht auch?", gab Danis mit einem spöttischen Grinsen zurück.

Neyla runzelte die Stirn. Sie hatte nicht die geringste Ahnung, was den Anarten gerade derart zu amüsieren schien.

„Hoheit." Der Gardist deutete mit einem vagen Nicken eine Verbeugung vor seinem König an. „Die Windbergschlucht ist unpassierbar. Der Weg ist voller Gesteinsbrocken."

„Danko?", wandte sich der König an seinen engsten Vertrauten. „Was denkst du?"

„Der Nordwandpass ist der einzig freie Weg?", erkundigte sich Danko anstelle einer Antwort bei dem Gardisten.

„Ich fürchte ja", antwortete dieser mit fester Stimme.

„Sieht nach einem Hinterhalt aus." Danko sah Emilijan besorgt an. „Nehmen wir den Nordwandpass, betreten wir unweigerlich Yarne Borks Areal. Ich sag's nur ungern, aber wir haben keine Ahnung, was uns hinter dem Pass erwartet. Es existieren keine Karten."

„Wir brauchen keine Karte", meinte Emilijan und nickte

bedeutungsvoll zu Danis.

„Abgesehen davon, dass er dieses Land zuletzt vor zehn Jahren betreten hat – wie weit können wir ihm trauen?“ Dankos Blick ruhte prüfend auf dem König.

„Wir haben keine andere Wahl, wenn wir rechtzeitig zu den Friedensverhandlungen erscheinen wollen. Es sei denn, du hast eine Idee, wie wir mit Pferd und Karren die Berge bezwingen können“, meinte Emilijan.

„Unmöglich.“ Danko fuhr sich nachdenklich mit der Hand durch das Gesicht und rieb sich die müden Augen. „Zieht die fünf Männer, die General Aaden vor Tagen vorausgeschickt hat, zu Eurem Schutz heran. Wir werden sie brauchen.“

Emilijan nickte und wandte sich an den Gardisten. „Wir treffen uns am Eingang des Nordwandpasses. Reite schnell!“

„Jawohl, Hoheit.“ Der junge Gardist schwang sich wieder auf sein Pferd und ritt eilig davon.

„Sieht ganz so aus, als stünde dein Bruder vor einem Problem“, meinte Danis in Neylas Rücken und seine Stimme hatte an Spott nicht verloren. Er hatte, wie die Prinzessin auch, genügend Wortfetzen des Gespräches zwischen dem König, seinem Vertrauten und dem Gardisten aufgefangen, um entsprechend schlussfolgern zu können.

„Es gibt kein Problem, das Emilijan von Thalél Malis nicht als Herausforderung betrachten würde“, antwortet Neyla souverän. Danko nahm unmittelbar Kurs auf sie. Neyla erhob sich, während Danis sitzen blieb und sich die Kette zwischen ihnen spannte.

„Gebt mir Eure Hand!“, forderte Danko und griff, ohne abzuwarten, nach Neylas Handgelenk. „Zieht Euch bequeme Kleider an und lasst Euch Eure Waffen aushändigen.“ Fahrig nestelte Danko den kleinen Schlüssel in das Schloss und ließ es geräuschvoll aufklicken. Unsanft zog er Neyla den Eisenring vom Handgelenk. „Seht Ihr die Sonne?“

Neyla folgte dem auffordernden Blick des Gardisten zu einem Baum in der Ferne, zu dessen Wurzeln der Sonnenaufgang zu reifen schien. „Ihr habt Zeit, bis sie das Blattwerk erreicht. Dann seid Ihr wieder hier und nehmt …“ Danko sah zu Danis. „… Eure *Bürde* in Empfang.“

Hinter Dankos Rücken tauchte Emilijan auf. Er nahm dem Gardisten den Eisenring aus der Hand und betrachtete ihn ausgiebig. „Lasst uns allein“, sagte er dann mit fester Stimme.

Neyla warf einen irritierten Blick zu Danis, bevor sie der Anweisung ihres Bruders folgte und sich aus dem Karren von einem Gardisten, Stiefel, Hose, Tunika, Umhang, Schwert und Bogen aushändigen ließ. Ohne den Blick von Danis und ihrem Bruder abzuwenden, verkroch sie sich ins Gebüsch und zog sich hastig um. Es war seltsam. Neyla hatte stets vermutet, dass Emilijan und Danis aufeinander losgehen würden, sobald sich die Möglichkeit hierzu bot. Aber das Bild, welches sich ihr offenbarte, war voller Ruhe. Emilijan war vor dem Anarten in die Hocke gegangen. Sein kühler Blick hielt Danis fest, während er mit ausdruckslosem Gesicht zu ihm sprach. Mit schnellen Handgriffen fasste Neyla ihr Haar zu einem losen Dutt am Hinterkopf zusammen. Sie befestigte die Ledertasche mit den Pfeilen an dem Gürtel ihrer Tunika und warf sich den Umhang über. Dann ließ sie ihr Schwert in die Scheide gleiten, schulterte hastig ihren Bogen und ging zu dem Karren. Dort ließ sich Neyla von einem Gardisten eine Flasche Wasser geben. Sie wusch ihr Gesicht und spülte sich den Mund aus. Und als sie endlich das Gefühl hatte, einigermaßen vorzeigbar zu sein, ging sie mit einer Wasserflasche und Brot in den Händen zurück zu Danis, wo Emilijan sie schon erwartete.

„Wir müssen über den Nordwandpass nach Anartier“, sagte Emilijan und deutete mit einem Nicken auf ihr Handgelenk. „An welcher Hand behindert dich die Kette beim Bogenschießen am wenigsten?“

„Sie behindert mich an beiden Händen, Emilijan."

Unbeirrt griff der König nach ihrem linken Handgelenk und legte den Ring darum. Geräuschvoll rastete der Verschluss ein. „Es geht nicht anders, Neyla. Wir wissen beide, dass er versuchen wird zu fliehen. Wenn du an deinem Leben hängst, wirst du das zu verhindern wissen."

Mit diesen Worten ließ er Neyla stehen. Wortlos reichte Neyla die Wasserflasche und das Brot nach unten zu Danis. Es war geschickt von Emilijan an ihre Selbsterhaltungstriebe zu appellieren. Da war nur noch das Problem, dass sie sich an Danis' Seite eher sicher als unsicher fühlte. Meistens jedenfalls.

„Sieht ganz so aus, als wärest du früher zu Hause als gedacht", sagte Neyla dann tonlos und beobachtete die Männer des Inneren Kreises, die eilig alle herumliegenden Sachen in den Karren warfen.

„Sieht ganz so aus, als würdest du mich *nach Hause* begleiten", meinte Danis zynisch und hob demonstrativ die Hand, an der die Eisenkette baumelte.

„Und wenn schon. An deiner Seite kann es nicht schlimmer sein als an der eines anderen anartischen Stammeserben." Neyla versuchte, gleichgültig zu wirken.

Danis musterte sie ausgiebig und Neyla geriet ins Schwanken.

„Glaubst du das wirklich?" Danis' Blick war so eindringlich, dass Neyla sich regelrecht ertappt fühlte. Sie hatte die ganze Nacht darüber nachgedacht. Ihre Zukunft, sofern sie diese Reise überleben würde, sah alles andere als rosig aus. Und ja, sie hatte in einem Augenblick der Schwäche darüber nachgedacht, gemeinsam mit Danis zu fliehen. Doch dieser Augenblick zerfiel in unzählige Scherben, als sich Neyla in Erinnerung rief, vielleicht bei Danis in Sicherheit zu sein, aber niemals bei seinem Vater, oder den Menschen seines Stammes. Herrgott, sie war sich noch nicht einmal sicher, ob Danis sie wirklich beschützen und in seiner Gegenwart dulden würde. Es war wirklich dumm, so etwas auch nur in Erwägung zu ziehen. Ganz davon abgesehen, dass sie mit ihrer Abwesenheit die Friedensverhandlungen mit Thore und Modorok gefährden würde.

„Nein, aber ich versuche ständig es mir einzureden", antwortete Neyla schließlich und war sich sicher, dass Danis ihr die Lüge im Gesicht ablesen konnte. „Was wollte Emilijan von dir?"

„Was glaubst du wohl?" Danis erhob sich und kühle Gleichgültigkeit lag in seinem Blick. „Er muss von seinem ursprünglichen Plan abweichen und wird gleich seinen Fuß auf Feindesland setzen, ohne die geringste Ahnung zu haben, was ihn dort erwartet."

„Der Weg über den Nordwandpass ist ein Hinterhalt, nicht wahr?", fragend sah Neyla den Anarten an, der ihren Blick eine gefühlte Unendlichkeit lang festhielt.

„Kümmern wir uns um das Pferd!" Der Krieger wandte sich ab und Neyla folgte ihm gezwungenermaßen. Danis nahm die Decke vom Rücken des Pferdes und legte ihm einen Sattel über. Wortlos reichte Neyla Danis das Zaumzeug. Die Reittiere der königlichen Garde bestanden einzig aus anartischen Wildpferden. Sie waren impulsiv, widerspenstig und misstrauisch. In Danis' Gegenwart allerdings, war von alledem nichts zu spüren. Er trat den Tieren derart selbstverständlich angstlos gegenüber, dass die Pferde sein Verhalten zu spiegeln schienen.

Unruhe brach im Lager aus. Ein Krieger des Inneren Kreises schüttete Wasser über die Glut des Lagerfeuers und dunkler Rauch stieg zischend empor. Danis half Neyla beim Aufsitzen, bevor er sich hinter sie in den Sattel schwang und bereits nach kurzer Zeit wieder die Distanz durchbrach, die Neyla mühsam aufzubauen versuchte, indem sich ihre Körper nicht wie zufällig berührten. Völlig unvermittelt hielt Danis sie mit dem rechten Arm an der Taille umschlungen, während sein linker beide Zügel hielt und auf ihrem Oberschenkel ruhte. Neyla war froh, als

Emilijan endlich das Handzeichen zum Losreiten gab.

Offenbar war der entspannte Teil ihrer Reise vorbei, denn Emilijan zog das Tempo enorm an. Bis zur Windbergschlucht kam Neyla der Ritt vor, als wären sie auf einer Hatz. Aber dann wurde der Weg steiniger und unebener und die schweren Holzräder des Karrens knackten beachtlich. Die Pferde brauchten unbedingt eine Rast. Emilijan drosselte die Geschwindigkeit des Trosses. Hoch über den eisigen Gipfeln der Windberge stand die Sonne. Neyla hörte ihren Bruder zu Danko sagen, dass sie der Umweg über den Nordwandpass wohl einen halben Tag kosten würde. Was wiederrum bedeutete, dass sie am frühen Abend den Nordwandpass erreichen und bis in die Nacht weiterreiten würden. Im Schutz der Dunkelheit war es in feindlichen Gefilden unwahrscheinlicher, erkannt und bemerkt zu werden. Der Gedanke, noch unzählige Stunden auf dem Rücken eines Pferdes verbringen zu müssen, ließ Neyla aufseufzen. Bereits jetzt spürte sie jeden einzelnen Knochen ihres Körpers. Emilijan ließ sich von der Spitze des Trosses zurückfallen und als Neyla und Danis an ihm vorbeiritten, flankierte er ihre rechte Seite.

„Ihr werdet den Karren zurücklassen müssen. Der Nordwandpass ist enger als die Windbergschlucht“, bemerkte Danis leichthin, als hätte er die Gedanken des Königs erraten. „Ein großer Teil ist so unwegsam, dass wir zu Fuß gehen und aufpassen müssen, dass die Pferde sich nicht die Beine brechen.“

Der König nickte, ohne Danis anzusehen. „Wie lange werden wir brauchen?“

„Ohne Pausen könnten wir Anartier bei Einbruch der Dunkelheit erreichen“, antwortete Danis.

„Was liegt hinter dem Pass?“, erkundigte sich Emilijan interessiert und Neyla wunderte sich, in welcher emotionslosen Sachlichkeit die beiden miteinander sprachen.

„Die Grünebenen.“

„Kennst du den Weg in die westlichen Regionen Anartiers?“

Emilijan sah prüfend zu Danis hinüber.

„Ich kenne den Weg nach Lahn“, bestätigte Danis mit fester Stimme. „Es gab eine Zeit, da waren mein Vater und Thore Hell befreundet.“

„Wir wissen beide, warum das nicht mehr so ist“, gab Emilijan mit zusammengekniffenen Augen zurück.

„Ja.“

Neyla hörte mühsam antrainierte Selbstbeherrschung aus Danis’ Stimme heraus.

„Weil Ihr zur Untermauerung Eures Wunsches nach einem Friedensabkommen mit allen Stammesfürsten die Straßen vor Thalél Malis mit anartischem Blut besudelt habt.“ Jetzt sah auch Danis zu Emilijan hinüber. „Mein Vater lässt sich nicht erpressen. Weder vom Feind noch von einem Freund.“

„In der Tat, Yarne Bork ist ein stolzer Mann“, stimmte Emilijan Danis zu. „Sein Stolz überwiegt die Verantwortung, die er für sein Land trägt, um Längen.“

„Das geschlossene Friedensabkommen benachteiligt Anartier sowohl wirtschaftlich als auch finanziell zugunsten Jordanes. Mein Vater ist ein Herrscher und kein Narr. Er hätte niemals einen Vertrag unterschrieben, in dem Anartier auch noch zehn Jahre nach Kriegsende Kriegsschulden bezahlt, obwohl das eigene Volk vor Hunger verreckt.“ Danis vermochte es nicht mehr, seine Verachtung zurückzuhalten, und Neyla fürchtete, er könnte nach ihrem Schwert greifen und es gegen den König richten. Vorsichtig legte sie deshalb die Hand auf das Heft ihres Schwertes und warf Emilijan einen warnenden Blick zu.

„In Anartier ist kaum noch jemand an einem weiteren Friedensabkommen dieser Art interessiert. Oder wie erklärt Ihr Euch die aufkeimenden Rebellionen?“, fuhr Danis unbeirrt fort.

„Das ist ziemlich einseitig betrachtet. Du vergisst, dass wir Anartier beachtliche Anteile unserer Naturressourcen zukommen lassen“, antwortet Emilijan unbeeindruckt. „Thore und

Modorok haben überdies genügend Männer, den Widerstand im Keim zu ersticken. Und glaube mir, nach den Friedensverhandlungen haben sie einen Grund mehr, genau das zu tun."

„Warum?" Neyla blickte Emilijan mit funkelnden Augen an. „Weil durch eine Hochzeit mit mir, einem der Stammeserben die Aussicht auf den ehernen Thron in Thalél Malis gewährt wird?"

Der König lächelte süffisant, ohne seine Schwester dabei anzusehen. „Politik ist herrlich einfach, nicht wahr?"

„Ist es auch einseitig betrachtet, dass in Thalél Malis noch immer anartische Krieger festgehalten werden, obwohl das Friedensabkommen allen Kriegern beider Seiten Freiheit und vollständige Amnesie zusicherte?", hakte Danis nach. „Ich bin mir sicher, dass Thore und Modorok dies als klaren Verstoß gegen das beiderseitige Abkommen werten würden. Meint Ihr, sie stünden mit diesem Wissen noch immer auf jordanesischer Seite?"

„Denkst du wirklich, dass den anartischen Stammesfürsten die Gerüchte über die Unterbringung anartischer Gefangener, unterhalb der Wächtertürme Thalél Malis, nicht bereits zu Ohren gekommen sind? Wenn Thore und Modorok dies veranlassen würde, einen Krieg loszutreten, dann hätten sie es längst getan." Emilijan lächelte kalt. „Mein Vater pflegte stets zu sagen, dass man von einem lebenden Feind mehr über den Frieden lernt, als von einem toten Feind." Mit diesen Worten trieb er sein Pferd an und jagte wieder an die Spitze des Trosses.

„Ich werde ihn umbringen", murmelte Danis in Neylas Rücken. „Ich schwöre bei den Göttern, dass ich ihm ein Schwert in die Brust rammen und zusehen werde, bis der letzte Tropfen Hochmut blutrot aus ihm herausgelaufen ist."

„Danis." Neylas Stimme schwang irgendwo zwischen Besorgnis und Warnung.

„Du kannst deine Hand von deinem Schwert nehmen", knurrte Danis leise. „Wenn es so weit ist, wirst du mich sicherlich nicht aufhalten."

Und wieder schlug diese Welle über Neyla zusammen, die sich anfühlte, wie das eisige Wasser des Bergtaus. Wenn Danis tatsächlich die Flucht gelang, gab es nichts mehr, was einen Krieg zwischen Nordanartier und Jordanes verhindern würde. Denn Danis brachte alles zu seinem Vater, was es vermochte, längst erloschene Feuer wieder zum Brennen zu bringen: sich selbst. Und diesmal würde es einen Flächenbrand geben.

Am Eingang des Nordwandpasses trafen sie in den frühen Abendstunden auf die Männer der königlichen Garde, die General Aaden zur Erkundung vorausgeschickt hatte. Und während Neyla die Zeit nutzte, sich ein wenig die Beine zu vertreten, soweit das die Eisenkette zwischen ihr und dem Krieger zuließ, hockte Danis auf einem Gesteinsvorsprung und beobachtete mit finsterem Blick, wie die Gardisten den Inhalt des Karrens auf die einzelnen Pferde verteilten.

„Weiter!" Fordernd sah ein Mann des Inneren Kreises Neyla an. Es war das erste Mal überhaupt, dass sie einen der Männer hatte reden hören. Ihre Anwesenheit während der gesamten Reise schien vollkommen unterzugehen. Dabei waren die Krieger stets hoch konzentriert und wachsam, wann immer sich Neyla ihrer Anwesenheit vergewisserte. Emilijan befehligte sie nicht ein einziges Mal, so, wie er es mit den Männern der königlichen Garde tat. Das war seltsam.

„Komm schon!", vernahm Neyla Danis' Stimme in ihrem Rücken. Neyla bedachte den Mann des Inneren Kreises mit einem letzten, prüfenden Blick, bevor sie sich abwandte, um Danis zu folgen.

„Was ist?", erkundigte sich Danis stirnrunzelnd, als er Neylas Gesichtsausdruck bemerkte. Neyla blickte sich um.

Vor ihnen führten die Gardisten die Pferde an den Zügeln durch den Eingang des Nordwandpasses. Fünf Männer des Inneren Kreises gingen noch vor dem König an der Spitze des Trosses voraus. Die restlichen Männer bildeten den Abschluss der Entourage.

„Sie sind unheimlich", sagte Neyla dann verstohlen.

„Wer?" Mit erhobener Augenbraue sah Danis die Prinzessin an.

„Die Krieger des Inneren Kreises", zischte Neyla. „Sie schlafen nie. Sie essen nicht. Und sie reden so gut wie kein Wort." Die Prinzessin sah Danis von der Seite an. „Sie sind so lautlos, dass ich mich manchmal nach ihnen umdrehen muss, nur, um mich zu vergewissern, ob sie überhaupt noch da sind."

Danis lächelte übertrieben mitleidig. „Vielleicht solltet ihr besser Acht geben, wen ihr an den königlichen Hof holt."

„Sie sind auf den ausdrücklichen Wunsch meines Vaters hier", antwortete Neyla verärgert über sich selbst, ihre Gedanken ausgesprochen zu haben. „Sie haben Danko und Kadiel zu Emilijans und meinem Schutz ausgebildet."

Kadiel. Niemals hatten Neyla und Danis auch nur ein einziges Wort über seinen Tod verloren. Jetzt hielt der prüfende Blick des anartischen Kriegers Neyla gefangen.

„Bete, dass sie besser sind als ihre Novizen", antwortete Danis schließlich kühl, löste sich von der Seite der Prinzessin und ging so weit voraus, wie es die Kette zwischen ihnen erlaubte.

Der Krieger hatte nicht gelogen, der Pass war unwegsam und eng. Unendlich laut hallten die Hufschläge der Pferde wider. Gelegentlich löste sich Gestein von oben und regnete auf sie herab. Die Enge schien die Pferde zu beunruhigen. Neyla starrte auf Danis' Rücken, während sie seine letzten Worte überdachte. Sie stolperte zum wiederholten Male. Wortlos drehte sich der Anarte beherrscht zu ihr um, packte sie an den Armen und stellte sie wieder auf die Beine.

Neyla murmelte ein kaum hörbares „Danke". Sie zwang sich dazu, den Schmerz in ihrem Knöchel zu ignorieren, und humpelte weiter.

Die Nacht war schon über ihnen hereingebrochen, als sie das Ende des Passes erreichten und sich vor ihnen saftig grüne Hügel und Ebenen ausbreiteten. Wie ein Teppich lag das, was Danis so treffend als die Grünebenen bezeichnet hatte, unter dem Schwarz des sternenklaren Nachthimmels.

Danko verkündete zur Erleichterung aller eine Pause, untersagte jedoch jeglichen Lärm oder das Entflammen eines Feuers. Die Gardisten versorgten die Pferde und teilten Essen und Trinken aus, während die Männer des Inneren Kreises mit der Dunkelheit verschmolzen, um das Lager zu beschützen. Gezwungenermaßen nahm Neyla etwas abseits unter Dankos wachsamen Blick neben Danis auf einem begrasten Hügel Platz. Neyla beobachtete, wie der Krieger sorgfältig die Ärmel seiner Tunika umkrempelte. Das Mondlicht ließ die Haut des Anarten eben erscheinen und die Runen auf seinen Armen stachen im silbernen Schein des Mondes fast unwirklich hervor. Danis aß und trank und blieb wortlos. Die Eisenkette klimperte in der Stille und Neyla fragte sich, ob sie dieses Geräusch jemals wieder aus ihrem Kopf bekommen würde. Mit großer Anstrengung zog sich die Prinzessin den Stiefel vom Fuß und betrachtete ihren geschwollenen Knöchel.

„Du wirst uns doch nicht direkt in die Arme deines Vaters führen, oder?", erkundigte sie sich irgendwann.

„Wohl kaum." Danis klang müde. „Solange ich diese Kleidung trage, bin ich ein Ziel, genau wie du."

Neyla verkniff sich jede noch so kleine Geste der Erleichterung. Danis war gezwungen, sich gegen einen Angriff anartischer Krieger zu behaupten oder diesem zumindest aus dem Weg zu gehen. Denn tot wäre er nicht mehr in der Lage, jemandem zu erklären, wer er war. Schon gar nicht, nachdem er offiziell seit zehn Jahren als tot galt.

„Du musst den Fuß schonen." Danis deutete mit einem Nicken auf die Schwellung.

Ein gedämpfter Pfiff zerschnitt die Luft. Danko. Es ging weiter. Neyla stöhnte, schlüpfte jedoch in den Stiefel und erhob sich. Danis legte unvermittelt einen Arm um ihre Taille und stützte sie beim Gehen. Er half Neyla auf das Pferd, griff nach den Zügeln und lief selbst nebenher. Irgendwann tränten Neyla die Augen vor Müdigkeit. Sie beugte sich nach vorne, umschlang den Hals des Pferdes und vergrub ihr Gesicht in der schwarzen Mähne. Trotz der unbequemen Lage dämmerte sie immer wieder weg.

Als Neyla im Morgengrauen die Augen öffnete, ruhte ihr Kopf an Danis' Schulter, während das Pferd unter ihnen ruhig trabte. Überhaupt erschien Neyla alles an diesem Morgen ruhig. Kein Vogelzwitschern. Nicht einmal der Wind machte Geräusche. Die Nebelschwaden am Boden schluckten den Hufschlag der Pferde. Der Nebel schien sich vom Boden zu erheben und auszubreiten. Vor ihnen lag weit und breit das große Nichts. Begraste Hügel und Ebenen, dazwischen Felsengestein. Alles verschwand hinter einem dünnen, feuchten Nebelschleier. Erst jetzt bemerkte Neyla, dass sie von Emilijan und Danko flankiert wurden, und richtete sich ernüchtert auf.

„Mir gefällt das nicht", brummte Danko und ließ seinen Blick durch die Umgebung schweifen. „Wenn man beabsichtigt hat, die Windbergschlucht für uns unzugänglich zu machen, dann weiß man auch, dass wir auf den kürzesten Weg ausweichen werden. Hier gibt es für uns, im Falle eines Angriffs, keine Rückzugsmöglichkeit."

„Ich weiß", antwortete Emilijan ernst. „Aber wir können keine andere Route nehmen, ohne noch tiefer in Yarne Borks Gefilde einzudringen."

„Wenn das eine Falle war, weiß mein Vater längst darüber

Bescheid", mischte sich Danis gelangweilt in das Gespräch ein. „Weil er sie veranlasst hat."

Das saß. Neyla konnte die Verärgerung aus Emilijans Gesicht herauslesen. Beherrscht gab der König seinem Pferd die Sporen und ritt nach vorn an die Spitze des Trosses.

„Sie sind bereits irgendwo da draußen", stellte Danko sachlich fest und sah Danis prüfend an.

„Ja", antwortete Danis kühl.

„Woher willst du das denn wissen?" Neyla blickte über ihre Schulter hinweg in Danis' Gesicht.

„Wenn der Wind gut steht, wird jedes noch so kleine Geräusch, das in dem Pass entsteht, über die Grünebenen getragen." Danis starrte stur geradeaus. „Außerdem fliegt, seitdem wir die Windberge hinter uns gelassen haben, immer wieder ein Falke über uns hinweg. Die Stämme meines Vaters benutzen die Tiere, um sich über große Distanzen Nachrichten zukommen zu lassen."

Neyla schluckte. Danis hatte sie viel über Anartier gelehrt. Aber davon hörte sie jetzt zum ersten Mal.

„Die Lichter, die man in der Dunkelheit über der Grünebene kurz aufflackern sehen kann, wenn man genau hinsieht, werden von Fremden fälschlicherweise als Irrlichter bezeichnet. Eine seltsame und unerklärbare Laune der Natur. Doch entgegen dieser wilden Theorie kann ich Euch versichern, dass sich anartische Krieger auf diese Art schon seit Gedenken verständigen." Danis wirkte fast vergnügt, als er Danko ansah. „Also ja, sie sind irgendwo da draußen. Und sie werden angreifen."

„Du gottverdammter anartischer Hurensohn." Sehr bedacht sprach Danko diese Worte in Danis' Gesicht.

Danis lächelte mild.

„Prinzessin. Wach bleiben!", fordernd sah Danko Neyla an.

Neyla nickte und der Gardist ließ sich zurückfallen.

„Musst du sie so provozieren?" Ungehalten schob Neyla

Danis' Hand von ihrem Oberschenkel.

„Du hast keine Ahnung, wie es ist, wenn ich jemanden tatsächlich provoziere", antwortete Danis. „Ich habe lediglich die Wahrheit gesagt."

Neyla biss sich auf die Unterlippe, zog sich den Bogen von der Schulter und fischte einen Pfeil aus dem Köcher. Sie blickte sich um und registrierte die Männer des Inneren Kreises, die fast im Nebel verschwanden und den Tross von allen Seiten abschirmten.

„Ich weiß, dass du die Flucht ergreifen wirst, sobald sich die Gelegenheit dazu bietet", sagte Neyla leise. „Kannst du mir bitte versprechen, dass du dabei niemanden verletztzen wirst?"

„Verletzen?" Danis lachte leise auf. „Nein, ich verletze niemanden. Ich mache keine Gefangenen."

„Ich meine es ernst, Danis. Es ist nicht nötig, irgendjemanden zu töten. Verschwinde einfach und gut", zischte Neyla über ihre Schulter hinweg. Und wieder lachte Danis leise.

Verärgert wandte sich Neyla ab. Wie auch die Gardisten und Krieger des Inneren Kreises vor ihnen, beobachtete sie angespannt die Umgebung mit argwöhnischen Blicken. Doch die Zeit, in der schier nichts passierte, streckte sich unendlich lang. Der Nebel wurde durchsichtiger, bis er sich fast gänzlich auflöste.

Emilijan veranlasste eine Rast. Die Pferde mussten sich ausruhen und versorgt werden. Und auch alle anderen Beteiligten waren übermüdet und entkräftet. Danko entzündete eine Fackel und rammte sie in den trockenen Boden. Nur einen Augenblick später standen ein paar Gardisten um die Fackel herum und wärmten sich die Hände. Neyla und Danis kümmerten sich gerade um die Pferde, als der erste Pfeil durch die Luft surrte und einen Gardisten in den Augapfel traf. Seine gellenden Schreie, bevor ihn ein weiterer Pfeil ins Herz traf, gingen Neyla durch Mark und Bein. Noch im selben Moment spürte sie, wie ihr jemand das Schwert aus der Scheide zog. Danis. Neyla ging sofort auf Abwehrhaltung und die Kette zwischen ihnen spannte sich bis zum Zerbersten.

„Ganz ruhig!“, sagte Danis stirnrunzelnd, trat auf sie zu und zerrte sie aus der Schusslinie hinter einen Gesteinsbrocken. „Du nimmst den Bogen und ich das Schwert.“ Eindringlich sah er Neyla an. Die Prinzessin nickte. Pfeile flogen durch die Luft. Männer schrien. Schwerter trafen aufeinander. Neyla vermochte es kaum, sich zu konzentrieren. Mit zitternder Hand spannte sie einen Pfeil in den Bogen und lugte am Felsen vorbei. Noch nie hatte sie einen anartischen Krieger gesehen, aber jetzt wurde ihr bewusst, warum der glänzende Brustharnisch der königlichen Garde an Danis wirkte wie ein Fremdkörper. Neyla hielt die Luft an. Der Feind trug keine schützende Kleidung. Sie versteckten sich hinter runden Schilden aus Holz. Ihre Haare waren lang, im Nacken zusammengebunden oder geflochten. Und in ihren Augen lag eine Entschlossenheit, gegen die keine Waffe dieser Welt ankommen konnte. Auf ihrer Haut waren seltsame Runen mit schwarzer Tinte verewigt und ihre Schwerter erhoben sie nicht zum Kämpfen, sondern zum Schlachten. Sie badeten dabei im Blut ihrer Gegner. Während die Männer des Inneren Kreises sich energisch gegen den Angriff verteidigten, lagen die Gardisten des Erkundungstrupps bereits tot am Boden. Neyla schoss mehrere Pfeile ab. Sie traf vier anartische Krieger tödlich. Zögernd wagte Neyla einen Blick zu Danis, der ihre Pfeile mit einem Gesicht verfolgt hatte, als würde es ihm Schmerzen bereiten all dies zu sehen. Irgendwann lichtete sich das Chaos. Den Boden pflasterten leblose Körper. Irgendwo dazwischen standen Emilijan und Danko Rücken an Rücken. Neyla zählte vier Männer des Inneren Kreises, über und über mit Blut besudelt, die sich umblickten, während sich ihre Brustkörbe unter unruhigen Atemzügen hoben und senkten.

Neyla löste sich von dem Gesteinsbrocken, der ihr Schutz

geboten hatte und registrierte den Schmerz in ihrem Arm, den der Bogen unter der Anspannung hervorgerufen hatte.

Emilijan nickte ihr dankend zu. Es war das erste Mal überhaupt, dass der König ihr einen Blick zuwarf, der sie respektvoll bedachte.

„Elf unserer Männer und dreizehn Anarten", verkündete Danko, nachdem er die Leichen gezählt hatte. Die Hand, mit der er sein Schwert führte, war von Blut überzogen.

„Fürs Erste", vernahm Neyla Danis' Stimme in ihrem Rücken. „Es könnte ein Toter mehr auf jordanesischer Seite werden." Und als sie sich zu ihm herumdrehte, ahnte sie an seinem dunklen Gesichtsausdruck bereits, was folgen würde. Allerdings funktionierte der Impuls des Wegrennens nicht so schnell, wie das Denken. Mühelos fing Danis Neyla ab. Er streifte ihr den Bogen aus der Hand, umklammerte sie von hinten und hielt ihr das Schwert an die Kehle. Augenblicklich ruhten sämtliche Augen auf ihnen.

„Wenn ich um den Schlüssel bitten darf?", wandte sich Danis an Danko.

„NEIN!", antwortete Emilijan.

„Nun, dann müsst Ihr wohl ohne Eure Schwester in Lahn erscheinen", gab Danis leichthin zurück und in dem Moment, als Neyla dachte, dass er sie nötigen würde, ihn zu begleiten, drückte Danis das Schwert fester an ihre Kehle. Neyla entglitt ein bestürzter Aufschrei. Danis würde sie töten. Eiskalt. Die Erkenntnis darüber fühlte sich an, als hätte man sie unter einem Gesteinsbrocken beerdigt. Panisch versuchte Neyla, sich aus Danis' Griff zu befreien. Vergebens. Die Klinge seines Schwertes ritzte in ihre Haut. Warm rann ihr das Blut den Hals hinunter und Neyla hielt inne. Sie konnte nicht verhindern, dass ihr vor lauter Bestürzung die Tränen über die Wangen liefen. Und weil sie sich dafür hasste, jemals auch nur einen einzigen Gedanken daran verschwendet zu haben, an Danis' Seite zu bleiben. Durch den Tränenschleier in ihren Augen nahm Neyla wahr, wie Danko ihnen den geforderten Schlüssel, gegen den Willen des Königs, vor die Füße warf.

„Heb ihn auf!", wies Danis die Prinzessin mit kalter Stimme an. Neyla ließ sich an Danis vorsichtig nach unten gleiten, tastete blind nach dem Schlüssel und hob ihn auf. Der Anarte zog sie wieder nach oben, hielt sie umschlungen und ging mit ihr ein paar Schritte rückwärts.

„Mach das Pferd los!", forderte Danis die Prinzessin auf. Mit zitternden Händen löste Neyla den Knoten der Zügel, die das Pferd mit den anderen Tieren verbunden hatte. Wieder ging Danis ein paar Schritte rückwärts und Neyla führte den Hengst von den anderen Pferden weg.

„Steig auf", raunte Danis Neyla ins Ohr. Die Prinzessin blieb wie angewurzelt stehen.

„Haben wir ein Problem, Prinzessin?" Entschieden führte Danis wieder das Schwert an ihre Kehle. Neyla presste die Lippen aufeinander, schüttelte den Kopf, kletterte in den Steigbügel und zog sich nach oben auf den Rücken des Pferdes.

Danis folgte ihr augenblicklich. Das Pferd tänzelte. „Ich lasse sie laufen, sobald ich in sicherer Entfernung bin. Wenn ihr sie nicht allein zurücklassen wollt, wartet hier." Mit diesen Worten trieb Danis das Pferd an und jagte davon.

Kaum hatte Danis es zum Stehen gebracht, ließ sich Neyla vom Pferd gleiten. Sie kam mit ihrem verletzten Fuß auf und presste vor Schmerzen so fest die Lippen aufeinander, dass sie blau anliefen. Rasch sprang Danis vom Pferd und blieb vor Neyla stehen.

„Gib mir den Schlüssel!", forderte er und betrachtete die Prinzessin eingehend. Fast fühlte er so etwas wie Schuld, als er die

Wunde an ihrem Hals entdeckte. Neyla reichte Danis wortlos den Schlüssel, während sich ihr Blick an einem Büschel Gras festhielt. Danis runzelte die Stirn. Es befriedigte ihn ganz und gar nicht, Neyla in diesem Zustand am Boden zu sehen. Es hätte ihm bei Weitem besser gefallen, wenn ihm die Prinzessin mit widerwilligen Worten und vor dunklem Zorn funkelnden Augen entgegengetreten wäre, als dass sie, wie jetzt, durch ihn hindurchsah.

Danis ging vor Neyla in die Knie. Erschrocken wich die Prinzessin zurück. Wortlos ergriff Danis ihr Handgelenk und öffnete mit dem Schlüssel den Eisenring. Behutsam schob er ihn von Neylas Handgelenk, bevor er sich von seinen Ketten befreite. Neyla starrte in das Gras. Dorthin, wo jene Eisenkette lag, die sie mit Danis verbunden hatte. Die Prinzessin schloss die Augen und versuchte, ihren Herzschlag zu beruhigen. Sie konnte den Blick des Anarten spüren und jede noch so lautlose Bewegung, mit der er sich aufrichtete und sich seines Umhangs und des Brustharnischs entledigte, als würde er sich von einer großen Last befreien.

Dann schien Danis den Anblick der Prinzessin nicht länger ertragen zu können und zog sie unsanft auf die Beine. „Wenn du jemals ernsthaft darüber nachgedacht hast, dass das Leben an meiner Seite einfacher sein könnte als an der eines anderen Stammeserben, dann triff deine Entscheidung jetzt.“ Die Kälte war aus seiner Stimme gewichen, nicht jedoch die Bestimmtheit.

Neyla schaute auf. Unvermittelt sah sie in sein Gesicht und erfasste jedes einzelne Detail. Die hellen Locken, die ihm fast in die blauen Augen fielen. Die tiefe Falte auf seiner Stirn. Der volle Mund. Bartstoppeln. Grübchen. Langsam erhob sie sich.

Er. Hätte. MICH. Getötet. Wenn Danko ihm nicht den Schlüssel ausgehändigt hatte, hätte er mich getötet.

Neyla holte aus. Schallend traf sie mit der flachen Hand Danis Wange und sein Kopf schnellte zur Seite, als hätte ihr Schlag eine ernsthafte Wirkung erzielt. Nur sehr langsam wandte er sich Neyla wieder zu.

„Also gut“, flüsterte der Krieger beherrscht. Neyla starrte auf die flammende Röte, die ihre Hand auf seiner Wange hinterlassen hatte und fühlte sich außerordentlich befreit. Sie rechnete damit, dass Danis die Sache jetzt zu Ende bringen würde. Seltsamerweise beunruhigte sie das nicht im Geringsten. Die Todesangst, die sie eben noch verspürt hatte, war ebenso von ihr geglitten, wie die Kette, die sie mit dem Anarten verbunden hatte. Neyla fühlte, wie Danis' Hand in ihre Haare griff und sie näher an ihn heranzog. Doch so sehr sie sich dagegen wehrte, konnte sie nicht verhindern, dass seine Hände ihr Gesicht umrahmten und sie dazu zwangen, ihm in die Augen zu sehen.

„Für den Fall, dass du Lahn lebendig erreichst, tu mir den Gefallen und versuche so etwas *niemals* bei deinem zukünftigen Ehemann. Die Sitte verbietet es uns zwar, eine Frau zu schlagen, aber nicht, sich zu wehren, wenn sie zuerst zuschlägt“, sprach er dann sehr leise auf ihren Mund. Die Wärme seines Atems prickelte auf ihren Lippen. Erneut startete die Prinzessin einen Versuch, sich aus seinem festen Griff zu befreien. Das Letzte, was sie jetzt zulassen wollte, war diese Art der Nähe und des Vertrauens. Erfolglos kämpfte sie dagegen an und schloss schließlich ergeben die Augen.

„Widersprich ihm nicht und mische dich niemals, ich wiederhole NIEMALS, in die Belange der Stammesführung ein. Vergiss nicht, dass ein Anarte seine Familie über alles stellt und du nicht selbstredend dazu gehörst, nur, weil du mit ihm verheiratet bist.“ Als würde ihm dieser Gedanke Schmerzen bereiten, sog Danis geräuschvoll Luft durch den Mund. „Richte eine Waffe nur auf einen anartischen Krieger, wenn du sicher bist, dass du ihn auch töten kannst. Laufe nur weg, wenn du weißt, dass er langsamer rennt als du. Schweige lieber, bevor er deine Lügen enttarnen kann. Und, Neyla, bleibe *niemals* vor ihm auf dem

Boden liegen. Ich habe dich eine Menge gelehrt, aber den Stolz einer Kriegerin hast du schon mitgebracht."

Neyla glaubte zu fühlen, wie Danis' Lippen ihre Stirn berührten. Nur einen winzigen Moment lang. Dann gab er ihr Gesicht frei, stieg auf das Pferd und blickte zu ihr herunter.

„Ich habe heute zugesehen, wie du vier Männer meines Stammes getötet hast. Ich ließ dich gewähren, obwohl ich ein Schwert in den Händen hielt. Und dennoch bist du am Leben. Was sagt das über mich aus, Neyla von Thalél Malis?"

Neyla öffnete die Augen. Nicht rechtzeitig genug, um ihm noch in die Augen blicken zu können. Danis' Gesicht lag im Schatten, als er das Pferd herumriss und davonritt.

Lange stand Neyla einfach nur regungslos da und starrte in den Horizont, wo Danis Silhouette immer unscheinbarer wurde. Sie fühlte sich wie betäubt. Und immer wieder keimte in ihr die Frage auf, wann genau der anartische Krieger heute beschlossen hatte, sie nicht zu töten. Denn so viel war gewiss: Er war entschlossen gewesen genau das zu tun. Und die Tatsache seines Versagens schien niemanden mehr zu erschrecken, als ihn selbst.

Und dennoch bist du am Leben.

Neyla tastete nach der blutenden Wunde an ihrem Hals und betrachtete das Blut zwischen ihren Fingern. Die Narbe würde sie ein Leben lang an den Verrat, den sie begangen hatte, erinnern. Den Verrat an Jordanes. Und an sich selbst.

Ich vertraue darauf, dass der Mann, der aus dem Feindesland in seine Heimat zurückgekehrt ist, nicht derselbe Junge ist, dem ich vor fünfundzwanzig Jahren auf diese vefluchte Welt geholfen habe.

Die erste Ohrfeige traf sie überraschend. Die Zweite erkannte Neyla schon im Ansatz. Aber nur, weil Emilijan derart weit ausholte, dass sie sich innerlich bereits auf den Schmerz vorbereiten konnte, lange bevor seine Hand sie traf. Oder seine Faust. Neyla wusste es nicht so genau. Ihr Kopf flog zur Seite und überdehnte den Nacken derart, dass der Schmerz durch jeden einzelnen Wirbel ihres Rückens fuhr. Sie fiel zu Boden und vor ihren Augen tanzten rote Sonnen. Als sie verglühten, war Emilijan verschwunden und Danko hockte neben ihr. Er fuhr mit seinem Zeigefinger unter ihr Kinn, hob es an und betrachtete die Rötungen auf ihren Wangenknochen.

„Ich fürchte, das habt Ihr Euch verdient, Neyla."

„Ja, die Freude Geisel eines Anarten zu sein, war ganz meinerseits." Neyla stöhnte und zog sich mit Dankos Hilfe auf die Beine.

„Lasst mich raten: Er hat weder das mit den Falken noch das mit den Lichtern jemals erwähnt." Danko kniff die Augen zusammen.

„Nein.", antwortete Neyla matt.

Danko schnaufte verächtlich. „Spätestens jetzt solltet Ihr begreifen, dass er auf der anderen Seite steht."

„Er hat nie etwas Gegenteiliges behauptet, Danko. Ich habe ihm irgendwie nur nicht geglaubt."

„Das sieht Euch ähnlich.“ Danko sah sich um, ob irgendjemand in ihrer Nähe war. „Ihr habt ihm Euer Schwert überlassen“, bemerkte er dann mit gedämpfter Stimme. „Seid froh, dass das außer mir niemand bemerkt hat.“

Überlassen. Neyla wollte widersprechen. Aber am Ende war das nicht mehr als Wortklauberei. „Warum tust du das für mich, Danko?“, fragte sie stattdessen leise.

„Ich gab Eurem Vater mein Wort, die Erben des ehernen Thrones mit meinem Leben zu schützen. Und mein Wort halte ich für gewöhnlich“, brummte Danko.

„Wirst du auch an meiner Seite bleiben, wenn man mich mit einem anartischen Stammeserben verheiratet, um die friedlichen Beziehungen zwischen West- und Südanartier zu festigen?“, erkundigte sich Neyla mit brüchiger Stimme. Sie verflocht ihre Finger fest miteinander, so sehr hatte sie Angst vor Dankos Antwort.

Danko fing ihren Blick auf und wirkte über ihr Wissen nicht einmal verwundert. „Wenn das Euer Wunsch ist“, antwortete er bekräftigend. „Und jetzt wischt Euch den Scheiß aus dem Gesicht und steigt auf Euer Pferd. Je früher wir Yarne Borks Gefilde verlassen, desto besser.“ Mit diesen Worten wandte er sich ab und stieg über die Leichen hinweg, die auf dem Boden lagen.

Neyla war sich nicht sicher, was genau er mit *Scheiß* gemeint hatte. Das Blut oder die Tränen.

Danis folgte der Prinzessin unbemerkt. Ihm missfiel der Gedanke, sie könnte in die Hände seiner Stammesbrüder fallen, während sie den Weg zu ihren Landsleuten zurückstolperte. Als der Anarte sah, wie der König seine Schwester schlug, hatte er einen winzigen Moment lang Angst, er könnte die Prinzessin durch sein Handeln gebrochen haben. Doch dann stand Neyla, gestützt von Danko, wieder auf und trug jenen Stolz einer anartischen Kriegerin, den er an ihr stets still bewundert hatte. Danis wartete, bis Neyla zu ihrem Pferd gehumpelt, aufgestiegen und schließlich mit dem jordanesischen Tross außer Sichtweite geritten war. Dann begann er, die Leichen seiner Stammesbrüder zu bestatten. Danis legte die leblosen Körper nebeneinander und schloss ihre Augenlider. Er hatte keine Münzen dabei, die er ihnen, wie es in Anartier üblich war, mitgeben konnte. Aber nur so war es den Toten möglich, die Walküren zu entlohnen, die sie vom Schlachtfeld nach Walhall führten. Danis wandte sich den Leichen der jordanesischen Krieger zu und durchsuchte sie nach Schmuckstücken. Der Anarte stutzte. Hatte Danko nicht von elf toten Männern gesprochen? Er zählte lediglich fünf. Alarmiert blickte sich Danis um, konnte aber keine Gefahr ausmachen. Müde streifte sich der Krieger die Anspannung ab und begann damit, den Leichen seiner Stammesbrüder die gefundenen Schmuckstücke in die Hände zu legen, in der Hoffnung, die Walküren würden dies als Entlohnung akzeptieren. Das Herz war ihm schwer, als er die drei Ringe, vier Goldtaler, ein Amulett und eine Kette an die toten anartischen Krieger verteilte.

„Mögen euch Tür und Tor nach Walhall offenstehen", murmelte Danis und griff nach der Fackel, die Danko in den Boden gerammt hatte. Er ließ das Feuer über die Leichen seiner Stammesbrüder gleiten und als diese lichterloh brannten, sank er auf den Boden und starrte in die dunklen Rauchwolken, die sich unheilvoll in den Himmel erhoben. Er brauchte nur hier zu sitzen und abzuwarten. Anarten ließen keine Männer zurück. Nicht mal die Toten. Und das Feuer würde seine Stammesbrüder anziehen wie Scheiße die Bockfliegen. Der Rauch brannte in seinen Augen, dennoch vermochte er es nicht, seinen Blick abzuwenden. Er hatte Neyla angeboten, mit ihm zu kommen. Ihr stummes Ablehnen hatte ihn mehr getroffen, als es einer ihrer Pfeile jemals vermocht hätte. Und jetzt saß er hier und starrte in die Asche seiner Stammesbrüder, aus deren Körpern er die Pfeile der Prinzessin gezogen hatte und versuchte sich einzureden, dass es für ihn nicht einmal von Bedeutung gewesen wäre, wenn sie tatsächlich bei ihm geblieben wäre.

Irgendwann knackte es in seinem Rücken und Danis sprang auf die Beine. Noch im selben Moment, in dem sich der Anarte nach dem Geräusch herumdrehte, traf ihn ein Faustschlag hart im Gesicht, ein weiterer in den Magen. Doch, statt sein Schwert gegen die Angreifer zu erheben, ließ Danis das Schwert aus seiner Hand auf den Boden gleiten. Er würde nicht gegen die Männer seines Stammes kämpfen, obwohl ihm bewusst war, dass es dann vielleicht keine Chance mehr geben würde, seinen Namen zu nennen.

„Wartet!", bat er die anartischen Krieger, die ihn umzingelt hatten.

Der nächste Schlag traf Danis im Rücken und raubte ihm fast den Atem. Ein Tritt gegen seine Kniekehlen riss ihm den Boden unter den Füßen weg. Als er auf den Knien landete, traf eine Faust sein Gesicht. Warmes Blut lief Danis in die Augen, als er vornüber auf den Boden fiel. Er starrte auf selbst genähte Stiefel aus Tierfellen. Gott, wie hatte er das Laufen in solchen Stiefeln vermisst. Danis lächelte und sein Gesicht verzog sich dabei zu einer Grimasse.

„Ich fand es irgendwie spaßiger, als sich diese jordanesischen Hurensöhne noch gewehrt haben", sagte eine dunkle Männerstimme über ihm und ein Stiefel trat nachdrücklich in Danis' Seite. „Der hier ist entweder lebensmüde oder einfach nur dämlich."

Danis musste auflachen. Schmerz zog sich durch eine angebrochene Rippe in seiner Brust. Er hustete und spuckte Blut. Es war pure Ironie, dass man ihn für den Feind hielt und einen schwachen noch dazu.

„Dämlich", bemerkte ein anderer Mann. „Eindeutig dämlich."

Wieder trafen Fußtritte Danis' Körper.

„Bring es zu Ende, Ariel!"

Über Danis wurde ein Schwert hinweg gereicht.

Danis schnaufte. *Ariel, erkennst du mich nicht?* Er wollte etwas sagen, brachte aber nicht mehr als ein Gurgeln zustande. Mit letzter Kraft hob Danis abwehrend seinen Arm in die Luft und spürte ungeachtet dessen schon die Klinge eines Schwertes in seinem Nacken. Als er sich ächzend zu seinen Angreifern herumdrehte, ritzte die Klinge des Schwertes seine Kehle entlang, ohne sie zu verletzen. Danis wollte sie beiseiteschieben, als dabei die Ärmel seiner Tunika zurückschlugen und die schwarzen Runen auf seinem Unterarm freigelegt wurden.

„Was, zur Hölle, …", sagte wieder die dunkle Männerstimme. Irgendjemand griff hart nach Danis' Handgelenk. „Verfluchte Scheiße. Der gehört zu uns!"

Durch den roten Schleier über seinem Blick, sah Danis in die Gesichter der Anartenkrieger, die über ihm standen.

„Den habe ich noch nie gesehen", meinte ein großer Blonder und verschränkte die Arme vor der Brust. Seine Silhouette verschwamm mit dem Himmel. Danis blinzelte gegen die Dunkelheit an, die sich über ihn legte. Sein Mund formte Worte, ohne das auch nur ein Ton über seine Lippen kam. Irgendjemand ging neben ihm in die Knie und beugte sich über ihn.

„Ich glaube, er will etwas sagen, haltet mal 's Maul!", polterte die dunkle Stimme jetzt ganz nahe.

„Danis Bork." Kaum hörbar kamen Danis diese Worte über die Lippen. Dennoch vermochten sie es, dass auch der letzte Anartenkrieger um ihn herum erstarrte.

„Unmöglich", meinte irgendjemand entschieden.

„Hey, seht euch das mal an! Er hat unsere Männer beerdigt", rief ein Mann aus der Entfernung.

Einen winzigen Moment lang legte sich Stille über die Männer.

„Mir ist scheiß egal, wer er ist. Er trägt die Zeichen unseres Stammes. Wir nehmen ihn mit! Soll Yarne entscheiden, was mit ihm geschieht!", beschloss die Stimme mit dem dunklen Timbre dann.

Wim. Danis' Körper durchfuhr eine freudige Anspannung. Die Erinnerungen zogen in seinem Kopf an dünnen Fädchen und förderten Bilder längst vergangener Zeiten an die Oberfläche.

„Wim", wiederholte Danis kaum hörbar den Namen des Mannes, der ihn vor fünfundzwanzig Jahren auf die Welt geholt hatte. Und seine Hand griff fest nach der kräftigen Hand, die sein Handgelenk umfasst hielt. Dann überrollte ihn die Dunkelheit mit dem Getöse eines Sturms.

Danis schlug die Augen auf. Die meisten Teile seines Körpers fühlten sich taub an, aber er wusste genau zwei Dinge mit Bestimmtheit: Er war zu Hause und man hatte seine Wunden versorgt. Irgendwo im Raum flackerte ein Feuer. Die Luft war warm und roch nach Holz. Ein Geruch, der die Erinnerungen seiner Kindertage durchzog. Unter seinen Händen spürte Danis Felle und einzig das Knacken des Fußbodens verriet ihm, dass er nicht alleine war.

„Soll mich doch der Blitz beim Scheißen treffen, du bist es wirklich!" Wims runenbedeckte Glatze glänzte im schwachen Licht des Feuers. Sein Bart war länger geworden, als ihn Danis in Erinnerung hatte. Und grauer. Wim hatte ihn sorgfältig geflochten. Das war neu. Misstrauen und Fassungslosigkeit lagen im Blick des alten Kriegers. Auch das hatte Danis noch nie an ihm gesehen.

„Die Vorstellung könnte mir gefallen." Danis stöhnte leise und versuchte, den Schmerz in seiner Brust durch gezieltes

Atmen zu verbannen. „Wie viele Rippen hast du mir gebrochen?"

„Zwei." Wim zuckte mit den Schultern. „Drei. "

„Du hast es immer noch drauf, alter Mann", bemerkte Danis leise.

Wim donnerte ein dunkles Lachen. Dann wurde er still und ernst.

„Ariel?" erkundigte sich Danis.

„Lässt sich zulaufen. Auf den Schreck und die Geister der Vergangenheit", antwortete Wim. „Verflucht, Junge, wo warst du all die Jahre?" Eindringlich sah er zu Danis hinunter und seine Stimme klang absurd sanft.

„Lange Geschichte", krächzte Danis entkräftet.

Wim nickte. „Ich kann warten. Schlaf ein wenig. Ich bleib einfach hier sitzen und trete jeder Walküre in den Arsch, die sich dir auch nur ansatzweise nähert."

Danis lächelte mit geschlossenen Augen. *Wim. Mein guter, alter Freund Wim.*

Es war der zweite Angriff anartischer Krieger aus Yarne Borks Stamm. Nur, dass sie so kurz vor der Wassergrenze zu Westanartier nicht mehr damit gerechnet hatten. Jetzt hockte Neyla hinter einem Felsen, während wenige Armlängen entfernt der Strom der Lahn tosend an ihr vorbeidonnerte. Ein Mann des Inneren Kreises hatte sein Leben gleich zu Beginn des Angriffs verloren. Sie hatten die Pferde aufgeben müssen. Danach waren sie im Verlauf des Kampfes von Emilijan und zwei Männern des Inneren Kreises getrennt worden. Dem dritten, verbliebenen Mann hatte Danko befohlen, sich auf ein Pferd zu setzen, nach Lahn zu reiten und bei Thore und Modorok Hilfe einzufordern. Während der Mann nun über die Lahn hinwegfegte, gewährte ihm Neyla mit Pfeil und Bogen Deckung und Danko richtete sein Schwert gegen einen Anarten auf einem Pferd, um eine Verfolgung zu verhindern. Das Pferd lag, vor Todesangst schnaufend, auf dem Boden, als Danko dem Anarten sein Schwert in den Leib rammte. Neyla schloss bei diesem Anblick die Augen. Als sie die Lider wieder öffnete, blickte sie in Dankos blutverschmiertes Gesicht. Der Gardist drängte sich neben sie hinter den Gesteinsbrocken.

„Ich habe keine Pfeile mehr", bemerkte Neyla.

„Wir müssen von hier verschwinden." Danko spähte vorsichtig hinter dem Felsen hervor. Mit angestrengter Miene rutschte er zurück in die Deckung. „Euer Bruder ist in Schwierigkeiten. Ich muss zu ihm."

Neyla atmete tief durch und sah Danko an. „Sag mir, was ich tun soll!"

„Schafft Ihr es über den Strom?"

Neyla nickte bekräftigend.

„Gut. Rennt in den Wald. Sucht Euch ein sicheres Versteck. Ich werde Euch finden!"

„Danko?"

„Mhhh?" Der Gardist blickte wieder über den Felsen.

„Nachdem ich im Bergtau fast ertrunken wäre, belauschte ich ein Gespräch zwischen Weena und Emilijan. Er redete von seinem bevorstehenden Tod …"

Mit ungläubigem Gesicht sah Danko sie an. „Ihr wollt plaudern? JETZT?"

„Warum glaubt Emilijan, dass er sterben wird?", hakte Neyla hartnäckig nach.

Danko seufzte, bevor er sich ergeben neben Neyla sinken ließ.

„Noch mehr als an seinen Tod glaubt Euer Bruder daran, dass Ihr *am Leben* bleiben müsst", sprach der Gardist dann sehr nachdrücklich in Neylas Gesicht. „Ihr rennt auf Drei. Und Ihr werdet nicht zurückblicken. Verstanden?"

Neyla nickte und war bemüht, sich nicht anmerken zu lassen, dass Angst und Panik sie kaum einen klaren Gedanken fassen ließen.

„Eins."

Eine Hitzewelle überrollte Neyla und färbte ihr Gesicht vor Anspannung rot. Sie schulterte ihren Bogen und wischte sich mit dem Handrücken die Haare aus dem Gesicht.

„Zwei."

Neyla erschrak, wie laut und gehetzt ihr eigener Atem klang. Sie spannte alle Muskeln ihres Körpers an, während ihr Blick auf Dankos Mund gerichtet war.

„Drei!"

Die Prinzessin schnellte nach oben und rannte los. Hinter ihr passte Danko einen Anarten ab, der ihr folgen wollte. Pfeile sausten dicht an ihrem Körper vorbei. Je näher Neyla dem Strom der Lahn kam, desto lauter wurde das Tosen des schäumenden, reißenden Wassers und umso mehr verstummten die Geräusche der Schlacht in ihrem Rücken. Neyla rannte, so schnell es die Verletzung an ihrem Knöchel zuließ. Eigentlich spürte sie die Schmerzen kaum noch. Dafür schien sie langsam die Kontrolle über ihren Fuß zu verlieren. Neyla schwang sich über die Felsen und schnitt sich an einer scharfen Kante ihre Hand auf. Das Wasser riss an ihren Füßen, beschwerte ihre Kleider und brachte sie zum Stürzen. Nur mühsam vermochte es Neyla, gegen die Strömung anzukämpfen. Sie kam wieder auf die Beine und lief weiter. Und irgendwie schaffte sie es an das andere Ufer, zog sich auf allen vieren entkräftet an einer steinigen Böschung hinauf. Dann rannte sie, ohne sich noch einmal umzudrehen, in den Wald.

Danis hatte gerade das wohltuendste Bad seines Lebens erfahren.

In der Luft stand die Feuchtigkeit und es roch nach den Kräutern, die im Badezuber an der Wasseroberfläche schwammen. Wim half Danis ächzend aus dem Zuber. „Du warst erst ein paar Tage alt, da habe ich dich das erste Mal gebadet. Damals warst du irgendwie leichter."

Danis lächelte. Er rubbelte sich mit einem Tuch das Wasser von der Haut, schlüpfte in eine Hose und sah an sich hinunter. Sein Oberkörper war mit Blutergüssen in allen Variationen von Grün bis Lila übersät.

„Arme hoch!", forderte Wim ihn auf und als Danis Folge leistete, begann er, ihm fest einen Verband um den Oberkörper zu wickeln. In diesem Moment flog die Tür der Waschhütte auf. Feuerrote Haare flammten wild im Sonnenlicht des Türrahmens auf, in dem eine zarte und dennoch durchtrainierte Gestalt stand, deren Gesicht im Schatten lag.

„Gott, du verfluchtes Frauenzimmer!", pöbelte Wim, der sich durch das Knallen der Tür so erschrocken hatte, dass er zusammengezuckt war.

„Es ist also wahr." Die Gestalt löste sich mit Bewegungen, geschmeidig wie die einer Katze, aus dem Türrahmen und trat in die Hütte. „Du lebst tatsächlich!"

Danis legte den Kopf etwas schräg und betrachtete mit einem unweigerlichen Grinsen die Liebe seiner Jugendtage. Erinnerungen schlugen ihm entgegen und färbten seine Wangen rot. Elodie hatte sich kein bisschen verändert. Allerdings trug sie heute mehr Waffen am Körper als er.

„Elodie." Danis strahlte.

Sie trat einen Schritt auf ihn zu, kurz darauf traf ihn ihre halbherzige Ohrfeige. Elodie hatte sich *wirklich* kein bisschen verändert.

Danis knurrte. „Ich freue mich auch wahnsinnig, dich wiederzusehen."

„Du verfluchter Mistkerl! Wo zur Hölle hast du gesteckt?"

Ihre bernsteinfarbenen Augen funkelten ihn an. Und während er gedankenversunken begann, die Sommersprossen auf Elodies Nase zu zählen, stellte sie sich auf die Zehnspitzen und drückte ihre warmen, weichen Lippen auf seine.

„Scheiße, noch mal, das darf doch jetzt nicht wahr sein", grummelte Wim.

Danis schlang seine Arme um Elodies Hüften und drückte sie an sich. „Du siehst toll aus, El." Ihre wilden roten Locken kitzelten seine Nase.

„Im Gegensatz zu dir." Elodie löste sich aus der Umarmung und ließ ihren Blick mit erhobener Augenbraue über Danis gleiten. „Was, verdammt noch mal, ist passiert? Ist dir eigentlich klar, wie du aussiehst?"

„Nur ein paar Kratzer", meinte Danis und ließ sich weiter von Wim verbinden. „Los, bring mich auf den neusten Stand. Was ist hier alles geschehen in meiner Abwesenheit?"

„Das, was in zehn Jahren eben so alles passiert", gab Elodie zurück und verschränkte die Arme vor der Brust. „Wo warst du, Danis?", wiederholte sie unnachgiebig.

Danis sah Elodie prüfend an. Wim war bereit gewesen, auf Antworten zu warten. Männer konnten so etwas. Elodie war eindeutig eine Frau. Und Geduld zählte nicht zu ihren Stärken.

„In Thalél Malis", antwortete Danis schließlich und schlüpfte in das saubere Hemd, das Wim ihm hingelegt hatte.

„Dein Vater wusste, dass man diesem dreckigen jordanesischen König nicht trauen kann. Wie viele von unseren Leuten sind noch dort gefangen?" Wims Gesicht hatte sich schlagartig verfinstert.

„Viele."

„Was haben sie im jordanesischen Königssitz mit dir angestellt?" Nur sehr vorsichtig kam Elodie diese Frage über die Lippen.

„Das willst du nicht wissen, El." Danis wandte sich ab und

war froh, dass sie nicht die Narben auf seinem Rücken gesehen hatte. Wim hingegen schon. Sehr nachdrücklich ruhte sein Blick auf Danis, als er ihm die Stiefel reichte.

„Wo ist mein Vater?“, erkundigte sich Danis.

„Kurz vor der Grenze zu Westanartier. Er versucht mit einigen Männern die jordanesischen Thronerben zu stoppen. Die Friedensverhandlungen beginnen in vier Tagen.“ Elodie legte den Kopf etwas schräg. „Ich glaube, er hat den jordanesischen König unterschätzt. Wir haben dreizehn Männer verloren.“

„Nicht den König“, gab Danis wissend zurück. „Die Prinzessin. Sie allein hat schon vier unserer Männer getötet.“

„Woher weißt du das?“ Elodie sah Danis mit großen Augen an.

Der Krieger hielt einen Moment lang inne. „Ich war dabei“, sagte er dann. „Ich war derjenige, der die Prinzessin für diese Art von … *Vorfällen* vorbereitet hat.“

Elodie sog scharf Luft durch den Mund und ihre vorbehaltlose Körperhaltung schwenkte um in eine vorwurfsvolle.

„Ich weiß, wie das jetzt klingt, El. Aber ich habe nicht die Seiten gewechselt“, griff Danis mit finsterer Miene ihren Vorwürfen vor. „Das Arrangement mit der jordanesischen Thronerbin war mein Schlüssel zur Freiheit.“

„Seltsam. Das erste Wort was mir dazu einfällt, ist: VERRAT!“ Elodies Augen funkelten impulsiv. „Was hast du ihr alles erzählt, Danis? Von unseren Falken? Unseren Waffen? Den Angriffstaktiken? Hast du sie unsere Kampftechniken gelehrt?“

„Sie kann sich verteidigen“, antwortete Danis knapp. Elodie hatte verdammt noch mal recht. Er hatte Neyla zu viel preisgegeben. „Aber gegen einen von uns hätte sie nur mit viel Glück eine Chance.“

„Die vier toten Männer sprechen eine andere Sprache.“ Wims Stimme klang ruhig und bedacht.

„Wenn es sein muss, kümmere ich mich persönlich um die

Prinzessin", versicherte Danis, und der Tonfall seiner Stimme signalisierte Entschiedenheit. „Ich habe zu keinem Zeitpunkt meiner Gefangenschaft vergessen, *wer* ich bin. Selbiges rate ich euch jetzt auch."

Elodie kniff die Augen zusammen. Wahrscheinlich prüften ihre Sinne noch, ob sie Danis über den Weg trauen konnte. Fast konnte er sie sogar verstehen. War ein Freund, der aus dem Land des Feindes kam, noch ein Freund? Oder hatte er sich dem Feind zugewandt?

„Yarne muss entscheiden, ob er dir traut oder nicht. Solange bleibst du besser, wo du bist", sagte Elodie dann. „Zu deinem eigenen Schutz. Du weißt, wie wir Verräter bestrafen." Sie wirbelte herum und rauschte nach draußen. Krachend fiel die Tür hinter ihr ins Schloss.

„Für diesen Auftritt hat sie sich bestimmt extra Eier wachsen lassen", murmelte Wim.

„Du vertraust mir doch, oder?", fragend blickte Danis seinen väterlichen Freund an.

„Ich vertraue darauf, dass der Mann, der aus dem Feindesland in seine Heimat zurückgekehrt ist, nicht mehr derselbe Junge ist, dem ich vor fünfundzwanzig Jahren auf diese verfluchte Welt geholfen habe", antwortete Wim mit ruhiger Stimme. Resigniert fuhr Danis mit seiner Hand über den Rand des Wasserzubers. Er wollte endlich raus, alte Freunde treffen, anartische Luft einatmen und durch den Wald streifen.

„Das war nicht die Antwort auf meine Frage."

„Doch, Danis. Das war sie." Wim zwinkerte ihm zu.

Yarne Bork war ein Fels von Mann. Das raue Leben hatte sich markant unter die Züge seines Gesichtes gefressen. Lediglich in seinen Augen lag dasselbe Lächeln und erwartungsvolle

Strahlen, welches eigentlich nur Kindern innewohnte. Dieses freundliche Leuchten vermochte Yarne selbst dann nicht zu unterbinden, wenn er zornig oder hasserfüllt war. Fremde neigten deshalb dazu, seinen Gefühlszustand zu unterschätzen. Das Gerücht, Yarne Bork würde Menschen mit einem zufriedenen Lächeln in den Augen töten, kam daher nicht von ungefähr. Der Tod vermochte es längst nicht mehr, ihn zu erschrecken, hatte er ihn doch bereits in allen Variationen erlebt. Aber jetzt hatte Yarne die Nachricht erreicht, dass ein Mann, der mit dem jordanesischen Tross nach Anartier gereist war, behauptete, sein Sohn zu sein. Und Yarne bebte förmlich vor Vorfreude, diesen kleinen Bastard von oben bis unten aufzuschlitzen. Niemand wagte es ungestraft, auf den Gräbern seiner Söhne zu tanzen.

Als Yarne vom Pferd sprang, sein Schwert zog und sich mit schnellen, festen Schritten aus der Ferne den Weg an seinen Kriegern vorbei bahnte und sich jenem Mann näherte, der offenbar lebensmüde genug war, ihm mit erhobenem Haupt in die Augen zu blicken, geriet jene unkontrollierbare Wut in ihm ins Schwanken. Es war, als würde er sein jüngeres Spiegelbild betrachten. Die Erkenntnis eines einzigen Momentes reichte aus, um jegliche Wut von Yarne Bork abfallen zu lassen. Das Unmögliche erschien ihm auf einmal so naheliegend. Er blieb unmittelbar vor Danis stehen und betrachtete ihn, wie einen Geist der Vergangenheit. Dann glitt das Schwert aus Yarne Borks Hand. Er trat einen letzten Schritt auf Danis zu, nahm dessen Gesicht zwischen beide Hände und lehnte seine Stirn gegen die seines Sohnes. In Danis' Rücken atmete Wim erleichtert auf.

„Du bist es", sagte Yarne leise aber sicher. „Du bist es tatsächlich." Noch im selben Moment riss er herum, hob den Arm in die Luft und schrie aus tiefstem Herzen: „Bei den Göttern, mein Sohn ist zurückgekehrt!"

Von der Anspannung befreit, erhob sich das Jubeln und Gebrüll der anartischen Krieger über den Weiler.

„Heute Abend", verkündete Yarne Bork seinem Stamm inbrünstig und drückte Danis an sich. „werden wir ein Fest feiern! Und morgen … führen wir Krieg gegen Jordanes!"

Der Klang seiner jubelnden Stammesbrüder und -schwestern versetzte Danis in längst vergangene Tage zurück. Jedes einzelne Haar an seinem Körper stellte sich auf. Er war zu Hause. Er war tatsächlich wieder zu Hause.

Lange saß Danis mit seinem Vater, Wim, Elodie und den Kriegern Ariel und Tok am Feuer in der Hütte des Stammesfürsten, während draußen im Weiler ein Fest tobte, dass seinesgleichen suchte. Danis begann zu erzählen. Angefangen bei seiner Gefangennahme nachdem er den jordanesischen König getötet hatte, über die Schändung der anartischen Leichen vor den Toren Thalél Malis', aller erfahrenen Folterungen und Demütigungen, bis hin zu dem Tag, an welchem er in Anartier die Chance genutzt und, mit der Prinzessin als Geisel, die Flucht ergriffen hatte.

„Du hattest zweimal die Chance, sie zu töten und hast es nicht getan." Elodie blickte Danis verständnislos über das Feuer hinweg an. „Obwohl sie vier unserer Männer getötet hat."

„Sie ist doch nicht mehr, als eine Marionette des jordanesischen Königs", antwortete Danis und war überrascht, wie leicht ihm diese Lüge über die Lippen kam.

„Oh, ja", flachste Ariel grinsend. „Und ich wette, sie hat wunderschöne Knopfaugen."

Elodies Augen funkelten angriffslustig. Dass sie an diesem Feuer Platz nehmen durfte, zeugte davon, dass sie die Führung von Kriegern übernommen hatten. Sie konnte so offen reden, wie ihr der Schnabel gewachsen war, musste jedoch mit dem entsprechenden Echo aller Anwesenden rechnen.

Meinungsverschiedenheiten jedoch besprachen anartische Krieger des Öfteren gern mithilfe von Fäusten – und das ungeachtet des Geschlechts. Denn alle, die um das Feuer des Stammesfürsten saßen, waren gleichgestellt.

„Wenn es die Umstände erfordern, werde ich nicht zögern, die Prinzessin zu töten", sprach Danis bekräftigend in die Gesichter der Anwesenden. „Aber ich töte keine wehrlose Frau."

Zustimmung lag in den Gesichtern der Krieger, lediglich Elodies Blick ruhte abschätzend auf Danis.

„Wir haben sie in der Nähe des Lahnstromes erneut angegriffen", berichtete Yarne dann. „Ein jordanesischer Mann konnte auf seinem Pferd über die Wassergrenze nach Westanartier entkommen. Ebenso die Prinzessin, der König und seine Leibwache."

Danko, durchfuhr es Danis. Er lehnte sich abwartend zurück.

„Ich gehe davon aus, dass der Reiter unterwegs nach Lahn ist, um bei Thore Unterstützung zu erbitten. Die Prinzessin dürfte derzeit allein in den Lahnwäldern herum stolpern, getrennt vom König und dem Gardisten", fuhr Yarne mit seinem Bericht fort und nahm einen tiefen Schluck roten Weines aus seinem Becher. „Wir werden vom ursprünglichen Plan abweichen."

„Wie lautete der ursprüngliche Plan?", fragend blickte Danis seinen Vater an.

„Eleminiere die jordanesischen Thronerben", antwortete Tok wie instruiert über das Feuer hinweg.

„Was hat sich geändert?" Zorn und Unverständnis überschatteten Elodies Gesicht, als sie zu Yarne über das Feuer sah. „Bis eben hieltest du sowohl das Leben des jordanesischen Königs als auch das seiner Schwester für unwichtig. WAS. HAT. SICH. GEÄNDERT?"

Yarne sah demonstrativ zu Danis. „Offensichtlich verdanken wir der Prinzessin die Rückkehr meines Sohnes."

„Emilijan hat Vorkehrungen für den Fall seines Todes

getroffen. Das Blut unserer Männer in seinem Verlies würde erneut die Straßen Thalél Malis' hinabfließen, lange bevor wir den Nordwandpass durchschritten haben. Thalél Malis wird brennen. Aber nicht kampflos. Schon gar nicht, wenn Thore oder Modorok versuchen werden, den jordanesischen Königssitz zu schützen, weil sie nach der Vermählung eines ihrer Stammeserben mit der jordanesischen Prinzessin ein Anrecht auf den Thron erworben haben", wand Danis ein, bevor Elodie das Wort ergreifen konnte. Mit festem Blick sah Danis seinen Vater an.

„Ist das der Grund, warum ihn das Mädchen zu den Friedensverhandlungen begleitet?" Wim verzog angewidert das Gesicht. „Er verkauft seine Schwester für eine gewinnbringende Allianz?"

„Ich denke ja." Danis nickte bekräftigend.

„Was schlägst du vor, mein Sohn?". Yarne Bork streckte seine kalten Hände dem Feuer entgegen.

Der junge Krieger überlegte und zögerte einen Moment lang, ob es klug war, seinen Plan in Worte zu fassen. „Wir finden die Prinzessin, bevor es jemand anderes tut", sagte er dann und fing Elodies Blick auf. Würde zwischen ihnen nicht gerade lichterloh ein Feuer brennen, so hätten ihre Blicke garantiert eines entfacht. „Mit Neyla von Thalél Malis sichern wir uns zwei Dinge: Die Verhandlungsbereitschaft des jordanesischen Königs …" Danis hielt kurz inne. „… und notfalls den Anspruch auf den ehernen Thron."

Kaum ausgesprochen, schnellte Elodie auch schon in die Höhe. „Du bist dir wirklich sicher, dass du gerade nicht mit deinem Schwanz denkst?", herausfordernd blickte sie zu Danis hinunter.

„Setz dich und lass ihn ausreden, El!", forderte Ariel die Kriegerin an seiner Seite ungehalten auf.

„Ich bin mir *wirklich* sicher, dass dies der weitaus bessere

Plan ist", gab Danis zurück und konnte den bedrohlichen Unterton in seiner Stimme nicht unterdrücken.

„Du willst an den Friedensverhandlungen in Lahn teilnehmen", konstatierte Yarne sachlich.

„Nein, er will sie zerschlagen", bemerkte Elodie scharfzüngig.

„Zum letzten Mal, El. Setz dich oder ich helfe dir dabei!" Ariels Tonfall war unmissverständlich und alles an Elodies Haltung verriet den Kampf und Widerwillen, die in ihr tobten, bevor sie sich zögernd wieder an das Feuer setzte und stur in die Flammen starrte.

„Dass die jordanesischen Thronerben am Leben sind und sich bester Gesundheit erfreuen, dürfte Modorok und Thore unsere Verhandlungsbereitschaft verdeutlichen. Haben wir erst einmal ihr Gehör gefunden, ist es Zeit, dass sie erfahren, in welchem wesentlichen Punkt des Friedensvertrages der jordanesische König Wortbruch begangen hat. Statt meiner könnte ebenfalls einer ihrer Söhne die letzten zehn Jahre unterhalb der Wächtertürme Thalél Malis' verbracht haben. Dieser Gedanke dürfte die Stammesfürsten trotz aller Ereignisse der Vergangenheit vereinen. Haben wir Thore und Modorok auf unserer Seite, ist es uns ein Leichtes den jordanesischen Königssitz zu überrollen oder ihn mit der Prinzessin als Geisel weitestgehend friedlich einzunehmen. Natürlich müssen wir West- und Südanartier dann größere Zugeständnisse machen, damit für Thore und Modorok diese Art der Konfliktlösung einen entsprechenden Mehrwert aufweist." Danis spürte die Hitze des Feuers auf seinem Gesicht.

„Und was, wenn sie diese Geschichte genauso wenig bei den Eiern packt, wie damals, als der König die Köpfe unserer Brüder auf Pfähle spießen ließ?", gab Tok zu bedenken.

„Dann besteht noch die Möglichkeit, den König zur Einhaltung seiner Verpflichtungen aus dem Friedensvertrag zu nötigen: Er wird seine Schwester zur Sicherung der bestehenden Allianz mit einem Stammeserben verheiraten", schlussfolgerte

Yarne und sah seinen Sohn über die Schulter hinweg an. „Mit dir, nehme ich an."

Danis nickte widerstrebend. „Der eherne Thron würde uns dann ganz legal zustehen."

„Ja, auf dem Papier", meinte Ariel bestimmt. „Das Thalél Malis sich dennoch gegen die Übernahme wehren wird, ist dir klar, oder? Außerdem haben wir noch eine Front im Rücken. Ihr vergesst die Rebellen, die sich da draußen zusammenrotten, um sich gegen weitere Friedensverhandlungen aufzulehnen. Ich würde es vorziehen, sie auf unserer Seite zu haben, bevor Thore und Modorok auch nur ansatzweise auf den Gedanken kommen könnten, *irgendeine* Allianz mit der jordanesischen Führung zu schließen. Denn sollte es soweit kommen, werden die Rebellen Anartier aus den Angeln heben, während Thore und Modorok versuchen, unsere Stämme auszurotten. Wir werden Krieg im eigenen Land führen und das Blut unserer Landsleute vergießen."

Lediglich das unruhige Knacken des Feuers legte sich über die Stille, die nun herrschte.

„Ich bin bereit, mich auch gegen Modorok und Thore zu stellen, wenn sie nicht begreifen, dass der Friedensvertrag mit Jordanes nicht mehr als eine Handfessel ist, die sie handlungsunfähig und zu Unterworfenen macht. Die getroffenen wirtschaftlichen und finanziellen Arrangements tragen lediglich dazu bei, Anartier abhängig von Jordanes zu machen. Bereits jetzt ist ein großer Teil West- und Südanartiers in Aufruhr. Die Menschen dort werden genötigt Steuern zu entrichten, von Geld, das sie nicht besitzen und wenn doch, welches sie dringender für Essen und Kleidung benötigen würden. Und das nur, um Jordanes' Kriegstribut zu zollen. Während Jordanes im Frieden erblüht, wird Anartier im Herzen immer mehr geschwächt und Modorok und Thore sehen dabei zu. Ich teile deine Überlegungen, Ariel Frost." Mit finsterer Miene stocherte Yarne Bork mit einem Stock im Feuer herum. „Tok, du reitest morgen mit deinen Männern nach Westanartier. Bleibt fern von Lahn und geht jedem Kampf aus dem Weg. Sucht nach Rebellen, die bereit sind, sich uns anzuschließen."

Tok nickte.

„Elodie, du reitest nach Südanartier. Gleiche Aufgabe, gleiches Ziel. Reitet gleich morgen früh los. Und lasst euch nicht erwischen. Nehmt nur mit, wem ihr trauen könnt", wandte sich Yarne an Elodie. „Danis kümmert sich um die Prinzessin."

Elodie starrte weiter in das Feuer.

„Oder gibt es ein Problem?", erkundigte sich Yarne in einem Tonfall, der keinen Widerspruch duldete.

„Kein Problem", versicherte Elodie mit grimmiger Miene, erhob sich vom Feuer und huschte lautlos durch den Spalt der offen stehenden Tür.

Das lodernde Licht des großen Feuers, das auf dem großen Platz im Weiler entfacht worden war, warf einen warmen Lichtkegel in die Hütte. Von draußen drangen laute Musik, das Lachen und die Gespräche der Menschen herein, welche die Heimkehr des Stammeserben mit reichlich Wein begossen.

„Ihr gefällt der Gedanke nicht, dass du das jordanesische Miststück zu deiner Frau nehmen könntest", bemerkte Ariel, der Elodie nachgesehen hatte.

Jordanesisches Miststück. Danis presste die Lippen aufeinander.

„Ihr wart damals unzertrennlich. Und selbst Jahre nachdem uns die Nachricht deines Todes überbracht wurde, hat sie jeden Mann zum Teufel gejagt, der auch nur in ihre Nähe kam", erinnerte sich Ariel zurück und sah Danis eindringlich an. „Solltest du die Thronerbin tatsächlich heiraten, wird dir Elodie beide Eier abreißen."

„Ich rede mit ihr." Danis wischte sich mit der Hand die Müdigkeit aus den Augen.

„Reden?“ Tok feixte. „Ich glaube, du hast verlernt, was man *wirklich* mit einer Frau anstellt.“

„Keineswegs. Aber ich fürchte, das würde es für El nicht einfacher machen.“ Danis erhob sich und streckte sich mit schmerzverzerrtem Gesicht. „Wir haben eine gemeinsame Vergangenheit, ich werde sie mit dem Respekt behandeln, den sie verdient.“

„Ja, das werde ich jetzt mit Eila auch tun.“ Tok grinste breit und stand auf. Ariel entglitt ein Auflachen. Er legte dem Krieger eine Hand auf die Schulter, stieß die Tür auf und trat mit Tok nach draußen ins Freie.

„Eila, meine Schöne! Komm zu mir!“, tönte Toks Stimme über den Weiler.

Danis schüttelte lachend den Kopf.

„Du kannst die Prinzessin finden?“, erkundigte sich Yarne unvermittelt.

„Ich weiß, was sie tun wird, um in Anartier zu überleben. Weil *ich* es sie gelehrt habe“, antwortete Danis sicher. „Ich werde noch vor dem Morgengrauen aufbrechen, um sie zu suchen.“

Der Stammesfürst nickte. „Die Männer haben recht. Geh raus und feiere das Leben, Danis.“ Yarne Bork sah seinen Sohn auffordernd an.

Einen momentlang überlegte Danis. Dann legte er bekräftigend die Hand auf die Schulter seines Vaters, bevor er sich zum Gehen abwandte und Yarne mit Wim zurückließ.

„Du bist verdammt still heute Abend, alter Mann“, bemerkte Yarne.

„Ich weiß, was du vorhast, Yarne“, brummte Wim. „Ist es das wert, Dinge, die begraben bleiben sollten, wieder zutage zu fördern und längst verheilte Narben aufzureißen? Denn genau das wird passieren, wenn du die Prinzessin am Leben lässt.“

Yarne Bork schnaubte. Er hatte keine Antwort auf Wims Frage. Bei den Göttern, noch heute Morgen war er mit der

Gewissheit, dass Danis tot war, in seinem Bett erwacht. Und jetzt war alles anders.

„Du musst mit Ariel reden. Unter diesen Umständen darfst du ihm die Wahrheit nicht verweigern."

„Das werde ich", versicherte Yarne dem alten Krieger mürrisch.

„Dir ist klar, wenn ihr diesen Weg einschlagt und Modorok und Thore sich gegen uns stellen, dann gibt es kein Zurück. Anartier wird *vor* Thalél Malis brennen. Dann werden wir unsere eigenen Männer bekämpfen, nicht den Feind. Und es gibt keine Garantie dafür, dass wir die Oberhand in Anartier gewinnen werden", antwortete Wim mit rauer Stimme.

Yarne nickte nachdenklich und warf seinen Stock ins Feuer. In dieser verfluchten Welt gab es für nichts eine Garantie. Nicht einmal für den Tod.

Neyla verließen rasch die Kräfte. Sie stolperte in der Abenddämmerung des Waldes mehr, als dass sie aufrecht lief. Ihre Kleidung war durchnässt und die Kälte fraß sich bereits unter ihre Haut. Müdigkeit brannte in Neylas Augen. Bei jedem Sturz las sie Äste vom Boden auf, schob ihren Bogen zurück auf die Schulter, rappelte sich wieder auf und lief weiter. Mit letzter Kraft schaffte sie es, in einen Baum zu klettern. Sie fand einen stabilen Ast, auf dem sie mehr oder weniger gut sitzen konnte, lehnte ihren Rücken gegen den kräftigen Stamm des Baumes und ließ die gesammelten Äste in ihren Schoß fallen. Zitternd vor Kälte zog sie einen Dolch aus ihrem Gürtel und begann, das Ende eines Astes anzuspitzen. Sie würde verdammt viele Pfeile schnitzen müssen, um die Kälte ignorieren zu können, oder den zurückkehrenden Schmerz, der unruhig in ihrem Fuß pochte. Der Bogen war die Waffe ihrer Wahl. Aber ohne Pfeile war er nutzlos. Neyla bearbeitete so viele Äste wie möglich, bevor sich die Dunkelheit vollkommen vor ihren Augen ausbreiten konnte.

Noch mehr als an seinen Tod glaubt Euer Bruder daran, dass Ihr am Leben bleiben müsst. Immer wieder rief sie sich Dankos Worte in Erinnerung. Trotz überwältigender Müdigkeit fürchtete Neyla, dass ihr die schlimmste Nacht des Lebens bevorstand. Bereits jetzt konnte sie vor Kälte kaum einen klaren Gedanken fassen. Immer wieder rissen sie die Geräusche im Wald aus ihrem Dämmerschlaf oder eine einzige, falsche Bewegung erinnerte sie daran, dass es tief nach unten ging. Verzweifelt unterdrückte Neyla die Tränen und sehnte sich den Sonnenaufgang herbei, wie sie es noch nie zuvor in ihrem Leben getan hatte.

Neyla bemerkte weder die Stimmen, noch die Pferde, die sich zielstrebig dem Baum näherten, auf dem sie Unterschlupf gefunden hatte. Als sie endlich in der Morgendämmerung die Sonne ausmachen konnte, war sie beruhigt in einen festen Schlaf gefallen. Jetzt brannte die Sonne zwischen den Blättern so heiß und wohlig auf ihrer Haut, dass sie längst vergessen hatte, wo sie war und in welcher Lage sie sich befand. Jene Friedlichkeit brach allerdings augenblicklich über der Prinzessin zusammen, als sie eine Männerstimme von unten ihren Namen rufen hörte. Neylas Herzschlag überschlug sich, noch bevor sie die Augen aufriss.

„Neyla“, wiederholte die Stimme betont beherrscht. „Du hast eine beachtliche Strecke im Lahnstrom zurückgelegt, um deine Spuren zu verwischen. Aber dann haben deine nassen Stiefel deutliche Abdrücke hinterlassen. Außerdem bist du oft gestürzt, wir brauchten nur nach Stellen im Gras zu suchen, die niedergedrückt waren. Du hast so gut wie jedes Gebüsch mitgenommen, anstatt darum herum zu gehen. Und unter dem Baum, in dem du sitzt, liegen Holzspäne. Ich sag's nur ungern, aber die Ansätze deines Fluchtplanes entspringen meinem Kopf. Und du hast ihn echt lausig umgesetzt.“

Danis. Und er war nicht allein. Neyla rang nach Luft.

„Komm runter!“

Oder was? Neyla sah nach unten. Danis stand unter dem Baum und schaute ziellos nach oben. Er trug die Kleidung und Waffen eines anartischen Kriegers. Ohne diese hatte Danis' Ausstrahlung schon eine einschüchternde Wirkung gehabt, aber jetzt schien sich die ganze Welt seiner Präsenz unterzuordnen. Er war in Begleitung einiger Männer. Und kein einziger von ihnen sah auch nur im Ansatz harmlos aus.

„Neyla. Komm runter, oder ich komme hoch.“ Die Warnung, die in Danis' Stimme mitschwang, war unüberhörbar.

Aber selbst, wenn Neyla jemals beabsichtigt hätte, seiner Forderung Folge zu leisten, so stellte sie jetzt mit schmerzverzerrtem Gesicht fest, dass jeder einzelne Knochen ihres Körpers schmerzte oder eingeschlafen war. Ihren Fuß vermochte sie gar nicht mehr zu bewegen und ihre Hände fühlten sich eiskalt und taub an. Es war wahrscheinlicher, dass sie von diesem Ast fallen würde, statt würdevoll herunterzuklettern. Neyla presste die Lippen aufeinander und überlegte angestrengt.

„Schön, wie du meinst“, vernahm sie Danis' Stimme von unten. Neyla fummelte einen Pfeil in den Bogen und zielte auf Danis. Er verfehlte sein Ziel und von unten ertönte Männerlachen.

Richte eine Waffe nur auf einen anartischen Krieger, wenn du dir sicher bist, dass du ihn auch besiegen kannst. Neylas Herz raste. Sie hatte nicht vor, herauszufinden, welche Folgen ihr für diesen und jeden weiteren Fehlschuss blühen würden. Sie hätte Danis' Worten stets mehr Bedeutung beimessen sollen, dann wäre ihr nicht der Fehler unterlaufen, ihm zu vertrauen. Nein, sie würde nicht noch einmal den Fehler machen und Danis unterschätzen. Wieder spannte sie einen Pfeil in den Bogen und zielte. Danis gab einen zischenden Laut von sich und Neyla schlussfolgerte, dass sie ihn erwischt hatte. Zeit, sich daran zu erfreuen, blieb ihr jedoch nicht, denn im selben Moment griff Danis' Hand nach ihrem Bein und zog daran. Neyla verlor den Halt. Kreischend fiel sie durch peitschende Äste und Blätter hindurch nach unten und landete auf dem Bauch. Danis sprang vom Baum und kam direkt neben ihrem Kopf auf. Ihm entglitt ein Stöhnen, dann fiel ein Pfeil mit blutbeschmierter Spitze vor Neylas Augen auf den Boden. Ächzend rappelte sich Neyla auf.

„Das reicht jetzt!" Danis packte Neyla unsanft am Arm und zog sie nach oben. Die Prinzessin schrie mit schmerzverzerrtem Gesicht auf. Der Schmerz in ihrem Fuß war so gewaltig, dass Übelkeit in ihr aufstieg und sich gleichzeitig komplette Dunkelheit vor ihren Augen ausbreitete. Neyla fühlte nicht mehr den Boden unter ihren Füßen. Und sie gab nach, bereit sich fallen zu lassen. Sie spürte, wie Danis sie hochhob. Männerhände griffen nach ihr, schoben ihren Körper auf ein Pferd. Jemand nahm hinter ihr auf dem Tier Platz und umschlang ihre Körpermitte. Danis. Ihr Rücken fieberte vertraut von seiner Nähe.

„Ich wünschte, ihr Pfeil hätte mich ernsthaft verletzt", hörte sie Danis sagen.

„Das wird sie sich sicher auch bald wünschen", gab eine andere Stimme verheißungsvoll zurück.

Neyla seufzte. *Noch mehr als an seinen Tod glaubt Euer Bruder daran, dass Ihr am Leben bleiben müsst.*

„Wir haben lang genug gebetet. Wir haben lange genug unsere Wut beherrscht und auf unseren Moment gewartet. Heute, meine Brüder und Schwestern, ist der Tag gekommen, an dem wir uns zurückholen, was uns gehört!“

Müde starrte Danis in den silbernen Mond. Er saß vor der Tür seiner Hütte und lauschte in die nächtliche, vertraute Stille, die über dem Weiler lag.

„Schlaflos?“, erkundigte sich eine Männerstimme aus der Dunkelheit und als sich Danis zu ihr herumdrehte, trat Ariel aus dem Schatten, welche die Nacht auf den Weiler warf.

Danis ersparte sich die Lüge vor seinem alten Freund. Er war müde und geflüchtet. Vor Neyla, die jetzt in seinem Bett lag und schlief. Er hatte sie angestarrt und beobachtet, wie sich ihr Brustkorb unter ruhigen Atemzügen gehoben und wieder gesenkt hatte. Dabei war ihm aufgefallen, dass das Mondlicht, welches durch das Fenster auf das Bett fiel, ihre Haut noch heller und ebenmäßiger erscheinen ließ, als sie es ohnehin schon war. Wie ein Wasserfall war ihr das lange Haar über die Schultern geflossen und hatte sich auf dem Kissen ausgebreitet. Es hatte sich als verdammt schwierig herausgestellt, die Prinzessin anzustarren und sich gleichzeitig dabei einzureden, dass sie nur eine Geisel des Stammes war. Zumal Geiseln niemals so komfortabel behandelt und untergebracht wurden, wie Neyla. Es war auf seinen ausdrücklichen Befehl hin geschehen. Weil er nicht wollte, dass sich irgendein wütender Stammesbruder an der Prinzessin verging.

„Du weißt, was du tust, oder?“ Ariel legte den Kopf etwas schief. Die Rohheit, die oft in seinen Worten mitschwang, war Danis vertraut. Alles an Ariel war aufrichtig. Er würde sich niemals zu etwas anderem hinreißen lassen. „Ich meine, sie liegt in *deinem* Bett. Dort, wo du gestern mit El gelegen hast“, fügte Ariel unsinnigerweise noch hinzu. „Es geht mich nichts an, aber El ist für mich wie … Familie. Als du weg warst mehr denn je.“

Danis runzelte die Stirn. Gestern Nacht hatte sich die Sache mit Elodie noch richtig angefühlt. Vertraut. Er verstand Ariel, aber dennoch würde er sich ganz sicher nicht dafür entschuldigen, dass er Elodie nicht weggeschickt hatte.

„Ich kann Neyla von Thalél Malis nicht so behandeln, wie ihr es von mir erwartet“, gab Danis flach zurück. „Sie hat mich im Königssitz auch nicht wie einen Gefangenen behandelt.“ Er tastete nach dem geronnenen Blutfleck auf seiner Tunika. Dort, wo ihn Neylas Pfeil getroffen hatte. Die Wunde hatte, den Göttern sei Dank, von allein aufgehört zu bluten.

„Du bist aber nicht mehr in Thalél Malis. Und sie auch nicht. Hier bist du kein Gefangener und sie ist keine Prinzessin mehr.“ Ariel ließ sich neben Danis auf den Boden gleiten. „Du kennst die wichtigste Regel im Krieg. Der Feind hat nicht Angst vor Waffen, sondern vor den …“

„… Monstern, die sie tragen. Ich weiß“, beendete Danis jenen Satz, der ihn bereits seit Kindertagen begleitete. So, wie jeden anartischen Jungen dieses Stammes.

„Wenn dich die Prinzessin nicht fürchtet, wird sie dich nicht respektieren. Wenn sie dich nicht respektiert, wird sie uns in die Quere kommen. Und dann wirst du gezwungen sein, sie zu töten.“ Ariel lehnte sich zurück und blickte in den Himmel. „Es mag sein, dass du das nicht kannst. Aber ich werde es tun. Ganz sicher sogar.“

Danis schwieg. Ariel hatte recht. Er musste das in den Griff bekommen.

„Ich kann dich ja fast verstehen. Wie sie da heute vom Baum gefallen ist und kämpferisch noch nachlegen wollte … mir ist es auch lieber, wenn der Feind weder Brüste noch ein hübsches Gesicht hat", fuhr Ariel unbeirrt fort. „Es könnte für sie im Weiler gefährlich werden, wenn sie sich nicht an die Regeln hält."

„Sie kennt die Regeln." Danis schnaubte. Neyla war echt lausig darin, sich seinen Worten mit dem nötigen Ernst anzunehmen. Das war ein Problem. „Und wir brechen schon morgen nach Lahn auf."

„Ich kann noch immer nicht begreifen, dass du zurück bist." Ariel schüttelte kaum merkbar den Kopf. „Wim hat mir von den Narben auf deinem Rücken erzählt." Der Krieger vermied es, Danis anzusehen. „Wenn es so weit ist … was wirst du mit dem König machen?"

Bereits die bloße Vorstellung daran, ließ Danis' Herz springen. Unzählige Male hatte er sich eine Antwort auf eben diese Frage ausgemalt, und keine einzige davon war sachlich, rational oder menschlich.

„Seiner Schwester habe ich beigebracht, zu überleben." Danis starrte in die schwarze Stille. „Den König werde ich das Sterben lehren."

Ariel glitt ein wissendes Lächeln über die Lippen.

Dann wurde die Stille der Nacht durch ein Poltern durchbrochen. Danis seufzte und sprang auf die Beine. Er hatte geahnt, dass Neyla es ihm nicht einfach machen würde. Allerdings hatte er sich gewünscht, dass sie mit ihrem Widerstand warten würde, bis sich ihr Zustand einigermaßen gebessert hatte.

„Hintertür?", fragend blickte Ariel seinen Freund an und sprang auf.

„Hintertür", nickte Danis.

Dann rannten sie los.

„Lass das!“ Unmissverständlich schlug Emilijan die Hand der hübschen Anartin aus seinem Gesicht, die gerade seine Wunden säubern wollte. Unsanft schob er die Frau beiseite und blickte zu Danko, der rittlings auf einem Stuhl saß und die Arme über die Lehne fallen ließ.

„Irgendetwas Neues von Ney?“

„Nein. Die Männer sind noch nicht zurück“, antwortete Danko mit ruhiger Stimme. Er hatte immer an das Zutun der Götter geglaubt und bisher war ihm ihre Hilfe in schwierigen Situationen auch nie verwehrt geblieben. Und dies hier, war eine äußerst *beschissene* Situation. Es hatte nicht besonders gut für sie ausgesehen, als er zusammen mit dem König fast einen Tag lang orientierungslos in den Westanartischen Wäldern herumgelaufen war. Erschöpfung und Hunger hatten sie fast an die Grenzen der Selbstbeherrschung gebracht. Und dann waren Thores Männer aufgetaucht, welche der letzte, überlebende Mann des Inneren Kreises zu ihnen geführt hatte. Jetzt hockten sie in einer Hütte, irgendwo in den Lahnwäldern, ungefähr einen Tagesmarsch von dem Niederdorf vor Lahn entfernt. Und während drinnen das schwache Licht der Kerzen Schatten an die Holzbalken malte, brauten sich draußen in den Wäldern unzählige Weltuntergänge zusammen. Yarne Borks Männer suchten nach ihnen, ebenso wie unzählige Scharen von Rebellen. Und irgendwo dazwischen war Neyla von Thalél Malis.

„Lass uns allein“, brummte Danko in Richtung der anartischen Schönheit. Sie nickte, kurz bevor sie die blutverschmierten Tücher in die Schale mit Wasser warf, die auf dem Tisch stand, und durch die Tür nach draußen verschwand.

„Wenn Yarne Bork seinen Sohn in die Arme schließt, wird es nicht lange dauern bis Thore und Modorok davon erfahren. Sie werden Fragen stellen. Und ich fürchte, die Antworten darauf könnten zu einem Problem werden", sagte Danko dann.

„Dann sollten wir die Stammesfürsten möglichst bald vom Fragen ablenken." Emilijan fuhr sich nachdenklich durch die dunklen Haare. „Wenn unser Mann mit Thores Kriegern von der Suche zurückgekehrt ist, wird er Anhaltspunkte dafür gefunden haben, dass sich die Prinzessin in den Händen von Yarne Bork befindet."

Danko blickte den König ungläubig an. Er wusste nicht genau, ob er sich eben verhört hatte oder der König wirklich ohne sein Wissen derartige Dinge veranlasst hatte.

„Ich gehe davon aus, dass den Stammesfürsten eine Verbindung unserer Häuser durch eine Hochzeit wichtiger ist, als unliebsame Fragen zu stellen. Um die Braut zu retten und den Anspruch auf den Thron Jordanes' aufrecht zu erhalten, werden sie an unserer Seite kämpfen."

Dankos Augen funkelten den jungen König abschätzend an. Er musste immer wieder feststellen, dass man nicht gut daran tat, Emilijan zu unterschätzen. Dennoch hatte sich die Art und Weise, wie der König sein Ziel verfolgte, in den letzten Jahren gewandelt. Ein Ziel, über welches er allein Kenntnis behielt und alle anderen in Dunkelheit wandelten. Danko wusste nicht genau, wann es angefangen hatte, den jungen König zu verändern. Vermutlich an dem Tag, als der Anarte seinen Vater tötete und die Krux des Königs auf den Thronerben überging. Diese Last hatte Danko, ohne jemals Fragen gestellt oder unverhofft Antworten erhalten zu haben, stets mitgetragen. Sie bestand einzig und allein darin, das Leben der Prinzessin zu schützen. Aber Emilijan war jung und ungestüm. Weena hatte die Weitsicht für ihn übernommen. Sie lenkte den Thronerben, da war sich Danko sicher. Seitdem waren so viele Dinge passiert, dass Danko den Überblick verloren hatte. Nur eines wusste er noch mit Bestimmtheit: Er musste Neyla schützen, um jeden Preis und was immer auch passieren würde.

„Ihr solltet dafür beten, dass man Neyla findet. Denn fällt sie tatsächlich Yarne Bork in die Hände, wird man ihr aufbürden, was Ihr Danis aufgebürdet habt", zischte Danko und konnte seine Verärgerung kaum noch verbergen. Er riss sich von seinem Stuhl hoch, der polternd auf die Holzdielen fiel, und trat ganz nah an den jungen König heran.

„Ihr verliert die Kontrolle, Emilijan. Das Spiel mit dem Feuer ist gefährlich. Ein brennendes Hölzlein kann man löschen, vielleicht auch zwei oder drei. Darin habt Ihr ja Erfahrung. Aber ein großes Feuer wird *uns* auslöschen." Mit diesen Worten rauschte Danko durch die Tür.

Neyla war sprichwörtlich durch die Hintertür gefallen. Ihr war klar, dass ihre körperliche Verfassung alles andere als dienlich für eine Flucht war, dennoch bot sich ihr durch Danis' Abwesenheit endlich ein geeignetes Zeitfenster. Neyla verfluchte sich innerlich für ihre Unachtsamkeit. Sie rappelte sich unter Schmerzen auf die Beine und rannte direkt gegen einen Körper, der sich aus der Dunkelheit gelöst hatte. Erschrocken wich Neyla zurück.

„Die Schlaflosigkeit muss irgendwie am Mond liegen", stellte Ariel trocken fest und baute sich vor Neyla auf. „Weißt du, Prinzessin, diesen einen … bezeichnen wir es mal als *Fluchtversuch*, lasse ich dir durchgehen. Es wäre vermutlich unter deiner jordanesischen Würde gewesen, es nicht zu versuchen." Seine Hand packte Neyla nachdrücklich am Genick und der milde Ausdruck in seinem Gesicht änderte sich dabei schlagartig. „Tu's nicht noch mal. Sonst lasse ich dich fesseln."

„Verfluchter anartischer Hurensohn!", spie Neyla Ariel entgegen und versuchte, sich mit unkontrollierten Tritten und Schlägen aus seinem Griff zu befreien.

„Du hast knebeln vergessen", bemerkte dann Danis in ihrem Rücken. Seine Hände griffen nach ihren Armen und hielten sie fest, drückten ihren Widerstand nieder. Seltsamerweise ließ seine Anwesenheit Neyla ruhiger werden.

„Lass es bleiben, Neyla. Ich bin nett. Ariel ist es nicht." Leise drangen Danis' Worte an ihr Ohr. Die Prinzessin bemerkte, wie Ariel Danis einen spöttischen Blick mit erhobener Augenbraue zuwarf, bevor er seine Hand aus ihrem Nacken zog. Wieder wollte Neyla nach seiner Hand schlagen, aber Danis hielt sie zurück.

„Ich kümmere mich um sie." Auffordernd sah Danis seinen Freund an.

„Dir ist klar, dass sie schlimmer aussieht, als wenn sie am Skullhain teilgenommen hätte?" Ariel rümpfte die Nase. „Außerdem stinkt sie wie eine Graukatze."

„Sie kann dich hören, verflucht!" Neylas Augen funkelten Ariel zornig an und Danis festigte vorsorglich den Griff um ihre Arme.

„Zumindest fährt sie ihre Krallen genauso schnell aus." Danis lachte leise. „Los, leg dich schlafen, Ari."

Ariel musterte Neyla stumm. Dann drehte er sich mit einem Brummen um und verschwand in der Dunkelheit. Erleichtert nahm Neyla wahr, dass Danis seinen Griff lockerte. Er packte sie bei den Schultern und drehte sie zu sich herum.

„Neyla", sagte er dann leise und sah zu ihr hinunter. „Du. Musst. Damit. Aufhören. Keinen Widerstand mehr! Und keine Fluchtversuche. Ich kann dich sonst nicht beschützen."

„Beschützen?", fuhr Neyla fassungslos auf. „Warum, zum Teufel, bin ich überhaupt hier?"

„Du wirst uns nach Lahn begleiten."

„Nach Lahn? Zu den Friedensverhandlungen?" Irritiert blickte Neyla den Krieger an. „Aber warum …" Neyla hielt inne. Innerlich ging sie alle Fakten durch. Danis' Plan ließ nur einen

Schluss zu. „Du bist der lebende Beweis dafür, dass Jordanes gegen sensible Punkte des Friedensvertrages verstoßen hat", wisperte sie dann. „Du willst Thore und Modorok gegen Emilijan aufbringen."

Danis schwieg. Stoische Ruhe und Überlegenheit überschatteten sein Gesicht.

Neyla wich einen Schritt zurück, ohne Danis aus den Augen zu lassen. „Sie werden Emilijan töten. Und mich. Thalél Malis wird fallen. Ist es das, was du willst?"

„Jordanes interessiert mich nicht. Anartier wird geschüttelt von Aufständischen, die sich gegen Thore und Modorok und die geplanten Friedensverhandlungen auflehnen. In meiner Heimat bekriegen sich die eigenen Landsleute, weil sie nichts zu essen haben. Ihre Kinder erfrieren und verrecken an Krankheiten, weil sie die Heiler nicht bezahlen können. Und das ist erst der Anfang. Ich werde verhindern, dass auch nur noch eine einzige Münze an Jordanes gezahlt wird. Mein Land muss endlich zur Ruhe kommen!"

Neyla schob vorsichtig Danis' Hand von ihrer Schulter. „Ich habe nicht gewusst, dass es so schlimm um Anartier steht", sagte sie und klang fast entschuldigend dabei. „Als Emilijan sagte, dass man versuchen würde uns anzugreifen, dachte ich an eine kleine Gruppe Aufständische oder Krieger deines Vaters."

„Dein Bruder lässt dich ziemlich oft im Ungewissen." Danis strich sich eine blonde Strähne zurück hinter das Ohr. „Es lag in der Absicht meines Vaters, die jordanesischen Thronerben zu töten."

„Du hast ihn umgestimmt", schlussfolgerte Neyla flüsternd.

„Du bist nicht diejenige, der ich das hier antun möchte, Neyla. Also hör bitte auf, mir Gründe dafür zu liefern, es doch zu tun." Danis nickte nachdrücklich zur Hintertür.

Neyla verzog den Mund. Widerstand. Schmerzen. Sie blinzelte Danis an. Sein Gesicht blieb hart und ausdruckslos.

Neyla funkelte ihn mit einem bösen Blick an, bevor sie an ihm vorbeihumpelte. Geräuschvoll flog die Hintertür ins Schloss. Dann entflammte Danis in der Dunkelheit eine Öllampe und hängte sie an einen Haken, der an einem Holzbalken befestigt war.

„Setz dich aufs Bett, ich will mir deinen Fuß ansehen."

Neyla beobachtete Danis, der einen Kessel von der Feuerstelle nahm und das heiße Wasser in eine Schüssel goss. Der Krieger griff nach einem Tuch und blieb vor Neyla stehen. Zögernd ließ sich die Prinzessin auf das Bett gleiten. Danis starrte auf ihre Stiefel. Es war mit Sicherheit kein Vergnügen gewesen, da mit geschwollenem Knöchel hineinzukriechen. Aber ihr die Stiefel wieder auszuziehen, würde ihr garantiert eine Lektion in Sachen echtem Schmerz bescheren.

Danis ging in die Hocke, stellte die Schüssel ab und begann, Neyla den Schuh vom gesunden Fuß zu ziehen. Dann sah er zu ihr auf. „Das wird jetzt wehtun", warnte er sie, bevor er begann, an dem anderen Stiefel zu ziehen.

Neyla biss die Zähne zusammen. Vor ihren Augen tanzten rote Sonnen und in ihren Ohren tobte ein Sturm. Dann hielt Danis endlich den Stiefel in der Hand und Neyla ließ sich rücklings auf das Bett fallen. Ihr Gesicht glühte und gleichzeitig spürte sie die winzigen Schweißperlen, die ihre Stirn kühlten. Neyla hörte Wasser plätschern. Dann umwickelte Danis ihren Fuß mit einem nassen, heißen Tuch.

„Das stinkt wie Scheiße", bemerkte Neyla matt.

„Du bist es, die so riecht", gab Danis gelassen zurück. „Das ist Moosbeerenaufguss. Das wird die Schwellung lindern." Er griff nach einem Schemel, der im Raum stand und legte Neylas Fuß darauf ab.

„Emilijan ist nicht hier. Ihr konntet ihn noch nicht finden", konstatierte Neyla nachdenklich, ohne den Triumph in ihrer Stimme zu beherrschen.

„Wir wissen beide, dass es nur eine Frage der Zeit ist“, antwortete Danis ruhig, setzte sich neben die Prinzessin auf das Bett und ließ sich auf den Rücken fallen. Stumm starrten sie an die Holzdecke, auf welche das Licht der Öllampe zuckende Schatten warf.

„Du weißt, dass ich versuchen werde, Emilijan zu warnen“, sagte Neyla irgendwann leise.

„Du kannst es versuchen, ja“, antwortete Danis ruhig und verbarg nicht, dass er herzlich wenig an den Erfolg ihrer Unternehmung glaubte. „Mir wäre es lieber, du würdest begreifen, dass du an meiner Seite am sichersten bist, ohne dass man es dir einprügelt. Die Männer unserer Stämme sind schon nicht zimperlich, aber was glaubst du, was die Aufständischen mit dir veranstalten werden?“

„Glaubst du, ich ziehe ein Leben in der Gefangenschaft deines Stammes vor?“ Neyla verzog verächtlich den Mund.

„Ich denke, dass du Jordanes besser regieren würdest als dein Bruder.“ Danis blickte Neyla von der Seite an und beobachtete, wie sie nervös auf ihrer Unterlippe herum kaute.

Schweigend starrte Neyla an die Decke.

„Du solltest dich ausruhen.“

„Dann lass mich allein“, entgegnete Neyla matt. Sie musste nachdenken, alleine sein.

„Das ist mein Bett, Neyla. Ich werde ganz sicher nicht gehen.“ Danis richtete sich kurz auf, um sich die Stiefel von den Füßen zu streifen und ließ sich dann wieder ins Bett zurückfallen.

„Und was soll das jetzt werden?“ Entgeistert sah Neyla Danis an.

„Ich lege mich schlafen.“ Danis grinste. „Keine Angst, ich fass dich schon nicht an. Du hast echt keine Ahnung, wie sehr du stinkst.“

„Es ist mir vollkommen gleich, wie ich rieche. Ich werde ganz sicher nicht mit dir in einem Bett schlafen!“

„Dann leg dich auf den Boden“, gab Danis leichthin zurück und verschränkte abwartend die Arme hinter dem Kopf.

Neyla schnaubte verächtlich, gab dem Schemel, auf welchem ihr Fuß lag, einen Tritt, griff nach der Decke und rollte sich ächzend vom Bett auf den Boden.

„Schlaf gut“, meinte Danis belustigt.

„Fahr zur Hölle.“ Neyla zog sich die Decke über den Kopf. Der Holzboden war nicht nur unbequem, sondern auch hart und kalt. Zugluft kroch durch die Ritzen der Türen und war so stark, dass sie zumindest eine, auf dem Boden abgestellte, Kerze problemlos auszulöschen vermochte. Neyla atmete beherrscht ein. Sie hatte eine Nacht in einem Baum überstanden, da würde sie eine Nacht auf dem Boden sicherlich nicht abschrecken. Die Prinzessin verharrte unter der Decke, bis sie jegliches Zeitgefühl verloren hatte. Erst als sie Danis' ruhigen und gleichmäßigen Atem ausmachen konnte, wagte sie es, die Decke zurückzuschlagen und ihre Glieder in alle Richtung auszustrecken. Neyla kroch lautlos über den Boden und zog sich in eine Ecke zurück, die sie vor dem kalten Luftzug schützte. Sie schlang sich die Decke um den Körper und blieb mit dem Rücken zur Wand sitzen. Schlafend wirkte Danis alles andere als bedrohlich. Seine Gesichtszüge waren entspannt. Die Hand des jungen Kriegers ruhte auf dem Griff eines Messers, welches er an seinem Gürtel trug und störte das Bild vom schlafenden Engel. Neyla vergrub ihr Gesicht zwischen ihren kalten Händen. Wenn Danis nicht ihr Freund war und auch nicht ihr Feind, wer war er dann?

Neyla blinzelte und blickte in Danis' Gesicht. Belustigt kräuselten sich tiefe Grübchen um seine Augen herum. Sie musste tatsächlich irgendwann eingeschlafen sein.

„Gut geschlafen?“ Danis feixte und erhob sich aus der Hocke.

Zwischen seinen Händen hielt er einen Becher mit dampfender Flüssigkeit.

Neyla versuchte die Taubheit ihres Hinterteils zu ignorieren, schob die Decke beiseite und warf einen Blick auf ihren Knöchel. Vorsichtig wickelte sie das getrocknete, weiße Tuch von ihrem Fuß und atmete erleichtert auf. Die Umschläge hatten wirklich geholfen, die Schwellung war zurückgegangen. Stattdessen leuchtete ihr Fuß jetzt in allen Schattierungen von Blau, Violett, Grün und Schwarz.

„Hölle", murmelte Neyla von der Farbpracht beeindruckt. Danis stellte den Becher auf dem Tisch ab und reichte ihr seine Hand. Wie üblich. Neyla seufzte und zog sich kommentarlos an ihr auf die Beine.

„Ich habe dir die Badehütte herrichten lassen", teilte Danis ihr unvermittelt mit und legte seine Hand stützend auf ihre Taille.

„Rieche ich wirklich so schlimm?", zweifelnd blickte Neyla Danis an.

„Nein, aber ich dachte, dass dir ein heißes Bad nach der Nacht guttut. Wir haben einen langen Weg vor uns." Danis stieß mit einer Hand die Tür auf und einen Moment lang war Neyla geblendet von dem hellen Tageslicht. Die Sonne stand hoch am blauen Himmel, doch die Luft war so kalt, dass ihr Atem in der Luft gefror. Ohne Ankündigung hob Danis die Prinzessin auf seine Arme und trug sie über den Platz. Neyla umschlang den Nacken des Kriegers. Unbehaglich klebten an Neyla die Blicke der anartischen Frauen, die in ihren Gesprächen verstummten. Kinder stellten ihr lautes Spiel ein und gafften, während anartische Krieger mit kalten, abschätzenden Blicken nicht verbargen, was sie von der Anwesenheit der Prinzessin hielten.

„Gibt es hier irgendjemanden, der mich nicht hasst?", erkundigte sich Neyla tonlos. Aus irgendeinem Grund tat die Abneigung, die ihr hier entgegenschlug mehr weh, als alle Wunden auf ihrem Körper zusammen.

„Achte nicht auf sie", antwortete Danis und stieß mit seinem Fuß die Tür einer Hütte auf. Feuchte Hitze schlug Neyla entgegen. In der Luft lag der Geruch von Melisse. Kerzen brannten unruhig und unter dem Wasserzuber glühte ein Bett aus Kohlen.

„Es gibt kein Fenster und nur diese eine Tür, vor der Ariel auf dich warten wird." Danis setzte Neyla ab. „Ruf nach ihm, wenn du fertig bist. Er wird dir saubere Kleider geben." Danis griff nach dem Türknauf. „Und lass ihn nicht zu lange warten. Ich fürchte, er kommt sonst auf den Gedanken nachzusehen, wo du steckst." Danis zwinkerte Neyla zu.

„Und wohin gehst du?" Neyla konnte nicht verhindern, dass in ihrer Stimme ein Hauch Besorgnis mitschwang.

„Ich treffe mich mit meinem Vater und den Männern, die uns begleiten werden. Es gibt noch eine Menge zu besprechen", ließ Danis sie sachlich wissen. „Und, Neyla, tu mir den Gefallen und reize Ariel nicht mehr als nötig. Er ist sauer genug, weil er ein Auge auf dich haben soll, statt am Sumbel teilzunehmen."

„Du vertraust ihm?", fragte Neyla vorsichtig.

Danis nickte bekräftigend, bevor er durch die Tür der Badehütte ins Freie trat und diese hinter sich zuzog.

Ariel löste sich von der Wand der Hütte und blickte Danis düster an. „Schafft es die Prinzessin alleine in den Zuber, oder soll ich ihr dabei helfen?"

Grinsend tätschelte Danis die Schulter seines Freundes. „Du kannst es gern versuchen, aber schätzungsweise kratzt sie dir dafür die Augen aus."

Das Sumbel. Hunderte Krieger und Kriegerinnen. Ein großes Feuer. Und die Worte des Stammesfürsten, die über die Stille des Weilers schallten.

„Fast auf den Tag genau zehn Jahre ist es her, dass wir

Kleidung und Erinnerungsstücke unserer Stammesbrüder- und Schwestern verbrannten, während ihre Köpfe auf Pfähle gespießt vor den Toren Thalél Malis' verrotteten. Wir beteten, dass die Walküren trotzdem den Weg zu den würdig Gefallenen finden und sie nach Walhall führen würden. Und wir beteten für den Tag, an dem wir Rache nehmen würden, für all den Schmerz und die Schande, die unsere Stämme erdulden mussten." Machtvoll und gewaltig erhob sich Yarne Borks Stimme. „Heute, zehn Jahre später, schlagen die Herzen der Menschen in Anartier nicht mehr in einem Takt. Unser Reich brennt von innen nach außen und lechzt nach der Befreiung aus den Ketten, die ihm Jordanes unter dem Mantel des Friedenspaktes angelegt hat!"

Laut schallte die Zustimmung der Krieger und Kriegerinnen über den Platz.

„Bereits jetzt schließen sich Tok im Westen Anartiers immer mehr Männer und Frauen an, die gegen Thore und Modorok aufbegehren. Im Süden trifft Elodie auf ebensolche Männer und Frauen und führt sie zu uns."

Ein herzerwärmendes, begeistertes Aufjohlen ging durch die Reihen der Männer und Frauen, so intensiv, dass sich jedes einzelne Härchen auf Danis' Körper aufstellte.

Mit einer einzigen Handbewegung schwächte Yarne Bork die Geräuschkulisse ab.

„Wir haben lang genug gebetet. Wir haben lange genug unsere Wut beherrscht und auf unseren Moment gewartet. Heute, meine Brüder und Schwestern, ist der Tag gekommen, an dem wir uns zurückholen, was uns gehört!" Yarne Bork riss seine geballte Faust in die Luft und das Gebrüll seiner Stammeskrieger zerfetzte die Luft.

„Heute", fuhr Yarne Bork mit lauter Stimme fort und griff fest nach Danis' Hand, „steht mein Sohn vor uns. Wiedergeboren aus der Asche der Vergangenheit wird er uns in die Zukunft führen. Eine Zukunft, in der die Herzen Anartiers wieder in einem Takt schlagen. Im Takt der Freiheit und Ehre!“

Das tosende Gebrüll hunderter Krieger jagte Neyla einen Schauer über den Rücken, obgleich das Wasser im Badezuber nicht wärmer hätte sein können. Kaum hörbar und dennoch von gewaltiger Natur, drangen Yarne Borks Worte zu ihr vor. Angst war nicht das richtige Wort, um zu beschreiben, was Neyla empfand. Die Schreie der anartischen Krieger waren nur ein Hauch der Entschlossenheit, mit der sie Jordanes gegenübertreten würden. Neyla schoss förmlich aus dem Zuber und das Wasser spritzte auf den Holzboden. Sie griff sich das Tuch vom Boden und wickelte sich darin ein. Das Wasser lief an ihren Beinen hinab, als sie zur Tür humpelte und diese einen Spalt weit öffnete.

„Ariel?“, fragte Neyla ohne eine Ahnung zu haben, ob der Krieger überhaupt vor der Tür stand. „Kannst du mir bitte meine Kleider geben?“

Eine gefühlte Ewigkeit tat sich nichts. Dann flog ein zusammengerolltes Stoffpäckchen vor ihr in den Dreck.

Neyla öffnete die Tür weiter und griff danach. „Danke, sehr nett.“

Krachend zog sie die Tür wieder zu und wickelte den Stoff auseinander. Zum Vorschein kamen ein langes Unterhemd, ein einfaches weißes Kleid aus Leinen und ein braunes Ledermieder zum Schnüren.

Neyla seufzte bei dem Gedanken, Ariel um Hilfe bitten zu müssen, streifte sich jedoch rasch das Handtuch vom Körper und begann, sich anzukleiden. Weich und warm lag der anartische Stoff auf ihrer Haut. Das Kleid schmiegte sich an ihrem Oberkörper perfekt an und ging ab der Hüfte fließend auseinander, berührte nur knapp den Boden. Es war leichter als jordanesische Kleider.

„AAAARIEL?“, rief Neyla und betrachtete die braune Lederkorsage in ihrer Hand. Sie fühlte sich unglaublich weich und geschmeidig an.

Keine Reaktion.

„ARIEEEEEL!“

Die Tür flog auf und der Krieger stand mit düsterer Miene im Türrahmen.

Neyla versuchte ein selbstsicheres Lächeln und zog sich die Korsage über. „Könntest du bitte?“ Sie deutete in ihren Rücken.

„Oh Mann.“ Ariel blickte flehend nach oben.

„Du musst die Schnüre nur festziehen“, versuchte Neyla, den Krieger zu überreden.

Energisch schüttelte Ariel den Kopf. „Dreh dich um!“, forderte er dann und drehte Neyla unsanft mit dem Gesicht zur Wand. „Das ist das erste Mal, dass ich eine Frau anziehe anstatt ihr die Kleider vom Leib zu reißen.“ Ariel zog die Schnüre der Korsage so heftig zusammen, dass Neyla nach Luft ringen und sich mit den Armen an der Wand abstützen musste.

Hastig, als würde er es einfach nur hinter sich bringen wollen, schnürte er Neylas Korsage. Als Ariel damit fertig war, drehte sich Neyla langsam zu ihm herum.

Abschätzend fuhr Ariels Blick über ihren Körper. „Gar nicht übel“, bemerkte er dann und Neyla war sich nicht sicher, ob er sie oder seine Arbeit meinte. Sein Blick blieb in ihrem Gesicht hängen. Als seine Hand vorsichtig über den lilafarbenen Fleck auf Neylas Wangenknochen glitt, wich die Prinzessin zurück.

„Wer, zur Hölle, war das?“, fragte der Krieger.

Neyla tastete schützend nach ihrer Wange und senkte den Blick. „Mein Bruder“, antwortete sie dann wahrheitsgemäß.

Ariel zog die Brauen zusammen und legte die Stirn in Falten.

„Bring mich zu Danis!“ Fordernd sah Neyla zu Ariel auf.

„Er wohnt dem Sumbel bei. Dort, wo ich auch sein müsste. Aber stattdessen helfe ich einer Frau dabei sich *anzuziehen*.“ Ariel verzog sein Gesicht. Die Nuancen schwankten dabei zwischen Hilflosigkeit und Fassungslosigkeit.

„Bring mich zu ihm!", forderte Neyla nochmals mit Nachdruck.

„Du hast dort nichts verloren. Sie beraten sich über das weitere Vorgehen", antwortete Ariel unterkühlt.

„Ja, das ist bereits bis zu mir vorgedrungen", zischte Neyla und atmete beherrscht durch. „Bring mich dorthin. Ich verlange, mit Yarne Bork zu sprechen!"

Im ersten Moment entglitt Ariel jegliche Selbstsicherheit. „Du *verlangst* mit Yarne Bork zu sprechen?", wiederholte er ungläubig. Dann überzog ein düsteres Lachen sein Gesicht. Mit einer schnellen Bewegung umschloss seine Hand ihren Arm. „Wie du wünschst, Prinzessin. Yarne wird sehr erfreut sein, dich zu sehen." Der Zynismus in seiner Stimme war kaum zu überhören und hätte Neyla unter anderen Umständen Kopfzerbrechen bereitet. Aber nichts daran konnte jenen Worten Yarne Borks etwas entgegensetzen, die aus der Ferne zu ihr vorgedrungen waren.

Fest entschlossen sah Neyla den Krieger an.

„Willst du dir keine Schuhe anziehen?", erkundigte sich Ariel.

„Legt Yarne Bork etwa Wert auf Etikette?", gab Neyla zurück. Ariel war entweder total blind oder ignorant genug, ihren regenbogenfarbigen Knöchel zu ignorieren. Kein Schuh dieser Welt wäre im Moment passend genug.

„Na dann mal los, Prinzessin", meinte Ariel dann gut gelaunt und schlug mit der Faust die Tür auf. Er zog Neyla hinter sich her, bis er ihre Beeinträchtigung feststellte.

„Oh."

„Ja, oh", echote Neyla scharf und befreite sich abrupt aus Ariels Griff. „Bringt es dich um deine Kriegerehre, wenn du etwas langsamer läufst?"

„Es bringt mich um meine Ehre, wenn irgendjemand erfährt, dass ich einer Frau in ihre Kleider geholfen habe, statt sie ihr vom Leib zu reißen", meinte Ariel trocken und legte Neylas Arm um seinen Hals, während er ihre Hüfte stützend umfasste.

„Ich verrat ‘s niemandem“, antwortete Neyla leise.

„Das möchte ich dir auch geraten haben. Im Moment bin ich nämlich dein einziger Freund“, gab Ariel zurück.

Neyla sah sich um und erkannte, dass er recht hatte. Augenblicklich wurde sie sich der Welle der Ablehnung bewusst, die ihr entgegenschlug.

Der Weiler bestand aus vielen kleinen Holzhütten, vor denen Feuer brannten. Wolfshunde liefen herum, Kinder jagten einander zwischen den Hütten. Wie eine Krankheit ruhten die Blicke der Frauen auf ihrer Haut. Neyla versuchte, so würdevoll wie nur möglich, an Ariels Seite durch den Weiler zu humpeln.

„Wer ist das?“, raunte Neyla leise und deutete mit einem Nicken auf eine junge Frau mit strohigem, blondem Haar, die sie mit einem interessierten und trotzigen Gesichtsausdruck aus der Ferne beobachtete. Zu ihren Füßen saß ein weißer Wolf. Dieses Bild bannte Neyla und sie vermochte nicht zu sagen, warum.

„Das ist Luv Arter.“, ließ Ariel die Prinzessin wissen und folgte ihrem Blick. „Sie ist seltsam, lebt mit dem Wolf allein in den Wäldern.“

„Ein weißer Wolf?“

„Sie nennt ihn Ais“, antwortete Ariel und zog Neyla weiter.

Irgendwann reihten sich keine Hütten mehr aneinander und Neyla sah schon in der Ferne den dunklen Rauch eines Feuers in den Himmel steigen. Unzählige Männer und Frauen umrahmten es.

„Hältst du es immer noch für eine gute Idee?“, hakte Ariel höhnisch nach.

„Ich halte es für eine ganz beschissene Idee“, versicherte Neyla ihm und humpelte weiter.

Sie hatten die erste Reihe der Krieger erreicht und ihre Anwesenheit war nicht unbemerkt geblieben. Als würde ihr eine ansteckende Krankheit vorauseilen, teilten sich die Reihen der

Krieger und Kriegerinnen vor ihnen und ließen sie durch einen Korridor passieren.

Stille.

Absolute Stille.

Neyla bebte vor Anspannung. Und als die letzten Krieger vor ihnen auseinanderwichen und den Blick auf das große Feuer, den Stammesfürsten und seinen Sohn freigaben, legte Neyla haltsuchend ihre Hand auf die von Ariel, welche noch immer auf ihrer Hüfte ruhte.

„Na, na", brummte Ariel leise. „Das ist ein verdammt schlechter Zeitpunkt, um Schwäche zu zeigen."

Neyla spürte mehr die ausstrahlende Hitze des Feuers, als die Kälte unter ihren nackten Fußsohlen.

Ariel blieb mit ihr unmittelbar vor Yarne Bork und Danis stehen. Er senkte den Blick und nickte den beiden zu. „Die Thronerbin von Jordanes *wünscht*, beim Sumbel anwesend zu sein." Die samtige Ergebenheit, die in seiner Stimme lag, verunsicherte Neyla um Längen mehr, als die rohe Frechheit, die in seinen Bemerkungen stets mitgeschwungen war. Neyla fing hilfesuchend Danis' Blick auf. Die Kälte darin hatte die Grübchen um seine Augen herum vertrieben.

„Hübsches Kleid", bemerkte Danis trocken.

„Ja." Neyla löste sich aus Ariels Halt. „Wirklich hübsch, nicht wahr?" Sie funkelte Danis zornig an. „Ich tanze darin auf deiner Beerdigung."

„Ney", tönte Danis' Stimme warnend und er trat einen Schritt auf sie zu. Es war Yarne Borks Arm, der ihn am Weitergehen hinderte, während sein freundlich anmutender Blick auf Neyla ruhte.

Neben Neyla stieß Ariel kopfschüttelnd einen undefinierbaren Laut des Missfallens aus, der eindeutig ihr galt.

Yarne Bork legte den Kopf etwas schief. „Du trägst das Gewand einer Kriegerin meines Stammes", bemerkte er mit ruhiger Stimme und hinter ihm knisterte das Feuer und warf glühende Funken in die Luft. Der Stammesfürst trat ein paar Schritte auf Neyla zu, blieb sehr nahe vor ihr stehen und beugte sich zu ihrem Ohr. „Und du siehst darin genauso aus wie deine Mutter“, flüsterte Yarne Bork.

Mutter. Wie eine Welle überrollte Neyla dieses gesichts- und wesenlose Wort. Neyla runzelte die Stirn. „Sprich nicht von meiner Mutter!“, sagte sie leise aber bestimmt. Was wusste Yarne Bork schon von ihrer Mutter, wenn sie selbst so gut wie nichts über sie wusste? Außer, dass sie die zweite Frau des Königs gewesen und nach ihrer Niederkunft mit Neyla verblutet war. Die Prinzessin sah zu Danis, doch sein Gesicht blieb ausdruckslos.

„Deine Mutter war anartischer Abstammung. Eine Frau aus meinem Stamm. Ich kannte sie gut.“ Yarne Bork blickte Neyla wissend an und breitete vage seine Arme aus. „Viele der hier Anwesenden kannten sie. Ich schätze, dieses Detail ihres Lebens wurde in Thalél Malis unter den erlesenen Teppich gekehrt.“

„Nichts von dem was du mir erzählst, wird eine Mauer zwischen mir und meinen Verpflichtungen Jordanes' gegenüber errichten“, bemerkte Neyla scharf. Dennoch konnte sie nicht verhindern, dass ihrer Haltung anzumerken war, wie sehr sie diese Information traf. Nicht die Details an sich, sondern die Tatsache, sie vom Feind zu erfahren. Irgendetwas, das Neyla einst tief in sich begraben hatte, fing an, sich seinen Weg an die Oberfläche zu bahnen. Das Gefühl, sich selbst nicht wirklich zu kennen. Fragen bezüglich ihrer Mutter war man im Königssitz stets ausgewichen. Es hieß, niemand kannte Lucien gut genug, um etwas über sie sagen zu können. Sie sei einfach mit dem König von einer Reise zurückgekehrt, wäre schnell schwanger geworden und kurz darauf verstorben. Weena wurde an ihrem Tod eine Schuld beigemessen, welche stets unausgesprochen blieb. Sollten Yarne Borks Worte wahr sein, so machte alles Schweigen einen Sinn. Denn es bedeutete, dass in Neylas Adern zum Teil anartisches

Blut floss. Damit war sie nicht mehr Neyla von Thalél Malis. Sie war der Feind im eigenen Land. Vogelfrei. Und ohne Rechte. Neyla schloss einen Moment lang die Augen und atmete tief ein. Hatte ihr Vater um Luciens Abstammung gewusst und deshalb alle Fragen mit Schweigen umwoben? Wusste Emilijan um dieses Geheimnis? Mit welchen Augen würde er sie dann betrachten, wenn ihm dieses hier zuteil wurde? Neyla versuchte, jenes verborgene Gefühl in ihr Innerstes zurückzukämpfen. Früher, da hatte man ihr keine Antworten auf ihre Fragen gegeben. Jetzt, wo sie abgeschlossen hatte, bekam sie Antworten, ohne gefragt zu haben. Und sie würde mit niemandem darüber reden können, denn dieses Wissen war gefährlich. Schaffte es dieses Wissen, sich seinen Weg an die Oberfläche zu bahnen, würde es Neyla unter sich begraben.

„Keine Angst, dein Geheimnis ist bei mir sicher." Die Augen des Stammesfürsten funkelten wissend. „Es wurde begraben unter all der Zeit, die seitdem vergangen ist. Und für die meisten hier ist es nicht mehr als ein Gerücht. Aber *ich* weiß, dass es wahr ist." Er trat jetzt so nahe an Neyla heran, dass ihr einen winzigen Moment lang der Atem stockte. „In deinen Adern fließt anartisches Blut. Und irgendwann wirst du seinem Ruf folgen. Genauso so, wie es dich in diesem Zustand zum Sumbel getrieben hat und …" Yarnes Stimme erhob sich aus einem kaum wahrnehmbaren Flüstern zu einer kräftigen Stimme mit einem rauen, dunklen Timbre. „… es einer unserer besten Krieger nicht vermag, dich davon abzubringen."

„Sie ist sturer als eine Dümpelratte", brummte Ariel in Neylas Rücken.

„Also gut. Da du schon einmal hier bist, kannst du auch bleiben. Setz dich zu uns ans Feuer!" Yarne Bork machte eine einladende Handbewegung und Neyla entging nicht das Erstaunen in den entgeisterten Gesichtern jener Männer und Frauen, die Yarne Bork als seine Krieger bezeichnete. Nur sehr zögerlich folgte Neyla dem Stammesfürsten und nahm zwischen ihm und Danis auf einem weißen Tierfell Platz, während Ariel sich zu den anderen Kriegern setzte. Ihr blieb nicht verborgen, dass Danis sie von der Seite taxierte. Nervös rutschte sie auf dem weichen Fell herum. Dann spürte sie, wie sich Danis' warme Hand auf ihre legte. Neyla blickte auf und sah Danis an. Lange. Und in ihr tobte das Gefühl, sich selbst zu verlieren. Nichts von allem hier fühlte sich richtig an. Dieser Ort. Danis' Hand auf ihrer. Und dennoch war es für Neyla unmöglich, sich aus dieser Situation zu lösen. Neyla unterdrückte den immer stärker werdenden Impuls, Danis zu fragen, was er über ihre Mutter wusste. Die Ruhe an diesem Ort war gespenstisch, fast ehrfürchtig und die Blicke, die auf ihrem Körper ruhten, verunsicherten Neyla zusätzlich. Sie presste die Lippen aufeinander und senkte den Blick. Dieser Ort fühlte sich magisch an. In ihrem Rücken loderte das Feuer und schwarzer Rauch erhob sich in den blauen Himmel. Die Hitze der Flammen vertrieb die Kälte aus Neylas Körper und die Stille war das Angenehmste, was sie in den letzten Tagen vernommen hatte.

„Neyla von Thalél Malis, Thronerbin von Jordanes, wird dem Sumbel beiwohnen", erklärte Yarne Bork dann schließlich mit erhobener Stimme. „Lasst das Sumbel beginnen!"

Angespannt sah Neyla sich um. Eine junge Frau löste sich aus den Reihen der Krieger. Sie trug ein weißes Kleid, an dem bunte Bändchen befestigt waren. Das blonde Haar hatte die junge Frau zu einem seitlichen Zopf geflochten und in ihrer Hand hielt sie ein Trinkhorn aus Messing. Sie ging zu einem großen Kessel, der neben dem Feuer stand und nickte Yarne Bork zu. Der alte Krieger erhob sich und blieb neben der Frau stehen. Diese tauchte das Trinkhorn in den Kessel und reichte es dann Yarne. Der Stammesfürst nahm einen Schluck und wischte sich anschließend mit dem Ärmel seiner Tunika über den Mund. „Mögen die Götter mit uns sein!", donnerte seine Stimme über den Platz.

Schlagartig wich die atmosphärische Ruhe in den Reihen der Krieger. Sie fingen an, sich zu unterhalten und ihr Lachen hallte in der Luft wieder, während die junge Frau nun von Krieger zu Krieger ging und einem jeden das Trinkhorn reichte.

Trommeln und Luren erklangen.

„Was trinken sie da?“, erkundigte sich Neyla leise und blickte zu Danis.

„Ale“, antwortete Danis, ohne Neyla anzusehen.

„Ernsthaft? Ihr fangt *jetzt* an zu trinken?“, hakte Neyla ungläubig nach.

„Das Sumbel ist kein Saufgelage“, erklärte Danis mit sanfter Stimme und einem gelösten Lächeln in den Augen. „Die Schankmaid reicht den Kriegern und Kriegerinnen geweihtes Ale. Zuerst trinken wir auf die Götter. Dann auf die Verstorbenen. Und zuletzt schwören wir gemeinsam den Eid auf die Stammestreue.“

Neyla kniff die Augen zusammen. In Gedanken zählte sie hunderte Männer und Frauen, drei Runden und ein Trinkhorn. Dieses Ritual würde Ewigkeiten andauern.

„Ich dachte, wir brechen heute nach Lahn auf?“

„Das tun wir.“ Danis sah Neyla an. „Sobald das Sumbel vorüber ist.“

„Und wir bleiben die ganze Zeit über hier sitzen?“

„Es endet bei mir. Nachdem ich das Horn auf unseren Eid erhoben habe“, versicherte Danis Neyla und grinste.

Neyla stöhnte innerlich auf. Dann starrte sie eine Zeit lang auf Danis’ Hand, die noch immer über ihrer lag, bevor es aus ihr herausplatzte. „Was weißt du über meine Mutter?“ Sie ließ ihren Blick über die Krieger gleiten, damit sie Danis nicht ansehen und sich fragen musste, ob er log oder die Wahrheit sprach. Vorsichtig zog sie ihre Hand unter der von Danis hervor und legte sie in ihren Schoß.

„Es gibt ein Gerücht“, antwortete Danis ruhig. „…eine

Geschichte, die man sich im Weiler erzählt. Nicht mehr."

„Was für eine Geschichte?"

„Das der jordanesische König eine Frau unseres Stammes ehelichte", gab Danis energisch zurück. „Sie ließ für ihn alles hinter sich. Ihre Familie. Ihr Land. Ihren Glauben. Dass sie in dem Moment starb, als sie dachte, ihr Glück könne nicht größer sein, hielten viele von uns für die gerechte Strafe der Götter für ihren Verrat." Danis senkte kurz den Blick auf den Boden. Vermutlich kam ihm die Wahl seiner Worte zu hart vor.

Neyla biss sich auf die Unterlippe, um Danis nicht vorzuwerfen, für wie einfältig sie ihn hielt. „Ist es so abwegig, dass eine Frau einem Mann aus Liebe folgt?", fragte sie mit rauer Stimme. Wie es schien, hatte ihr Vater kein Glück mit Frauen gehabt. Emilijan war kaum ein Jahr alt gewesen, als seine Mutter sich das Leben genommen hatte. Lucien starb unter Neylas Geburt. Der König hatte somit zwei Ehefrauen überlebt.

„Nein", antwortete Danis trocken. „Aber sie beging in dem Moment Verrat an ihrem Volk, als sie sich zu dem Feind ins Bett legte, anstatt ihn zu töten." Danis wandte sich Neyla zu und betrachtete sie eingehend. „Was sollen all die Fragen?" Und noch im selben Augenblick schlussfolgerte er aus Neylas Gesichtsausdruck. „Bei den Göttern, die Gerüchte sind wahr."

Neylas Herz machte einen Sprung und zog sich zu einem unguten Gefühl in ihrer Brust zusammen. Ihre Mutter war also eine Verräterin in Anartier. In Thalél Malis wäre sie nicht mehr als eine Gefangene gewesen, wäre ihre Abstammung bekannt geworden.

„Es gibt für meine Mutter keine Gelegenheit mehr, sich euch zu erklären." Neyla strich sich eine Haarsträhne aus dem Gesicht. „Oder mir."

„Im Gegensatz zu deinem Bruder", würgte Danis das Gespräch ab. Die Schankmaid schritt wiederholt an ihnen vorbei und füllte das Trinkhorn mit Ale.

„Dein Standpunkt ist mir hinlänglich bekannt, Danis Bork", gab Neyla zurück. Fasziniert beobachtete sie, wie die Frauen und Kinder aus dem Weiler eintrafen und sich zu ihren Männern und Vätern setzten. Ihr Blick fiel auf Ariel, auf dessen Schoß eine dunkelhaarige Schönheit Platz genommen hatte. Die junge Frau lachte und umschloss mit beiden Händen sein Gesicht, als sie ihn küsste. Dennoch sah Ariel wachsam zu ihr herüber.

Peinlich berührt senkte Neyla den Blick. Eine Schlacht stand unmittelbar bevor und diese Menschen hier feierten das Leben und ihre Familien. Schon morgen könnten einige der Krieger, die jetzt noch feierten, ihr Leben verloren haben. Und der Grund dafür war sie.

Neyla fühlte sich unwohl. „Ich gehe besser", beschloss sie leise und erhob sich.

„Es gibt viele Wege am Sumbel teilzunehmen." Danis sah zu Neyla auf. „Aber nur einen Einzigen es zu verlassen. Yarne beendet das Sumbel, vorher verlässt niemand diesen Ort."

Unsicher ging Neyla ein paar Schritte rückwärts und war überrascht, dass Danis sie gewähren ließ. Als sie entschlossen herumwirbelte, bereit den Kreis der Krieger einfach zu durchbrechen, prallte sie mit Ariel zusammen.

„Ich hoffe für dich, dass du nur aufgestanden bist, um mich zum Tanzen aufzufordern." Ein zynisches, böses Grinsen umspielte seine Lippen.

„Ich hasse Tanzen", ließ Neyla den Krieger wissen.

„Und ich hasse Respektlosigkeit", antwortete Ariel trocken. „Es war dein Wunsch, dem Sumbel beizuwohnen. Nun bist du hier. Es war dein Wunsch, mit Yarne Bork zu sprechen. Du *hast* mit ihm gesprochen. Du wolltest zu Danis, *dort* sitzt er." Ariel deutete mit der Hand zu Danis. „Jetzt bleib an seiner Seite, bis Yarne das Sumbel beendet."

Neyla schüttelte den Kopf.

„Bei diesem Ritual hier gedenken wir der Toten. Wir bereiten uns auf die Schlacht vor und feiern das Leben mit denjenigen, die uns nahestehen. Das Trinken befreit uns, von vergangenen Sünden. An diesem Ort werden wir alle wieder zu reinen Seelen. Es werden nur wahre Worte gesprochen. Hier gestehen wir einander unsere Verfehlungen und blicken mit Demut auf diejenigen, die wir einst damit trafen.“ Ariel starrte sie an. Starrte bis auf das Innere ihrer Seele. Solange, bis Neyla Schutz suchend ihre Arme um den Oberkörper schlang, aus Angst, er könne noch tiefer in sie hineinsehen.

Die Schankmaid ging mit dem frisch gefüllten Trinkhorn an ihnen vorbei. Mit einer schnellen Handbewegung hinderte Ariel die junge Frau am Weitergehen und nahm ihr das Horn aus den Händen.

Auffordernd reichte er es Neyla, die unsicher einen Schritt zurückwich.

„Es ist schwer, den Feind zu hassen, wenn sein Gesicht schön und seine Seele rein ist. Aber es ist noch schwerer, den Freund zu lieben, wenn sich sein Gesicht in eine hässliche Fratze verwandelt hat und seine Seele nicht mehr ist, als ein tiefer Abgrund.“ Ariel deutete mit dem Kinn auf das Trinkhorn. „Trink!“

Neyla hatte keine Ahnung, warum sie die Worte des Kriegers derart berührten. Warum sie tatsächlich nach dem Horn griff und es zu ihrem Mund führte. Das Ale schmeckte bitter und hinterließ eine brennende Hitze, als es ihr die Kehle hinunter lief. Ariel nahm Neyla das Horn aus der Hand und gab es der Schankmaid zurück, die sich wieder an ihre Aufgabe machte.

„Und jetzt setz dich“, sagte Ariel mit ruhiger Stimme.

Neyla nickte. Wortlos drehte sie sich um und ließ sich wieder an Danis’ Seite auf das Tierfell gleiten.

Das Sumbel dauerte bis in die frühen Abendstunden an. Schweigend saß Neyla neben Danis und kämpfte gegen das Gefühl an, unaufgefordert in eine Familie aufgenommen worden zu sein, die sie eigentlich hassen müsste.

Als sich dann die Krieger von ihren Familien verabschiedeten, war Neyla tief berührt von dem Gefühl, Teil eines derart innigen Moments zu sein, der von Wärme, Lachen, Liebe und Freude geprägt war, wie es Neyla bei Männern, die vor einer Schlacht standen, noch nie gesehen hatte. Erstaunlicherweise war kein Einziger von ihnen betrunken. Obgleich ihr Blick von Seligkeit getrübt war.

„Bekomme ich ein eigenes Pferd?", wandte sich Neyla an Danis.

„Hältst du mich für einen Narren?"

„Was ist mit meinem Bogen?"

„Kein Bogen", antwortete Danis trocken und schwang sich auf sein Pferd. Er reichte Neyla seine Hand und zog sie hinter sich auf den Hengst. Neyla seufzte. Jetzt würde sie genötigt sein, sich an Danis festzuhalten, was stets dasselbe erdrückende Gefühl in ihr heraufbeschwor, wie nach seiner helfenden Hand zu greifen.

Unruhig tänzelten die Pferde der Krieger umher. Einige von ihnen hatten bereits aufgesessen, andere überprüften noch ihre Waffen oder den Inhalt ihrer Satteltaschen.

„Hört mir zu, Männer!", erhob sich Danis' Stimme und sein Pferd bäumte sich erschrocken auf. Neyla umschlang hektisch Danis' Körpermitte. Der Krieger balancierte das Pferd aus und beruhigte es innerhalb weniger Augenblicke. „Heute reiten wir los, in Ungewissheit und mit schwerem Herzen. Wir lassen zurück, was wir lieben, um uns dem zu stellen, was wir hassen!"

Ein Aufjohlen ging durch die Reihen der Krieger.

„Aber ich verspreche euch: Wenn wir zurückkehren, werden die Herzen Süd-, Nord- und Westanartiers wieder in einem Takt schlagen!" Danis warf seinem Vater einen prüfenden Blick zu.

Der Stammesfürst nickte stumm. Dann gab er mit seiner behandschuhten Hand das Zeichen zum Losreiten und die

Entourage setzte sich in Bewegung. Dabei formierten sich die Krieger so, dass immer drei Männer nebeneinander ritten.

„Na dann mal los", vernahm Danis Wims verheißungsvolle Stimme zu seiner linken Seite und als er sich in das Gefolge einreihte, ritt Ariel eilig zu seiner rechten Seite heran.

„Du bist spät dran", bemerkte Danis.

„Ich war noch beim Falkner." Ariel wuschelte sich durch die Haare, aus denen sich irgendwelcher Dreck und eine winzige Feder lösten und zu Boden fielen. „Es gibt Nachricht von El und Tok."

„Möchtest du mit den Neuigkeiten warten, bis ich Ale und Rippchen serviere?" Danis blickte über seine Schulter zu Ariel.

„Eher nicht. Deine Kochkünste sind beschissen", antwortete Ariel unbeeindruckt und Wim unterdrückte ein Auflachen. „Tok haben sich ungefähr zwölf Dutzend Aufständische angeschlossen. Er ist mit ihnen auf dem Weg nach Lahn. Bei Elodie sind es doppelt so viele."

„Die Frau weiß, wie man an Männer kommt", bemerkte Wim anerkennend mit einem Grinsen im Gesicht.

„Niemand weiß das so gut wie Danis", gab Ariel jovial zurück. Neyla betrachtete Ariel von der Seite und wurde das Gefühl nicht los, das seine letzte Bemerkung alleine ihr galt und einzig dazu gedacht war, sie zu treffen.

Schön, Danis treibt es also mit einer anderen Frau. War ja auch sein gutes Recht! Neyla schnaubte und wandte ihren Blick ab. Gleichzeitig kam es ihr jetzt derart absurd vor, wie sie sich an dem Krieger festhielt. Sie löste sich aus der Umklammerung und bog den Rücken durch, um zwischen sich und Danis etwas Abstand zu bringen.

„Schick Falken zu Tok und El. Sie sollen in den Lahnwäldern vor dem Niederdorf warten, bis wir ihnen ein Zeichen geben. Solange sollen sie sich unauffällig verhalten. Jeder, der ihren Weg kreuzt und sich gegen uns stellt, muss beseitigt werden. Wir dürfen nicht riskieren, dass Thore oder Modorok mitbekommen, was sich vor ihrer Haustür zusammenbraut", wies Danis Ariel sachlich an und Neyla war klar, dass ihn Ariels Anspielung wütend gemacht hatte.

„Und, Ariel?" Danis warf seinem Freund einen kühlen Blick zu. „Steck deine Nase noch einmal unter meine Bettdecke und du wirst zukünftig mit deinen Eiern riechen müssen." Mit diesen Worten trieb Danis sein Pferd an und ließ Ariel zurück, während Wim ein lautes Lachen donnerte.

„Hölle, wie habe ich das vermisst!", brummte Wim amüsiert und ritt auf Danis' Höhe.

„Du gehst jetzt schon über die Leichen deiner eigenen Landsleute?" Neylas Stimme klang verächtlich. „Oh ja, du bist ja so viel besser als Emilijan."

„Ist es das, worüber du dich jetzt mit mir streiten möchtest oder geht es dir eigentlich um Ariels Anspielung?", entgegnete Danis kühl.

Neyla biss sich auf die Unterlippe.

„Dachte ich mir", nickte Danis höhnisch. „Bevor sich die jordanesische Thronerbin tatsächlich Sorgen um das Wohl meiner Landsleute macht, fallen eher die Sterne vom Himmel."

„Ich mache mir keine *Sorgen* um das Wohl deiner Landsleute, sondern um die Mittel deiner politischen Bestrebungen", entgegnete Neyla zornig.

„Mädchen, sei jetzt besser still." Wim blickte Neyla auffordernd an. Keine Bitte, sondern eine klare Anweisung.

Neyla mochte den alten Krieger, von dem stets eine freundliche Ruhe ausging. Im Gegensatz zu Ariel und Danis wirkte er wie ein Mann, den man zwar nicht unterschätzen sollte, aber dennoch alles andere als bedrohlich. Jetzt trug er denselben vorwurfsvollen und warnenden Gesichtsausdruck zur Schau, den Neyla noch an ihrem Vater in Erinnerung hatte, wenn sie in Gegenwart seiner Gäste so offen gesprochen hatte, wie ihr der

Schnabel gewachsen war.

Neyla verkniff es sich, sich ihren Widerwillen anmerken zu lassen und schwieg. Verbissen starrte sie in Danis' Nacken, in dem sich die blonden Locken kringelten. Irgendwann ritt Ariel wieder an ihre Seite. Als der Krieger die Spannung bemerkte, die in der Luft lag, musste er unweigerlich grinsen.

„Nicht, dass ich hier jemanden mit meiner unbedachten Äußerung in eine missliche Lage gebracht habe."

„Die Lage der Prinzessin ist bereits so misslich, dass du daran nichts mehr ändern könntest", gab Danis gelangweilt zurück.

Und plötzlich war sich Neyla so sicher, wie sie es in den letzten Stunden an Danis' Seite kein einziges Mal gewesen war: Sie würde bei der nächsten Gelegenheit von diesem verfluchten Pferd springen und abhauen.

Silbern stand die Sichel des Mondes am Himmel, als Yarne Bork die Entourage stoppte und die Krieger dazu anhielt, ein Lager zu errichten. Sie befanden sich tief in den Wäldern, die sich unmittelbar zu den Füßen des Niederdorfes vor Lahn ausbreiteten, ungefähr noch einen halben Tagesmarsch von Lahn entfernt. Und da man diese Wälder von der höher liegenden Lahnburg aus gut überblicken konnte, untersagte Yarne jegliches offene Feuer. Die Krieger, waren es auch noch so viele, verhielten sich ruhig und lautlos. Gespräche wurden höchstens halblaut geführt. Jeder schien eine Aufgabe zu haben, der er nachging. Während sich die einen um die Pferde kümmerten, teilten andere Essen und Tierfelle aus. Erstaunt stellte Neyla fest, dass die wenigen Frauen in den Reihen der Krieger dieselben Freiheiten und Verpflichtungen hatten, wie die Männer. Trotz ihrer Schönheit fand man weder Sanftheit in ihren Gesichtern noch in ihren Worten. Neyla beobachtete Danis, der in der Dunkelheit mit seinem Vater sprach. Vertraut wirkten die beiden und Neyla entglitt fast ein Lächeln, als sie sah, wie Yarne Bork seinen Sohn einen Arm um die Schulter legte, ihn näher zu sich heranzog und ihm etwas zuflüsterte. Erinnerungen solcher Bilder mit ihrem Vater und Emilijan schossen Neyla in den Sinn und sie senkte den Blick. Es war kein guter Moment, um einen Fluchtversuch zu wagen. Ariel schien sie stets im Auge zu behalten und nur auf den Moment zu warten, in dem sie die Flucht ergreifen würde. Sorgfältig breitete Neyla ein Fell auf dem Boden aus, nahm darauf Platz und zog sich den Stiefel von ihrem verletzten Fuß. Obwohl die Schwellung zurückgegangen war und der Fuß nur unter Belastung schmerzte, erschien ihr der Gedanke an eine Flucht als eine äußerst schmerzvolle Angelegenheit. Neyla blickte sich um. Sie würde warten. Der richtige Moment würde kommen.

„Hast du etwas gegessen?“ Danis blickte zu Neyla hinunter und die Prinzessin erschrak. Sie hatte die Anwesenheit des Kriegers nicht bemerkt.

„Ja.“ Neyla nickte matt.

Ariel tauchte hinter Danis auf und reichte ihm ein Seil.

„Ich denke, das wird nicht nötig sein“, meinte Danis.

„Und ich denke, dass ich sie umbringen werde, wenn sie versucht in der Nacht die Lahnwälder zu erkunden“, gab Ariel trocken zurück, legte Danis das Seil in die Hände und ging.

Wortlos ließ sich Danis neben Neyla auf das Fell gleiten und starrte auf das Seil in seinen Händen.

„Leg dich schlafen, ich bleibe hier“, sagte er dann entschlossen und legte das Seil beiseite.

Regungslos sah sich Neyla im Lager um.

„Ich habe mir Anartier anders vorgestellt“, sagte sie irgendwann leise und hatte keine Ahnung, warum sie Danis das überhaupt erzählte. Da gab es so viel, was sie nicht verstand. Warum Danis sie nicht tötete und sogar Yarne Bork duldete, dass sie an einem intimen Ritual seines Stammes teilnahm.

Die Blicke der anartischen Krieger und Kriegerinnen waren das eine, das andere waren die Dinge, die sie nicht aussprachen. Niemand spie ihr auch nur ein einziges, verachtendes Wort entgegen oder behandelte sie schlecht. Sogar an Ariel entdeckte sie in manchen Momenten Züge, in denen er zu vergessen schien, wer sie war. Momente, wie der, in dem er ihr beim Sumbel entgegengetreten war. Kühl, ja. Auch fordernd. Aber alles andere als böswillig.

„Was geschieht mit mir?", fragend schaute die Prinzessin Danis an und hatte dabei nicht die geringste Ahnung, ob diese Frage genereller Zukunftsnatur war oder sich auf ihren verwirrten emotionalen Zustand zurückführen ließ.

„Ich weiß es nicht", antwortete Danis leise und fing Neylas Blick auf. „Ich mach das hier nicht gern, Neyla, glaub mir. Als ich dich bei meiner Flucht bat, eine Entscheidung zu treffen ob du mit mir kommst oder zu deinem Bruder zurückkehrst …"

„Du hast mir dein Schwert an die Kehle gehalten!", zischte Neyla empört. „Ich hatte Todesangst!"

„Ich habe gesehen, wie Emilijan dich geschlagen hat", entgegnete Danis leise und las in Neylas Gesicht die Überraschung darüber, dass er um diese Situation wusste. „Trotzdem stellt sich dir offenbar nicht die Frage, ob du seine Seite verlässt."

Neyla taxierte den Krieger mit festem Blick. Er hatte gesehen, wie Emilijan sie geschlagen hatte. Und das bedeutete, dass er ihr gefolgt war. Warum? Warum war er nicht auf direktem Weg zu seinem Vater in den Weiler geritten?

„Ich habe dir vertraut", sagte Neyla eindringlich und wollte aufstehen.

„Mehr als Emilijan?" Rasch griff Danis nach ihrem Handgelenk und zog Neyla zurück. Die Prinzessin stolperte über seine Beine und fiel ungelenk auf Danis' Schoß. Noch im selben Moment, als Neyla von ihm herunterrutschen wollte, umfingen Danis' Hände ihr Gesicht und zwangen sie dazu, ihm in die Augen zu sehen.

„Ich vertraue Emilijan nicht", wisperte Neyla und die Erkenntnis über ihre Worte trieb ihr Tränen in die Augen. „Seit ich um meine wahre Abstammung weiß, noch weniger, als zu Zeiten, in denen ich glaubte zu wissen, wer ich bin. *Dir* habe ich vertraut, weil du der erste Mensch in meinem Leben bist, der seine wahren Gefühle vor seine Erwartungen an mich gestellt hat. Auch, wenn deine Gefühle für mich niederschmetternder Natur sind, so sind sie dennoch *echt*. Ich habe darauf vertraut, dass sie weniger blenden, als Worte es tun."

„Du wärst längst tot, wenn ich Gleiches nicht von dir sagen könnte", flüsterte Danis auf ihre Lippen. Wild schlug Neylas Herz gegen ihren Brustkorb. Etwas in ihr war einem Aufschrei nahe. Ein Kribbeln schob sich durch ihren Magen und ein Teil von ihr wollte einfach nur in Danis' Haare greifen, ihn an sich ziehen und seine Lippen ausprobieren. Stattdessen stemmten sich ihre Fäuste gegen seine Brust und versuchten, etwas Abstand zu erwirken. Erfolglos. Hitze stieg ihr in die Wangen.

„Hör damit auf, mein Vertrauen infrage zu stellen, Ney", flüsterte Danis.

Und da gab Neyla nach. Sie brach ein, wie damals in der Kälte und Dunkelheit des Bergtaus. Ihre Stirn berührte die von Danis, ihre Nasenspitzen streiften einander und Neylas Hände griffen in Danis' Haare. Danis' Lippen waren warm und weich, sein Kuss sanft und dennoch fordernd. Mit einer einzigen Bewegung drehte er sich und Neyla landete auf dem Rücken, während er ein Bein zwischen ihre Schenkel schob und sein Mund leidenschaftlich ihre Lippen erkundete. Neyla verlor das Denken. Ihr Kopf fühlte sich an, als hätte sie tagelang versucht, nicht zu atmen. Sie wollte Danis so sehr. Ihn küssen, berühren und spüren. Sich in ihm verkriechen. Und dann hielt Danis inne. Sein Blick lag auf ihren Lippen. Dann in ihren Augen.

„Wir sind, wer wir sind", sagte er leise mit rauer Stimme.

„Ich weiß", wisperte Neyla atemlos und ihr Verstand setzte wieder ein. Was tat sie hier eigentlich?

Danis nickte. Alles an ihm signalisierte, mit welchem Widerstreben er sich aus dieser Situation löste.

„Danis." Härte lag in Ariels Stimme.

Beherrscht atmete Danis ein, rollte sich von Neyla herunter und blieb neben ihr auf dem Rücken liegen. „Verfluchte Scheiße, dafür werde ich mich sicher nicht entschuldigen, Ariel!" Zorn flackerte in seinen Augen, als er zu Ariel hinaufsah.

Ariel kniff die Augen zusammen. „Es wurden Männer gesichtet. Nicht weit von uns entfernt. Sie schlagen ihr Lager auf und das ziemlich genau dort, wo Tok und El mit den Rebellen eintreffen werden. Die Falken sind noch unterwegs und wir haben keine Möglichkeit sie zu warnen."

Danis richtete sich auf. „Haben wir eine Ahnung, wer sie sind?"

„Sie errichten Feuer, daher ist anzunehmen, dass sie kein Problem damit haben, entdeckt zu werden", antwortete Ariel.

„Dann sind sie Modorok und Thore zugetan", schlussfolgerte Danis und sprang auf die Beine. „Wie viele sind es?"

„Nicht viele. Aber wenn Tok und El mit den Rebellen auftauchen, braucht es nur einen einzigen von ihnen der entkommen und die Stammesfürsten auf der Lahnburg warnen kann."

Danis nickte.

„Es ist ebenso möglich, dass …", zögernd fiel Ariels Blick auf Neyla, die sich mit glühenden Wangen aufgerichtet hatte. „… diese Männer den jordanesischen König nach Lahn eskortieren."

Emilijan. Neylas Herz machte einen Satz.

„Yarne stellt gerade ein paar Männer zusammen. Wir reiten sofort los", informierte Ariel seinen Freund weiter.

„Ich komme mit", antwortete Danis mit fester Stimme. „Gib mir einen Augenblick."

„Natürlich." Ariel warf Neyla einen abschätzenden Blick zu und verschwand ohne ein weiteres Wort in der Dunkelheit.

Danis reichte Neyla seine Hand und zog sie zu sich nach oben. Und dann sahen sie sich einen Moment lang einfach nur an und begannen zu begreifen, dass sich die Welt weitergedreht hatte, obwohl sich der Stillstand nach Glück angefühlt hatte. Einen winzigen Augenblick lang.

„Wenn ich dich bitte, meinen Bruder nicht zu töten, wenn er dir da draußen in den Wäldern in die Hände fällt-" Neyla unterbrach sich selbst.

Danis schüttelte kaum merkbar den Kopf.

„Das kann ich dir nicht versprechen, Ney", sagte er leise und aufrichtiges Bedauern lag in seiner Stimme. „In deiner Nähe erscheint mir dieses Versprechen möglich, aber da draußen, wenn ich deinem Bruder gegenüberstehe …"

„Wenn du Emilijan tötest, werde ich dich hassen."

„Ich weiß", antwortete Danis, beugte sich nach vorn und hauchte Neyla einen Kuss auf die Stirn. Dann drehte er sich um und ging. „Wim. Kümmere dich um Ney.", wies er im Vorbeigehen seinen väterlichen Freund an. Wim antwortete darauf etwas, was Neyla nicht verstand und war einen Wimpernschlag später schon an ihrer Seite.

„Du machst mir doch keine Schwierigkeiten, oder?" Misstrauisch sah Wim Neyla an.

Die Prinzessin tastete mit ihrem Finger nach ihren Lippen. Dorthin, wo noch immer Danis' Kuss brannte.

„Das kann ich dir nicht versprechen", antwortete Neyla schwach und ihre Augen schimmerten glasig. Wim betrachtete die Prinzessin wortlos, bevor er einen knurrenden Laut von sich gab und genervt ausatmete.

„Die Wahrheit ist, dass es keine Rolle spielt, was Danis oder ich in dir sehen. Du bist, wer du bist. Eine Prinzessin in Jordanes und nicht mehr als eine Gefangene in Anartier.“

Neyla organisierte ihre Flucht ruhig und bedacht. Als im Camp unter den zurückgebliebenen Kriegern die Unruhe spürbar wurde, bat sie Wim um einen Moment des Ungestörtseins hinter einem Busch. Sie hätte um die Gruppe von Kriegern herumgehen können, stolperte jedoch absichtlich hindurch, um in einem winzigen Moment ohne Beobachtung durch den fluchenden Wim, ein Schild vom Boden aufzuheben und es schwungvoll in einen Busch zu befördern. Es war Danis gewesen, der ihr beigebrachte hatte, das Chaos zu nutzen, um sich unliebsamer Blicke zu entledigen.

„Hey, was sollte das eben?“, brüllte Wim in ihrem Rücken und Neyla blieb stehen und betete, dass er von dieser Aktion nichts mitbekommen hatte. Neyla drehte sich zu Wim herum, klopfte sich den Staub aus ihren Kleidern und machte ein unschuldiges Gesicht. „Ich war in Gedanken.“

„Und ich vergesse mich, wenn du so etwas noch mal machst! Was immer du tust, ich will dich sehen, kapiert?“, fuhr Wim die Prinzessin in einem ungewohnt harten und bestimmenden Tonfall an. „Und jetzt geh pissen!“

Ja, Wim war eindeutig sauer. Neyla verzog sich hinter den Busch und brachte das Schild in Sicherheit. Sie raschelte mit ihren Kleidern, während ihr Blick auf den wartenden Wim fiel und dann zu den Pferden hinüber glitt. Überall standen anartische Krieger. Es war besser zu warten, bis Ruhe in das Lager einkehrte.

Neyla ließ sich von Wim zu ihrem Nachtlager zurückbegleiten und legte sich auf ihr Fell. Die Zeit verrann und Ungeduld brannte Neyla unter den Fingernägeln. Aber der Moment, auf den sie gewartet hatte, kam. Einige Krieger schliefen, andere hockten in Gruppen zusammen. Die Gespräche waren abgeebbt. Hier und da noch ein Flüstern und leise Schritte.

Neyla warf einen Blick zu den Pferden, die jetzt unbeaufsichtigt waren. „Wim?“, flüsterte sie. „Ich muss noch mal.“

Mit einem Blick, aus dem ebenso Blitze hätten schießen können, sah Wim die Prinzessin über seine Schulter hinweg an.

„Ich habe mich bestimmt verkühlt.“ Neyla bedachte Wim mit einem bittenden Blick.

„Zu viele Informationen“, brummte Wim, erhob sich aber und nickte Neyla auffordernd zu.

Leise und vorsichtig stiegen sie über schlafende Krieger hinweg. Dann begab sich Neyla mit schnellen Schritten ins Gebüsch. Mit einem Rascheln hob sie das Schild unter dem Laub hervor, welches sie dort versteckt hatte. Als Wim sein Gesicht abwandte, um sich im Lager umzublicken, trat Neyla lautlos aus dem Gebüsch und zog Wim mit einer halbherzig gemeinten Entschuldigung das Schild über den Schädel. Der Krieger fiel in sich zusammen und Neyla starrte einen Moment in die dunkle Stille des Lagers. Schnell rannte sie zu den Pferden, löste die Zügel eines Hengstes aus dem Knoten, der alle Pferde miteinander verband und schwang sich auf den Rücken des Tieres. Leise und ruhig führte sie das Pferd vom Lager weg und trieb es erst in sicherer Entfernung rasant an. Sie hielt bewusst die Richtung, in der Danis und Yarne mit ihren Kriegern verschwunden waren. Dass sie unweigerlich auf den anartischen Tross treffen würde, beruhigte sie lediglich dahingehend, dass Danis ihr Vorgehen nicht als Flucht werten würde. Als einen

Vertrauensbruch jedoch alle Male. *Vertrauen.* Neyla fluchte innerlich. Dieses Wort barg eine ganz eigene Version von Hölle in sich. Emilijan schien sie zu belügen und für seine Zwecke zu benutzen, dennoch war er nicht der Feind, sondern Familie. Jemand, dem sie vertrauen sollte. Jemand, der sie um Selbiges eindringlich gebeten hatte, damals, auf dem Plateau des Königssitzes, als Kadiel und Danis gegeneinander gekämpft hatten. Danis *war* der Feind. Aber bei ihm fühlte sich das Wort *Vertrauen* weniger unaussprechlich an. Trotz allem, Neyla war sich alles andere als sicher, ob der anartische Krieger Emilijan am Leben lassen würde. Bei den Göttern, sie konnte sogar verstehen, dass sich Danis nach Rache sehnte. Aber zulassen konnte Neyla das nicht. Irgendetwas in ihr lehnte sich dagegen auf, Danis das Leben ihres Bruders in die Hände zu legen. Und die Angst, sie könnte zu lange gewartet haben, ließ Wellen der Panik in ihr aufschlagen. Herabhängendes Blattwerk peitschte Neyla ins Gesicht. Vor ihr gabelte sich der Weg. Neyla fand frische Hufspuren im Waldboden und schlug den linken Pfad ein. Irgendwann sah sie in der Ferne die Feuer. Rauch stieg dem Nachthimmel entgegen. Sie vernahm Kampfgeschrei, welches ihr durch Mark und Bein fuhr. Aufgewühlt trieb Neyla das Pferd an. Yarne und Danis hatten gewartet, bis Stille das Lager überkommen hatte. Natürlich. Es glich fast schon an Ironie, wie sehr sie sich taktisch Danis' Verstand genähert hatte. Das Lesen von Spuren im Waldboden, die Planung eines Angriffs – Danis war ein guter Lehrer gewesen. Über diesen Umstand hinweg überkam sie das Lachen und Weinen zugleich. Doch je näher sie dem Geschehen kam, desto mehr überwogen die Tränen. Im schwachen Schein der Feuer sah die Prinzessin leblose Körper auf dem Boden liegen. Abgeschlachtet. In einem Moment der Überraschung. Von den eigenen Landsmännern. Als Neyla das Lager erreichte und ihr Pferd so abrupt stoppte, dass es wild aufbäumte, hatten Yarne Borks Krieger die Lage bereits für sich entschieden. Nur noch vereinzelt stellten sich ihnen Männer entgegen, deren Widerstand gnadenlos niedergemetzelt wurde. Neyla erkannte im samtroten Licht des Feuers Emilijan, der mit gefesselten Händen auf dem Boden kniete und in dessen Rücken Ariel mit gezogenem Schwert stand. Unweit davon eilte Yarne Bork Danis zur Seite, dessen Schwertklinge heftig auf die des letzten Widersachers traf. Danko.

„Nein", wisperte Neyla und sprang vom Pferd. Danis beherrschte bereits den Kampf. Er musste Danko nicht töten! „NEIN!", schrie sie entschieden und rannte auf Danis zu. Sie stolperte über eine Leiche. Ihre Hände fassten in warmes Blut. Neyla riss sich nach oben und lief weiter. Sie sprang über die Leichen, die sie sehen konnte und stürzte über die, die unvermutet im Weg lagen. Auf allen vieren kroch Neyla über leblose Körper und die Übelkeit überkam sie. Jede Leiche, über die sie heute gestiegen war, würde sie künftig in ihren Träumen verfolgen. Das war der Preis der Taubheit, die sie jetzt dafür empfand.

„Aufhören!", brüllte Neyla in Danis' Richtung.

In dem Moment, als sich Danis fragend und überrascht zu ihr herumdrehte, nutzte Danko die kurzzeitige geistige Abwesenheit des Kriegers. Er kroch auf allen vieren und zwang sich wieder auf die Beine. In seiner Haltung erkannte Neyla Kraftlosigkeit. Und dann jenen eisernen und unbezwingbaren Willen, den sie stets an Danko geschätzt hatte. Der Gardist schwang sein Schwert, bereit, es Danis in den Rücken zu stoßen. Neyla stoppte und blieb wie versteinert stehen.

Yarnes warnender Schrei hallte über das Lager und riss Danis aus seiner Fassungslosigkeit, mit der er Neyla betrachtet hatte. Er wirbelte herum, bündelte alle Kraft und schlug mit einem martialischen Schrei Danko den Kopf von den Schultern.

Neyla kreischte vor Entsetzen. Sie riss die Hände vor den Mund und taumelte. Sie sah das Schwert aus Dankos Hand unmittelbar neben seinen abgetrennten Kopf fallen.

Sein Körper fiel auf die Knie und dann vornüber auf den Boden.

Noch immer hörte Neyla sich schreien. Sie hatte keine Ahnung, wann genau sie Danis erreicht und angefangen hatte, unter wilden Hasstiraden mit geballten Fäusten auf den Krieger einzuschlagen, als sich Yarne Borks Arme wie Eisenketten um ihren Oberkörper legten und sie von Danis wegzogen. Danis hatte sich gegen keinen einzigen ihrer Schläge zur Wehr gesetzt. Er hatte sie einfach nur angesehen und in seinem Blick hatte ein Kampf zwischen Selbstbeherrschung, Verzweiflung und Wut getobt.

Neyla versuchte, sich aus Yarne Borks Umklammerung zu befreien.

„Ich hasse dich!", kreischte sie immer wieder in Danis' Richtung. „Du bist ein gottverfluchtes Monster!"

Und Danis nickte. Ja, auch er trug jenes gefürchtete anartische Monster in sich, von dem jordanesische Überlieferungen berichteten. Aber das Letzte was er gewollt hatte, war, dass Neyla es jemals zu Gesicht bekam. Warum zur Hölle war sie hier?

Danis trat einen Schritt auf Neyla zu. Seine Haltung war bedrohlich. Neyla schwieg abrupt und drückte sich mit dem Rücken Schutz suchend an Yarnes Oberkörper.

„Das ist deine Schuld", sagte Danis dann sehr, sehr leise. Ungezügelte Wut spiegelte sich in seinem Gesicht wider. „Ich hätte ihn nicht töten müssen, wenn du nicht hier aufgetaucht wärst. Er lag bereits am Boden, Neyla. Sein Blut klebt an *deinen* Händen." Mit diesen Worten ging er.

Wieder versuchte Neyla, sich von Yarne Bork zu befreien. Sie wollte Danis nachrennen. Das blutverschmierte Messer, das Yarne unmissverständlich an ihre Kehle führte, ließ Neyla innehalten.

„Du magst meinem Sohn den Verstand kosten, aber ganz sicher nicht das Leben", drang seine raue Stimme an ihr Ohr. Neylas Brustkorb hob und senkte sich unkontrolliert unter ihren schweren Atemstößen. Dann stieß Yarne Bork Neyla von sich. Schroff zog er sie am Arm auf die Beine und schob sie vor sich her.

Emilijan. Noch immer kniete er vor Ariel auf dem Boden. Neylas Schritte wurden schneller und Yarne Borks Griff schraubte sich fester um ihren Arm.

„Jan", schluchzte Neyla, als sie Ariel erreicht hatten und ließ sich in die Hocke fallen, um ihren Bruder zu umarmen. Sie krallte sich an ihm fest und weinte heiße Tränen in seinen Nacken.

„Wie rührend", bemerkte Ariel sarkastisch.

„Halt die Klappe, Ariel!", fuhr Yarne den Krieger ungehalten an. „Kümmere dich um sie, ich übernehme den Thronerben." Yarne blickte suchend über das Lager. „Lazio?", rief er dann einem seiner Krieger zu. „Nimm ein paar Männer und sorge dafür, dass die Leichen bestattet werden. Gib jedem von ihnen eine Münze mit auf die Reise. Allen!"

„Aye." Lazio nickte und lief los.

Zeitgleich packte Yarne den jordanesischen König und Ariels Hände griffen nach Neyla. Die Umarmung der Geschwister wurde je zerrissen. Hilfesuchend blickte Neyla ihrem Bruder in die Augen. Doch darin lag nichts außer Ungewissheit.

Unsanft zog Ariel die Prinzessin von ihrem Bruder weg und schleifte sie hinüber zu den Pferden.

„Das war ein großer Fehler, Prinzessin", versicherte er Neyla überzeugt. Er zog ein Seil aus einer Satteltasche und band Neyla die Hände auf dem Rücken zusammen. „Ich hatte dich für so klug gehalten, dass du wenigstens flüchtest, statt direkt in unsere Arme zu laufen."

„Ich hatte nicht vor, zu flüchten", entgegnete Neyla mit brüchiger Stimme und stöhnte auf, als Ariel das Seil so fest zusammenzog, dass es ihr in die Haut schnitt.

„Mir gleich, wie du es nennst." Ariel drehte Neyla ruppig zu sich herum und blickte sie düster an. „Danis hatte alle Männer angewiesen, weder dem Thronerben noch dem Gardisten ein Haar zu krümmen. Dass der Mann dennoch seinen Kopf verloren hat, ist allein deinem Auftritt geschuldet. Jeder hier hat gesehen, *warum* der Mann gestorben ist. Ich hoffe, du bist jetzt zufrieden, mein Herz." Ariel zwinkerte Neyla bösartig zu, bevor er sie schroff anwies, auf das Pferd zu steigen. Neyla war unfähig sich zu bewegen. Ihre Gedanken überschlugen sich. Hass wich dem Gefühl der Erkenntnis und der Schuld. Danis hatte nicht vorgehabt, Emilijan zu töten. Und wäre sie nicht hier aufgetaucht und hätte Danis' Aufmerksamkeit auf sich gezogen, wäre Danko als Unterlegener lediglich gefangen genommen worden. Er hätte nicht die Chance genutzt, Danis erneut anzugreifen. Danko würde noch leben.

Hör auf damit, mein Vertrauen infrage zu stellen.

Ariel fluchte. Er zerrte an Neyla herum, doch was immer er sagte und tat, nichts davon drang zu Neyla durch. Sie war im Begriff zu erahnen, welche Sinnlosigkeit ihr Unterfangen, Danis hierher zu folgen, in sich geborgen hatte. Sie hatte ihn lange vor Dankos Tod für jenes Monster gehalten, für dessen Freilassung sie nun offenkundig selbst verantwortlich war. Dafür hasste sie sich nicht nur selbst, sondern auch Danis würde sie hassen. Denn das war jenes Undeutsame, was in seinem Blick gelegen hatte, nachdem er Danko getötet hatte. Kein Peitschenhieb, keine Demütigung oder jahrelange Gefangenschaft hatten bei Danis das erreicht, was Neyla in nur einem einzigen Moment provoziert hatte. Hass. Sie hatte ihm nicht vertraut. Und so hatte er töten müssen, was sie liebte, um selbst zu überleben.

Ariels flache Hand traf klatschend Neylas Wange und holte die Prinzessin aus ihrer Starre zurück.

„Was muss ich tun, damit du auf dieses verdammte Pferd steigst?", schrie Ariel sie an.

Wie instruiert wandte sich Neyla dem Pferd zu und stieg mit einem Fuß in die Steigbügel. Ariel hielt sie fest und schob sie auf den Rücken des Pferdes, bevor er hinter ihr aufstieg. Starr drückte Neyla den Rücken durch, um Ariel nicht zu berühren. Ariel liebte Danis. Und er würde ihn beschützen. Notfalls auch vor ihr. Ariel unter diesen Hintergründen bis an die Zähne bewaffnet in ihrem Rücken zu wissen, machte Neyla Angst. Eine Angst, die sie bei Danis zu keinem Zeitpunkt empfunden hatte. Und nur sehr langsam begann sie zu begreifen, dass Ariel einer der Krieger war, vor denen Danis sie immer gewarnt hatte. Ein Krieger, dessen Loyalität einzig und allein seinem Stamm galt.

In der Dunkelheit tauchte ein Reiter auf und stoppte sein Pferd unmittelbar neben ihnen. Danis.

„Kümmere dich um sie." Danis' Stimme klang kalt.

„Ich mach's nach meiner Methode", antwortete Ariel.

„Meinetwegen", gleichgültig sah Danis seinen Freund an.

„Nein", entglitt es Neyla leise.

„Wohin willst du?", erkundigte sich Ariel und seine Stimme nahm schlagartig weichere Züge an.

„Ich muss den Kopf freibekommen."

Ariel nickte. „Pass auf dich auf."

„Danis … nein", wiederholte Neyla lauter. Sie hatte keine Ahnung, um was sie eigentlich bat. Sie wollte nur nicht, dass Danis wegritt und sie mit Ariel und den Kriegern allein ließ. Aber Danis würdigte Neyla keines Blickes. Er trieb sein Pferd an und verschwand wieder in der Dunkelheit.

„DANIS!", schrie Neyla haltlos.

Doch der Krieger sah nicht zurück.

Neyla ahnte, dass sie von Ariel keine Rücksicht zu erwarten hatte. Da jeglicher Widerstand von ihr abgefallen war, ließ sie ihn gewähren. Auf dem gesamten Rückweg hatte er kein einziges Wort mit ihr gesprochen. Im Lager angekommen, fesselte er Neyla an einen Baum und verschwand zwischen der Gruppe von Kriegern, die bei dem Übergriff beteiligt gewesen waren.

„Ariel. Auf ein Wort!“ Yarne Bork bedeutete dem Krieger mit einem Nicken, zu ihm zu kommen. Er empfing Ariel mit geöffneten Armen und legte ihm eine Hand in den Nacken. „Wo ist Danis?“

„Irgendwo da draußen“, antwortete Ariel bedeutungsschwanger. „Die Dinge in den Griff bekommen.“

Yarne nickte wissend und sah zu Boden. „Danis mag sie“, schlussfolgerte er dann resigniert. „Neyla von Thalél Malis.“

„Scheiße, ja, das tut er.“ Ariel fuhr sich unsicher mit beiden Händen durch die Haare. „Und genau das hätte ihn heute beinahe das Leben gekostet. Was hat sich dieses verfluchte Miststück nur dabei gedacht?“

Yarne Bork lachte ein freudloses Lachen. Dann sah er zu Ariel auf und ein Windhauch schien das Lachen aus seinem Gesicht zu wehen, als wäre es nicht mehr als leichter Schnee, der sich hauchdünn über frostigen Boden gelegt hatte.

„Sie ist genug bestraft.“ Yarne verstärkte den Griff in Ariels Nacken.

„Sie atmet noch“, zischte Ariel.

„Ariel …“ Yarne sah den Krieger eindringlich an. „Mach nicht denselben Fehler wie die Prinzessin und sieh nur das, was du sehen willst.“

Misstrauisch hob Ariel die Augenbraue. „Ich höre deine Worte, aber ich verstehe nicht, was du mir damit sagen willst, Yarne.“

„Natürlich nicht.“ Die Hand des Stammesführers glitt aus dem Nacken des Kriegers. Er wischte sich mit den Händen die Müdigkeit aus dem Gesicht und fuhr sich nachdenklich über den graublonden Bart. Einen Moment lang schien er nach den richtigen Worten zu suchen. „Du versuchst, sie zu hassen. Das rechne ich dir hoch an, denn es lässt vermuten, dass dein Herz auf dem rechten Fleck schlägt."

„Klingt nach einem Aber", stellte Ariel trocken fest.

„Du kämpfst dagegen an. Aber tief in dir drin, da … weißt du, dass es dir unmöglich ist, auch nur ansatzweise so etwas wie Hass für sie zu empfinden."

Verstört schüttelte Ariel den Kopf und lachte ertappt auf. „Und weiter?"

„Lucien trug bereits ein Kind unter dem Herzen, als sie dem König nach Thalél Malis folgte", bemerkte der Stammesfürst und hoffte, nicht noch weiter ausführen zu müssen. Aber Ariels Fassungslosigkeit brachte ihn jäh um diese Hoffnung. „Der jordanesische König ist nicht Neylas Vater."

„Schön", meinte Ariel schlicht. „Und was hat das mit mir zu tun?"

Demonstrativ sah Yarne dem jungen Krieger in die Augen.

Irgendwann schüttelte Ariel abwehrend den Kopf. „Wenn du damit sagen willst, das mein …"

„Ich will damit sagen, dass die Prinzessin zur Hälfte deine Schwester ist, Ariel." Sehr deutlich sprach Yarne Bork diese Worte in das Gesicht des jungen Kriegers.

Verstört wich dieser einen Schritt zurück. „Warum sagst du so etwas?" Hilflos ruderten seine Arme in der Luft herum. „Warum ausgerechnet jetzt?"

„Weil du im Begriff bist, deinen Verstand über die Stimme deines Herzens zu stellen", antwortete Yarne mit ruhiger Stimme. „Ich habe gesehen, wie du sie zum Sumbel geführt hast, Ariel. Du hast sie gestützt und es hat auf mich gewirkt, als wäre es die natürlichste Sache der Welt für dich. Du hast der Prinzessin das Trinkhorn gereicht und sie dabei auf eine Art angesehen, wie du noch niemals eine Frau betrachtet hast. Tief in dir hast du es gefühlt. Vertrautheit. Du hast sie angeblickt und verzweifelt nach einer Antwort auf das Warum gesucht. Das hier ist sie. Neyla ist ein Teil von dir. Dein Vater hätte gewollt, dass du es erfährst."

„Und meine Mutter? Hätte sie das auch gewollt?", gab Ariel heftig zurück. „Was für eine gottlose Hure war Lucien eigentlich?"

„Deine Mutter weiß es."

Ariel hielt inne. Hilflos drehte er sich auf der Suche nach Halt um die eigene Achse. Sein Vater hatte dieses Geheimnis mit ins Grab genommen und seine Mutter trug es seit fünfundzwanzig Wintersonnenwenden wie eine Last auf ihren Schultern. Aber so Vieles machte auf einmal einen Sinn. Diese unüberwindbare Mauer, die stets zwischen ihr und seinem Vater gelegen hatte. Nie zuvor hatte Ariel bei Mann und Frau diese Art des gemeinsamen Alleinseins wahrgenommen. Ein Paar wie Komik und Tragik. Vermutlich hatte seine Mutter die Sache mit Lucien verziehen. Aber sie hatte nie vermocht, zu vergessen.

Ariel blickte Yarne lange an. „Wer weiß es noch?", fragte er schließlich.

„Ich, dein Vater, Wim, deine Mutter und jetzt du." Yarne blickte sich kurz um. „Dein Vater erzählte es mir in einem Augenblick der Schwäche. Wir haben nie wieder darüber gesprochen. Lucien war nicht mehr der Rede wert. Sie verließ Anartier, um das Bett des Feindes zu wärmen."

„Dabei bleibt es!", fuhr Ariel den Stammesfürsten an. „Kein Wort zu irgendjemanden!"

„Es liegt nicht in meinem Interesse, dieses Wissen auszubreiten. Sollte die Wahrheit ans Licht kommen, verliert die Prinzessin für uns ihren Wert. Und vermutlich darüber hinaus auch ihr Leben", entgegnete Yarne Bork kühl.

Ariel taxierte den Stammesfürsten. „Ist dir klar, was du da eben gesagt hast?"

„Ist es dir klar?" Yarne Bork blickte den jungen Krieger an und seine Braue zog sich nach oben.

Fast panisch wandte sich Ariel zum Gehen ab. Er trat mit

aller Gewalt auf ein am Boden liegendes Schild und sein Fuß spaltete es in zwei Hälften.

Yarne Bork legte ihm das Leben von Neyla in die Hände. Die Prinzessin, welche Teil einer so großen Lüge war, dass er es kaum vermochte, sie in Worte zu fassen. Ihr Gesicht, das sie immer wieder an den Verrat seines Vaters an seiner Mutter erinnern würde.

„Du schuldest mir jede Menge Antworten, Yarne!“, rief Ariel über seine Schulter und ging weiter. Keinen Moment später schlug er mit seinen Fäusten solange gegen den Stamm eines Baumes, bis sie blutig waren. Der Schmerz unterdrückte seinen inneren Aufschrei.

Neyla beobachtete den Krieger durch die Tränen in ihren Augen und wünschte sich, sie wäre an jenem Tag im Bergtau ertrunken.

Im Traum verfolgten Neyla die Gesichter der Toten. Sie schrak aus ihrem Dämmerschlaf, um festzustellen, dass nichts davon jemals nur ein Traum gewesen war. Neyla sah sich suchend im Lager nach Danis um und ihr Herz raste, weil sie ihn nirgendwo ausmachen konnte. Ihr Blick glitt zu Emilijan, den man ebenfalls an einen Baum gefesselt hatte und der mit glänzenden Augen zu ihr herüberblickte. Sie hatten ihn geschlagen. Sein Gesicht war geschwollen und an mehreren Stellen blutig. Emilijan wirkte seltsam ruhig. Sein Brustkorb hob und senkte sich in einer Regelmäßigkeit, die Neyla kaum nachvollziehen konnte. Emilijan wirkte sicher und Neyla hatte keine Ahnung, warum. Ob er sich über- und Yarne Bork unterschätzte? Über diese Angst hinweg überkam sie wieder der Schlaf.

Als Neyla die Augen öffnete, war sie sich sicher, dass ihre, über den Kopf an den Baum gefesselten, Hände mittlerweile blau angelaufen waren. Außer Kälte konnte Neyla nichts mehr spüren. Die Prinzessin stöhnte und hob den Kopf. Sie blickte auf Ariel, der unmittelbar vor ihr saß und mit düsterer Miene eine Tunika in lange Streifen riss und sich diese um die blutigen Knöchel seiner Hände wickelte.

„Ist Danis zurück?", wisperte Neyla mit trockenem Mund.

„Nein", antwortete Ariel, ohne sie anzusehen.

„Ich spüre meine Hände nicht mehr."

„Dann sind wir schon zu zweit."

Neyla seufzte und ließ ihren Kopf zurück gegen den Baumstamm fallen. Wortlos beobachtete sie Ariel, der seine Wunden verband. Als er damit fertig war, griff der Krieger nach seiner Wasserflasche und trank. Danach erhob er sich, ging vor Neyla wieder in die Hocke und hielt ihr die Wasserflasche an den Mund. Gierig trank Neyla. Als sie fertig war, drückte Ariel den Korken in die Flasche zurück und betrachtete Neyla mit einem Blick, den sie nicht zu deuten vermochte. Dann zog er sein Messer aus dem Gürtel und löste damit die Fesseln um Neylas Handgelenke. Schwer wie Blei fielen der Prinzessin ihre eigenen Arme in den Schoss und fingen augenblicklich an zu kribbeln. Neyla seufzte vor Erleichterung auf und betrachtete ihre Hände. Sie waren nicht blau. An ihnen klebte geronnenes Blut. Neyla schluckte die aufsteigende Übelkeit hinunter.

„Steh auf!", forderte Ariel sie auf und zog sie am Arm nach oben. Er schob sie durch das Lager vor sich her, vorbei an Yarne Bork und anderen Kriegern. Als sie sich immer weiter vom Lager entfernten, stellte Neyla fest, dass sie bereits abgeschlossen hatte. Egal was Ariel jetzt mit ihr vorhatte, es würde ihr keine Angst machen. Schweigend ließ sich Neyla von Ariel durch den Wald führen, bis sie einen kleinen Flusslauf erreichten.

Zu ihrer eigenen Überraschung zog Ariel dort nicht sein

Schwert, sondern wies sie an, sich das Blut abzuwaschen. Während Neyla beim Hochkrempeln der Ärmel ihres Kleides feststellte, dass sie von oben bis unten mit Blut besudelt war, überkam sie fast so etwas wie Ärger. Sie tauchte die Hände in den kalten Flusslauf, bis kein Blut mehr daran klebte, wusch sich die Arme, das Gesicht und den Nacken. Schließlich begann sie damit, einzelne Stellen ihres Kleides von geronnenem Blut zu befreien.

Ariel füllte mehrere Armlängen von ihr entfernt seine Wasserflasche im Flusslauf auf, ohne Neyla aus den Augen zu lassen. Irgendwann erhob er sich und sah sich um, als würde er die Welt nicht mehr verstehen. „Ich führe dich in die Einöde und lasse genügend Distanz zwischen uns, damit du anfängst, *dein Kleid zu waschen*? Ist das dein Ernst?“, fragend blickte er zu Neyla hinunter, die energisch weiter den verdreckten Saum ihres Kleides zwischen ihren Händen bearbeitete.

„Wolltest du mich etwa küssen?“, erkundigte sich Neyla trocken.

Ariel lachte auf. „Nein, verdammt. Aber ich dachte, du tust mir den Gefallen und haust ab.“

Neyla ließ von ihrem Kleid ab und sah zu Ariel auf. *Jetzt* war sie interessiert. „Damit ich dir einen Grund liefere, mich zu töten?“

„Dafür brauche ich keinen Grund.“

„Ja, das habe ich gesehen.“ Neyla tauchte den Stoff ihres Kleides in den Flusslauf und schrubbte weiter. „Das verdammte Blut eurer eigenen Landsleute klebt an mir. Es ist nicht nötig mir noch mehr von eurer Entschlossenheit zu demonstrieren. Ich. Habe. Es. Verstanden.“ Mit einer flüchtigen Handbewegung strich sich Neyla eine Haarsträhne aus dem Gesicht. „Ich bin der einzige Mensch, der jetzt noch zwischen Anartier, dem Leben meines Bruders und der Zukunft Jordanes steht. Also nein, Ariel, ich wage keinen Fluchtversuch.“ Kraftlos ließ Neyla den

Stoff ihres Kleides in den Flusslauf sinken. Es war sinnlos. Das Blut ließ sich allerhöchstens mit einer Schere auswaschen. Sie erhob sich und taumelte kurz, weil das Kleid jetzt unerwartet schwer war.

Dem Krieger glitt ein Grinsen über die Lippen, bevor er die Arme vor der Brust verschränkte.

„Ich muss mit Danis reden." Neyla bemühte sich um einen freundlichen, bittenden Ton.

„Es ist wahrscheinlicher, dass du auf einem Einhorn über den Regenbogen reitest", gab Ariel zurück und seine Augenbraue tanzte belustigt.

„Ich habe nicht erwartet, dass du das verstehst", antwortete Neyla matt und ging auf Ariel zu. „Was ist mit deinen Händen passiert, Krieger?" Betont unschuldig sah sie zu ihm auf und hoffte, nicht zu provozieren, denn immerhin hatten gestern so ziemlich alle im Lager mitbekommen, wie Ariel nach einem Gespräch mit Yarne Bork einen Baumstamm mit den Fäusten bearbeitet hatte. Natürlich erkannte Ariel den Hauch der Provokation. Düster starrte er Neyla an.

„Darf ich?" Sie deutete mit dem Kinn zu seinen Händen und bevor er antworten konnte, griff sie vorsichtig nach ihnen und betrachtete die blutdurchtränkten Verbände.

Die Prinzessin ignorierte die Abwehrhaltung des Kriegers und begann, ihm die Verbände von den Händen zu wickeln. Die Wunden an den Knöcheln sahen schlimm aus. Neyla sog entsetzt Luft durch den Mund ein. Dann griff sie nach Ariels Wasserflasche.

„Das tut jetzt weh", sagte sie, entkorkte die Wasserflasche und blickte in Ariels schmerzunterdrückendes Gesicht, als sie ihm das kalte Wasser langsam über die Wunden goss. „Hoffe ich zumindest", fügte sie dann freudlos hinzu und sah Ariel nachdrücklich an.

„Du bist 'n ziemliches Miststück."

„Danke, ich hatte einen guten Lehrer“, gab Neyla unbeeindruckt zurück, raffte ihr Kleid hoch und tastete nach dem langen Unterhemd. Sie riss es in Fetzen, trocknete erst Ariels Wunden und begann dann, seine Hände erneut zu verbinden. Als sie zu ihm aufblickte, lagen unerklärliche Angst und Sanftheit in seinem Blick, welche Neyla nicht nur irritierten, sondern auch nervös machten.

„Was auch immer sich zwischen dir und Danis abspielt, du hast es mächtig versaut“, sagte Ariel unbestimmt und betrachtete seine verbundenen Hände. „Du hast ihn dazu getrieben etwas zu tun, für das er sich bis an sein Lebensende hassen wird. Dich jeden Tag zu sehen ist für ihn … als würde er in einen Spiegel schauen. Das mit meinen Händen hast du ganz gut hinbekommen, aber ich habe keine Ahnung, wie du Danis von diesen Ereignissen heilen willst.“

Neyla blickte Ariel an und lächelte. Ihr war nicht klar, warum der Krieger sie das wissen ließ, aber sie wollte nichts mehr, als den Hauch dieser freundlichen Geste zu umarmen.

„Danke“, sagte Neyla leise. „Gehen wir zurück.“ Eine Bitte. Keine Frage.

„Du gehst voraus.“

„Damit du mich im Blick hast“, meinte Neyla spöttisch.

„Nein, damit ich dir auf den Hintern glotzen kann“, antwortete Ariel sarkastisch und stöhnte genervt.

Neyla lächelte und lief los. Der Rückweg fühlte sich unbeschwert an, fast wie ein Spaziergang. Doch dann sah Neyla schon von Weitem den Baum, an dem Emilijan gefesselt worden war und der Anblick des Königs rief ihr wieder in Erinnerung, in welcher Situation sie sich befand. Ariel reduzierte den Abstand, den er ihr auf dem Weg gewährt hatte. Als sie das Lager betraten, umschloss seine Hand ihren Oberarm ohne Druck auszuüben. In der Ferne erkannte die Prinzessin Danis, der sich mit Wim unterhielt. Als er Ariel und Neyla bemerkte, löste er sich aus seinem Gespräch mit Wim und kam mit schnellen Schritten auf sie zugelaufen. Neylas Herz fing an, unaufhörlich gegen ihren Brustkorb zu hämmern. Sie versuchte, Danis' Blick aufzufangen, aber er sah einfach durch sie hindurch und wandte sich direkt an Ariel. „Die Falken sind zurück. Wir reiten weiter und treffen am Abend vor dem Niederdorf auf Tok. El wird in der Nacht folgen."

„Gut." Der leichte Druck, den Ariels Hand nun doch auf Neylas Arm ausübte, war Zeichen seiner innerlichen Anspannung. „Sind sie unentdeckt geblieben?"

„Bisher konnten unsere Männer keinerlei Gerüchte in Lahn aufschnappen. Aber spätestens, wenn wir alle vor den Toren Lahns eintreffen, werden wir nicht mehr verhindern können, gesehen zu werden."

„Damit kann ich leben", meinte Ariel beschwingt und schob Neyla demonstrativ zwischen sich und Danis. „Mit ihr nicht."

„Wenn du dich nicht um sie kümmern kannst, bring sie zu Wim." Danis' kaltherziger Blick streifte Neyla abschätzend. „Er hat noch eine Rechnung mit ihr offen." Im Vorbeigehen tätschelte Danis Ariels Schulter, bevor er zwischen den herumstehenden Kriegern verschwand.

„Ich glaube, ich weiß jetzt, was du mir vorhin sagen wolltest", meinte Neyla matt.

„Jede Wette, dass du nicht den Hauch einer Ahnung hast", antwortete Ariel sicher und führte Neyla weiter.

Neyla seufzte. Das war nicht die Antwort, die sie hören wollte. „Du bringst mich doch jetzt nicht zu Wim, oder?"

„Nein, dein Gesicht sieht noch ramponiert genug aus", gab Ariel leichthin zurück. „Im Moment jedenfalls." Er drehte Neyla in sein Blickfeld.

„Was geschieht mit Emilijan? Ihr habt ihn geschlagen! Kann ich mir seine Wunden ansehen?", platzte es aus Neyla heraus.

„Er wird uns nach Lahn begleiten. Bei dem Gedanken an

die gepfählten Köpfe ihrer Väter und Brüder vor Thalél Malis sind bei einigen Männern wohl die Pferde durchgegangen. Und NEIN. Blut steht ihm ganz ausgezeichnet. Du wirst es ihm weder abwischen, noch seine Wunden versorgen." Warnend sah Ariel Neyla an. „Seit du hier aufgekreuzt bist, laufen die Dinge nicht mehr so, wie sie sollen. Und ich muss zugeben, du bist nicht so, wie ich es mir gewünscht hätte. Denn dann wäre vieles einfacher." Unsicher wuschelte er sich mit der Hand durch die Haare und ließ seinen Blick über das geräumte Lager gleiten. „Die Wahrheit ist, dass es keine Rolle spielt, was Danis oder ich in dir sehen. Du bist, wer du bist. Eine Prinzessin in Jordanes und nicht mehr als eine Gefangene in Anartier. Aber ich bin mir sicher, dass du 'ne verdammt gute Chance hast heil aus der Nummer hier wieder rauszukommen. Der Thronerbe hat sie nicht. Je eher du das begreifst, desto besser."

„AAAAUFSITZEN!", vernahmen sie Yarne Borks Stimme.

„Er ist mein Bruder, kannst du das nicht verstehen? Hast du keine Geschwister?" Neyla beobachtete, wie man Emilijan vom Baum befreite. Ein Krieger griff sich das Seil, an dessen Ende seine Hände gefesselt waren und schwang sich auf ein Pferd.

„Ihr lasst ihn den Weg nach Lahn laufen?", fassungslos sah die Prinzessin Ariel an. „Das schafft er nicht!"

„Er wird's überleben", meinte Ariel trocken und zog Neyla zu seinem Pferd.

„Dann werde ich auch laufen." Neylas Augen funkelten den Krieger an.

„Natürlich." Ariel grinste spöttisch und schwang sich auf sein Pferd. „Ich habe nichts anderes erwartet."

„Willst du mir keine Fesseln anlegen?" Neyla blickte stirnrunzelnd zu Ariel hinauf.

„Bist du dir so sicher, dass du schneller rennst als mein Pferd?", antwortete Ariel höhnisch.

Neyla schnaubte verächtlich. Vor ihnen setzte sich der Tross in Bewegung. Auffordernd sah Ariel zu ihr hinunter und trieb sein Pferd an. Die Prinzessin presste die Lippen aufeinander, um sich eine Beleidigung zu verkneifen und lief los.

Zu ihrer Rechten ritt Wim heran und nahm sie in die Mitte.

„Wie ich sehe, hast du alles im Griff", wandte sich der alte Krieger zynisch an Ariel und feixte über seine Schulter.

„Mir hat sie jedenfalls noch nichts über den Schädel gezogen", gab Ariel jovial zurück.

„Es tut mir leid." Neyla sah zu Wim hinauf. „Mit Worten hätte ich dich sicher nicht überzeugen können, mich gehen zu lassen."

„Nein, mit Worten nicht", meinte Wim trocken ohne Neyla anzusehen und blickte schulterzuckend zu Ariel. „Ich habe sie unterschätzt. Sie sieht aus, wie ein trotziges, kleines Mädchen, das mit den Füßen aufstampft, wenn es seinen Willen nicht bekommt. Hab darüber hinaus wohl kurzzeitig vergessen, dass sie von Danis unterrichtet wurde."

Ariel grinste. „Hast du. Ganz offensichtlich", pflichtete er dem alten Krieger bei.

Wortlos lief Neyla mit schnellen Schritten zwischen den Pferden der beiden Krieger. Immer wieder warf sie einen Blick zurück über ihre Schulter und kontrollierte, ob Emilijan noch aufrecht ging. Ihr selbst wurden irgendwann die Füße schwer und der Knöchel fing wieder an zu schmerzen. Mit zusammengepressten Zähnen lief Neyla dennoch weiter. Ariel bemerkte ihr straucheln, sagte jedoch nichts. Erst als man ihr den Schmerz deutlich vom Gesicht ablesen konnte, gab er den folgenden Reitern ein Handzeichen und stoppte den Tross. Er sprang vom Pferd und blieb vor Neyla stehen.

„Du bist verdammt willensstark, ich hab's verstanden. Und jetzt steig aufs Pferd." Ariel lächelte humorlos.

Neyla nickte und folgte seiner Anweisung. Mit dem Krieger zu verhandeln, hatte sie ohnehin nie besonders weit gebracht.

Ariel stieg hinter ihr auf und seine notdürftig verbundenen Hände griffen nach den Zügeln. „Weeeeiter!", brüllte er nach hinten, gab ein Handzeichen und trieb das Pferd an, um nach vorne aufzuschließen.

Irgendwann ritt Danis eine ganze Weile neben Ariel. Neyla wagte es kaum, Danis anzusehen, so sehr hatte sie Angst davor, festzustellen, dass er ohnehin nur durch sie hindurchblickte.

„Wir werden vor dem Niederdorf das Lager errichten", ließ Danis Ariel wissen. „Unser Mann in Lahn berichtete, dass bereits Gerüchte im Umlauf sind. Der Thronerbe sollte längst mit seinem Begleitschutz in Lahn eingetroffen sein. Da dies nicht der Fall ist, werden Thore und Modorok gewarnt sein."

„Hältst du es für klug, morgen mit nur so wenigen Männern nach Lahn zu reiten?" Besorgt sah Wim zu Danis hinüber.

Kühl streifte Danis' Blick die Prinzessin. „Ich erscheine in wertvoller Begleitung", meinte Danis und wandte seinen Blick wieder nach vorne. „Modorok und Thore werden interessiert genug sein, um von einem Angriff abzusehen. Erst Recht, wenn sie von dem wütenden Mob vor dem Niederdorf erfahren."

„Wenn die Prinzessin den Mund aufmacht, bist du auf jeden Fall tot." Ariel grinste breit.

„Ja. Oder sie." Danis trieb sein Pferd an und ritt wieder zu seinem Vater an die Spitze der Entourage.

„Nett von dir, dass du ihn noch ein bisschen mehr gegen mich aufbringst." Neyla rammte Ariel ihren Ellenbogen in die Seite und der Krieger zuckte zusammen.

„Mach's noch mal, Ney und du reist genauso komfortabel wie dein Bruder", drohte Ariel dann.

Ney. Das war das erste Mal, dass er sie so nannte. *Und er ist so nett, mich zu warnen, bevor er mich vom Pferd schmeißt. Fühlt sich nach einem riesengroßen Fortschritt an.* Beeindruckt schwieg Neyla. Ob sich der Krieger bewusst war, dass Ney die Koseform ihres Namens war? Zum ersten Mal, seit sie Ariel begegnet war, hatte sie keine Bedenken, sich bei ihm anzulehnen. Irgendetwas schien sich verändert zu haben. Es war fast so, als würde es ihr zeitweise gelingen, die unterkühlte Distanz zu durchbrechen, die Ariel zwischen ihnen aufbaute.

„Ja, genau, mach's dir ruhig gemütlich", murmelte Ariel überfordert, als Neyla ihren Kopf gegen seine Schulter sinken ließ. Neyla lächelte und ließ wortlos ihren Blick durch die Gegend streifen. Sie starrte in Danis' Rücken und beobachtete, wie er in einem Gespräch mit seinem Vater förmlich aufging. Seine Körperhaltung verlor an Anspannung. Ein seliges Lächeln rahmte sein Gesicht und während er mit Händen und Füßen etwas erzählte, wirkte er so friedlich und gelöst, dass Neyla fast vergaß, welche Macht Danis innewohnte, wenn er sein Schwert gegen jemanden erhob. Schön sah der Krieger aus. So sanft und verletzlich, wie ein Junge, der zu seinem Vater aufsah. Neyla konnte sich kaum sattsehen. Und ihr wurde ganz schwer ums Herz bei dem Gedanken, diesen Teil von Danis nur noch aus der Ferne betrachten zu können. Als würde Danis ihre Blicke bemerken, sah er lachend über seine Schulter. Schlagartig erstarb das Lachen auf seinen Lippen. Neyla zwang sich, nicht wegzusehen. Sie trug eine Schuld, aber er hatte das Schwert geführt. Nichts von alledem sollte dem jeweils anderen auch nur ansatzweise das Gefühl geben, sich besser fühlen zu dürfen. Danis hielt ihrem Blick lange stand, bevor er sich abwandte. Unter anderen Umständen hätte sich das für Neyla nach einem Sieg angefühlt. Aber hier und jetzt war es nicht mehr als die Gewissheit, etwas furchtbar Wichtiges verloren zu haben.

Es war schon dunkel, als sie den verabredeten Platz in den Wäldern kurz vor dem Niederdorf zu Lahn erreichten. Dort brannte bereits ein großes Feuer und davor wartete jener junge Krieger, den sie Tok nannten. Neyla beobachtete, wie er Ariel und Danis freudig begrüßte. Der Großteil der Männer, die Tok begleiteten, schien nicht zu Yarne Borks Stamm zu gehören. Die Farbe der Runen, die sie auf ihrer Haut trugen, war nicht schwarz wie bei Ariel und Danis, sondern blau. Einige von ihnen trugen diese Tintenzeichen sogar über ihre geschorenen Schädel hinweg, bis ins Gesicht. Neyla saß noch auf dem Pferd und beobachtete, wie Yarne und Danis auf die fremden Krieger zugingen und sie begrüßten. Erst mit einem Handschlag, dann mit einer Umarmung. Emilijan hatte man wieder an einen Baum gefesselt. Vor dem König hockte ein Krieger und flößte ihm Wasser aus einer Flasche ein.

Neyla spürte eine Hand, die an ihrem Bein zog und wurde aus ihren Gedanken gerissen. Ariel sah auffordernd zu ihr herauf. An seinem Blick erkannte Neyla, dass er sie schon mehrfach ungehört aufgefordert haben musste abzusteigen.

Neyla rutschte vom Pferd und wurde von Ariel aufgefangen, bevor ihre Stiefel den Boden berührten. Vorsichtig stellte Ariel die Prinzessin ab. Er griff nach seinen Satteltaschen und zog Neyla hinter sich her zum Feuer, an dem Danis zwischen ein paar Kriegern stand. Demonstrativ schob er Neyla zwischen sich und Danis. „Es ist unglaublich schön Zeit mit ihr zu verbringen, aber da sie morgen wieder an *deiner* Seite reist, solltest du anfangen, dich an ihre Nähe zu gewöhnen."

Neyla verkniff es sich, mit den Augen zu rollen. Ariel besaß eine sehr seltsame Art von Humor, dem er unterschwellig seine trockene Haltung beimischte.

„Binde sie an einem Baum fest", antwortete Danis gleichgültig.

„Ich bin nicht ihre verdammte Amme!", fuhr Ariel seinen Freund an und schob Neyla so dicht an Danis heran, dass Neyla Angst hatte, auf ihn zu stürzen, wenn Ariel noch mehr Druck auf ihren Rücken ausüben würde. „Mach es selbst!"

Mit diesen Worten drehte sich Ariel um und ging.

Neyla spürte Danis' stoppeliges Kinn an ihrer Stirn und wagte es nicht, sich zu rühren oder gar aufzusehen. Sie glaubte, einen Laut der Verzweiflung von Danis zu hören, bevor er unsanft ihren Oberarm packte und sie durch das Lager zu seinem Pferd zog. Mit schnellen Handgriffen zog er ein langes Seil aus der Satteltasche und zog Neyla zu einem Baum. Wortlos drückte er sie auf den Boden. Dabei rutschte Neylas Kleid nach oben und bedeckte kaum noch ihre Oberschenkel. Danis hockte sich vor sie, griff ihre Hände und band sie zusammen.

„Das ist nicht nötig, Danis", sagte Neyla leise.

Energisch zog Danis das Seil fest. Dann presste er ihre Arme über ihren Kopf hinweg an den Baumstamm. Dabei war er der Prinzessin so nahe, dass sie seinen warmen Atem auf ihrem Gesicht spüren konnte. Danis' Blick war kühl, aber immerhin sah er sie an. Einen kurzen Moment lang glitt sein Blick zu ihren Lippen.

„Ariel hat mir erzählt, dass du deine Männer angewiesen hattest, Emilijan nicht zu töten", wisperte Neyla. „Es tut mir leid. Wie sollte ich dir vertrauen, wenn du dir selbst nicht vertraut hast?"

Danis presste die Lippen aufeinander. Er schwang das Seil um den Baumstamm herum und zog es fest.

„Du warst derjenige, der mir einmal gesagt hat, dass ich niemals vergessen soll, wer du bist. Wer *wir* sind", fuhr Neyla fort und beobachtete Danis, der mit regungslosem Gesicht erneut das Seil um den Baumstamm herumwarf, das Seilende wieder vom Boden aufhob, festzog und unter Neylas Händen mehrfach verknotete.

Neylas Augen glänzten. „Verflucht noch mal, rede mit mir!", gab sie dem Impuls nach, der in ihr hochschwappte und ihre Hände rüttelten an den Fesseln und seiner Hand, die darauf lag. „Schrei mich an. Schubs mich herum. Zeig mir, wie sehr du mich hasst. Aber hör auf, mich zu behandeln als gäbe es mich nicht!“

Danis bedachte Neyla mit einer stoischen Ruhe, die ihr Herz zum Rasen brachte. Dann griff er nach dem blutigen Saum ihres Kleides und betrachtete ihn zwischen seinen Fingern. Neyla blieb das Herz stehen. Ohne die Prinzessin anzusehen, zog er das Kleid sorgfältig über ihre Beine nach unten und strich den Stoff glatt. Dann stand der Krieger auf und ging.

Wie paralysiert starrte Neyla Danis hinterher. Sie hatte es nicht geschafft, an den Krieger heranzukommen. Ihm als Feind gegenüber zu stehen, wäre zumindest etwas gewesen. Aber nicht mal dazu war Danis bereit gewesen.

Gegen Mitternacht erreichten weitere Krieger das Lager. Sie wurden angeführt von einer jungen, schlanken Kriegerin, mit feuerroten Haaren und der majestätisch gefährlichen Ausstrahlung einer Wildkatze. Neyla beobachtete ihre Ankunft aus der Ferne. Sie las aufrichtige Freude in den Gesichtern von Danis und Ariel, als diese die Kriegerin in ihre Arme schlossen und am Feuer für sie Platz machten. Die Stimmung im Lager war gelöst. Die Krieger tranken Ale und irgendjemand spielte eine Maultrommel. Lachen und laute Gespräche erfüllten die Nacht. Ein trügerisches Bild für das, was am nächsten Morgen bevorstand. Die Müdigkeit brannte in Neylas Augen, aber sie vermochte es einfach nicht, ihren Blick von Danis abzuwenden. Selbst dann nicht, als sich die rothaarige Kriegerin irgendwann lachend auf seinen Schoß gleiten ließ. Vertraut wirkten die beiden miteinander. Und Neyla schmerzte der Anblick, wie sorglos und unbekümmert Danis in den Armen der Rothaarigen wirkte. Trotzdem zwang sie sich, hinzusehen. Sich dabei in Gedanken zu rufen, wer Danis war. Was er getan hatte und was er zukünftig noch tun würde. Die Prinzessin hoffte, dass sie die Vorstellung an all das taub machen würde. Doch stattdessen schrumpfte mit jedem Kuss, mit jeder Berührung und jedem Lachen, die sie zwischen der rothaarigen Kriegerin und Danis verfolgen konnte, die Stärke, sich diesem Schmerz entgegenzustellen.

Irgendwann kam Ariel zu Neyla herübergelaufen und ließ sich neben sie auf den Boden gleiten. Die Prinzessin wandte ihr Gesicht ab, damit er die Tränen nicht sehen konnte, die ihr die Wangen hinuntergelaufen waren, je länger sie mit der Beherrschung gerungen hatte.

„Das ist El", sagte Ariel und deutete mit seinem Trinkhorn auf die rothaarige Kriegerin in Danis' Armen. Neyla machte sich nicht einmal die Mühe, hinzusehen.

„Die beiden sind früher unzertrennlich gewesen …" Ariel unterbrach sich nachdenklich. Vielleicht war es der Alkohol, der sein Denken verlangsamte.

„Erzähl's jemanden, den es interessiert", antwortete Neyla matt.

„Tu ich gerade." Ariel rutschte mit dem Rücken näher an den Baumstamm, lehnte sich an und überkreuzte die Beine. „JETZT hast du eine Ahnung von dem, was ich dir am Fluss dazu gesagt habe."

Stille.

„Hier." Ariel hielt Neyla das Trinkhorn vor die Nase.

Die Prinzessin wandte sich dem Krieger zu. „Ist das Ale?"

„Scheiße, hast du etwa geflennt?" Ariel runzelte die Stirn und deutete mit dem Kinn in Danis' Richtung. „Wegen dem da?" Der Krieger schüttelte den Kopf und lachte dabei, als hätte Neyla einen Witz gemacht. „Ernsthaft, Ney, das ist erst der Anfang. Die beiden werden sich heute Nacht noch das Hirn rausvögeln."

Neyla rang nach Worten. „Lass mich trinken", forderte sie schließlich leise.

Vorsichtig führte Ariel das Trinkhorn an ihren Mund.

Neyla trank und verzog unter dem bitteren Geschmack das Gesicht. Dann nahm sie noch einen tiefen Schluck und wartete auf die Hitze, die ihre Kehle hinunter in den Magen rann. „Dir ist schon klar, dass du mich gerade Ney genannt hast, oder?", fragte sie irgendwann mit rauer Stimme und sah Ariel an. „Was ist aus *Miststück* oder *Prinzessin* geworden?"

„Fällt mir schwer, da du schon Tränen in den Augen hast." Ariel grinste und Neyla entglitt ein aufrichtig gerührtes Lächeln.

„Ich habe Angst davor, wie es enden wird", flüsterte Neyla.

Ariel nickte und trank. „Geht mir auch so." Sein Blick ruhte prüfend auf Neyla. Nichts an ihr erinnerte den anartischen Krieger an seinen Vater. Aber jetzt verstand er, warum er vom ersten Augenblick an, als er Neyla begegnet war, gedacht hatte, dass sie eine Frau war, die ihm das Wasser reichen könnte. Allerdings auf einer anderen Ebene, als die, die Yarne Bork vor ihm ausgebreitet hatte. Neyla war wie der Teil seiner Persönlichkeit, den er nicht zulassen wollte. Er verstand sich blind darauf, sie zu verstehen und in ihr zu lesen. Aber ihr eine Existenz beizumessen, kostete ihn unendlich viel Kraft. Ariel folgte Neylas Blicken zu Danis und Elodie und schüttelte den Kopf. „Zur Hölle, was soll's", sagte er, leerte das Trinkhorn in einem Zug und warf es achtlos weg. Er beugte sich über Neyla, seine verbundenen Hände nestelten an Neylas Fesseln herum und lösten den Knoten. Neyla zog ihre Hände aus der Schlaufe und rieb sich die Handgelenke, während sie ihren Blick nicht von Danis abwenden konnte. Im selben Moment legte ihr Ariel einen Arm um die Schultern und zog sie näher an sich heran. Seine andere Hand umrahmte sanft ihr Gesicht und versperrte ihr die Sicht auf Danis. Neyla schloss die Augen und lehnte sich gegen die Brust des Kriegers. Sie umklammerte ihn, als wäre er ihr letzter Halt auf Erden und lauschte seinem kräftigen Herzschlag. Ariel legte den Kopf in den Nacken und sah durch das Blattwerk des Baumes in den Himmel. Wann genau hatten die Dinge begonnen, diesen Lauf zu nehmen?

Sie waren tief und fest eingeschlafen, als Yarne Bork ein großes Fell über sie ausbreitete und das Trinkhorn vom Boden auflas. Ausgiebig betrachtete er Neyla und Ariel. Er hatte den Worten der Tusjo selten Glauben geschenkt, aber ausgerechnet als Blanca ihm eröffnet hatte, Danis sei in Thalél Malis gestorben, hatte er damit angefangen. Er war kein Mann, der den kryptischen Aussagen einer Frau mehr Bedeutungen beimaß, als den Tatsachen, die ein gezücktes Schwert hinterließ. Doch die Tusjo hatte ihn dazu gebracht. Zehn verdammte Jahre lang. Vom Alkohol betäubt schüttelte Yarne Bork den Kopf. Blanca hatte gelogen. Und dann war sie verschwunden. Sie tat gut daran, nach alledem in ihrem Versteck zu bleiben. Dennoch verging kein Tag seit Danis' Rückkehr, an dem sich Yarne nicht an Blancas Worte erinnerte und sich fragte, wie viel Wahrheit und wie viel Lüge darin lag. *Anartier und Jordanes werden durch anartisches Blut fallen und durch gleiches wieder erblühen. Und mit ihm der Frieden.* Jahrelang hatte der Stammesfürst nach der Bedeutung dieser Worte gesucht. Und jetzt schien sie sich direkt vor seinen Augen auszubreiten. Yarne Bork wandte seinen Blick von Ariel und Neyla ab und lauschte in die Stille der Nacht. Das hier würde böse enden, bevor es irgendwann wieder einen guten Anfang nahm.

Ariel schlug die Augen auf und blickte in Danis' Gesicht. Der Schlaf fiel augenblicklich von ihm ab. Überrascht löste er seine Arme von Neyla.

„Mach jetzt bloß kein Fass auf", brummte Ariel leise.

„Tu ich nicht. Sie hat ihre Kleider ja noch an", gab Danis leichthin zurück.

„Was man von dir und El letzte Nacht nicht behaupten kann, nehme ich an", entgegnete Ariel mit gedämpfter Stimme und warf einen Blick auf seine schlafende Halbschwester.

„Das geht dich nichts an", entgegnete Danis ungerührt.

„Was ist daraus geworden, Elodie mit angemessenem Respekt zu behandeln?", erkundigte sich Ariel. Vorsichtig legte er eine Hand in Neylas Nacken und ließ ihren Körper behutsam auf den Boden sinken. Dann streifte er sich das Tierfell ab und deckte Neyla damit zu. Ächzend erhob er sich, streckte seine Gliedmaßen und blieb vor Danis stehen. „Ich wiederhole nicht noch mal, das El wie eine Schwester für mich geworden ist. Du wärst nicht der Erste, dem ich meinen Standpunkt ins Gesicht meißle." Angespannt knirschte Ariel mit dem Kiefer. Die eine Frau kannte er so gut, dass sie für ihn wie eine Schwester geworden war, von der anderen wusste er so gut wie nichts, außer, dass sie tatsächlich sein eigenes Fleisch und Blut war. Wenn auch nur zur Hälfte. Beide vor seinem besten Freund zu schützen, der gerade erst von den Toten auferstanden war, fühlte sich an, als hätten die Götter zu viel gesoffen, um anständige Karten auf den Tisch zu werfen.

„Sollte mir das Angst machen?" Danis legte einen Arm um seinen Freund.

„Dan." Ariel wischte sich den Arm seines Freundes von der Schulter und blickte ihn ernst an. Jedes weitere Wort war überflüssig.

Danis verstand. „Wirst du mich noch nach Lahn begleiten?"

„Ja." Ariel nickte bekräftigend.

„Gut. Ich brauche dich nämlich!" Wieder tastete Danis' Hand nach Ariels Schulter. „Ich kümmere mich um Neyla, sobald ich mit den Männern gesprochen habe. Wir reiten los, wenn die Pferde fertig sind."

„Danis? Sie ist anders als Emilijan von Thalél Malis."

„Ich weiß." Danis nickte, drückte Ariels Hand und ging.

Es fühlte sich befremdlich an, zu Danis auf das Pferd zu steigen. Neyla ignorierte die ausgestreckte Hand, die er ihr nach unten reichte und zog sich hinter ihm auf das Pferd.

Die Prinzessin bekam die Bilder der vergangenen Nacht einfach nicht mehr aus ihrem Kopf. Sie hätte mit Danis' Wut und Hass umgehen können, aber sein Schweigen und die Ignoranz waren nicht zu verkraften. Neyla hatte beschlossen, sich davor zu schützen. Und so starrte sie ins Leere, blieb wortlos und wich jeder Berührung aus.

Die Gruppe von Kriegern, die nach Lahn reiten sollte, war überschaubar: Yarne, Danis, Ariel, Wim, Tok und Elodie, sowie zehn weitere Krieger, deren Namen Neyla nicht kannte. Emilijan saß gefesselt auf einem Pferd, das Ariel an seinem festgebunden hatte. Die ausgelassene Stimmung des Vorabends war nur noch Schall und Rauch. Ariel schaute genauso finster und ernst drein wie Danis. Und die Kriegerin, die Elodie genannt wurde, bedachte Neyla stets mit angewiderten Blicken. Auch Wims Blicke bedeuteten Neyla sehr klar, dass zwischen ihnen noch eine unbeglichene Rechnung stand. Unter diesen Umständen hielt Neyla den Blick lieber gesenkt.

Nach einer gefühlten Ewigkeit setzte sich die Entourage, mit Yarne Bork an der Spitze, in Bewegung, während hunderte Krieger im Lager zurückblieben. Schon nach kurzer Zeit lichtete sich der Wald. Grünebenen führten einen langen Hang hinunter zum Niederdorf, das im Tal lag. Dahinter erhoben sich auf den Anhöhen die gewaltigen Mauern von Lahn. Düster und schwer lag die Lahnburg vor dem grauen Schleier des Himmels und ihre Türme warfen dunkle Schatten auf das Niederdorf.

„Scheint so, als erwartet man uns bereits." Ariel nickte hinunter zu den schwerbewaffneten Kriegern auf ihren Pferden, die das Niederdorf abgeriegelt hatten.

„Was hast du nach eurem kleinen Blutbad in den Lahnwäldern erwartet?“ Tok feixte.

„Ließ sich nicht anders regeln.“ Danis schnaubte und sah zu seinem Vater. Yarne hob die Hand und die Pferde setzten sich wieder in Bewegung, ritten direkt auf die Krieger vor dem Niederdorf zu.

In der Brust einer Kriegerin kann nur ein Herz schlagen.

Lahn lag so ziemlich genau in der Mitte Anartiers. Und in der Geschichte des Reiches war dieser Ort, von dem aus Thore Westanartier regierte, stets ein Ort der Kompromisse gewesen, ein neutraler Boden, auf dem seit Menschengedenken die Stammesfürsten und ihre Erben zum Thing zusammengefunden hatten. Die letzte Zusammenkunft dieser Art, bei der alle drei Stammesfürsten zugegen gewesen waren, hatte die Teilung Anartiers in drei Zonen und das Schweigen mit Yarne Bork zur Folge gehabt. Und obwohl Thore und Modorok das Resultat dieses Things verteidigten, so machten sie niemals einen Hehl daraus, dass ihre Entscheidungen weniger auf menschlicher Basis als auf der sachlichen Verantwortung eines Stammesfürsten beruht hatten. Auch heute, zehn Jahre später, gaben sich die beiden Krieger keine Mühe zu verbergen, dass sie menschlich keinerlei gemeinsame Ambitionen verbanden und es besser war, die Gespräche lediglich auf die Vertragsbeziehungen zu Jordanes zu beschränken. Vor zehn Jahren war es Thores Loyalität zu Yarne Bork gewesen, die zwischen ihnen gestanden hatte. Heute war es Thores Selbsthass, sich nicht gegen Modorok durchgesetzt zu haben. Jetzt, wo in Anartier immer mehr Aufständische für Unruhe sorgten, fing er an, seine damalige Entscheidung infrage zu stellen. Und wären nicht ein paar seiner eigenen Männer draufgegangen, nur, weil sie zum Schutz des jordanesischen Thronerben entsandt worden waren, wäre Thore aus dem Lachen über sein Tun kaum herausgekommen. Es war so absurd, dass anartische Krieger ausgerechnet den Feind vor anartischen Kriegern schützen sollten. Aber an Vorstellungskraft hatte es Thore schon immer gemangelt. Er hatte sich vor zehn Jahren auch nicht träumen lassen, wie viel

Gift der Friedenspakt mit Jordanes in Anartier säen würde. Damals hatte das ganze Land nach Frieden geschrien. Zu viel Blut war vergossen worden. Soweit man sah, nichts als verbrannte Erde, in beiden Reichen. Damals hatte Yarne weiterkämpfen wollen. Für ihn war das Ende erst gekommen, wenn die Mauern von Thalél Malis in Flammen standen. Thore und Modorok hingegen, sahen das Ende bereits als gekommen. Drei Stammesfürsten, die Anartier regierten und zwei Stimmen für den Friedensvertrag hatten ausgereicht, um diesen durchzusetzen. Yarne hatte seine Stimme verweigert. Auch dann noch, als man die Köpfe seiner Söhne vor den Toren Thalél Malis' gepfählt hatte. Der Stammesfürst ließ sich seinen Willen nicht brechen. Das hatte Thore immer an ihm bewundert.

Und heute, Jahre nachdem Anartier in drei Zonen zerfallen war und immer mehr Menschen für Freiheit und Unabhängigkeit von Jordanes rebellierten, tauchte Yarne Bork wieder aus der Versenkung auf und trat an die Spitze längst verloren geglaubten Hasses.

Thore schnaubte und strich sich über seinen rotgrauen Bart. Während bereits halb Anartier Yarne Bork als Befreier feierte, saß er mit Modorok und den zwei Stammeserben beim Thing am Feuer und erhielt eine schlechte Botschaft nach der anderen: Die Aufständischen schossen wie Pilze aus dem Boden und rotteten sich zusammen, Yarnes Krieger blockierten den Weg der Bergwindschlucht und hatten die Entourage des jordanesischen Thronerben angegriffen. Dann entsandte Yarne Bork Krieger in den Westen und Süden Anartiers, um nach Rebellen zu suchen, die bereit waren, sich ihm anzuschließen. Und zu guter Letzt hatten Yarne Borks Krieger ein Blutbad in den Lahnwäldern angerichtet und den jordanesischen König in ihre Gewalt gebracht.

Thore schüttelte fassungslos den Kopf und lachte auf, ohne wirklich zu lachen. Ja, durchaus, an Vorstellungsvermögen mangelte es ihm.

„Frieden mit Jordanes bedeutet Krieg in Anartier", brummte Thore von seinem gewaltigen Stuhl aus und starrte in das offene Feuer des Kamins. „Die Rebellen lassen sich kaum noch niederschlagen und Yarne rottet sie zusammen und schleppt sie direkt vor die Tore Lahns."

Der karg ausgestattete Raum war dunkel und das Feuer im Kamin die einzige Lichtquelle. Die mächtigen Stühle der Stammesfürsten und ihrer Erben standen im Raum verteilt. Darin lag der Sinn des Things: Eine Beratung, bei der sämtliche äußerliche Einflüsse ausgeschlossen wurden und die durch verschiedene Standpunkte verschiedene Betrachtungsweisen hervorbrachte. Dieses Thing dauerte nun schon Tage an. Und sie hatten es lediglich unterbrochen, um zu essen, ihre Notdurft zu verrichten oder zu schlafen.

„Er verlangt an den Verhandlungen teilzunehmen", bemerkte Kjell, der Sohn Modoroks. „Den Thronerben hat er bei sich." Kjell lehnte sich abwartend auf seinem Stuhl zurück. „Und die Prinzessin, so wie es aussieht, auch."

„Na, dann hat er ja alle Argumente auf seiner Seite", entgegnete Modorok gespielt begeistert und warf theatralisch seine Hände in die Luft. „Reißt die Türen auf und gewährt ihm Einlass!"

„Wie viele Krieger sind bei ihm?", wandte sich Thore augenrollend an Kjell.

„Etwas mehr als ein Dutzend", antwortete Kjell. „Eine Frau, der Rest Männer. Allesamt von seinem Stamm."

„Seine eigenen Männer sind ihm treu ergeben. Ihre Reihen werden wir mit Worten nicht durchbrechen können", bemerkte Einar, der Sohn von Thore, der zu dessen rechten Seite saß.

„Mit Waffen auch nicht", entgegnete Thore. „Yarnes Krieger sind hervorragende Kämpfer."

„Von den hunderten Kriegern und Aufständischen, die ihr Lager in den Wäldern vor dem Niederdorf aufgeschlagen haben, mal ganz abgesehen. Sie werden Lahn überrollen, wenn Yarne hier etwas geschieht oder sie nichts von ihm hören", wandte auch Kjell ein. „Wir sollten also erwägen, ihm und seinen Männer Zutritt zu den Verhandlungen zu gewähren."

„Ist verdammt lange her, dass Yarne am Thing teilgenommen hat", stellte Modorok gedankenversunken fest und sein Blick glitt über das knackende Feuer.

„Er ist immer noch ein Stammesfürst", brummte Thore und sah Modorok an. „Es ist sein Anrecht am Thing teilzunehmen."

Stille.

„Abstimmung", sagte Thore dann in den Raum. „Ich bin dafür, Yarne anzuhören." Demonstrativ hob Thore seine Hand und ließ seinen Blick über die Gesichter der anderen Männer gleiten.

„Aye", stimmte Kjell zu und hob ebenfalls die Hand.

Einar nickte. „Ja."

„Von mir auch ein Ja." Modorok sah auf. Der Schein des Feuers tanzte auf seiner Haut und zeichnete sie weich.

„Also einstimmig." Thore erhob sich von seinem Stuhl und ging zur verschlossenen Tür. „Dann wollen wir unseren Bruder willkommen heißen." Er wirkte dabei, als wäre dies der schwerste Weg seines Lebens. Seine Finger drehten den Schlüssel im Schloss um und als die schwere Eisentür aufsprang, schwappte ein heller Lichtkegel zusammen mit kalter Luft über den Boden des Raumes von draußen herein. Thore trat hinaus auf die Empore, auf der sich das Turmzimmer befand und wandte sich den Männern zu, die abwartend auf den Mauern Platz genommen hatten, welche die Empore umgaben.

„Yarne." Thore blickte den Stammesfürsten an und reichte ihm die Hand. Nur zögernd griff Yarne Bork danach.

„Nimm deinen Platz beim Thing ein." Die Suche nach aufrichtiger Versöhnung schwang in Thores Stimme unüberhörbar mit.

Lange betrachtete Yarne Thore, bevor er kaum merkbar nickte.

„El? Wim? Geht runter zu Ariel und den anderen Männern. Tok, du wartest hier“, sagte er dann über seine Schulter hinweg und Thore konnte beobachten, wie sich die Frau und ein älterer Krieger auf den Weg zur Treppe nach unten machten, während der junge Krieger sein Schwert zog und sich abwartend gegen die Mauer lehnte.

„Wir werden noch einen Stuhl benötigen“, sprach Yarne verheißungsvoll in Thores Gesicht. Thore sah an dem Stammesfürsten vorbei und registrierte einen weiteren jungen Krieger mit wilden, blonden Locken.

„Nur die Stammesfürsten und ihre Erben“, bemerkte Thore. „Du kennst die Regeln.“

„Ist lange her.“ Über Yarne Borks Gesicht huschte ein Lächeln und seine Hand tastete nach Thores Schulter. „Aber ich erinnere mich an die Regeln. Und jetzt sei so gut, und besorge einen Stuhl für meinen Sohn Danis.“ Mit diesen Worten zog er seine Hand zurück, ging mit schnellen Schritten an Thore vorbei und drückte die schwere Eisentür des Turmzimmers auf.

Danis konnte in Thores Gesicht lesen, dass mit der Bemerkung seines Vaters sämtliche Pläne hinsichtlich der Friedensverhandlungen im Kopf des Stammesfürsten zersplitterten wie ein Spiegel, den ein Faustschlag getroffen hatte. Augenblicklich schien dem klugen, gealterten Stammesfürsten zu dämmern, dass die jordanesischen Thronerben lediglich ein Trumpf von vielen waren, der heute beim Thing ausgespielt werden würde.

Danis lächelte mild, als Thores Männer zwei schwere Stühle die schmale Steintreppe zur Empore hinauf schleppten und sie vor der geöffneten Tür abstellten, in der Yarne noch immer stand. Danis griff sich leichthin einen Stuhl, schlenderte an Thore vorbei, zwinkerte seinem Vater zu und betrat den Raum. Er stellte seinen Stuhl in die Mitte der Räumlichkeit, nahm rittlings darauf Platz, verschränkte die Arme über der Lehne und musterte in aller Ruhe die Gesichter der Anwesenden.

Dann betrat Thore den Raum. Mit misstrauischen Blicken ging er an Yarne vorbei und setzte sich auf seinen Stuhl. Yarne griff nach dem Stuhl, der vor der Tür stand und trat ein. Er drückte die Eisentür ins Schloss, drehte den Schlüssel um, stellte seinen Stuhl demonstrativ vor die Tür und nahm mit einem Seufzen darauf Platz. Ein freundliches, trügerisches Lächeln umrahmte seine Augen. Yarne sah sich im Raum um und lehnte sich dabei so genüsslich zurück, als hätte er es vermisst, auf diesem Stuhl Platz zu nehmen.

„Das wirst du uns erklären müssen, Yarne." Kjell war der Erste, dessen Stimme die Stille durchbrach. Wachsam ruhten seine Augen auf Danis.

„Oh ja", stimmte Thore dem jungen Stammeserben zu.

„Zunächst einmal …" Yarne beugte sich nach vorne und stützte die Arme auf seinen Knien ab und faltete die Hände. „… möchte ich diesem Thing einige Regeln hinzufügen."

„Die da wären?", erkundigte sich Modorok ungehalten.

„Euch ist bekannt, dass vor dem Niederdorf hunderte meiner Männer und Rebellen lagern. Sollten sie von mir kein Lebenszeichen erhalten, werden sie Lahn in Schutt und Asche legen." Yarne lächelte jovial. „Das Lebenszeichen ist einer meiner Männer, der mich nach Lahn begleitet hat. Vielleicht ist es auch die Kriegerin." Der Stammesführer zuckte leichthin mit den Schultern. „Ihr solltet also davon absehen, irgendjemanden zu verletzen oder Schlimmeres anzutun."

„Kein Problem." Kjell nickte zustimmend. „Weiter?"

„Die jordanesischen Thronerben bleiben im Gewahrsam meiner Männer, bis wir übereingekommen sind", fordernd blickte Yarne Bork in die Runde.

„Es spricht nichts dagegen, solange ihr Lahn nicht verlasst und die Thronerben unversehrt bleiben", antwortete Thore.

Danis verzog entschuldigend das Gesicht und seufzte. „Der Thronerbe ist bereits etwas angeschlagen, aber ich fürchte, er wird es überleben."

„Das wäre den Friedensverhandlungen sehr dienlich", gab Thore zurück. „Sind die Bedingungen für alle akzeptabel?"

„Ja", brummte Modorok.

Ein stummes Nicken von Einar, gefolgt von einem Handzeichen von Kjell.

„Von mir auch ein Ja", sagte Thore und blickte zu Yarne.

„Ja." Yarne nickte.

„Ja", sagte auch Danis.

„Dann legt eure Waffen ab und lasst uns anfangen." Thores Stimme klang erschöpft und der Stammesfürst wischte sich mit der Hand über die Augen, als Yarne Bork und sein Sohn aufstanden, ihre Waffen abstreiften – das waren nicht wenige –und diese zu den Waffen der anderen Stammesfürsten und deren Erben auf das ausgebreitete Tuch vor dem Feuer legten. Thore rieb sich über den Nasenrücken. Er bekam Kopfschmerzen bei dem bloßen Gedanken daran, was jetzt alles folgen würde. Und vermutlich war er der Einzige hier im Raum, der Yarne gut genug kannte, um zu wissen, dass dieser nicht vorhatte, ein Thing ein zweites Mal als Unterlegener zu beenden.

„Deine Söhne starben in der Schlacht um Thalél Malis, Yarne", begann Thore mit dunkler Stimme, als Yarne und Danis wieder auf ihren Stühlen Platz genommen hatten.

„Ich wurde gefangen genommen, nachdem ich den jordanesischen König tötete", antwortete Danis. „Sie folterten mich, bis ich ihnen meine Identität preisgab. Dann ließen sie mich dabei zusehen, wie sie die Köpfe meiner Brüder und Stammeskrieger auf Pfähle spießten. Gefesselt wie ein Hund, an das Pferd des jordanesischen Thronerben, watete ich in dem Blut unserer Männer. Ich trug das Metallband eines jordanesischen Gefangenen um meinen Hals, ertrug die Peitsche und unzählige Demütigungen, die mir als Leibeigener des Thronerben zu Teil wurden. Ich tat, *was* der Thronerbe sagte, *wie* er es sagte und *wann immer* er es wollte."

„Aus welchem Grund sollte der Thronerbe das tun?" Fragend blickte Einar Danis an.

„Rache für seinen Vater", antwortete Thore für Danis, weil die Antwort auf die Frage seines Sohnes mehr als nahelag. „Und das perfekte Argument, sollte sich Nordanartier jemals gegen Thalél Malis erheben."

„So ist es." Danis nickte.

„Im Zuge der Friedensverhandlungen mit Jordanes sollten alle Gefangenen begnadigt und gegeneinander ausgetauscht werden. In diesem Punkt hat der Thronerbe ganz klar gegen den Friedensvertrag verstoßen", bemerkte Kjell.

„Mehr als zwei Dutzend unserer Männer sitzen noch immer in einem Verlies unterhalb der Wächtertürme Thalél Malis'." Bei der bloßen Erinnerung daran überschattete tiefe Verachtung Danis' Gesicht. „*Niemals* lassen wir einen unserer Krieger zurück. Das haben schon die Väter unserer Väter ihren Stammeskriegern geschworen. Der Vertragsbruch Jordanes' ist zweitrangig neben dem Eid, den wir einander bei jedem Sumbel schworen."

Betretene Stille breitete sich aus.

„Die Grundmauern, auf die sich der Friedensvertrag mit Jordanes stützt, sind eine Farce", stieß Yarne Bork verächtlich aus. „Ebenso wie der Vertrag selbst."

„Wir haben den Frieden gebraucht", brauste Modorok nur mühsam beherrscht auf. „Und zwar dringender als du deine Rache!"

„Ihr habt mit dem Teufel getanzt, verflucht noch mal!", schrie Yarne und sprang von seinem Stuhl auf. „Seht uns doch an! Anartier ist gespalten! An jeder Ecke lehnt sich das Volk für seine Unabhängigkeit von Jordanes auf! Ihr wolltet Frieden und habt den Krieg ins eigene Land geholt!"

„Setz dich, Yarne!" Thore warf Yarne einen warnenden Blick zu.

Yarne Bork schien mit sich zu ringen, glitt dann aber beherrscht auf den Stuhl zurück.

„Die Wiederaufnahme der Verhandlungen mit Jordanes dient nicht dem Zweck, alte Fehler noch einmal zu wiederholen. Wir werden die Interessen Anartiers gegenüber dem Thronerben klar vertreten." Thore beugte sich zu Yarne Bork vor. „Aber wir *brauchen* Jordanes."

„Reden wir hier von jordanesischen Ressourcen oder schon vom ehernen Thron?", hakte Danis scharf nach. „Die geforderte Anwesenheit der Prinzessin diente doch ausschließlich dem Arrangement einer Hochzeit, um die Beziehungen zwischen den Reichen nachdrücklich zu festigen." Danis sah Einar und Kjell abwechselnd an. „Wie habt ihr euch das vorgestellt? Wer von euch beiden soll sie bekommen? Eine Frau … zwei Männer, da ist wohl einer zu viel."

„Drei Männer.", bemerkte Kjell scharfsinnig.

„Zur Zeit ist Jordanes ohne Führung. Was spricht dagegen, Thalél Malis einzunehmen?" Einar sah sich im Raum um. „Dann wären wir weder auf einen Friedensvertrag noch auf eine arrangierte Verbindung mit Jordanes angewiesen."

„Wie oft hast du in deinem Leben schon offene Türen eingerannt?" Danis' Augenbraue hob sich, als er Einar anblickte. „Ich hoffe, was Frauen angeht, bist du etwas besonnener."

„Du …!!" Mit hochrotem Gesicht stürzte Einar auf Danis zu, wurde jedoch von Thore abgefangen und mühelos von diesem auf seinen Stuhl zurückbefördert.

Kjell grinste kopfschüttelnd.

„Thalél Malis ist ohne Führung. Nicht aber Jordanes", bemerkte Thore in einem scharfen Ton. „Nach dem Thronerben und der Prinzessin tritt die weitere Thronfolge in Kraft. Tanten, Onkel, weiß der Geier, wen sie dann auf den ehernen Thron setzen! Jegliche Verhandlungen wären hinfällig und der Krieg stünde erneut vor der Tür. Dann haben wir Krieg an den

Grenzen *und* im eigenen Land!" Den letzten Satz brüllte Thore, bevor er sich seines Tonfalls bewusst wurde. „Dagegen erscheint mir eine friedliche Einnahme Jordanes' im Zuge einer Hochzeit wie ein Spaziergang."

„Du kennst die Prinzessin nicht", bemerkte Danis trocken.

„Du hoffentlich auch nicht." Kjell hob die Augenbraue und sah Danis prüfend an.

„Ich könnte dir ein paar Ratschläge geben." Danis lächelte allerliebst in Kjells Richtung.

„Schluss damit!", fuhr Modorok seinen Sohn ungehalten an, der gerade zu einer Antwort ansetzte. „Ich nehme an, du bist mit eigenen Vorstellungen in Lahn erschienen?", wandte er sich dann an Yarne. „Wärst du so höflich, uns einzuweihen?"

„Wenn wir uns zusammenschließen, können wir ganz Jordanes dem Erdboden gleichmachen. Ganz egal, wer auf dem ehernen Thron sitzt." Yarne lächelte und legte den Kopf etwas schief. „Allerdings … lässt sich mit einem Land aus Asche und Staub nicht viel anfangen. Und unseren Männern, die sich noch immer in jordanesischer Gefangenschaft befinden, würde das sicher das Genick brechen. Ich stimme Thore also zu."

„Also, was schlägst du vor?", erkundigte sich Thore und lehnte sich beruhigt zurück.

„Wir sollten die Anwesenheit des Thronerben und seiner Schwester nutzen, um den künftigen Friedensvertrag im Sinne von Anartier zu gestalten. Nur wenn Jordanes Zugeständnisse macht, bekommen wir die Rebellionen in Anartier unter Kontrolle", antwortete Yarne.

„Du meinst, wir sollten die jordanesische Führung ü*berzeugen*, sich unseren Vorstellungen anzunähern", konstatierte Kjell. „Willst du sie auch foltern? Ihnen das zu Teil werden lassen, was man deinem Sohn antat?"

„Wäre mein persönliches Verlangen nach Rache von Bedeutung gewesen, hätte ich euch die beiden Thronerben in Stücken überbringen lassen“, gab Yarne Bork pathetisch zurück.

„Selbst, wenn der Thronerbe hier und heute unsere Bedingungen akzeptiert und unterzeichnet, was hindert ihn daran, wortbrüchig zu werden, sobald er nach Thalél Malis zurückgekehrt ist?“, mischte sich jetzt auch Einar wieder ein. „Ich meine, es wäre nicht das erste Mal, dass er sich nicht an wesentliche Punkte eines Vertrages hält.“

„Sein zukünftiger Schwager wird ihn nach Thalél Malis begleiten und den Thronerben jederzeit an seine Verpflichtungen erinnern“, entgegnete Yarne hierauf und zwinkerte Einar zu.

„Die Sache mit der Hochzeit rückt ziemlich oft in den Fokus eurer Ausführungen“, meinte Kjell dann. „Ich nehme an, eure Vorstellungen davon, wer die Prinzessin ehelichen soll, sind ebenso konkret?“

„Warum lassen wir die Prinzessin nicht selbst diese Entscheidung treffen?“ Danis lächelte bedrohlich.

„Dann kommen wir also überein?“, fragte Thore in den Raum. „Jordanes wird friedlich eingenommen. Einer der anwesenden Stammeserben wird die Prinzessin nach Thalél Malis begleiten.“

„Unter einer Bedingung.“ Yarne Bork blickte die Anwesenden an. „Derjenige von den Stammeserben, der die Prinzessin nach Thalél Malis zurückbegleitet, wird dafür sorgen, dass das Schicksal meines Sohnes gerächt wird. Der Thronerbe wird nicht hinterrücks beseitigt. Er wird lange leben und Thalél Malis wird sein Gefängnis.“

„Aye.“ Kjell nickte bekräftigend.

„Ja“, antwortete auch Einar.

„Gut, dann bitte ich um euer Handzeichen. Dafür?“ Thore zählte die erhobenen Hände mit den Augen. „Keine Gegenstimme. Das Thing ist beendet.“ Wie befreit erhob sich Thore von seinem Stuhl und ging auf Yarne zu. „Ich lasse dir und deinen Männern Räumlichkeiten für die Nacht herrichten. Außerdem findet heute Abend ein großes Essen im Saal statt.

Ihr seid eingeladen." Thore ging eilig an Yarne vorbei, schloss die Tür auf und trat nach draußen ins Freie. Er hastete zur Mauer und suchte an ihr Halt, während er geräuschvoll nach Luft schnappte und eine Hand über den Schmerz in seiner Brust legte. Yarne folgte seinem einstigen Vertrauten nach draußen und gab Tok, der ihm sofort mit gezogenem Schwert entgegentrat, ein Handzeichen, dass alles in Ordnung war.

„Wie schlimm steht es um dich?", fragte Yarne dann leise in Thores Rücken.

Der Krieger schnaubte.

„Wir werden alle alt, Yarne."

„Das ist nicht die Antwort auf meine Frage", gab Yarne zurück. Langsam drehte sich Thore zu ihm herum und stützte sich dabei an der Mauer ab. „Es sieht nicht gut aus", ließ er Yarne dann wissen und sein Atem rasselte. „Ein paar Things werde ich schon noch überstehen. Aber wir sollten es schnell hinter uns bringen und deinem Jungen auf den ehernen Thron verhelfen."

„Danis?"

„Habe ich mich so unverständlich ausgedrückt?" Thore versuchte, seinen Atem zu kontrollieren und das Stechen in seiner Brust zu besänftigen. „Ich habe meine fähigsten Söhne auf den Schlachtfeldern irgendwo zwischen Anartier und Jordanes verloren. Im Gegensatz zu ihnen ist Einar nicht mehr als verdünnter Wein, der sich dazu in die Betten von Männern legt. Einar wäre nie fähig, ein Land zu regieren." Thore verzog einen Moment lang das Gesicht und Yarne konnte nicht deuten, ob es an den Schmerzen lag oder an der bitteren Erkenntnis, die eben über seine Lippen kam. „Kjell ist kein Mann des Friedens. Schick ihn nach Thalél Malis und du kannst dir sicher sein, dass er den Thronerben leiden lässt. Und nebenbei jeden anderen, der keine Runen auf der Haut trägt. Er wird Jordanes ausbluten lassen." Thore blickte Yarne durch das trübe, verblichene Blau seiner Augen hindurch an. „War das jetzt deutlich genug, alter

Mann?“

„Aye.“ Yarne nickte und er versuchte, die aufsteigende Wehmut der Erinnerung an vergangene Tage, zu unterdrücken. „Wir sehen uns heute Abend.“ Flüchtig berührte er Thores Schulter, bevor er Danis und Tok ein Zeichen gab, ihn nach unten zu begleiten.

„So, wie die mich hier alle ansehen, habe ich das Gefühl, ich bin das Abendessen“, raunte Neyla leise, als sie zwischen Yarne und Danis den großen Saal betrat und alle Augen auf sie gerichtet waren. Lediglich Ariel in ihrem Rücken verlieh ihr etwas Sicherheit.

„Sie haben noch nie so jungfräuliche Haut gesehen“, antwortete Danis sachlich, ohne sie anzublicken, und Neyla runzelte die Stirn. Es waren die ersten Worte, die er nach Dankos Tod überhaupt mit ihr sprach und sie troffen förmlich vor Zynismus.

„Und ja, ich meine tatsächlich deine Haut. Du bist die Einzige hier, die keine Runen trägt“, fügte Danis leichthin hinzu, als hätte er Neylas Gedanken erraten.

„Na was für ein Glück. Ich hatte schon Angst, nicht standesgemäß genug für diesen Anlass hier gekleidet zu sein“, gab Neyla kühl zurück und folgte den Kriegern vorbei an den Tischen zu ihrer rechten und linken Seite.

„Die Blutflecken auf deinem Kleid setzen ganz hilfreiche Akzente“, mischte sich Yarne ein und sah mit einem mokanten Lächeln zu Neyla. „Bleib trotzdem an unserer Seite.“

Sie blieben vor einem Tisch stehen, an dem viele Krieger bereits ausgelassen aßen und tranken. Ein alter Krieger mit rotgrauen Haaren und geflochtenem Bart erhob sich von seinem Stuhl und die Gespräche ebbten ab.

„Thore.“ Yarne nickte dem rothaarigen Krieger zu und deutete mit einer flachen Handbewegung auf Neyla. „Das ist Neyla von Thalél Malis. Thronerbin und Prinzessin von Jordanes."

Thore beugte sich unvermittelt über den Tisch. Seine Hand griff unter Neylas Kinn und drehte ihren Kopf zur Seite. Neyla reckte das Kinn und wich zurück. In ihrem Rücken zog Ariel sein Schwert. Sein freier Arm umschlang ihre Hüfte und zog sie von Thore weg. Im gleichen Moment gab Danis Ariel ein Handzeichen, dass er sich zurückhalten sollte.

„Was ist mit ihrem Gesicht passiert?" Mit zusammengekniffenen Augen blickte Thore Yarne an.

„Frag den Thronerben", kam Danis seinem Vater mit einer Antwort zuvor.

Neyla tastete instinktiv nach ihrer Wange. Emilijans Faustschlag war Tage her. Er musste sie heftiger getroffen haben, als sie angenommen hatte, wenn die Spuren heute noch zu sehen waren.

Thores Blick blieb an Neylas Handgelenken hängen, an denen man die Abdrücke ihrer Fesseln noch deutlich erkennen konnte. „Werdet Ihr gut behandelt?", wandte sich Thore direkt an Neyla und seine trüben, blauen Augen blickten sie fest an.

Neyla nickte erstaunt. Ein anartischer Krieger, der besorgt schien *und* Umgangsformen besaß.

„Die Unannehmlichkeiten dieser Reise bitte ich zu entschuldigen. Die Dinge haben sich anders entwickelt, als geplant. Dennoch möchte ich betonen, dass Ihr Gast in Lahn seid und keine Gefangene", sagte Thore dann so laut und deutlich, dass Neyla daraus schloss, dass seine Worte für alle Anwesenden gedacht waren.

„Ich danke Euch, Thore Hell." Neyla sah den Krieger an. „Gilt Gleiches auch für meinen Bruder?"

„Oh, bitte." Ariels leises Lachen drang an Neylas Ohr.

„Ich fürchte, das liegt nicht in meinen Händen", antwortete Thore.

„Er atmet noch." Yarne Bork warf Neyla einen ungehaltenen Blick zu. „Das sollte in Anbetracht der Lage als Zugeständnis reichen."

„Die Verhandlungen zwischen Anartier und Jordanes beginnen morgen, wie geplant. Nutzt diesen Abend, um auf andere Gedanken zu kommen." Thore deutete mit der Hand auf einen gedeckten, freien Tisch zu seiner Rechten. Er nahm wieder auf seinem Stuhl Platz und als wäre das ein Zeichen, wurden die Gespräche wieder aufgenommen, eine Maultrommel ertönte, Trinkhörner klirrten aneinander, Lachen und laute Gespräche erfüllten den Raum.

„Du kannst es einfach nicht lassen, mhh?", vernahm Neyla Ariels Stimme an ihrem Ohr, als er sie zu dem leeren Tisch schob. Er zog einen Stuhl hervor, drückte Neyla darauf nieder und nahm zu ihrer Linken Platz.

Verärgert blickte Danis die Prinzessin an und rutschte auf den Stuhl zu ihrer rechten Seite. „Du hast hier genauso wenige Freunde wie wir", bemerkte er dann spitz. „Und wir sind die Einzigen, die zwischen dir und diesem Haufen hier stehen. Also reiß dich zusammen."

„Steht ihr dann auch zwischen mir und meinem künftigen Ehemann?" Neylas Augen funkelten Danis zornig an.

Danis tauschte beherrscht einen Blick mit Ariel aus. „Der Mann neben Thore", sagte er dann und blickte Neyla fest in die Augen. „Einar. Ich denke, er würde jeden Krieger hier im Saal dir vorziehen. Wenn du ihn wählst, hast du mit Sicherheit nichts zu befürchten. Allerdings wird dein Liebesleben sehr … einseitig."

Neyla blinzelte. Sie konnte einfach nicht fassen, was Danis ihr eröffnete.

„Sieh über meine Schulter!", forderte Danis Neyla auf und sie folgte seiner Anweisung. „Siehst du den großen Dunkelhaarigen?"

Neyla nickte starr.

„Das ist Kjell. Modoroks Sohn. Ich bin mir ziemlich sicher, dass er härter zuschlägt, als dein Bruder. Aber immerhin bevorzugt er die Gesellschaft von Frauen in seinem Bett." Danis fuhr sich mit der Hand nachdenklich über seinen Dreitagebart.

„Was willst du damit andeuten?", fragte Neyla tonlos.

Danis zuckte mit den Schultern, während sein Zeigefinger den Rand eines Trinkbechers umrundete. „Schon seltsam", sagte er und lachte freudlos. „Du dachtest immer, mit mir könnte es dich nicht schlimmer treffen."

„Das habe ich niemals gesagt", wisperte Neyla.

Ihre Blicke trafen sich. Dann nickte Danis ergeben. „Wenn du es genau wissen willst: Ich stehe zwischen dir, Einar und Kjell", presste er dann mühsam hervor.

Neyla lächelte verzweifelt. Danis war ein Stammeserbe. Er hatte sie aus demselben Grund nach Lahn begleitet, vor dem er sie gewarnt hatte: Das ihre Anwesenheit bei den Friedensverhandlungen einzig und allein dazu diente, sie mit einem Stammeserben zu verheiraten.

„Natürlich tust du das", erkannte Neyla und die Bitterkeit in ihrer Stimme war kaum zu überhören. Danis fing Neylas erhobene Hand noch in der Luft ab. Lange, bevor sie ihn treffen konnte.

„Wenigstens konnte ich mich mit eigenen Augen davon überzeugen, dass dein Herz für Frauen schlägt", zischte Neyla und zog ihre Hand aus dem Griff des Kriegers. Sie riss so hastig von ihrem Stuhl nach oben, dass dieser krachend auf den Boden fiel. Schnell stieg sie über ihn hinweg und wandte sich zum Gehen ab.

„Ariel", vernahm Neyla Danis' Stimme im Befehlston.

„Verflucht, ich wollte gerade essen!"

„ARIEL!"

Neyla war kaum vier Schritte gegangen, als Kjell sich ihr in den Weg stellte. Seine dunklen Augen musterten Neyla von unten bis oben.

„Ihr verlasst uns schon, Prinzessin?" Kjell bleckte seine Lippen und lächelte. „Ich bin Kjell."

„Freut mich." Neyla nickte und erwiderte sein gespieltes Lächeln. „Und ich bin nicht interessiert." Sie wollte an Kjell vorbeigehen, als dieser ihr mit seinem Körper den Weg versperrte.

„Es ist zu früh für den Hochzeitstanz, Kjell", vernahm Neyla Ariels Stimme, mit dem vertrauten zynischen Unterton, und atmete erleichtert auf.

„Sie trägt nicht nur dieselbe Arroganz wie eine Kriegerin eures Stammes, sondern ist auch wie eine gekleidet", bemerkte Kjell ohne den Blick von Neyla abzuwenden. „Woher sollen wir wissen, dass es sich tatsächlich um die Thronerbin handelt?" Seine Stimme erhob sich so laut, dass die Gespräche und das Lachen verebbten. Und schließlich auch die Maultrommel. Neyla blickte zu Danis und Yarne. Ihren Gesichtern war die Besorgnis abzulesen. Panik ergriff Neyla.

„Wenn sie eine Kriegerin unseres Stammes ist, dann bin ich wohl die wahre Prinzessin Jordanes'", bemerkte Elodie scharf und erntete vereinzeltes Lachen. Sie hatte sich als Einzige erhoben und ihre Augen glänzten angriffslustig. „Sie trägt keine Runen, du Arschloch."

Kjell hob die Hände, als hätte man ihn entwaffnet. „Was zu beweisen wäre."

Unheilvolle Stille erhob sich.

„Das geht zu weit, Kjell. Aus dir spricht der Alkohol." Yarne Borks Stimme klang bedrohlich. „Du vergisst, wer sie ist."

„Du tauchst hier nach zehn Jahren auf, mit einem Sohn, der als tot galt und erzwingst deine Teilnahme an den Verhandlungen zwischen Anartier und Jordanes. Alles was ich verlange, ist ein Beweis dafür, dass sie tatsächlich die Prinzessin ist, die zukünftig zwei Reiche einen wird." Kjell lächelte erhaben.

„Sie hat dich zurückgewiesen. Und jetzt willst du sie demütigen", erkannte Ariel mit fester Stimme. Neyla schluckte. Sie hatte einen großen Fehler begangen. Mal wieder. Danis hatte sie vor unbedachten Worten gewarnt. Mehr als nur einmal. Genauso wie Ariel. Jetzt wirkten weder Yarne noch Danis so, als wäre diese missliche Lage zu retten.

„Schon in Ordnung", hörte sich Neyla selbst sagen und erschrak über ihre eigene Courage.

„Nein", vernahm sie Danis' entschiedene Stimme und beobachtete, wie sich der junge Krieger erhob und auf sie zuging. „Das ist ganz und gar nicht in Ordnung."

„Die Zweifel wären ganz einfach aus dem Weg zu räumen", bemerkte Modorok von seinem Tisch aus.

„Nein", wiederholte Danis energisch und seine Hand ruhte nachdrücklich auf dem Heft seines Schwertes. Die Spannung im Saal prickelte über Neylas Haut und sie fühlte, dass die Situation kurz davor war, zu kippen. Dann stünden fünfzehn Krieger aus Yarnes Stamm dreimal so vielen Kriegern aus Thores und Modoroks Stämmen gegenüber.

„Sag mir, was ich tun muss." Neyla schob sich in Danis' Blickfeld und legte ihre Hand auf seine, die auf dem Heft seines Schwertes ruhte.

„Du tust gar nichts", antwortete Danis finster und blickte über Neyla hinweg zu Kjell. „Wir können das auch gerne im Badwa klären."

„Du willst gegen mich kämpfen?" Kjells Augenbrauen tanzten amüsiert und er warf Neyla einen abschätzenden Blick zu. „Wegen ihr?"

„Nein, das wird er nicht." Neyla funkelte Danis entschlossen an. „Ariel." Suchend blickte sie sich über ihre Schulter hinweg nach dem Krieger um. „Würdest du mir bitte helfen?"

„Helfen womit?"

„Du musst die Schnüre aufziehen." Neyla deutete in ihren

Rücken.

Ariel lachte kurz auf. „Auf keinen Fall.“ Sein Blick fiel auf Danis, der Neyla sehr lange betrachtet hatte und ihm nun mit einem kaum merkbaren Nicken bedeutete, Neyla zu helfen.

„Bist du dir sicher?“ Ariel stand ganz dicht hinter seiner Halbschwester.

Die Prinzessin schüttelte heftig den Kopf. „Tu's einfach“, stieß sie dann aus.

Danis trat näher an Neyla heran und während Ariel anfing, die Schnüre ihrer braunen Korsage zu lösen, ruhten Neylas Hände auf Danis' Brustkorb. Sie verspürte das Glühen ihrer Wangen, als sie ihr Gesicht zwischen ihren Händen verbarg. In der Stille des Saals fiel Neylas Korsage auf den Boden und Ariel hielt inne.

„Jetzt das Kleid“, flüsterte Neyla kaum hörbar und sie vernahm, wie Ariel in ihrem Rücken seufzte und mit sich rang. Mit zitternden Händen öffnete er das Häkchen ihres Kleides in ihrem Rücken. Neyla löste sich von Danis und schob sich den Saum des Kleides über die Schultern. Wie ein Wasserfall glitt es von ihrem Körper zu Boden. Hilfesuchend blickte Neyla zu Danis. Er stand so dicht vor ihr, dass niemand einen Blick auf sie haben konnte. Dennoch konnte Neyla den letzten Schritt nicht allein tun. Das verschlissene Unterkleid. Ihr Herz klopfte und die Blicke der Männer in diesem Saal setzten ihr zu. Am schlimmsten jedoch brannten Kjells Blicke in ihrem Rücken.

„Sieh mich an. Ich bin hier“, sagte Danis dann sehr leise. Mit einer vorsichtigen Bewegung griff er ihre Haare aus dem Nacken und legte sie ihr über die Schulter. Fest blickte er Neyla in die Augen. „Halte das Kleid fest“, wies er sie an und Neyla umgriff Schutz suchend den Stoff vor ihrer Brust.

„Bist du soweit?“

Neyla nickte kaum merkbar.

„Zerreiß es“, wandte sich Danis an Ariel.

Nein, verdammt! So etwas tu ich doch nicht meiner eigenen Schwester an! Ariel blieb wie erstarrt stehen.

„Ariel", ermahnte Danis seinen Freund leise. Er brauchte Ariel jetzt, denn wenn er Neyla vor den Blicken dieser Männer hier schützen wollte, musste er stehen bleiben, wo er war. Ariel nickte beklommen. Dann zerriss er Neylas verschlissenes Unterkleid im Rücken mit einem einzigen Ruck. Neyla schloss die Augen und presste ihr Gesicht an Danis' Brust. Ariel trat zur Seite und gab Kjell den Blick auf Neylas schneeweiße Haut frei.

„Reicht das als Beweis?" Ariel atmete schwer und ballte die Fäuste so fest zusammen, dass sich seine Nägel in das Fleisch bohrten.

„Ja", durchdrang Thores feste Stimme den Saal.

„Bring sie hier raus!", wies Danis Ariel an und gab Elodie mit einem Handzeichen zu verstehen, Ariel zu begleiten. Mit einer ruckartigen Bewegung hob Ariel die Prinzessin in seine Arme, während sie den Stoff ihres Unterkleides fest umklammert vor ihrer Brust hielt, so, dass niemand ihre Blöße sehen konnte. Sie schlang die Arme um Ariels Nacken und vergrub ihr Gesicht an seiner Schulter. Wie ein rettender Schleier fielen ihr die Haare ins Gesicht und verbargen die Tränen. Elodie las Neylas Kleider vom Boden auf. Langsam kam sie zwischen Kjell und Danis aus der Hocke zum Stehen und blickte Kjell verachtend an.

„Versuch das mal mit einer Kriegerin", sprach sie dann drohend in Kjells Gesicht, bevor sie mit schnellen Schritten Ariel folgte, der die Flügeltür zum Saal so heftig aufgetreten hatte, dass sie an der Wand zersplittert war. Mit hasserfülltem Gesicht löste sich Danis aus dieser Situation und nahm wieder am Tisch zwischen seinem Vater und seinen Kriegern Platz. Wortlos fing er den wissenden und anerkennenden Blick seines Vaters auf, der ihm Wein in den Becher goss. Lange ruhten die Blicke des Stammesfürsten auf seinem Sohn. Es hatte angefangen, das böse Ende.

Ariel trug seine Schwester zurück in die geräumige Scheune, die man ihnen als Nachtlager hergerichtet hatte und wo Wim mit drei anderen Kriegern den König bewachte.

„Gott, Neyla!“, stieß Emilijan bei dem Anblick seiner Schwester aus und wollte aufstehen.

„Sitzenbleiben, Arschloch!“ Wim drückte den König zurück auf den Boden.

„Es geht ihr gut“, ließ Elodie den Thronerben kühl wissen und folgte Ariel in den hinteren Teil der Scheune, der nicht so gut einsehbar war. Unruhig flackerte das Licht einer Öllampe. Ariel hatte Neyla auf einem Strohlager abgesetzt und kniete vor ihr. *Ein merkwürdiges Bild.* Elodie kniff die Augen zusammen. Sie hatte Ariel noch nie so erlebt wie heute. „Was ist eigentlich los mit dir?“, zischte sie ihren Freund an und warf Neyla die Kleider vor die Füße.

„Danke“, murmelte Neyla und griff nach dem Kleid. „Auch für das, was du gesagt hast.“

„Hab ich nicht für dich getan“, gab Elodie schroff zurück und verschränkte die Arme vor der Brust. „Möchtest du mir mal erklären, was da drinnen eben vor sich gegangen ist, Ari? Ich hatte nämlich den Eindruck, vor zwei verliebten Deppen zu stehen, die zum Wohl unseres Feindes fast eine Schlägerei provoziert hätten.“

„Deine emphatische Ader ist echt unschlagbar“, antwortete Ariel zynisch und blickte zu Elodie auf.

„Ernsthaft jetzt?“ Elodie runzelte die Stirn. „Du und sie …?“

„Sie und Danis“, verbesserte Ariel die Kriegerin.

Elodie lächelte unsicher. Dann lachte sie ungläubig auf, als hätte Ariel einen schlechten Witz gemacht. Ihre Gedanken durchstreiften die letzten zwei Nächte mit Danis und trafen auf die Wahrheit, die nun in Ariels Gesicht ruhte.

Elodie bedachte schwer atmend die Prinzessin mit einem Blick, der hasserfüllter nicht hätte sein können. Dann wirbelte sie herum und rannte aus der Scheune.

„Die Liste mit den Namen derjenigen, die mich tot sehen wollen, wird immer länger", murmelte Neyla und blickte Ariel an. „Warum hast du das getan? Danis will mich nicht. Und ich ihn auch nicht. Nichts zwischen uns ist gut."

„Ja, genau, redet euch das nur ein", antwortete Ariel müde. „Ich bin eure Spielchen leid, Neyla. Ihr müsst damit aufhören."

„Aber …"

„NEY", fuhr Ariel die Prinzessin ungehalten an. „Du bist es, die zwischen *allem* steht. Zwischen dir und Danis. Danis und Elodie. Zwischen mir und meinem besten Freund. Zwischen Anartier und dem Frieden. Und am Allermeisten, da stehst du dir selbst im Weg!" Die Augen des Kriegers funkelten Neyla energiegeladen an. „Ich meine es ernst, Neyla. Wenn du Danis hassen willst, dann tue es, aber lehne nicht dabei den Kopf an seine Schulter. Wenn du ihn lieben willst, dann hör auf, nach ihm zu schlagen. Und wenn du dich und dein Land retten willst, dann lege jegliche Halbherzigkeit ab, die alles, was du anfasst, in einer absoluten Katastrophe enden lässt. In der Brust einer Kriegerin kann nur *ein* Herz schlagen!"

Kriegerin. Nicht Prinzessin. Neyla sah Ariel forschend an. Der Krieger war ihr ein Rätsel. Seine Härte, die unglaubliche Sanftheit verbarg. Und Worte, die Neyla glauben ließen, sie würde ihm ernsthaft am Herzen liegen.

„Was ist mit dir?", fragte sie dann leise.

„Was soll mit mir sein?"

„Warum tust du das alles für mich?"

Ariel hob lachend die Hände. „Nicht aus dem Grund, den du vielleicht vermutest."

„Was vermute ich denn?"

„Wenn ich dich in meinem Bett haben wollte, wäre das längst

geschehen", antwortete Ariel und erhob sich. Ein Windhauch zog durch die Scheune, dann tauchte eine Frau zwischen den Balken auf. Ariel zog sein Schwert und die Frau wich erschrocken zurück.

„Sie bringt der Prinzessin nur etwas zum Anziehen!", brüllte Wim aus dem vorderen Teil der Scheune. „Oder glaubst du, ich lasse hier jeden durch? Ich mag vielleicht alt sein, aber mein Verstand funktioniert noch ganz gut, du Hosenscheißer."

„Ja, ja." Ariel rollte mit den Augen und wandte sich an die Frau. „Wer schickt dich?"

„Thore Hell", antwortete die Frau leise und drückte Ariel ein Stoffbündel in die Hände.

Ariel nickte und bedankte sich. Die Frau wandte sich ab und verließ mit schnellen Schritten die Scheune.

„Das, was du eben getan hast, war ziemlich mutig." Ariel betrachtete den Stoff in seinen Händen.

„Ich habe Kjell provoziert. Das war ziemlich dämlich", antwortete Neyla resigniert.

„Da möchte ich dir nur ungern widersprechen." Ariel legte das Stoffbündel neben Neyla in das Stroh.

Stimmen drangen aus dem vorderen Teil der Scheune zu ihnen durch. Dann ein Windhauch und Danis tauchte zwischen den Balken auf. „Wo ist El?"

„Frag lieber, *was* sie ist", antwortete Ariel verheißungsvoll.

„Du hast es ihr gesagt?" Danis kniff verärgert die Augen zusammen.

„Das war nicht nötig. Sie war ja dabei und hat Augen im Kopf."

„Schön. Dann ist sie jetzt sicher angepisst", stellte Danis trocken fest.

„Angepisst ist nicht das richtige Wort." Ariel feixte.

„Was mich zu dir bringt." Danis legte den Kopf etwas schief und betrachtete seinen Freund eingehend. „Was war da drin los mit dir?“

„Keine Ahnung, wovon du redest.“ Ariel zuckte mit den Schultern. „Ich gehe El suchen.“ Der Krieger ging an Danis vorbei und wurde von diesem zurückgehalten.

„Tu das nicht, Ari. Schließe mich nicht aus. Was immer es ist“, sprach Danis dann leise in das Gesicht seines Freundes.

Ariel nickte kaum merkbar. „Es ist nichts.“, ließ er Danis dann wissen, schob sich an ihm vorbei und verließ die Scheune.

Danis blieb stehen und sah seinem Freund nach. Dann wandte er sich an Neyla. Er wollte sie fragen, ob es ihr gut ging, doch die Worte wollten ihm einfach nicht über die Lippen kommen. Gequält ging der Krieger zu Neyla hinüber und ließ sich neben sie ins Stroh sinken.

„Kjell ist gefährlich“, sagte er mit ruhiger, dunkler Stimme. „Alle Männer hier sind gefährlich. Wie oft soll ich dir das noch sagen?“

„Kann dir doch egal sein“, meinte Neyla matt und lehnte den Kopf gegen den Holzbalken.

„Sollte es, ja.“ Danis seufzte.

Neyla senkte den Blick.

„Das muss aufhören, Neyla“, sagte Danis leise. „Ich kann dich nicht beschützen, wenn du dich gegen mich stellst. Und bei den Göttern, das will ich mehr als alles andere auf dieser Welt. Was da eben im Saal passiert ist ...“ Danis schüttelte die Erinnerung ab, so sehr quälte sie ihn. „dich so zu sehen ... es hat nicht mehr viel gefehlt und ich hätte Kjell umgebracht.“

Neyla blickte den Krieger an.

„Du *musst* mir vertrauen, sonst wirst du den anartischen Boden nicht lebend verlassen.“ Das Leuchten in Danis’ Augen wurde überschattet von der Antwort, die er von Neyla erwartete.

Neyla schwieg und starrte auf die blauen Flecken, mit denen ihre Beine und Arme übersät waren. „Kannst du es denn?“, fragte sie schließlich. „Vertrauen?“ Nur sehr vorsichtig probierte sie das Wort und fuhr sich dabei mit dem Finger über ihre Lippen. Nachdenklich sah sie zu Danis auf. Ein wildes Funkeln lag in seinem Blick, als er sich unvermittelt zu ihr beugte und sie küsste. Erst ganz vorsichtig, dann bekräftigend und schließlich immer fordernder. Seine Hand griff nach Neylas Haaren und schob sich in ihren Nacken. Neyla schloss die Augen. Ihre Hände rahmten Danis' Gesicht und während sie in das Stroh sanken, spürte sie das gesamte Gewicht des Kriegers auf sich. Danis unterbrach den Kuss, um Neyla eingehend zu betrachten. Sein Zeigefinger malte die Konturen ihrer Lippen nach und fuhr vorsichtig über ihren lilafarbenen, geschwollenen Wangenknochen. Wie dunkelbrauner Samt mit rotem Schimmer floss ihr Haar in das Stroh. Neylas Augen strahlten und ihre Haut wirkte unter Danis' sonnengefärbtem Teint wie erster, zarter Schnee.

„Ich wusste vom ersten Moment an, dass diese Frage immer zwischen uns stehen würde", sprach er dann auf ihre Lippen. „Die Antwort darauf ist der Grund, warum es genauso schwierig ist, dich zu hassen, wie dich zu lieben."

„Die Dinge verändern sich", wisperte Neyla.

„Nein", antwortete Danis sanft. „Die Dinge verändern uns." Er beugte sich wieder zu Neyla hinunter und küsste sie. Zögernd und ohne Neylas Reaktion aus den Augen zu lassen, zog Danis den Fetzen ihres Unterkleides weg, der ihn noch von der Prinzessin trennte. Sie war so wunderschön. Und nur halb so zerbrechlich, wie ihre Gestalt vermuten ließ.

Danis richtete sich auf, löste seinen Waffengürtel und legte ihn vorsichtig auf den Boden. Dann zog er sich die Tunika über den Kopf und warf sie achtlos in das Stroh. Seine Hände griffen in die von Neyla, umschlossen sie fest und führten sie über ihrem Kopf zusammen. Danis lächelte, bevor er ihren Hals küsste und sich ihm ihr nackter, warmer Körper entgegen bog.

Neyla und Danis schreckten aus dem Schlaf, als aufgeregte Stimmen durch die Scheune tönten und schnelle Schritte zu vernehmen waren. Danis griff nach seinem Schwert und blickte abwartend in die Dunkelheit. Ariel trat im schwachen Licht einer Kerze, welche der Krieger in der Hand hielt, aus der Finsternis. Sein Blick ruhte unheilvoll auf Neyla und Danis.

„Was ist?“ Danis blickte seinen Freund an.

„Elodie.“ Ariel wirkte wie erstarrt. „Wir haben sie gefunden.“

Und wie der Krieger so vor ihnen stand, so vollkommen hilflos und entmachtet, da wusste Neyla, dass etwas Furchtbares geschehen war.

„Wo ist sie?“ Danis sah Ariel an und legte sich seinen Waffengürtel um.

„Da hinten, bei der Mauer.“ Ariel nickte in die Dunkelheit. „Sie sieht übel aus, Dan“, warnte Ariel seinen Freund und deutete mit einem Nicken auf eine blutende Wunde an seinem Unterarm. „El hat mich erwischt, als ich sie in die Scheune bringen wollte.“

Danis wollte sich in Bewegung setzen, als ihn Neylas Hand auf seinem Oberarm davon abhielt.

Zitternd warf sich Neyla eine warme Decke um die Schultern und hielt sie vor ihrer Brust zusammen. „Lass mich zu ihr gehen.“ Die Bestimmtheit in ihrer Stimme gewann der Bitte Oberhand.

Danis sah zu Ariel, der nur unsicher mit den Schultern zuckte. „Geh.“ Danis blickte Neyla an und nickte zustimmend.

Nur sehr langsam gewöhnten sich Neylas Augen an die Dunkelheit, als sie sich in Richtung des Mauervorsprunges auf dem Hof vorantastete. Doch dann konnte sie den Schatten, der zusammengekauert vor der Mauer hockte, ganz deutlich erkennen. Das Blut offener Wunden in Elodies Gesicht glänzte im schwachen Schein des Mondes. Haare hatten sich darin verfangen. Die Kleidung hing Elodie in Fetzen von ihrem Körper. Neyla stockte der Atem und es kostete sie Kraft, bei Elodies Anblick nicht panisch die Hände über dem Kopf zusammenzuschlagen.

Die Kriegerin hatte Neyla gehört, lange bevor sie die Prinzessin in der Dunkelheit ausmachen konnte und schnaufte verächtlich. „Zur Hölle, du hast mir gerade noch gefehlt", stieß Elodie erschöpft aus und erhob warnend ihr Schwert in Neylas Richtung.

Beschwichtigend hob Neyla die Hand. Elodie wirkte wie ein in die Ecke getriebenes Tier. Deshalb hatte sie Ariel angegriffen.

„Wie viele waren es?", fragte Neyla tonlos. Eine einzige Person konnte das hier unmöglich getan haben.

Elodie lachte verächtlich. Ausgerechnet die Prinzessin wartete mit Fragen dieser Art auf. Immerhin lief sie nicht schreiend davon. Die Kriegerin schnaubte. „Sie waren zu dritt", antwortete sie dann wahrheitsgemäß mit rauer Stimme.

„Hast du sie erkannt?"

„Was glaubst du denn?" Wild funkelten Elodies Augen Neyla in der Dunkelheit an.

„Gut", meinte Neyla beharrlich. „Ich möchte, dass du mit mir zur Scheune zurückgehst, wo ich mir deine Wunden ansehen kann."

„Ich brauche deine Hilfe nicht", spie die Kriegerin Neyla mit bebender Stimme entgegen.

„Ich weiß", gab Neyla leichthin zurück und nickte über ihre Schulter. „Aber diese Männer dort brauchen *dich*."

Elodie strich sich die Haare aus dem Gesicht und reckte das Kinn. „Sie sollen mich nicht so sehen."

Neyla musterte die stolze Kriegerin, dann zog sie sich die Decke von den Schultern und reichte Elodie ihre Hand.

Lange zögerte die Kriegerin. Bis sie schließlich nach Neylas Hand griff. Trotz der Gewalt, die sie erfahren haben musste, war ihr Griff fest. Ächzend zog sie sich unter Schmerzen auf die Beine und Neyla wickelte sie behutsam in die Decke. Mit Erschrecken stellte die Prinzessin fest, dass Elodie das Blut die nackten Beine entlang rann. Stützend legte Neyla Elodies Arm über ihre Schultern und umfasste ihre Körpermitte. Langsam führte sie die Kriegerin durch die Dunkelheit zu den Männern ihres Stammes, die ihnen bereitwillig und mit besorgten Gesichtern aus dem Weg gingen. Als Neyla mit der Kriegerin an Danis und Ariel vorbeiging, sagte sie nur ein einziges Wort, von dem sie sicher war, dass es Elodies Innerstes zum Kreischen brachte.

„Kjell."

Wir haben alle denselben Schmerz getragen. Schmerz ist ein guter Lehrer.

Elodie ließ zu, dass Neyla ihre Wunden versorgte. Und auch, dass sie ihr die Kleiderfetzen abstreifte und anschließend den Dreck der Nacht vorsichtig vom Körper wusch. Als sich Elodie, in mehrere Decken gehüllt, in das Stroh zum Schlafen legte, trat Yarne Bork mit eisiger Miene an sie heran.

Er ging neben Elodie in die Hocke und ein paar Wimpernschläge lang erstarrte seine Hand in der Bewegung, über Elodies rote Haare zu streichen. Schließlich ballte Yarne die Hand zur Faust und zog sie zurück. „Wie geht's dir, El?", erkundigte er sich mit sanfter Stimme.

„Ich bringe Danis um, wenn er Kjell zum Badwa herausfordert", antwortete die Kriegerin mit rauer Stimme. „Dieser Hurensohn gehört mir."

„Du bekommst deine Rache", versicherte Yarne der Kriegerin mit finsterer Miene.

Elodie nickte fast hektisch und Tränen schossen in ihre Augen. „Ich bin so eine Idiotin", sagte sie dann und rang nach Luft. „Ich habe ihn im Saal förmlich dazu aufgefordert."

Versuch das mal mit einer Kriegerin.

„Dich trifft keine Schuld", antwortete Yarne mit sanfter Stimme und sein Blick glitt zu Neyla. „Du bist es nicht, die er treffen wollte."

Neyla senkte den Kopf. Kein Fausthieb hätte sie härter treffen können, wie die Gewissheit, welche Schuld sie an Elodies Zustand trug.

„Können wir dich kurz allein lassen?", erkundigte sich Yarne. Die Kriegerin nickte und Yarne erhob sich. „Komm mit", wandte er sich an Neyla und deutete ihr mit der Hand den Weg in den vorderen Teil der Scheune. Neyla ging voraus und sah sich um. Danis, Ariel, Tok und Wim. Die anderen Krieger bewachten vermutlich Emilijan, den sie in die hinterste Ecke der Scheune verfrachtet hatten.

„Was hat dir El erzählt?", wandte sich Yarne unvermittelt an Neyla.

„Sie waren zu dritt", antwortete Neyla kaum hörbar und konnte in den Gesichtern der Krieger lesen, wie aufkeimender Hass die Bestürzung verdrängte.

„Wurde sie …?"

„Ja." Neyla nickte.

„Ich bringe ihn um." Hilflos wandte sich Ariel ab und fuhr sich mit den Händen durch die Haare. „Dieses verfluchte Dreckschwein!"

„Es ist nicht an dir, die Sache zu Ende zu bringen", sagte Yarne Bork mit düsterer Stimme. „Niemand von euch rührt Kjell an."

Die Männer stöhnten auf.

„El wird sich um ihn kümmern, sobald ihre Wunden verheilt sind", fuhr Yarne Bork fort.

„Ich wollte das nicht", platzte es aus Neyla heraus.

„Du trägst keine Schuld", antwortete Danis schnell, aber Neyla konnte in den Gesichtern der restlichen Krieger lesen, dass sie die Sache anders bewerteten.

„Setz dich!" Yarne deutete mit der Hand auf einen Strohballen und Neyla folgte seiner Anweisung.

„Morgen beginnen die Verhandlungen, denen du und dein Bruder, sowie die Stammesfürsten und deren Erben beiwohnen werden. Kjell eingeschlossen. Du und Danis, ihr werdet euch zusammenreißen. IST. DAS. KLAR? Ihr alle werdet euch zusammenreißen!" Yarne bedachte abwechselnd Neyla und Danis mit warnenden Blicken bevor er prüfend zu Tok, Ariel und Wim schaute. Dann ging er vor Neyla in die Hocke und sah sie mit eindringlichem Blick an. „Thore, Modorok, ich und alle Stammeserben haben uns heute zum Thing, dem Rat der Stammesfürsten, zusammengefunden. Wir sind übereingekommen, dass die Prinzessin unter den Stammeserben ihren zukünftigen Mann erwählt und dieser sie nach Thalél Malis zurückbegleiten wird. Ferner wird ein weiterer Friedensvertrag zwischen Jordanes und Anartier nur unter Vorteilen für Anartier zustande kommen."

„Ihr wollt Jordanes über mich, von Thalél Malis aus, im Sinne von Anartier kontrollieren", konstatierte Neyla sachlich.

„So ist es." Yarne nickte. „Weder du noch dein Bruder werdet getötet, Thalél Malis bleibt unberührt. Wir können die Rebellen besänftigen und die Feuer in unserem Land löschen. Niemand verliert und alle gewinnen."

Neyla fing Danis' Blick auf. „Du machst mich zur Gefangenen in meinem eigenen Land?"

„Ich mache dich zu meiner Frau", antwortete Danis. „Und bitte dich um dein Vertrauen."

Vertrauen.

Lege jegliche Halbherzigkeit ab, die alles, was du anfasst, in einer absoluten Katastrophe enden lässt.

Noch mehr als an seinen Tod glaubt Euer Bruder daran, dass Ihr am Leben bleiben müsst.

Neyla fuhr sich mit der Hand über die Stirn und versteckte sich einen Moment lang dahinter. „Du musst mich nicht darum bitten", sagte sie dann leise und blickte in die Gesichter der Krieger. „Euch ist klar, dass ich die zweite Thronerbin bin? Alle Entscheidungsbefugnisse obliegen bis zu seinem Tod Emilijan."

„Das werden wir ändern", bemerkte Yarne kühl und sah Neyla abwartend an. „Dein Bruder wird leben. Aber er wird definitiv nicht auf dem ehernen Thron sitzen."

Neyla erhob sich kopfschüttelnd und ging getrieben ein paar Schritte.

„Unabhängig von euren Gefühlen füreinander, hast du keine großartige Wahl“, bemerkte Ariel dann vorsichtig an Neyla gewandt. „Wir sagen dir, worauf du dich einlässt und wir werden Wort halten. Lass dich auf Kjell ein und …“

Neyla gab Ariel ein Handzeichen, nicht weiterzusprechen. Sie wusste selbst, dass eine Hochzeit mit Kjell keine Option war. Nachdenklich blickte Neyla Danis an, der kurz auflachte und dann den Kopf schüttelte.

„Denk nicht mal daran, Neyla. Einar schafft es nicht lebend aus Anartier hinaus, geschweige denn auf den ehernen Thron. Dafür werde ich persönlich sorgen.“

„Einar ist die harmloseste Lösung für mein Land“, bemerkte Neyla scharf. „Ich bin immer noch Jordanes verpflichtet.“

„NEIN!“, fuhr Danis auf und seine Augen funkelten die Prinzessin an. „Stell mich nicht auf die Probe. Nicht nach allem, was hinter uns liegt.“

Neyla atmete schwer aus und hielt Danis’ Blick stand.

„Der eherne Thron ist nicht das, was ich will“, sagte Danis dann und Neyla spürte, wie ihr die Tränen in die Augen schossen.

„Wenn ich das tue, lege ich dir nicht nur mein Vertrauen in die Hände, Danis Bork, sondern ein ganzes Land. *Mein* Land. *Mein* Volk.“

„Das. Weiß. Ich“, antwortete Danis mit stoischer Ruhe.

Neyla blickte jedem Krieger einzeln ins Gesicht. Sie las Aufrichtigkeit darin und auch Entschlossenheit. Die Prinzessin wandte sich wieder an Danis. „Ich will ein eigenes Pferd“, sagte sie mit fester Stimme. „Und gib mir endlich meinen verdammten Bogen zurück.“

„Ist das ein Ja?“, erkundigte sich Ariel mit gerunzelter Stirn.

„Zumindest ist es kein Nein“, antwortete Neyla.

Wim fing an, herzhaft zu lachen, während Yarne die Arme vor der Brust verschränkte.

„'tschuldigung." Wim hielt sich den Bauch und versuchte vergebens, das Lachen abzulegen. „Die Frau habt ihr echt verdient. Sie ist eure gerechte Strafe für jeden dummen Streich, den ihr Hosenscheißer mir jemals gespielt habt. Götter, ich danke euch!"

„Bist du jetzt fertig?", wandte sich Ariel an Wim, dessen Lachen einfach nicht verstummen wollte.

Aus dem hinteren Teil drang ein Ächzen. Elodie.

Neyla blickte zu Yarne, der ihr stumm zunickte.

„Verdammt, El! Bleib liegen!", brüllte Danis in den hinteren Teil der Scheune. Er legte Neyla einen Arm um die Schulter und begleitete sie zu Elodie.

Wim lachte noch immer und es war schwer zu erkennen, ob sein Lachen nur Leid in Spiegelschrift war, denn Tränen rannen seinen Wangen hinunter und sein Gesicht verzog sich gequält. Vermutlich war es auch nur der Alkohol, den er getrunken hatte, bis die Nachricht von Elodie zu ihm und Yarne in den Saal vorgedrungen war.

Ariel wandte sich an Tok. „Geh zu Danis und Neyla. Sieh nach, ob sie Hilfe brauchen mit El."

Tok nickte und verschwand.

Nur sehr langsam ging Ariel auf Yarne zu und blieb dicht vor ihm stehen. „Du musst ihnen sagen, dass sie nicht die rechtmäßige Erbin Thalél Malis' ist", raunte Ariel dem Stammesfürsten zu.

„Das ist nicht der richtige Zeitpunkt ..."

„Sie trägt eine Rune", fiel Ariel dem Stammesfürsten mit gedämpfter Stimme ins Wort. „Hinter ihrem Ohr. Sie ist winzig, aber ich habe sie gesehen. Im Saal, als mich *dein* Sohn bat, *meiner* Schwester die Kleider vom Leib zu reißen." Ariel atmete beherrscht aus. „Irgendwann wird auch ein anderer die Rune entdecken."

„Unmöglich."

„Othala."

„WAS?"

„Othala. Familie. Die Rune hinter ihrem linken Ohr", abwartend blickte Ariel den Stammesfürsten an. „Jeder, der die Geschichten um Lucien kennt, wird diese Rune zu deuten wissen. Neylas Anrecht auf den ehernen Thron ist nichtig, wenn herauskommt, dass sie lediglich die Bastardtochter des jordanesischen Königs ist. Und dann sind sie und Danis in Thalél Malis ein offenes Ziel."

„Es wird niemand erfahren", antwortete Yarne und sah den Krieger beschwörend an. Seine Hand ruhte auf dem Griff seines Messers.

„Dein Wort …", zischte Ariel beherrscht, „möge in den Ohren der Götter sein."

„Mein Sohn hat beschlossen, dass Neyla zu unserer Familie gehört", sagte Yarne Bork dann mit dunkler Stimme. „Ich beschütze meine Familie mit meinem Leben."

Ariel nickte. „Ich auch", versicherte er dem Stammesfürsten, bevor er sich abwandte und ging.

Am Verhandlungstisch sollte Neyla den Stammeserben gegenüber sitzen. Nur mühsam konnte sie ihren Blick auf Danis richten, als sie ihren Bogen vor sich auf dem Tisch ablegte und Kjell ihr direkt gegenüber Platz nahm. Beklemmung stieg in Neyla auf. Kjell wirkte unbekümmert. Gerade so, als wäre nichts geschehen. Seine Augen trugen ein leises, unbeschwertes Lächeln. Neyla senkte den Blick, um die Übelkeit zu unterdrücken, die in ihr aufstieg. An ihrer Seite spürte sie die Präsenz von Yarne Bork. Stärker, als würde er bekräftigend ihre Hand drücken. Dankbar fing Neyla den Blick des Stammesfürsten auf.

„Seid Ihr eine gute Schützin, Prinzessin?", erkundigte sich

Kjell jovial und deutete auf Neylas Bogen.

„Geht so", antwortete Neyla trocken und sah Kjell an. „Und die korrekte Anrede lautet *Hoheit.*"

Sofern ihn Neylas Antwort verärgerte, so ließ Kjell sich nichts davon anmerken. „Natürlich, *Hoheit.*"

Ariel zog zu Neylas linker Seite den Stuhl zurück und beförderte mit den Worten „Benimm dich" Emilijan darauf.

Kaum merkbar wischte die Hand des Kriegers über Neylas Schulter, bevor er den Raum verließ.

Thore, der am Ende des Tisches saß, erhob sich. „Mir ist zu Ohren gekommen, dass deine Kriegerin letzte Nacht verletzt wurde."

Neyla schluckte und sah wieder zu Yarne, der keine Miene verzog.

„Ich werde den Schuldigen bestrafen", sicherte Thore Yarne zu. „Im Rat der Stammesfürsten wurde euch Unversehrtheit zugesichert. Dazu stehe ich."

„*Die* Schuldigen", verbesserte Danis mit kühler Stimme und Neyla wagte es nicht, ihn anzusehen. „Sie waren zu dritt."

Yarne warf seinem Sohn einen warnenden Blick zu. Danis saß direkt neben Kjell. Und seine Waffen lagen nicht vor ihm auf dem Tisch.

„Wir wissen deine Hilfe zu schätzen", sagte Yarne Bork und seine Hände ballten sich unter der hölzernen Tischplatte zu Fäusten. „Elodie wird sich erholen. Und sich der Sache selbst annehmen."

„Ihr habt meinen Zuspruch, was immer dafür erforderlich ist", nickte Thore. „Und jetzt lasst uns zu dem Grund dieser Zusammenführung kommen." Thore wandte sich an Emilijan. „Euch gegenüber sitzt Danis Bork, der lebende Beweis dafür, dass Jordanes gegen das Friedensabkommen gehandelt hat. Aus diesem und einigen anderen Gründen wollte und konnte ich nicht die Behandlung infrage stellen, die man Euch seit Eurer

Ankunft in Anartier zu Teil werden ließ. Ihr werdet Euch an diesem Tisch für den Missbrauch an unserem Vertrauen verantworten müssen, *König* Emilijan von Thalél Malis."

„Danis Bork ist ein Königsmörder", antwortete Emilijan und eine tiefe Ruhe wohnte seiner Stimme inne. „Sein Schicksal obliegt den Erben seines Opfers. Dieses Gesetz gilt in Jordanes ebenso wie in Anartier."

„Und was ist mit unseren Männern, die seit zehn Jahren unterhalb der Wächtertürme Thalél Malis' verrotten?", erkundigte sich Modorok ungehalten.

„Sie werden sterben." Emilijan sah Modorok unvermittelt an. „Wenn ich nicht von dieser Reise zurückkehre, hat General Aaden die Anweisung, diesen Umstand als kriegerischen Akt zu werten. Mein Onkel steigt auf den ehernen Thron und eure Männer werden mit Seilen um ihren Hälsen von den Mauern Thalél Malis' gestoßen. Alle samt. Nacheinander."

Neyla sog scharf Luft ein. Emilijan war verletzt, aber ungebrochen. Nicht ein einziger Tag seiner Gefangennahme durch Yarne Bork hatte an seiner Oberfläche gekratzt und etwas hervorgebracht, was auch nur ansatzweise zu glänzen vermochte. Betroffen senkte Neyla den Blick.

Yarne Bork beugte sich über die Prinzessin hinweg und ließ eine Rolle Papier vor Emilijan auf den Tisch fallen.

„Was ist das?" Der König bedachte den Stammesfürsten mit einem kühlen Blick.

„Die Forderungen der Stammesfürsten und deren Erben", brummte Yarne dunkel.

„Einseitige Forderungen sind nicht gerade dienlich, wenn man versucht, den Frieden auszuhandeln", bemerkte Emilijan scharf, griff jedoch unter den drohenden Blicken der Krieger zu dem Papier und rollte es auseinander. Sorgfältig sprangen seine Augen von Zeile zu Zeile. „Die Freilassung eurer Männer, Einstellung der Kriegszahlungen durch Anartier,

Aufrechterhaltung der wirtschaftlichen Beziehungen, die Vermählung meiner Schwester mit einem Stammeserben und die Errichtung einer anartischen Vertretung in Thalél Malis zur ständigen diplomatischen Vertretung." Emilijan blickte auf. „Wenn ich das unterschreibe, mache ich Jordanes zur Kriegsgefangenen eures Landes."

„Lasst uns Eure Alternativen besprechen, *Hoheit*." Kjell fuhr sich über sein stoppeliges Kinn und sah Emilijan mit hochgezogener Augenbraue an. „Ihr unterschreibt nicht, und seid ein toter Mann. Euer Onkel lässt ein paar unserer Krieger über die Mauern Thalél Malis' springen. Die Stammesfürsten werden, vereint mit dem wütenden Mob, der vor den Toren Lahns wartet, Thalél Malis dem Erdboden gleichmachen. Und ich verspreche Euch, es wird keine Gefangenen geben." Kjell blickte zu Yarne Bork und dann wieder zu Emilijan.

„Hat Anartier denn einen so langen Atem, wie dieser Krieg andauern wird?" Emilijan verschränkte die Arme vor der Brust und lehnte sich auf seinem Stuhl zurück.

„Anartier hat genug Atem, sich die Freiheit zurück zu erkämpfen", antwortete Danis mit fester Stimme. „Habt Ihr genug Atem zum Sterben? Denn den werdet Ihr brauchen für die vielen Weltuntergänge, die man Euch bescheren wird. Mit einem Seil um den Hals von einer Mauer zu springen, ist dagegen eine sehr romantische Vorstellung." Die Drohung in Danis' Stimme war nicht zu überhören.

Neyla schloss für einen kurzen Moment die Augen, bevor sie Danis anblickte und ihn stumm anflehte, damit aufzuhören.

Stille. Zeit verging.

Emilijan nickte zögerlich. „Ich akzeptiere", sagte er dann. „Unter einer Bedingung."

„Ihr befindet Euch nicht in der Situation, Bedingungen zu stellen", polterte Modorok über den Tisch hinweg.

„Ich will hören, was er zu sagen hat", ergriff Kjell das Wort und bedeutete Emilijan mit einer Handgeste, weiterzusprechen.

„Ich entscheide, welchen Stammeserben meine Schwester zum Mann nehmen wird", fuhr Emilijan dann mit kühler Stimme fort.

Neyla versteifte sich augenblicklich. Fassungslosigkeit lähmte ihren Körper. Wann genau war Emilijan zu diesem Menschen geworden?

„Sie heiratet. Also entscheidet sie auch wen", hörte Neyla Yarne sagen.

Ihr Herz wollte sich kaum noch beruhigen. Neyla versuchte, ruhig zu atmen und starrte auf ihren Bogen, der vor ihr auf dem Tisch lag.

„Es spricht nichts dagegen, dass er für die Prinzessin entscheidet", bemerkte Modorok. „Im Thing haben sich die Stammesfürsten wieder vereint. Wir und unsere Erben stehen für dieselbe Sache ein."

„Sie ist keine Ware, verdammt." Danis' Faust schlug auf die Tischplatte.

„Bist du noch sachlich genug, um deine Entscheidungen im Sinne von Anartier zu treffen oder hat dich die Prinzessin schon vollkommen um den Verstand gebracht?", wandte sich Kjell mit einem Grinsen an Danis.

Danis schoss von seinem Stuhl hoch und wollte sich auf Kjell stürzen, als Thore nach dem Wasserkrug griff, der vor ihm auf dem Tisch stand, und ihn mit einem wütenden Aufschrei gegen die Wand schmiss. Klirrend zersprang er in unzählige Einzelteile und das Wasser rann die Steinwand entlang nach unten.

Danis hielt inne und atmete beherrscht durch.

„Seht ihr nicht, was hier vor sich geht?" Mit hochrotem Kopf und finsterer Miene starrte Thore in die Gesichter der Krieger und deutete auf Emilijan. „Er versucht, uns zu entzweien."

Die Krieger taxierten einander.

„Danis", sagte Yarne dann. „Setz dich."

Danis ballte die Hände zu Fäusten.

„Setz. Dich“, wiederholte Yarne beherrscht. „Thore hat recht. Alle Stämme Anartiers vereint sind ein weitaus ernst zu nehmenderer Gegner als das gespaltene Reich, welches wir im Thing hinter uns gelassen haben.“

Danis bewegte sich keinen Zentimeter von der Stelle.

„Danis“, sagte Neyla mit leiser Stimme und sah auf. Sie hatte nachgedacht, als die Krieger gestritten hatten. Und ihr waren jene Worte Ariels über Halbherzigkeit in den Sinn gekommen. Nach all dem, was in den vergangenen Wochen und Tagen passiert war, gab es nur eine vernünftige Lösung, um nicht das zu gefährden, wonach sich Danis und Anartier so sehr sehnten.

„Setz dich.“ Neyla blickte Danis bittend an und erst, als er widerwillig auf seinem Stuhl Platz genommen hatte, erhob sich Neyla von ihrem Stuhl und stützte sich mit den Händen auf der Tischplatte ab, um nicht zu spüren, wie sehr sie jetzt den Halt verlieren würde. Ihr Blick richtete sich auf ihre Hände, die sich so fest in die Tischplatte gruben, dass ihre Knöchel weiß hervortraten. „Ich füge mich der Bedingung meines Bruders“, hörte sich Neyla dann mit zitternder Stimme sagen.

Sie vernahm Aufatmen und im gleichen Atemzug brüllte Danis ein entschiedenes „NEIN!“ Die Tischplatte unter Neylas Händen bebte, als Danis’ Fäuste sie trafen.

„Ist mein Sohn, oder der von Thore die schlechtere Wahl als der deine?“, erkundigte sich Modorok an Yarne gewandt.

Danis wirbelte herum. „Dein Sohn hat gestern einer Kriegerin Gewalt angetan!“, fuhr er Modorok mit hasserfülltem Blick an.

„Mir kam es so vor, als hätte sie ihn gestern im Saal, vor den Augen aller, dazu aufgefordert“, gab Modorok zurück und erhob sich vor Danis.

Geräuschvoll schob Neyla ihren Stuhl zurück und ging um den Tisch herum an den Kriegern vorbei. Dann reichte sie Danis ihre Hand. So, wie er es unzählige Male zuvor getan hatte. Und ihr Mund formulierte tonlos zwei Worte.

Vertrau mir.

Danis rang mit sich. Fast verzweifelt versuchte er, den Blick zu Neyla aufrecht zu halten, als er nach ihrer schmalen Hand griff und sie drückte. Schließlich nickte er schwach. Seine Hand glitt aus der von Neyla. Ohne sich noch einmal umzudrehen, verließ er den Raum und als Neyla ihm nachsah, erblickte sie draußen in der Vorhalle Ariel, der ihr fragende Blicke durch die offen stehende Tür zuwarf.

Neyla atmete tief durch. Sie zog die Schultern zurück und bog den Rücken durch. „Also, Bruder. Mit wem gedenkst du mich zu vermählen?" Neylas Stimme klang kalt und gefasst. Sie kannte die Antwort auf ihre Frage bereits. Aber sie musste es von Emilijan hören, um zu begreifen, dass sie nicht die geringste Ahnung hatte, was für ein Mensch ihr Bruder war.

„Mit Modoroks Sohn", antwortete Emilijan und sah seiner Schwester dabei fest in die Augen.

Kjell. Beinahe hätte Neyla aufgelacht, so bitter schmeckte die Gewissheit. Stattdessen presste Neyla die Lippen aufeinander und sah an Emilijan vorbei zu Yarne.

In den Augen des Stammesfürsten lag etwas Warmes, das sie noch nie zuvor an ihm wahrgenommen hatte. Respektvoll blickte er zu ihr herüber.

„Wenn ich um eure Zustimmung bitten darf?", forderte Thore ungehalten.

Yarne ließ Neylas Blick nicht fallen, als er matt die Hand hob. „Ja."

„Ja." Einar, der jetzt das erste Mal gesprochen hatte, wirkte fast erleichtert.

Modorok nickte zustimmend.

„Für mich auch ein Ja", bestätigte Thore.

Neyla spürte Kjells abschätzende Blicke auf ihrem Körper.

„Aye", sagte Kjell dann gleichgültig.

„Gut. Dann lasse ich alles schriftlich fixieren", hörte Neyla Thore hinter sich sagen, nachdem sie sich abgewandt und mit schnellen Schritten den Raum verlassen hatte.

Ariel eilte an ihre Seite und hatte Mühe, mit ihr Schritt zu halten. „Hast du komplett den Verstand verloren? "

„Sie hat das Richtige getan", vernahm Neyla Yarnes Stimme. Der Stammesfürst hatte sie mühelos eingeholt, obwohl er Emilijan hinter sich herzog. Yarne nahm Neyla mit Ariel in die Mitte. „Wir finden eine Lösung", versicherte er ihr und reichte Neyla den Bogen, den sie auf dem Tisch hatte liegen lassen.

Sie passierten ein paar Wachen, nahmen die schmale Steintreppe nach unten, wobei Yarne Emilijan grob vor sich her stieß. Sie eilten über den Hof zu ihrer Unterkunft. Ohne Vorwarnung beförderte Yarne Emilijan durch die verschlossene Holztür. Krachend schlug sie auf und der König landete rücklings auf dem Boden. Yarne packte ihn an der Kehle, zog ihn auf die Beine und drängte ihn grob in den hinteren Teil der Scheune. Und zum ersten Mal fühlte Neyla bei diesem Anblick rein gar nichts. Auch nicht, als es eindeutig klatschte und Emilijan ächzende Laute von sich gab.

Neyla sah zu Danis, der auf einem Heuballen saß und sie anstarrte. Wim hockte an seiner Seite und wirkte nachdenklich.

„Warum hat er Kjell gewählt?" Ariel schloss die Tür der Scheune und blieb vor ihr stehen.

„Weil er wie ein König denkt", antwortete Yarne und trat mit Tok aus dem Dunkeln. Er schüttelte seine Faust, die mit Blut bedeckt war und Neyla entglitt ein Seufzen. „Er hat Neyla ja förmlich in Danis' Arme getrieben. Sie ihm jetzt wieder zu entreißen ist ein kluger Schachzug. Vor allem, wenn es wieder einen Keil zwischen die Stammesfürsten und deren Erben treibt."

„Bei den Göttern, das ist eine riesengroße Scheiße." Wim schüttelte den Kopf. „Ich sag's nicht gern, aber wir können Kjell nicht mal vor der Hochzeit beseitigen, ohne dass es Modorok gegen uns aufbringt."

Yarne nickte und die Anspannung grub tiefe Furchen in seine Stirn. „Spinnen wir das mal zu Ende: Danis tötet Kjell. Modorok stellt sich gegen uns. Ich bin mir ziemlich sicher, das Thore auf unserer Seite steht. Trotzdem haben wir dann Feinde gleichen Blutes im eigenen Land. Tut sich Modorok dann noch mit dem jordanesischen Thronerben zusammen, was sehr wahrscheinlich ist …"

„… gerät alles aus den Fugen", beendete Neyla die Gedanken des Stammesfürsten und ihre Augen füllten sich mit heißen Tränen.

„Andersherum: Neyla heiratet Kjell und reist mit ihm und dem König nach Thalél Malis zurück. Bevor wir Neyla da rausholen können, wird er dasselbe mit ihr anstellen, wie mit Elodie. Bis dahin wird er genügend seiner Männer nach Thalél Malis eingeschleust haben, die das jordanesische Volk massakrieren und im Zaum halten. Ist Jordanes geschwächt genug, wird Kjell den König beseitigen und auf den ehernen Thron steigen. Er ist dann im Besitz von Jordanes' gesamten Ressourcen. Damit hat er ganz Anartier in der Hand. Aus dem kleinen Stammeserben wird ein Mann, der seine Hand nach der Macht über zwei Reiche ausstreckt und dabei über Leichen geht", konstatierte Tok und verschränkte die Arme vor der Brust. „Ehrlich gesagt gefällt mir keine von beiden Theorien besonders gut."

Die Krieger starrten einander an und Neyla las in ihren Gesichtern, wie fern die Lösung war, die sie so dringend zur eigenen Beruhigung gebraucht hätte.

„Ich hätte deinen Bruder töten sollen, als ich die Möglichkeit dazu hatte." Vorwurfsvoll funkelten Danis' Augen Neyla an.

Stille.

„Ich töte Kjell." Elodies Stimme klang rauchig. Erschrocken drehten sich alle nach ihr um. Niemand hatte sie bemerkt oder wusste, wie lange sie dem Gespräch schon folgte. Elodie trat näher und hielt dabei die Decke vor ihrem Oberkörper fest, in die sie sich eingewickelt hatte. „Im Gegensatz zu euch, habe ich einen legitimen Grund diesen Hurensohn umzubringen. Kjell hat mich… " Elodie schluckte. „Es ist mein Anrecht, Vergeltung einzufordern." Sie reckte entschlossen das Kinn in die Luft.

„Im Badwa", schlussfolgerte Yarne tonlos.

Elodie nickte schwach.

„Die Hochzeit soll schon in wenigen Tagen stattfinden. Du müsstest Kjell *davor* zum Badwa herausfordern. Und dafür bist du noch zu geschwächt", wandte sich Ariel an Elodie.

„Sag du mir nicht, was ich kann und was nicht", gab die Kriegerin schroff zurück. „Ich werde Kjell aufhalten."

„El, im Badwa kämpfst du auf Leben und Tod. Und du bist wirklich nicht in Bestform." Tok blickte Elodie abschätzend an.

„Ich. Werde. Kjell. Töten!", sprach Elodie sehr nachdrücklich in die Gesichter der Krieger.

„Du musst das nicht tun, Elodie", sagte Neyla leise.

„Ich tu das nicht für euch." Elodie warf Neyla und Danis abwechselnd einen Blick zu, dann drehte sie sich um und schlurfte barfuß wieder zu ihrem Nachtlager zurück.

Tok schüttelte bei diesem Anblick den Kopf und sah Yarne an. „Sie wird das nicht schaffen."

Yarne nickte. „Sorgen wir dafür, dass ihre Chancen besser stehen."

Neyla verstand nicht ganz, was er damit meinte. Danis erhob sich und nahm Neyla in die Arme. Zärtlich küsste er ihre Stirn und vergrub seine Nase in ihrem Haar.

„An was dachtest du?" Ariel blickte Yarne an.

„An *wen* dachte ich", korrigierte Yarne den Krieger und erwiderte seinen Blick. Noch vor wenigen Tagen hatte er es für das Beste gehalten, niemals wieder auf Blanca zu treffen. Um ihretwillen. Das nun der Tag kommen würde, an dem er die Tusjo suchen würde, hätte er sich nicht erträumen lassen. „Nimm dir zwei von unseren Männern und suche in den Lahnwäldern nach Blanca.“

„Blanca?“ Ariel wischte sich mit der Hand über die Augen, als hätten ihn die Bilder eines schlechten Traumes geblendet. „Hölle, nein! Das werde ich ganz bestimmt nicht tun.“ Der Krieger sah Yarne ernst an. „Ich habe Blanca vor zehn Jahren versprochen, dass ich mit ihren Brüdern und ihrem Vater lebendig aus diesem verdammten Krieg gegen Thalél Malis zurückkehren werde. Und ich habe es nicht einmal geschafft, ihr ihre Leichen zu bringen, damit sie vernünftig beerdigt werden können.“ Die Erinnerung über das eigene Versagen ließ in Ariel ein beklemmendes Gefühl aufkommen. „Sie hat mit uns gebrochen, Yarne. Und wir können froh sein, dass sie uns für unser Versagen nicht verflucht hat!“

„Die Last des Versprechens, das du Blanca gegeben hast, kann ich dir nicht abnehmen. Wohl aber die Schuld an dem Tod ihrer Brüder und ihres Vaters. Wir haben alle viel verloren. Und wenn es jetzt so endet, dann war jeder Toter unseres Stammes umsonst“, gab Yarne zurück. „Bitte Blanca um Hilfe. Sie gehört noch immer zu unserem Stamm und hat einen Eid geleistet.“

„Sie hat sich von unserem Stamm losgesagt“, erinnerte ihn Ariel mit gerunzelter Stirn.

„Du standst ihr immer nahe“, bemerkte Wim. „Wenn jemand an die Tusjo herankommt, dann du.“

„Warum bittet ihr mich nicht gleich darum, auf einem brennenden Scheiterhaufen zu tanzen?“, brummte Ariel ungehalten. „Ich gehe allein. Scheiße noch mal!“ Der Krieger wandte sich zum Gehen ab. „Yarne?“ Ariel blickte über seine Schulter und sein Blick deutete zu Neyla. „Du hast mir ein Versprechen gegeben. Ich beeile mich, aber während meiner Abwesenheit-”

„Du hast mein Wort.“ Yarne nickte.

Ariel riss die Scheunentür auf und verschwand nach draußen.

Die letzte Erinnerung an Blanca lag zehn Jahre zurück. Die Hiebe ihrer geballten Fäuste konnte Ariel noch immer auf seinem Brustkorb spüren. Und auch die flammende Hitze, die ihre Hand auf seiner Wange hinterlassen hatte. Ariel hatte sie gewähren lassen. Blanca war zwei Wintersonnenwenden jünger als er. Sie war von zierlicher Gestalt und dem ungewöhnlichen Weißblond ihrer Haare, das unter dem Einfluss des Tageslichtes bis ins Silber nuancieren konnte, verdankte sie ihren Namen. Blanca, die Helle. Das Licht. Ihr Antlitz erweckte den Eindruck eines verletzlichen und verängstigten Wesens. Doch dieser Schein war trügerisch. Blanca trug die Geborune. Jene Rune, die für *die Gabe* stand. Ihre Macht lag nicht in den Waffen, die sie wie jede Kriegerin des Stammes trug, sondern in den Gefühlen, die sie bei ihrem Gegenüber stets verursachte. Oder dem, was sie fühlte und sah, lange, bevor die Dinge geschahen. Sie hatte Yarne gewarnt. Vor den aufgespießten Köpfen, vor den Mauern Thalél Malis'. Darunter ihr Vater und ihre sieben Brüder. Aber Yarne hatte, wie Ariel und Danis auch, geglaubt, die Dinge die Blanca gesehen hatte, verhindern zu können, wenn Entscheidungen anders getroffen wurden. Aber all seine Entscheidungen hatten unweigerlich genau zu dem Eintritt dieses Ereignisses geführt. Die gepfählten Köpfe, Danis hatte als tot gegolten, Modorok und Thore hatten sich von Yarne losgesagt und Anartier war damit in Zonen gespalten worden. Grenzen waren errichtet worden. Als Ariel Blanca dann die Nachricht über den Tod ihres Vaters und den ihrer Brüder überbracht hatte, waren keine Worte nötig gewesen. Sie hatte ihn mit wutverzerrtem Gesicht angesehen und mit Fäusten auf ihn eingeschlagen, während die Tränen heiß ihre Wangen hinuntergelaufen und ihre Augen dabei gefunkelt hatten, wie zwei Amethysten in einem seltsamen Blau-Violett. Und irgendwann hatte sie damit aufgehört, auf

Ariel einzuschlagen. Sie hatte Yarne einen Blick zugeworfen, der verwünschender nicht hätte sein können, und war davongerannt. Es gab Gerüchte, dass sie in den Lahnwäldern lebte, allein. Dass sie ihre Stammeszugehörigkeit abgelegt hatte. Yarne war oft bis zur Wassergrenze geritten und hatte stundenlang auf die Wälder gestarrt.

Ariel wusste nicht, was ihm größere Sorge bereitete: Nach jemandem zu suchen, der nicht gefunden werden wollte, oder Blanca dann tatsächlich gegenüber zu stehen. Der Krieger wusste um die Zeit, die ihm durch die Finger rann. Ihm blieben lediglich der restliche Tag, der schon weit über die Mittagsstunde hinaus verronnen war, und die Nacht. Morgen würden die Stammesfürsten, deren Erben sowie die jordanesischen Thronerben die Bedingungen des Friedensvertrages schriftlich fixieren. Zuvor jedoch müsste Elodie Kjell zum Badwa herausfordern, damit Danis die Bedingungen, im Fall von Kjells Tod, den bereits getroffenen Vereinbarungen schriftlich hinzufügen lassen konnte. Da es auf sie zurückfallen würde, wenn sich Kjell vor dem Badwa Verletzungen zuzöge, konnte er nur auf eine Art und Weise geschwächt werden, die niemand offensichtlich wahrnahm. Blanca besaß die Macht, genau das zu vollbringen. Illusionen und Täuschungen waren ihr ins Blut gelegt, ebenso die trügerische Harmonie, die Männer stets in ihrer Nähe wahrnahmen und der sie sich hingaben, als würden sie darin ertrinken wollen. Blanca hatte diese Seite ihrer Gabe stets gehasst. Sie konnte schon damals keine aufrichtige Liebe an den Männern finden, die ihr verfallen waren. Tusjo nannte man Frauen wie sie. Hexenwesen. Begabte. Frauen, von denen eine Magie ausging, die einem einen kalten Schauer über den Rücken jagte.

Ariel trieb sein Pferd an. Irgendwann, als Ariel die Stille des Waldes auffiel, stieg er von seinem Pferd und führte es an den Zügeln über den schmalen Pfad. Er legte den Kopf in den Nacken und ließ sich die letzten kräftigen Strahlen der Gilbhartsonne ins Gesicht scheinen. Das gleißende Licht tanzte zwischen dem welken Blattwerk herum. Geräuschvoll schob sich das Laub unter Ariels Stiefeln über den Waldboden. Der Krieger hielt inne. Er blinzelte und ging langsam einen Schritt zurück. Und dann sah er sie.

Blanca.

Ariel hielt sich eine Hand vor die Augen, um nicht von der Sonne geblendet zu werden, und reckte die andere Blanca entgegen. Sie sah einfach von einem Baum zu ihm herunter und das weißblonde Haar fiel ihr dabei über die Schulter, als würde es sich in seine Hand ergießen wollen.

„Blanca."

„Ariel." Ihre Stimme klang wie schwarzer Samt. „Ich habe früher mit dir gerechnet."

Natürlich hat sie kommen sehen, dass alles so passiert. Ariel seufzte. „Kommst du runter oder muss ich zu dir rauf?"

Blanca lächelte, dann verschwand ihr Gesicht. Ariel ging um den Stamm des Baumes herum, um zu sehen, von welcher Seite sie herunterkletterte. Aber er konnte sie nirgendwo ausmachen. Ariel hatte den Baumstamm bereits mehrfach umrundet, als Blanca wie aus dem Nichts geboren vor ihm stand. Klein und zierlich. Sie trug ein ausgeblichenes, hellblaues Kleid, das ihre Augen und den Glanz ihres Haares zum Strahlen brachte. Alles in ihrer Umgebung schien sich ihr unterzuordnen. Der Klang des Waldes. Wie die Blätter über ihr von den Bäumen regneten. Die Lichtkegel, welche die Gilbhartsonne zwischen den Bäumen auf den Waldboden warf.

„Du hast dir nicht die Mühe gemacht, mich hier zu suchen, nur, um mich dann anzustarren, oder?" Blanca blickte den Krieger mit erhobener Augenbraue an.

„Nein. Es ist nur… " Ariel schüttelte verwundert über sich selbst den Kopf und versuchte, sich auf das Wesentliche zu konzentrieren.

„Es ist viel Zeit vergangen“, sagte Blanca. „Ich habe abgeschlossen mit dem Geschehenen. Rache ist Gift für jede heilende Wunde.“

„Ich kann nicht abschließen. Die Vergangenheit ist dabei sich zu wiederholen. Und Rache ist das Einzige, das die meisten von uns überhaupt noch etwas fühlen lässt“, antwortete Ariel.

„Du lerntest den Feind zu lieben.“ Blanca lächelte wissend.

„Nein. Ich lernte, meine Schwester zu lieben.“

„Ein jeder von uns hielt Lucien für eine Verräterin. Aber sie war die Einzige von uns, die bedacht und klug handelte. Sie war zu schwach, um ihrer kleinen Tochter Othala selbst unter die Haut zu ritzen, also tat es ihre Hebamme, noch in derselben Nacht, in der Lucien starb. Sie wollte, dass Neyla niemals vergisst, wer sie ist.“ Blanca lächelte und umrundete den Krieger langsam. „Und am Ende wird es Lucien gewesen sein, die einer anartischen Kriegerin auf den ehernen Thron verholfen hat, während an euren Händen nur unvergoltenes Blut klebt.“

„An Kjells Seite wird das für meine Schwester ein kurzweiliges Vergnügen werden“, bemerkte Ariel mit fester Stimme. „Wir brauchen deine Hilfe.“

Blanca blieb ganz nah vor Ariel stehen und betrachtete das Gesicht des Kriegers. Sehr behutsam malten ihre schlanken Finger die Konturen seiner Lippen nach. „Ich habe mich immer gefragt, warum das bei dir nicht funktioniert hat.“ Blanca neigte ihren Kopf und lächelte, als Ariel ihre Hand abfing und festhielt.

„Du hast mich stets mit anderen Augen gesehen, weil ich deinem Zauber nicht erlegen bin, so gern ich es auch getan hätte. Ich weiß, wie sehr du deine Gabe hasst.“

Einen Augenblick lang hielt Blanca inne. „Das hier wird nicht mit Kjells Tod enden. Othala ist eine mächtige Rune. Sie stellt sicher, dass ihre Trägerin ihre Abstammung und das eigene Blut über alles andere stellt. Aber ihre Stärke ist auch ihre größte Schwäche. Vor allem, wenn Neyla nicht weiß, wer sie wirklich ist“, sprach Blanca dann wissend in das Gesicht des Kriegers. Sie führte Ariels Hand an ihre Wange und schmiegte sich daran. Und einen winzigen Moment lang erkannte Ariel in ihr wirklich jene Frau, die ihren Frieden mit der Vergangenheit geschlossen hatte. Mit warmen Lippen hauchte Blanca einen Kuss in die Hand des Kriegers und Ariels Magen zog sich zusammen.

„Bisher passierte alles genauso, wie ich es voraussah. Egal, wie sehr ihr euch dagegen gewehrt habt. Es ist so, als könnte man die Dinge nicht aufhalten, sie nur etwas verändern. Aber das Ende bleibt immer dasselbe."

„Und was siehst du?" Ariel runzelte die Stirn. Er war sich nicht sicher, ob er die Antwort darauf hören wollte.

„Anartier und Jordanes werden durch anartisches Blut fallen und durch gleiches wieder erblühen. Und mit ihm der Frieden. Diese Worte sagte ich einst zu Yarne Bork und heute wiederhole ich sie, weil sich nichts daran geändert hat." Blancas Augen funkelten in der Sonne violett. „Thalél Malis wird brennen. Und es wird deine Schwester sein, die alles in Schutt und Asche legt." Mit diesen Worten ließ Blanca die Hand des Kriegers los, ging zu seinem Pferd und ergriff die Zügel.

„Immerhin lebt meine Schwester in deiner Zukunft", brummte Ariel.

„Alles ist so, wie es sein soll." Blanca strich sanft über den Rücken des Pferdes, bevor sie Ariel über ihre Schultern hinweg ansah. „Es tut mir leid, Ariel", sagte sie dann unvermittelt. Irritiert blickte der Krieger die Tusjo an.

„Ich hätte dir sagen sollen, dass Danis lebt", begann Blanca sich zu erklären und Ariel schnappte nach Luft. „Ich war wütend auf dich. Und Yarne. Ihr habt mir versprochen auf meine Familie aufzupassen. Stattdessen habt ihr meine Warnungen in den Wind geschlagen. Ich musste euch diesen Schmerz zufügen, um mich von dem meinen zu heilen."

Fassungslos starrte Ariel die Tusjo an. „Du wusstest damals, dass Danis nicht gestorben, sondern in Gefangenschaft geraten war?“

„Ja.“ Blanca nickte und sah Ariel abwartend an, der die Zähne aufeinanderpresste, nur um nicht unbeherrscht Worte der nackten Wut zu verlieren.

„Bei den Göttern, Blanca! Niemand, kein Einziger, hat jemals auch nur einen Moment lang daran gezweifelt, dass Danis tot ist. Ist dir das eigentlich klar?“

Blanca fing den Blick des Kriegers auf, ohne auf seine Frage zu antworten.

„Ist das die ganze Wahrheit? Oder wieder nur ein Teil davon?“, hakte Ariel misstrauisch nach.

„Wo fängt die Wahrheit an, Ariel? Bei Lucien und deinem Vater? Mit Neylas Geburt? Oder doch schon viel früher? Und wo hört die Wahrheit auf? Wenn Thalél Malis brennt?“ Blanca strich sich nachdenklich eine Haarsträhne aus dem Gesicht. „Hat die Wahrheit überhaupt ein Ende?“

Blancas Gedanken verwirrten Ariel und er war sich sicher, dass die Tusjo genau dieses Ziel verfolgte. Letztendlich war es jedoch ihre Lüge, die ihm im Gedächtnis geblieben war. „Du kannst das wiedergutmachen“, sagte Ariel mit leiser, dunkler Stimme. „Und ich werde vergessen, was du mir heute gesagt hast.“

Blanca sah Ariel ausdruckslos an, bevor sie sich auf den Rücken des Pferdes schwang. „Wir sollten uns beeilen, oder?“

„Sollten wir“, stimmte Ariel ihr zu und blickte prüfend zu Blanca hinauf. „Dir ist klar, dass dich noch immer ein Eid an unseren Stamm bindet?“

„Misstraust du mir etwa?“

„Wenn du vergisst, woher du kommst, werde ich in deiner Nähe sein und dich daran erinnern“, antwortete Ariel und schwang sich hinter Blanca auf das Pferd. Es erschien ihm alles zu einfach. Blanca hatte mehr ihn gefunden als umgekehrt. Und entgegen aller Erwartungen sicherte sie ihre Hilfe zu. *Weil alles so ist, wie es sein sollte.* Misstrauen war kein Wort für das, was der Krieger in Blancas Nähe empfand. Und für das, was sie in ihm auslöste, war es mehr als angebracht.

Als Ariel und Blanca auf der Lahnburg eintrafen, war es bereits früher Morgen. Sie waren durch einen Angriff von Kriegern des Unbeugsamen Volkes aufgehalten worden, welche auf ihrer Jagd nach Nahrung immer häufiger aus den östlichen Lahnwäldern hervordrangen. Die Verteidigung war kräftezehrend, lang und schweißtreibend. Zum Glück stellte sich heraus, dass Blanca den Umgang mit dem Schwert nicht verlernt hatte. Wortlos hatte Ariel ihr gegenübergestanden, als der letzte Gegner gefallen war. Blut hatte Blancas Haar in den Spitzen rosa gefärbt und Ariel hatte sich bei dem Gedanken ertappt, dass Blut auf ihrer Haut seltsam unheilvoll wirte.

Blanca und Ariel saßen vor der Scheune ab, vor der bereits Yarne, Danis, Wim und Tok warteten. Sie hatten gehofft, dass der Krieger Blanca finden und mit ihr rechtzeitig in Lahn eintreffen würde, aber keiner von ihnen hatte daran geglaubt, dass er es tatsächlich schaffen würde.

„Blanca." Zögernd breitete Yarne seine Arme aus und legte sie um die Kriegerin. Versöhnung lag in dieser Geste und Blanca nahm sich ihrer an. „Danke, dass du gekommen bist. Ich weiß, dass die Dinge zwischen uns nicht gutstehen."

„Nach dem heutigen Tag wird es keine Schuld mehr zwischen uns geben, Yarne, denn ich bin gekommen, um die meine einzulösen." Blanca wich einen Schritt zurück und bedachte Tok und Wim mit einem Nicken. Die Tür der Scheune öffnete sich und Danis stand im Türrahmen.

„Danis." Blanca wirkte seltsam erleichtert, als sie den Krieger mit funkelnden Augen betrachtete. Vergebens suchte Ariel nach Schuldbewusstsein in ihrem Blick.

„Schön dich wiederzusehen, Blanca.“ Danis lächelte.

Das Augenmerk der Tusjo fiel über die Schulter des jungen Kriegers zu Neyla. Sie hatte sich Luciens Tochter anders vorgestellt. Prinzessinnenhafter. Aber vor ihr stand eine Kriegerin, die an ihrem Stolz arbeitete. Eine Frau, die durchaus den Anschein machte, als könnte sie auf dem ehernen Thron Platz nehmen.

„Kehrt zurück an den Tisch und verhandelt mit den anderen Stammesfürsten und deren Erben. Fordert Modoroks Sohn zum Badwa heraus. Unterschreibt den Vertrag und sorgt dafür, dass heute Abend kräftig gefeiert und getrunken wird. Ich kümmere mich um Kjell. Der Rest liegt bei Elodie“, sagte Blanca dann.

Danis nickte. Vorsichtig legte er seine Hand auf die Schulter der Tusjo. „Ich habe deine Brüder gesehen, damals in Thalél Malis.“ Der Krieger blickte Blanca fest in die Augen. „Ich versuche, mich daran zu erinnern, wie sie zu ihren Lebzeiten waren. Aber alles, was mir geblieben ist, ist der Moment ihres Todes. Denn ich habe nicht weggesehen. Für dich.“

Ariel meinte, dass Blanca einen Moment lang erstarrte und in ihrem Blick nichts anderes lag, als eine tiefe, unergründliche Leere. Er sah in ihre Augen und es war, als würde er versuchen, einen Blick auf den Grund eines tiefen Brunnens zu erhaschen.

„Wir haben alle denselben Schmerz getragen“, antwortete Blanca dann bestimmt und schob die Hand des Kriegers von ihrer Schulter. „Schmerz ist ein guter Lehrer.“

Wage es ja nicht, mitleidig auf mich herabzublicken. Mein ganzes Leben lang habe ich dafür gekämpft, dass man mich respektvoll betrachtet.

„Eines noch.“ Yarne Bork starrte auf die Rolle Papier, auf welcher der Frieden zwischen Anartier und Jordanes geschrieben stand und schob mit einer fließenden Handbewegung das Tintenfass und die Feder beiseite. „Meine Kriegerin wird Kjell zum Badwa herausfordern.“

Ein Aufstöhnen ging durch den Raum.

„Er hat sie zusammen mit zwei seiner Männer geschändet und es ist ihr Recht, dafür Vergeltung einzufordern“, fuhr Yarne Bork fort und genoss den Ausdruck der Überraschung in Kjells Gesicht.

„Kann sie es beweisen, dass mein Sohn an dem Übergriff beteiligt war?“, hakte Modorok mit dunkler Stimme nach.

„Sie hat ihn erkannt.“ Yarne sah auffordernd zu Thore.

„Kjell?“, wandte sich Thore an den jungen Krieger.

„Ich habe nichts getan, worum sie mich nicht vor den Augen aller Anwesenden im Saal aufgefordert hätte“, antwortete Kjell kühl.

„Dann wirst du dich der Herausforderung zum Badwa stellen müssen“, antwortete Thore.

„Aye.“ Kjell nickte und lächelte leise. „Nichts lieber als das.“

Beherrscht ballte Danis die Hände unter der Tischplatte zu Fäusten und sah seinen Vater an.

„Wir sollten darüber reden, wer an Kjells Stelle tritt, wenn er sein Leben im Badwa verliert“, warf Yarne mit fester Stimme in den Raum.

„Wage es nicht!“, donnerte Modoroks Stimme in Yarnes Richtung über den Tisch hinweg. „Wage es nicht über den Tod meines Sohnes zu verhandeln, solange er noch am Leben ist!“

„Auf diese Art und Weise können wir ihn wenigstens in das weitere Vorgehen mit einbeziehen“, gab Yarne spöttisch zurück.

„Für den Fall, dass Kjell im Badwa stirbt, tritt Danis Bork an seine Stelle.“ Thores Stimme klang derart bestimmt, dass sie keinen Widerspruch erduldete. „Ich verzichte im Namen meines Sohnes auf eine Hochzeit mit der jordanesischen Thronerbin.“

„Aber -“ Einar blickte seinen Vater entgeistert an.

„Aaaach, komm schon!“, winkte Thore ungehalten ab. „Wir wissen beide, dass du es nicht einmal schaffen würdest, eine Horde Ziegen in den Stall zu treiben, geschweige denn Anartiers Interessen in Thalél Malis zu vertreten.“

Im Raum herrschte Totenstille.

„Dafür“, erhob Yarne Bork als erster seine Stimme und gab ein zustimmendes Handzeichen.

„Ja.“ Bereits jetzt schmeckte dieses Wort nach Rache, als Danis Kjell in die Augen sah.

„Von mir auch ein Ja“, antwortete Kjell kalt und hielt Danis' Blick stand.

Modorok haderte lange mit der Antwort, bevor er schließlich nickte und dabei wirkte, als hätte er seinen Sohn bereits verloren.

„Prinzessin?“, wandte sich Thore an Neyla.

„Ja.“

Emilijan lehnte sich, mit vor der Brust verschränkten Armen, zurück und betrachtete seine Schwester von der Seite durch sein zugeschwollenes Auge. „Ich halte diese Vorabentscheidung für überflüssig“, sagte er dann betont gelangweilt. „Aber, ja. Danis Bork soll an Kjells Stelle treten.“

„Möchtest du noch etwas anbringen, Yarne?“, erkundigte sich Thore entgegenkommend. „Sonst würde ich jetzt um deine

Unterschrift bitten."

Mit einem erhabenen Lächeln auf den Lippen griff Yarne nach der Feder und tauchte sie in das Tintenfass.

Während hinter den Steinmauern Lahns das große Fest tobte, hatte sich Ariel auf die Empore der Lahnburg zurückgezogen. Er saß auf dem Mauervorsprung und starrte in den sternenbehangenen Nachthimmel. Der Krieger hörte das Lachen und die Musik aus dem großen Saal und wenn er die Augen schloss, dann konnte er seine Schwester neben Kjell an einem der vielen Tische sitzen sehen und ihr Herz bis zum Anschlag schlagen hören. Neyla galt nach der Unterzeichnung des Vertrages als verlobt und wurde von Yarne anlässlich des großen Festes an Kjells Seite geführt. Ariel wusste, dass einzig und allein die Anwesenheit von Danis, Yarne, Wim und Tok, seiner Schwester einen Hauch von Sicherheit vermittelte. Er selbst hatte ihr gequältes Gesicht kaum ertragen, das sie hinter der Maske einer Kriegerin verbarg, immer dann, wenn Kjell sie berührte oder mit einer Bemerkung vor seinen Männern demütigte. Und auch Danis schien sich nur schwer beherrscht durch diesen Abend zu kämpfen.

Den Augenblick, in welchem Blanca den Saal betreten hatte, hätte Ariel auch mit geschlossenen Augen bestimmen können. Es war ein bisschen so, als wäre die Zeit stehen geblieben. Und die Menschen die sich in ihr bewegten. Ihre Gedanken und Gefühle. Und dann, als hätte jemand eine übergroße Seifenblase zum Platzen gebracht, gewann ein jeder seine Fassung zurück und die Geräusche des Lebens schwappten schwallartig in den Saal zurück.

Blanca trug ein weißes, fließendes Kleid mit tiefem Ausschnitt und lange Ärmel aus Spitze verbargen die Rune, die es vermochte, sie zu entlarven. Mit nackten Füßen, anmutig und gerade so, als würde sie mit Leichtigkeit nur auf ihren Zehenspitzen gehen, hatte sie den Saal durchschritten. Ihr Haar floss dabei wie Wasser ihre Schultern hinab.

Es war nur eine Frage der Zeit, wann Kjell mit Blanca an seiner Seite den Saal verlassen und Danis die Prinzessin in Sicherheit bringen würde.

Ariel benötigte keine großartige Vorstellungskraft, um zu wissen, mit welchen Mitteln Blanca auf Kjell einwirken würde. Und er hasste sich dafür, von Blanca genau das erwartet zu haben, von dem er wusste, dass sie es schon immer verflucht hatte. Ihre Aura und ihren Körper als Waffe zu benutzen, nur, weil niemand diese Waffe sehen konnte und das Wesen ihres Körpers stets unterschätzt wurde.

Ariel hatte keine Ahnung, warum ihn jetzt das Unbehagen förmlich überrannte. In den letzten zehn Jahren hatte er kaum einen Gedanken an Blanca verschwendet. Das Bild, wie sie tränenüberströmt auf ihn einschlug und all diese Schuldgefühle, hatte Ariel aus seinem Kopf verbannt. Es hatte so unendlich viele Tote gegeben, dass er all seine Kraft dafür benötigt hatte, sich um die Lebenden zu kümmern.

Der Krieger hatte keine Ahnung, wie viel Zeit vergangen war, als er hinter sich das Rascheln eines Stoffes vernahm. Mit gezogenem Messer wirbelte er herum und blickte in Blancas Gesicht. Feine Schweißperlen glänzten auf ihrer Stirn und ihre Lippe war leicht aufgeplatzt. Ariel seufzte. Er trat hinter Blanca und begann, vorsichtig ihr Kleid zu zuknöpfen. Als er damit fertig war, drehte sich Blanca zu ihm um. Das Mondlicht ließ ihre Haut fast unwirklich schön erscheinen.

„Dieser verfluchte Hurensohn.“ Mit dem Ärmel seiner Tunika tupfte Ariel behutsam das Blut von ihrer Lippe.

„Pass auf, dass du mich nicht berührst“, warnte Blanca den Krieger leise. „Öl aus Wakamwurz. Ich trage es überall auf der

Haut."

Ariel nickte und strich ihr unbeeindruckt mit der Hand die Schweißperlen von der Stirn. Wie konnte es sein, dass dieses Gift auf sie keine Wirkung zu haben schien, obwohl sie es direkt auf ihrer Haut trug?

„Ich denke, Kjell hat genug davon abbekommen, um seinen Körper zu schwächen", sagte Blanca leise. „Das wird es ihm schwerer machen, morgen im Badwa gegen Elodie zu bestehen. Aber nicht unmöglich. Was immer geschehen wird, es endet nicht mit Kjells Tod."

„Du hast mehr für uns getan, als wir es hätten verlangen dürfen", antwortete Ariel schuldbewusst und nahm Blancas Gesicht in seine Hände. „Es tut mir leid", sprach er dann auf ihre Lippen.

Blanca nickte kaum merkbar.

„Wenn du das jetzt tust, wirst du mindestens einen Tag lang halluzinieren", wisperte sie.

„Das ist es mir wert." Ariel versuchte ein Lächeln, bevor er Blanca vorsichtig küsste. Blanca schloss die Augen und wurde zum ersten Mal in ihrem Leben auf jene Art geküsst, die sie sich herbeigesehnt hatte: aufrichtig.

Fast erschrocken löste sich Blanca irgendwann aus diesem Kuss und wich zurück. „Du …", irritiert fuhr sie sich durch ihr weißblondes Haar. „Du musst deiner Schwester die Wahrheit über ihre Abstammung sagen. Sie muss sich darüber bewusst sein, denn sonst wird Othala sie an das binden, was sie für ihr eigenes Fleisch und Blut hält."

Ariel nickte.

Schweigend standen sie sich einen Moment lang gegenüber.

„Wenn das hier vorbei ist, werde ich dich suchen." Fest entschlossen blickte Ariel Blanca an. In ihrem Gesicht konnte er lesen, wie sehr Blanca mit einer Antwort rang.

„So weit wird es nicht kommen, oder?", schlussfolgerte er aus ihrem Gesichtsausdruck.

Anstelle einer Antwort trat Blanca auf Zehenspitzen auf ihn zu und drückte ihm einen Kuss auf den Mund. Ihre weichen und warmen Lippen wanderten über seinen Wangenknochen zu seinem Ohr. „Nimm dich vor dem Adler in Acht", flüsterte Blanca, bevor sie sich aus Ariels Armen löste und zum Gehen abwandte. Wie paralysiert starrte Ariel der Tusjo nach. Er küsste sie und dafür sagte sie ihm auf äußerst kryptische Weise seinen Tod voraus? Ariel schlug die Arme über dem Kopf zusammen, atmete beherrscht ein und lenkte seinen Blick zum Himmel.

Elodie wirkte angespannt, als Neyla ihr beim Ankleiden half. Sie konnte nur mühsam ihre Schmerzen verbergen.

„Was bedeutet sie?" Neyla deutete mit einem Nicken auf die mit Blut gezeichnete Rune in Elodies Nacken.

„Naudiz", antwortete Elodie matt. „Die Rune für Schicksal und Widerstandskraft." Sie warf Neyla einen Blick zu. „Blanca war in der Nacht bei mir."

„Kjell hat sie geschlagen", bemerkte Neyla leise, bevor sie Elodie in die braune Wildlederkorsage half. „Dein Zustand macht mir Angst, El. Du bist nicht in der Verfassung gegen ihn zu kämpfen."

„Blanca hat dafür gesorgt, dass es ihm ähnlich geht." Elodie verzog unter Schmerzen das Gesicht, als Neyla die Korsage enger schnürte.

„El … was passiert ist -" Neyla hielt inne unter dem Blick, den ihr die Kriegerin über ihre Schulter hinweg zuwarf.

„Wage es nicht", sagte Elodie mit rauer, leiser Stimme. „Wage es ja nicht, mitleidig auf mich herabzublicken. Mein ganzes Leben lang habe ich dafür gekämpft, dass man mich respektvoll betrachtet."

Neyla nickte wortlos und senkte ihren Blick.

„Ich habe nicht vor, heute zu sterben, Prinzessin", versicherte Elodie Neyla dann.

„Warum tust du das für mich?" Neyla blickte die Kriegerin fragend an. „Du könntest warten, bis es dir besser geht. Kjell kannst du auch nach der Hochzeit noch herausfordern."

Elodie atmete beherrscht durch. „Glaubst du allen Ernstes, dass mir Danis dann noch in die Augen sehen könnte? Wir wissen beide, dass ich die Einzige bin, die jetzt noch verhindern kann, dass Kjell mit dir dasselbe anstellt wie mit mir."

Betroffen senkte Neyla den Blick und zog weiter an den Schnüren der Korsage.

„Ich würde lieber sterben, als die nächsten Jahre den stummen Vorwurf in seinen Augen zu ertragen", fuhr Elodie fort.

„Es lag nicht in meiner Absicht, ihn dir wegzunehmen", antwortete Neyla leise.

„Danis ist vor zehn Jahren verschwunden und nie wieder zu mir zurückgekehrt." Elodie blickte über ihre Schulter zu Neyla. „Es wäre einfach, dich dafür zu hassen. Aber es ändert nichts daran, dass er mich niemals so ansehen wird, wie dich."

Als Neyla die Korsage fertig geschnürt hatte, reichte sie Elodie ein Messer, das an einem Lederband befestigt war. Elodie schob ihr Kleid nach oben und befestigte das Lederband mit dem Messer um ihren Oberschenkel. Dann griff sie nach ihrem Schwert und ließ es in die Scheide an ihrem Gürtel gleiten. Als sie sich wieder aufrichtete, stand sie Neyla so dicht gegenüber, dass die Locken der Prinzessin ihr Gesicht kitzelten. Es war ein winziger Augenblick der Nähe und Vertrautheit, welcher Elodie widerwillig irritierte. *Warum ist es so verdammt schwer, die jordanesische Thronerbin zu hassen?*

„Kann ich irgendetwas tun?", erkundigte sich Neyla leise.

„Ja", antwortete Elodie trocken und ihre hochgezogene Augenbraue bereitete Neyla auf eine zynische Bemerkung vor. „Du könntest dir mit Danis diese widerlichen, verliebten Blicke zuwerfen und ein bisschen Händchenhalten. Das macht mich nämlich *richtig* wütend."

„Kjell vermutlich auch", bemerkte Neyla.

„Auch wieder wahr." Elodie versuchte ein schiefes Grinsen, soweit es die Wunden in ihrem Gesicht zuließen, ohne erneut aufzureißen. „Dann stehst du wohl bis auf Weiteres knietief in meiner Schuld."

Als Elodie die Arena betrat, konnte Neyla ihr ungutes Gefühl kaum noch unterdrücken. Es gewann die Oberhand und Neyla fing an, nervös an der Haut ihrer Nägel zu knabbern. Unter Elodies Stiefeln staubte feiner, roter Sand. Ihre Schritte hallten dumpf und irrational leise wider. Die Ruhe hier war gespenstisch und trügerisch, angesichts des Sturmes, die sie auslösen würde. Unzählige Krieger blickten schweigend, oder nur mit gedämpfter Stimme sprechend, von der Plattform nach unten in das Zentrum der Arena, in der sich seit Menschengedenken anartische Krieger gegenseitig zum Badwa herausforderten. Einem Zweikampf auf Leben und Tod, nach dessen Ausgang es für den Unterlegenen keine Vergeltung geben durfte. In Neylas Rücken flammte Danis' Wärme. Sie standen vor jenem Tor, durch das Elodie die Arena betreten hatte. Neyla spürte die Blicke unzähliger Krieger auf ihrem Körper. Es gab nichts, was Neyla in diesem Moment lieber getan hätte, als sich in Danis' Armen zu verkriechen. Aber das Badwa war eine Frage des Respekts und dieser Umstand hüllte die gesamte Arena ein. Schwäche gehörte nicht hier hin. Neyla streckte die Schultern zurück und reckte das Kinn. Niemand sollte ihr ansehen, wie sehr ihr Inneres vor Angst bebte.

Elodie beherrschte die Fassade der kalten, unbeeindruckten Kriegerin nach wie vor. Sie trat mit erhobenem Haupt, durchgestrecktem Rücken und zurückgeschobenen Schultern in die Mitte der Arena, drehte sich um ihre eigene Achse und sah zu den unzählig vielen Kriegern nach oben.

Neyla sah, wie sich das Tor auf der gegenüberliegenden Seite der Arena öffnete und Kjell hindurchtrat. Sein Gang wirkte steif und kontrolliert. Gelegentlich schwankte er, gewann jedoch wieder an Haltung und lief weiter. Auf seiner Stirn glänzten Schweißperlen und immer wieder wischte er sich mit der Hand über die rot unterlaufenen Augen und bewegte den Kopf, als würde er Stimmen oder Bilder abschütteln.

„Blanca hat ganze Arbeit geleistet“, bemerkte Yarne Bork in Neylas Rücken leise und der anerkennende Unterton seiner Stimme war nicht zu überhören. „Stechapfel?“

„Wakamwurz“, antworte Ariel schwach. „Und du willst nicht wissen, wie sie es ihm verabreicht hat.“ Seit den Morgenstunden kämpfte er mit Übelkeit und Schwindel. Immerhin blieb er, entgegen Blancas Voraussagung, von Halluzinationen verschont. Yarne sah Ariel von der Seite an. „Blanca war heute Morgen schon weg, als ich aufgestanden bin.“

„Ja.“ Ariel nickte und vermied es, den Stammesfürsten anzusehen. „Ich weiß.“ Allein der Gedanke an vergangene Nacht jagte Ariel einen Schauer über den Rücken und jenes ungute, quälende Gefühl, welches er seitdem zu ersticken versuchte, bahnte sich seinen Weg an die Oberfläche.

Neyla beobachtete, wie sich Kjell in das Zentrum der Arena bewegte und vor Elodie stehen blieb.

„Was geschieht jetzt?“, wisperte Neyla.

„Elodie wird Kjell offiziell anklagen. Er kann sich dazu äußern. Dann wird ein Horn ertönen. Niemandem ist es dann noch gestattet, sich in den Kampf einzumischen“, vernahm Neyla Danis’ gedämpfte Stimme in ihrem Rücken. „Das Badwa ist erst beendet, wenn einer von beiden in der Arena sein Leben verloren hat. Dem Überlebenden wird Recht und Wahrheit zugesprochen."

„Wenn Kjell überlebt, gilt er als unschuldig?"

„So ist es."

Neyla sog scharf Luft ein und ballte die Hände zu Fäusten. Anartische Rituale waren grausam. Und ungerecht.

„Kjell Ward …", erhob sich Elodies Stimme in der Arena, "ich werfe dir vor, mich am Abend unserer Ankunft auf Lahn angegriffen zu haben. Du hast mich geschlagen, als ich längst wehrlos war." Elodies Stimme bebte und auf Neylas Armen stellten sich die feinen Härchen auf und reckten sich dem Himmel entgegen. „Du hast mich bedroht, gedemütigt und geschändet. Dafür fordere ich dein Leben!"

Kjell lächelte kühl, während er sich mit der Hand durch die Haare fuhr und ein paar Schritte rückwärts taumelte. Dann erhob sich seine Hand zu einem Zeichen.

Neyla presste die Lippen aufeinander. Kjell äußerte sich nicht zu Els Beschuldigungen. Würde Elodie im Badwa versagen, würde die Wahrheit mit ihr sterben und Kjell war von jeglichen Anschuldigungen freigesprochen.

Als das Horn ertönte, schloss Neyla die Augen. Sie betete zu den Göttern, wie sie noch nie im Leben zuvor für jemanden gebetet hatte. Und als sie die Augen wieder öffnete, trafen bereits die Schwerter von Elodie und Kjell heftig aufeinander. Jedes Mal, wenn dieses scharfe, schwere Geräusch die Luft durchschnitt, zuckte Neyla zusammen. Es war wirklich schwer zu sagen, wer den Kampf dominierte. Blanca hatte das geschafft, was man von ihr erwartet hatte: Sie hatte eine seelische und körperliche Chancengleichheit zwischen Kjell und Elodie hergestellt. Diese zog jetzt allerdings den Kampf in die Länge und Neylas Nerven spannten sich bis zum Zerreißen.

Und dann kam der Moment, in dem Kjell Elodie das Schwert aus der Hand schlug und Neyla riss sich die Hand vor den Mund, um einen Aufschrei der Verzweiflung zu unterdrücken.

Elodie wirbelte herum und verpasste Kjell einen Tritt. Der Krieger hielt getroffen inne und Elodie nutzte diese Chance, um weitere Faustschläge gegen Kjells Körper zu platzieren. Immer wieder holte sie aus, bis Kjell ihren Arm zu fassen bekam und ihn so seltsam verdrehte, dass Elodie aufschrie. Der Krieger drückte Elodie zu Boden und erhob sein Schwert, als ihn ein Tritt von Elodie zurückwarf. Kjells Schwert fiel zu Boden und Elodie zog das Messer an ihrem Oberschenkel hervor. Die beiden wälzten übereinander gebeugt über den Boden und roter Staub wirbelte auf. Neyla wagte es kaum, zu atmen. Immer wieder vernahm sie ein angestrengtes Ächzen von Elodie, die unter Aufbringung all ihrer Kräfte versuchte, ihr Messer an Kjells Kehle zu führen. Doch je näher sie ihrem Ziel kam, desto stärker schien Kjells Widerwillen zu werden. Mit einem Ruck riss er die Kriegerin herum. Elodie landete auf dem Rücken und Kjell hockte über ihr und führte das eigene Messer der Kriegerin bedrohlich nahe an ihre Kehle.

Danis' Hand legte sich auf Neylas Mund und zog die Prinzessin nahe an seine Brust heran.

„Was im Badwa entschieden wird, ist Gesetz", raunte seine Stimme an ihr Ohr. Neyla nickte schwach, als Zeichen, dass sie ihn verstanden hatte, und legte ihre Hand auf seine, die langsam von ihrem Mund abließ.

Elodies linke Hand griff in den Sand und warf Kjell den feinen Staub in die Augen. Der Krieger wich zurück und Elodie gelang es, ihn von sich hinunter zu stoßen. Elodie las mit schnellen Bewegungen ihr Schwert vom Boden auf. Doch bevor sie es gegen Kjell erheben konnte, riss der Krieger sie zu Boden. Hart trafen seine Fäuste ihr Gesicht und Elodies Schwert fiel erneut in den Sand. Die Kriegerin versuchte nun, Kjell mit dem Messer zu attackieren.

Neyla dachte an Naudiz, die Rune, welche Blanca der Kriegerin mit auf diesen Weg gegeben hatte. „Wie viel Macht haben eure Runen?“, fragte Neyla leise mit zitternder Stimme.

„Wir tragen die Runen, und nicht sie uns“, antwortete Danis ebenso leise.

Neyla schloss im gleichen Moment wie Ariel die Augen. Das ungute Gefühl hatte Überhand gewonnen. Und als sie ihre Augen wieder öffneten, bohrte Kjell das Messer der Kriegerin in ihre eigene Kehle, während diese mit weit aufgerissenen Augen in das Gesicht des Menschen sah, den sie abgrundtief hasste.

Neyla hörte sich kreischen, bevor Danis ihr wieder seine Hand auf den Mund presste. Wild schlug Neyla um sich. Sie riss sich aus Danis' Griff und rannte auf Kjell zu. Mit einem undefinierbaren Laut des Hasses stieß sie den Krieger von Elodies Körper herunter. Und als sie den Kopf der Kriegerin schützend in ihren Schoß bette, zog sich Elodie irritiert das Messer aus der Wunde. Fest umklammerte ihre Hand das Messer, gerade so, als würde sie sich daran festhalten wollen.

„Nein, Nein, Nein!“ Neyla drückte ihre Hand auf die Fontäne warmen, roten Blutes, die ihr entgegen spritzte. Und als sie verzweifelt ihre Hände auf die blutsprudelnde Wunde an Elodies Hals presste, kam ihr der eigene Herzschlag so unendlich laut vor, dass sie die Luft anhielt. Und mit ihr jegliches Gefühl.

Elodies Mund entsprangen nicht mehr als gurgelnde Laute. Ihre blutverschmierte Hand wischte zitternd über Neylas Stirn und malte mit dem Finger, kaum wahrnehmbar, eine Rune darauf.

Neyla schluchzte und wiegte Elodie, wie ein Baby, in ihren Armen.

Unaufhaltsam sprudelte das Blut aus der Wunde am Hals der Kriegerin. Neyla wollte ihre Hand wieder auf die Wunde pressen, aber Elodie hielt sie davon ab. Der Blick der Kriegerin war weich und bittend. Und voller Dankbarkeit. Ein kleines Feuer schien in Elodies Augen aufzuglimmen. Es erlosch keinen Wimpernschlag später. Elodies Brust erhob sich zu einem letzten

Atemzug. Flach und kraftlos. Kaum noch von Bedeutung.

Neyla schrie. Sie bettete Elodies leblosen Körper in den Sand, griff nach dem Schwert der Kriegerin und in dem Moment, in dem sie sich auf Kjell stürzen wollte, packten sie die starken Arme von Yarne Bork und umklammerten sie.

Kreischend versuchte Neyla, sich aus dem Griff des Stammesfürsten zu befreien, der sie aus dem Zentrum der Arena zog. Das Unheil brach über Neyla herein, wie eine Sintflut. Elodie starb als Lügnerin. Sie würde Kjell heiraten. Kjell, den Mörder von Elodie.

Das nächste, was Neyla wahrnahm, war der Ausdruck in den Gesichtern von Ariel und Danis. Derart endgültig, dass sie einfach nur weiter schreien wollte. Doch dann griff Danis nach ihrer Hand und betrachtete die Rune, welche Elodie der Prinzessin auf die Stirn gemalt hatte.

Othala.

Familie.

Neyla zitterte am ganzen Körper. Sie blickte in Danis' ausdrucksloses Gesicht, suchte Halt bei Ariel, der einfach nur fassungslos dastand, mit geballten Fäusten und einem stummen Aufschrei auf den Lippen.

„Wenn ich jetzt um die Herausgabe meiner Frau bitten dürfte, Yarne Bork", vernahm Neyla Kjells Stimme unmittelbar hinter ihnen. Sie konnte seinen schweren, beherrschten Atem hören, wollte schreien und wegrennen und blieb dennoch einfach nur wie betäubt stehen.

„Ich finde einen Weg", sprach Danis leise in ihr Gesicht und drückte ihre Hand.

Neyla spürte wie sich Yarnes Arme von ihrem Oberkörper lösten und schüttelte kaum merkbar den Kopf. *Nicht loslassen.*

Kjells Hand umklammerte Neylas Oberarm eisenfest und zog an ihr. Neylas Hand glitt aus der von Danis und Tränen glänzten in ihren Augen, als Kjell sie aus dem Kreise der Krieger zog. Ihre hilflosen Blicke versetzten Neyla zusätzliche Stiche ins Herz. Der Ausdruck in den Augen der Krieger bedeutete das, was Neyla fühlte: Sie wurde Menschen entrissen, die sich nach Familie anfühlten. Unhaltbarer Widerstand bäumte sich in Neyla auf. Sie machte sich schwer und wandte sich aus Kjells Griff. Erschöpft, doch noch immer mühelos, fing Kjell Neyla wieder ein. Wild schlug Neyla um sich. Sie stieß Kjell von sich und verpasste ihm eine schallende Ohrfeige. Einen winzigen Augenblick lang beeindruckt wich Kjell zurück und stolperte dabei über Elodies Körper. Er fiel rücklings in die Klinge des Messers, das noch immer in der Hand der Kriegerin ruhte. Mit weit aufgerissenen Augen starrte Kjell hinauf zu den Kriegern auf der Empore der Arena. Immer wieder versuchte er sich aufzurichten und spürte, wie sich die Klinge des Messers dabei tiefer in sein Fleisch bohrte. Röchelnd schaffte er es, sich zur Seite zu rollen und Neyla sah, dass die Klinge von Elodies Messer tief in seinem Nacken versunken war. Neyla wich fassungslos zurück, als ihr Kjell unter größter Kraftanstrengung entgegen kroch und dabei eine tiefe Spur im roten Sand hinterließ. Dann fiel Kjells Kopf langsam in den Sand und Neyla konnte sehen, wie das Flackern in seinem Blick erlosch, als hätte man eine Kerze ausgepustet.

Stille. Es war so unendlich still. Hilfesuchend wandte sich Neyla nach Danis und Yarne um, dann wieder sah sie nach oben zu der Empore und den vielen Kriegern. Worte wurden geflüstert. Ein Murmeln setzte ein und steigerte sich in die Lautstärke eines näher kommenden Bienenschwarmes. Fast gleichzeitig öffneten sich die gegenüberliegenden Tore der Arena. Aus dem Tor, durch das Kjell die Arena betreten hatte, trat Modorok, während Thore an Yarne und seinen Kriegern vorbeiging. Mit schnellen Schritten gingen die beiden Stammesfürsten auf Neyla, im Zentrum der Arena, zu und die Gespräche von oben verebbten schlagartig, als Modorok sein Schwert zog und es auf Neyla richtete. Die Prinzessin wich zurück und prallte mit dem

Rücken gegen Thore, der sie umfasste und festhielt. Neyla erstarrte.

„Nimm das Schwert runter, Bruder.“ Sehr leise und eindringlich sprach Thore diese Worte in Modoroks Gesicht. „Was im Badwa geschieht, bleibt ohne Sühne. So will es das Gesetz.“

„Sie hat meinen Sohn getötet!“, spie Modorok ihnen hasserfüllt entgegen und verringerte den Abstand zwischen Neylas Kehle und der Klinge seines Schwertes.

„Ich fühle mit dir, Modorok. Aber die Waffe, die deinen Sohn tötete, befand sich nicht in der Hand der Prinzessin, sondern in der Hand der Kriegerin, die Kjell zum Badwa herausforderte“, sagte Thore und deutete mit einem Blick nach oben zur Empore. „Unzählige Männer können das bezeugen. Richtest du jetzt dein Schwert gegen die Thronerbin, brichst du das Gesetz der Götter.“ Thore sah Modorok eindringlich in die Augen. „Man wird dir vor den Augen aller die Rune der Verachtung unter die Haut stechen und dann bist du nirgendwo in diesem Land noch willkommen. Du verlierst deinen Namen, deine Abstammung und alle Rechte eines anartischen Kriegers. Ist es das, was du willst? Deine Ehre verlieren? Willst du ein Leben als Gesetzloser führen?“

Modorok atmete schwer und das Schwert in seiner Hand bebte. Er haderte mit sich, wie ein Vater der seinen Sohn über alles liebte, das konnte Neyla in seinem Blick lesen. Und irgendwann wich Modorok zurück. Er senkte sein Schwert und ließ es in den Sand fallen. Dabei bedachte der Stammesfürst Neyla mit einem Blick, der sie wissen ließ, dass dies hier nicht das Ende war. Modorok hob die Leiche seines Sohnes in seine Arme und trug sie mit Schritten, die schwer wie Blei anmuteten, aus der Arena.

Neyla schloss die Augen und atmete durch.

„Ihr wisst, wie man sich Feinde fürs Leben macht“, bemerkte Thore matt, bevor er Neyla zu Yarne und Danis führte.

Dankbarkeit lag in Yarnes Blick, als er Thore entgegentrat.

„Lasst uns in Frieden die Toten beerdigen", sagte Thore und wirkte seltsam müde und erschöpft.

Und während Neyla ihr Gesicht in der Kuhle zwischen Danis' Kinn und seinem Ohr vergrub, machten sich Yarne Bork und Ariel auf den Weg in das Zentrum der Arena, um Elodies leblosen Körper hinauszutragen.

Ich dachte immer, ein König besitzt einen Thron. Aber die Wahrheit ist, dass der Thron den König besitzt. Man verliert das, was man einmal war, um jemand zu werden, der den ehernen Thron voll und ganz ausfüllt.

Zwei Feuer brannten in der folgenden Nacht. An dem einen saß ein trauernder Vater neben Kriegern seines Stammes und starrte in die schwarzen Wolken, die einmal sein Sohn gewesen waren und die sich jetzt in den Himmel erhoben. An dem anderen, weiter entfernt, saßen Yarne Bork und die Krieger seines Stammes. Ariel und Neyla hatten Elodie das Blut von der Haut gewaschen und sie in ein weißes Kleid gehüllt. Und bevor die Krieger den Holzschrein, auf dem Elodies Leichnam lag, mit einer Fackel entflammten, steckte ein jeder ihm eine Münze zu. Am Ende lagen über Elodies Körper unendlich viele Münzen, mit denen sie die Walküren für ihr Geleit nach Walhall bezahlen konnte. Dabei wirkte die Kriegerin, als würde sie lediglich schlafen. Ihre Gesichtszüge waren entspannt und umrahmt von feuerroten, wilden Locken. Als das Feuer die Kriegerin verschluckte, rannen Neyla die Tränen haltlos über die Wangen. Irgendwann erzählten die Krieger einander ihre Erlebnisse mit Elodie, denen Neyla gespannt lauschte. Wein wurde ausgeschenkt und der Schwermut fraß sich nicht nur durch ihre Herzen und Köpfe, sondern auch durch ihre Körper. Neyla empfand tiefes Bedauern, die Kriegerin nicht besser kennengelernt zu haben. Ihr Tod schien hier jeden sehr zu treffen, weshalb Neyla davon ausging, dass ein jeder sie geachtet hatte. Allein die Anzahl der Münzen, mit denen Elodie ins Feuer gegangen war, sprach für den Respekt, den man ihr zollte. Ihr Tod ging mit einem seltsamen Gefühl der Endlichkeit einher, das über dem Feuer schwebte, wie der dunkle, schwarze Rauch.

Neyla ließ sich neben Ariel gleiten und lehnte ihren Kopf gegen seine Schulter. Er hatte seit Elodies Tod kein einziges Wort gesprochen. Stumm starrte er in das Feuer und hing seinen Gedanken nach.

Als er Neyla an seiner Seite spürte, legte er ihr einen Arm um die Schulter und lehnte seinen Kopf gegen ihren. Blancas Worte schwirrten in seinem Kopf herum und noch immer konnte er ihren Kuss auf seinen Lippen schmecken. Er musste Neyla erzählen, was er wusste, aber das hier war weder der richtige Ort noch fühlte es sich nach dem richtigen Zeitpunkt an.

„Die Rune, die mir Elodie auf die Stirn gezeichnet hat …“, begann Neyla vorsichtig das Gespräch.

„Othala“, antwortete Ariel heiser.

„Was bedeutet sie?“

Ariel sah Neyla prüfend an. Wie schaffte sie es, immer ausgerechnet den Topf auszukippen, in dem die Suppe noch kochte?

„Familie“, sagte er dann.

Fragend blickte Neyla zu Ariel. *Familie?* „In den letzten Wochen ist kein einziger Tag vergangen, an dem ich mich nicht gefragt habe, warum mir mein Bruder so fremd geworden ist. Man sollte meinen, die Antwort läge auf der Hand. Wir sind nicht desselben Blutes.“ Neyla lächelte gequält. „Aber das ist es nicht. Ich liebe einen Mann, den ich hassen müsste und mache mir Gedanken um ein Reich, das nicht das meine ist. Menschen, die *mich* hassen müssten, sterben für mich. Ich bin es, die sich verändert hat, Ariel. Ich fühle mich fremd und ich habe nicht die geringste Ahnung, *wer* ich eigentlich bin.“

Ariel versuchte ein Lächeln und schüttelte den Kopf. *Wo fängt die Wahrheit an? Und wo hört sie auf? Hat die Wahrheit überhaupt ein Ende*?

Neyla blickte zu Boden. „Wenn ich meinen Bruder ansehe, dann habe ich Angst, dass er mich ins Bodenlose stürzen lässt. Und dann sehe ich dich an. Oder Danis. Und ich weiß, dass mir einer von euch seine Hand reichen würde, um Emilijan daran zu hindern."

Ariel warf einen Stein ins Feuer und beobachtete den Funkenflug.

„Blanca ist sich sicher, dass es nicht mit Kjells Tod enden wird, Neyla", sagte er irgendwann. „Zurück nach Thalél Malis ist es noch ein langer Weg. Der Weg zum Frieden ist doppelt so lang. Und der Weg den Frieden zu erhalten, erscheint mir unendlich." Ariel löste sich aus der Umarmung seiner Schwester. „Nichts von dem, was dein Bruder bislang getan hat, war auch nur ansatzweise unüberlegt oder zufällig. Er verfolgt einen Plan. Und solange wir den nicht kennen, ist es sehr wahrscheinlich, dass wir alle zusammen ins Bodenlose stürzen werden."

„Emilijan zu durchschauen ist schwer", stimmte Neyla dem Krieger zu. „Es gibt nur einen Menschen, dem er sich nach dem Tod unseres Vaters vorbehaltlos anvertraut hat."

„Wem?", fragend sah Ariel seine Halbschwester an.

„Weena", antwortete Neyla wahrheitsgemäß. „Sie ist so etwas wie …" Neylas Hände ruderten auf der Suche nach Worten in der Luft herum. „… ich glaube, sie ist genauso wie Blanca."

„Eine Tusjo?" Ariel runzelte die Stirn. „Eine Begabte aus Anartier?"

Unsicher zuckte Neyla mit den Schultern. „Es gab Gerüchte im Königssitz. Aber niemand redete offen darüber. Weena war schon immer da. Lange bevor meine Mutter nach Thalél Malis kam. Mein Vater hat Weena vertraut. Sie war es auch, die mich auf die Welt holte."

„Sie war die Hebamme deiner Mutter?"

„Ja."

Ariel war bemüht, sich das aufkeimende ungute Gefühl nicht anmerken zu lassen. Denn war Weena tatsächlich eine Begabte, rückten die Dinge in ein anderes Licht. In ein Verborgenes, das unangetastet bleiben sollte. Und Ariel fing an zu begreifen, dass die Dinge, welche ungesehen und im Verborgenen von den Begabten während des Krieges zwischen Jordanes und Anartier in Gang gebracht worden waren, jetzt begannen, sich wie Scherben eines zerbrochenen Spiegels zusammenzusetzen. Verwirrend spannte nun die Vergangenheit ihre Fäden in die Gegenwart und brachte jeden zum Stolpern, der diesem Weg folgte.

„Wo ist Neyla?", fragend blickte sich Ariel in der Scheune um.

„Wird für die Zeremonie vorbereitet", antwortete Danis schlicht und streifte sich eine blütenweiße Tunika über, deren Ärmelränder mit blauem Samt umrahmt waren.

„Gut." Ariel schloss die Tür und sah Danis abwartend an.

„Worüber willst du reden?" Gedankenversunken nahm Danis die Waffen von seinem Gürtel ab, legte sie sorgfältig auf den Tisch und schwang sich den Gürtel um die Hüften.

„Neyla." Ariel fing Danis Blick auf. „Es gibt etwas, was ich dir sagen muss."

Die ungewohnte Ernsthaftigkeit, die in Ariels Gesicht lag, trieb Danis eine Sorgenfalte über die Stirn.

„Neyla ist nicht das leibliche Kind des jordanesischen Königs", sprach Ariel ohne Umschweife in das Gesicht seines Freundes.

Danis hielt überrascht inne und betrachtete Ariel eingehend. Forschend hielt sich sein Blick an Ariels Gesichtszügen fest, die ihn wissen ließen, dass sein Freund nicht scherzte. Und gerade, als Danis im Begriff war, seine Gedanken in Worte zu fassen, hob Ariel die Hand und bedeutete Danis zu schweigen.

„Sie ist meine Schwester", fuhr Ariel fort. „Na ja, zu einem Teil jedenfalls. Mein Vater … und Lucien–"

„Ich weiß, wie das funktioniert", unterbrach Danis seinen Freund und blickte ihn prüfend an. „Dein Vater? Ernsthaft?"

„Ich fürchte ja", bestätigte Ariel.

Einen Moment lang drängte sich die Stille wie eine Mauer zwischen sie.

„In ihren Adern fließt reines anartisches Blut." Ariel fuhr sich mit der Hand durch die Haare. „Neyla trägt eine Rune. Sie ist winzig klein. Hier, hinter dem Ohr." Der Krieger tastete nach seinem eigenen Ohr. „Ich glaube, dass es Luciens Absicht war, eine anartische Kriegerin auf den ehernen Thron zu setzten. Sie war es, die ihre Hebamme anwies, Neyla die Rune schon als Baby unter die Haut zu stechen. Othala. Familie und Abstammung."

„Ich weiß, was Othala bedeutet", antwortete Danis. „Elodie hat sie ihr in der Arena auf die Stirn gezeichnet. Wusste sie …?"

„Nein", antwortete Ariel entschieden. „Nur Blanca. Ich." Unsicher sah sich der Krieger in der Scheune um. „Und Yarne."

Danis gab einen schnaufenden Laut von sich. Er fühlte sich übergangen und war nicht bemüht, das zu verbergen.

„Ich weiß, dass du jetzt wütend bist, aber hör mir bitte zu", entgegnete Ariel eindringlich. „Ich habe mich gestern mit Neyla am Feuer unterhalten. Sie erzählte, dass jene Hebamme, Weena, die Vertraute des jordanesischen Thronerben sei. Und zuvor sei sie die Vertraute ihres Vaters gewesen. In Thalél Malis hielten sich die Gerüchte, dass sie eine Begabte Anartiers sei, hartnäckig", fuhr Ariel mit seinen Ausführungen fort. „Wenn sie wirklich eine Trägerin der Geborune ist, dann stecken wir bis zum Hals in einem Plan der Begabten. Stimmt diese Vermutung, dann ist alles, was gerade um uns herum geschieht, nur der Vorbote von etwas viel Größerem, dessen Ausmaß wir nicht einmal ansatzweise erahnen. Es besteht die Möglichkeit, dass Emilijan durchaus um Neylas Abstammung weiß. Und vielleicht wusste es sogar sein Vater." Der Krieger fuhr sich nachdenklich mit einem Finger über die Lippen. „Danis, wir können niemandem trauen. Niemand scheint der zu sein, für den wir ihn halten. Und Neyla ist nur ein Fall von Vielen."

Danis nickte stirnrunzelnd. Er erinnerte sich an Weena. Ein paar Mal war er der unheimlichen Frau und ihrem durchdringenden, intensiven Blick im Königssitz begegnet. „Wir können nichts richtig machen, ohne den Plan der Begabten zu kennen", schlussfolgerte er dann. „Blanca?"

Ariel sog scharf Luft ein. „Anartier und Jordanes werden durch anartisches Blut fallen und durch gleiches wieder erblühen. Und mit ihm der Frieden." Erst jetzt, als der Krieger die Worte der Tusjo selbst aussprach, schienen sie einen Sinn zu ergeben. „Es ging immer nur um Neyla. Sie ist das anartische Blut, das Anartier zu Fall bringt. Jetzt gerade. In diesem Moment. Alles hat sich in Anartier verändert, seitdem sie anartischen Boden betreten hat. Und sie ist es auch, die Jordanes zu Fall bringen wird. Blanca sagte, dass Thalél Malis brennen wird - durch Neylas Hand. Verstehst du? Neyla wird den Frieden über zwei Reiche bringen! Das ist es, was ihr bestimmt ist."

Danis blickte seinen Freund an. Passierte das alles gerade wirklich? „Deine Worte klingen einleuchtend, Ari, aber … wir brauchen Antworten, keine kryptischen Worte."

„Dann ist Weena der Schlüssel", stimmte Ariel Danis zu. „Was ist mit Emilijan?"

Danis überlegte angestrengt. „Vielleicht hat er nur versucht, Zeit zu schinden? Sie hat alles für Emilijan geregelt. Kjell war wahrscheinlich die größte Bedrohung - sowohl für den König selbst, als auch für Jordanes, hätte er Neyla nach Thalél Malis zurückbegleitet. Jetzt ist Kjell tot und ich heirate die Thronerbin, die nicht den geringsten Anspruch auf den ehernen Thron hat, wenn ihre Abstammung bekannt wird. Unsere politische Vertretung fällt in Thalél Malis, noch ehe sie bestanden hat.

Und von Anartier aus ist keine Hilfe zu erwarten. Thore ist krank und Modorok ist uns nach Kjells Tod mehr Feind als Freund. Mein Vater wird Anartier nicht zusammenhalten können. Alles gerät aus den Fugen, wie du gesagt hast."

„Andererseits war Emilijan derjenige, der Neyla und dich zusammenführte", gab Ariel zu bedenken.

Einen Moment lang dachte Danis über die Worte seines Freundes nach. Emilijan war das einzige Detail, das sich nicht in das Gesamtbild einfügte. Egal wie oft man es drehte und wendete. Alles, was ihnen blieb, waren Mutmaßungen. „Wir können kein Risiko eingehen", sagte er dann entschieden. „Wir müssen Emilijan beseitigen."

Ariel blickte Danis an. Die Worte seines Freundes waren eine logische Konsequenz, die er nicht einmal hätte aussprechen müssen.

„Nicht heute", fuhr Danis leise fort. Noch war nichts von alledem geschehen, worüber er mit Ariel sprach, dennoch fühlte er sich bereits wie der Mörder, den Neyla in ihm sehen würde. „Nicht am Tag meiner Hochzeit."

„Wir müssen mit Neyla sprechen."

„Denkst du ernsthaft, dass sie tatenlos zusehen würde, wie wir den Mann umbringen, mit dem sie aufgewachsen ist?", fuhr Danis seinen Freund an. Noch im selben Moment bereute er seinen Tonfall.

„Nein. Aber ich denke, dass Othala eine falsche Verbundenheit zu diesem Hurensohn schürt. Neyla muss die Wahrheit erfahren."

Lange sah Danis seinen Freund an, bevor er dann zustimmend nickte. „Ich rede mit ihr", sagte er. „Und ich werde mich auch um Emilijan kümmern."

„Bist du dir sicher?" Zweifel wischte über Ariels Stirn. „Tok oder Yarne könnten das übernehmen."

„Es ist egal, wer es macht", antwortete Danis. „Wir haben es so beschlossen. Und nur, weil wir nicht die Waffe tragen, die es beendet, spricht uns das nicht frei von Schuld."

„Das ist mir bewusst", gab Ariel ernst zurück. Das Schweigen, welches sich dann zwischen ihm und Danis ausbreitete, fühlte sich unangenehm an.

Ariel ließ seinen Blick aus dem Fenster gleiten. „Der Gydhja wartet draußen und streichelt die Ziege." Ariel grinste unweigerlich bei der Vorstellung, dass ausgerechnet der Priester gerade dem Tier über das Fell streichelte, dessen Kehle er bei der Hochzeitszeremonie durchtrennen würde.

Dann fiel der Blick des Kriegers wieder auf Danis, der abwesend durch das Fenster nach draußen sah.

Ariel räusperte sich. „Du bist tatsächlich nervös, mein Freund."

„Ja, und dieses Gespräch trägt nicht gerade zur Besserung bei." Danis blickte sich suchend nach seinen Stiefeln um und fand sie unter dem Bett. „Hast du das Handfastingband?"

„Hab ich." Ariel fischte aus seiner Hosentasche das traditionelle Band, welches während der Hochzeitszeremonie um die Hände von Braut und Bräutigam gebunden wurde, und wedelte demonstrativ damit herum. Die Farben Weiß, Rot und Schwarz, aus denen das Band gewebt wurde, standen für die drei Lebensphasen. Weiß für die Reinheit und Unschuld der Kindheit, Rot als Farbe für die Stärke und Entschlossenheit eines Erwachsenen. Und Schwarz für die Weisheit, welche das Alter mit sich brachte.

„Neyla wird durchdrehen, wenn es der Ziege an den Kragen geht", meinte Ariel dann und grinste spitzbübisch. Sein Grinsen verebbte je, als er die Anspannung in Danis' Gesicht wahrnahm.

„Tun wir das Richtige, Bruder?" Fragend sah Danis seinen Freund an.

„Liebst du Neyla?"

„Ja", antwortete Danis sicher.

„Dann tun wir zumindest nichts Falsches“, entgegnete Ariel ebenso sicher und nickte seinem Freund aufmunternd zu.

Neyla war angespannt, als Emilijan sie in Empfang nahm, um sie zu dem Zeremonienort zu begleiten, an dem das Hochzeitsritual vollzogen werden sollte. Unsicher sah sie sich zu Yarne um, der ihnen gemeinsam mit Tok und Wim folgte. Neylas Blick streifte Emilijan. Er trug frische und saubere Kleidung und seine Wunden im Gesicht waren versorgt worden.

„Gefällt dir, was du siehst?“, erkundigte sich Emilijan kühl, als er Neylas Blick bemerkte.

Neyla biss sich auf die Lippe und ging langsam weiter über den Hof, hinaus durch das Tor zu Lahn.

„Keine Antwort und keine Fragen?“ Emilijan lächelte jovial.

„Nein, denn ehrlich gesagt, habe ich keine Ahnung, mit wem ich gerade spreche“, antwortete Neyla mit ruhiger Stimme. „Ich erkenne dich nicht wieder seit dem Tag, an dem du Kadiel hast sterben lassen.“

„Ich war es nicht, der ihn tötete.“

„Das ist nicht mehr als Wortklauberei, Jan“, gab Neyla mit gedämpfter Stimme zurück. „Hattest du jemals vor, mir die Wahrheit über meine Mutter zu erzählen?“

Emilijan schwieg einen Moment lang. „Als Danis Bork unseren Vater tötete, war ich rasend vor Wut. Ich wollte ihn hängen sehen, mein Schwert in ihn bohren, seine Kehle durchtrennen, ihn vierteilen, verbrennen und ertränken. Und, ich schwöre bei den Göttern, ich hätt’s getan, wenn Weena mich nicht aufgehalten hätte.“ Der König machte eine Pause, als würde er in den Bildern seiner Vergangenheit nach Worten suchen. „Lucien mag dich geboren haben, aber Weena verdankst du dein *Leben*.“ Prüfend blickte Emilijan Neyla an. „Sie erzählte mir von ihren Visionen.

Visionen in denen Thalél Malis brannte. Durch Yarne Borks Hand.“

„Also hast du Danis als Unterpfand behalten“, konstatierte Neyla leise. „Warum musste Kadiel sterben?“

Emilijan wich Neylas Blick aus. „Da es nahe lag, dich mit einem Stammeserben zu verheiraten, bestand mein Ansinnen einzig und allein darin, dich auf das vorzubereiten, was dich in Anartier erwarten würde. Danis wusste das besser als jeder andere. Allerdings wollte ich, angesichts der vielen Zeit, die ihr dafür miteinander verbringen musstet, verhindern, dass ihr über den Schatten der Feindschaft springt. Deshalb musste Kadiel sterben. Damit du niemals vergisst, wer Danis Bork ist“, antwortete Emilijan sachlich und mit ruhiger Stimme. Abwartend blickte er wieder zu Neyla. „Ist das die Wahrheit, die du erwartest? Die Worte, die dich in deinen Annahmen bestätigen?“ Der König lächelte müde. „Ich lege sie dir zu Füßen, Neyla, damit du auf ihnen deinen Hochzeitstanz vollführen kannst.“

Neyla schaute Emilijan einfach nur an. Wer war dieser Fremde, dem sie nicht einmal eine Lüge von den Lippen ablesen könnte?

„An dem Tag, als du fast im Bergtau ertrunken wärst, eröffnete mir Weena, dass sich ihre Vision verändert habe. Zwar sah sie Thalél Malis noch immer brennen, aber es war nicht mehr Yarne Bork, der das Feuer entfachte. Sondern du.“

Neyla hielt den Atem an und blieb stehen. Jener Tag und jene Worte hatten sich unauslöschlich in ihre Erinnerung eingebrannt. „Das ist doch lächerlich“, flüsterte sie in Emilijans Gesicht. „Ich würde mich niemals gegen Jordanes stellen.“

„Und dennoch stehst du jetzt vor mir in diesem hübschen traditionellen Hochzeitskleid.“ Flüchtig griffen Emilijans Finger nach dem blauen Bändchen, das man Neyla um die Taille gebunden hatte. „Man muss nicht besonders klug sein, um zu erahnen, was passieren wird, wenn du mit Danis Bork als

Ehemann nach Thalél Malis zurückkehrst. Die Errichtung einer ständigen diplomatischen Vertretung für Anartier ist nur ein anderes Wort für feindliche Übernahme."

Neyla atmete tief durch und sah ihren Bruder mit festem Blick an. „Nach alledem kannst du froh sein, dass man dich nicht tötet."

„Ich bin fest davon überzeugt, dass es genau das ist, woran du glaubst", gab Emilijan lakonisch zurück.

„Tu das nicht, Emilijan." Neyla funkelte ihren Bruder an. „Behandle mich nicht wie ein kleines Mädchen. Ich vertraue Danis."

„Glaubst du ernsthaft, du hast den Krieger unter Kontrolle, Ney?" Eindringlich sah Emilijan zu seiner Schwester hinab. „Als er Danko den Kopf von den Schultern schlug, hatte ich eher den Eindruck, dass deine bloße Gegenwart ausreicht, um das Monster in ihm zu erwecken."

Neyla erlag dem Impuls, Emilijan zu ohrfeigen. Sie hob die Hand, aber noch bevor sie ihren Bruder treffen konnte, fing Yarne Borks Hand sie ab. Neyla starrte Emilijan an und kämpfte mit sich.

„Warum tust du das?", fragte sie irgendwann mit brüchiger Stimme. „Warum willst du unbedingt, dass ich dich hasse?"

Emilijan setzte zu einer Antwort an. Er hielt jedoch inne, bevor ihm ein einziges Wort über die Lippen kommen konnte. Eine Welle der Sanftheit brach sich in seinen Augen und sein Blick mutete einen winzigen Moment lang hilflos und traurig an. Und dann lächelte Emilijan jenes Lächeln, das seiner despotischen Ausstrahlung den Glanz verlieh.

„Mein Bruder möchte jetzt gehen", presste Neyla mühsam zwischen den Zähnen hervor.

Mit Erleichterung nahm sie wahr, wie Tok Emilijan von ihr wegzog.

Sie beobachtete, wie Yarne vorsichtig ihren Arm senkte ohne

dabei seinen Blick von ihr abzuwenden. „Hast du etwas dagegen, wenn ich den Platz deines Bruders einnehme?“, fragte er dann mit dunkler Stimme.

„Nein“, antwortete Neyla matt und setzte sich in Bewegung. „Erzähle mir etwas über eure Hochzeitszeremonie.“ Neyla hoffte, Yarne würde ihr nicht ansehen, dass ihre Bitte nicht von neugieriger Natur war, sondern lediglich dazu diente, sie vom Ärger mit Emilijan abzulenken.

Yarne bot Neyla seinen Arm an. Es fühlte sich für Neyla befremdlich an, sich bei dem Krieger einzuhaken. Es kam ihr vor, als wären seine Arme nur dazu geschaffen, eine Waffe zu halten oder zu kämpfen. Nicht jedoch für solch eine warme Geste.

„Die Hochzeit findet an einer Esche am Rand der Lahnwälder statt“, begann Yarne Bork dann zu erzählen. „Es ist Tradition, dass Braut und Bräutigam diesen langen Weg getrennt gehen. Das soll die Vergangenheit symbolisieren, die ein jeder für sich selbst bestritt. An der Esche warten der Gydhja und die Zeugen, vor denen ihr euch vermählen werdet. Zunächst wird der Gydhja, der Priester, den Segen der Götter erbitten. Ihnen zu Ehren wird er ein Tieropfer darbringen. Das Blut des Tieres wird in einer geweihten Schale aufgefangen. Der Gydhja wird dir und Danis mit dem Blut des Opfertieres eine Rune auf die Stirn zeichnen, um den Segen der Götter auf euch herab zu rufen. Anschließend wird dir Danis ein Schwert überreichen, welches du für euren Sohn aufheben musst. Es ist üblich, dass sodann die Braut ihrem Mann ein neues Schwert übergibt. Dieses steht stellvertretend für die Fortführung der Blutlinie. Ariel war so frei und hat sich um das neue Schwert gekümmert.“

Neyla nickte dankend.

„Der Gydhja wird eure Hände sodann mit dem Handfastingband verbinden und seinen Segen sprechen. Danach werden die Fingerringe getauscht. Die Ringe stehen als äußeres Zeichen eurer Verbindung. Der Ring der Braut wird ihr auf der Spitze des neuen Schwertes durch den Bräutigam überreicht. Auf die gleiche Weise erhält dann auch Danis seinen Ring. Es bringt Unglück, sollte euch dabei ein Ring von der Spitze der Klinge gleiten und auf den Boden fallen." Yarne Bork betrachtete Neyla von der Seite. Sie hatten fast den Waldrand erreicht. „Danach reicht der Gydhja dem Brautpaar ein Horn mit geweihtem Ale. Erst trinkt der Mann, dann die Frau. Dabei habt ihr die Möglichkeit, das Wort an den jeweils anderen zu richten. Damit ist das Ritual beendet. Die Zeugen werden euch das Handfastingband abnehmen und dabei ihre Wünsche mitteilen. Man wird die ganze Nacht auf euer Wohl trinken und das junge Glück feiern."

„Ist das Tieropfer wirklich notwendig?", erkundigte sich Neyla und der Ekel stand ihr dabei ins Gesicht geschrieben.

„Ja", nickte Yarne und lachte leise in sich hinein. „Es sein denn, du wünschst dir, dass euer Nachwuchs mit drei Köpfen auf die Welt kommt."

In der Ferne erkannte Neyla eine alte Esche, die alle anderen Bäume überragte. Vor ihr standen Danis und Ariel, Thore, eine Ziege und ein alter Mann.

„Mir macht Angst, was vor uns liegt", gab Neyla dann schließlich zu und blickte zu Yarne auf.

„Das sollte es auch", antwortete Yarne leise. „Furcht sät Respekt. Und Respekt hindert uns daran, unüberlegt und leichtfertig zu handeln." Mit langsamen Schritten führte Yarne Neyla zu der alten Esche.

„Mein Bruder glaubt, dass ich es sein werde, die Thalél Malis in Schutt und Asche legen wird", ließ Neyla den Stammesfürsten wissen und blickte Danis lächelnd entgegen.

„Und was glaubst du?"

Neyla sah Yarne nachdenklich an. „Ich denke, dass man mir einen triftigen Grund dafür geliefert hat, sollte ich diese Weissagung tatsächlich erfüllen."

Neyla erinnerte sich an nur wenige Augenblicke in ihrem Leben, in denen sie sich so frei und unbeschwert gefühlt hatte, wie jetzt, als sie ausgelassen mit Ariel im großen Saal tanzte.

„Sollte ich eifersüchtig sein?“, wandte sich Danis an seinen Vater.

„Wir reden hier von Ariel“, brummte Yarne und musterte seinen Sohn. Er wurde das Gefühl nicht los, dass Danis mit seiner Bemerkung auf etwas Bestimmtes hinaus wollte. Dann nickte Yarne ergeben. „Du weißt es also.“

„Ich weiß es zu schätzen, dass du dich schützend vor mich stellst, Vater. Das hat mir in den letzten zehn Jahren verdammt gefehlt“, antwortete Danis leise. „Aber verwechsele in Zukunft besser nie wieder Schweigen mit einem Schutzschild.“

„Du bist erwachsen geworden, schon klar“, stimmte Yarne seinem Sohn zu und sah sich um. Der Saal war nur mäßig gefüllt. Lediglich Thore und ein paar seiner Krieger wohnten der Hochzeitsfeier bei. Sie saßen zusammen mit Yarne, Danis, Ariel, Tok und Wim an einem langen Tisch, aßen, tranken und lachten, während Thores Blick nachdenklich auf der tanzenden Neyla ruhte. Thore ließ die Hähnchenkeule auf den Teller sinken und wandte sich an Yarne. „Die Erde auf dem Grab von Modoroks Sohn ist noch locker und wir tanzen schon darauf“, sagte er kopfschüttelnd und nahm einen tiefen Schluck aus seinem Weinbecher. „Die Götter werden uns verfluchen.“

„So wie mein Leben bisher verlief, bin ich davon ausgegangen, dass sie das längst getan haben“, antwortete Yarne und der Wein mischte sich unter die Verbitterung in seiner Stimme. „Sieh ihn dir an!“, forderte er Thore mit einem müden Nicken auf und deutete mit dem Kinn zu Danis. „Er war gerade Mal fünfzehn Wintersonnenwenden alt, als ich ihn verlor. Zehn verdammte Jahre sind vergangen und haben Narben auf seiner Haut und in seinem Herzen hinterlassen. Und vor keiner Einzigen konnte ich ihn bewahren. Oder ihn in seinem Schmerz auffangen."

Thore betrachtete Yarne einen Moment lang. „Du hast die Frau, die er liebt, heute in seine Arme geführt", bemerkte er und schnaufte. Immer wieder umrundeten seine Finger den Rand seines Weinbechers und der rote Stein in dem klobigen Ring an seinem Mittelfinger funkelte dabei im schwachen Licht der Fackeln und Kerzen. „Auch dieser Tag wird irgendwann Narben hinterlassen und Schmerz bereiten." Der Stammesfürst hob auffordernd seinen Weinbecher. „Und dann wirst du da sein. Wie es ein Vater für seinen Sohn tut!"

Die Tür zum Saal flog so heftig auf, dass Thore sich mit Wein bekleckerte, Yarne von seinem Stuhl hochschoss und Neyla erschrocken zur Seite sprang. Abrupt verstummte die Musik. Der Krieger aus Yarne Borks Reihen, der blutüberströmt in den Saal gewankt kam, zog alle Augen auf sich.

„Irvin!" Ariel löste sich von Neylas Seite und rannte auf den Krieger zu, um ihn zu stützen. Schnell eilte Neyla ihm zur Hilfe. Schwer wie Blei lastete der Arm des verletzten Kriegers auf Neylas Schultern.

„Was ist passiert?" Yarne Bork kam ihnen entgegen und seine Hände umfassten das Gesicht des verletzten Kriegers. „Irvin?"

Irvins Kopf hob sich und er blickte Yarne durch leere, zugeschwollene Augen an. „Die Rebellen. Sie haben einen Anführer gewählt. Der Großteil unserer Männer konnte hierher fliehen, andere wurden gefangen genommen. Ein paar haben sich den Rebellen angeschlossen." Irvin sog hörbar scharf Luft durch den Mund ein und sein Atem rasselte. „Sie haben sich überall in den Lahnwäldern verteilt. Niemand kommt mehr raus oder rein."

„Ihr Anführer, wer ist er?" Yarne runzelte die Stirn.

„Len Bold", stöhnte Irvin und Blut lief ihm die Stirn hinab.

„Welche Nachricht sollst du für ihn überbringen?" Danis trat an seinen Vater heran. Er ahnte, welche Worte Irvin gleich aussprechen würde.

„Vidar. Blut für Blut." Irvins Körper bebte. „Sein Hochzeitsgeschenk befindet sich in meinen Satteltaschen."

Yarne gab Tok ein Zeichen nachzusehen und der Krieger stürzte übereilt aus dem Saal. Nur kurze Zeit später hörten sie ihn fluchen und Tok kehrte mit leerem Gesichtsausdruck und den Satteltaschen in seinen, weit von sich gestreckten, Händen in den Saal zurück.

„Was?" Verständnislos blickte Yarne Bork zu ihm hinüber.

Tok schüttelte den Kopf. „Köpfe", stammelte er dann. „Was für eine … verfluchte … Zwei Köpfe. Vermutlich unsere Männer."

„VERFLUCHT!" Wutentbrannt wirbelte Yarne herum und trat einen Stuhl um. Jetzt war es im Saal so still, dass man hören konnte, wie das Feuer auf den Fackeln herumtanzte.

„Was hast du erwartet, Yarne?", tönte Thores Stimme durch den Saal. „Du hast diese Menschen da draußen in ihrer Wut und ihrem Hass vereint. Dachtest du wirklich, dass sie sich mit einem Stück Papier zufriedengeben?" Der Stammesfürst spuckte verächtlich auf den Boden. „Du hast den Teufel vor die Tore Lahns geholt, Yarne Bork!"

„Vidar? Was hat das zu bedeuten?" Neyla blickte irritiert auf.

„Sie wollen Emilijan", antwortete Ariel knapp und Irvin presste mit schmerzverzerrtem Gesicht die Zähne aufeinander.

Neyla atmete hörbar aus.

„Hier geht es nicht mehr nur um die Beseitigung von Disputen aus Verträgen zwischen unseren Reichen. Die Rebellen wollen Vergeltung für jeden einzelnen Kopf, der vor den Toren Thalél Malis' aufgespießt wurde. Für jeden Mann, der sich noch in Gefangenschaft befindet. Und für jede einzelne Münze, die an Jordanes gezahlt wurde." Thore blickte Yarne nachdrücklich an. „Sie sind so viele, dass wir sie nicht einmal dann zurückdrängen könnten, wenn wir uns gegen sie verbünden würden. Die

Rebellen werden sich diesen kleinen Bastard holen. So oder so.“

Yarne fuhr sich nachdenklich durch die Haare, während er getrieben durch den Saal schritt.

„Meine Männer, sind deine Männer. Aber überlege dir genau, was du tust, mein Freund. Stellt ihr euch jetzt schützend vor den Thronerben, stellt ihr euch gegen die Zukunft Anartiers“, fuhr Thore fort.

Fassungslosigkeit lähmte Neylas Körper. „Was werden sie mit Emilijan machen?“, fragte sie tonlos in die Runde und die Antwort ängstigte sie bereits ungehört.

Yarne wischte sich angestrengt mit der Hand über die Augen. „Das willst du nicht wissen, glaub mir.“

Neylas Blick fiel auf Danis.

„Vidar. Rache. Blut für Blut. Sie werden ihn an das Sühnekreuz hängen und ihm dieselben Wunden zuführen, die er anderen zufügte“, sagte Danis leise und bestimmt. „Sie werden ihn verprügeln, ihn bis zur Besinnungslosigkeit in Wasser tauchen, ihm Gliedmaßen abschneiden, in die Haut ritzen, mit Feuer verbrennen und ihn hängen lassen um ihn kurz vor dem Tod wieder ins Leben zurückzuholen, damit sie von Neuem beginnen können. Aber ich kenne niemanden, der es lebend bis zum zweiten Mal geschafft hat.“

„Herr Gott noch mal, Danis!“, fluchte Yarne laut und sah seinen Sohn wütend an.

„Sie ist meine Frau. Und ich werde sie nicht anlügen“, gab Danis ruhig zurück ohne seinen Blick von Neyla abzuwenden.

„Ich werde meinen Bruder nicht den Rebellen ausliefern“, sagte Neyla dann mit fester Stimme und vernahm ein hoffnungsloses Auflachen von Ariel.

„Sag mir, dass ihr Emilijan nicht an die Rebellen ausliefern werdet“, wandte sich Neyla bittend an Danis. Die Antwort, die sie nicht hören wollte, konnte sie in seinem Gesicht ablesen. Stumm sprachen die verhärteten Züge über seinen Wangenknochen

Bände.

„SAG! ES!", schrie Neyla ihren Mann an.

Tok warf Neyla eine der Satteltaschen vor die Füße. Erschrocken wich sie zurück.

„Wie viele unserer Männer sollen noch für diesen Scheißkerl ihren Kopf verlieren?"

Neyla schluckte. Der Inhalt der Satteltasche blieb ihr Gott sei Dank verborgen. Aber allein die Wölbung, die sich unter dem Leder abzeichnete, verursachte Neyla Brechreiz. Die Prinzessin rang nach Luft und löste Irvins Arm von ihrer Schulter.

„Vielleicht ist es dir nicht aufgefallen, Neyla, aber wir sind gerade nicht in der Lage, um Bedingungen zu diktieren", wandte sich Ariel an seine Schwester und der zynische Unterton seiner Stimme war nicht zu überhören. „Die Rebellen haben Lahn abgeschnitten. Sie brauchen uns nicht mal anzugreifen. Sie müssen einfach nur abwarten, bis uns die Vorräte ausgehen oder ein paar der Männer anfangen, sich gegen uns aufzulehnen. Thore hat recht. Sie werden sich Emilijan holen. So oder so."

„Nein." Neyla schüttelte langsam den Kopf.

„Wenn der Tod des Thronerben Anartier endlich zur Ruhe kommen lässt, dann werde ich dem nichts entgegensetzen." Yarne Bork sah Neyla fest in die Augen.

„Du hast versprochen, dass ihm nichts geschehen wird", schrie Neyla ihren Mann hilflos an und ihre Augen begannen wässrig zu glänzen.

„Die Dinge haben sich verändert", antwortete Danis leise.

„NEIN!", spie Neyla ihm entgegen. „Du sagtest, dass die Dinge *uns* verändern! Verflucht, ich habe dir geglaubt, Danis!"

„Was erwartest du von mir?", brauste Danis auf. „Soll ich mich gegen das uralte Anrecht auf Rache meiner eigenen Landsleute stellen, um deinen Bruder zu schützen? Bei den Göttern, ich kenne niemanden, der das Vidar mehr verdient hätte als er!" Er trat einen Schritt auf Neyla zu und blieb stehen, als sie vor ihm zurückwich. „Mein Verlangen nach dem Vidar kann ich vielleicht unterdrücken. Aber nicht das von hunderten Männern da draußen."

„Ich werde es versuchen. Mit oder ohne deine Hilfe", antwortete Neyla und ihre Stimme bebte. Sie wandte sich um und stürzte aus dem Saal.

„Wim." Yarne warf dem alten Krieger einen Blick zu. „Meine Schwiegertochter wird nirgendwo hingehen."

„Aye", nickte Wim mit finsterer Miene und folgte Neyla nach draußen.

„Sag ihr endlich, wer sie ist, verflucht!", wütend sah Ariel Danis an.

„Es macht für sie keinen Unterschied, ob sie gleichen Blutes mit dem Thronerben ist", antwortete Danis.

„Würde es für sie auch keinen Unterschied machen, wenn sie wüsste, dass er keinen Moment zögern würde, sie für den ehernen Thron zu opfern?", gab Ariel scharf zurück.

„Neyla müsste es mit eigenen Augen sehen und mit eigenen Ohren hören, damit ihr Verstand das begreift", fuhr Danis seinen Freund an. „Bis dahin wird sie jedes einzelne unserer Worte, und sei es auch die Wahrheit, nur weiter von uns entfernen."

„Und was schlägst du vor?" Ariel legte den Kopf etwas schief und sah Danis mit erhobener Augenbraue an. „Machen wir jetzt einen Spaziergang in die Lahnwälder, um mit Bold über das Leben dieses Bastards zu verhandeln?"

„Ja." Danis nickte mit dunkler Miene.

„Ach, Scheiße! Komm schon, Danis", bittend sah Tok den Stammeserben an. „Ich habe keine Ahnung, was hier gerade läuft, aber du solltest deine Frau ganz schnell zu Verstand bringen. Bold will *nur einen* Mann. Für das Leben von *hunderten unserer* Männer."

Danis sah zu seinem Vater. Lange ruhten ihre Blicke aufeinander. Dann nickte Yarne Bork. „Wenn wir morgen in die

Lahnwälder aufbrechen, dann ist dir klar, dass du in den Augen deiner Frau immer derjenige sein wirst, der ihren Bruder zum Sühnekreuz geführt hat. Auch wenn du mit der Absicht dorthin gehst, genau das zu verhindern."

„Das Risiko muss ich eingehen", antwortete Danis mit fester Stimme.

Ariel stöhnte empört auf.

„Dann brechen wir im Morgengrauen auf. Und wenn uns die Götter beistehen, werden wir es schaffen, den Thronerben zu schützen", beschloss Yarne Bork und sah in die Gesichter seiner Männer. „Ich nehme es niemandem übel, wenn er uns nicht begleiten will."

„Und hier bei der Prinzessin bleiben? Machst du Witze?" Tok schüttelte energisch den Kopf. „Mir sind hundert Rebellen lieber, als ein wütendes Frauenzimmer."

„Ich bin, wo du bist", bekräftigend sah Ariel Danis an.

„Bist du in der Lage, während unserer Abwesenheit die Lahnburg zu halten?", wandte sich Yarne an Thore.

Thore nickte mit grimmigem Gesichtsausdruck. „Solange ich atme."

„Ich danke dir, mein alter Freund." Yarne tauschte mit Thore einen aufrichtigen Blick der Freundschaft aus, bevor er sich wieder seinen Männern zuwandte. „Tok, Ariel, Danis – bedanken wir uns bei Len Bold für sein Hochzeitsgeschenk."

„HERRGOTT!", fluchte Danis und brachte die Pferde zum Stehen, als er Neyla in der Morgendämmerung vor der Scheune sitzen und Pfeile schnitzen sah. „Wo ist Wim?"

„Kopfschmerzen", antwortete Neyla.

„Kopfschmerzen welcher Art?"

„Ihm ist etwas auf den Kopf gefallen."

Danis stöhnte. „Du hast ihm was übergezogen."

Neyla presste die Lippen aufeinander, legte das Messer beiseite und blickte zu Danis auf. „Glaubst du ernsthaft, dass ich mich hier einsperren lasse, während ihr in die Lahnwälder aufbrecht?"

„Glaube ich, ja", beteuerte Danis und sah Neyla ernst an. „Du wirst uns nämlich nicht begleiten."

„Es geht um das Leben meines Bruders."

„Du bist zu emotional, um angemessen zu verhandeln oder eine Entscheidung zu akzeptieren, die deinen Vorstellungen widerspricht", antwortete Danis. „Emilijans Leben kann ich vielleicht nicht schützen, aber deines."

„Wenn mein Bruder durch die Hand der Rebellen stirbt, dann muss ich bei ihm sein", sagte Neyla mit eindringlicher Stimme.

„Du *willst* nicht dabei sein, Neyla. Glaub mir. Egal was ich dir vorhin über das Vidar erzählt habe, kein einziges meiner Worte wird der Grausamkeit, des Schmerzes und des Leides gerecht, die Emilijan dort erfahren wird."

Tränen schossen Neyla in die Augen. „Die Vorstellung darüber, was sie alles mit ihm angestellt haben könnten, ist schlimmer als die Gewissheit."

„Du weißt nicht, wovon du sprichst, Neyla", gab Danis leise zurück und ging vor seiner Frau in die Hocke. „Behalte ihn so in Erinnerung, wie er zeit seines Lebens war."

„Ich weiß nicht, wie er war", wisperte Neyla und griff nach Danis' Hand. „Und ich bin mir sicher, dass ich es niemals erfahren werde, wenn du mir jetzt die Chance dazu nimmst."

„Neyla." Danis seufzte kopfschüttelnd.

„Bitte."

Angespannt betrachtete Danis seine Frau. Sie würde nicht nachgeben. Beinahe konnte er sie sogar verstehen. „Du bleibst an meiner Seite und wirst dich nicht in Gefahr bringen", sprach er dann sehr bedacht in ihr Gesicht und Neyla nickte so heftig vor Erleichterung, dass ihr die Tränen von den Wangen sprangen.

Die Tür zur Scheune flog auf und Wim wankte nach draußen. „Du …!“, grollte Wim und deutete mit der Hand auf Neyla.

Danis zog seine Frau nach oben und betrachtete den alten Krieger abwartend.

„Komm hier her!“, fordernd sah Wim die Prinzessin an und zog sein Schwert. „Und versuch das noch mal!“

Neyla wischte sich mit dem Ärmel ihres Kleides die Tränen aus dem Gesicht. „Ist das dein Ernst?“

„Komm hier her, verflucht noch mal! Oder mache ich auf dich den Eindruck, als würde ich scherzen?“, fluchte Wim wütend.

„Sag nicht, dass ich dich nicht gewarnt hätte.“ Danis legte seinen Kopf leicht seitlich, zog sein Schwert und reichte es Neyla. „Wenn du Glück hast, will er dir nur eine Lektion erteilen.“

„Und wenn ich kein Glück habe?“

Danis sah seine Frau lediglich mit erhobener Augenbraue an.

Neyla seufzte, griff nach Danis’ Schwert und stellte sich Wims Aufforderung zum Kampf.

Bereits beim ersten Schlag, als das schwere Eisen aufeinandertraf, erahnte Neyla, dass Wim weder vorhatte sie zu schonen, noch wollte er sich damit besonders viel Zeit lassen, ihr eine Lektion zu erteilen.

Ariel, Yarne und Tok eilten herbei, als sie die Schwerter aufeinandertreffen hörten.

„Was soll das?“, wandte sich Ariel an Danis. „Warum ist sie nicht in der Scheune eingesperrt?“

„Dreimal darfst du raten“, antwortete Danis mit einem leisen Lachen auf den Lippen.

„Wim wird Sie so oft auf ihren königlichen Hintern befördern, bis sie um Gnade fleht“, bemerkte Tok und verschränkte belustigt die Arme vor der Brust.

„Darauf kannst du Ewigkeiten warten“, gab Danis zurück. „Wir brauchen noch ein Pferd.“

„Wozu? Sie wird drei Tage nicht sitzen können“, feixte Tok und beobachtete interessiert den Schwertkampf, den Neyla größtenteils auf dem Boden im Dreck verbrachte.

„Hältst du es für klug, sie mitzunehmen?“ Yarne sah seinen Sohn finster an.

„Nein“, antwortete Danis ehrlich.

„Schön, dass wir uns zumindest darin einig sind“, murmelte Yarne, warf kopfschüttelnd einen Blick auf den Kampf zwischen Neyla und Wim und ging zu den Pferden.

Es herrschte eine gespenstische Stille in den Lahnwäldern. Lediglich das Unterholz knackte unter ihren Schritten. Neyla fühlte sich beobachtet, doch wann immer sie sich umschaute, den Pfeil im Bogen im Anschlag, konnte sie niemanden in der Umgebung ausmachen. Um sie herum verteilt liefen wachsam und bis an die Zähne bewaffnet Ariel, Yarne, Tok und Wim, während Danis mit gezogenem Schwert ihre linke Seite flankierte und Emilijan vor sich hertrieb.

„Sie beobachten uns“, bemerkte Neyla leise.

„Ich weiß.“

„Dir ist klar, dass sie mich den Rebellen ausliefern werden, oder, Ney?“, erkundigte sich Emilijan und lief widerwillig weiter, als er Danis’ Hand in seinem Rücken spürte.

„Ist ein bisschen spät für Angst, Hoheit“, spottete Ariel aus der Ferne. „Schließlich hast du dein Grab in den vergangenen zehn Jahren selbst ausgehoben.“

„Ja, das liegt bei uns irgendwie in der Familie.“ Emilijan verlangsamte seine Schritte und blickte über seine Schulter hinweg zu Neyla.

„Weiter!", befahl Danis mit düsterer Stimme und bedeutete Emilijan mit seinem Schwert weiterzugehen.

„Danis." Neyla warf dem Krieger einen unsicheren Blick zu. „Worauf zur Hölle warten die?"

„Geduld, Neyla", antwortete Danis und sah sich um.

Ariels Blick war in die Baumkronen gerichtet. Zwangsläufig dachte er an Blanca. Die Erinnerung an den Tag ihres Wiedersehens rahmte jeden Moment der Gegenwart. Jetzt sah sie aus fast jeder Baumkrone zu ihm herunter, während ihr das weißblonde Haar wasserfallartig über die Schultern fiel. Ariel hatte irgendwann auf dem Weg in die Lahnwälder Emilijans Siegelring wahrgenommen, auf welchem das Wappentier Thalél Malis', ein Adler mit ausgebreiteten Flügeln, abgebildet war. Seitdem war es ihm unmöglich geworden, Blancas letzte Worte aus seinem Kopf zu verbannen. Und er konnte nicht begreifen, wie das hier alles passieren konnte. Warum er das schützen sollte, was seinen Tod bedeuten würde.

„Es sind mindestens ein Dutzend zu unserer und noch einmal so viele zu eurer Seite", bemerkte Tok aufmerksam. „Und sie machen sich nicht mal die Mühe, unbemerkt zu bleiben."

„Ist das dein Ernst?" Neyla runzelte die Stirn und schaute sich angestrengt um, ohne auch nur einen einzigen Rebellen ausfindig machen zu können.

„Hey, Prinzessin." Wim grinste breit zu Neyla hinüber. „Tut's sehr weh beim Laufen? Oder beim Atmen?"

Neyla überging diese Bemerkung mit einem Augenrollen. Unzählige Male hatte sie sich atemlos aus dem Dreck erhoben, um Wim erneut mit dem Schwert gegenüberzutreten. Mit dilettantischen Schwerthieben hatte der alte Krieger gerechnet, nicht aber mit derartiger Unnachgiebigkeit. Neylas unbeugsamer Wille und die Tatsache, dass sie sich unzählige Male vom Boden aufgerappelt hatte und ihm erneut entgegengetreten war, hatten Wim durchaus beeindruckt. Und irgendwann, Neyla war dem Zusammenbruch schon nahe gewesen, hatte er wortlos den Kampf beendet. Aber kein Schwert hätte die Prinzessin derart durchbohren können, wie es der warnende Blick des Kriegers in jenem Moment getan hatte.

Aufmerksam sah sich Neyla um.

Dann folgten ein Windhauch und das Geräusch eines plötzlich einsetzenden Regenschauers. Blätter segelten zu Boden. Die Prinzessin blinzelte, wirbelte um ihre eigene Achse und keinen Augenblick später waren sie von schwer bewaffneten Männern umzingelt. Sie traten aus dem Dickicht des Waldes, als wären sie zuvor mit ihm verschmolzen gewesen. Danis riss Emilijan zu Boden und blieb mit gezogenem Schwert über ihm stehen. Neyla ertappte sich dabei, wie sie Pfeil und Bogen auf den Anführer der Rebellen richtete, der ihr, nur zwei Armlängen entfernt, gegenüberstand. Schwarze Haare rahmten das Gesicht des Kriegers. In seinen dunklen Augen funkelte der Spott, während die Spitze des Pfeiles in seinem gespannten Bogen ebenfalls auf Neyla gerichtet war.

„Len Bold?“, erkundigte sich Danis.

„Danis Bork.“ Der Anführer der Rebellen nickte freundlich ohne den Blick von Neyla abzuwenden. „Wie lange *genau* glaubt deine Frau, eine Waffe auf mich richten zu können, ohne dass einer deiner Männer dafür sein Leben lassen muss?“

„Neyla.“ Danis Stimme klang fordernd. „Runter mit dem Bogen!“

Die Prinzessin taxierte Len Bold. Die Spitze ihres Pfeiles zielte genau auf die Kuhle zwischen seinem Brustbein. Würde das hier enden, wenn sie den Rebellenführer töten würde?

„NEY“, wiederholte Danis.

Nur sehr langsam ließ Neyla den Bogen sinken. Unter dem belustigten Blick des Rebellenführers verbarg sich eine unterschwellige Gefahr, die Neyla voller Misstrauen auf die Zukunft ihres Bruders blicken ließ. Len Bold wirkte zu sehr entschlossen.

Zu sicher und ruhig, gerade so, als würde das Herz in seiner Brust nicht schlagen. Und jenes spöttische Lächeln ließ Neyla wissen, dass er nichts zu verlieren hatte. Der Rebellenführer ließ seinen Blick von Neyla zu Emilijan gleiten. Dann nickte er einem seiner Männer zu. „Nimm ihnen die Waffen ab", befahl er.

Neyla beobachtete, wie Yarne Bork und seine Krieger nur widerwillig ihre Waffen abgaben. Noch immer zielte Len Bolds Pfeil auf ihren Oberkörper. Erst als einer der Rebellen Neyla den Bogen aus der Hand nahm, senkte auch ihr Anführer seine Waffe mit einem stillen Nicken. Er schulterte seinen Bogen und sah zu Danis. „Du bringst mir den Thronerben?"

„Die Köpfe unserer Männer waren eine sehr deutliche Botschaft", antwortete Danis finster. „Lass uns reden, Len Bold."

Der Rebellenführer lächelte, trat einen Schritt beiseite und machte eine einladende Handbewegung. „Nach euch", sagte er und warf Neyla einen auffordernden Blick zu.

Yarne musste feststellen, dass die Rebellen weitaus besser aufgestellt waren, als er es angenommen hatte. Sie passierten mehrere kleine Lager, bis sie das Hauptlager erreichten. Entlang der Lahnwälder war es somit unmöglich, an den Rebellen vorbeizukommen. Lahn war abgeschnitten. Nicht nur von der Lebensmittelzufuhr, sondern auch von allen möglichen Verteidigungsstrategien. Die Rebellen waren ihnen zahlenmäßig um Längen überlegen. Und sie brauchten, wie Ariel bereits erkannt hatte, in der Tat nicht mehr zu tun, als die Zeit abzusitzen und zu warten, bis Hunger und Zermürbung Lahn überrollten.

Yarne Bork hatte Emilijans Arm gepackt und hielt ihn fest umklammert. In den Blicken der meisten Rebellen flammte unter der Anwesenheit des Thronerben blanker Hass auf. Und Yarne fragte sich, wie lange sich die Rebellen noch zurückhalten würden, bis der Drang nach Vergeltung in ihnen die Oberhand gewann. Ob sie sich davon abbringen lassen würden, selbst wenn es Danis wider aller Erwartungen tatsächlich gelingen sollte, den Rebellenführer davon zu überzeugen, das Vidar nicht stattfinden zu lassen.

Len Bold führte sie durch das Lager, vorbei an hunderten Kriegern, die an Feuern saßen, ihre Waffen reparierten oder mit ihnen trainierten. Einige von ihnen hatten Wild erlegt und zogen den toten Tieren das Fell vom Fleisch. Beißender Rauch lag über dem Lager der Rebellen.

Vor einem der Feuer blieb Len stehen und wandte sich an den Stammesfürsten. „Den Thronerben", sagte er dann fordernd. „Meine Männer werden sich jetzt um ihn kümmern."

„Nein", entglitt es Neyla erschrocken und der Blick des Rebellenführers traf sie unvermittelt. „Das war keine Bitte, Prinzessin", bemerkte Len und bedachte Neyla mit einem abschätzenden Blick.

„Gebt mir Euer Wort, das er unversehrt bleibt!", forderte Neyla. Der förmliche Ton der Prinzessin schien irgendetwas in Len zu verändern.

Neyla glaubte, soetwas wie Überraschung in seinem Gesicht lesen zu können.

„Für den Moment." Len Bold lächelte zustimmend und bedeutete ihr mit einer Handbewegung, am Feuer Platz zu nehmen.

Zögernd übergab Yarne den jordanesischen König an einen der Rebellen und ließ sich mit Ariel, Tok, Wim und Danis am Feuer nieder.

Lautlos setzte sich Len neben Neyla und schaute interessiert in die Runde. „Ich hätte es für einen Witz gehalten, wenn man mir noch vor ein paar Mondläufen gesagt hätte, dass eine Handvoll Anarten ausgerechnet den jordanesischen König beschützen."

„In dem Punkt sind wir uns schon mal einig", brummte Yarne und starrte in das Feuer. „Allerdings gilt unser Interesse weniger dem Thronerben, als der Zukunft Anartiers. "

Len wirkte fast ein wenig überrascht, dass der Stammesfürst ohne Umschweife auf sein Begehren zu sprechen kam.

„Die Stammesfürsten und ihre Erben sind mit der jordanesischen Führung übereingekommen", fuhr Yarne fort.

„Mir sind die Einzelheiten des neuen Friedensvertrages bekannt", antwortete Len Bold ruhig und sah Yarne prüfend an. Mit seiner Hand deutete er über das Lager. „Aber bevor es Frieden gibt, will das Volk Anartiers seinen Rachedurst stillen. Ihr seid mit den Regeln und Grundsätzen des Vidar vertraut. Es trifft niemals einen Unschuldigen."

„Stirbt der Thronerbe auf anartischem Boden und dazu noch durch anartische Hand, wird es keinen Frieden geben", versicherte Danis dem Rebellenführer mit fester Stimme.

„Mein Bruder hat Vorkehrungen im Fall seiner Versehrtheit getroffen", erklärte Neyla an Len gewandt. „Eure, sich noch in Gefangenschaft befindlichen, Männer werden hingerichtet und die anartische Mitregentschaft, die durch meine Vermählung mit Danis Bork entstanden ist, wird verworfen, da mein Onkel den ehernen Thron besteigt. Insgesamt wird der Tod des Königs als feindliche Handlung gewertet werden."

„Ich befürworte lieber einen Krieg mit Jordanes, als den Krieg im eigenen Land", antwortete Len und sah zu Danis. „Wie steht es um euch?"

„Keine Seele Anartiers würde der Tod des Thronerben mehr befriedigen als die Meine", pflichtete Danis dem Rebellenführer bei. „Aber Rache ist ein kurzweiliger Genuss."

„Der alte Narben aufreißen wird", bemerkte Ariel. „Wenn es möglich ist, einen Weg zu finden, den Frieden zu erhalten und dem Wunsch unserer Männer nach Vergeltung nachzukommen…"

„Du redest davon, den Thronerben sang- und klanglos in Thalél Malis verschwinden zu lassen. Das ist nicht das, wonach

Anartier verlangt. Und noch weniger entspricht es dem Vidar" unterbrach Len Bold den Krieger. „Die Auslieferung des Königs ist nicht verhandelbar", sagte Len und im selben Moment, als Neyla sich protestierend erheben wollte, riss seine Hand die Prinzessin wieder auf den Boden zurück. Neyla erstarrte. Der Griff des Rebellenführers um ihr Handgelenk zog sich fester.

„Ney." Ariel blickte zu Neyla hinüber und bemühte sich, seine Verärgerung zu verdrängen. Noch immer schien Neyla die simpelsten Regeln nicht zu verstehen. „Sitzenbleiben!"

„Ich werde Emilijan nicht ausliefern." Neylas Stimme überschlug sich.

„Das habt Ihr bereits getan", antwortete Len flach, sah ihr dabei fest in die Augen und gab ihre Hand frei. „Ich könnte das Vidar nicht einmal mehr verhindern, wenn ich es aufrichtig wollte." Len deutete mit einem Blick über das Lager. „Es liegt an Euch, den Frieden trotzdem zu erhalten."

Das ist unmöglich. Neyla schüttelte langsam den Kopf.

„Wir stehen für dieselbe Sache ein. Nur wollen wir zuvor mit den Wortbrüchigen und Verrätern der Vergangenheit abrechnen", ließ Len die Prinzessin bekräftigend wissen. „Das Vidar dient der Rache. Die Furcht davor schürt Respekt. Und Respekt wird jeden weiteren König, Stammesfürsten oder Stammeserben unserer beiden Reiche davon abhalten, dieselben Fehler ein zweites Mal zu begehen."

Neyla sah in die Gesichter der Krieger und erkannte, dass sie der Argumentation des Rebellenführers folgten, auch, wenn das einen erneuten Krieg mit Jordanes bedeutete. Danis hatte sie davor gewarnt, Emilijan nicht vor dem Vidar schützen zu können. Doch jetzt, wo jegliche Hoffnung wich, erschien es Neyla unmöglich, Emilijan bereitwillig aufzugeben.

„Ich werde nicht zusehen, wie ihr meinen Bruder tötet", wisperte Neyla kaum hörbar an Len Bold gewandt.

Len fing den Blick der Prinzessin auf und hielt ihn fest.

„Natürlich nicht", antwortete er wissend.

Neyla vermochte es nicht, den erhabenen Gesichtsausdruck des Rebellenführers zu deuten, auf dessen Lippen sich ein leises Lächeln zu kräuseln schien, gerade so, als würde ihn ihre Hitzköpfigkeit zutiefst erheitern.

„Du wolltest ihm beistehen." Danis' Stimme klang rau. „Herausfinden, wer er ist. Jetzt ist der Zeitpunkt gekommen. Für beides."

Neyla blickte auf und sah ihren Mann an. Sie fühlte sich leer. Zu leer, um zu weinen, laut zu schreien oder haltlos auf irgendwen oder irgendetwas einzuprügeln. Die Prinzessin starrte Danis einfach nur an und wusste, dass nichts von dem was sie tun oder sagen würde, etwas an der Situation ändern würde. Emilijan würde im Vidar sterben. Grausam sterben.

„Es steht euch frei, dem Vidar beizuwohnen", vernahm Neyla Len Bolds Stimme dumpf. Alles schien plötzlich so weit weg von ihr. „Wir werden das Sühnekreuz noch heute Abend errichten."

Still und ruhig brannten die Feuer im Lager der Rebellen, als man Emilijan an Händen und Armen an das Sühnekreuz fesselte. Er würde die ganze Nacht daran verbringen, um über seine Taten nachzudenken. Das Vidar sollte mit dem Morgengrauen beginnen. Die Rebellen behandelten ihn mit Abscheu in den Gesichtern und dennoch würdevoll und Neyla wusste nicht, ob ihnen dies das Vidar gebot oder Len Bold dieses Verhalten angeordnet hatte. Neyla betrachtete ihren Bruder aus der Ferne. Seltsamerweise schien es so, als ob Emilijan das Kreuz auf seinem Rücken trug, statt an selbiges gefesselt zu sein. Dennoch flackerte Angst im Blick des Königs auf. Etwas, das Neyla an ihrem Bruder vollkommen unbekannt war. Sein Körper wirkte stolz wie eh und je, die Gesichtszüge erhaben und gleichgültig.

Er machte nicht die geringsten Anstalten, sich zu wehren. Aber die Angst in seinen Augen war wach und zügellos.

„Kann ich mit ihm reden?“, fragte Neyla den Rebellenführer mit brüchiger Stimme und konnte nicht verhindern, dass sich in ihrem Tonfall die Hoffnungslosigkeit in ohnmächtige, kalte Wut verwandelte. Len sah die Prinzessin so durchdringend an, dass sie fest davon überzeugt war, er würde ihre Absichten erkennen. Doch dann lächelte Len Bold matt und bedachte Neyla mit einem zustimmenden Nicken.

Und während um sie herum die Rebellen begannen, ein Fest zu feiern, trat Neyla zu ihrem Bruder an das Kreuz.

Lange ruhte der Blick des Königs auf seiner Schwester. „So endet es also“, sagte er irgendwann.

„Es gibt keinen anderen Weg“, flüsterte Neyla.

„Binde mich los. Ich kann wegrennen.“ Emilijan sah Neyla eindringlich an. „Ich kann es schaffen.“

Neyla schüttelte kaum merkbar den Kopf. „Kannst du nicht, Jan“, versicherte sie ihm und Tränen schossen ihr in die Augen. Sie wusste, dass die Rebellen keinen Funken der Gnade mehr in sich tragen würden, wenn ihnen Emilijan nach einem Fluchtversuch in die Hände fallen würde. Ganz zu schweigen davon, was sie mit Yarne, seinen Kriegern oder ihr anstellen würden. Neyla hatte diese Möglichkeit überdacht, lange bevor Emilijan sie ausgesprochen hatte. „Ihr Wunsch nach Vergeltung wird dich immer einholen. Egal wie schnell du rennst, sie werden schneller sein als du. Und egal wo du dich versteckst, sie werden dich finden.“

Das Gesicht des Königs verzog sich zu einer Grimasse. Er nickte und schüttelte zugleich den Kopf, gerade so, als würde er verstehen und es dennoch nicht akzeptieren wollen.

„Ihnen ist egal, ob dein Tod einen weiteren Krieg auslöst. Sie stellen den Seelenfrieden ihres Volkes über den Frieden zwischen unseren Reichen“, erklärte Neyla mit heiserer Stimme.

„Wenn das hier passiert, dann gibt es kein Zurück mehr. Auch für dich nicht. Dieser Verrat kostet dich deinen Namen. Du wirst nicht mehr sein als die Hure eines anartischen Stammeserben." Emilijan schien dieser Gedanke zu widerstreben, denn sein Mundwinkel verzog sich, als würde ihn die bloße Vorstellung daran quälen.

„Denkst du, das weiß ich nicht?" Neyla fuhr sich durch die Haare.

Emilijan ließ seinen Kopf gegen das Holz des Sühnekreuzes fallen und blickte nach oben zu seinen gefesselten Händen. „Weißt du, was sie alles mit mir machen werden?"

„Ja", antwortete Neyla leise. „Du wirst den Tod von Hunderten erleiden."

Emilijan stieß geräuschvoll Luft aus seinem Mund aus und lenkte seinen Blick in den Sternenhimmel.

„Ich werde hier sein, Jan. Bei dir." Neyla trat näher an ihren Bruder heran. „Die ganze Zeit."

„Ich bin kein… *Unmensch*", sagte Emilijan mehr zu sich, als zu Neyla. „Alles, was ich getan habe, tat ich für Jordanes. Bei den Göttern, du hast ja keine Ahnung."

Neyla ließ ihre Stirn auf die Brust ihres Bruders sinken. „Du bist der König, der einen jahrzehntelangen Krieg beendete."

„Kriege beendet man nicht so einfach, Ney", antwortete Emilijan mit rauer Stimme. „Alles, was auf Papier niedergeschrieben wurde, ist vergänglich. Für den wahren, unvergänglichen Frieden braucht es die richtigen Menschen, die zur richtigen Zeit aufeinandertreffen und deren Herzen im Einklang schlagen. Bis dahin unterdrückt man, erpresst und hält den Feind auf Abstand. Wirtschaftliche und politische Allianzen bauen eine Brücke, die zwei Reiche miteinander verbindet. Aber nur wenigen Menschen ist es bestimmt, sie zu überqueren, ohne dabei ins Bodenlose zu stürzen. Vater und ich waren nicht mehr als … *Brückenbauer*. Frieden zu machen war weder ihm noch mir bestimmt."

Noch immer starrte er in den Sternenhimmel, als würden in ihm die Worte liegen, nach denen er rang.

Neyla weinte lautlos und ihre Tränen durchnässten Emilijans Tunika.

„Ich dachte immer, ein König besitzt einen Thron." Emilijan schüttelte lachend den Kopf, senkte den Blick und ließ ihn über das Lager gleiten. „Aber die Wahrheit ist, dass der Thron den König besitzt. Man verliert das, was man einmal war, um jemand zu werden, der den ehernen Thron voll und ganz ausfüllt." Sein Kinn ruhte jetzt auf Neylas Kopf und ihre Locken verfingen sich in seinen Bartstoppeln. „Du wolltest wissen, warum ich so versessen darauf bin, dass du mich hasst? Das hier ist der Grund. Dieser gottverfluchte Tag", flüsterte Emilijan in die wilden Locken seiner Schwester. „Ich habe mich immer gefragt, wann er kommen würde. *Wie* es passiert. Aber das hier übertrifft selbst meine kühnsten Vorstellungen."

„Jan."

„Du bist diejenige, der es bestimmt ist, die Brücke zu überqueren, Ney. Dafür wurde ich in diese Welt geboren und dafür werde ich sterben", fiel der König seiner Schwester leise ins Wort. „Ich denke, ich habe Fehler gemacht, aber Weena würde darauf bestehen, dass alles vorherbestimmt war. Mich hat immer der Gedanke getröstet, dass du mich am Ende dieses Weges hassen würdest. Dass du nicht wegen mir weinst. Oder auch nur ein einziges Mal zweifelst. Und, wer weiß das schon, aber … vielleicht habe ich dich wirklich auf eine unverzeihliche Art und Weise gehasst, weil du das sein wirst, was ich immer gern gewesen wäre." Der König hauchte einen Kuss in Neylas Haar. „Aber jetzt erscheint mir der Preis für das alles sehr hoch. Ich hätte auf deiner Hochzeit gern mit dir den Tanz getanzt, der unserem Vater vorbestimmt war."

Unaufhaltsam rannen Neyla die Tränen über die Wange.

„Es gibt einen Weg, das hier zu beenden", flüsterte Emilijan dann und wirkte dabei, als müsste er sich selbst überwinden, seine Gedanken auszusprechen. Neyla blickte auf und sah Emilijan in die Augen. Sie verstand ihn auch ohne ein weiteres Wort. Und statt ihm zu antworten, schmiegte sie sich wieder an die Brust ihres Bruders und atmete seinen Geruch ein, der auf ihrer Zunge nach Kinderlachen und unbeschwerten Tagen schmeckte. Die Prinzessin schloss die Augen und stellte sich vor, sie würde in den Armen ihres Bruders liegen und mit ihm durch den Saal der Lahnburg tanzen.

Thalél Malis ist ein verdammtes Schlangennest. Jeder klar denkende Mensch würde es anzünden. Aber du nimmst einen Stock in die Hand und stocherst darin herum.

Neylas Hände ruhten auf Emilijans kaltem Oberkörper, als sich eine warme Hand nachdrücklich auf ihre Schulter legte.

„Es wird Zeit, Ney", raunte Danis' Stimme an ihr Ohr. Neyla öffnete die Augen und starrte hinauf in den grauen Himmel. Sie hatte die ganze Nacht hindurch mit Emilijan den letzten Tanz getanzt. Jetzt fühlten sich ihre Beine taub und ihre Hände fremd an. Danis' Hand löste auf ihren Schultern einen leichten Druck aus. Es war so weit. Nur sehr langsam ließ Neyla die Hände von der Brust ihres Bruders sinken. Ihr Blick richtete sich dabei auf die blutdurchtränkte Tunika des Thronerben, die unter ihren Händen zum Vorschein kam. Und dann auf den Dolch, den ihre Hände unendlich lange Zeit in das Herz ihres Bruders gedrückt hatten. Wie paralysiert betrachtete Neyla ihre blutverschmierten Handflächen, in denen sich das Heft des Dolches eingeprägt hatte. Dann blickte sie an sich hinunter und realisierte Emilijans Blut, das ihre Kleidung durchtränkt hatte.

„Zur Hölle, Neyla. Was hast du getan?", flüsterte Danis fassungslos, als sich Neyla langsam zu ihm herumgedreht hatte. Das Blut des Thronerben klebte überall an Neyla. Widerstrebend beherrschte Danis den aufsteigenden Impuls mit der Hand über das Kinn seiner Frau zu wischen, an dem das geronnene Blut des Königs haftete. Neyla wirkte abwesend. Ihre Augen waren verquollen, und ihr Körper zitterte vor Müdigkeit, Kälte und Schwäche. Sie hatte die gesamte Nacht bei ihrem Bruder verbracht.

Danis griff an Neyla vorbei und hob Emilijans Kopf leicht an. Er betrachtete den Thronerben und suchte nach einem winzigen Funken Leben. Aber da war nichts mehr.

Lautlos trat Len Bold zu ihnen heran. Er analysierte die Situation sehr genau, las in Danis' Gesicht Unkenntnis und in dem der Prinzessin Gleichgültigkeit. „Einer wird dafür bezahlen müssen", sagte Len mit ernster Stimme.

„Ihr habt, was ihr wolltet." Neyla sah Len mit leerem Blick an. „Er ist tot."

„Gnadentod!", schrie einer der Krieger, der um sie herumstand. „Der Bastard nahm hunderten unserer Männer das Leben und stirbt einen Gnadentod?"

Zustimmung grollte durch die Reihen der Rebellen.

Len schüttelte den Kopf und sah Danis dabei ernst an. „Das hier hätte nicht passieren dürfen." Fast mitleidig wanderte sein Blick zu Neyla. Er gab ein schlichtes Handzeichen. Die Prinzessin wurde von einem Rebellen gepackt und von Danis fortgezogen.

Neyla kreischte.

Danis, der seiner Frau zur Hilfe eilen wollte, hielt inne, als einer der Rebellen ein Schwert zückte und ihm entschlossen gegenübertrat.

Auch Yarne, Wim, Ariel und Tok wurden von Rebellen in Schach gehalten.

„Die Blutrache muss durch anartische Hand geschehen", sagte Len Bold mit lauter Stimme. „Und heute *werden* jordanesische Sünden durch anartische Hand gerächt!"

Ein Aufschrei der Zustimmung ging durch das Lager der Rebellen.

„Der Thronerbe starb durch anartische Hand." Nur schwach durchdrang Neylas Stimme die Unruhe im Lager.

Der Anführer der Rebellen trat näher an die Prinzessin heran.

„Tötet ihr mich, tötet ihr eine von euch."

Danis sah die Prinzessin entgeistert an. Neyla bekannte sich zu ihrer Abstammung? Das war ein kluger Schachzug. Aber was, zur Hölle, hatte Emilijan ihr kurz vor seinem Tod offenbart? Nur die Wahrheit über Lucien? Oder die ganze Wahrheit?

„Die Vermählung mit einem Stammeserben macht dich noch lange nicht zu einer Tochter unseres Volkes", bemerkte Len scharf.

„Das nicht." Danis fing Neylas Blick auf. „Aber ihr Blut macht sie zu einer von uns."

Gemurmel und Getuschel machte sich unter den Rebellen breit. Aufmerksam ruhte Lens Blick auf Danis und Neyla.

„Ihre Mutter, Lucien Dorn, trug bereits ein Kind unter dem Herzen, als sie nach Thalél Malis aufbrach. Aber der Vater des Kindes war nicht der jordanesische König, sondern ein Krieger unseres Stammes", fuhr Danis Bork fort.

„Wie lange weißt du es schon?" Enttäuschung flackerte in Neylas Blick auf und sie wirkte dabei zu schwach, um den Anflug aufkommender Wut auf ihren Schultern tragen zu können.

„Ich habe es kurz vor unserer Hochzeit erfahren." Danis blickte über seine Schulter hinweg zu Yarne und Ariel.

Neyla verstand. Auf einmal machte sogar Ariels und Yarnes umgängliches Verhalten einen Sinn. Warum sie stets bemüht waren, in ihr eine Kriegerin zu sehen, statt die Prinzessin Jordanes'. Anarten ließen ihresgleichen niemals zurück. Und sie *war* eine Tochter Anartiers.

„Könnt ihr das beweisen?" Len Bolds wirkte trotz seiner Nachfrage alles andere als zweifelnd.

„Sie trägt eine Rune", rief Ariel mit fester Stimme. „Hinter ihrem linken Ohr."

Neyla ließ es zu, dass der Rebell, der sie festhielt, ihr die Haare aus dem Nacken strich und ihren Kopf grob herumriss, um sich von Ariels Behauptung zu überzeugen.

„Othala“, brummte er dann ungläubig. „Othala.“ Wiederholte er lauter und sah Len Bold an.

Familie. Tonlos formulierten Neylas Lippen dieses Wort.

Len Bolds Gesichtszüge blieben ausdruckslos.

Der Rebell gab Neyla frei und trat einen Schritt zurück.

Abwartende Stille lag jetzt in der grauen Morgendämmerung des Tages.

„Schlagt sie an das Kreuz!“, schrie ein Mann. „Das Blut unserer Männer klebt auch an ihren Händen!“ Seine Worte fanden laute Zustimmung.

Neyla spürte die Bewegung in ihrem Rücken, welche die Männer mit ihrem Drang nach Rache verursachten.

„Der Blutrache ist genüge getan. Jordanesische Sünden wurden heute durch anartische Hand gerächt“, hallte Len Bolds Stimme dann entschlossen über dem Lager wider. Kraftvoll und bestimmt übertönte sie die Rufe seiner Männer. Er deutete mit einem Nicken zu Neyla. Der Rebellenführer drehte sich um die eigene Achse, um möglichst vielen seiner Männer in die Augen sehen zu können. „Gehen wir nach Hause, zu unseren Frauen und Kindern! Lasst uns die Feuer löschen, die wir entzündet haben. Denn künftig wird anartisches Blut auf dem ehernen Thron sitzen!“, tönte seine Stimme. Dem Anführer entging nicht, dass seine Worte es nicht vermochten, den Rachedurst aller anartischen Männer vollends zu stillen. Noch immer erklangen Stimmen, die Neylas Tod einforderten.

„Wir wollten Jordanes fallen sehen! Heute *ist* Jordanes gefallen.“ Len deutete mit der Hand auf Emilijans Leichnam, während er mit langsamen Schritten auf Neyla zuging und sie mit durchdringendem Blick festhielt. Ganz nah neben ihr blieb er stehen. Er sah von Neyla zu seinen Männern. „Und Anartier steht aufrechter denn je.“ Seine Schulter berührte die ihre. Neyla zuckte zusammen, als er sein Schwert zog. „Das war es, weshalb wir nach Lahn gezogen sind und uns gegen die Stammesfürsten gestellt haben! Weshalb Feuer anartische Häuser niederbrannte und anartische Krieger das Blut ihrer eigenen Landsleute vergossen haben." Lens Stimme nahm einen unheilvollen Klang an, als er das Schwert in Richtung der Männer erhob, deren Stimmen sich noch immer gegen Neyla richteten. „Ich habe nicht vergessen, worum es hier geht. Und ich bin bereit einen jeden von euch daran zu erinnern, der versucht, der zukünftigen Königin auch nur ein Haar zu krümmen."

Königin. Dieses Wort legte sich in bleierner Schwere über das Rebellenlager und lähmte auch die letzten Stimmen des Protestes. Lens Mundwinkel zuckte befriedigt.

„Eine Rückkehr nach Thalél Malis ist nach dem Tod des Thronerben nicht möglich", bemerkte Danis in die Stille.

„Warum?" Len breitete seine Arme aus und zuckte mit den Schultern. „Erzählt in Thalél Malis die Wahrheit! Dass der Thronerbe durch die Hand seiner Schwester starb, die ihn vor der anartischen Blutrache bewahren wollte."

„Die ganze Wahrheit lässt sich nicht für immer verbergen", wandte Yarne mit dunkler Stimme ein. „Irgendwann wird herauskommen, welchen Blutes die Prinzessin ist."

„Und wenn es so weit ist, werden wir da sein." Len Bold nickte Neyla zu. „Um unsere Königin zu schützen!" Er ging vor Neyla auf die Knie und legte sein Schwert vor sich auf den Boden. Fest sah er zu ihr auf, bevor er den Blick und seinen Kopf ergeben senkte. Und als Neyla aufsah, taten hunderte anartische Männer dasselbe. Sie gingen auf die Knie, legten ihre Waffen vor sich ab und senkten ihre Häupter.

Ein Windhauch wirbelte Neylas Haare zurück. Er trocknete das Blut auf ihrer Haut und hinterließ ein Gefühl, als würden die Verkrustungen ihre Haut bis zum Zerreißen spannen. Neyla warf einen letzten Blick zurück auf Emilijans leblosen Körper. *Seltsam*, dachte sie. *Ich habe so viel Kraft darauf verschwendet heraus zu finden, was für ein Mensch er wirklich gewesen war, ohne jemals auch nur den Hauch einer Ahnung davon zu haben, wer ich eigentlich bin.* Sie war nicht das Kind ihres Vaters und auch nicht die Schwester ihres Bruders. Sie war es nie gewesen. Das Feindesland war ihre wahre Heimat und sie liebte den Mann, den sie hassen sollte. *Jetzt* war sie der Feind in ihrem eigenen Land.

„Ney." Danis trat dicht an Neyla heran.

„Bring mich hier weg", flüsterte Neyla tonlos. Danis hob sie auf seine Arme und sie umschlang seinen Nacken, verbarg ihr Gesicht an seiner Schulter, als er mit ihr durch die Reihen der Krieger schritt, die noch immer auf dem Boden knieten.

Danis trug Neyla, gefolgt von Yarne, Ariel, Wim und Tok durch das Lager in den Wald, an eine Stelle, an welcher der Strom der Lahn seine Wildheit verloren hatte und ruhig und klar durch ein Steinbett floss.

Vorsichtig wusch Danis seiner Frau das Blut von den Händen und aus ihrem Gesicht. Es schmerzte ihn, dass Neyla litt und dennoch sah er keine Möglichkeit, ihr den Schmerz abzunehmen. Sie musste ihn erfahren und wenn sie bereit dazu wäre ihn bedingungslos anzunehmen, würde sie stärker sein als jemals zuvor.

Doch dann sah er seine Frau an und erkannte, dass sie immer und immer wieder die vergangene Nacht durchlebte. Wie sie die Möglichkeiten in Gedanken durchspielte, nicht in einer, sondern in unendlichen Variationen. Und wie sehr sie mit der Entscheidung rang, die sie letztendlich getroffen hatte. Den Schmerz anzunehmen, sah anders aus.

Ariel trat an sie heran und blieb stehen. Nachdenklich betrachtete er Neyla. „Wir müssen überlegen, was wir jetzt tun."

„Wenn ich nicht nach Thalél Malis zurückkehre, war alles

umsonst“, antwortete Neyla leise und Danis sah überrascht auf.

„Deine Rückkehr ist mit Gefahren verbunden. Du musst glaubwürdig den Tod deines … des Thronerben schildern. Und selbst wenn du dann den ehernen Thron besteigst, wirst du immer damit rechnen müssen, dass die Wahrheit ans Licht kommt. Du kannst deine Abstammung verleugnen, aber sie wird immer ein Teil von dir sein. Wenn sie zu Tage kommt, bist du nirgendwo in Jordanes noch sicher“, antwortete Ariel bestimmt.

„Wenn ich es nicht versuche, *wird* es Krieg geben.“ Neyla starrte unentwegt in das klare, fließende Wasser, welches das Blut ihres Bruders belanglos fortspülte. „Wenn ich es versuche, nur vielleicht.“ Einen Augenblick lang schien sie nachzudenken.

Danis und Ariel tauschten einen Blick miteinander aus.

„Willst du gar nicht wissen, wer dein Vater war?“, fragte Ariel mit rauer Stimme und ging neben Neyla in die Hocke.

„Mein Vater starb durch die Hand meines Mannes.“ Neylas Stimme klang müde.

Ariel nickte stumm. Es war nicht die Zeit für Offenbarungen.

„Begleitest du uns nach Thalél Malis?“ Neyla sah Ariel in die Augen. Irritiert nickte der Krieger. Blanca hatte ihn gebeten, sich vor dem Adler in Acht zu nehmen. Jetzt war er im Begriff, seine Schwester in die Hochburg des Adlers zu begleiten. Das Schicksal schien sich heute, ebenso wie vor zehn Jahren, nicht aufhalten zu lassen. „Natürlich“, sagte Ariel bekräftigend und schmeckte dabei die Bitterkeit der Vorahnung und seiner eigenen Angst.

„Der Leichnam meines Bruders muss gewaschen und in ein weißes Leinentuch gewickelt werden. Ich werde ihn nach Thalél Malis überführen, damit er nach unseren Sitten beerdigt werden kann.“ Mit ausdruckslosem Gesicht blickte Neyla zu Danis und Ariel. „Würdet ihr mir dabei helfen?“

Die Abscheu in Ariels Gesicht sprach Bände, dennoch war er der Erste, der zustimmend nickte. „Natürlich“, wiederholte er dabei verloren.

„Ney?“ Danis bedachte seine Frau mit einem wachsamen Blick. „Was hat dir Emilijan erzählt?“

„Ich weiß nicht, womit ich anfangen soll. Ob es überhaupt einen Anfang gibt.“ Neyla legte den Kopf etwas schief und betrachtete Danis, während sie nach Worten suchte. „Im Nachhinein ergibt so vieles einen Sinn.“, sagte sie dann leise.

„Versuche, es uns zu erklären“, bat Danis mit ruhiger Stimme.

Neyla blinzelte eine Träne weg und atmete tief durch. „Mein Vater wusste, dass ich nicht sein leibliches Kind war. Alles, was passierte, geschah in seinem Wissen.“

Ariel betrachtete seine Schwester und versuchte, sich nicht ansehen zu lassen, dass ihn ihre Worte nicht wirklich überraschten, da er diese Möglichkeit in einer Unterredung mit Danis schon lange in Erwägung gezogen hatte.

„Weena hatte meinem Vater prophezeit, dass es nur dann wahrhaftigen Frieden zwischen unseren Reichen geben würde, wenn ein Falschblut den ehernen Thron besteigt“, erzählte Neyla mit leiser Stimme weiter.

„Falschblut“, wiederholte Danis und fuhr sich mit dem Finger nachdenklich über die Unterlippe.

„Ja. Ein Mensch, einzig geboren dazu, seines Blutes wegen zwischen zwei Stühlen zu sitzen. Zwischen zwei Reichen. Für beide das Herz im selben Takt schlagen zu lassen, um sie in Frieden zu einen, das ist die Bestimmung, die man mir in die Wiege legte.“ Unsicher sah Neyla zu Danis und Ariel. „Bevor mein Vater starb, erzählte er Emilijan, dass die ihm verbleibende Zeit auf dem ehernen Thron begrenzt sei und einzig und allein dazu dienen würde, eine Brücke zu Anartier zu bauen, über die mein Weg zum ehernen Thron führen würde.“

„Aber Emilijan war jung. Und er machte Fehler“, erkannte Danis.

Neyla nickte matt. „Mit dem Tod meines Vaters und seinen

letzten Worten brach Emilijans Welt, wie er sie kannte und verstand, zusammen. Von heute auf morgen sollte er Trauer, Wut und Hass begraben und die richtigen Entscheidungen treffen, um *mir* den Weg zu ebnen. *Mir.* Einer Frau, in deren Adern dasselbe Blut fließt, wie in denen des Feindes. Wie in den Adern des Mörders seines Vaters. An jenem Tag, an dem er die anartischen Krieger köpfen ließ, um Yarnes Beitritt zu dem Bündnis zwischen Modorok, Thore und Thalél Malis zu erpressen, suchte Weena eine Vision heim. Sie sah in ihren Träumen Yarne Bork, der Thalél Malis bis auf die Grundmauern niederbrannte."

„Also fing Emilijan an, die Dinge zu retten, die er losgetreten hatte", konstatierte Ariel nachdenklich. Hin- und hergerissen zwischen humorlosem Lachen und Kopfschütteln fuhr er sich mit der Hand durch die Haare. „Er ließ Danis am Leben. Als Unterpfand. Als er sich dazu entschloss, dir Danis zur Seite zu stellen, führte eines zum anderen. Mit Danis hast du gelernt, dein eigenes Land infrage zu stellen, zu überleben und Anartier mit anderen Augen zu betrachten."

„Ja." Neyla lächelte Danis schwach an. „Trotzdem änderte sich nichts an Weenas Visionen. Im Gegenteil, sie wurden immer unverständlicher. Erinnerst du dich an den Tag, als du dich dazu entschlossen hast, mich nicht im Bergtau ertrinken zu lassen?"

„Er wollte dich ertrinken lassen?" Ariel blickte ungläubig zu Danis.

„Ich erinnere mich", nickte Danis ungerührt.

„Von da an war sich Weena sicher, dass ich es sein werde, die Thalél Malis zu Fall bringen wird." Neylas Stimme klang brüchig und ihr Gesicht verzog sich zu einer bitteren Miene. „Mein Bruder glaubte, dass es für mein Handeln nur einen einzigen Grund gäbe: die Tiefe unserer Beziehung. Er war sich sicher, dass ich meinem Blut folgen und meine Abstammung über meine Bestimmung stellen würde. Dass ich Thalél Malis stürzen würde."

Neyla seufzte. „Es fiel ihm schwer darauf zu vertrauen, dass ich meine Bestimmung erfüllen würde, ohne dabei das zu zerstören, was er als König zu schützen verpflichtet war."

„Deshalb hat er Kjell ins Spiel gebracht." Danis seufzte.

„Die Lügen ziehen sich durch mein gesamtes Leben", erkannte Neyla und lachte bitter auf.

„Es war Emilijans Idee, durch deine Hand zu sterben?" Ariel erhob sich aus der Hocke und blickte zu Neyla hinunter.

„Ich bin in dieser Absicht zu ihm gegangen."

Das Plätschern des Flusslaufes durchzog den Moment der Stille.

„Scheiße, Dan, ich bin mir echt nicht sicher, was ich von all dem halten soll." Wieder fuhr sich Ariel durch die Haare und schaute sich unsicher zu Yarne und den anderen Kriegern um. „Wir haben keine Ahnung, was uns erwartet, wenn wir nach Thalél Malis reisen. Wir haben nicht mal eine Ahnung, wie sich die Dinge in Anartier entwickeln werden! Selbst, wenn sich jetzt die Rebellion in Wohlgefallen auflösen sollte – Anartier ist ohne Führung. Thore ist krank. Was glaubst du, wie lange es dauern wird, bis Modorok oder irgendein anderer seine Finger nach der Führung Anartiers ausstrecken wird, während wir in Thalél Malis sind? Was nützt es, wenn Neyla in Thalél Malis nach dem Frieden strebt und in Anartier alle Dämme brechen?"

Irgendetwas flammte in Neylas Augen auf. *Kadiel, Danko, Elodie, Emilijan.* In Gedanken betete sie diese Namen vor sich hin.

„Blanca warnte mich vor dem Adler", sagte Ariel dann in die Stille. „Das Wappentier des jordanesischen Königssitzes. Es klang nicht gerade nach einer banalen Warnung. Eher so, als würde es mich in Thalél Malis erwischen. Ich schätze also, wir sollten uns auf alles vorbereiten." Ariel versuchte ein gelassenes Grinsen, aber seine angespannte Körperhaltung verriet seine Sorge.

Eine tiefe Falte grub sich in Danis' Stirn. „Vielleicht solltest du in Anartier bleiben. Thore braucht eine fähige rechte Hand."

„Ich habe dich vor zehn Jahren schon einmal in Thalél Malis im Stich gelassen." Ariels Blick verfinsterte sich. Was hatte sich Blanca damals nur dabei gedacht, ihm zu verschweigen, dass Danis am Leben und in Gefangenschaft geraten war? „Das passiert nicht noch einmal, Bruder. Ich bin, wo du bist."

In seinem Rücken trat Yarne Bork heran. Er räusperte sich, um seiner Anwesenheit Ausdruck zu verleihen. „Tok wird euch nach Thalél Malis begleiten", sagte er dann und ließ seinen Blick durch die Gegend schweifen. „Ich werde mit Wim in Lahn bleiben. Ein paar Dinge regeln mit Modorok und Thore. Nichts ist unberechenbarer als ein Land ohne Führung."

„Du sprichst mir aus der Seele", stimmte Ariel dem Stammesfürsten zu.

„Neyla. Auch wenn du vertrautes Land betreten wirst, so ist es jetzt letztendlich Feindesland für dich. Du bist nun Teil meiner Familie und nimmst zudem alles mit, was mir etwas bedeutet. Ich muss mir sicher sein, dass du weißt, was auf dich zukommt. Das du vorbereitet bist." Mit ernster Miene überging der Stammesfürst Ariels Bemerkung und sein Blick blieb an Neyla haften.

Sehr langsam erhob sich Neyla. „Ich werde heimkehren, Yarne", sagte sie dann. „Und mit der Hilfe der Götter werde ich nicht des Königsmordes bezichtigt. Ich werde den ehernen Thron besteigen und versuchen, unsere beiden Reiche über den Friedensvertrag hinaus zu vereinen. Tu du das, was nötig ist, um Anartier zu stärken. Wenn es so weit ist, werde ich mit der Führung deines Landes am Runden Tisch in Thalél Malis sitzen … und wir werden einander auf Augenhöhe begegnen. Dieser gottverfluchte Krieg wird der Vergangenheit angehören und kein einziger der Menschen, die wir liebten, wird umsonst gestorben sein."

Lange sah Yarne Neyla an. Dann trat er an sie heran und seine Lippen berührten ihre Stirn. „Dir ist klar, dass die Möglichkeit besteht, dass dieser Krieg niemals enden wird?“ Warm hauchte sein Atem gegen ihre Stirn. „Auf welcher Seite wirst du dann stehen, Ney?“ Yarne erwartete keine Antwort, er wollte, dass sie darüber nachdachte. Das schlussfolgerte Neyla daraus, dass er sich abwandte, noch bevor sie auf seine Frage hätte antworten können.

„Mein Sohn.“

„Vater.“ Danis umarmte den Stammesfürsten auf eine Art und Weise, die Neyla nur bei anartischen Kriegern wahrgenommen hatte. Innig und mit geschlossenen Augen klopften sie dem jeweils anderen mit der linken Hand auf die Schulter, während sie einander ihre rechten Hände zwischen ihren Körpern festhielten und einen Moment lang innehielten. Dann lösten sich die beiden voneinander und Yarne wandte sich Ariel zu.

„Ariel.“

„Yarne Bork.“

Die beiden umarmten einander auf dieselbe Art und Weise.

„Du gehörst zu ihr. Und sie gehört jetzt zu meiner Familie. Das macht dich ebenfalls zu einem Teil davon. Ich rate dir also am Leben zu bleiben. Anderenfalls werde ich dir so kräftig in den Arsch treten, dass du meine Stiefel fressen kannst. Verstanden, Ariel Frost?“, raunte Yarne dem Krieger ins Ohr.

„Aye.“ Ariel grinste unsicher. „Das Gleiche gilt für dich und den alten Mann.“

Leichter Schneefall hatte eingesetzt, als sie den Nordwandpass erreichten. Die zarte Schneedecke zu ihren Füßen dämmte den Hufschlag der Pferde und alle Geräusche der Umgebung. Es schien so erschreckend still. Über ihnen wälzte sich der graue

Himmel mit dunklen Wolken hinweg und vor ihren kalten Nasen gefror ihr eigener Atem. Neyla wurde zu ihrer rechten und linken Hand von Danis und Ariel flankiert. Hinter ihnen ritten mehr als ein Dutzend Männer aus Yarne Borks Stamm, noch einmal so viele Männer von Thore sowie zwei Dutzend Rebellen und Len Bold, die sich ihnen noch in den Lahnwäldern angeschlossen hatten. Irgendwo dazwischen schleifte eine Holztrage mit Emilijans, in weiße Leinen gehülltem, Leichnam über den Boden und hinterließ zwei Streifen im unberührten Schnee. Das Geräusch, des über den Boden schleifenden Holzes, verfolgte Neyla selbst dann noch, wenn sie nachts neben Danis auf einem Tierfell am Feuer lag. Es war nicht mehr als unterschwellig und dennoch lauter als das Getrampel der Pferde. Und der Schnee vermochte es nicht, dieses Geräusch zu dämpfen. Es zu verbergen. So, wie er es mit dem Rest der Welt tat.

Es fühlte sich nach purer Erleichterung an, als Len Bolds Männer die Trage von dem Pferd losbanden und sie aufnahmen, um sie durch den steinigen Nordwandpass zu tragen. Neyla hätte beinahe für alle hörbar aufgeatmet. Doch je näher sie Thalél Malis kamen, desto mehr schnürte sich ihre Brust zu. Neyla konnte förmlich spüren, wie sich ihre Gesichtszüge unter der Anspannung verhärteten. Dabei gaben sich Ariel und Danis alle Mühe, die Last von ihren Schultern zu nehmen. Sie gaben dem Tross die Anweisungen und organisierten die gesamte Reise nach Thalél Malis, trugen zudem stets ein müdes Lächeln auf den Lippen, welches gerade so wirkte, als hätte man sie dabei ertappt, wie sie einen Wolf am Schwanz ziehen.

Doch die Wärme, die ihr von den beiden Kriegern entgegenschlug, änderte nichts an dem Wintereinbruch und der damit verbundenen eisigen Kälte, die sich durch Lagen von Kleidung fraß, sich unangenehm unter der Haut ausbreitete und einen Film von Feuchtigkeit unter den Stoffen hinterließ, von dem man nicht wusste, ob es Schweiß oder einfach nur getauter

Schnee war. Irgendwann passierte die Entourage die Bauernsiedlung und Neyla erkannte in der grauen, schneeverwehten Ferne die dunklen Mauern von Thalél Malis. Je näher sie dem Königssitz kamen, desto schneller schlug ihr Herz bei der Erkenntnis, dass es sich um die anartischen Gefangenen handelte, deren halb nackte Gestalten gefesselt und mit Seilen um ihren Hälsen auf den Mauern rund um Thalél Malis standen und zitternd im aufkommenden Schneesturm schwankten wie die Masten von Schlachtschiffen.

Neyla kniff die Augen zusammen.

„Sag mir, dass es nicht das ist, von dem ich *glaube*, dass es das ist", wandte sich Ariel tonlos an sie.

„Es ist, was es ist", antwortete Neyla leise.

„Heilige Scheiße. Euer Onkel scheint sich schon gut im Königssitz eingelebt zu haben."

Neyla erahnte das Lächeln auf Len Bolds Lippen, ohne sich nach dem Krieger umzusehen. „Wir sollten uns beeilen", sagte sie in den Schneesturm und trieb ihr Pferd an.

Nur mühsam kamen sie voran. Eisig und scharf wie Nadelspitzen trafen die Schneekörner sie im Gesicht.

Die Zugbrücke zu Thalél Malis war hochgezogen und Neylas Herz pulsierte. Sie schob sich die Kapuze ihres Umhanges vom Kopf und blickte nach oben. „Ich bin die Thronerbin von Thalél Malis", rief sie dann mit fester und lauter Stimme und der Schneesturm trug sie davon. „Mich begleiten mein Mann, Danis Bork, und Männer seines Volkes."

Sekunden vergingen, bevor General Aaden hinter einem der anartischen Gefangenen hervortrat. „Ihr solltet in Anartier sein, Prinzessin. Und statt Euch sollte Euer Bruder vor diesem Tor stehen."

„Mein Bruder begleitet uns, General Aaden", gab Neyla standhaft zurück. Sie deutete mit einem Blick über ihre Schulter hinweg zu der Trage, auf der Emilijans Leichnam lag. Vorsichtig zog sie aus der Innentasche ihres Umhanges die Papierrolle, auf welcher die Friedensvereinbarungen zwischen Anartier und Jordanes schriftlich fixiert waren und hielt sie demonstrativ in die Luft. „Der Frieden zwischen Anartier und Jordanes ist auf dem Papier mit der Unterschrift meines Bruders besiegelt. Bleibt das Tor verschlossen, endet er hier und jetzt."

General Aaden schien einen Moment lang zu überlegen. „Ihr könnt passieren, Prinzessin. Die Männer bleiben, wo sie sind."

„Ohne diese Männer gehe ich nirgendwo hin!", donnerte Neylas Stimme über den Schneesturm hinweg. Die Prinzessin ließ die Papierrolle in die Öffnung ihres Stiefels gleiten. „Sie können ihre Waffen ablegen, aber sie werden mich begleiten."

„Zur Hölle, Ney, ich leg doch nicht meine Waffen ab!", fluchte Ariel.

„Wie Ihr wünscht", gab General Aaden mit einem Nicken zurück.

„Neyla, das ist wirklich keine gute Idee." Danis blickte Neyla mit erhobener Augenbraue an.

„Legt eure Waffen nieder", rief Neyla unbeeindruckt dem Tross in ihrem Rücken zu. Und sie war selbst erstaunt, dass die anartischen Krieger anstandslos ihren Worten folgten. Schwerter wurden aus ihren Gürtelscheiden gezogen und in den Schnee geworfen. Gefolgt von Messern. Pfeilen und Bögen. Wurfsternen und Äxten. Schildern.

Ariel und Danis waren die Letzten, die seufzend ihre Waffen in den Schnee gleiten ließen.

„Dir ist klar, dass ich auch mit bloßen Händen ein paar von ihnen mitnehmen werde, bevor ich sterbe?", knurrte Ariel seine Schwester an.

„Ja", nickte Neyla. „Mir schon. Ihnen nicht." Sie deutete mit einer vagen Kopfbewegung zu den Mauern Thalél Malis'. „Aber solange wir nicht über die verdammte Zugbrücke reiten können, ist nichts davon von Bedeutung.“

Knarrend durchbrach das langsame Herunterlassen der Zugbrücke den pfeifenden Wind des Schneesturms. Und Neyla konnte förmlich das Unheil spüren, welches mit ihr zu Boden gelassen wurde.

Wie im Traum passierte sie die Zugbrücke, die ihr so vertraut war. Der Klang der Hufschläge der Pferde auf dem Holz hallte in ihrem Kopf wider. Neyla legte den Kopf in den Nacken und einen winzigen Moment lang streifte der Schatten der Brücke ihr Gesicht. Ihr Pferd kam im Hof zum Stehen. Die Mauern dämpften den Wind, nahmen ihm Kraft. Jedoch nicht dem Schnee. Neyla sah in den grauen Himmel. Schneeflocken fielen auf sie herab und wirkten dabei, als wären sie endlos lang und spitz. Als kleines Mädchen hatte sie einmal versucht, Schneeflocken mit der ausgestreckten Zunge zu fangen. Die Erinnerung daran durchzuckte ihren Geist, als sie vom Pferd stieg und auf General Aaden zuging. Neyla entgingen nicht die Männer der königlichen Garde, die mit gezückten Schwertern wachsam im Hof standen.

„General Aaden.“ Neyla nickte dem General zu. „Mich begleiten mein Mann Danis und Abgesandte der zukünftigen anartischen Botschaft in Thalél Malis“, wiederholte sie und deutete mit einer flüchtigen Handbewegung zu Danis und den Männern in ihrem Rücken.

„Und der Rest Eurer Streitmacht?“ Aaden deutete mit seinem Kinn auf Len Bold und die Rebellen.

Neyla zog die Papierrolle aus ihrem Stiefel und hielt sie dem General vor die Nase. „Alles, was hier geschieht, ist im Friedensvertrag niedergeschrieben und von Emilijan, König von Jordanes, unterzeichnet worden. Ihr werdet umgehend dafür sorgen, dass man diese Männer von der Mauer holt. Und sollte dabei auch nur ein Einziger sein Leben verlieren, werdet Ihr Euch dafür verantworten müssen.“ Mit festem Blick sah Neyla

General Aaden in die Augen. „Nickt, wenn Ihr mich verstanden habt!"

Der General senkte ergeben den Kopf. „Euer Onkel befindet sich auf vorausschauendem Wunsch des Königs in Thalél Malis", ließ er Neyla in einem sachlichen Ton wissen und blickte sie abwartend an. „Sollte der König durch anartische Hand ums Leben gekommen sein, verfügt Euer Onkel über die volle Befehlskontrolle der königlichen Garde *und* über Thalél Malis."

„Richtet meinem Onkel aus, dass seine Anwesenheit hier nicht erforderlich ist. Emilijan starb nicht durch anartische Hand", antwortete Neyla. „Ich war es, die ihn tötete." Und sie bemerkte, wie ihre Worte augenblicklich die Stille und Kälte des herabfallenden Schnees übertrafen. Neyla wandte sich zu den Männern der königlichen Garde um. „Der König starb durch meine Hand", wiederholte sie laut und deutlich. „Ich durchbohrte sein Herz mit einem Dolch und blieb bei ihm, bis das Leben aus seinem Körper wich. Und ich tat dies, weil er mich darum bat." Bei der bloßen Erinnerung an diese Nacht bebte Neylas Stimme. „Mein Bruder war sich seiner Verbrechen am anartischen Volk bewusst. Und er hatte Angst davor, die unzähligen Tode des Vidar zu sterben." Neyla blickte wahllos in die Reihen der Gardisten. „Und ich schwöre bei den Göttern, diese Angst wird einem jeden von euch zuteilwerden, der in Zeiten des unverbrauchten Friedens zwischen Jordanes und Anartier weiter anartisches Blut vergießt." Neylas Blick blieb wieder bei General Aaden stehen. „Und jetzt holt diese Männer von den Mauern, verflucht noch mal!", zischte sie ihn an. Die klugen Augen des Generals sahen Neyla forschend an. Dann nickte er und wandte sich wortlos ab, um ihrem Befehl Folge zu leisten. Mit wenigen Worten wies er die ihm untergebenen Männer der königlichen Garde an, die anartischen Gefangenen vorsichtig von den Mauern des Königssitzes herunter zu holen.

Flammend wie immer, nahm Neyla Danis' Anwesenheit in

ihrem Rücken wahr. Ihr sicheres Auftreten hatte ihn beeindruckt, das wusste sie, ohne sein Gesicht auch nur gesehen zu haben. „Mein Onkel ist hier", ließ sie Danis dann wissen, ohne sich nach ihm umzudrehen. „Bereite unsere Männer auf das Schlimmste vor."

Lange stand Neyla im Thronsaal und betrachtete den ehernen Thron, der sich kalt und grau vom Podest erhob.

Dieser Saal war schon immer der kälteste Ort in Thalél Malis gewesen. Aber der eherne Thron machte ihn darüber hinaus auch noch zum einsamsten. Neylas Schritte hallten auf dem steinernen Boden unter ihren Stiefeln wider. Der eherne Thron erschien ihr weder schön, noch war er von besonderer Eleganz. Er war nur eines mit ganz bestimmter Sicherheit: mächtig. So mächtig, dass seine kalte Energie alles in diesem Raum klein und blass erscheinen ließ.

Früher dachte ich immer, dass ein König einen Thron besitz. Heute weiß ich, dass der Thron den König besitzt.

Bei der Erinnerung an Emilijans Worte runzelte Neyla die Stirn. Sie schlang die Arme um ihren Oberkörper und hauchte in die Luft. Ihr Atem gefror. Hier drinnen war es kälter als im Schneesturm. Neyla vernahm das Knarren der Flügeltür zum Thronsaal, dann schwappte ein Luftzug über den Boden.

Neyla musste sich nicht umdrehen, um zu wissen, wer soeben den Thronsaal betreten hatte. Außer ihr und Markos war das niemandem gestattet. „Markos", sagte sie und ihre Stimme glich dem Windhauch, der mit ihrem Onkel durch die Tür gedrungen war: kühl und flüchtig.

„Neyla." Markos' Stimme klang genauso, wie sie in Neylas Erinnerung geblieben war: Wie purpurroter Samt. Nur dunkel entsann sie sich der Wärme und des unbestechlichen Charmes des weitaus jüngeren Bruders ihres Vaters, dem auch sie sich in ihren Kinder- und Jugendtagen nur schwer hatte entziehen können. Lachen ebenso wie Wut, hatte Markos stets offen und aufrichtig ausgelebt. Diplomatie war ihm fremd. Er war ein Mensch, der es pflegte, Sympathien ebenso wenig zu verbergen, wie seine eigenen Laster oder Schwächen. Aber er war ebenso ein Mann, der wusste, was er wollte. Und auch, wie man es bekam. Egal über wie viele Leichen hinweg dies geschah. Es wäre ein Fehler, Markos zu unterschätzen, nur weil sich dieses Abbild der Vertrautheit in ihre Erinnerung eingebrannt hatte.

Neyla blinzelte und schon hauchte ihr Markos einen Kuss auf die Stirn.

„Ich freue mich, dass du wohlbehalten aus Anartier zurückgekehrt bist."

Einen winzigen Moment lang stockte Neyla der Atem, weil ihr Markos' überraschende Nähe förmlich die Luft zum Atmen nahm. Seinem Kuss hätte ein Messer in ihren Rücken folgen können und sie war derart unaufmerksam gewesen, diesen Fakt nicht einmal in Erwägung zu ziehen. Markos schien diese Unsicherheit zu bemerken, denn auf seinen Lippen ruhte ein wissendes Lächeln.

„Ich muss dich bitten, mir ausführlicher von den Umständen des Todes deines Bruders zu berichten", fuhr er fort und brachte etwas Abstand zwischen sich und Neyla, während seine Hände noch immer auf ihren Schultern ruhten.

„Wie viel Zeit hast du, Onkel?", gab Neyla betont entspannt zurück. „Diese Geschichte ist lang. Und sie beginnt nicht in Anartier."

„Wie viel Zeit ist deiner Meinung nach angemessen, um herauszufinden, ob du die rechtmäßige Thronfolgerin bist oder nur eine Königsmörderin?" Markos lächelte und blickte Neyla durch dieselben stahlblauen Augen an, die auch ihr Vater gehabt hatte.

Neyla fühlte sich augenblicklich wieder wie ein kleines

Mädchen.

„Genau genommen beginnt diese Geschichte nicht einmal mit Emilijan", fuhr Markos fort und sein abwartender Blick ruhte auf Neyla.

Die Prinzessin zwang sich dazu, ihrem Onkel mit einem festen Blick zu begegnen. „Wie hinlänglich bekannt ist, diente die Reise nach Anartier der Erneuerung des Friedensvertrages. Es ist nicht unüblich, eine derartige Allianz im Zuge einer Hochzeit zu festigen."

„Du warst schon immer sehr klug, Neyla. Zu klug für's Stöckchen holen wie ein dressierter Hund." Markos lächelte mild und irgendetwas an diesem Lächeln ließ Neyla wissen, wie es sich anfühlte, wenn sich ein Hase in einen Fuchsbau verirrt hatte.

„Ich höre deine Worte, Markos, aber ich verstehe nicht, was du mir damit sagen willst." Neyla zog eine Augenbraue hoch und legte den Kopf etwas schief.

Wieder lächelte Markos. „Ich habe da eine Theorie. Möchtest du sie hören?"

Neyla machte eine gleichgültige Geste mit der Hand. „Nur zu", forderte sie Markos auf und beobachtete, wie ihr Onkel offenkundig nachdenklich durch den Thronsaal schritt, den Blick auf den Boden gerichtet, gerade so, als müsste er den Weg betrachten, auf dem er sich befand.

„Dein Vater reist zu Verhandlungen nach Anartier und als er zurückkehrt, ist eine Frau an seiner Seite, die niemals irgendjemand zuvor gesehen hat. Kurz darauf heiratet er sie und bekommt ein Kind mit ihr." Markos sah auf und blickte Neyla fragend an.

„Ich nehme an, Liebe ziehst du nicht in Erwägung", antwortete Neyla kühl.

Markos schüttelte lachend den Kopf. „Ohne dir zu nahe treten zu wollen, aber dein Vater hat nur eine Frau in seinem Leben geliebt. Bedauerlicherweise war das weder deine Mutter noch die deines Bruders.“

Neyla stutzte. „Dann diente die Ehe mit meiner Mutter, deiner Meinung nach, welchem Zweck?“

„Schön, dass du fragst.“ Markos’ blaue Augen funkelten durchtrieben, während die kinnlangen, fast schwarzen Haare sein Gesicht rahmten und ihm einen trügerisch freundlichen Ausdruck verliehen. „Ich denke, die Beziehung zu Lucien diente einzig und allein dazu, einen Thronerben hervorzubringen, der dazu in der Lage ist, sowohl über Jordanes als auch über Anartier zu herrschen. Weil er das Blut beider Reiche in sich vereint.“

Neyla schluckte. Markos schien zu ahnen, dass ihre Mutter anartischer Abstammung war. Zwar hielt er Nero für ihren leiblichen Vater, aber das würde nichts an der Tatsache ändern, dass ihr der eherne Thron verwehrt werden würde.

Ergeben zuckte Neyla mit den Schultern. „Und hier stehe ich nun“, sagte sie und breitete die Arme aus. Abwartend blickte sie Markos an. „Egal was du sagst, Markos, ohne Beweise hat keines deiner Worte Gewicht.“

Markos nickte und in diesem Nicken lag fast so etwas wie tiefe Anerkennung. „Die geborene Thronerbin“, sagte er dann leise. „Eine, der anartische Krieger folgen. Und eine, auf deren Befehl sie ihre Waffen fallen lassen noch dazu.“

„Worauf willst du hinaus, Markos?“, erkundigte sich Neyla ungehalten.

Markos blieb vor Neyla stehen und sah zu ihr hinunter. „Sag mir, Neyla, wann hatte jemals jordanesisches Blut derartigen Einfluss in Anartier?“

Niemals.

„Niemals, Neyla. Zu keinem Zeitpunkt, wäre auch nur ein einziger anartischer Krieger jordanesischem Blut gefolgt, geschweige denn einem jordanesischem Befehl. Thronerbe hin oder her“, beantwortete Markos seine Frage selbst. „Nicht einmal die Frau eines Stammeserben hätte derartige Macht.

Anarten folgen einzig ihrem eigenen Blut.“ Markos‘ Blick hielt Neyla fest. Er blickte in sie hinein, blickte auf ihre Seele und noch tiefer. „Denkst du, das reicht, um meinen Worten Gewicht zu verleihen?“

Neylas Herz hämmerte unaufhörlich in ihrer Brust.

„Es gibt jemanden, der ebenfalls die Wahrheit kennt“, ließ Markos die Prinzessin dann wissen. „Allerdings erforderte ihre Kooperationsbereitschaft einige … *Überredungskünste.*“

„Ihre?“, echote Neyla.

Markos nickte bedächtig. „Komm mit“, forderte er Neyla auf und eilte mit schnellen Schritten aus dem Thronsaal.

Neyla hatte Mühe, mit Markos Schritt zu halten. Der Abstand zwischen ihr und ihrem Onkel fühlte sich an wie saubere, klare Luft, die sie endlich wieder klare Gedanken fassen ließ. Markos’ Gedankengänge waren gefährlich. Aber die Frau, zu der er sie führen würde, war noch gefährlicher, wenn sie tatsächlich über jenes Wissen verfügte, welches Markos in ihrem Kopf vermutete. Unter Danis’ und Ariels fragenden Blicken folgte Neyla ihrem Onkel über den Hof. Als sie das Gewölbe unterhalb der Wächtertürme betraten und ihr der kalte und feuchte Geruch nach Verderben und die Dunkelheit entgegenschlugen, musste Neyla unweigerlich an Kadiel denken. Irgendwann blieb Markos stehen, seinen Körper halb den Eisenstäben einer Zelle zugewandt. „Wenn ich dir vorstellen darf“, Er nickte in die Dunkelheit und seine Stimme war durchzogen von einem triumphierenden Unterton, „die einzig wahre Liebe deines Vaters.“

Angespannt trat Neyla näher an das Eisengitter heran. Aber wer immer dahinter in der Dunkelheit saß, gab sich nicht zu erkennen. Nur zögernd löste sich eine Silhouette aus der Finsternis.

„Bei den Göttern …“, kam es fassungslos über Neylas Lippen. „Weena.“ Der Prinzessin stockte bei Weenas Anblick der Atem. Weena wirkte noch magerer und zerbrechlicher als jemals zuvor.

Die schwarzen Haare fielen ihr wirr über die Schultern und verdeckten ihre nackte Haut. Stoff hing ihr in Fetzen vom Körper. Ihre Lippe war blutig geschlagen und Weenas Augen glänzten trostlos. Barfuß trat sie näher an das Eisengitter heran, nicht ohne Markos aus den Augen zu lassen. Ihre Hände umfassten die Gitterstäbe und schienen Halt an ihnen zu suchen. Neylas Blick blieb an Weenas Füßen hängen. Danis und Ariel hatten sie ein paar Runen und ihre Bedeutungen gelehrt. Die Rune, die sich wiederholend um Weenas linken Fußknöchel schlängelte, war Neyla bekannt. *Gebo.*

„Neyla." Weenas Stimme schwankte zwischen Vorsicht und Erleichterung und in ihren Augen bebte ein stummer Aufschrei.

Neyla nickte kaum merkbar, blickte auf und trat so nahe an das Eisengitter heran, dass ihre Stirn beinahe die von Weena berührte.

„Du hast das Erbe angetreten", flüsterte Weena wissend, aber ihr fragender Blick widersprach alledem.

Neyla schwieg. Erbe? Meinte Weena den ehernen Thron oder die Wahrheit über das Blut, welches in ihren Adern floss?

Weena war die einzig wahre Liebe ihres Vaters?

Ungläubig starrte die Prinzessin Weena an. Was, zur Hölle, wusste diese Frau?

„Was Weena angeht, so bin mir sicher, dass auch dir die Gerüchte im Königssitz zu Ohren gekommen sind", sagte Markos leichthin. „Nun, ein paar entsprechen der Wahrheit. Sie war die Geliebte deines Vaters. Und zudem ist sie wohl das, was man in Anartier als eine *Begabte* bezeichnet."

Neyla hörte Markos' Stimme und las in Weenas Gesicht, dass er die Wahrheit sprach.

„Ich nehme an, dass sie dir gegenüber niemals erwähnt hat, dass sie die Schwester deiner Mutter ist." Markos lehnte sich lässig mit dem Rücken gegen die Gitterstäbe und betrachtete Neyla mit einem gespielt bedauernden Gesichtsausdruck.

Neyla spürte, wie sich Weenas Blick in ihre Seele bohrte und erstarrte.

Luciens Schwester.

Tante.

Begabte.

Was hatte Weena Markos noch alles preisgegeben?

Nur sehr langsam wandte Neyla ihren Blick von Weena ab und sah Markos an. „Nur zu, Markos. Foltere sie! Ganz Thalél Malis wird dir zujubeln, denn die Menschen hier glaubten auch, dass Weena meine Mutter aus Eifersucht tötete. Vermutlich tust du ihnen sogar einen Gefallen, denn es gibt niemanden, der keine Angst vor Weena hat. Sie erzählten sich, Weena würde meinen Vater manipulieren. Und als mein Vater tot war, behaupteten sie dasselbe von Emilijan." Nur mühsam kamen diese Worte über Neylas Lippen. Diese Gleichgültigkeit und Kälte in ihrer Stimme. War es dies, was es bedurfte, um den ehernen Thron auszufüllen? „Du bist auch nur ein Mann, Markos. Auch dir wird man in Thalél Malis unterstellen, dass Weena dich um den Verstand bringt. Niemand wird dir Glauben schenken." Ruckartig löste sich Neyla von den Eisengittern und ihre Schritte hallten in den feuchten Mauern des Verlieses wider. Ihre, an den Tag gelegte, künstliche Kaltschnäuzigkeit schnürte ihr förmlich die Kehle zu. Und als Neyla die Stufen nach oben rannte, keuchte sie atemlos und stürzte ins Freie. Neyla versuchte, die aufsteigende Panik zu unterdrücken, als sie auf die Knie fiel und ihr Danis und Ariel entgegengerannt kamen.

„Ney!" Danis' Hände rahmten ihr Gesicht und zwangen sie dazu, ihm in die Augen zu blicken. „Was. Ist. Passiert?"

„Hatte meine Mutter eine Schwester?"

„Was?"

„Das ist eine ganz einfache Frage, Danis. HATTE. LUCIEN. EINE. SCHWESTER?"

Irritiert blickte Danis seine Frau an. „Ich weiß es nicht."

Neyla sah zu Ariel auf, der hinter Danis stand. Aber auch er schüttelte mit dem Kopf. „Du musst schon etwas deutlicher werden."

„Weena", antwortete Neyla tonlos. „Sie befindet sich auf Befehl meines Onkels im Verlies. Sie trägt die Geborune. Ich habe es mit eigenen Augen gesehen."

Ariel wandte sich ungläubig auflachend ab.

„Markos behauptet, sie wäre die einzig wahre Liebe meines Vaters gewesen. Und Luciens Schwester", fuhr Neyla aufgewühlt fort. „Er weiß, dass Lucien anartischer Abstammung war."

„Begabte wachsen nicht bei ihren Familien auf. Sie erfahren eine besondere Ausbildung und nur wenige kehren jemals wieder dorthin zurück, wo sie geboren wurden. Das würde erklären, warum niemand Weena mit Lucien in Verbindung gebracht hat", überlegte Ariel.

Neylas Blick wanderte zwischen Ariel und Danis hin und her.

„Irgendjemand aus unserem Stamm wird über Weena und Lucien Bescheid wissen. Wir könnten einen unserer Männer zu Yarne schicken", wiegelte Danis ab. „Aber die Antwort könnte auf sich warten lassen."

„Zeit ist alles, was wir nicht haben." Neyla legte ihre Hände auf Danis' Schultern und richtete sich auf. „Ich muss sie aus dem Verlies holen, bevor sie Markos unter Folter die Wahrheit preisgeben kann. Was auch immer die Wahrheit ist."

Danis erhob sich langsam und sah Neyla in die Augen. „Als der Krieg zwischen Jordanes und Anartier schon Jahre andauerte und mein Volk nicht nur die Hoffnung, sondern auch seine Kräfte verloren hatte, glaubten die Menschen Anartiers daran, dass einzig die Begabten noch dazu in der Lage wären, den Untergang Anartiers zu verhindern."

„Und was glaubst du?"

„Ich glaube, dass die Begabten einen Plan hatten. Und das Weena die Antworten auf unsere Fragen hat", antwortete Danis.

„Traust du ihr denn?", erkundigte sich Ariel mit hochgezogener Augenbraue. „Ich meine, die Frage sollte gestattet sein, bevor wir unser Leben riskieren und die *Gastfreundschaft* unseres Feindes ausnutzen, um eine Gefangene zu befreien, die mit ihrem Wissen für uns tot nützlicher wäre als lebendig."

„Sie trägt die Geborune", gab Danis zu Bedenken. „Genau wie Blanca."

Neyla atmete tief durch und sah Ariel an. „Ich habe all die Lügen und Geheimnisse so satt, Ariel. Ich sollte mich geehrt fühlen, für das, was man mir in die Wiege legte. Aber in Wahrheit fühle ich mich einfach nur *benutzt*. Und fremdbestimmt. Und betrogen. Ich will mein Leben zurück, verdammt!"

„Ganz ehrlich, Ney, langsam fange ich an zu begreifen, warum du das hier abfackeln wirst." Ariel biss sich noch im selben Moment auf die Zunge, indem er die Unangemessenheit seiner Bemerkung registrierte. „Thalél Malis ist ein verdammtes Schlangennest. Jeder klar denkende Mensch würde es anzünden. Aber du nimmst einen Stock in die Hand und stocherst darin herum."

„Ich brauche die Gewissheit, das Richtige zu tun, Ariel."

„Ja, die brauchen wir alle", meinte der Krieger missmutig.

„Wenn du mir irgendetwas sagen willst, Ariel, dann ist das hier der richtige Zeitpunkt." Herausfordernd blickte Neyla den Krieger über Danis' Schulter hinweg an.

Eine gefühlte Ewigkeit verging. Ariel rang mit sich. „Also schön." Der Krieger nickte verbissen. „Dann mache ich mir mal Gedanken, wie wir Weena aus dem Verlies holen." Er wandte sich ab und ging.

„Ariel", rief Neyla ihm nach, doch der Krieger machte sich nicht einmal die Mühe, zurückzublicken.

„ARIEL!" Neyla drängte sich an Danis vorbei und holte Ariel, der sich gerade mit Tok besprechen wollte, mit schnellen Schritten ein.

„Lass es gut sein, Ney“, fuhr Ariel Neyla unvermittelt an.

„Du verschweigst mir etwas“, gab die Prinzessin zurück.

„Ich bin *loyal*, Neyla.“ Wut flackerte in den Augen des Kriegers.

„Du vergisst, an welchem Ort du dich befindest. Hier ist Loyalität nicht mehr als die teurere Hure neben der Wahrheit“, platzte es aus Neyla heraus. Erschrocken über die unkonventionelle Wahl ihrer Worte hielt sie inne.

„Verflucht.“ Irritiert schüttelte Ariel den Kopf, hin- und hergerissen zwischen Auflachen und Verzweiflung. „Was weißt du schon von *Huren*?“

Neyla senkte unter Toks belustigtem Blick den Kopf.

„Ihr seid mir mehr Familie, als ich es in Thalél Malis jemals hatte. Ich würde es nicht ertragen, auch nur noch einen einzigen von euch zu verlieren, nur, weil mir wesentliche Teile der Wahrheit fehlen. Ich kann das einfach nicht riskieren.“ Neyla blickte auf und sah Ariel an. „Was immer zwischen uns steht, sag es mir!“

Ariel wandte sich ab, suchte Halt an den kalten und grauen Mauern des Königssitzes. Er überlegte angespannt und ein Schatten huschte über sein Gesicht. „Wir *sind* eine Familie“, sagte er dann mit rauer Stimme. Er verschränkte die Arme vor der Brust und sah Neyla abwartend an, während ihm das Herz bis in den Hals hinauf schlug. „Du und ich. Wir sind *eine* Familie“, wiederholte er. Noch im selben Moment las er die Verwirrung in Neylas Blick und hasste sich dafür, ihrem Drängen nachgegeben zu haben. „Mein Vater und deine Mutter–“

„Ich glaube, das habe ich verstanden“, murmelte Neyla geistesabwesend und mit starrem Blick.

Ariel. Mein Halbbruder.

„Seit wann weißt du es?“, wagte sie irgendwann zu fragen.

„Yarne hat es mir erzählt. In Anartier. Kurz nachdem Danis den Leibwächter deines … von Emilijan getötet hat.“

Neyla blickte sich etwas hilflos um und fuhr sich durch die Haare. Das war ein verdammt schlechter Zeitpunkt für eine Familienzusammenführung. „Das erklärt so einiges." Sie sog scharf Luft ein und presste sie geräuschvoll durch den Mund wieder hinaus. „Ich hatte eine Heidenangst vor dir, weißt du das eigentlich? Als du mich damals in den Wald geführt hast, habe ich gedacht, dass du mich umbringen wirst."

„Ich habe ernsthaft darüber nachgedacht", antwortete Ariel aufrichtig. „Bevor du aufgetaucht bist, war alles erstaunlich einfach. Wir hatten einen Plan und wären über Leichen gegangen, um mit beiden Beinen auf dem Boden zu stehen, auf den ich jetzt *waffenlos* meine Füße gesetzt habe. Heute sehe ich dich an und begreife, dass du nicht nur zu einem Teil meine Schwester, sondern auch meine Königin bist. Du bist die Zukunft. Die meiner Familie und die Anartiers. Und alles, woran ich denken kann, ist, wie ich dich am besten schütze vor dem, von dem ich keine Ahnung habe."

Bei Ariels Worten schossen Neyla Tränen in die Augen. „Du dürftest nicht einmal hier sein", flüsterte sie. „Wenn Blanca recht hat..."

„Im Moment mache ich mir mehr Sorgen um dich", unterbrach Ariel sie ungehalten. „Schwäche ist ein verdammt schlechter Berater, Ney. Das kann dich nicht nur die Krone kosten, sondern den Kopf. Also verzeih mir, dass ich dich jetzt und in Zukunft in den Hintern treten werde, wann immer mir danach ist."

Wortlos betrachtete Neyla den Krieger.

Bruder.

Die Antwort darauf, warum sich Ariels Nähe stets vertraut angefühlt und dennoch Respekt geschürt hatte.

„Vier Gardisten bewachen das Verlies. Zwei am Eingang, zwei oben auf dem Turm. Der erste Wachwechsel findet in der Abenddämmerung statt, der zweite um Mitternacht. Im Morgengrauen erfolgt ein Weiterer. Dann erst wieder zur Mittagsstunde“, konstatierte Neyla schließlich mit fester Stimme. „Ihr müsst Weena nicht aus dem Verlies holen. Ich brauche lediglich eine Chance, um ungestört mit ihr reden zu können.“

Toks Mund verzog sich zu einem Grinsen, als hätte Neyla irgendeine Zauberformel gesprochen und auch Ariel nickte.

„Wenn ich Weena nicht vertrauen kann, werde ich sie töten“, versicherte Neyla den beiden.

„Wir nehmen den Wachwechsel um Mitternacht“, ließ Tok sie wissen und tauschte einen Blick mit Ariel aus. Flüchtig streifte seine Hand Ariels Schulter, bevor er sich abwandte und zu den Pferden ging.

„Danke.“ Kaum hörbar entglitt Neyla dieses Wort. Sie hatte ihre Finger fest miteinander verflochten, als Ariel nach ihren Händen griff und sie umfasste. So viele Worte und Gedanken standen unausgesprochen zwischen ihm und seiner Halbschwester und vorerst würde es genauso bleiben, denn in Thalél Malis hatten die Wände Ohren und sie standen unter ständiger Beobachtung. Kurz drückte er Neylas Hände, bevor er sich abwandte und Tok folgte.

Neyla sah ihm nach und umschlang mit den Armen ihren Oberkörper. Sie spürte, wie sich Danis’ besorgter Blick in ihren Rücken brannte. Langsam drehte sich die Prinzessin zu ihrem Mann herum.

„Meine Familie … alles, was mir etwas bedeutet, ist mir hierher in dieses Schlangenloch gefolgt“, schlussfolgerte sie dann.

„Ist es nicht genau das, was eine Familie ausmacht?“, entgegnete Danis leise.

„Nicht da, wo ich aufgewachsen bin.“ Neyla vermochte es nicht, den Kloß in ihrem Hals herunterzuschlucken. „Nicht in Thalél Malis.“

Es ist, als hätten wir den Frieden wie einen Teppich zu Füßen des Krieges ausgebreitet, der nun vor den Toren lauert.

Neyla zog ihr Schwert, stieg über die am Boden des Verlieses liegenden Gardisten hinweg und warf einen Blick zurück auf Ariel und Tok, die in der Kleidung der Gardisten wirkten, als würden sie eine schwere Last tragen.

„Keine Angst, sie schlafen nur", versicherte ihr Tok mit einem spöttischen Lachen in den Augen.

Neyla runzelte die Stirn.

„Was hast du erwartet? Dass sie sich mit Worten überzeugen lassen?" Tok zuckte unschuldig mit den Schultern.

„Neyla", zischte Danis mit gedämpfter Stimme irgendwo aus der Dunkelheit des Verlieses. „Hättest du die verdammte Güte?"

Hinter ihr stieß Ariel die schwere Tür zu und Neylas Augen gewöhnten sich langsam an die Dunkelheit. Sie zog eine Fackel aus der Wandhalterung und leuchtete in den engen Gang. Danis' Gesicht wurde in ein warmes, rotes Licht getaucht.

„Ich habe kein gutes Gefühl", ließ Neyla ihren Mann wissen. „Und das, seitdem wir die Zugbrücke überquert haben."

„Die nehme ich besser." Danis feixte und nahm Neyla die Fackel aus der Hand. „Wir wollen doch nicht, dass du Thalél Malis noch aus Versehen niederbrennst."

Neyla rollte mit den Augen.

Forschend sah Danis seine Frau an. „Du hättest nicht zurückkehren müssen."

„Hier hat es angefangen, Danis." Neyla ließ ihren Blick über die Klinge ihres Schwertes gleiten, auf dem sich die tanzende Flamme der Fackel widerspiegelte. „Und hier wird es enden."

„Ich wünschte, du hättest das irgendwie optimistischer gesagt." Danis lächelte freudlos und ging voran. „Es ist seltsam, wieder hier zu sein."

Neyla überkam eine siedend heiße Welle. Sie hatte fast vergessen, dass Danis viele Jahre hier unten verbracht hatte.

„Danis?" Neyla blieb stehen. „Ich habe dich nie gefragt, was er dir angetan hat."

Der Krieger hielt in seiner Bewegung inne und drehte sich zu seiner Frau herum. Ein tiefes, schwer anmutendes Funkeln lag in seinen Augen. „Er hat mich am Leben gelassen", sagte Danis dann. „Obwohl ich ihm seinen Vater genommen habe. Und es ist kein Tag vergangen, an dem Emilijan mich nicht an seinen unmenschlichen Qualen hat teilhaben lassen."

Neyla schwieg. Kein einziges Wort des tiefen Bedauerns würde zur Heilung des Schmerzes beitragen, den Danis hatte erfahren müssen.

Danis schenkte seiner Frau ein vages Lächeln, bevor er sie mit einem Nicken dazu aufforderte, weiterzugehen.

Neyla sah sich in der Dunkelheit des Gewölbes um. Sie hatte diesen Ort fürchten gelernt. Dieser Geruch, der sich unter die Kälte mischte. Die Feuchtigkeit. Die Stille des Windes, die den Gestank des Todes durch die Ritzen der alten Steinmauern trieb. Das Elend in den Gesichtern derjenigen, die jenseits der Eisenstäbe vor sich hinvegetierten. Und auch ihre, aus Hoffnungslosigkeit und Verzweiflung geborene, unbändige und gewaltige Wut, das letzte Aufbäumen mit dem sie sich mit lauter Stimme Gehör verschafften und ihre Qualen ungehört in die Welt hinaus schrien.

Jetzt, nachdem die übrig gebliebenen anartischen Krieger aus ihrer Gefangenschaft befreit waren, lag eine seltsame Stille in den Gewölben des Verlieses. Der Wind schien zu flüstern und die unruhigen Schatten, die Danis' Fackel auf den Boden und an die Wände warf, gaben diesem Flüstern eine dunkle Gestalt.

„Die hier ist es", sagte Neyla von ihren Erinnerungen irritiert, zupfte leicht an Danis' Tunika und nickte zu einer Zelle.

Danis griff nach Neylas Hand und drückte sie, während die Klinge seines Schwertes geräuschvoll gegen die Eisenstäbe der Zelle schlug.

Doch in der Dunkelheit blieb es ruhig.

„Bist du dir sicher?" Danis sah über seine Schulter zu Neyla.

Die Prinzessin nickte und schob sich an Danis vorbei. Vorsichtig griffen ihre Hände nach den Eisenstäben. „Weena?"

War es möglich, dass die Dunkelheit einen Schatten in sich barg? Irgendwo im hintersten Teil der Zelle, die das Feuer der Fackel nicht auszuleuchten vermochte?

„Weena", wiederholte Neyla mit Nachdruck.

„Sie ist weg", tönte eine verärgerte Stimme aus dem Nichts in ihrem Rücken und Neyla und Danis wirbelten erschrocken herum. Mit dem Rücken gegen die Eisenstäbe seines Gefängnisses gelehnt, hockte eine Gestalt mit angezogenen Beinen. Gelangweilt beförderte sie trockene Brotkrumen in die Dunkelheit jenseits der flackernden Lichtgrenze von Danis' Fackel.

Über Neylas Nacken zog sich ein Frösteln. Es war fast unheimlich, dass sie an dieser Gestalt vorbei gegangen waren, ohne ihre Nähe auch nur im Geringsten gespürt zu haben.

„Wohin hat man sie gebracht?", fragte Danis mit fester Stimme und gezücktem Schwert.

„Weg", wiederholte die Gestalt desinteressiert.

„Geht's etwas genauer?" Danis runzelte die Stirn.

Im selben Moment begriff Neyla, dass der Tonfall seiner Stimme alles andere als hilfreich war. „Bitte", fügte sie deshalb vorsichtig hinzu.

„Sie hat gehofft, dass ihr noch rechtzeitig kommen würdet", sagte die monotone Stimme. Ein Mann. Sein Alter war schwer zu schätzen. Aber nach dem Dreck zu urteilen, der seine Haare verklebte und überall auf seiner verschlissenen Kleidung lag, war er schon lange hier. Sehr lange. „Hier unten verliert Zeit ihre Bedeutung. Rechtzeitig gibt es nicht mehr. Sie hat mir nicht geglaubt."

„Wo hat man sie hingebracht?", instinktiv umfasste Neyla fester das Heft ihres Schwertes.

Der Mann blieb eine gefühlte Ewigkeit stumm, bevor seine Hand mit gestrecktem Zeigefinger nach oben in die Luft deutete.

„Nach oben?", schlussfolgerte Danis und sah Neyla fragend an.

„Nach dem Feuer kommt das Eis", redete der Mann weiter.

In Neylas Kopf überschlugen sich die Gedanken. Markos hatte Weena gefoltert. Mit Feuer. Und jetzt setzte er sie dem Eis aus. Eis. Schnee.

„Er hat sie auf das Plateau gebracht." Neyla wirbelte herum und rannte los. Erschrocken stellte Danis fest, dass es schwer geworden war, seine Frau einzuholen. Er zerrte sie von der Eingangstür des Verlieses zurück, hinter welcher Ariel und Tok warteten.

„Was hast du vor?", keuchte er atemlos.

„Wenn Weena stirbt, erfahren wir nie die Wahrheit!" Neyla befreite sich aus Danis' Griff. „Wir haben keine Zeit!"

Fest umklammerte der Krieger Neylas Arm. „Keine Zeit für WAS?", fragte er ungehalten in ihr Gesicht. „Möglichst unauffällig vorzugehen, um den Frieden nicht zu gefährden?"

Danis' Worte durchbrachen Neylas Tatendrang und riefen sie augenblicklich zur Ruhe. „Auf dem Plateau werden Gardisten sein. Viele Gardisten." Neyla sah Danis beschwörend in die Augen. „Aber wir müssen da jetzt hoch."

Neyla offenbarte ihrem Mann nichts Neues. Dass Weena ein Schlüssel zur Wahrheit, zur Zukunft, war, wusste er selbst. Im selben Moment schlussfolgerte er, dass für Markos die Wahrheit nur eine untergeordnete Rolle spielen musste, wenn er Weena dem Tod aussetzte. Und das wiederum erschien ihn als unschlagbares Argument für eine riskante Unternehmung. Danis ließ die Fackel in die Wandhalterung gleiten. „Gehen wir“, sagte er, riss die schwere Tür auf und zog Neyla an einem reichlich erschrockenen Ariel vorbei ins Freie.

Neyla sog scharf die Luft ein und blickte auf die Schwertklingen, die Ariel und Tok im Eifer des Gefechts auf sie gerichtet hatten. Lautlos rieselten die Schneeflocken auf die Klingen und schmolzen auf ihnen.

„HERR GOTT!“, fluchte Tok mit gedämpfter Stimme und fuhr sich durch die Haare.

„Macht so etwas nie wieder!“, keuchte Ariel entsetzt und zog sein Schwert zurück.

„Mir nach!“, entgegnete Danis unbeeindruckt und rannte, gefolgt von Neyla, los. Der Schnee dämpfte den Hall ihrer Schritte, als sie über den Hof liefen. Die Steintreppe hinauf zum Plateau war rutschig. Ariel und Tok verstanden Danis trotz aller Verwirrung blind, als er mit der Hand zu den Gardisten deutete, die auf dem ersten Treppenabsatz standen. Lautlos pirschten sich Tok, Ariel und Danis an die Wachen heran, und durchtrennten ihnen hinterrücks mit ihren Schwertern die Kehlen.

Als sich ein Gardist aus dem Schatten der Mauer löste, um alarmiert die Flucht zu ergreifen, war es Neylas Schwert, welches sich in sein Herz bohrte. Ein einziger präziser Stich. Lautlos zog Neyla ihr Schwert aus dem zusammensackenden Körper des jungen Gardisten.

Hin- und hergerissen zwischen Anerkennung und Verblüffung blickte Tok Neyla an.

„Der schläft nur“, sagte Neyla leise und in ihrer Stimme reichte die Komik der Tragik die Hand.

Tok nickte. „Ich weiß.“

Noch im selben Moment wirbelten sie im Schutz der Dunkelheit herum und erklommen weiter die Treppen zum Plateau. Lautlos fielen die nächsten Gardisten in den Schnee. Warmes, dunkelrotes Blut flutete kaltes, unschuldiges Weiß, schmolz es hinweg, als wäre es niemals von Bedeutung gewesen. Ein wässriges Rot war alles, was blieb.

In der Ferne entdeckte Neyla die Tusjo. Der wolkenbehangene Nachthimmel verdeckte einen Moment lang den Mond und warf ein seltsames Licht auf die schneebedeckte Erde. Der Holzpfahl, an dem Weena gefesselt war, warf keine Schatten. Allein diese Tatsache ließ Neyla erschaudern. Alles in dieser Welt hatte einen Schatten. Das Licht. Die Liebe. Das Gute. Die Jugend. Eine nicht enden wollende Liste. Aber dieser winzige Moment hier, der Nacht, der Stille und des Schneefalls, schien trotz seiner Grausamkeit voller Reinheit und Licht. Ohne einen einzigen Schatten zu werfen.

Neylas Atem gefror in der Luft, als sie Danis und den Kriegern mit einem Handzeichen bedeutete zurückzubleiben, während sie sich Weena näherte.

Zerbrechlich wirkte Weena, deren Hände über dem Kopf an den Pfahl gebunden waren. Fetzen ihres zerrissenen Kleides und das lange Haar wehten in der Stille des Schneefalls, während ihre Haut weiß und ebenmäßig schimmerte, als bestünde sie aus nichts anderem, als aus purem, kaltem Mondlicht. Weena hob den Kopf von ihrer Brust, als sie Neylas Anwesenheit spürte. Der Prinzessin entglitt ein Laut des inneren Aufschreis, bevor sie auf Weena zurannte. Fahrig löste sie die Fesseln von den Händen der Tusjo. Im nächsten Moment sank ihr Weenas schlaffer, kalter Körper entgegen. Sein Gewicht riss Neyla zu Boden. Vorsichtig bettete Neyla Weenas Kopf in ihren Schoß und strich zaghaft über ihr schwarzes, nasskaltes Haar, welches der eisige Wind an manchen Stellen grau eingefärbt hatte. Schneeflocken tanzten von oben auf sie herab und Neyla konnte in Weenas Augen sehen, wie nah das Ende bereits war.

„Weena“, wisperte sie mit eindringlicher Stimme. „Du musst mir jetzt die Wahrheit sagen.“

Weena starrte durch sie hindurch, den Schneeflocken entgegen. Ihre blauen Lippen zitterten. „Die Wahrheit …", flüsterte sie schließlich. Schneeflocken fielen in Weenas weit aufgerissene Augen und verschmolzen mit dem sanften Grün, das einst wild gefunkelt hatte. Weena entglitt ein Seufzen. Kaum merkbar hob und senkte sich ihr Brustkorb unter flachen Atemzügen. „Ich war einmal wie du, Neyla. Ein ganz normales Mädchen, das behütet in einer grausamen Welt aufgewachsen ist. Draußen, vor unserer Haustür tobte der Krieg zwischen Jordanes und Anartier, aber ich, ich war frei und unbeschwert. Und eines Morgens wachte ich auf und alles war anders. *Ich* war anders. Besonders. Ich war gerade sechs Wintersonnenwenden alt, als ich meine Familie verließ, um den Begabten zu folgen und das Elend auf dieser Welt mit anderen Augen zu betrachten. Ich tauschte meine kindliche Freiheit und Unbeschwertheit ein, um Dinge sehen zu können, die das menschliche Auge nicht erfassen und der menschliche Verstand nicht begreifen kann." Weena rang nach Luft und hustete. „Die Begabten brauchten den Frieden zwischen Anartier und Jordanes, denn im Krieg konnte etwas Unheilvolles unbemerkt heranwachsen. Etwas, an dem sie große Schuld trugen. Sie wussten, dass es für zwei so unglaublich stolze und unbeugsame Reiche, mit noch stolzeren Herrschern, keine letzte Schlacht geben würde. Egal welche Wege die Herrscher einschlugen, sie waren durchtränkt von Blut und Hass, der von Generation zu Generation weitergegeben wurde. Den Begabten war klar, dass Frieden nur in einem reinen Herzen entstehen kann. Einem Herzen, das gelernt hat, beide Reiche gleichermaßen zu lieben."

„Warum ich?", fragte Neyla leise und strich behutsam über Weenas Haar.

„Eines führte zum anderen. So geschieht es immer." Die Tusjo lächelte müde. „Mit sechs Jahren träumte ich das erste Mal vom jordanesischen König. Diese Bilder von ihm bin ich niemals losgeworden. Sie begleiteten mich von Frühling zu Frühling. Und irgendwann folgte ich ihnen. Auf den jordanesischen König traf ich, als er im Wald jagte, genau an jenem Ort, von dem ich Nächte zuvor geträumt hatte. Ich verliebte mich sofort in ihn. Und ich glaubte so fest daran, dass ich die wahre Liebe erfahren und für Ewigkeiten festhalten kann. Obwohl ich eine Begabte bin." Eine Träne rann aus Weenas Augenwinkel den Wangenknochen entlang. „Damit nahmen die Dinge ihren Lauf und mit ihnen entwickelte sich ihre Bedeutung. Nero und ich, wir zogen einander an, weil wir uns gegenseitig das ersetzten, was uns im Laufe der Jahre abhandengekommen war. Plötzlich fühlte ich wieder jene Unbeschwertheit, die mir aus Kindertagen noch in Erinnerung geblieben war. Wir waren wie Sternfalter, die um das offene Feuer herumflogen. Und irgendwann fürchteten wir nicht einmal mehr das Feuer. Nero nahm mich mit nach Thalél Malis. Die Menschen am Königssitz redeten. Ich machte ihnen Angst. Meine Andersartigkeit war offensichtlich, aber noch mehr als das Sichtbare fürchten die Menschen das, was im Verborgenen liegt. Ich blieb nicht lange in Thalél Malis, es war nicht sicher für mich. Meine Anwesenheit stellte die Gravität des jordanesischen Königs infrage. Die Dinge zwischen uns wurden kompliziert. Nero reiste zu Verhandlungen mit Yarne Bork nach Anartier. Er traf dort auf meine Schwester Lucien. Die beiden sahen einander an und unterhielten sich unbeschwert. Lediglich einen winzigen Moment lang. Und vermutlich nicht einmal von Bedeutung. Ich beobachtete die beiden im Verborgenen, als mir eine Vision offenbarte, dass meine Schwester ein Kind unter dem Herzen trug. Ich war eine Tochter Anartiers und trug die Rune der Begabten. Es war unmöglich einen anderen Weg einzuschlagen als den, den ich dann wählte. Und so begann ich den Fluch zu begreifen, der seit Jahrhunderten auf uns Begabten lastet. Wir verlieren, wenn wir lieben. Das tun wir immer."

Sanft fing Neyla die Tränen ihrer Tante auf.

„So wurde ich zu jemandem der log, um die Wahrheit zu schützen. Ich verbreitete das Gerücht, Lucien würde Anartier an den jordanesischen König verraten. Meine Schwester war förmlich gezwungen, Nero nach Thalél Malis zu begleiten, um am Leben zu bleiben. Er wollte sie vor dem Unrecht schützen, welches ihr in Anartier drohte, nur, weil er vergessen hatte, dass in Zeiten wie diesen, die Frage der Abstammung über Leben und Tod entschied. Nero fühlte sich schuldig, Lucien derart unbedarft gegenübergetreten zu sein und den anartischen Gerüchten Nährboden geliefert zu haben.

Im jordanesischen Königssitz traf ich meine Schwester nach unzähligen Jahren wieder. Ich konnte zusehen, wie aus Dankbarkeit und Schuldbewusstsein aufrichtige Zuneigung zwischen den beiden erwuchs. Nach einer gemeinsamen Nacht mit Nero überredete ich Lucien, ihn in dem Glauben zu lassen, das Kind wäre das seine. Dein Vater verriet niemandem im Königssitz, dass Lucien anartischer Abstammung war. Er fühlte sich ihr und später dem Kind verpflichtet. Jegliche Gerüchte erstickte er im Keim, als er meine Schwester ehelichte. Und ich … litt im Stillen und verzehrte mich nach der Liebe eines Mannes, der nun mit meiner Schwester verheiratet war, aber mich genauso wenig loslassen konnte, wie ich ihn. Die Menschen im Königssitz redeten ständig hinter vorgehaltenen Händen. Irgendwann war es nicht mehr möglich, Lucien anzulügen. Also erzählte ich ihr alles. Von jenem Tag an, an dem ich den Begabten folgte. Von der Liebe, die mich seitdem quälte und nie erfüllen würde. Und von ihrer Tochter, dem Falschblut, dem es durch mein Zutun nun bestimmt war, Anartier und Jordanes zu einen. Lucien hatte keine Wahl, sie musste sich diesem Schicksal annehmen. Denn eine Rückkehr nach Anartier war ihr nicht mehr möglich und wollte sie überleben, so musste sie die Ehefrau des jordanesischen Königs bleiben. Deine Geburt geschah früher als erwartet, Neyla. Lucien verlor viel zu viel Blut. Bevor sie starb, bat sie mich darum, dir zum Schutz und Geleit die Othalarune unter die Haut zu ritzen. Ich versprach meiner Schwester, dir den Weg für dein Schicksal zu ebnen. Mit diesem Versprechen löste ich meine Schuld ein. Ich blieb in Thalél Malis, obwohl man mich immer offenkundiger für den Tod deiner Mutter verantwortlich machte."

„Du hast meinem Vater die Wahrheit erzählt", schlussfolgerte Neyla. Ihr Blick blieb an einer der unzähligen offenen Wunden an Weenas Beinen hängen. Aufgeplatzte Haut durch Peitschenhiebe. An ihren Rändern gefrorene Blutstropfen. Ein brutaler Anblick, dem eine so seltsame Schönheit innewohnte, dass Neyla es einfach nicht vermochte, ihren Blick abzuwenden.

„Nero hatte stets mehr Zeit in den Wäldern, als auf dem ehernen Thorn verbracht. Er wusste, dass er nur jenseits des Thrones den Pulsschlag des Lebens vernehmen konnte. Und er war des Krieges überdrüssig. Ebenso der Last der Abstammung. Nero hat dich geliebt, Neyla, und für deine Bestimmung war er bereit, sein Leben zu geben" flüsterte Weena. „Sein Tod hat mich unendlich geschmerzt." Weenas Lippen zitterten unkontrolliert. „Emilijans Wut war kaum beherrschbar. Die Wahrheit hat ihn unter sich begraben, lange bevor er starb. Das Ausmaß deiner Bestimmung forderte so unendlich viele Opfer."

„Du hast dafür gesorgt, dass Danis am Leben bleibt und Emilijan eine Brücke zum Frieden mit Anartier schlägt, die Jahre später erneuert werden muss. Du hast gehofft, dass sich Danis in mich verlieben würde, wenn man ihm einen Grund dafür gibt, sich mit mir abzugeben - entgegen allen Widrigkeiten. Dass er durch mich Thalél Malis lieben und schätzen lernen würde. Genauso, wie mein Herz anfangen sollte, für das Feindesland zu schlagen."

Weena lächelte müde. „Der Plan der Begabten ist aufgegangen. Es wird eine Zeit des aufrichtigen Friedens zwischen Anartier und Jordanes geben. Aber ich habe das Gefühl, das wir mit unseren Taten andere Dinge in Gang gesetzt haben. Mächtige Dinge, Neyla." Weena seufzte und blinzelte mit schweren Lidern gegen die Müdigkeit an. „Es ist, als hätten wir den Frieden wie einen Teppich zu Füßen des Krieges ausgebreitet, der nun vor den Toren lauert."

„Weena, ich weiß nicht, was ich tun soll." Bittend blickte Neyla die Tusjo an.

Weenas Blick erstarrte, Schneeflocken tanzten in ihre weit geöffneten Augen und erloschen in ihnen. Der Mund der Tusjo verzog sich erschrocken. Ihre kalte Hand tastete nach Neyla. „Du hast die anartischen Männer noch nicht von den Mauern Thalél Malis' geholt, Neyla", stieß Weena atemlos aus.

„Zur Hölle, Weena", Neyla umklammerte den Körper der Tusjo, deren Seele ihr haltlos zu entschweben schien, „bleib hier!"

Geräusche. Eine flüchtige Bewegung in ihrem Rücken. Neyla blickte über ihre Schulter hinweg zu Danis, der General Aaden an den Haaren gepackt hatte und ihm die Klinge seines Schwertes so fest gegen die Kehle presste, dass sie in seine Haut schnitt. Ein weiterer Gardist sackte lautlos neben Tok zusammen, der geräuschlos seinen Dolch aus dessen Hals zog. Blut spritzte und Neyla wurde sich wieder des Wesens der anartischen Krieger bewusst. Toks Blick ruhte auf Neyla und wirkte dabei betont entschuldigend.

„Ein Wort, nur ein einziges Wort …", flüsterte Danis in das Ohr des Generals. Klirrend ließ dieser sein Schwert auf den Steinboden des Plateaus fallen.

„Ney …", Weenas Stimme klang wie ein Windhauch, so flüchtig und vergänglich, dass Neyla sich ihr augenblicklich wieder zuwandte und den Moment der Ablenkung bereute, als bestünde er aus Jahren und Absicht. Als wäre das Leben nicht mehr als eine Last gewesen, verdoppelte sich Weenas Körpergewicht in dem Moment ihres Todes in Neylas Armen.

Verflucht. Neyla schloss die Augen. Nur einen kurzen Augenblick lang. Dann bettete sie Weenas Körper vorsichtig auf den Steinboden, erhob sich und ging auf Danis und General Aaden zu. Mit einer sehr langsamen und nachdenklichen Bewegung ging sie vor den beiden in die Knie, um das Schwert des Generals vom Boden aufzuheben. „Auf wessen Befehl wurde Weena das hier angetan?", wandte sie sich dabei mit ruhiger Stimme an General Aaden.

„Euer Onkel gab die Anweisung, sie nach oben zu bringen und auszupeitschen", antwortete Aaden ungerührt und mit der Anmut eines furchtlosen Befehlshabers.

Neyla nickte kaum merkbar. „Ihr werdet Euch zukünftig entscheiden müssen, General Aaden", sagte sie dann, erhob sich und sah den oberen Befehlshaber der königlichen Garde fest in die Augen, „wem ihr folgt."

„Wer sagt Euch, dass ich das nicht längst getan habe?" Aadens schwarze Augen funkelten tiefgründig. Er hatte unter Neylas Vater gedient. Dann unter Emilijan. Und das stets loyal. Es spielte keine Rolle mehr, ob ihn die Wahrheit von der Prinzessin wegtreiben würde, denn Danis' Schwert ruhte bereits an seiner Kehle.

Prüfend blickte Neyla den General an. „In meinen Adern fließt durch und durch anartisches Blut", ließ sie ihn dann wissen.

„Was Ihr nicht sagt", gab Aaden emotionslos zurück. Lediglich der unterschwellige Spott, der seine Lippen umrahmte, verriet, dass Neylas Vater ihn eingeweiht hatte.

„Ihr wisst es", erkannte Neyla tonlos.

„Was ich weiß, spielt keine Rolle. Ich gab Eurem Vater mein Wort an Eurer Seite zu bleiben, was immer auch geschieht. Sollte Euch Markos mit dem Tod meiner Männer hier oben und im Verlies in Verbindung bringen, wird er Euch des Hochverrates bezichtigen. Wenn Euer ehrgeiziger Gatte also die Güte besitzen würde, sein Schwert von meiner Kehle zu nehmen, *bevor* eine derartige Situation eintritt…" Aaden sah Neyla abwartend an.

Die Prinzessin blickte zu Danis, um seine Meinung hierzu in Erfahrung zu bringen. Der Krieger nickte zustimmend.

„Euer Vater starb. Eure Mutter und Eure Tante. Emilijan", fuhr Aaden fort, ohne seinen Blick von Neyla abzuwenden. „Wenn Ihr Eure Bestimmung an den ehernen Thron bindet, werdet Ihr ihnen folgen."

„Ich brauche den ehernen Thron nicht." Neyla sah Aaden ernst an. „Was ich will, ist Frieden. Für mich, meinen Vater, Lucien, Emilijan und meine Tante. Die Liste der Menschen, die für mich und meine Bestimmung gestorben sind, ist hiermit noch lange nicht vollzählig. Aber ich will verdammt sein, wenn ich auch nur noch einen einzigen Namen hinzufügen muss."

Im selben Moment ließ Danis sein Schwert sinken und Aaden trat mit einer befreienden Handbewegung in Richtung seiner Kehle einen Schritt von Danis weg. Wortlos bedeutete er Neyla mit einer einzigen, flachen Geste, ihm sein Schwert zurückzugeben.

Neyla zögerte.

„Das Herz eines jeden Reiches sitzt nicht auf dem Thron, sondern es schlägt im Takt des Volkes." Aaden sah Neyla regungslos an. Danis' Griff hatte Haare aus seinem Zopf gelöst. Einzelne Haarsträhnen hingen ihm nun wirr ins Gesicht. „Ich diene nicht dem Thron, sondern dem Herzschlag Jordanes'. Dort liegt die Zukunft. Und der Frieden. Dort liegt Euer Vater begraben. Ebenso Eure Mutter, Euer Bruder. Und dort werden alle begraben, die Ihr dieser Liste zukünftig noch hinzufügen müsst. All diejenigen, die ich nicht zu beschützen vermag."

Neyla bedachte Aaden mit einem prüfenden Blick, bevor sie ihm sein Schwert reichte.

„Geht!", forderte General Aaden die Prinzessin bekräftigend auf und blickte sich zu Danis, Ariel und Tok um.

Neyla trat ganz nahe an Aaden heran. „Sorgt dafür, dass man Weenas Leichnam in die Wälder bringt und dort beerdigt."

Aaden blickte Neyla ungehalten an. „Noch etwas?"

„Ja", antwortete Neyla. „Der Pfahl, an dem man sie festgebunden hat... lasst ihn in Flammen aufgehen!"

„Dann wird Euer Onkel alarmiert sein." Der General fand die Antwort auf seine Bedenken in den Augen der Prinzessin und nickte. „Aye."

Danis griff nach Neylas Hand und zog seine Frau mit sich. Hinunter vom Plateau, gefolgt von Tok und Ariel. Sie hasteten lautlos über den Hof, die Treppe hinauf, durch unzählige Gänge zu dem hintersten Teil Thalél Malis', in welchem sie untergebracht waren. Und während sie durch einen offenen Gang rannten, stieg vom Plateau des Königssitzes Rauch auf. Neyla hielt abrupt an und starrte hinauf in den Nachthimmel, in den sich die schwarze Rauchwolke unheilvoll erhob.

„Aaden ist verdammt schnell", bemerkte Ariel mit rauer Stimme. Danis trat näher an Neyla heran und folgte ihrem Blick über den Nachthimmel.

„Und er hat recht", antwortete die Prinzessin gedankenversunken. „Das Herz eines jeden Reiches sitzt nicht auf dem Thron, sondern es schlägt im Takt des Volkes."

„Wir können Markos beseitigen." Mit einer Leichtigkeit kamen Tok diese Worte über die Lippen. Gerade so, als wäre ihre Bedeutung von unerheblichem Ausmaß.

„Nein", raunte Neyla geistesabwesend.

„Nein?", wiederholte Tok erstaunt und lehnte sich lässig mit dem Rücken gegen die Mauer. „Also mein Interesse hast du. Wie lautet *dein* Plan?"

„Ich brauche den Thron nicht. Ich brauche das Volk. Die Rebellion in Anartier hätte den Stammesfürsten fast die Führung gekostet." Neyla blickte Tok an. „In Jordanes wird sie Markos den Thron kosten."

„Du willst eine Rebellion anzetteln? Ernsthaft?“ Ariel verschränkte die Arme vor der Brust und musterte seine Schwester. „Welchen Grund willst du Markos liefern, damit du dich ihm entgegenstellen kannst? Und welchen Grund gibst du deinem Volk, ausgerechnet hinter dir und nicht hinter Markos zu stehen?“

„Die Wahrheit, Ari“, antwortete Neyla entschlossen und ein stilles Lächeln lag auf ihren Lippen. „Ich erzähle ihnen einfach die Wahrheit.“ Sie lehnte sich mit dem Rücken gegen Danis und sah über ihre Schulter hinweg zu ihm auf. „Schick ein paar Männer nach Lahn. Sie sollen die Stammesfürsten informieren. Wir werden ihre Hilfe brauchen.“

„Wir haben seit Tagen keine Nachricht aus Anartier erhalten, Ney. Ich habe keine Ahnung, wie die Lage dort ist“, wiegelte Danis mit ruhiger Stimme ab.

„Dann hoffen wir mal, dass dein Vater in Lahn alles unter Kontrolle hat, sonst wird's hier reichlich ungemütlich für uns.“ Ariels Hand ruhte bekräftigend auf Danis' Schulter.

„Und die Wahrheit wäre?“ Toks Augen funkelten Neyla fragend an.

Einen Moment lang betrachtete Neyla den Krieger. Sie konnte es ihm nicht verübeln, dass er wissen wollte, wofür und vor allem für wen er sein Leben riskieren sollte.

Neyla zog die Schultern zurück und streckte den Rücken. „Die Menschen da draußen werden erfahren, *wer* ich bin. Und was mir bestimmt ist. Ich werde sie wissen lassen, dass Markos lieber eine anartische Geisel aus mir macht und einen neuen Krieg mit Anartier provoziert, statt sich dem zu beugen, wofür Nero von Thalél Malis und viele andere ihr Leben gaben. Ich werde meine Bestimmung erfüllen. Selbst, wenn ich Thalél Malis dafür bis auf die Grundmauern niederbrennen muss.“

„Mhhh“, meinte Tok trocken, wischte sich mit der Hand über das Gesicht und blickte Ariel an. „Also mich hat sie überzeugt.“

Tok grinste schief.

Wortlos küsste Ariel Neylas Stirn.

„Verschwinden wir von hier“, flüsterte Danis.

Neyla erschrak, als die Tür zu ihren Gemächern ohne Vorwarnung aufgestoßen wurde und Männer der königlichen Garde, angeführt von General Aaden, eindrangen. Dabei war sie vorbereitet gewesen. Auf genau diesen Moment hier. Sie hatte die ganze Nacht kein Auge zugetan, selbst dann nicht, als sich ihr Plan sicher angefühlt hatte und alles in die Wege geleitet worden war, lange noch bevor die dunkle Rauchwolke über dem Plateau des Königssitzes verblasst war.

Allerdings bedachte General Aaden sie jetzt mit einem Blick, der ihr Vertrauen in seine Loyalität zum Schwanken brachte. „Prinzessin, Euer Onkel wünscht Euch zu sprechen. Auf dem Plateau.“

„Und dafür sind ein Dutzend Wachen nötig?“ Neyla runzelte die Stirn.

„Es gibt … Sicherheitsprobleme.“ Aadens Stirn legte sich ebenfalls in Falten. „Vergangene Nacht wurden zehn Männer der königlichen Garde ermordet. Sechs auf dem Plateau und vier weitere, als sie Euren Ehemann und seine Krieger aufhalten wollten, Thalél Malis zu verlassen.“ Ganz offensichtlich hegte Aaden dieselbe Vertrauensfrage wie Neyla, denn die Tatsache, dass sie ihn über ihre Pläne und das weitere Vorgehen im Unklaren gelassen hatte, schien General Aaden mehr als nur zu missfallen.

Sechs Männer auf dem Plateau? Neyla überlegte kurz. Dann hatte Tok die Wachen vor dem Verlies wirklich nur schlafen geschickt, anstatt sie zu töten. War es wirklich möglich, dass die Krieger ihrer Bitte nach weniger Gewalt nachkamen?

„Dann sollten wir Markos nicht warten lassen." Neyla ging an Aaden und seinen Männern vorbei und passierte mit schnellen Schritten den Gang. Nur wenige Augenblicke später umklammerte Aadens Hand ihren Oberarm. „Ich wünschte, Ihr hättet mich in Euer Vorhaben eingeweiht", zischte Aaden sie von der Seite an und hielt mit ihrem Tempo Schritt.

„Dafür blieb keine Zeit. Ihr müsst mir vertrauen."

„Es würde mir leichter fallen, Eurem Plan zu vertrauen, wenn nicht so gut wie alle Männer, die Euch beschützen könnten, diese Nacht den Königssitz verlassen hätten." Aaden blickte Neyla an und sie erkannte in den Falten seiner Stirn weniger Verärgerung als Besorgnis. „Ich habe keine Ahnung, wie ich Euch vor Markos schützen soll, ohne offenkundig das Leben der Männer zu riskieren, die loyal zu Euch stehen."

„Es gibt hier noch Männer, die loyal zu mir stehen?" Ungläubig blickte Neyla Aaden an.

„Euer Vater stellte die Männer des Inneren Kreises zu Eurem Schutz ab. Nur deshalb sind sie überhaupt am Hof." Aaden blickte sich getrieben um. „Falls es Euch nicht aufgefallen ist: Man bezichtigt Euch des Königsmordes und egal aus welchen Gründen heraus dies geschah – sie werden keinen besonders großen Anklang finden."

„Hier nicht", stimmte Neyla dem General tonlos zu. „Aber jenseits der Mauern schon." Sie passierten die Treppen zum Plateau. Die Winterluft roch frisch und Kälte pumpte sich in Neylas Lungen. Es hatte aufgehört zu schneien. Wie Schlangen zogen sich weiße, zerfetzte Wolken über den grauen Himmel.

„Das ist Euer Plan?" Aaden schien aufrichtig entsetzt. „Diese Mauern haben unzählige Angriffe überstanden und Thalél Malis ist nicht ein einziges Mal gefallen. Habt Ihr eine Ahnung, wie viele Menschen jenseits der Mauern da draußen stehen müssten, um sich bei Markos Gehör zu verschaffen?"

„So, wie Ihr es betrachtet, erscheint das Ganze wirklich

ausweglos“, stimmte Neyla dem General trocken zu. „Vielleicht sollten wir anfangen zu beten.“

„Hoffentlich ist Euer Glaube an die Effizienz Eures Planes genauso unerschütterlich, wie Euer Humor“, gab Aaden leise zurück. Sie hatten das Plateau erreicht. Wie einst schon Emilijan, stand Markos mit dem Rücken gegen die Mauer gelehnt und blickte abwartend zu ihr hinüber. Von dem Holzpfahl, an dem man Weena angebunden hatte, war nicht mehr übrig, als ein schwarzes Häufchen Asche, welches den tauenden Schnee schwarz und dreckig färbte.

„Danke, für Euer Geleit, General.“ Neylas Stimme klang scharf. „Ich bin mir sicher, dass ich den Rest des Weges allein bewältigen kann.“

„Ich mache mir eher um Euren Rückweg Gedanken“, murmelte Aaden. Kaum merkbar drückte Aaden Neylas Arm, bevor er seinen Griff lockerte und sie freigab. Mit erhobenem Haupt und unter den wachsamen Blicken der Männer der königlichen Garde, trat Neyla ihrem Onkel entgegen. Markos breitete die Arme aus und Neyla ahnte, dass er damit die Geschehnisse letzter Nacht auf dem Plateau aufgreifen wollte.

„Sechs Wachen, Neyla“, begann er unvermittelt. „Sie starben hier oben, als sie die Gefangene bewachten. Vier weitere wurden ermordet, als sie verhindern wollten, das Danis Bork und seine Männer Thalél Malis verlassen.“

„Die Männer auf dem Plateau starben, weil sie mich daran hindern wollten, meine Tante von dem Pfahl herunterzuschneiden, an dem sie auf dein Geheiß hin angebunden und gefoltert wurde“, entgegnete Neyla mit fester Stimme. „Und was die Wachen am Tor angeht … ich bin mir sicher, dass mein Mann ihnen die Wahl ließ, ihn, seine Krieger und die Gefangenen ziehen zu lassen und im Gegenzug dafür unbehelligt zu bleiben. Deine Männer haben sich entschieden.“

„Die Gefangenen?“ Über Markos’ Gesicht huschte ein

Schatten. Er sah über Neylas Schulter hinweg zu General Aaden. „Überprüfe das!“

Nur zögernd setzte sich Aaden in Bewegung und verließ das Plateau.

„Hast du ernsthaft geglaubt, dass ich zusehen werde, wie du alles tötest, was mich erpressbar und unterwürfig macht?“ Mit festem Blick sah Neyla Markos in die Augen.

Markos zog die Brauen zusammen. „Weena trug Runen. Wir alle haben sie gesehen! Sie war anartischen Blutes und du nennst sie *Tante*?“

„Ich nenne sie *Tante*, weil sie die Schwester meiner Mutter war. Es liegt nahe, dass in meinen Adern dasselbe anartische Blut fließt, wie in denen meiner Tante und meiner Mutter. *Und* in denen meines Vaters.“

Überrascht legte Markos den Kopf etwas schief und einen winzigen Moment lang schien er nach Worten zu suchen. „Ich bin aufrichtig überrascht“, gab er dann zu. „Dass Lucien anartischer Abstammung war, lag nahe. Aber das Nero nicht dein leiblicher Vater war …“ Markos unterbrach sich selbst und sah Neyla an. „Du bist ein Falschblut.“

„Es freut mich, deine Erwartungen übertroffen zu haben, Markos“, gab Neyla trocken zurück.

„Das bezweifele ich aufrichtig, Neyla.“ Markos gab den Männern der königlichen Garde ein Handzeichen und Neyla wurde rechts und links unsanft an den Armen gepackt. Einer der Gardisten zog ihr Schwert aus der Scheide und reichte es an einen anderen Gardisten weiter.

„Was wirst du tun, wenn du auf dem ehernen Thron sitzt, Markos?“, erkundigte sich Neyla atemlos, als sie realisierte, wie wenig Zeit Markos sich ließ, mit deutlichen Zeichen seinem Anspruch auf den Thron Nachdruck zu verleihen.

„Ich werde den Tod des Thronerben sühnen“, antwortete Markos. „Und ich verhindere, dass anartisches Blut über

Jordanes regiert."

„Wenn du mich tötest, lieferst du Anartier erneut einen Grund für Krieg. Sie rächen ihr eigenes Blut, Onkel." Mit Befriedigung nahm Neyla wahr, dass Markos an ihren Worten Anstoß nahm. „Du willst König sein? Dann verhalte dich wie ein König und stelle deine persönlichen Befindlichkeiten hinter die Belange des Reiches", auffordernd blickte Neyla Markos an.

„Damit ich so ende wie dein Vater? Oder Emilijan?" Markos lachte freudlos auf.

„Der eherne Thron entfernt dich von der Fähigkeit, dem Feind auf Augenhöhe begegnen und die Stimme unseres Volkes hören zu können", gab Neyla mit kräftiger Stimme zurück.

„Darüber wirst du dir ja nun keine Gedanken mehr machen müssen." Markos grinste jovial.

Ein Windhauch in Neylas Rücken. Sie blickte über ihre Schulter hinweg zu General Aaden, dessen ausdrucksloser Blick sie kurz streifte, bevor er sich an Markos wandte. „Die Gefangenen sind weg. Der Stall, in welchem sie seit der Ankunft der Prinzessin untergebracht waren, ist verlassen."

Markos blickte Neyla lange nachdenklich an. „Das ist Hochverrat, Neyla. Dafür wirst du hängen."

„Ach komm schon, Markos. Ich werde hängen, weil du den Thron willst", fuhr Neyla ihren Onkel an und wurde von den Wachen unsanft zurückgehalten.

„Der Tod wird dir Frieden bringen, Neyla. Darauf bekommst du mein Wort", versicherte ihr Markos erhaben und gab den Wachen ein Handzeichen, Neyla fortzubringen.

„Lass mich wenigstens der Beerdigung meines Bruders beiwohnen!", schrie Neyla, als sie die Wachen die Treppe hinunterzerrten.

Auf dem Weg über den Hof wies Aaden die Wachen an, von Neyla abzulassen. Er packte grob den Arm der Prinzessin, während seine andere Hand in ihrem Genick ruhte. Mit schnellen

Schritten führte er sie über den Hof zu dem Gewölbe unterhalb der Wächtertürme.

„Euer Plan begeistert mich", zischte Aaden wütend. „Was kommt als Nächstes? Schneide ich Euch vom Galgen runter?"

Sie passierten die Wachen zum Verlies. Die schwere Eisentür wurde geöffnet und Aaden stieß Neyla hindurch.

„Habt Ihr den Verstand verloren, Markos derart zu provozieren?", raunte Aaden an Neylas Ohr. Neyla presste die Lippen aufeinander. Das Flüstern des Windes in den alten Mauern erinnerte sie daran, dass sie nicht alleine waren. Hier unten, wo die Zeit in Vergessenheit geriet, waren Menschen zu allem bereit. Auch zu Verrat. Jedes unbedachte Wort könnte Aaden als Verräter enttarnen lassen.

Der General drängelte Neyla mit dem Rücken gegen das Eisengitter einer Zelle, während er den Schlüssel ins Schloss fummelte.

„Ich gab Markos eine letzte Chance, sich für das Richtige zu entscheiden", sprach Neyla dann leise in Aadens Gesicht. „Er hat's versaut."

„Markos besteigt den ehernen Thron und Ihr landet im Kerker. Eure Logik darüber, wer was versaut hat, erschließt sich mir nur schwer", gab Aaden knurrend zurück. Die Eisentür öffnete sich quietschend. „Kann ich irgendetwas tun?"

Neyla trat durch die Eisentür hinter die Gitterstäbe und sah Aaden an. „Es gibt einen unterirdischen Geheimgang aus Thalél Malis hinaus. Er endet an der südlichen Mauer, kurz vor dem Wall. Man erwartet mich dort in den Morgenstunden."

Ächzend und quietschend schleifte die Tür über den Boden und als Aaden sie verschloss, warfen die Eisenstäbe Schatten auf Neylas Gesicht.

„Es wird schwer, Euch hier rauszubringen. Markos ist gewarnt. Ich musste die Wachen verstärken", murmelte Aaden.

„Ihr findet einen Weg." Neyla nickte Aaden zuversichtlich

zu. „Tut es unauffällig. Ich werde Euch in Thalél Malis brauchen, wenn ich da draußen bin."

Aaden seufzte. „Dieser Teil Eures ausgeklügelten Planes gefällt mir besonders gut", meinte er dann zynisch, bevor er sich abwandte.

„Aaden?" Neylas Stimme bebte.

Der General blieb vor der Grenze zur Dunkelheit stehen.

„Kniet an meiner Stelle vor Emilijans Leichnam nieder und erweist ihm den Respekt, den er verdient."

„Aye", antwortete General Aaden leise und verschwand in der Dunkelheit.

Neyla erhob sich vom feuchtkalten Boden ihrer Zelle und vermochte es vor lauter Erleichterung nicht, die Anspannung zu verbergen, die mit Aadens Anblick von ihr abgefallen war. „Wie spät ist es?", erkundigte sie sich eilig, als Aaden den Schlüssel in das Schloss ihrer Zellentür fummelte.

„Spät. Wir müssen uns beeilen", antwortete der General und nickte Neyla auffordernd zu.

„Ihr habt an meinen Bogen gedacht", stellte Neyla freudig fest, als sie ihre vertraute Waffe über den Schultern des Generals wahrnahm.

„Habe ich", antwortete Aaden und eilte voraus durch die Gänge des Verlieses. Im Gehen streifte er sich den Bogen von der Schulter und spannte einen Pfeil ein. Bevor Neyla fragen konnte, was er vorhatte, flog der Pfeil durch die Luft und traf lautlos einen Gardisten in die Kehle. Die nächste Wache, die um die Ecke gerannt kam, ereilte das gleiche Schicksal.

„Was zur Hölle tut Ihr da?", fuhr Neyla den General mit gedämpfter Stimme an.

„Ich verhelfe Euch zur Flucht, ohne dass die Angelegenheit

auf mich oder meine Männer zurückfällt“, gab der General knapp zurück und lief weiter.

„Unauffällig, sagte ich. *Unauffällig*!“, betonte Neyla, als sie über die Leichen der Gardisten hinwegstieg und hinter dem General hereilte.

„Ihr sagtet, dass ich einen Weg finden soll. Das hier ist er. Wenn er Euch nicht zusagt, steht es Euch frei, allein weiterzugehen.“ Eine Zornesfalte schob sich über Aadens Stirn, als er Neyla über seine Schulter hinweg ansah.

Neyla nickte und bat mit einer wortlosen Handgeste darum, dass Aaden ihr den Bogen und die Pfeile aushändigte. Nachdem der General dieser Bitte nachgekommen war, zog er sein Schwert. Sie nahmen die Treppen nach oben. Vorsichtig schob Aaden die schwere Tür auf und warf einen Blick nach draußen in den Hof. Flüstern. Ein paar Männer standen vor der Tür. Jene Handvoll Gardisten, die Aaden loyal zugetan war.

„Beeilung!“, wies der General Neyla mit rauer Stimme an und reichte ihr einen Brustharnisch und einen Helm der königlichen Garde durch den Türspalt. Schnell legte Neyla die ihr so vertraute Uniform an. Im Schatten des nahenden Morgens huschten sie lautlos über den Hof. Dies mit Ruhe zu tun, fiel Neyla schwer. Aber sie trug die Uniform der königlichen Garde und war mit Männern der selbigen unterwegs. Ein Frösteln überzog ihre Haut. Sie fühlte sich unwohl. Unruhig sah Neyla den Gardisten zu ihrer rechten Seite an. In seinem Gesicht lag Ausdruckslosigkeit und Kälte. Er war kein Gardist, sondern ein Mann des Inneren Kreises. Alle Männer, die Aaden um sich gescharrt hatte, waren das. Sie waren die einzigen Männer am Hof, die ihr noch Schutz gewährten. Neyla atmete tief durch und rief sich zur Ruhe. Sie legte den Kopf in den Nacken und sah in den Himmel. Aaden hatte recht. Es war spät. Die Stunden waren dem Morgen näher als der Nacht. Und das bedeutete, das Danis und seine Männer irgendwo vor den Mauern lauerten und elementare Entscheidungen treffen würden, wenn sie nicht rechtzeitig durch den geheimen Gang auf der Südseite des Schutzwalls in die Freiheit treten würde.

„Was verflucht noch mal hat Euch solange aufgehalten?“, entglitt es Neyla, als sie sich dessen bewusst wurde.

„Ungefähr zwei Dutzend Gardisten, die eigens damit beschäftigt sind, den Galgen für Euch zu errichten“, gab Aaden unbeeindruckt zurück und sah sich dabei nicht einmal nach Neyla um. Sie passierten am Eingang des Hauptgebäudes zum Königssitz eine weitere Wache. Ihre Schritte hallten in den Gängen wieder, vermischten sich mit hektischen Schritten und Stimmen.

Eine Gruppe Gardisten hastete über den Flur.

„General.“ Ein junger Gardist nahm vor Aaden Haltung an.

Neyla schlug das Herz unaufhörlich gegen den Brustkorb. Sie trat hinter einen von Aadens Männern und hoffte, dass kein besonderes Augenmerk auf sie gelegt werden würde, weil sie in dieser Uniform nur augenscheinlich und keinesfalls unter genauer Betrachtung als Gardist durchgehen würde. Nicht bei Aadens sorgfältiger Wachabnahme, bei welcher er stets den korrekten Sitz der Uniform der Gardisten prüfte.

Umsichtig trat einer von Aadens Männern näher an Neyla heran und verhinderte damit eine direkte Sicht auf sie.

„Die Prinzessin konnte aus dem Verlies entkommen. Wir haben drei unserer Männer gefunden. Tot“, berichtete der Gardist.

Aaden nickte ruhig. „Sichert das Tor. Durchkämmt in Zweiertrupps jeden Winkel. Sie muss Hilfe gehabt haben und wird nicht allein sein. Haltet Ausschau nach Personen, die euch verdächtig vorkommen. Weit kann die Prinzessin nicht gekommen sein, es sei denn sie hat Flügel oder vermag es, sich unsichtbar zu machen.“

„Aye“, bestätigte der Gardist und setzte sich mit seinem Trupp in Bewegung.

Neyla wagte es kaum, zu atmen.

„Ihr kommt mit mir und sichert die Gemächer des rechtmäßigen Thronfolgers!", ordnete Aaden bestimmt und mit lauter Stimme an. So laut, dass er sichergehen konnte, dass ihn die davoneilenden Gardisten noch hören konnten. Aaden und seine Männer setzten sich in Bewegung und Neyla löste sich aus ihrer Starre. Und dann spürte sie ihn. Jenen Moment, der sie wissen ließ, dass sich das Blatt gegen sie gewendet hatte. Wie ein Stechen, das ihren Körper durchfuhr. Ein Blick, der sich in ihre Haut brannte. Neyla hielt inne. Nur sehr langsam blickte sie über ihre Schulter. Neyla wusste, was kommen würde. Dass sie in das Gesicht des jungen Gardisten am Ende des Ganges blicken würde und eine Entscheidung treffen musste. Argwohn lag im Blick des jungen Mannes. Er hatte sie erkannt. Neyla spannte ihren Bogen und schoss. Der Pfeil traf seine Kehle, gleichermaßen wie das Herz der Prinzessin. Ächzend sackte der junge Gardist zusammen. Neyla starrte auf das Bild vor ihren Augen, unfähig sich daraus zu lösen. Abscheu, Wut und Trauer überwältigten sie mit aller Macht.

„Ich bin zutiefst beeindruckt", bemerkte General Aaden in Neylas Rücken scharf. „Wollt ihr Euch noch bei ihm entschuldigen, bevor wir weiter gehen?"

Seine Worte holten Neyla in die Gegenwart zurück.

„Ihr hattet keine andere Wahl", wandte sich jener Mann des Inneren Kreises mit kalter, monotoner Stimme an sie, der sie eben noch mit seinem Körper vor unerwünschten Blicken abgeschirmt hatte.

„Wir haben immer eine Wahl", antwortete Neyla resigniert und schloss zusammen mit dem Krieger zu Aaden und den anderen auf.

Wenige Gänge vor der Bibliothek schickte Aaden drei seiner Männer zu Markos' Gemächern. Zwei begleiteten den General und Neyla zur Bibliothek, vor deren Flügeltüren einer der Männer zurückblieb, um sie zu bewachen. Neyla folgte dem General und dem verbleibenden Mann des Inneren Kreises durch die Bibliothek und dem vertrauten Geruch von altem Papier, gereift in noch älteren Holzregalen. Aaden und der Gardist schoben einen schweren Eichenschrank zur Seite, hinter welchem sich die Tür zum Geheimgang befand.

„Die Stufen nach unten sind morsch. Seid vorsichtig." Der Mann des Inneren Kreises, der stets an ihrer Seite geblieben war, zog eine der Fackeln aus der Wandhalterung und reichte sie Neyla. Aaden nahm Neyla den Bogen aus der Hand und forderte sie auf, mit der Fackel durch die Geheimtür zu gehen. Neyla stutzte. Und obwohl sie bemerkte, dass etwas an dieser Situation nicht stimmte, begriff sie zu spät. Aaden spannte einen Pfeil in den Bogen und schoss ihn auf den Mann des Inneren Kreises ab. Er durchbohrte den Oberschenkel des jungen Mannes und obgleich er große Schmerzen erleiden musste, entglitt ihm durch die zusammengepressten Zähne lediglich ein Keuchen.

„Was, zur Hölle, …?" Fassungslos blickte Neyla abwechselnd von Aaden zu dem verletzten Krieger. Der presste beide Hände auf die Wunde und ließ sich an der Wand auf den Boden gleiten. Kein einziges Wort verließ seine Lippen. Er blickte mit schmerzverzerrtem Gesicht zu Aaden auf und nickte bekräftigend. Und da begriff Neyla und Schamesröte stieg ihr ins Gesicht, weil sie das Vorgehen des Generals fehlinterpretiert hatte. Aaden ließ es wie einen Übergriff aussehen, um den Verdacht von sich und seinen Männern abzuwenden.

„Wir waren auf dem Weg zu Markos' Gemächern, als wir Geräusche aus der Bibliothek hörten. Ich schickte einen meiner Männer los, um Verstärkung zu holen." Aaden deutete zu den Flügeltüren, vor denen er einen Gardisten positioniert hatte. „Ein weiterer begleitete mich. Wir wurden angegriffen. Vale wurde verletzt und ich habe die Verfolgung allein aufgenommen."

Aaden hatte an alles gedacht.

„Ich bin froh, Euch nicht zum Feind zu haben", entglitt es Neyla tonlos.

„Euer Talent in bestimmten Situationen die richtigen Worte zu finden, hat sich seit Eurem fünften Lebensjahr nicht weiterentwickelt", bemerkte Aaden trocken und machte eine einladende Geste in Richtung Geheimtür.

Neyla folgte dieser Anweisung augenrollend. Sie war sich sicher, dass Aaden ihre Anspielung verstanden hatte. Wenn er es vermochte, in Zeiten des Friedens seine Waffe auf einen Freund zu richten, wozu war er dann in Zeiten des Krieges bereit, wenn ihm der Feind gegenüberstand?

Das morsche Holz der alten Treppe knarrte unter ihren Stiefeln. Die Treppe endete in einem Gang. Wasser tropfte von den Wänden. Die Luft war kühl und feucht, der Boden uneben und steinig. Große Pfützen hatten sich gebildet und das Wasser spritzte unter ihren schnellen Schritten. Irgendwann rannten sie dem Licht entgegen. Atemlos stoppte Neyla vor dem Eisengitter, welches sie von der Freiheit trennte, die da draußen im Morgengrauen lag. Ariel tauchte dahinter auf und Neyla wich erschrocken zurück, ließ die Fackel aus der Hand fallen.

„Ihr seid verdammt spät dran!", bemerkte Ariel nervös.

„Ich freue mich auch, dich zu sehen, Ari", meinte Neyla und sah sich zu Aaden um, der mit aller Kraft versuchte, irgendwo an der Wand ein altes Eisenrad zum Drehen zu bewegen. Nur mühsam gelang es ihm und die Anstrengung färbte sein Gesicht rot. Mit jeder Drehung des Rades bewegte sich das Eisengitter vor Neyla ein Stück nach oben. Solange, bis sie schließlich hindurchschlüpfen konnte. Ariel stützte seine Schwester, während sie sich hastig der Uniform der königlichen Garde entledigte.

„Bei den Göttern, du stinkst wie eine Graukatze!" Mit angewidertem Gesichtsausdruck sah Ariel seine Schwester an. „Was haben sie mit dir gemacht?"

„Markos hat sie in einem Zuber mit Rosenwasser baden

lassen, nachdem sie ihm offenbart hat, dass Nero von Thalél Malis offenbar nicht in der Lage gewesen war, seine anartische Frau zu schwängern", antwortete Aaden mit finsterer Stimme und kam ebenfalls hinter dem Gitter hervor ins Freie. Er reichte Neyla ihren Bogen und den Köcher mit Pfeilen.

„Es war deine Aufgabe, sie zu beschützen", gab Ariel übellaunig zurück und schob Neyla beiseite.

Aaden trat näher an Ariel heran. „Das. Habe. Ich!", sprach Aaden sehr deutlich in Ariels Gesicht. „Tod würde sie sicherlich abscheulicher riechen als jetzt."

„Das reicht!", bemerkte Neyla scharf.

Allerdings machten Aaden und Ariel keine Anstalten voneinander abzulassen.

„Wie soll ich's machen?", erkundigte sich Ariel bei Aaden. „Soll ich dir die Lichter mit einem Schlag auspusten oder soll ich dich vorher noch ordentlich verprügeln?"

„Würdet ihr das bitte lassen?" Neyla glaubte, sich verhört zu haben.

„Kommt ganz drauf an, wie du den Tag erleben willst, an dem wir uns wiedersehen", entgegnete Aaden gelassen. Dann trat er einen Schritt zurück und deutete auf sein Kinn.

„Ariel." Warnend blickte Neyla den Krieger an.

„Der Wachwechsel ist JETZT!", ließ Aaden den Krieger wissen. „Wenn ihr ungesehen verschwinden wollt, dann..."

Hart traf Ariels Faust auf Aadens Kinn. Aaden strauchelte fluchend. Er ging auf die Knie, spuckte Blut und einen Zahn auf den steinigen Boden. Keuchend rappelte er sich auf die Beine und blickte zu Ariel, der Neyla davon abhielt, Aaden zur Hilfe zu eilen. „Der war gut." Zynische Anerkennung lag in Aadens Stimme. Lediglich seine geballten Fäuste verrieten seine Unzufriedenheit. „Aber solange ich noch stehen kann, bleibt es unglaubwürdig." Aaden zog sein Schwert aus der Scheide und beförderte es schwungvoll auf den Boden.

Neyla begann stirnrunzelnd zu begreifen.

„Ernsthaft?" Ariel feixte. Noch im selben Moment ging er auf Aaden zu und verpasste ihm eine Serie von Faustschlägen. Ächzend ging Aaden zu Boden und blieb benommen liegen.

Ariel schüttelte seine Hände aus, als er in Neylas Gesicht blickte. „Keine Angst, ich war sanft", sagte er dann und hob verteidigend die Arme in die Luft. „Der wird wieder."

„Verschwinden wir von hier." Neyla sah Ariel argwöhnisch an.

„Graukatze", gab Ariel lachend zurück, legte einen Arm um seine Schwester, bevor sie den steinigen Schutzwall auf ihren Hintern hinunterrutschten und in der Ebene losrannten wie der Teufel, während sich auf dem Plateau des Königssitzes die neuen Wachen positionierten. Einen winzigen Moment lang blickte Neyla zurück. Sie sog die kalte Luft, die nach Freiheit und Leben schmeckte, in ihre Lungen. Und ihr Herz schlug so wild und unbändig, wie lange Zeit nicht. Lächelnd blickte sie Ariel an, bevor sie herumwirbelte und weiter rannte. So schnell, dass Ariel Mühe hatte, mit ihr Schritt zu halten.

Ihr könnt eure Runen mit Stoff verdecken, aber diesen aufrechten und stolzen Gang, der eurem Volk innewohnt, den könnt ihr nicht so einfach ablegen.

Es überraschte Neyla überhaupt nicht, dass Danis, Tok und Ariel sowie einige andere Krieger, ausgerechnet im Dorf zu den Füßen von Thalél Malis Unterschlupf gefunden hatten. Wozu sie sich zunächst unter Androhung des Gebrauches ihrer Waffen Zutritt verschafft hatten, stand ihnen jetzt ohne Gegenwehr zur Verfügung. Sie schienen das Vertrauen der Bauern gewonnen zu haben. Erstaunt beobachtete Neyla von Weitem anartische Krieger, die umringt von einer Traube von Kindern Pferde auf die schneebedeckte Weide führten.

Tok hockte mit einem Bauern auf dem Dach eines Hauses und reparierte fröhlich lachend ein Leck.

„Ich traue mich gar nicht zu fragen, wie ihr das geschafft habt", gab Neyla aufrichtig bewundernd zu und feixte Ariel breit an. „Musstest du dafür mit vielen jordanesischen Frauen schlafen?"

Etwas perplex blickte Ariel seine Schwester an. „Eine Nacht im Verlies und du entwickelst Humor", antwortete er mit einem Anflug von Ironie in der Stimme, legte den Kopf etwas schief und betrachtete seine Schwester genauer. „Ernsthaft, Ney, du wirkst verändert", stellte er dann fest.

„Die Zeit der Lügen ist vorbei, Ari. Ich werde nicht verstecken, was ich bin." Neyla lächelte erschöpft. „Niemand wird mich davon abhalten, den Weg einzuschlagen, der mir vorherbestimmt ist."

„Das ist gut", stimmte Ariel der Prinzessin zu und ließ seinen

Blick über die Bauernsiedlung schweifen. „Wir mussten sie zwingen, uns zuzuhören. Es war schwer, ihnen begreiflich zu machen, dass wir nicht in Ihre Häuser eingedrungen sind, um sie zu töten. Aber es scheint, dass uns das irgendwie gelungen ist." Der Krieger blinzelte Neyla von der Seite an. „Wir werden nicht lange hierbleiben können, Ney. Markos wird nach dir suchen. Mit unserer Anwesenheit bringen wir jeden Einzelnen hier in Gefahr."

Neyla seufzte kaum hörbar. Ihr widerstrebte der Gedanke, ihren Weg ausgerechnet mit einer Flucht zu beginnen. Aber der Krieger hatte recht. „Wo ist Danis?"

„Bei dem Rest unserer Männer. Oben in den Wäldern. Wir hielten es für klug, nicht mehr aufzufallen, als nötig. Sobald Danis zurück ist, sollten wir aufbrechen."

„Wie viele Männer haben wir?", erkundigte sich Neyla und schob sich eine vorwitzige Haarsträhne hinter das Ohr.

Ariel zuckte vage mit den Schultern. „Die meisten Männer haben sich aus dem Lager von Len Bold angeschlossen. Fast in derselben Stärke wie sie die Lahnwälder besetzt haben. Aber um hier etwas zu bewegen sind wir noch immer zu wenig. Wir hoffen auf Hilfe aus Lahn. Die Lage dort ist unklar. Einer unserer Männer ist nach Lahn geritten, jedoch noch immer nicht zurückgekehrt."

„Glaubst du, Yarne hat in Lahn die Führung verloren?", besorgt sah Neyla Ariel an.

„Das will ich nicht hoffen. Für Yarne und für uns", antwortete Ariel wissend. „Es liegt jetzt an dir, dein Volk für uns zu gewinnen." Ariel schaute sich um und sein Blick fiel auf eine Gruppe jordanesischer Bauernjungen, die von anartischen Kriegern im Schwertkampf unterrichtet wurden. „Und glaub mir, das wird kein Kinderspiel. Sieh sie dir an! Selbst wenn du deine Landsleute überzeugen kannst, dir in einen Krieg gegen den Königssitz zu folgen, so sind sie noch immer Bauern und keine Krieger.“ Ariel sah Neyla ernst an. „Den Großteil von ihnen wirst du in den Tod führen.“

Neyla hielt den Blick ihres Bruders fest. Ariels Wimpern waren unglaublich lang und dicht. Unvermittelt strich Neyla dem Krieger eine Haarsträhne aus dem Gesicht. Sie hielt inne und zwirbelte Ariels Haarspitzen zwischen ihren Fingern. Dasselbe Haar. Lockig. Kraus. Dieselbe Farbe. Vielleicht etwas dunkler und weniger Rot, als ihr eigenes. „Ich habe keine andere Wahl, Ariel“, flüsterte Neyla gedankenversunken.

Der Krieger beugte sich zu seiner Schwester und küsste sie auf die Stirn. „Bitte geh dich jetzt waschen“, lachte er dann mit tiefer Stimme auf.

Neyla hatte Mühe, nicht mit einzustimmen. „Wonach, zur Hölle, riecht denn nun eine Graukatze?“

„Sag bloß, du bist noch nie einer begegnet?“ Ariels Augen wurden groß, während das Grinsen in seinem Gesicht immer breiter wurde. „Wenn das hier vorbei ist, Ney, dann verspreche ich dir: Ich werde mit dir durch die anartischen Wälder ziehen und so lange nach einem Graukatzenbau suchen, bis wir einen gefunden haben. Und das nur, damit du einmal deine Nase reinhalten kannst.“

„Ist das ein Versprechen?“

„Eher eine Drohung“, lachte Ariel. Und Neyla stellte fest, dass sie den Krieger noch nie so zufrieden und selig erlebt hatte.

Ariel deutete mit dem Kinn über den Hof. „Dein Mann“, sagte er und Neylas Herz machte einen Satz.

Danis schritt über den Hof. Zwischen all der Bewegung, die hier herrschte, stach er augenblicklich hervor. Die lachendenden, herumtobenden Kinder; Hühner die aus einem Stall ausbüchsten und davon flatterten; die Bauernjungen, die mit den anartischen Kriegern trainierten – jedes noch so kleine Detail dieses Bildes schien unter seiner Anwesenheit zu verblassen. Neyla löste sich von Ariels Seite und rannte los. Atemlos fiel sie in die Arme ihres Mannes und sog den Duft seines Haares ein, während ihre Arme fest seinen Nacken umschlossen.

Grinsend wandte sich Ariel von diesem Bild ab und schüttelte den Kopf. „Ich hätte ja erst mal ein Bad genommen", sagte er lachend zu sich selbst, während der andere Teil seines Herzens die Szene gerne weiter beobachtet und dabei an Blanca gedacht hätte.

Ein schriller Pfiff durchschnitt die kalte Morgenluft.

„Reiter!", schrie Tok vom Dach herunter, während er sich über die Leiter nach unten schwang.

Die Idylle, die bisher über der Siedlung gelegen hatte, zerbrach in scharfkantige Scherben. Jene Unbeschwertheit, die eben noch in den Gesichtern der anartischen Krieger gelegen hatte, als sie mit den Bauern den Schwertkampf trainiert hatten, war verschwunden. Stattdessen verhärteten sich ihre Gesichter unter der Anspannung ihrer Körper und die Bauernjungen stachen in ihrer hilflos anmutenden Art wie Fremdkörper zwischen ihnen hervor. Ariel gab den Kriegern auf der Weide ein Handzeichen und rannte zu Neyla und Danis. „Verschwinden wir!", auffordernd blickte er die beiden an.

Tok kam mit zwei Pferden aus einem Stall gerannt. „Man soll gehen, wenn's am schönsten ist", feixte er und reichte Ariel die Zügel, während er sich auf den Rücken eines Pferdes schwang und fast fröhlich zu seinen Freunden sah. Tok schien sich aufrichtig über diesen Abschied zu freuen. Er war ein Sohn Anartiers. Wild und frei. Anartische Krieger waren eindeutig nicht dazu geboren, Löcher in Dächern zu reparieren und abzuwarten, was die Zeit mit sich brachte. Ariel schwang sich auf das zweite Pferd, reichte Neyla seine Hand und zog sie hinter sich auf das Tier. Und noch bevor Neyla ein weiteres Wort an Danis richten konnte, schlug Tok mit der flachen Hand auf den Hintern seines Pferdes. Der Hengst bäumte sich auf, bevor er wild davon galoppierte. In der Ferne gab Tok einen jubelnden Laut von sich. Lachend trieb Ariel sein Pferd an und jagte Tok hinterher. So schnell, dass Neyla Mühe hatte, sich festzuhalten. *Danis,* dachte sie und blickte über ihre Schultern hinweg zu ihrem Mann, dessen Silhouette in der Ferne mit der Bauernsiedlung verschmolz.

Neyla hatte sich im Verlies den Kopf darüber zermartert, mit welchen Worten sie ihrem Volk gegenübertreten und es überzeugen könnte, sich ihr und den anartischen Kriegern anzuschließen. Als sich nun vor ihren Augen schwarze Rauchwolken über der Bauernsiedlung vor Thalél Malis erhoben und die Schreie ihrer Bewohner Neyla eiskalte Schauer über den Rücken jagten, wurde ihr klar, wie hoch der Preis ihres Unterfangens sein würde.

„Neyla." Ariels Stimme klang fordernd. Das Pferd tänzelte um seine eigene Achse. Und auch Toks Pferd schnaubte unruhig.

„Einen Moment noch", bat Neyla und starrte hinunter zur Siedlung, wo Gardisten mit ihren Schwertern jene Bauern niedermetzelten, die Danis und seinen Kriegern Unterschlupf gewährt hatten. Sie sah mit welcher Brutalität die königliche Garde vorging und wie wenig Danis und die mit ihm zurückgebliebenen Krieger etwas gegen sie auszurichten vermochten. Frauen und Kinder stoben kreischend zwischen den Gardisten auseinander. Ihre Schreie, lagen sie auch in der Ferne, krochen Neyla unter die Haut, nagten an ihren Knochen und verursachten einen stummen Schmerz. Die Bauernsiedlung brannte lichterloh und der schwarze Rauch wurde immer dichter, als Danis, zwei seiner Krieger und vier junge Bauern durch ihn hindurchgeritten kamen. Drei Krieger. Vier junge Männer. Mehr hatten es nicht geschafft. Ruß vermischte sich in Danis' Gesicht mit Blut und Schweiß, als er sein Pferd vor Neyla und Ariel zum Stehen brachte. Ausdruckslos blickte er die beiden an. Die Zeit der unbeschwerten Worte war vorbei.

Es waren jene vier junge Männer aus der Siedlung vor Thalél Malis, welche die richtigen Worte fanden. In Abor. Und nur wenige Tage später in Lage. Und dann pfiffen es die Spatzen bereits von den Dächern. Egal in welchem Winkel Jordanes' die Prinzessin, Danis und die anartischen Krieger auftauchten, überall erzählte man sich die Geschichte von Neyla von Thalél Malis, dem Falschblut, und ihrer Bestimmung, für die der König und sein Sohn ihre Leben gelassen hatten. Wie ein Lauffeuer hatte es sich in ganz Jordanes verbreitet, dass Markos von Thalél Malis Jagd auf die Prinzessin machte und in dem Wissen, damit erneut einen Krieg mit Anartier zu provozieren, sogar über die Leichen seines eigenen Volkes ging. Mit Tränen in den Augen malten die überlebenden jungen Bauern aus der Siedlung vor dem Königssitz mit ihren Worten Bilder in die Köpfe der Menschen, so grausam und lebendig, dass Neyla es kaum vermochte, ihre Tränen zurückzuhalten. Und noch im Traum hörte Neyla die jungen Bauern berichten. Vor spaltweit geöffneten Türen, in leisen Tönen oder bekräftigend und laut, auf Marktplätzen in ganz Jordanes. So herzzerreißend aufrichtig, dass sich Ariel in unbeobachteten Momenten über die Unterarme rieb, um seine Gänsehaut und die aufrecht stehenden, feinen Härchen zu bändigen. Was dann in Abor und Lage geschah, überwältigte Neyla und überstieg gleichermaßen ihre Erwartungen. Unzählige Männer schlossen sich ihr und den anartischen Kriegern an. So viele, dass einer der anartischen Krieger sie direkt zum Eldarstein, dem ausgemachten Treffpunkt führte, um keinerlei Aufmerksamkeit zu erregen.

Wo auch immer Neyla, die anartischen Krieger und die jungen Bauern in Jordanes auftauchten, um eben diese Worte in die Gesichter und Herzen der Menschen zu sprechen, bestand das Risiko, von Männern der königlichen Garde angegriffen zu werden. Markos hatte tatsächlich ein Kopfgeld auf Neyla ausgesetzt. Und als man ihm zutrug, dass Neyla samt anartischen Kriegern ausgerechnet vom jordanesischen Volk Unterschlupf gewährt wurde und sie versuchte, gleiches für eine Rebellion zu rekrutieren, wurden seine Maßnahmen härter. Gardisten fielen des Nachts in Häuser ein, weil sie dort Neyla und die anartischen Krieger vermuteten, oder einen ihrer Verbündeten, der die Worte der jungen Bauern verbreitete. Und wenn sie fündig wurden, brannten Häuser und Menschen starben. Um das zu verhindern, reisten Neyla und die anartischen Krieger in die Kleidung von Einheimischen gehüllt, um ihre Runen zu verbergen. Sie hielten sich stets bedeckt, um unerkannt und unauffällig zu bleiben, verzichteten auf einen festen Wohnsitz, schliefen meistens im Freien und tauchten in jenem Winkel Jordanes' auf, in dem sie niemand vermutete. Und wenn sich ihnen eine große Anzahl jordanesischer Männer angeschlossen hatte, führte einer der anartischen Krieger sie in die Wälder zum Eldarstein. An diesem Ort trafen anartische Krieger und die jordanesischen Männer zusammen. Sie schliefen unter ein und demselben Himmel, saßen an dem gleichen Feuer, trainierten den Schwertkampf, den Umgang mit Pfeil und Bogen, übten mit Wurfsternen oder versuchten gegeneinander im Zweikampf zu bestehen. Und sie warteten gemeinsam ungeduldig auf den Tag, an dem sie vereint gegen Thalél Malis ziehen würden, während sie täglich immer mehr Verbündete in die Arme schlossen.

Derweil hatte der Winter Jordanes fest im Griff. Weiß und kalt legte er sich über das ganze Reich. In mehrere Lagen Decken gehüllt saß Neyla neben Ariel auf dem Karren, der von einem müden, alten Pferd gezogen wurde, welches Tok mehr hinter sich herzog, als dass er es führte. Danis ritt voraus. Neben ihm ritt Tyne, der letzte verbleibende junge Mann aus der Siedlung vor Thalél Malis. Die anderen Drei waren bereits mit einer nicht unbeachtlichen Anzahl von jordanesischen Männern auf dem Weg zum Eldarstein.

„Wir sollten langsam zu den anderen zurückkehren", durchbrach Tok nachdenklich die Stille.

„Noch nicht." Neylas Atem zerfiel als weiße Wolke in der kalten Winterluft. Sie hauchte in ihre Hände und schlang die Decken fester um ihren Körper. „Nur noch Jediz."

„Man wird uns dort erwarten, das ist dir doch klar, oder?" Ariel blickte Neyla von der Seite an und zog sich eine Decke über den Kopf. „Jediz ist die letzte verdammte Stadt, in der wir noch nicht waren. Wir wissen das und Markos weiß es auch."

„Warum willst du dorthin? Was wir tun und wer wir sind, hat sich seit dem ersten Tag, an dem wir in der Siedlung unterhalb Thalél Malis untergekommen sind, verbreitet wie ein Lauffeuer. In jeder Stadt, die wir danach noch betreten haben, pfiffen es die Spatzen schon von den Dächern. Uns haben sich bereits Männer aus Jediz angeschlossen. Lass uns umkehren, verdammt noch mal." Mürrisch sah Tok über seine Schulter und starrte in Neylas Rücken.

„Menschen brennen nicht für eine Leidenschaft, die sie nur von irgendwo her hören", antwortete Neyla mit fester Stimme. „Sie brauchen eine Stimme, die sie nicht nur hören, sondern der sie folgen können. Die Leidenschaft muss für sie ein Gesicht bekommen, dem sie vertrauen."

„Markos lässt Häuser niederbrennen und unschuldige Menschen hinrichten, weil er ihnen Sympathie mit uns unterstellt. Nicht jeder Mann deines Volkes will dem Ruf deiner Stimme folgen. Es ist anzunehmen, dass mancher dir eher deinen Kopf von den Schultern schlagen will, damit der Wahnsinn und die Morde am eigenen Volk ein Ende haben!", bemerkte Danis scharf, ohne sich zu Neyla umzudrehen.

„Dann sollten sie eher Markos den Kopf von den Schultern

schlagen. Er tötet ihre Landsleute. Nicht ich.“ Neyla drehte sich zu Tok, Danis und dem jungen Bauern um. „Und wir fahren nach Jediz, um den Menschen dort genau *das* zu sagen.“

Sie hatten die letzten Wochen jeden Tag fast ohne Unterlass miteinander verbracht. Jetzt waren es in der einen Stunde die Taten des anderen, in der nächsten seine Worte, an denen sie sich aufrieben. Zudem gab es bis zum heutigen Tag keinerlei Nachricht aus Lahn und Danis weigerte sich nach wie vor, noch mehr Männer dorthin zu entsenden, weil er um die Stärke der Streitkraft fürchtete, die sich gegen Thalél Malis stellen sollte. Er haderte wegen jedem Mann. Und da er selbst schon einmal gegen Thalél Malis in den Krieg gezogen war, wusste er, warum.

„Mir macht mehr Sorge, dass wir nichts aus Lahn hören“, sagte Neyla etwas leiser und an niemanden Bestimmtes gerichtet. „Das Wenige, was Lens Männer zu berichten wussten, ist nicht gerade dienlich.“

„Wenn Thore wirklich im Sterben liegt, werden Modorok und Yarne miteinander über das weitere Vorgehen in Anartier verhandeln“, antwortete Ariel.

„Ja. Das oder sie schlagen sich die Köpfe ein“, überlegte Tok laut. „Ich frage mich, wer Thores Ring tragen wird, wenn er das Zeitliche segnet. Er hat nie einen Hehl daraus gemacht, dass er Einar die Stammesführung nicht in die Hände legen wird.“

„Es ist anzunehmen, dass Thore einen würdigen Nachfolger vorschlägt.“ Danis sah Tok genervt an.

„Man kann reichlich viel annehmen, wenn man so gar nichts mit Bestimmtheit weiß. So, wie wir gerade“, gab Tok betont lässig zurück, blieb stehen und stoppte somit das Pferd und den Karren. „Fakt ist aber, dass wir den Männern, die am Eldarstein auf uns warten, erzählt haben, dass nicht nur das anartische Volk, sondern auch seine Führung hinter ihnen steht. Wenn die Stammesfürsten mit den ihnen zur Verfügung stehenden Kriegern ihrer Stämme nicht geschlossen und vereint dort auflaufen, verlieren wir nicht nur unsere Glaubwürdigkeit, sondern wir führen diese Menschen, die dem Gesicht und der Stimme der *Leidenschaft* folgten, in den sicheren Tod!“ Eindringlich erhob sich seine Stimme.

„Dessen bin ich mir bewusst“, antworte Danis dem Krieger mit zusammengekniffenen Augen und stoppte ebenfalls sein Pferd. Zornig wandte er es Tok zu.

„Warum zur Hölle bist du dann noch hier?“, erkundigte sich Tok ungehalten. „Du solltest bei *deinem* Vater sein. In *deinem* Land. Stattdessen bleibst du an der Seite deiner Frau, damit ihr Jordanes zu Füßen liegt!“

„Tu das nicht, mein Freund“, sagte Danis sehr leise und schüttelte kaum merkbar den Kopf. „An wessen Seite ich stehe, ist keine Frage d…“

„Des Verstandes?“, unterbrach ihn Tok mit einem zynischen Grinsen. „Denn wenn es so wäre, dann würdest du diesem Dickschädel von Weibsbild vertrauen und wärst längst auf dem Weg nach Lahn.“

Danis und Tok taxierten einander und Neyla hatte die Befürchtung, dass diese Auseinandersetzung handfest enden könnte.

„Tokker hat recht“, sagte sie und durchbrach die Stille.

Tokker. Tok warf Neyla einen vernichtenden Blick zu. Er hasste es, wenn man ihn so nannte, wie es sonst nur seine Mutter tat. Jeder hier wusste das. Auch Neyla.

Neyla sprang aus dem Wagen und hielt die Decken dabei um ihren Körper geklammert, als sie sich an Danis wandte und zu ihm aufsah. „Wir kommen hier auch ohne dich zurecht. Es ist doch nur noch Jediz, danach kommen wir zum Treffpunkt. Reite nach Lahn und sieh nach deinem Vater. Wir treffen uns am Eldarstein wieder.“

Eindringlich betrachtete Danis seine Frau und wirkte in seinen Gedanken zerrissen.

„Es ist in Ordnung, Danis, wirklich", versicherte Neyla ihm mit sanfter Stimme. „Tok und Ari passen auf mich auf."

Danis' Blick glitt zu den beiden Kriegern, die ihm mit ernsten Mienen begegneten. „Ariel?"

„Wenn ich du wäre, würde ich nach Lahn reiten", antwortete Ariel sicher. „Und mich um den Teil meiner Familie kümmern, der vielleicht Hilfe benötigt. Um den anderen Teil kümmern wir uns."

Danis nickte. „Zehn Tage", sagte er schließlich und hatte Mühe, sein Pferd ruhig zu halten. „Zehn Tage und keinen Mondlauf länger. Dann sehen wir uns am Eldarstein."

Neyla sah ihren Mann bekräftigend an. „Zehn Tage."

Danis beugte sich von seinem Pferd hinunter. Seine Hände rahmten Neylas Gesicht, als er sie küsste. Sein letzter, prüfender Blick galt Tok und Ariel, bevor er sein Pferd antrieb und davonjagte.

„Neyla?" Toks Stimme hatte einen honigfarbenen Klang, der Ariel schon im Ansatz zum Grinsen brachte.

„Mhhh?" Neyla wandte ihren Blick von Danis' Gestalt, die in der Ferne immer kleiner wurde und wandte sich dem Krieger zu.

„Mein Name ist TOK. Ruf mich noch einmal so, wie es nur meine Mutter tut und werde dich solange kopfüber über die Brücke des Thalél Falls hängen, bis der letzte Tropfen Tollkühnheit aus dir herausgetropft ist", sprach der Krieger dann sehr deutlich in Neylas Gesicht. Er gab dem Pferd einen ordentlichen Klaps. Erschrocken setzte es sich in Bewegung.

Ariel lachte, als Neyla hinter dem Karren herlief und Mühe hatte, aufzusteigen. „Das werden die längsten zehn Tage meines Lebens." Ariel packte Neylas Handgelenk und zog sie zu sich auf die Tragfläche des Karrens.

„Ich wollte dir damit nur zu verstehen geben, dass es unnötig war, gegenüber Danis mit der Wahl zwischen mir und seinem

Vater zu argumentieren, TOK", rief Neyla verärgert in den Rücken des Kriegers.

„Unnötig aber hilfreich", antwortete Tok und ging unbeirrt weiter.

Neyla registrierte die Rauchschwaden, die am Horizont in den Himmel aufstiegen. „Was ist das?"

Tok hielt das Pferd an, ließ die Zügel los und ging, gefolgt von Tyne, einige Schritte voraus. Von einer schlechten Vorahnung beschlichen, folgten Ariel und Neyla den beiden.

„Jediz.", vernahmen sie die Stimme des jungen Bauern. „Das ist Jediz."

Und sie folgten seinem Blick über die schneebedeckte Anhöhe hinunter ins Tal, wo unzählige Häuser brannten und die roségoldfarbenen Brustharnische der königlichen Garde Thalél Malis' zwischen den aufgescheuchten Dorfbewohnern herausstachen.

„Jediz brennt", fügte Tok noch hinzu. Was unsinnig war, weil sie sehen konnten, was unten in dem kleinen Dorf vor sich ging. Aber es schien so, als müsste Tok es einmal laut aussprechen, um es vollends begreifen zu können.

„Verschwinden wir von hier", sagte Ariel. „Wir können nichts mehr für Jediz tun."

„NEIN!" Neylas zorniger Blick ließ Ariel innehalten. „Wir schulden es diesen Menschen da unten, dass sie erfahren, wegen wem ihre Häuser brennen und weswegen ihre Familienangehörigen geschlagen und getötet wurden."

„Ich teile Danis' Überlegung, dass man dich da unten womöglich lynchen könnte, statt sich uns anzuschließen", gab Ariel mit fester Stimme zurück.

„Dann tut das, worum euch Danis gebeten hat. Beschützt mich", entgegnete Neyla unnachgiebig.

Ariel schüttelte den Kopf und rang mit einer Antwort, während Tok seinen Blick über Jediz schweifen ließ und man aus der Ferne das Geschrei der Menschen hören konnte. „Wir warten bis der jordanesische Dreckhaufen von Kriegern da unten verschwunden ist", sagte Tok, ohne seinen Blick abzuwenden. „Dann müssen wir uns im schlimmsten Fall nur gegen eine Front verteidigen."

„WAS?" Ariel lachte ungläubig auf. „Du willst doch nicht …?" Doch je länger er in Toks Nacken starrte, desto sicherer war er sich, dass der Krieger alles andere als scherzte. „ERNSTHAFT? Was ist aus der Vernunftnummer geworden, die du eben bei Danis abgezogen hast?"

„Wenn ich unvernünftig wäre, hätte ich vorgeschlagen jetzt da runter zu gehen, statt zu warten, bis diese jordanesischen Hurensöhne verschwunden sind!", gab Tok zurück.

„Du willst warten und zusehen, bis sie da unten alles in Schutt und Asche gelegt haben?" Ungläubig sah Neyla Tok an.

„Ja, genau wie du", antwortete der Krieger, bevor er sich zum Gehen abwandte.

„Ist das euer Ernst?", Neyla trat Tok in den Weg und blickte abwechselnd von ihm zu Ariel.

„Ich habe nicht vor, mich wegen deiner verdammten Hitzköpfigkeit in die Schlange derjenigen einzureihen, die deswegen schon ihr Leben verloren haben. Auch, wenn der Gedanke Elodie wiederzusehen echt verlockend ist." Tok trat näher an Neyla heran. Es war unübersehbar, dass er Neylas Verhalten als Grenzübertretung wertete und er sich nur mühsam beherrschte. „Und jetzt geh mir aus dem Weg!"

„Du bist unfair", flüsterte Neyla getroffen.

„Sie haben recht", bemerkte Tyne. „Niemandem ist geholfen, wenn die zukünftige Königin Jordanes' in Jediz stirbt."

Neyla und Tok taxierten einander und der Krieger fuhr sich durch die Haare, um die Kontrolle über seine Hände zu gewinnen. Denn solange sie in seine Haare griffen, gingen sie nicht auf Neyla los. Eine gefühlte Ewigkeit lag der Blick der Prinzessin auf dem Krieger, bevor Neyla zur Seite trat und Tok wortlos an ihr vorbei ging.

„Vielleicht solltest du einfach aufhören, ihn Tokker zu nennen“, meinte Ariel nüchtern und wandte sich ebenfalls zum Gehen ab.

„Gibst du mir auch die Schuld an Els Tod?“, hakte Neyla nach, obwohl sie sich nicht sicher war, ob sie die Antwort ihres Bruders hierauf wirklich hören wollte.

„Wir alle tragen eine Schuld, Ney. Das ist das Einzige, was uns demütig auf das Leben blicken lässt.“ Ariel sah Neyla kurz über seine Schulter hinweg an, bevor er zu Tok ging und Neyla allein ließ. Neyla schlang die Decken fester um sich und wandte ihren Blick wieder Jediz zu. Es war schwer zu sagen, wo das große Wasser, das hinter dem Dorf lag, endete und wo der Himmel begann. Beides schien grenzenlos ineinander überzugehen.

In Neylas Rücken brannte die Anwesenheit des jungen Bauern. „Markos wird dafür bezahlen, Tyne.“

„Ich weiß“, antwortete der junge Bauer leise.

Tok, Ariel, Tyne und die Prinzessin fielen den Einwohnern Jediz’ kaum auf, so sehr ging ihre Anwesenheit in dem Leid und Chaos, welches die königlichen Truppen hinterlassen hatten, unter. Dennoch brachte jeder noch so flüchtige Blick Neyla ins Schwanken. Beißender Rauch lag in der Winterluft. Zusammen mit der Kälte und Rastlosigkeit fühlte sich jeder Atemzug an, als hätte man Neyla einen Gesteinsbrocken auf den Brustkorb gelegt. Neyla hatte aufgehört zu zählen, an wie vielen brennenden Häusern sie vorbeigegangen waren. Das Geschrei der Frauen und Kinder und die Hektik, in der die Menschen mit Wassereimern herumrannten und zu retten versuchten, was noch zu retten war, ließen Neyla keinen klaren Gedanken fassen. Die

Wut und Fassungslosigkeit der Menschen hier über die Ereignisse war noch unausgesprochen und dennoch allgegenwärtig. Noch betäubte die Ohnmacht das Leid. Doch der Wind würde bald drehen.

„Hör auf so auszusehen, als wäre es deine Schuld, was hier passiert ist", ermahnte Ariel sie mit leiser Stimme. Neyla versuchte, ihren Gesichtsausdruck zu kontrollieren. „Und es ist auch nicht besser, wenn du so aussiehst, als wäre es dein Haus gewesen, was sie niedergebrannt haben", quittierte ihr Ariel das Resultat und tätschelte aufmunternd ihre Schulter, bevor er sich an einen Einheimischen wandte und ihn fragte, was sie tun könnten, um zu helfen.

Und dann löschten Neyla, Tok, Tyne und Ariel brennende Häuser. Schweigend standen sie in einer Menschenkette und reichten einander unzählige Wassereimer. Bis sie ihr eigener Schweiß in Momenten der Ruhe auskühlen ließ und sich ihre Arme kraftlos und schwer anfühlten.

Als die Dunkelheit anbrach, kehrten sie zusammen mit den anderen Bewohnern Jediz' in eine Schenke ein, in der die Dorffrauen Essen für alle Helfer und Obdachlosen zubereitet und aufgetischt hatten.

Die Nähe, zu welcher die Einwohner Jediz' zusammenrückten, nahm Neyla fast die Luft zum Atmen. Kraftlos saß sie auf einer Holzbank zwischen Tok und Ariel an einem langen Tisch und stocherte im schwachen Schein einer Kerze in ihrem Essen herum. Die Gespräche um sie herum waren gedämpft. Das Schweigen zwischen ihr und den Kriegern war laut und unüberhörbar.

„Ihr seid nicht von hier", stellte die alte Frau, die Neyla gegenüber saß, nüchtern fest. „Hab euch noch nie hier gesehen."

„Wir sind nur auf der Durchreise", antwortete Neyla, weil sich weder Ariel noch Tok um das Gespräch bemühten.

„Durchreise? Wohin?" Das rußbedeckte, faltendurchzogene

Gesicht der alten Frau nahm nachdenkliche Züge an. Ihre wachsamen, grünen Augen ruhten auf Neyla. „Nach Jediz kommt nur noch das große Wasser."

Neyla schluckte.

„Wie heißt du?", erkundigte sich die alte Frau. Ihre Stimme klang seltsam jung und passte so gar nicht zu dem welken, gealterten Körper der Frau.

„Meine Freunde nennen mich Ney.", antwortete Neyla ausweichend.

„Und wie heißen deine Freunde?" Die alte Frau deutete mit einem Nicken zu Tok, Ariel und Tyne.

„Tok und Ariel. Und Tyne", beantwortete Neyla die Frage wahrheitsgemäß.

Die alte Frau wendete einen Hähnchenschenkel zwischen ihren Fingern, ohne den Blick von Neyla abzuwenden. Dann pulte sie ein Stück Fleisch heraus und führte es zu ihrem Mund. In aller Ruhe kaute sie aus, bevor sie den fleischbehangenen Knochen in ihrer Hand betrachtete und seelenruhig fragte: „Verrate mir eines, meine Schöne. Was macht ein Mädchen wie du mit zwei anartischen Kriegern in Jediz?"

Die Lebensgeister der Krieger zu ihrer rechten und linken Seite erwachten augenblicklich. Ariel ließ den Becher auf den Tisch sinken, den er gerade zum Trinken angesetzt hatte. Und Tok spuckte geräuschvoll das Stück Brot aus, das er fast verschluckt hätte. Fast intuitiv wanderte seine Hand zu seinem Gürtel, in dem er einen Dolch verbarg.

„Kein Grund, unruhig zu werden", meinte die alte Frau unbeeindruckt und deutete mit dem vor Fett tropfenden Hähnchenschenkel auf Tok. „Die Goldhelmchen waren wegen euch hier, nicht wahr?"

Und plötzlich ebbten die Gespräche am Tisch ab.

„Goldhelmchen", wiederholte Tok hin- und her gerissen zwischen Belustigung und konzentrierter Wachsamkeit.

„Lass es bleiben, Süßer." Die alte Frau lachte entwaffnend. „Als ich so alt war wie du, da habe ich in Bärg gelebt, jenem Dorf, was am nächsten an der Grenze zu Anartier liegt. Das war lange, bevor alle Menschen dort wegzogen, weil es immer wieder Übergriffe anartischer Krieger gab. Ich suchte im Wald nach Heilpflanzen und trat in eine Wildfalle. Niemand hätte mich dort gefunden. Ich wäre jämmerlich gestorben, wenn *er* mir nicht geholfen hätte." Das Gesicht der Alten hellte sich merklich auf. „Sein Name war Wynter. Er war der furchterregendste Anarte, den ich jemals gesehen hatte. Groß und stark, Wildheit im Blick, Wind in den Haaren und schwarze Runen bedeckten seinen Körper. Er befreite mich aus der Falle und versorgte meinen Fuß. Und als es mir besser ging, trug er mich nachts in seinen Armen zurück nach Bärg. Er setzte sich für *mich* der Gefahr aus, entdeckt zu werden." Noch immer schien die alte Frau über diese Erkenntnis überrascht zu sein. „Ein paar Mal haben wir uns wiedergesehen. Heimlich. Niemand durfte etwas davon mitbekommen. Sie hätten ihn getötet und mich verstoßen. Eine Liaison mit dem Feind, das war undenkbar. Manchmal, da tauchte Wynter irgendwo in Bärg auf, gehüllt in Kleidung, die seine Abstammung nicht verriet und blickte einfach nur zu mir herüber. Dann verschwand er wieder, gerade so, als wollte er nur mit eigenen Augen sehen, dass es mir gut geht." Die alte Frau sah Tok und Ariel mit festem Blick an. „Nachdem wir Bärg verließen, habe ich ihn nur noch selten wiedergesehen."

Tok rutschte unbehaglich auf seinem Stuhl herum und Ariel fuhr sich fahrig mit der Hand über den Mund.

„Ihr könnt eure Runen mit Stoff verdecken, aber diesen aufrechten und stolzen Gang, der eurem Volk innewohnt, den könnt ihr nicht so einfach ablegen. Bei den Göttern, ich habe Wynter so oft hinterhergesehen … ich weiß, wie sich ein Anarte in dieser Welt bewegt. Sogar in einer Welt, die nicht seine eigene ist." Der Blick der alten Frau schwenkte zu Neyla. „Was mich wieder zu dir bringt, Schätzchen."

Neyla sah prüfend zu Ariel, aber sein Gesichtsausdruck verriet keinerlei Regung.

„Neyla von Thalél Malis", sagte Neyla dann leise und ihre Worte lähmten die Zeit und rahmten sie mit Stille.

Und obwohl die alte Frau wenig überrascht wirkte, ließ sie den Rest ihres Essens langsam auf den Teller sinken.

„Was heute geschehen ist, tut mir unendlich leid", flüsterte Neyla. „Ich wünschte, wir hätten es verhindern können."

„Und dennoch seid ihr hergekommen", antwortete die Alte bedächtig. „Ihr habt fremde Häuser gelöscht, Wunden versorgt und Tränen getrocknet, von Menschen, die euch weder Familie noch Freunde sind. Du, der Junge und diese beiden anartischen Krieger."

„Ja", wisperte Neyla. „So ist es."

Stille. Unruhig tanzte das Feuer auf dem Docht der Kerze, die in der Mitte des Tisches stand.

„Heute ist großes Unrecht geschehen." Die Alte nickte in sich gekehrt und wirkte getroffen.

„Ich weiß", hauchte Neyla mit brüchiger Stimme.

„Die Namen unserer Toten werden vergessen sein, wenn niemand sie in die Welt trägt."

Neyla blickte die alte Frau überrascht an.

„Wenn ich etwas jünger wäre, würde ich euch begleiten." Die alte Frau schnalzte mit der Zunge und schob ihre Schultern zurück. „Aber ich werde hier in Jediz gebraucht."

„Ich kann sie begleiten und das übernehmen, Edda!", rief ein junger Mann und erhob sich.

„Ich auch!", meldete sich ein Zweiter.

Und dann ertönten von überall aus der Schenke die Rufe von Männern, die Neyla zum Königssitz begleiten wollten.

Die alte Frau lächelte sanft.

„Mir scheint, Euer Wort gilt in Jediz", bemerkte Tyne

vorsichtig, „Edda."

„Edda Bills." Die alte Frau nickte dem Bauernjungen freundlich zu.

„Nicht alle Männer aus Jediz, die sich uns anschließen, werden hierher zurückkehren", bemerkte Neyla leise. „Jediz hat genug geblutet."

„Wir haben geblutet, aber wir sind noch immer am Leben!", rief ein Mann und fand regen Zuspruch.

„Danke, Edda Bills", wandte sich Ariel an die alte Frau.

Edda nickte und hob ihren Becher in die Luft. „Lasst uns trinken! Auf die Toten. Und auf die Lebenden!"

„Keiner unserer Toten soll umsonst gestorben sein!", erhob sich die kräftige Stimme eines Mannes am Ende des Tisches.

Tok sah auf und in seinem Blick lag die Schwere des Glaubens anartischer Krieger an das Schicksal und die Götter.

Eine gefühlte Ewigkeit lang passierte gar nichts.

Dann endlich rief jemand „Skull!"

Und plötzlich wurden viele Becher in die Luft erhoben und fast gleichzeitig ertönte „Skull!", aus jeder Ecke der Schenke.

Edda Bills sah Neyla fest in die Augen und Neyla erwiderte ihren Blick. In den klaren, grünen Augen der Alten erkannte sie den Glanz und die Freude längst vergangener Tage.

„Skull, Neyla von Thalél Malis. Mögen die Götter mit Euch sein!", sagte die Alte und hob ihr Glas.

Neyla hatte keine Ahnung, wie sich ihre Landsleute aus den anderen Regionen Jordanes' unter dem harten Training der anartischen Krieger am Eldarstein schlugen. Genau genommen bezeichnete Tok die jordanesischen Kampfkünste als dilettantisch. Aber Neyla hatte so eine Ahnung, dass die Männer aus Jediz, die sich ihnen angeschlossen hatten, zu den besten Kämpfern ihres

Landes heranwachsen würden. Als sie sich bereits auf dem Weg zum Eldarstein befanden und von Gardisten angegriffen wurden, waren es ebenjene junge Männer aus Jediz, die ungeahnte Kräfte entwickelten und den Angriff mit übermächtig anmutendem Willen und aller Gewalt zurückschlugen. Und Neyla erkannte, dass diese Männer nicht für sie, sondern für sich selbst kämpften. Um ihre Wut und ihren Hass zu befriedigen. Vielleicht hatte Ariel recht und es gab niemanden mehr auf dieser gottverdammten Welt, der frei von Schuld war. Neyla blickte auf Tyne, der leblos zwischen toten Gardisten auf dem Boden lag. Wie viele Wintersonnenwenden hatte er erlebt? Siebzehn? Achtzehn? Die Prinzessin sah auf und ihr Blick streifte die Männer aus Jediz. Blut klebte an den Händen der jungen Männer. Neyla hatte sich unlängst an den Anblick von Blut an ihren eigenen Händen oder denen von Ariel und Tok gewöhnt. Aber es an der Haut der Männer aus Jediz kleben zu sehen, fühlte sich an, als würde das kalte Wasser des Bergtaus über ihr zusammenschlagen. Es war, als hätte die Unschuld ihr Gesicht verloren. Neyla vernahm bei dem Anblick der jungen Männer ein unaufhörliches Fiepen in ihren Ohren und ihr Magen krampfte sich zusammen.

„NEYLA!"

An Ariels verdutztem Gesichtsausdruck erkannte Neyla, dass er sie wohl zum wiederholten Male angesprochen hatte.

„Du blutest!" Ariel deutete auf Neylas Oberschenkel.

„Es ist nichts", antwortete Neyla. Sie spürte keinen Schmerz. Sie spürte überhaupt nichts mehr. Außer dem Schwindel in ihrem Kopf und das Fiepen in ihren Ohren. Sie sah Blut, welches in Bächen vor ihren Augen floss. Neyla schmeckte Metall auf ihrer Zunge und der Drang, sich zu übergeben, wurde übermächtig. Sie schloss die Augen und hörte auf, um Luft zu ringen. Sie ließ sich treiben, von der Leere, die sie erfasste und schließlich davon trug in den immer dichter werdenden schwarzen

Nebel, hinter dem Ariels Gesicht verschwand. Von der Wärme und Benommenheit, die ihren Körper angenehm durchströmte und einen Rausch in ihr auslöste, der ihre Wangen rot färbte und ein Lächeln auf ihre Lippen zauberte. Kaltes Blau überzog den Schleier vor ihren Augen und unter den Duft von Freesien mischte sich der Geruch frischer Erde.

Der Thron bringt nicht den Frieden. Und der Mensch, der auf ihm Platz nimmt, entscheidet nicht darüber.

Danis ritt ohne Pausen. Die ganze Nacht hindurch. Und als er in den Morgenstunden Lahn erreichte, lag eine gespenstische Stille über dem Niederdorf. Danis sah an den Mauern der Lahnburg hinauf. Erstmals wirkten sie düster auf ihn. Feucht, kalt und schwerfällig. Was war aus den blauen Himmeln seiner Kindheitserinnerung geworden, welche die Lahnburg stets übermächtig und glänzend erscheinen ließen? Der Himmel in den Morgenstunden schien Trauer zu tragen. Düstere Wolken schoben sich vor grauen Hintergrund und Wasser, noch unentschieden zwischen Eis oder Regen, tropfte vom Himmel. Das Niederdorf schien zu schlafen. Und auch vor den Mauern der Lahnburg war es ruhig. So unangenehm ruhig. Als Danis den steinernen Weg durch das Tor ritt, hallten die Hufschläge seines Pferdes so laut wider, dass er meinte, Tote damit zu erwecken.

„Danis Bork“, nannte er der Gruppe von Wachen seinen Namen. An den Runen auf ihrer Haut und der Kleidung hatte er erkannt, dass sie zu Thores Männern gehörten.

Einer der Männer griff nach den Zügeln seines Pferdes und strich dem Tier vorsichtig über die Trense. „Das mit dem alten Mann ist eine üble Sache, Danis Bork“, sagte er dabei und sah zu Danis auf. „Du hast mein aufrichtiges Mitgefühl.“

„Wovon, zur Hölle, redest du?“

Der Krieger wich vom Pferd zurück und bedeutete Danis mit besorgter Miene, durch das Tor zu reiten. Und da begriff Danis, dass nicht das Grau des Himmels oder die Stille über Lahn hinweggezogen waren, sondern das Unheil. Danis trieb sein Pferd an und jagte durch das Tor in den riesigen, kreisförmigen Hof, der von den Mauern und Türmen Lahns umschlossen war. Er sprang von seinem Pferd und drückte die Zügel einem Stallburschen in die Hand, der ihm entgegengerannt kam. Danis drehte sich um seine eigene Achse und ließ seinen Blick über den Hof gleiten. Es war so still, dass er seinen eigenen Atem hören konnte. Und den Schlag seines Herzens, der kein Schlag mehr war, sondern ein unaufhörliches Hämmern. Etwas stimmte nicht. In der Ferne entdeckte Danis die Umrisse eines menschlichen Körpers, der zwischen zwei Vidarpfählen hing. Mit zusammengekniffenen Augen betrachtete Danis dieses Bild, bevor er sich darüber bewusst wurde, was ihm daran so vertraut vorkam. Es war die Art, wie die Hände des gequälten Körpers sich an den Seilen festhielten, an welche sie gefesselt waren. Gerade so, als würde sich die leblose Gestalt daran festkrallen, statt daran gefesselt zu sein. Danis entglitt ein undefinierbarer, kehliger Laut. Er war noch ein kleiner Junge gewesen, als Wim ihm beigebracht hatte, ein Seil stets so zu halten. Es sich einmal um das eigene Handgelenk zu wickeln und es dann fest anzupacken. Weil man nur so nicht die Kontrolle über das verlor, was am anderen Ende lag. Danis keuchte und rannte los. Das war unmöglich. Er würde sich irren. Es gab keinen Grund, Wims leblosen und geschändeten Körper zwischen den Vidarpfählen vorzufinden. Wim war stets ein Mann der Ehre gewesen und hatte sich niemals etwas zu Schulden kommen lassen. Doch je näher Danis den Pfählen kam, desto gewisser wurde die Gegenwart. Es war Wims haarloser Schopf, der überdehnt vornübergekippt war, während sein liebevoll gezwirbelter Bart auf seiner Brust ruhte. Der Oberkörper des toten Kriegers hing nach vorne, während er auf seinen Knien zu sitzen schien. Unter dem Gewicht des Todes hatten sich seine Arme ausgekugelt und wirkten seltsam verdreht. Die Haut des runenbedeckten Oberkörpers wirkte graublau und war von Stichwunden übersät. Das Blut um die Wunden war bereits zu schwarzen Schwämmen geronnen. Danis fiel vor Wims leblosen Körper auf die Knie. Scharfkantige Steine bohrten sich durch Danis' Hose, doch der Krieger spürte nichts. Mit Tränen in den Augen nahm er vorsichtig Wims kaltes Gesicht in seine Hände und betrachtete es verzweifelt. Wim war nicht selig gestorben. Nicht ehrbar. Und sein Körper hing hier an Vidarpfählen, statt von den Walküren nach Walhall begleitet zu werden. Danis stieß einen Schrei des Leidens aus, als er Wims Kopf an seine Schulter presste und heiße Tränen auf das haarlose Haupt seines väterlichen Freundes weinte. In seinem Rücken rotteten sich anartische Krieger zusammen. Danis' Schreie gingen ihnen durch Mark und Bein. Auch der Anblick, als der Krieger seinen toten Freund in seinen Armen wog, wie ein Vater seinen kleinen Jungen. Plötzlich schien die Ruhe über Lahn gebrochen zu sein. Die grauen Wolken am Himmel lösten sich auf. Zurück blieb eine weiße Wand, die sich langsam über den Horizont schob. So weiß, wie der Schnee, der jetzt in dicken Flocken vom Himmel tanzte. Die Reihe der anartischen Krieger brach auf und Yarne Bork trat hervor. Trauer lag in seinem Blick, doch selbst den trug er stolz zu Tage. „Danis", sagte der Stammesfürst mit rauer Stimme und trat ganz nahe hinter seinen Sohn.

Nur sehr langsam und vorsichtig ließ Danis von Wim ab und erhob sich. Als er sich zu seinem Vater umwandte, lag blanke Wut in seinem Gesicht. „Was ist hier geschehen, Vater?", presste Danis zwischen zusammengepressten Zähnen hervor und Yarne erkannte, wie mühsam sich sein Sohn zurückhielt.

„Ich erkläre dir alles", sicherte Yarne seinem Sohn mit ruhiger Stimme zu. „Hilf mir, Wim abzumachen und ihn zu beerdigen! Die Frist, seinen Anblick hier ertragen zu müssen, ist im Morgengrauen verstrichen."

Danis' Brustkorb hob und senkte sich schwer, als er in das

Gesicht seines Vaters sah und darin nach einer Antwort suchte, die den Schmerz in ihm betäuben würde. Aber er ahnte bereits, dass diese Antwort nicht existierte. Kein Wort der Welt würde dieses Unrecht hier jemals in seinem Geiste auslöschen können. Und die Tränen rannen stumm über seine Wangen, als er sich umdrehte und die Fesseln von Wims Armen mit derartiger stoischer Ruhe und Sorgfalt entfernte, als hätten die Seile um seinen eigenen Handgelenken gelegen.

„Wie konntest du zulassen, dass er so etwas tut?" Danis starrte in das Feuer, in dem Wims Leichnam zu Staub zerfiel und seine Augen brannten wegen des Rauches und all den Erinnerungen an längst vergangene Tage, die er unbeweint lassen wollte.

„Es war Wims Entscheidung, Danis", antwortete Yarne Bork mit leiser Stimme. „Du weißt, wie stur er war."

„Wiederhole es für mich, Vater. Denn ich verstehe einfach nicht, wie es soweit kommen konnte. Es will einfach nicht in meinen Kopf!" Verzweifelt deutete Danis mit geballten Fäusten an seinen Kopf und blickte seinen Vater dabei mit schmerzverzerrtem Gesicht an.

Yarne nickte ruhig. Dann schloss er die Augen und legte den Kopf in den Nacken, gerade so, als wäre so die Erinnerung an die Geschehnisse leichter zu ertragen. „Als deine Nachricht aus Thalél Malis eintraf, war ich sehr besorgt. Die vereinte Führung Anartiers, die deine Frau und du in Thalél Malis so dringend benötigten, existierte nicht. Thore konnte sein Bett kaum noch verlassen und Modoroks Stämme verübten immer wieder Angriffe auf Thores und unsere Männer. Anstatt diese Übergriffe zu rächen, verhandelte ich mit Modorok, appellierte an seine Verpflichtung Lahn gegenüber. Es gelang mir schließlich, alle drei Stammesfürsten an einen Tisch zu bringen. Nur sie und jeweils einer ihrer engsten Vertrauten."

„Wim saß an deiner Seite", wiederholte Danis die Worte seines Vaters, welche er noch in Erinnerung hatte.

„Ja, das tat er." Yarne lächelte, ohne die Augen zu öffnen. „Modorok haben die Ereignisse um Kjell zu einem rachsüchtigen und verbitterten Mann gemacht. Die Gespräche mit ihm gestalteten sich schwierig. Modorok war es egal, dass ihr nur mit einer Handvoll anartischer Krieger vor den Toren Thalél Malis' steht. Ich glaube, es war ihm sogar recht. Ihm gefiel die Vorstellung, mich leiden zu sehen, wenn du vor Thalél Malis fällst."

„Der Vorschlag kam von Wim." Keine Frage. Danis wusste es mit Bestimmtheit. Nicht nur, weil Wim ein selbstloser Mensch gewesen war, sondern auch, weil Yarne die Ereignisse bereits zum zweiten Mal wiederholte.

„Ja", kam es heiser aus Yarne Borks Kehle. „Er saß neben mir und fragte Modorok, ob er mir und Thore gegen Thalél Malis beistehen würde, wenn er dafür jemanden töten dürfte, der für unseren Stamm ebenso wichtig sei, wie es Kjell für ihn und seinen Stamm gewesen war. Modorok hat lange Zeit nicht darauf geantwortet. Und ich hielt Wims Frage für einen geschickten, rhetorischen Schachzug, um Modorok zu Verstand zu bringen. Aber dann hat Modorok eingewilligt. Er und Wim gaben sich die Hände darauf."

„Du hättest es verhindern können!", fuhr Danis seinen Vater an. „Wims Wort hätte nichts gegolten gegen das deine!"

Yarne öffnete die Augen und sah Danis nachdenklich an. „Denkst du, das hätte er gewollt? Das ich ihn bevormunde? Ihn vor Modorok entmündige? Ich habe niemals das Wort eines Mannes meines Stammes infrage gestellt, geschweige denn seine Ehre."

„Stattdessen siehst du zu, wie Modorok ihn aufschlitzt?" Abscheu lag in Danis' Gesicht.

„Wim wusste, was er tat. Und auch, was auf ihn zukommen

würde.“ Yarne massierte sich mit schmerzverzerrtem Gesicht die Stirn. „Kein einziges Wort kam über seine Lippen, als…“

„Sprich es ruhig aus, Vater! Als Modorok ihn aufgeschlitzt hat und ausbluten ließ wie ein Stück Vieh!“

Yarne senkte den Blick und sah auf den Boden. „Wim ist als ehrbarer Krieger gestorben. Dass Modorok zusammen mit seinen Männern an unserer Seite gegen Thalél Malis ziehen wird, ist Wims Geschenk an dich. Denk darüber, wie du willst. Aber tritt es nicht mit Füßen.“

„Um diesen Wahnsinn habe ich ihn nicht gebeten!“, stieß Danis verzweifelt aus.

„Nein.“ Hilflos blickte Yarne Bork sich um. „Das hat keiner von uns.“

Ihre Blicke fielen in das knackende Feuer.

„Ich werde Modorok töten. Das ist dir doch klar, oder?“ Danis sah Yarne über seine Schulter hinweg an.

„Ja.“ Der Stammesfürst nickte bitter. „Aber nicht jetzt. Du brauchst ihn. Deine Frau braucht ihn.“

Danis schüttelte fassungslos den Kopf. „Wir wissen nicht einmal, ob wir ihm trauen können.“

„Er mag verbittert und zornig sein, aber er hat nicht vergessen, was das Wort eines Kriegers für seine Ehre bedeutet.“ Yarne warf Danis einen entschlossenen Blick zu. „Seine Männer werden deinem Wort folgen. Mach danach mit ihm, was du willst. Aber vergiss nicht, dass man auch dich an deinen Taten messen wird. Wenn du Modorok tötest, dann entehrst du nicht nur dich, sondern auch Wim.“

Wutentbrannt und mit einem herzergreifenden Aufschrei sprang Danis auf, zog sein Schwert und hieb es schreiend immer und immer wieder gegen einen Baumstamm. So lange, bis seine Stimme versagte und er vor Schmerz die Hand nicht mehr spürte, mit der er das Schwert geführt hatte. Behutsam nahm Yarne seinem Sohn das Schwert ab und umarmte ihn.

Und mit ihm den Schmerz, den er sich selbst verweigerte.

„Bei den Göttern.“ Neyla atmete betont ein und betrachtete, mehr fasziniert als angewidert, die wulstig zusammengenähte Wunde an ihrem Oberschenkel. Sie war nie ein Freund filigraner Handarbeit gewesen, aber derjenige, der diese Wunde genäht hatte, war offensichtlich mit Nadel und Faden auf Kriegsfuß. „Wer, zur Hölle, war das?“

„Tok.“ Ariel grinste unsicher. „Und da hatte er einen verdammt guten Tag.“

„Ich kann froh sein, dass mich das Schwert nicht im Gesicht erwischt hat“, stellte Neyla entsetzt fest. „Ist Tok irgendwie wütend auf mich?“

„Nein, er kann nur kein Blut sehen.“

„Warum tut er dann so etwas?“, keifte Neyla.

„Weil er der einzige von uns ist, der so etwas schon mal bei einem Heiler gesehen hat“, antwortete Ariel mit einem jovialen Grinsen.

„Heiler? Bist du sicher, dass er sich das nicht vom Schlachter abgeguckt hat?“

„Nein. Aber ich bin mir sicher, dass dir die Narbe besser steht als der Tod.“ Ariel küsste Neyla auf die Stirn und bedeckte ihre Beine wieder mit dem Tierfell. „Du hast viel Blut verloren. Ich hatte eine Scheißangst um dich.“

„Wie lange war ich ohnmächtig? Gibt es Nachricht von Danis?“ Nur langsam kehrte die Erinnerung zu Neyla zurück. Sie setzte sich aufrecht hin und sah sich um. Sie hatten bereits den Eldarstein erreicht. Und der war seit ihrer letzten Erinnerung mindestens noch einen Dreitagesmarsch entfernt gewesen. Bei guten Wetterverhältnissen.

„Fünf Tage. Du hattest hohes Fieber.“ Ariel senkte den Blick.

„Wir haben noch nichts aus Lahn gehört."

Fünf Tage? Neyla sog scharf Luft durch den Mund. „In zwei Tagen läuft die Frist ab", stellte sie tonlos fest.

Ariel nickte. In zwei Tagen musste Danis mit den anartischen Kriegern am Eldarstein eintreffen. Es war Zeit. Bis jetzt waren sie so kurz vor der anartischen Grenze unentdeckt geblieben, aber immer öfter mussten sie Männer der Königsgarde zurückschlagen, die durch den Wald streiften. Bereits jetzt war der Wald mit Leichen übersät, denn für Gefangene fehlte der Platz und sie konnten es nicht riskieren, dass ein Überlebender Markos ihren Aufenthaltsort und Streitkraftstärke zutrug.

„Er wird rechtzeitig kommen." Neyla sah Ariel fest an.

„Das wird er." Ariel bemühte sich, zuversichtlicher zu klingen, als es sein Gefühl zuließ. „Ruh dich aus. Du musst morgen wieder auf den Beinen sein." Seine Hände ruhten nachdrücklich auf Neylas Schultern und drückten ihren Oberkörper auf das Tierfell zurück. Ariel versuchte ein Lächeln, bevor er aufstand und ein paar Schritte aus dem Lager hinausging. Er schlief seit Tagen kaum mehr als ein paar Stunden. Keine Nachricht von Danis zu erhalten, verhieß nichts Gutes und ohnehin haftete Ariel seit Wochen ein schlechtes Gefühl an. Durch Danis' Abreise hatte es sich nur noch verstärkt. Ariel lehnte die Stirn gegen den Stamm eines Baumes und starrte in die Borke. Fast hätte er Neyla verloren. Kontrolliert atmete Ariel ein und aus und beobachtete, wie sein Atem in der Luft gefror. Die Kälte war ein ständiger Begleiter geworden. Genauso wie das ungute Gefühl. Irgendwo knackte es im Unterholz. Ariel spürte eine Präsenz in seinem Rücken. Schlagartig war er hellwach und alarmiert. Mit gezogenem Schwert wirbelte er herum. Präzise genau ritzte die Spitze seines Schwertes über die weiße Haut an Blancas Kehle. Ein feiner Schnitt, dessen Ränder sofort leicht zu bluten begannen. Blanca trug einen schwarzen Umhang und hatte die Kapuze tief ins Gesicht gezogen, aber der einzigartige

Schimmer ihrer Haare, die ihr über die schmalen Schultern wallten, verriet sie. Ariel kniff die Augen zusammen und sah sich um. Überall im Wald lag eine dünne Schneedecke über dem Boden. Aber keine einzige Fußspur war darin zu sehen. Und dennoch stand Blanca jetzt genau vor ihm. In schweren Stiefeln und der Kampfmontur seines Stammes.

Langsam schob Blanca die Kapuze zurück und führte dabei jede Bewegung so kontrolliert aus, dass Ariel ihre Hände beobachten konnte. Ruhig blickte sie Ariel durch ihre violetten Augen an.

„Verflucht, Blanca, du hättest tot sein können!", stieß Ariel mit kratziger Stimme aus und senkte sein Schwert. „Wie, zur Hölle, hast du das gemacht?" Ungläubig suchte er noch einmal mit den Augen die Schneedecke nach Fußspuren ab, aber sie blieb, bis auf seine eigenen, unberührt.

„Danis ist mit den Stammesfürsten auf dem Weg zu euch", ließ die Tusjo den Krieger ohne Umschweife wissen.

Vor Erleichterung wäre Ariel fast haltlos in sich zusammengesackt. Stattdessen hielt er sich am Stamm des Baumes fest und murmelte ein „Das ist gut. Das ist wirklich gut."

„Nichts ist gut, Ariel." Blancas Stimme klang glockenhell und bestimmt. „Thore konnte die Reise nicht antreten. Er schickt stattdessen seinen Nachfolger Birk. Und das waren die guten Nachrichten." Blanca trat näher an Ariel heran. „Hier die Schlechten: Modorok hat Wim getötet." Und bevor Ariel hierauf etwas einwerfen konnte, hob Blanca abwehrend die Hand und bedeutete ihm in gebieterischer Geste, still zu sein. „Das ist eine lange Geschichte. Und sie ist gewiss voller Leid. Aber sie ist nicht unrecht." Blanca schob sich eine Haarsträhne hinter das Ohr und sah den vollkommen entgeistert dreinblickenden Ariel mit festem Blick an. „Ariel, wenn du deine Schwester in den Königssitz begleitest, wirst du sterben. Der Adler kreist noch immer über dir."

„Ich kann nicht zurückrudern, nur, weil du Angst hast", gab der Krieger ungehalten zurück. „Zu viele haben auf diesem Weg schon ihr Leben gelassen. Ihr Tod soll nicht umsonst gewesen sein."

„Dann werde ich dich begleiten." Blanca legte den Kopf etwas schief und verschränkte trotzig die Arme vor der Brust.

„Hölle, nein, das wirst du ganz sicher nicht!" Ungläubig betrachtete Ariel Blanca, die gut zwei Köpfe kleiner war als er und dazu weniger als die Hälfte seiner Körperstatur hergab. „Es wäre hilfreicher, wenn du nur ein einziges Mal aufrichtig zu mir wärst. Vor zehn Jahren hast du mir verschwiegen, dass Danis noch lebt. Und es ist noch nicht allzu lange her, da ist es dir entfallen, mir zu erzählen, dass Lucien eine Schwester hatte, die, wie du, eine Begabte war. Du wusstest Bescheid über alles, was bis hier hin geschah. Du wusstest, *warum* es geschah. Dennoch hast du geschwiegen." Ariel schüttelte abwehrend den Kopf. „Ich vertraue dir nicht, Blanca. Du hast keinen Platz an meiner Seite."

Die letzten Worte hatte der Krieger nicht mehr als geflüstert, doch in Blancas Ohren klangen sie wie ein wütender Aufschrei.

„Du denkst, die Wahrheit ebnet dir den Weg? Du hast keine Ahnung, Ariel Frost. Je weniger Wissen du besitzt, desto weniger Last trägst du mit dir herum", entgegnete Blanca mit erhobener Augenbraue und eisiger Miene. „Ich bin bereit, deine Last mit zu tragen. Wenn du mich deswegen verurteilen willst, nur zu."

Ariel seufzte.

„Lass mich an deiner Seite bleiben", bat Blanca flüsternd. Sanft berührte ihre zarte Hand Ariels Wange und nur zögernd schmiegte er sich an sie. Ariel schloss die Augen. Warm und weich spürte er Blancas Lippen auf den seinen. Die Wärme ihres Körpers vor seiner Brust. Vorsichtig, gerade so, als könnte Blanca mit einer einzigen Berührung zerbrechen, schlang er die Arme um ihre Hüften. Und noch während er den groben und kratzigen Stoff ihres Umhanges zwischen seinen Fingern spüren konnte, griff er in das Nichts und schlug die Augen auf. Es folgte ein Windhauch, gleich dem Flügelschlag eines Schmetterlings. Blanca war verschwunden. Einzig und allein zwei Schuhabdrücke direkt vor ihm, verrieten Ariel, dass er nicht den Verstand verloren hatte. Er spürte den Baumstamm in seinem Rücken, ließ fassungslos den Kopf dagegen sinken und atmete schwer. Ariel schwor sich, Blanca beim nächsten Wiedersehen unter dem Gewicht seines gesamten Körpers zu begraben, damit sie nicht wieder zwischen seinen Finger entschwinden würde.

„Danis wird kommen.", wiederholte Ariel gebetsmühlenartig und sah Neyla bekräftigend an. Zehn volle Tage waren verstrichen. Und jetzt feilschten sie bereits um Augenblicke. „Ich weiß es."

Er wusste es. Von Blanca. Von der Geborunenträgerin, die sich vor Jahren von Yarnes Stamm losgesagt hatte und die jetzt über ihn wachte, ohne dass ihre Anwesenheit für das menschliche Auge auch nur ansatzweise greifbar war.

Die Dunkelheit hatte den Wald um den Eldarstein fast vollkommen eingehüllt.

Neyla humpelte, auf einen Ast gestützt, auf und ab.

„Setz dich hin, verflucht noch mal, oder ich breche dir beide Beine!", fluchte Tok angespannt in Neylas Richtung und lenkte seinen Blick wieder konzentriert in die Dunkelheit. Die Männer hatten das Lager bereits geräumt. Die Pferde standen bereit und ein Großteil der Feuer war gelöscht. Alles wartete gebannt auf die anartische Führung, die mit ihnen gemeinsam gegen Thalél Malis ziehen würde.

„Für dieses Leben hast du mich genug verstümmelt, TOKKER", durchdrang Neylas Stimme die Dunkelheit und

Anspannung, die über dem Lager schwebte.

„Was macht euch so sicher, dass sie noch kommen?“ Len Bold lehnte mit dem Rücken gegen einen Baum und schnitzte mit einem kleinen Messer konzentriert an einem Stück Holz herum. „Die Männer werden langsam unruhig. Ihr habt ihnen versprochen, dass die jordanesische und anartische Führung geschlossen hinter ihnen steht, wenn sie nach Thalél Malis aufbrechen.“

„Wir warten“, antwortete Ariel mit fester Stimme.

„Je länger wir warten, desto höher ist das Risiko, dass wir entdeckt werden. Außerdem ist es kalt. Seit Wochen. Viele der Männer treibt nur noch der Gedanke an, dass das alles hier bald ein Ende hat.“

„Du hast doch gehört, was mein Waffenbruder eben sagte!“, fuhr Tok Len ungehalten von der Seite an. „Wir warten! Und jetzt haltet die Klappe! Alle!“ Mit eisiger Miene starrte Tok wieder in die Dunkelheit des Waldes.

Neyla ließ sich neben Ariel auf einen umgefallenen Baumstamm gleiten.

„Ich habe Blanca gesehen. Sie hat es mir gesagt“, ließ Ariel seine Schwester mit leiser Stimme wissen und starrte dabei auf seine Hände. „Dass Danis und die Stammesfürsten unterwegs sind.“

„Blanca?“ Erstaunt sah Neyla den Krieger an. „Wo ist sie?“

„Da wo sie immer ist. Irgendwo und nirgends“, antwortete Ariel flach. „Sie hat davon geredet, uns zu begleiten.“

„Blanca?“, mischte sich Tok erstaunt in das Gespräch ein.

Ariel nickte. „Sie war bewaffnet bis an die Zähne und trug die Kampfbekleidung unseres Stammes.“

„Dann kann das nur bedeuten, dass das Ganze hier ein apokalyptisches Himmelfahrtskommando wird“, schlussfolgerte Tok trocken.

„Das möchte ich doch schwer hoffen“, meinte Len und sah von seinem Holzstück auf. „Oder kann mir irgendeiner von euch sagen, wann er sich das letzte Mal so … lebendig gefühlt hat?“ Len blickte in beeindruckte und perplexe Gesichter. „Wisst ihr, warum wir keine Angst haben, morgen in Thalél Malis drauf zu gehen? Weil wir längst tot waren. Hier, tief im Inneren.“ Len klopfte sich bekräftigend mit geballter Faust auf die linke Seite seines Brustkorbes. „Woran haben wir denn noch geglaubt, bevor das hier passierte? An den Tod oder an das Leben?“

„Ich würde es zutiefst bedauern, wenn man dir vor Thalél Malis die Kehle aufschlitzt. Deine poetischen Worte haben mein Leben soeben schwer bereichert“, flachste Tok und grinste. Mit einer sicheren Bewegung fing er das Stück Holz auf, das Len ihm unvermittelt zuwarf und betrachtete es argwöhnisch zwischen seinen Fingern. Das Holz war ungefähr zwei Finger breit und so lang wie sein Mittelfinger. Die Kanten hatte Len säuberlich bearbeitet. In der Mitte hatte Len seine Vorstellung vom ehernen Thron eingeritzt und mit Feuer ausgebrannt. Tok stutzte. Das war eine äußerst filigrane und detaillierte Arbeit. Vielleicht wäre es besser gewesen, wenn Len Neylas Wunde genäht hätte. Tok wendete das Holzstück und entdeckte ein eingeritztes Schwert auf der Rückseite. Ebenfalls sehr sauber und detailverliebt gestaltet.

„Ich bin schwer beeindruckt“, wandte sich Tok an Len. „Was ist das?“

Len Bold zuckte mit den Schultern. „Das Resultat langer Weile.“, antwortete er. „Behalte es.“

„Ich glaube nicht an Glücksbringer“, betonte Tok.

„Behalte es trotzdem“, gab Len gelassen zurück.

Tok zögerte, ließ aber das Stück Holz in die Brusttasche seiner Tunika gleiten und zog seinen Mantel aus Tierfellen wieder fest zu.

„Reiter!“, rief irgendjemand im Lager. „Viele Reiter! Sie kommen über den Nordwandpass!“

Toks Augen richteten sich auf Len.

„Was?“ Len erwiderte den fragenden Blick des Kriegers. „Ich denke, du glaubst nicht an Glücksbringer?“ Er stieß sich von dem Baum ab, gegen den er sich die ganze Zeit über gelehnt hatte und streifte im Vorbeigehen mit der Hand über Neylas Schulter. „Holen wir Euren Mann ab, Prinzessin“, sagte er und seine Stimme klang auf seltsame Art und Weise resigniert.

Drei Reiter ritten an der Spitze der anartischen Streitmacht. Neyla erkannte die Umrisse von Yarnes Körper sofort. Dann machte sie Modorok in der Dunkelheit aus und ihr Magen verkrampfte sich. Der dritte Reiter war ihr unbekannt. Von Danis keine Spur.

„Das ist Birk. Thore konnte die Reise nicht antreten. Nach seinem Tod wird Birk an seine Stelle treten“, erklärte Ariel, der im Gesichtsausdruck seiner Schwester lesen konnte, wie in einem offenen Buch.

„Wo ist Danis?“ Suchend blickte sich Neyla um und humpelte den Reitern entgegen. Yarne Bork, der gerade von seinem Pferd gestiegen war, reichte ihr seine Hand zur Begrüßung. Sie griff danach, drückte sie und ließ sie im Weitergehen wieder los. Yarne verstand und lächelte.

„Danis?“, rief Neyla in die Reihen der anartischen Krieger und versuchte, unter den Gesichtern der Männer Danis auszumachen.

„Neyla.“

Neyla wirbelte herum und sah Danis in der Dunkelheit von seinem Pferd steigen.

„Du bist verletzt? Was ist passiert?“ Danis runzelte die Stirn, als Neyla auf ihn zu gehumpelt kam.

„Es ist nichts.“ Sie fiel in Danis’ Arme und vergrub die Stirn in seiner Halsbeuge.

„Sieht aber nicht aus wie Nichts", bemerkte Danis leise und schlang seine Arme um Neyla. Lange ruhte sein Kinn auf ihrem Kopf. Während um sie herum alles in Bewegung war, schienen sie einander der einzige Halt zu sein.

„Wie viele sind euch gefolgt?", erkundigte sich Neyla irgendwann.

Immer mehr anartische Krieger trafen ein und es schien kein Ende zu nehmen.

„Alle Stammeskrieger der Stammesfürsten." Danis' Stimme nahm eine seltsame Tonfarbe an. „Der Preis dafür war hoch, Ney. Verdammt hoch."

„Was ist geschehen?", fragend blickte Neyla ihren Mann an, aber dieser schüttelte nur den Kopf. Er war nicht bereit, über das zu reden, was in Lahn geschehen war. Neyla würde es nicht verstehen. Es war ihm ja selbst nicht möglich, die Sache vernünftig zu betrachten. Fast erleichtert nahm der junge Krieger die Abwesenheit von Ariel und Tok wahr, die sich etwas entfernt aufhielten, um das Wiedersehen zwischen ihm und Neyla nicht zu stören. Danis versuchte ein Lächeln und gab ihnen ein Zeichen, heranzutreten. Herzlich umarmte er seine Freunde, verharrte in ihren Armen.

„Ich möchte, dass du immer an Neylas Seite bleibst. Besonders wenn Modorok in der Nähe ist." Danis sah Ariel eindringlich an.

„Vermutlich wäre es besser, an deiner Seite zu bleiben", antwortete Ariel in weiser Vorausahnung. Wims Tod musste Danis getroffen haben. Und die Bitte seines Freundes ließ darauf schließen, dass Modorok in das Geschehene involviert gewesen war.

Neylas Blick wanderte zwischen den beiden Kriegern hin und her. „In Ordnung, ich will jetzt sofort wissen, was hier los ist."

„Die Männer müssen sich ausruhen, bevor wir weiterreisen.

Der Weg hierher war anstrengend und den schwierigsten Teil haben wir noch vor uns", antwortete Danis ausweichend, mehr in Toks und Ariels Richtung als an Neyla gewandt. Er hauchte seiner Frau einen Kuss auf die Stirn und verschwand zwischen den eintreffenden anartischen Kriegern. Fragend blickte Neyla ihm nach.

Der Weg nach Thalél Malis war beschwerlich. Und obwohl Neyla ihn schon unzählige Male passiert hatte, war er ihr kein einziges Mal so lang vorgekommen wie jetzt. Das Schweigen, welches über sie hinweg zog, war eisiger als der Winter. Anspannung lag in der Luft, knisternd, und sie wartete nur darauf, dass ein einziger Funke sie entzündete. Neyla ritt zwischen Danis und Ariel, ungefähr sechs Positionen hinter der Spitze, die von Birk, Len, Modorok, Yarne und Tok angeführt wurde. Neyla nahm diesen Abstand als Zeichen wahr. Sie wusste nur nicht, warum Danis ihn wahrte. Ihretwillen? Damit sie sich nicht mit Modorok und den vergangenen Ereignissen konfrontiert sah? Warum beauftragte Danis Ariel damit, ein Auge auf sie zu haben? Was war in Lahn geschehen, was Danis derart von Modorok entfremdete? Neylas Blick schweifte nachdenklich durch die Umgebung. Und ihr fiel auf, dass Ariel schon seit Stunden nichts anderes tat als das. Wonach hielt er Ausschau?

„Blanca?", riet Neyla und sah Ariel fragend an.

„Ja." Ariel machte sich gar nicht die Mühe, Neyla anzulügen. „Sie ist in der Nähe. Ich kann sie spüren."

„Warum reist sie nicht gemeinsam mit uns?", erkundigte sich Neyla interessiert.

„Das kann sie nicht", antwortet Danis für Ariel. „Sie hat sich von unserem Stamm losgesagt."

„Offensichtlich nicht vollkommen." Neyla schenkte Ariel ein

hoffnungsvolles Lächeln.

„Neyla. Danis." Yarne Bork hatte sich zu ihnen zurückfallen lassen. „Es wird Zeit."

Neylas Herz sprang. Wenn es Zeit war, an die Spitze des Heeres zu reiten, bedeutete dies, dass sie kurz vor Thalél Malis waren. Neyla war die Erste, die ihr Pferd dem von Yarne folgen ließ. Sie blickte über ihre Schulter zurück. Hinter ihr ritt Ariel. Danach Danis.

Neyla nutzte die Chance, ungestört mit Yarne reden zu können, und holte zu dem Stammesfürsten auf. „Yarne? Was ist in Lahn passiert?", fragte sie, ohne zu zögern.

„Was in Lahn geschah, bleibt in Lahn", antwortete Yarne mit ruhiger Stimme. „Du hast nichts zu befürchten."

„Das sieht Danis offenbar anders." Neyla schürzte die Lippen. Sie spürte die Lüge in Yarnes Worten, obwohl er selbst an das Gesagte zu glauben schien.

„Dann wird Danis die Angelegenheit regeln." Yarne sah Neyla ernst an. „Konzentriere dich auf deine Rolle als jordanesische Königin. Du bist es deinen Landsleuten schuldig, jetzt mit ganzem Herzen in Thalél Malis zu sein, statt in Lahn."

Sie hatten zur Spitze aufgeholt und auch Ariel und Danis ritten jetzt mit ihnen auf einer Höhe. Eine Gruppe Reiter kam ihnen entgegen und stoppte ihre Pferde unmittelbar vor Yarne und Neyla. Modorok gab ein Handzeichen und der Tross stoppte.

„In der Siedlung gab es nichts mehr zu evakuieren. Die Häuser sind abgebrannt oder stehen leer und das Vieh ist verendet. Auf den Straßen liegen Leichen", erstattete einer der Männer Bericht.

„Haben Eure Truppen *das* dem eigenen Volk angetan?" Der zukünftige Stammesfürst namens Birk sah Neyla von der Seite an und Ekel überschattete sein junges Gesicht, welches auf der linken Seite von der Augenbraue bis zum Mundwinkel mit einer feinen Narbe durchzogen war.

„Ich fürchte ja", antwortete Neyla tonlos und gab dem Erkundungstrupp ein Handzeichen, sich hinten in das Heer einzureihen. Wortlos folgten sie dieser Anweisung.

„Mir scheint, von so unterschiedlicher Natur sind unsere Reiche gar nicht", brummte Modorok kaum hörbar und Neyla versuchte erfolglos herauszuhören, ob Spott oder Erkenntnis in seiner Bemerkung mitschwang. Modorok beugte sich auf seinem Pferd etwas weiter vor, um Neyla sehen zu können. „Wie wollt Ihr vorgehen, Neyla von Thalél Malis?"

Und nun, da alle Augen abwartend auf ihr ruhten, begriff Neyla, dass sie allein die Spitze anführte. Neylas Blick wischte über die Gesichter tausender Männer, die auf genau diese Frage eine Antwort erwarteten. Von ihr.

„Wenn wir den Wald verlassen haben, werden uns die Wachen auf dem Plateau des Königssitzes entdecken. Ich möchte, dass sie jeden Einzelnen von euch sehen", sprach Neyla in die Menge und wandte sich wieder Modorok zu. „Wir werden uns noch vor der Siedlung positionieren. Aus dieser Entfernung kann uns kein Pfeil treffen, der vom Plateau aus abgeschossen wird. Und man wird uns nur schwer unbemerkt angreifen können, weil wir von dort aus Thalél Malis bestens im Blick haben." Neyla reckte das Kinn. „Ich werde dann zum Königssitz reiten und Markos zur Aufgabe bewegen."

„Du scherzt." Danis sah Neyla an, als hätte sie komplett den Verstand verloren. „Du lässt die gesamte anartische Führung mit tausenden Kriegern antreten, um dann mit Markos zu verhandeln? Was stimmt nicht mit dir, hä? Sieh in die Gesichter der Männer hinter dir! Das sind die Männer, deren Häuser brannten und deren Familien von der königlichen Garde in Markos' Namen niedergemetzelt wurden. Denkst du, sie wollen, dass du da jetzt hingehst und … *verhandelst*?" Ungläubig spuckte Danis das Wort förmlich auf den Boden.

„Es liegt nicht in meinem Interesse, den Weg zum Frieden mit noch mehr Leichen zu pflastern. Thalél Malis mit eurer Hilfe zu stürmen ist der letzte Weg. Ich möchte Markos diese Chance eröffnen“, rechtfertigte sich Neyla.

„Für die letzte Chance, die du ihm gegeben hast, hätte er dich fast gehängt“, mischte sich Ariel in das Gespräch ein.

„Heute wird er auf tausende Krieger blicken, die Thalél Malis dem Erdboden gleichmachen werden, sollte er mir auch nur ein Haar krümmen“, entgegnete Neyla bestimmt.

„Du irrst dich, Neyla. Wir werden *vor* den Mauern sein und du *dahinter.* Das widerspricht meinen Vorstellungen, was deinen Schutz angeht“, wandte Yarne mit harter Stimme ein.

„Ich habe in Thalél Malis Verbündete“, sagte Neyla mit fester Stimme. „Sollte sich Markos nicht fügen, werde *ich* diejenige sein, die euch Tür und Tor zu Thalél Malis öffnet. Markos wird angesichts unserer Heeresstärke mit einem offensiven Angriff von außen rechnen, nicht jedoch mit einem Angriff von innen heraus.“

„Du meinst den Geheimgang“, konstatierte Ariel.

Neyla nickte zustimmend.

„Es gibt keine Schlacht ohne Blutvergießen, Neyla von Thalél Malis.“ Modorok hob eine Augenbraue. „Selbst, wenn wir den Königssitz durch einen Hinterhalt einnehmen, wird es Tote geben. Auf beiden Seiten. Und das hat seinen Grund. Wer den Krieg nie erfahren hat, wird den Frieden nicht zu schätzen wissen.“

„Mal ganz davon abgesehen, dass Euch der Großteil der Männer hier nur aus einem einzigen Grund gefolgt ist: Sie wollen sehen, wie Markos hängt“, ergriff jetzt auch Len Bold das Wort.

„Lasst es mich versuchen. Im besten Fall wird Markos sich ergeben, im schlechtesten Fall erobern wir Thalél Malis auf eine Art und Weise, mit der niemand rechnet. Wenn ich versage, steht es euch frei, Thalél Malis so einzunehmen, wie ihr es wünscht."

„Wenn Ihr versagt, seid Ihr tot!", bemerkte Modorok scharf.

Neyla sah den Stammesfürsten an. „Ich werde nicht versagen."

Nachdenklich musterte Yarne Bork die Prinzessin. Ihre Entschlossenheit beeindruckte ihn. „Gut." Yarne nickte zustimmend und blickte in die Gesichter der Stammesfürsten und deren Erben. „Dafür?"

„Meinetwegen", stimmte Modorok zu.

Birk musterte Neyla eindringlich, bevor er nickte. „Dafür."

„Dann werde ich meine Frau begleiten." Danis Stimme klang, als ob er keinen Widerstand dulden würde.

„Ariel wird mich begleiten", erwiderte Neyla mit fester Stimme und sah Danis an. „Niemand kennt Thalél Malis von innen so genau, wie du und ich. Wenn mir etwas zustößt, bist du der Einzige, der unsere Männer gezielt führen kann. Du bleibst hier."

Danis wollte widersprechen, hielt jedoch überrascht inne. Neylas Plan schien durchdachter, als er angenommen hatte. Er warf einen prüfenden Blick zu Ariel, der ihm mit einem stummen Nicken versicherte, gut auf Neyla aufzupassen.

Danis sah in das Gesicht seines Vaters, weil er den Anblick von Modorok nicht ertrug und Birks Gesicht für ihn noch nicht die Bedeutung hatte, die er in Thores Erscheinung stets gefunden hatte. Wortlos stimmte er dem Plan zu.

„Ich werde mich den beiden anschließen." Glockenhell ertönte Blancas Stimme und die Männer drehten sich erschrocken zu ihr um. Blanca schob ihre Kapuze zurück und trat aus den Reihen der Krieger hervor, zwischen denen sie unerkannt mitgelaufen war.

„Blanca." Yarnes Stimme klang weder überrascht noch sonderlich beeindruckt. „Ariel erwähnte bereits, dass du uns begleiten wirst."

Blancas Gesicht verriet keinerlei Gefühlsregung.

„Tu, was immer du tun musst." Yarne lächelte ruhig und machte eine müde, einladende Handgeste.

Blanca schien dem Frieden nicht zu trauen, denn sie ging nur sehr zögerlich auf Ariel zu, während ihre Hand auf dem Griff ihres Schwertes ruhte.

Ebenso zögerlich reichte Ariel der Tusjo seine Hand und zog sie hinter sich auf das Pferd. Neyla lächelte, als sie sah, wie selbstverständlich sich Blanca an den Krieger schmiegte und seine Hüften mit beiden Armen umschlang, obwohl das Pferd so still stand, wie in diesem Augenblick der Winterwind.

„So, wie du dich festhältst, scheinst du damit zu rechnen, dass es ungemütlich wird." Neyla bemühte sich, nicht belustigt zu klingen.

Die Tusjo wandte sich Neyla gelassen zu, während ihr Kopf gegen Ariels Rücken lehnte. „Du hast keine Ahnung wie ungemütlich, Prinzessin." Blanca hob wissend die Brauen und Neyla lächelte, um ihre Unsicherheit zu überspielen.

„Reiten wir los", sagte sie dann mit fester Stimme und trieb ihr Pferd an.

Die ganze Zeit über starrte Neyla zum Plateau des Königssitzes. Zu den Gardisten. Auf ihre gespannten Bögen, die vor Anspannung zitterten und die eingespannten Pfeile, die jede einzelne ihrer Bewegungen verfolgten. In der Ferne wirkten die Gardisten wie dünne, schwarze Streichhölzer, die der Winterwind jederzeit vom Plateau fegen konnte. Doch je näher sie Thalél Malis kamen, desto klarer wurde das Bild. Markos war vorbereitet. Nie hatten Männer der königlichen Garde derart entschlossen und vor allem geschlossen auf sie gewirkt. Neyla versuchte,

General Aaden zwischen den Männern auf dem Plateau auszumachen.

Als sie vor der verschlossenen Zugbrücke standen, blickte Aaden mit eisiger Miene zu ihr herunter. „Neyla von Thalél Malis“, rief Neyla nach oben und Aaden nickte vage.

„Seht ihr die Männer jenseits der Siedlung?“, redete Neyla mit lauter Stimme weiter.

„Es ist schwer, sie zu *übersehen*“, stimmte Aaden ihr zu.

„Diese Männer werden das Echo auf die Gastfreundlichkeit meines Onkels sein“, bemerkte Neyla scharf.

„Verhandlungen, an deren Beginn eine Drohung steht, sind zum Scheitern verurteilt.“ Aadens Gesicht verriet, wie immer, keinerlei Gefühlsregung und Neylas Menschenkenntnis begann zu schwanken.

„Ich drohe nicht, General Aaden. Dies hier ist ein Versprechen: Ich bin gekommen, um zu verhandeln. Wird mir oder meinen Begleitern Leid angetan, oder der freie Wille, Thalél Malis wieder zu verlassen, verwehrt, haben diese Männer den Befehl, den Königssitz anzugreifen. Sie werden es nicht beim ersten Anlauf schaffen. Vielleicht auch nicht beim Zweiten. Aber irgendwann, wenn Hunger und Wahnsinn Thalél Malis heimsuchen, werdet Ihr euch wünschen, dass sie diese Mauern überwinden und euch erlösen. Und die erbitterten Kämpfe, die bis dahin geführt wurden, werden Euch vorkommen, wie ein Liebesspiel.“ Neyla reckte bekräftigend das Kinn. Und obgleich sie selbst überrascht war, über die Wahl ihrer Worte, keiner schien überraschter zu sein als Aaden. Das vage Grinsen um seinen Mundwinkel herum, verriet Anerkennung und Spott zur gleichen Zeit.

„... wie ein Liebesspiel?“, zitierte Blanca leise, ohne Neyla dabei anzusehen. „Was ist aus deiner guten Kinderstube geworden?“

„Meine gute Kinderstube bestand vorrangig aus Lügen.

Was erwartest du?", gab Neyla zurück, ohne den Blick von Aaden abzuwenden. „Es ist kalt, General Aaden. Und angesichts der Ereignisse der letzten Wochen ist meine Geduld erschöpft."

„Ihr werdet Euch in Thalél Malis stets in Begleitung der königlichen Garde befinden. Und Ihr werdet Euch an die Anweisungen meiner Männer halten, Neyla von Thalél Malis", antwortete Aaden nach einer kurzen Pause.

„Nur keine Umstände, General. Wir werden nicht lange bleiben", meinte Neyla leichthin.

„Diese *Umstände* werden unter anderem Leben retten", ließ Aaden Neyla mit bedächtiger Stimme wissen und gab ein Handzeichen nach unten.

Ächzend näherte sich die Zugbrücke dem steinigen Boden vor Neyla und ihren Begleitern.

„Bist du dir sicher?" Blanca blickte zu Neyla hinüber. „Es wird nichts daran ändern, dass Menschen sterben werden. Alles was es ändert, ist der Zeitpunkt und die Reihenfolge, in der sie sterben."

„Dann bleibt dem ein oder anderen vielleicht noch ein wenig mehr Zeit auf diesem friedlichen Flecken Erde", antwortete Neyla zynisch und ritt als Erste über die Zugbrücke durch das Tor von Thalél Malis.

Hart und energisch hallten ihre Schritte auf dem Weg zum Runden Tisch in den Gängen wider. Neyla folgte den vier Gardisten, die vorausgingen. In ihrem Rücken liefen Ariel und Blanca. Ihre Blicke waren konzentriert und ihre Hände ruhten griffbereit auf den Heften ihrer Schwerter.

Die Gardisten bildeten vor der Tür ein Spalier und Neyla ging, gefolgt von Blanca und Ariel, hindurch. Ein vertrauter Geruch schlug ihr entgegen. Nach alter Eiche, verstaubten

Wandteppichen und gelöschter Kerze. Wie immer schaffte es das Tageslicht nicht, den Raum zu erhellen. Schon gar nicht an einem so grauen Wintermorgen, wie diesem. Das Relief Jordanes' erhob sich aus der Oberfläche des Tisches und warf müde Schatten. Nur ein einziger Stuhl war besetzt. General Aaden blickte Neyla ruhig an, während Markos aus dem Fenster starrte. Dorthin, wo die jordanesische und anartische Streitmacht geschlossen jenseits der Siedlung verweilte und wie ein gewaltiger, dunkler Schatten aus dem winterlichen Weiß hervorstach. Die Tür wurde geräuschvoll geschlossen und Neyla trat so nahe an den Tisch heran, dass sie seine Oberfläche berühren konnte, während Ariel und Blanca nahe der Tür stehen blieben.

Neyla starrte in den Rücken ihres Onkels.

„Jahrzehntelang herrschte Krieg zwischen Jordanes und Anartier", sagte Markos irgendwann, aber seine Stimme klang weder resigniert noch verzweifelt. „Und du einst beide Reiche, um in den Krieg gegen den ehernen Thron zu ziehen. Ich bin mir nicht sicher, ob mich das fasziniert oder anwidert. Vielleicht ist es von beidem etwas."

„Es geht längst nicht mehr um den ehernen Thron, Onkel", antwortete Neyla mit fester Stimme.

„Du hast keine Ahnung, wie recht du damit hast.", erwiderte Markos ruhig. „Du magst mir jetzt vielleicht noch keinen Glauben schenken, aber ich habe den Weg gewählt, der weitaus weniger Opfer erfordert, als der deine."

„Als ich das letzte Mal die Brücke zu Thalél Malis überquerte, war ich in Besitz eines Dokumentes, welches den Frieden zwischen Jordanes und Anartier besiegelte. Es war unterschrieben vom verstorbenen König und der gesamten anartischen Führung. Du hast den Willen all dieser Menschen mit Füßen getreten. Mein Vater würde sich im Grab umdrehen, wenn er sehen könnte, wie du dein eigenes Volk schlachtest, um seinen Willen zu unterdrücken."

„Als ob an deinen Händen kein Blut kleben würde.“ Mit verächtlichem Gesichtsausdruck drehte sich Markos zu Neyla um. „Ein verfluchtes, anartisches Miststück, das den ehernen Thron besteigen will und den Weg dahin besudelt nichts anderes, als reines, jordanesisches Blut.“

Neyla schluckte empört. Aber Markos hatte recht. Ihr Vater, Kadiel, Danko, Emilijan – Jordanes hatte viel Blut verloren.

„Dann lass mich das erfüllen, wofür ich geboren wurde. Und vielleicht kann ich dich vor diesem Schicksal bewahren.“ Mit eiskaltem Blick sah Neyla ihren Onkel an. „Ich bleibe, bis der neue Morgen anbricht. Dann endet deine Bedenkzeit.“

„Und was dann?“ Markos hob eine Braue und zuckte vage mit den Schultern, als würde er allein die Vorstellung nicht ertragen. „Wirst du Thalél Malis dem Erdboden gleichmachen? Endet es so in deiner Vorstellung?“ Fragend sah er Neyla an. „Du wärst nicht die erste Herrscherin, die glaubt, der Kampf um den Thron würde mehr von dieser Welt in Schutt und Asche legen, als ihre Regentschaft.“

Neyla schüttelte verständnislos den Kopf. „Du hast es immer noch nicht verstanden, Markos. Ich mache mir keine Gedanken um den Thron. Der Thron bringt nicht den Frieden. Und der Mensch, der auf ihm Platz nimmt, entscheidet nicht darüber.“ Mit diesen Worten wandte sich Neyla um, öffnete die Tür und verließ das Zimmer, gefolgt von Ariel und Blanca.

Lange sah Markos Neyla nach, bevor er sich schließlich an Aaden wandte. „Erledigt es heute Nacht“, wies er den General mit rauer Stimme an.

„Die Konsequenz …“ Aaden biss sich auf die Lippen und wischte nachdenklich mit der Hand über das Relief der Tischoberfläche.

„… ist in jedem Fall die Gleiche“, beendete Markos die Gedankengänge des Generals. „Nichts könnte das hier noch aufhalten.“

Aaden nickte und erhob sich geräuschlos von seinem Stuhl. „Wie Ihr wünscht!“

Unruhig flackerte die Kerze auf dem Nachttisch von Neylas Schlafgemach und warf bewegte Schatten an die Wand. Obgleich Neyla die Augen vor Müdigkeit fast zufielen, kam sie einfach nicht in den Schlaf. Blanca und Ariel schliefen im Nebenzimmer. *Gemeinsam.* Und das war nur die eine Sache, über die sich Neyla Gedanken machte. Die andere war, dass sie sich Sorgen um ihre Sicherheit machte. Weshalb sie die Kissen in ihrem Bett zusammengerafft und die Decke darüber gezogen hatte, um im fahlen Licht der Kerze den Eindruck zu erwecken, im Bett zu schlafen, während sie mit angezogenen Beinen und gezücktem Schwert hinter der Tür hockte. Es würde jemand kommen. Lautlos. Und mit einer Waffe in der Hand. Es war nur eine Frage der Zeit. Also hielt sich Neyla wach, indem sie für sich selbst immer wieder die Namen derjenigen Menschen wiederholte, die für sie gestorben waren. *Nero von Thalél Malis. Lucien Dorn. Kadiel Kronenborg. Danko West. Elodie Frey. Emilijan von Thalél Malis. Weena Dorn. Ein Bauernjunge namens Tyne.* Neyla schloss die Augen, lehnte den Kopf gegen die kühle Wand und wiederholte die Namen. Wieder und wieder, bis ihre Stimme nur noch einem Flüstern glich und ihr Blick kaum noch das Flackern der Kerze wahrnahm.

Und dann wehte ein Windhauch durch den fingerbreiten Türspalt am Boden und Neyla hörte auf, die Namen ihrer Geister zu flüstern. Lautlos zog sie sich nach oben und hielt das Heft ihres Schwertes fest umklammert. Die Tür öffnete sich und eine Gestalt trat geräuschlos ein. Bevor der Kerzenschein aus den Gängen in Neylas Zimmer fallen konnte, schloss die Gestalt die Tür. Neyla hielt den Atem an. Die Gestalt bewegte sich zielstrebig zu dem Bett, in dem sie vermutet wurde. Dann blieb sie jedoch stehen, lauschte einen Moment lang in die Stille, bevor sie sich langsam zu Neyla herumdrehte.

„Aaden", entglitt es Neyla tonlos. Unsicher hielt sie weiter ihr Schwert auf den General gerichtet.

Aaden nickte kaum merkbar. Er wirkte angespannt und schwerfällig.

„Markos schickt Euch", schlussfolgerte Neyla tonlos.

„Und wenn Ihr am Ende dieser Nacht nicht tot seid, dann sollte ich es sein", stimmte Aaden der Prinzessin mit gedämpfter Stimme zu.

„Ich werde Euch ganz sicher nicht töten, Aaden."

„Wenn Ihr das nicht tut und aus Thalél Malis verschwindet, wird mich Markos zur Rechenschaft ziehen. So oder so - ich werde sterben. Und noch liegt an mir zu entscheiden, durch wessen Hand." Irgendetwas in Aadens Augen flackerte auf und ein kurzer Moment des Bedauerns lag darin.

„Kommt mit mir", schlug Neyla mit brüchiger Stimme vor. Doch, statt eine Antwort zu geben, trat der General einen Schritt auf sie zu. So nahe, dass sich die Spitze ihres Schwertes gegen seinen Kehlkopf bohrte und Neyla erschrocken zurückwich.

„Das geht nicht. Markos *braucht* einen Verräter. Wenn er ihn nicht mit eigenen Augen sieht, wird er sich jeden Gardisten im Königssitz einzeln vornehmen. Das kann ich nicht zulassen, Neyla. Ich bin noch immer für diese Männer verantwortlich." Aaden blickte Neyla eindringlich an. „Markos wird Euch den Königssitz nicht freiwillig überlassen. Ihr habt es versucht. Nun müsst Ihr tun, was eine *Königin* tun muss." Die dunklen Augen des Generals funkelten wissend. „Vor der Tür wartet ein Mann des Inneren Kreises auf Euch. Der Innere Kreis ist Euer einziger Schutz und die letzte Verbindung, die Ihr noch in Thalél Malis habt."

Neyla versuchte, im müden Schein des Kerzenlichtes das

Gesicht des Generals zu erfassen. Sie wich einen weiteren Schritt zurück, als sie bemerkte, dass Aaden im Begriff war, sein Schwert zu ziehen.

„Eines noch, Prinzessin. Nero von Thalél Malis bat mich darum, Euch zu geeignetem Zeitpunkt etwas auszurichten." Mit festem Blick sah Aaden die Prinzessin an. „Er sagte, dass etwas aus alter Feindschaft überleben würde. Es würde *immer* etwas aus alter Feindschaft überleben. Habt Ihr mich verstanden?"

„Ich bin mir nicht sicher", antwortete Neyla irritiert. „Tut das nicht! Erhebt nicht das Schwert gegen mich!"

Der General lächelte. „Wie sollte ich Euch sonst dazu bringen, mich zu töten?"

„Aaden…"

Der General schüttelte sehr langsam und bedacht den Kopf. Verzweiflung legte seine Stirn in Falten. Nur einen Wimpernschlag später wandte er sein Gesicht ab und zog sein Schwert aus der Scheide. „Bedaure", sagte er mit brüchiger Stimme und eröffnete ohne weitere Vorwarnung den Kampf. Erschrocken wich Neyla zurück, aber als sie begriff, dass Aaden mit aller Gewalt eine Entscheidung erzwingen würde, begann sie, sich ihm entgegenzusetzen. Verzweifelt.

Die Zwischentür zu ihren Gemächern flog auf und Ariel und Blanca stürzten mit gezogenen Schwertern herein. Neyla erkannte die Entschlossenheit in Blancas Gesicht, als Aaden zu der Tusjo herumwirbelte. Doch dann drehte sich Aaden um seine eigene Achse und die Klinge seines Schwertes schob sich unter Neylas Kinn. Im selben Moment hob Blanca in seinem Rücken ihr Schwert.

„NEIN!", rief Neyla ihr entschieden zu und die Kriegerin hielt in ihrer Bewegung inne.

„Ihr oder ich", flüsterte Aaden heiser.

Und kaum waren die Worte über seine Lippen gekommen, drang ein Ächzen aus seinem Mund, sein Körper verkrampfte sich und sein Gesicht verzog sich zu einer Grimasse.

Neyla starrte auf Blanca, die ihr Schwert aus Aadens Rücken zog.

„Du hast den Mann gehört“, sagte sie kühl.

Aaden sackte in sich zusammen. Mit jedem Atemzug spuckte er Blut. Blanca packte seinen Zopf, zog den Kopf des Generals ruckartig zurück und durchtrennte mit ihrem Schwert seine Kehle. Kopfüber fiel Aaden mit weit aufgerissenen Augen auf den Steinboden.

„Aaden?“ Verwundert blickte Ariel seine Schwester an.

„Es ist nicht so, wie es scheint.“ Neyla atmete schwer.

„Mir scheint, er hat dich mit einem Schwert bedroht.“ Blanca wischte die Klinge ihres Schwertes an der Bettdecke ab.

„Vor der Tür steht ein Mann. Er wird uns hier rausbringen“, antwortete Neyla ohne weitere Erklärung und es fiel ihr sichtlich schwer, Blanca für ihre voreilige Handlung nicht lautstark zu verurteilen.

„Beeilen wir uns.“ Auffordernd nickte Ariel den beiden Frauen zu, bevor er die Tür öffnete, hinter der ein Mann in der Uniform der königlichen Garde stand.

Neyla sah in das Gesicht des Mannes und versuchte sich daran zu erinnern, warum es ihr so bekannt vorkam. In ihm lag nichts Markantes, sondern lediglich jene Kälte und Ausdruckslosigkeit, die sie immer in den Gesichtern der Männer des Inneren Kreises wahrgenommen hatte. Immer dann, wenn sich weder Erhabenheit noch ein leises, wissendes Lächeln in ihren Gesichtern abgezeichnet hatte.

„Wie ist dein Name?“, fragte Neyla den Krieger.

„Vale.“

„Vale“, wiederholte Neyla monoton und erkannte jenen Krieger, den Aaden vor der Geheimtür in der Bibliothek mit einem Pfeil am Oberschenkel verletzt hatte. Aaden hatte seinen Namen damals erwähnt. *Vale.* Früher wäre sie nicht so unachtsam gewesen, einen Namen zu vergessen. Heute lagen die Dinge anders. Namen gehörten zu Gesichtern. Und die Gesichter, in denen jetzt noch ein Lachen lag, konnten morgen bleich und mit weit aufgerissenen Augen und angsterstarrtem Blick leblos den Himmel anflehen.

Der Mann sah über Neylas Schulter hinweg zu Aadens Leiche, die auf dem Boden lag. Vales Augen reflektierten keinerlei Gefühlsregung. „Ich habe Anweisung, Euch sicher aus Thalél Malis zu geleiten“, sagte er mit gleichgültiger Stimme. „Jetzt.“

Neyla nickte und Vale setzte sich in Bewegung. Das Bein, in welchem ihn der Pfeil getroffen hatte, gab noch immer leicht nach und verlieh seinem Gang ein gewisses Schwanken.

„Wir haben alle erforderlichen Türen unter unsere Kontrolle gebracht, aber das wird nicht lange unbemerkt bleiben“, erklärte Vale leise. Und bevor Neyla fragen konnte, wie er das meinte, passierten sie auch schon die erste Leiche.

„Wie viele seid ihr?“, erkundigte sich Ariel konzentriert.

„Sechzehn Männer und ich.“

„Deine Aufrichtigkeit ist jetzt nichts, was mich sonderlich positiv stimmt“, gab Neyla leise an Vale gewandt zurück.

„Siebzehn Männer im Bau einer Graukatze können mehr ausrichten, als fünf Dutzend *davor*“, bemerkte Ariel wissend und wurde in dieser Annahme bestätigt, als er die nächsten zwei Leichen vor der Bibliothekstür auf dem Boden liegen sah.

Ariel schaute sich zu Blanca um. Die Tusjo war merkwürdig ruhig und wirkte distanziert.

Sie passierten die Flügeltür und betraten die Bibliothek.

„Wir werden im Morgengrauen Männer zum Eingang an der Südmauer bringen. Ihr müsst dafür Sorge tragen, dass der Eingang nicht verschlossen ist“, wandte sich Neyla an Vale.

„Ihr habt eine Streitmacht vor den Toren stehen und strebt dennoch eine Unterwanderung im Verborgenen an?“

„Ja.“ Ariel nickte. „Die Männer sollen die Gardisten an den

strategisch wichtigen Punkten ausschalten."

„Die Bogenschützen", schlussfolgerte Vale.

„Unter anderem." Blanca musterte Vale ausgiebig.

„Ich weiß so gut wie nichts über den Inneren Kreis", kam es Neyla in den Sinn. „Es fällt mir schwer, Euch nur deshalb zu vertrauen, weil Aaden es tat."

Einen winzigen Moment lang sah Vale die Prinzessin an, als hätte ihn ihre Bemerkung ernsthaft überrascht. „Nero von Thalél Malis vertraute uns Euer Leben an", sprach Vale dann mit ruhiger Stimme in Neylas Gesicht. „Und Ihr wirkt, trotz der jüngsten Ereignisse, noch recht lebendig auf mich."

Ein Schauer jagte über Neylas Rücken, als Vale so nahe an sie herantrat, dass sie glaubte, ihr Körper könnte dieser Nähe nicht standhalten.

„Der Innere Kreis ist nicht Euer Problem, Neyla." Vales kühler Atem streifte ihr Gesicht. „Wir werden an Eurer Seite sein, bis ihr auf dem ehernen Thron sitzt."

„Und dann?" Neylas Stimme war nicht mehr als ein Hauchen. „Für wie lange habt ihr euch Nero von Thalél Malis verpflichtet?"

„Wir sind nicht die *Lakaien* irgendeines Herrschers." Vales Gesicht verzog sich angewidert. „Dieses … *Arrangement* mit König Nero, erforderte viele Opfer von uns. Er steht knietief in unserer Schuld. Und eines Tages, Neyla von Thalél Malis, wird der Innere Kreis an Euch herantreten und die Opfer werden auf Eurer Seite liegen. Bis es so weit ist, könnt ihr davon ausgehen, dass nichts, von dem, was gestern geschah, oder heute, Morgen oder Übermorgen noch passieren wird, zufällig ist."

Neyla hielt Vales Blick fest. Was, zur Hölle, versuchte ihr dieser Mann gerade zu sagen?

„Für mich klingt das nicht gerade nach einem Freundschaftsdienst", bemerkte Ariel trocken.

„Nein", stimmte ihm Neyla gedankenverloren zu, während

sie noch immer in Vales Gesicht starrte. Und sie konnte nicht verbergen, dass sie seine Anwesenheit bis auf das Innerste verunsicherte. Wenn sie Vale so betrachtete, dann blickte sie auf eine Fassade. Eine Mauer. Und dahinter lag etwas verborgen, dass ihr Angst machte. „Wie es scheint, hat sich Nero auf etwas eingelassen, von dessen Ausmaß er keine Ahnung hatte."

Vales Gesicht spiegelte, kaum merkbar, Bestätigung wider. „Tun Menschen das nicht immer? Jeden Morgen aufs Neue?"

„Und ich dachte schon, es würde irgendwann einmal langweilig werden", mischte sich Ariel erneut in das Gespräch ein und sah Neyla auffordernd an. „Wenn du jetzt bitte aufhören würdest, *ihm* ..." Ariel deutete nachdrücklich mit seinem Kinn zu Vale. „... so tief in die Augen zu sehen. Wir müssen verschwinden, verdammt noch mal!"

„Im Morgengrauen wird der Geheimgang an der südlichen Seite der Mauer nicht verschlossen sein. Zwei Männer und ich erwarten Eure Krieger hier in der Bibliothek.", sagte Vale zu der Prinzessin.

„Wie werden wir Euch und Eure Männer erkennen?", stutzte Neyla, denn in die Uniform der königlichen Garde gekleidet, würde niemand die Männer des Inneren Kreises als Gleichgesinnte wahrnehmen.

„Gar nicht", antwortete Vale trocken. „Tragt Sorge dafür, dass Eure Krieger das Plenum nicht betreten."

„Natürlich", sicherte Neyla Vale zu, auch, wenn seine Antwort für sie alles andere als schlüssig war. Das Plenum, der Rückzugsort der Männer des Inneren Kreises, befand sich unterhalb des Thronsaales. Außer Nero und Emilijan war niemals irgendjemand die Stufen nach unten gegangen. Überhaupt wussten nur wenige Eingeweihte, dass sich Männer des Inneren Kreises am Hof befanden und unter den königlichen Gardisten weilten.

„Gut." Vale nickte und ließ Neyla einen eindringlichen Blick zuteilwerden, bevor er sich abwandte und Ariel bat, mit ihm gemeinsam den schweren Eichenschrank zur Seite zu schieben. Ariel schleifte den leblosen Körper eines weiteren Gardisten an den Stiefeln beiseite, bevor er Vale zur Hand ging. Geräuschvoll schoben sie den Eichenschrank über den Steinboden, bis die dahinterliegende Tür frei lag.

„Markos hat im Zusammenhang mit eurem ersten Verschwinden die Baupläne vom Königssitz studiert und überall Wachen positionieren lassen. Ihr werdet im Gang auf weitere Leichen stoßen." Vale entriegelte die Geheimtür und zog sie auf. Abwartend blickte er Neyla an. Die Unentschlossenheit ließ Neyla zögern. Es war, als stünde da etwas Unausgesprochenes zwischen ihr und Vale.

Ariel griff nach Neylas Arm und zog sie die morschen Stufen nach unten in den Geheimgang.

Schweigend standen sich nun Vale und Blanca gegenüber. Lauernd. Spannung lag zwischen den beiden.

„Tusjo." Samtig und dunkel klang Vales Stimme. Erhaben ruhten seine Augen auf der Begabten. Er nickte Blanca auffordernd zu. Die Hand griffbereit auf dem Heft ihres Schwertes, ging Blanca an Vale vorbei, ohne ihren Blick von dem Krieger abzuwenden.

Wie eine Maus, die sich der Anwesenheit einer Katze bewusst war. Blanca blieb stehen und sah über ihre Schulter zurück zu Vale. „Schattenkrieger." Mit eiskaltem Gesichtsausdruck blickte sie Vale an, bevor sie sich abwandte und eilig die Stufen nach unten nahm.

Ich trage meine Schuld und halte den Kopf dabei aufrecht. Denn sonst sehe ich den Weg nicht, den ich einschlage.

Neyla war wieder einmal überrascht von der Sorgfältigkeit der anartischen Stammesfürsten, als sie von deren Kriegern zwischen den Häusern der Bauernsiedlung zu Boden gerissen und mit Schwertern bedroht wurden. Ihr gelang es gerade noch, atemlos ihren Namen zu rufen, ohne niedergeschlagen zu werden.

Wieder im Lager vor der Siedlung angekommen, beriet sich Neyla mit den Stammesfürsten, Danis und Len. Gemeinsam wählten sie die Männer aus, die Thalél Malis unter der Führung von Danis, Tok und Yarne unterwandern und den Einmarsch des Heeres unter der Führung von Modorok, Birk, Neyla, Ariel und Len Bold ebnen sollten. Und als das weitere Vorgehen bis ins letzte Detail abgesprochen, die Männer zusammengestellt und ausgerüstet waren und der Morgen zu dämmern begann, kam jener Moment, der Neyla mit Unbehagen erfüllte. Abschied wog schwer, vor allem, wenn ein Wiedersehen ungewiss war. Und so stand Neyla Yarne gegenüber, unfähig, ein Wort des Abschieds zu finden. Stattdessen umarmte sie den Stammesfürsten und in dieser Geste lag mehr an Dankbarkeit und Zuneigung, als es Worte jemals hätten ausdrücken können. Zögernd erwiderte der Stammesfürst die Umarmung, bevor er Neyla in Danis' Arme schob.

Liebevoll strich Danis seiner Frau eine Haarsträhne aus dem Gesicht. „Bleib an Ariels Seite."

Neyla nickte und ihre Hände gruben sich unter Danis' Lammfellmantel, um auf seiner Brust liegen zu bleiben und an den

Rändern seiner Tunika zu zupfen. „Und du bleib am Leben."

„Das tue ich seit mehr als zehn Jahren." Danis' Lippen umspielte ein leises Lächeln. „Wenn das hier vorbei ist, möchte ich mehr als nur das. Mehr als nur *am Leben bleiben*." Der Krieger umarmte seine Frau und küsste sie auf die Stirn, bevor er sich von ihr löste, Ariel bekräftigend zunickte und zu den Männern ging, die bereits ungeduldig auf ihn warteten.

„Wir sollten zusammenbleiben", wisperte Neyla. „Warum, zur Hölle, trennen wir uns hier?"

„Du weißt warum", antwortete Ariel.

Neyla biss sich auf die Unterlippe. Sie wusste warum. Der Innere Kreis. Deshalb wollte Danis sie nicht dabeihaben. Vales Worte hatten Misstrauen und Unbehagen geschürt und es war mit den Stammesfürsten, Danis und Len Bold abgesprochen worden, den Inneren Kreis zu beseitigen, wenn sich die Möglichkeit dafür bot.

Aufmerksam beobachtete Ariel seine Schwester, deren Blick auf Danis, Tok, Yarne und den anderen Kriegern ruhte, die sich gerade in weiße Leinentücher hüllten, um im Schnee nicht aufzufallen. Die Krieger hatten sie aus den wenigen Häusern der Siedlung, die nicht abgebrannt waren, geholt. Dann setzte sich der Trupp in Bewegung, um im Schutz der Morgendämmerung durch die Siedlung zur südlichen Mauer aufzubrechen.

Unendlich lange sahen Ariel und Neyla den Kriegern nach, bis sie schließlich in der Ferne verschwanden.

„Ich habe ein Scheißgefühl, Ney", sagte Ariel mit leiser Stimme.

„Soll mich *das* etwa beruhigen?" Neyla runzelte die Stirn.

„Nein", gab Ariel ruhig zurück und reichte Neyla auffordernd das Fernrohr. Zögernd griff sie danach und bahnte sich einen Weg zum Rand des improvisierten Lagers auf einer Anhöhe. Dort stand bereits Len Bold und starrte ebenfalls durch ein Fernrohr hinunter zur Siedlung.

„Sie haben jetzt unsere Posten in der Siedlung passiert“, berichtete er, als er Neylas Anwesenheit bemerkte. „Von der Siedlung bis zum Wall sind es nur wenige Meilen. Aber von Thalél Malis aus hat man volle Sicht. Das mit den Leinentüchern war eine gute Idee. Ich kann sie nur in der Ferne ausmachen, weil ich weiß, dass sie irgendwo da unten sind.“

Neyla sah durch das Fernrohr zum Plateau des Königssitzes. Dort herrschte Bewegung. Aber die Männer spannten keine Pfeile, als würden sie die Gefahr kommen sehen. Es war etwas anderes. Neylas Stirn legte sich in Falten.

„Auf Eure Verbündeten in Thalél Malis scheint Verlass zu sein. Das Gitter vom Geheimgang an der Südmauer ist oben“, redete Len Bold weiter.

Neyla blickte zum Plateau, wo jetzt eine Gruppe von Gardisten einen Mann auf die Mauer hob. Seine Hände waren auf dem Rücken gefesselt und er trug ein Seil um den Hals.

„Da stimmt etwas nicht“, murmelte Neyla. „Auf dem Plateau.“

Ariel riss Len Bold das Fernrohr aus der Hand und sah hindurch. „Was, zur Hölle, tun sie da?“

„Sie richten jemanden hin“, erkannte Neyla tonlos und blickte so angestrengt durch das Fernrohr, dass ihr Auge zu tränen begann. Wer war der Mann, den sie an der Mauer hängen wollten? Immer wieder verschwamm das Bild. Neylas Hand zitterte vor Kälte. Sie hielt den Atem an, um das Zittern ihrer Hände unter Kontrolle zu bringen. Und dann konnte sie durch das Fernrohr das Gesicht des Mannes erfassen. Einen winzigen Moment lang.

„Das ist Vale“, stieß Neyla fassungslos aus und senkte das Fernrohr. „Sie haben Vale! Das ist eine Falle! Wir müssen Danis und die Männer zurückholen!“ Neylas Stimme überschlug sich vor Panik.

„Das ist unmöglich, Neyla. Jenseits der Siedlung haben wir keine Möglichkeit mehr, sie zu warnen.“ Ariel wirkte angespannt, als er erneut durch das Fernglas sah.

„Es ist nur Vale“, überlegte Neyla fieberhaft. „Er sagte, es wären siebzehn Männer mit ihm. Es ist also möglich, dass sich die anderen an den Plan halten.“

Einen Moment lang sagte Ariel gar nichts. Dann senkte er das Fernrohr und sah Neyla ernst an. „Sie haben mit der Hinrichtung gewartet, bis wir unsere Männer nicht mehr warnen können“, sagte er dann. „Und sie hängen gerade einen zweiten Mann. Es *ist* eine Falle, Ney.“

Fahrig hob Neyla das Fernrohr und blickte hindurch. Vom Plateau hingen jetzt zwei leblose Körper herab. Und unten, an der südlichen Mauer Thalél Malis', huschten kaum merkbar Gestalten über den Wall, direkt auf das geöffnete Tor des Geheimgangs zu.

Neyla hielt den Atem an, senkte das Fernrohr und blickte zu Ariel. „Wir müssen irgendetwas tun!“ Ihre Stimme hatte jegliche Bestimmtheit verloren, glich mehr einem Bitten.

„Wenn sie uns damit vorführen und sagen wollen, dass wir aufgeflogen sind, mit welcher Antwort rechnen sie jetzt?“ Len Bold sah Ariel abwartend an.

„Damit, dass wir Thalél Malis stürmen, um unsere Männer zu befreien“, antwortete Ariel.

Len nickte zustimmend. „Nur Idioten versuchen auf dieselbe Art und Weise den Feind zu unterwandern, auf der sie schon einmal gescheitert sind, nicht wahr?“

„Ja.“ Ariel verstand. „Nimm ein paar deiner Männer und folge Danis.“ Len Bold erhob sich und verschwand.

Ariel schaute zu seiner Schwester. „Lass alle Männer vorrücken, die wir haben. Stell sie genau da auf, wo man sie von Thalél Malis aus gut sehen kann. Sie sollen sich bereithalten.“

Es war nur ein winziger Moment, den es eigentlich nicht hätte geben dürfen. Danis konnte den Schutzwall, wegen des Schnees, nicht beim ersten Anlauf überwinden. Sein Blick fiel hinauf zu den übermächtigen Mauern Thalél Malis'. Und er streifte dabei jenen Gardisten, der zu ihm heruntersah. Im ersten Augenblick nahm Danis das kaum wahr. Es war möglich, von oben entdeckt zu werden, aber das ihnen dann auch noch widerstandslos Zugang zu Thalél Malis gewährt wurde, war *unmöglich*. Wie ein Schatten überdeckte der Blick des Gardisten Danis' Verstand.

Das Misstrauen in Danis gewann in dem Moment die Oberhand, in welchem er seinem Vater und Tok durch den Eingang des Geheimgangs folgte und sie auf den Gardisten trafen. Neyla hatte gesagt, das Vale und seine Männer in der Bibliothek auf sie warten würden. Von einem Empfangskomitee im Geheimgang war niemals die Rede gewesen. Und während Danis im Stillen die Fakten zusammenzählte, war er bemüht, sich davon dem Gardisten gegenüber nichts anmerken zu lassen.

„Vale?“, erkundigte sich Danis und der Gardist nickte stumm. Dunkle Haare, hatte Neyla über Vale berichtet. Und ein leicht hinkender Gang, aufgrund einer Verletzung.

„Folgt mir!“, wies der Gardist sie an und setzte sich in Bewegung. Prüfend sah Danis ihm nach. Der Mann hatte einen festen, sicheren Gang. Von den Folgen einer Verletzung keine Spur.

„Tok“, raunte Danis seinem Freund kaum hörbar zu. „Folgt ihm, aber lasst ihn nicht aus den Augen.“

„Eine Falle?“

Danis nickte und Tok folgte, ohne ein weiteres Wort, seiner Anweisung.

„Wir haben nicht viel Zeit, uns etwas einfallen zu lassen“, wandte sich Danis ohne Umschweife an seinen Vater. „Treffpunkt mit Neylas Verbündeten war die Bibliothek.

Der Gardist da vorne weiß das nicht, weil er nicht Vale ist. Außerdem bin ich sicher, dass man uns erwartet hat. Sie haben uns am Wall gesehen und trotzdem hineinspazieren lassen."

„Dann wartet in der Bibliothek vermutlich eine größere Überraschung auf uns, als *nur* gebündelte jordanesische Weisheiten", antwortete der Stammesfürst gelassen und um seine Lippen herum kräuselte sich ein verächtliches Lächeln. Er reihte sich mit Danis zwischen seinen Männern ein. „Was glaubst du, ist mit Neylas Verbündeten passiert?"

„Sie sind tot." Danis war sich dieser Tatsache sicher.

„Ohne Hilfe wird es etwas schwieriger, aber wenn Vale und seine Männer nichts verraten haben, sollten wir bei unserem Plan bleiben", überlegte Yarne leise und sah seinen Sohn an. „Es sei denn, du hast auch nur den geringsten Zweifel daran, dass sie uns nicht verraten haben?"

Danis hielt für einige Sekunden den Atem an. Es war schwierig, eine Antwort auf Yarnes Frage zu finden. Und dennoch war es lebensnotwendig. Wären es anartische Krieger gewesen, so hätte er keinen Moment lang mit der Antwort gezögert.

„Danis."

Der junge Krieger schüttelte den Kopf. Es war unmöglich, hierauf eine Antwort zu wissen. Zumal Vale ein Mann des Inneren Kreises war und die letzte Begegnung mit ihm weiteres, zukunftsträchtiges Unheil angedeutet hatte.

„Dann versuchen wir es heute mal mit Vertrauen, ja?", schlussfolgerte Yarne Bork amüsiert und klopfte Danis auf die Schulter. „Erinnerst du dich, als ich dir erzählte, wie wir Hale eingenommen haben?" Mit einer flüchtigen Handbewegung zog Yarne im Gehen eine brennende Fackel aus ihrer rostigen Halterung an der Wand.

„Ich habe kein einziges Detail vergessen, auch wenn ich diese Geschichte in den letzten zehn Jahren nicht einmal gehört habe."

„Gut", meinte Yarne schlicht und lächelte.

„Gut?", hakte Danis fragend nach.

„Du warnst die Männer vor uns. Jeden, der auf mein Wort hin noch seinen Kopf oben hat, hast du zu verantworten." Mit diesen Worten ließ sich Yarne zurückfallen und Danis wandte sich an den erst besten Mann vor sich, um ihn und noch viele andere auf das Ungeplante vorzubereiten, was gleich folgen würde.

„RUUUUUUNTEEEEER!" Wie eine Lawine donnerte Yarne Borks Stimme durch das alte Gewölbe. Danis nahm das schwache Licht wahr, welches unweit von ihnen entfernt das Ende des Ganges ankündigte. Jenseits der offenstehenden Geheimtür zur Bibliothek würde man sie erwarten.

Im selben Atemzug stürzten Danis und sämtliche Männer vor und hinter dem jungen Krieger zu Boden, während über ihre Köpfe hinweg unzählige Feuerpfeile in das Ende des Ganges fegten. Ein Pfeil traf den einzigen Mann, der mit Yarne Borks Anweisung nichts anfangen konnte, im Nacken: Den Gardisten an der Spitze des Trosses. Mit weit aufgerissenen Augen wirbelte er herum. Ein zweiter Pfeil durchbohrte seine Kehle. Der Gardist kreischte und schwankte, stürzte gegen die Wand und glitt sterbend an ihr hinunter, während sein Umhang Feuer fing.

„Ruuunter!", vernahm Danis erneut die Stimme seines Vaters. Wieder zischten Feuerpfeile durch den Gang. Einige von ihnen drangen durch die Geheimtür und gingen in der Bibliothek nieder. Mit Gebrüll näherten sich die Krieger nun der offenen Tür, hinter welcher die Flammen des Feuers begannen, sich durch uralte, auf Papier geschriebene, jordanesische Weisheiten zu fressen. Stufe für Stufe nahmen sie die morschen Stufen nach oben, gebückt, während hinter ihnen stets zwei Männer brennende Pfeile in die Bibliothek abschossen.

Und mit dem Feuer brach Unruhe jenseits der Geheimtür

aus. Gardisten stoben auseinander und versuchten, die Tür des Geheimganges wieder zu verschließen. Anartische Krieger drückten sich gegen die schwere Holztür und hielten, vor Anstrengung schreiend, dagegen. Solange, bis ihre Kräfte Oberhand gewannen, die Gardisten zurücksprangen und die Tür so heftig gegen die Wand prallte, dass das Holz splitterte.

Grölend walzte sich nun die Welle des Widerstandes durch die Geheimtür.

Der Kampf entfachte sich ebenso leicht, wie die Flammen das uralte Papier in den schweren Holzregalen der jordanesischen Bibliothek. Schwerter und Fäuste trafen aufeinander. Pfeile und Morgensterne schnitten geräuschvoll durch die rauchgeschwängerte Luft. Aus dem Augenwinkel sah Danis, während er sein Schwert gegen einen Gardisten erhob, wie die Flügeltüren zur Bibliothek verschlossen und sehr wahrscheinlich von außen verbarrikadiert wurden. Danis hatte keinen Überblick, mit wie vielen Gardisten sie es zu tun hatten. Er wusste nur eines: Hinter der Tür, jenseits der Bibliothek, würden noch viele mehr auf sie warten.

Der Kampf dauerte an.

Irgendwann lag eine seltsame Ruhe über der Bibliothek, die lediglich durch das Knacken des Feuers oder dem Husten vereinzelter Männer gestört wurde. Danis stieg über die Leichen am Boden hinweg und sah sich nach seinem Vater um. Dichter Rauch hatte sich entwickelt und brannte in seinen Augen.

In Yarne Borks Gesicht mischte sich Ruß mit Schweiß. Er blickte sich auf dieselbe Art und Weise in der Bibliothek um, wie Danis. Zählte in Gedanken seine Männer, überdachte die weiteren Möglichkeiten.

„Sie haben die Tür verriegelt“, bemerkte Tok, nachdem er an den Flügeltüren gerüttelt hatte. „Sie wollen, dass wir hier verrecken. Oder den Rückzug antreten.“

„Das ist beides dasselbe“, brummte Yarne und deutete auf

eine Steinstatur des Gottes Kwasir.

„Du erwartest, dass uns die Götter beistehen, wenn du mit dem Kopf des Gottes der Weisheit eine jordanesische Tür aufbrichst?“, zweifelnd sah Tok den Stammesfürsten an, setzte sich jedoch in Bewegung.

„So ist es“, nickte Yarne und gab seinen Männern ein Zeichen, mit anzupacken. „Verzeih, Kwasir, aber wenn ich in diesem Feuer verrecke, kann ich dir nicht huldigen.“ Entschuldigend tätschelte Yarne das Bein der Statur, bevor er sie gemeinsam mit einigen Männern zum Kippen brachte. „Tok, wenn wir draußen sind, kämpfst du dich mit deinen Männern zum Plateau vor. Ich kümmere mich mit meinen Männern um Markos und du Danis, nimmst dir den Inneren Kreis vor. Die übrigen Männer kümmern sich um das Problem vor der Tür. Verstanden?“, ächzte Yarne unter dem Gewicht der Statur mit angestrengter Stimme.

Aus den verschiedensten Ecken der Bibliothek drang ein „Aye.“

„Es wird verdammt heiß hier drin.“ Tok hustete nachdrücklich. „Sehen wir zu, dass wir die verdammte Tür aufkriegen.“

„Auf Drei!“ Danis packte am Ende der Statur mit an. „EINS. ZWEI. DREIII!“ Mit Gebrüll und Anlauf rannten die Krieger los und stießen mit geballter Kraft die Statur gegen die Flügeltür. Diese brach in der Mitte auf und die Krieger stürzten in den Gang, rissen ein paar Gardisten mit sich. Die Statur zerschellte auf dem Boden. Danis sprang auf die Beine und metzelte förmlich blind zwei Gardisten nieder. Alles, was er jetzt noch vor Augen hatte, war der lange und beschwerliche Weg, den er sich bahnen musste. Tok und sein Vater würden das Gleiche tun.

YARNE

Die ersten Männer, die nach Yarne aus der Bibliothek stürmten, verteilten sich und nahmen den Kampf mit der jordanesischen

Garde auf. Die restlichen Männer ordneten sich Tok, Danis oder dem Stammesfürsten zu und erarbeiteten sich eine Schneise durch das Schlachtfeld. Als es Yarne gelang, einen kurzen Überblick zu gewinnen, konnte er weder Danis noch Tok ausmachen. Durch den Hinterhalt waren bereits mehr seiner Männer gestorben, als er angenommen hatte und Yarne hoffte, dass am Ende der Schlacht vor der Bibliothek noch genügend Männer am Leben waren, die ihm aufrecht folgen konnten. Offenbar hatte Markos fest damit gerechnet, das Problem mit den Eindringlingen leise und unkompliziert mit einem Großaufgebot an Gardisten in den Griff bekommen zu können. Die Anzahl der Gardisten hatte den anartischen Kriegern in der Tat zugesetzt.

Ungeachtet dessen kämpften die anartischen Krieger weiter. Yarne Bork allen voran. Als er sich mit einigen Männern von der Bibliothek entfernt hatte und sich, mit dem Rücken gegen die Wand lehnend, nach seinen Männern umblickte, zählte er. *Acht.* Acht Männer waren ihm gefolgt. *Acht von Fünfundzwanzig.* Danis und Tok waren für ihre Unterfangen hoffentlich mehr Männer geblieben. Yarne schnaubte und wischte sich mit der Hand über das Gesicht. Er rief sich die Karte vom Inneren des Königssitzes vor Augen, welche Neyla und Danis mit einem Stock in den Schnee gemalt hatten. Demnach waren Markos' Räumlichkeiten im Westflügel. Etliche Gänge. Etliche Treppen. Und dabei würden sie auf Gardisten treffen, die es jetzt mit acht Männern zu bezwingen galt. Der Stammesfürst war bedacht darauf, sich seine Sorgen nicht ansehen zu lassen, als er seinen Männern mit einem Nicken bedeutete, ihm zu folgen.

DANIS

Mit schnellen, lautlosen Schritten trieb Danis seine Männer an. Er hatte zehn Jahre in Thalél Malis gelebt, aber die Männer des

Inneren Kreises waren auch für ihn stets gesichtslos geblieben. Er kannte die geheimnisumwobenen Geschichten, die man sich am Königssitz über diese lautlosen und berechnenden Krieger erzählte. Es hieß, niemand tötete so kaltherzig, leise und unauffällig wie sie. Ihre Gegenwart würde einem kühlen Windhauch gleichen. Und sie würden nach ihrem Tod zurückkehren.

Danis hatte noch nie einen Verstorbenen zurückkommen sehen. Obgleich er die Götter darum gebeten hatte. Mehr als nur einmal. Was immer die Männer des Inneren Kreises waren, Vales Worte hatten offenbart, dass Neyla in ihrer Schuld stand und die Zeit absehbar war, in der sie gezwungen sein würde, diese zu begleichen. Es verhieß nichts Gutes, in einer derartigen Schuld zu stehen, schon gar nicht, wenn man nicht wusste, wem oder was man sich verpflichtet hatte.

Die Stammesfürsten, Danis und Len waren übereingekommen, diesbezüglich kein Risiko einzugehen und den Inneren Kreis zu beseitigen. Siebzehn weitere Männer würden im Königssitz ihren Tod finden, obwohl sie nicht der Feind waren. Neyla war dieser Entscheidung nur zögernd gefolgt. Aber auch sie hatte nicht vermocht jenes ungute Gefühl, in der Nähe der Männer des Inneren Kreises, zu leugnen.

Danis schnaubte, als er drei weitere Gardisten ausmachte. Und bevor diese auch nur ansatzweise zu einer Reaktion fähig gewesen waren, wurden sie von der anartischen Flut überrollt.

Als Danis und seine Männer die verschlossene, prunkvoll verzierte Flügeltür aus Eisen passierten, wusste Danis genau, was sich hinter ihr verbarg. Er war nie im Thronsaal gewesen. Aber dieselbe Kälte, die er stets an Emilijan wahrgenommen hatte, strömte jetzt durch die Ritzen der Flügeltür. Als wäre es erst gestern gewesen, spürte Danis, wie das Leder der Peitsche in Emilijans Händen die Haut auf seinem Rücken in Fetzen riss. Erstarrt in dieser Erinnerung blieb Danis stehen. Unzählige Augenblicke vergingen. Bis er sich schließlich mit aller Gewalt dazu zwang, aus den Bildern seiner Vergangenheit aufzutauchen, nach Luft zu ringen und an der Oberfläche der Gegenwart weiterzuschwimmen. Danis deutete mit einer Handbewegung zu einer Treppe, die nach unten führte und gleichzeitig hielt er sich den Zeigefinger vor den Mund, um seine Männer zur Stille aufzufordern. Lautlos nahmen sie die Steinstufen nach unten zum Plenum. Doch im Gegensatz zu allen anderen Kellergewölben Thalél Malis', wurde die Luft nicht kälter, sondern wärmer. Nicht feucht und übelriechend, sondern trocken und in ihr lag der Geruch von Sandelholz. Kerzen flackerten ruhig in ihren Halterungen an den Wänden. Dieser Ort hier wirkte so seltsam friedvoll und ruhig, dass sogar Danis seine Hast ablegte und das Tempo drosselte.

Die letzte Stufe der Steintreppe mündete in einen purpurroten Teppich, der vor einer Tür aus Eichenholz endete. Und obwohl die Tür verschlossen war, so blieb durch die Schnitzereien das Dahinter nicht verborgen. Noch einmal mahnte Danis seine Männer mit einer flachen Handbewegung zur Ruhe, bevor er durch die filigranen Schnitzereien der Tür einen Blick in das Plenum erhaschen konnte.

Danis wusste nicht, was ihn mehr faszinierte: Das unglaubliche Glück, welches ihnen zuteilwurde, oder die Anmut, die sich vor seinen Augen im Plenum ausbreitete. Etwa ein Dutzend Männer bewegten sich lautlos in einem runden Saal. Sie waren im Begriff sich anzukleiden und ihre Waffen anzulegen. Die Männer bereiteten sich offenkundig auf die Schlacht vor. Danis war sich sicher ein Flüstern, ein Murmeln, zu vernehmen. Aber keiner der Männer bewegte die Lippen. Danis versuchte, ihre Gesichter zu erfassen und wich erschrocken zurück. Es schien, als würden sich ihre Gesichter immer wieder verändern. Einige kamen ihm bekannt vor. Ein Paar dieser Männer hatten der Entourage angehört, welche Neyla und Emilijan nach Anartier begleitet hatte. Aber sie waren bei dem Angriff getötet worden, der ihm die Flucht, mit Neyla als Geisel, ermöglicht hatte. Ungläubig schüttelte Danis den Kopf. Wie war das möglich? Sie waren tot. Er hatte ihre Leichen gesehen.

Und dann schlug die Erinnerung siedend heiß über Danis zusammen.

Elf unserer Männer und dreizehn Anarten, hallte Dankos Stimme durch seinen Kopf. Und Danis erinnerte sich daran, dass er bei seiner Rückkehr an den Ort des Überfalls lediglich fünf jordanesische Leichen gezählt hatte.

„Bei den Göttern …", entglitt es Danis tonlos.

„Was hast du vor?", holte Danis die leise Stimme eines Kriegers aus der Gedankenstarre zurück. „Wir können gegen sie kämpfen, aber wir sind in der Unterzahl."

Danis schüttelte den Kopf, lange bevor er die Konsequenz seiner Entscheidung begriff. Es würde keinen Kampf geben, auch, wenn es die Männer des Inneren Kreises verdient hätten ehrbar und im Kampf zu sterben. *Sterben*, wenn ihnen das überhaupt möglich war. Der Krieger zu seiner linken Seite hatte recht. Sie waren in der Unterzahl. Und Danis war nicht bereit, auch nur noch einen einzigen seiner Männer sinnlos für Thalél Malis zu opfern.

„Nein, kein Kampf", flüsterte Danis. „Verriegelt die Tür und legt Feuer."

Prüfend sah der Krieger Danis an. „Bist du dir sicher?", vergewisserte er sich leise.

„Das sind keine Menschen", antwortete Danis und seine Stimme glich kaum mehr einem Flüstern. Wissend blickte er den Krieger an. Der zögerte nur noch wenige Augenblicke, bevor er Danis' Anweisung folgte.

Wie paralysiert fiel Danis' Blick durch die Schnitzereien der Tür in das Plenum, während seine Männer lautlos den schweren, massiven Riegel vorschoben. Ja, diese Tür war zweifelsohne ein Kunstwerk. Wie konnte etwas so Schweres, Dickes und

Massives nur derart filigran und anmutig verarbeitet werden? Diese Tür schien, wie alles hier an diesem Ort und wie diese Männer jenseits der Tür im Plenum, einer Münze mit zwei Seiten zu gleichen. Danis war es, der den ersten Feuerpfeil durch die Schnitzerei der Tür in das Plenum schoss. Er wollte, dass seine Männer begriffen, dass diese Entscheidung in all ihrer Unehrenhaftigkeit allein in seiner Verantwortung lag. Und seinem Pfeil folgten unzählige weitere. Lautlos sackten einige Männer des Inneren Kreises getroffen zusammen. Andere sprangen auf, griffen zu ihren Waffen. Und dennoch schien sich die Ruhe und Bedachtheit, die aus dem Plenum strömte, nicht zu verlieren. Keiner der Männer schrie oder lief panisch herum.

Fasziniert vermochte es Danis nicht, die Augen von diesem Bild in all seiner Unfassbarkeit abzuwenden. Ein Mann trat an die Tür heran und versuchte, sie zu öffnen. Er trug das Gesicht jenes verwirrten Mannes, der unten im Verlies zu ihnen gesprochen hatte. *Hier unten verliert Zeit ihre Bedeutung. Rechtzeitig gibt es nicht mehr.* Er drückte ein einziges Mal die Klinke nach unten und als er begriff, dass der Riegel vorgeschoben war, trat er von der Tür zurück und betrachtete Danis durch die Schnitzereien hindurch, während sich das Feuer hinter ihm im Plenum ausbreitete. In dem Blick seiner wasserklaren, blauen Augen lag eine tiefe Schwere, die in Danis das unmenschliche Verlangen aufbäumen ließ, die Tür zu entriegeln.

„Vergib mir“, flüsterte Danis und er hatte keine Ahnung, warum ihm diese Worte über die Lippen kamen. Es lag in der Natur des Menschen, das zu töten, was ihm Angst machte.

Und der Mann jenseits der Tür sah ihm wissend in die Augen, bevor er sich abwandte, um sich wieder in die Mitte des Plenums zu begeben und in den Flammen des Feuers zu verbrennen.

Als sich die reißenden Flammen in seinen wässrigen Augen widerspiegelten, verspürte Danis den bohrenden Blick des Kriegers zu seiner linken Seite. „Für diesen feigen Mordanschlag werden uns die Götter bestrafen."

Seltsamerweise berührten Danis die Worte des Kriegers nicht. Der Mann wusste es nicht besser. Er hatte nicht die vielen Gesichter der Männer im Plenum gesehen. Er wusste nicht, dass sie die Gesichter von *Toten* trugen. Und das, was auch immer jetzt im Feuer verbrannte, zurückkehren würde.

„Das haben sie bereits, mein Freund", antwortete Danis leise.

TOK

Tok waren für sein Unterfangen die meisten Männer zur Seite gestellt worden. Das Plateau zu erobern, die Bogenschützen auszuschalten und die Zugbrücke für Ariel, Neyla, Modorok, Birk und das Heer zu öffnen, stellten die wichtigsten Grundlagen ihres Planes dar. Doch der Hinterhalt der jordanesischen Garde hatte ihnen viele Verluste beschert. Jetzt kämpfte Tok ausdauernd mit zu wenigen Männern gegen Gardisten, die sich ständig zu vervielfältigen schienen. Kaum hatte er einen von ihnen getötet, kamen zwei Neue die Treppen hinauf, auf das Plateau geeilt. Und das, obwohl ihr Angriff die Gardisten tatsächlich zu überraschen schien. Immerhin hatte man sich auf dem Plateau zu einer feierlichen Hinrichtung zusammengefunden. Tok ahnte, dass es sich bei dem armen Hund, den man mit einem Seil um den Hals von der Mauer springen ließ, um einen der Männer handelte, der sich zu Neylas Verbündeten in Thalél Malis zählte. Auch, wenn er nichts mehr für diesen Mann tun konnte, so beruhigte ihn, dass dieser im letzten Augenblick gesehen hatte, wie anartische Krieger auf das Plateau stürmten. Danach blieb keine Zeit mehr zum Denken oder Fühlen. Tok kämpfte, bis ihm die Arme schwer und seine Bewegungen langsamer wurden. Leichen pflasterten den Boden des Plateaus, der mit einer hauchdünnen Schneeschicht bedeckt war. Die noch warmen Körper tauten ihre Umrisse hinein. Mit Erleichterung nahm Tok wahr, wie Danis und seine Männer auf das Plateau eilten und ihnen zur Hilfe kamen. Danis stieß einem Gardisten sein Schwert in den Bauch, der sich Tok seitlich genähert hatte, ohne, dass es der Krieger bemerkt hatte. Toks Schreck über seine Unachtsamkeit stand ihm förmlich ins Gesicht geschrieben.

„Was ist?", atemlos blickte Danis Tok an. „Soll ich dir einen Tee bringen?"

„Diese verfluchte Kälte", stammelte Tok und umfasste fest das Heft seines Schwertes. „Erst friere ich mir tagelang den Arsch ab, dann werde ich fast verbrannt und jetzt wieder diese verdammte Kälte!" Er stieß einen Schrei aus und stürzte sich wieder in den Kampf. Rücken an Rücken mit Danis. So, wie es anartische Krieger taten, weil sie nur ihresgleichen vertrauten.

Metall traf aufeinander und Danis wusste, solange er dieses Geräusch in seinem Rücken vernahm, war alles in Ordnung. Doch irgendwann blieb es still hinter ihm. Fast panisch stieß Danis einem Gardisten mit einer groben Bewegung sein Schwert in die Brust und zog es beim Herumwirbeln wieder heraus. Tok stand ihm mit dem Rücken zugewandt. Regungslos. Nur langsam wandte sich der Krieger zu Danis um. In seiner Brust, in der Nähe seines Herzens, steckte ein Pfeil und Danis hielt die Luft an. Aber irgendetwas an Toks Gesichtsausdruck blieb seltsam. Tok selbst wirkte erstaunt und auch irgendwie hoffnungslos überfordert, als er begriff, dass der Pfeil zwar irgendwo in seiner Brust steckte, sich aber nicht einmal ansatzweise in sein Fleisch gebohrt hatte. Er zog den Pfeil heraus und ertastete die Ursache unter seinem Mantel und der Tunika. Ein breites Grinsen zog sich über sein Gesicht und er begann lauthals zu lachen, als er Danis das Stück Holz entgegenhielt, welches Len Bold geschnitzt hatte. „Offenbar bringt es doch Glück!", lachte Tok atemlos.

Danis verstand und die Erleichterung übermannte seinen

Körper wie ein kalter Regenschauer. Er sah den Gardisten hinter Tok zu spät. Zu spät für eine Warnung. Und zu spät, um dem Krieger zu helfen. Die Zeit verging in Wimpernschlägen, als Danis schreiend auf Tok zustürzte. Das Schwert des Gardisten holte weit von oben aus und stach mit aller Macht in den Rücken des Kriegers. Es wurde im gleichen Moment, in dem Toks schwerer Körper Danis entgegenfiel, wieder herausgezogen, um erneut auf Toks Rücken einzustechen. Als würde man ein heißes Messer in Butter stechen, versank das feindliche Schwert in Toks Rücken und der Krieger zuckte und röchelte in Danis' Armen. Danis ließ Tok zu Boden gleiten und stürzte sich mit seinem Schwert auf den Gardisten. Unbändige Kraft machte sich in Danis breit. Getrieben von purem Hass metzelte er den Gardisten nieder und mit ihm gleich zwei weitere, die sich ihm in den Weg stellten. Dann kniete Danis neben Tok nieder. Die dunkelrote Lache Blut, die unter Toks Körper hervor lief, durchtränkte seine Hose. Der Krieger atmete bereits verlangsamt und hätte ihm kein einziges Wort über Genesung geglaubt. Tok war schon immer ein Mann der ehrlichen Worte gewesen. Also schwieg Danis und legte seine Hand auf die seines Freundes, welche noch immer das Stück Holz umklammerte. Toks Blick war in den Himmel gerichtet und wirkte dennoch nicht so, als würde er überhaupt noch etwas sehen. Und dann ging Tok. Mit einem leichten Windstoß erlosch das Licht in seinen Augen und sein letzter Atemzug klang nach Erleichterung. Danis schluckte seine Gefühle hinunter. Er würde trauern. Später. Er würde dafür sorgen, dass die Walküren Tok vom Schlachtfeld nach Walhall führten. Später. Und wenn er Toks Körper dem Feuer übergab, würde er sich an alte Zeiten mit dem Krieger erinnern. Vorsichtig nahm Danis Tok das Stück Holz aus der Hand und betrachtete es. Der Thron auf der einen Seite, das Schwert auf der anderen. Der nächste Gardist griff an. Unachtsam ließ Danis das Holz in der kleinen Ledertasche seines Gürtels verschwinden.

„Es wird Zeit“, sagte Blanca schließlich, nachdem sie unendlich lange wortlos ihren Blick auf die Türme Thalél Malis’ gerichtet hatte. Sie sah das Feuer, bevor es für alle hier sichtbar werden konnte. Und sie wusste, was Danis getan hatte. Das stille und lautlose Sterben der Männer im Plenum, war ihr bis unter die Haut gekrochen und Danis’ Selbsthass für seine Tat, ließ jedes einzelne Haar auf ihren Oberarmen kerzengerade in die Luft schnellen. Blanca verspürte einen unangenehmen Druck auf ihrem Herzen. Nichts von dem, was jetzt noch passierte, war bestimmt, zu einem guten Ende zu führen.

„Hat Danis …“ Neyla schluckte. „Ist er …?“

„Am Leben?“ Blancas Stimme war leiser als ein Windhauch, als sie sich Neyla zuwandte. „Ja.“ Die violetten Augen der Geborunenträgerin blickten Neyla wissend an. „Aber unter der schweren Last einer Schuld, die auf seinen Schultern ruht, wird er sich sehr bald die Endlichkeit dieses Tages herbeiwünschen. Und die eines jeden weiteren Tages, an dem er morgens aufwacht.“

Neyla verstand nicht, worauf Blanca hinaus wollte, aber die Worte der Tusjo machten ihr Angst.

„Und was ist mit meiner verdammten Schuld? Oder die der Männer, die uns folgen? Keiner von uns wird nach diesem Tag frei davon sein. Wenn wir es denn jemals gewesen sind“, fuhr Ariel Blanca von der Seite an und bedachte die Tusjo mit einem zornigen Blick. „Was ist mit *deiner* Schuld?“

„Ich trage meine Schuld und halte den Kopf dabei aufrecht. Denn sonst sehe ich den Weg nicht, den ich einschlage“, antwortete Blanca mit ruhiger Stimme. „Große Teile Thalél Malis’ stehen bereits in Flammen. Bald wird das Feuer auch für eure Augen sichtbar sein. Danis versucht in diesem Augenblick, auf dem Plateau die Oberhand zu gewinnen. Es wird Zeit für uns.“

„Was ist mit Yarne?“, fragend blickte Ariel zu Blanca hinüber. Das Gesicht der Tusjo wirkte ausdruckslos und müde.

„Wie ich bereits sagte“, Blanca strich sich eine Haarsträhne aus dem Gesicht, „es wird Zeit für uns.“

YARNE

Yarne war gezwungen, sich an so gut wie jeder Ecke des Westflügels gegen Gardisten zu behaupten. Bislang hatten sie erfolglos die Räumlichkeiten von Markos durchsucht. Als Yarne über die Leichen am Boden stieg, um sich auf den Weg zu Markos' Schlafgemach zu begeben, folgten ihm vier Männer. *Vier Überlebende.* Und würde die Zeit nicht drängen, hätte Yarne Bork sicherlich zurückgeblickt. Kopfschüttelnd. Fassungslos. Und er wäre sich des Schmerzes, den er bei diesem Anblick erfahren hätte, bewusst geworden.

Yarne Bork war ein Mann, dem stets ein unbestimmtes Lächeln auf den Lippen gelegen hatte. Selbst dann, wenn er seinem Feind gegenüberstand. Aber jetzt überschattete Anspannung seine Gesichtszüge und verfinsterte sie. Auf dem Weg zu Markos' Schlafgemach passierten sie entlang des Ganges mehrere Gardisten. Yarne Bork schlug sie alle nieder, machte den Weg für seine Männer frei. Die Tür zu Markos' Gemach trat er mit einem einzigen Fußtritt ein. Die Flügeltür sprang auf und eine nackte, junge Frau fiel kreischend aus dem großen Bett, welches mitten im Raum stand. Yarne trat ein und blickte sich suchend nach Markos um. Dann griff er ein Laken vom Bett und warf es der jammernden Frau vor die Füße. Die war mittlerweile so weit geflüchtet, dass mehr Flucht innerhalb dieses Raumes nur dann möglich gewesen wäre, wenn sie selbst die Wand wäre, gegen die sie ihren Rücken presste. Ängstlich griff sie nach dem Laken und verdeckte damit notdürftig ihren nackten Körper, während ihr Blick panisch und getrieben zwischen Yarne und seinen Männern hin- und herwanderte. Unter anderen Umständen hätte die junge Frau Yarne mit ihrem wild durcheinandergewirbeltem Haarschopf vermutlich zum Lachen gebracht. Offensichtlich hatte sie viele Geschichten über anartische Krieger gehört, zumindest deutete Yarne so das Zittern ihres Körpers. „Wo ist Markos?", herrschte der Stammesfürst die Frau ungehalten an.

„Ich … ich weiß es nicht", stammelte die Frau mit tränenerstickter Stimme.

Natürlich nicht. Yarne seufzte. Er blickte kurz aus dem Fenster, bevor er sich auf das Bettende setzte, unmittelbar vor die Frau, und zu ihr hinunterblickte. „Ich möchte ungern die Wahrheit aus dir heraus prügeln", ließ er sie dann wissen und war verwundert, wie humorlos dieser Satz aus seinem Mund klang. Diese Worte, zusammen mit all dem Blut auf seiner Kleidung und an seinen Händen, erfüllten wohl die Vorstellung des Mädchens von einem anartischen Barbaren, denn ihr Körper bebte jetzt förmlich vor Angst.

„Thronsaal", flüsterte sie kaum hörbar und starrte auf den Boden.

„Thronsaal", wiederholte Yarne Bork für seine Männer und erhob sich vom Bett. Er warf einen letzten Blick auf das Mädchen am Boden und fragte sich, was für ein Mann eine wehrlose Frau in solch einer Situation sich selbst überließ. Markos schien noch weniger Charakter zu besitzen, als er angenommen hatte. Yarne wollte dem Mädchen noch einen väterlichen Rat mit auf den Weg geben. Sich seine Männer sorgfältiger auszusuchen, oder lieber den Umgang mit einem Schwert zu erlernen, statt durch Betten zu springen. Aber der Stammesfürst war nie ein Freund von Ratschlägen gewesen. Jeder war seines eigenen Glückes Schmied. Und so starrte er einfach nur kopfschüttelnd auf seine blutverschmierten Hände. „Ich bin über und über mit jordanesischem Blut besudelt und jetzt bedrohe ich auch noch eine Jungfrau. Dafür werde ich in die Hölle kommen, ernsthaft", wandte er sich an einen seiner Männer. Doch der feixte nur gelassen. „Wenn sie auf dich den Eindruck gemacht hat, noch Jungfrau zu sein, hast du ein großes Problem mit den Augen."

Und Yarne donnerte ein herzhaftes Lachen, als er mit seinen Männern auf den Gang trat. Sie gingen ein paar Schritte, bis dieser Gang in einen weiteren mündete, der zur Hofseite des Königssitzes offen und lediglich mit einer hüfthohen Mauer umrandet war. Kalte Winterluft und Kampfgeräusche drangen zu Yarne und seinen Männern vor. Der Stammesfürst rannte zur Mauer und blickte in den Hof. Dort sah er Danis gegen eine Überzahl von Gardisten ankämpfen und Yarne begriff sofort, dass sich Danis vermutlich zur Zugbrücke vorkämpfen wollte, um diese herunterzulassen. Und wenn er das selbst tun wollte, so bedeutete das gleichzeitig, dass nicht mehr viele von ihnen übrig waren. Der Stammesfürst stürzte, gefolgt von seinen Männern, los. Ihre Schritte hallten über den Hof. Der Weg durch die Gänge kam Yarne unendlich lang vor, bis er schließlich die Stufen nach unten in den Hof nahm. Zwei oder Drei auf einmal. Yarne sprang förmlich in den Kampf hinein und er war mehr als froh, seinen Sohn noch aufrecht stehen zu sehen.

„Wo ist Markos?", presste Danis im Schwertkampf angespannt zwischen den Zähnen hervor.

„Um den kümmere ich mich später. Sieh zu, dass du die verdammte Brücke runter bekommst!" Mit diesen Worten nahm Yarne seinem Sohn einen Gardisten ab, indem er dessen Kopf von hinten packte und so heftig herumdrehte, dass man sein Genick brechen hören konnte.

„Aye!" Danis kämpfte sich weiter zur Zugbrücke vor. Er wusste selbst, dass sie diesen Kampf verlieren würden, wenn es ihm nicht gelang, die Verstärkung, die vor den Toren Thalél Malis' wartete, einzulassen. Und obgleich sich sein Körper unlängst taub anfühlte, so spürte Danis, wie langsam aber sicher seine

Kräfte nachließen. Mit fast jedem Atemzug traf sein Schwert auf irgendetwas oder irgendjemanden. Eisern umklammerte seine Hand das Heft seines Schwertes. Obwohl längst die Knöchel seiner Finger weiß-blau hervortraten, verspürte Danis keinen Schmerz. Er hatte keine Ahnung, wie er es bis zu dem Rad geschafft hatte, das betätigt werden musste, um die Zugbrücke herunterzulassen. Danis nestelte mit blutverschmierten Händen am Knoten des Taus. Pfeile surrten an seinem Kopf vorbei durch die Luft. Die Gardisten hatten ihn im Visier. Danis versuchte, seinen Atem zu kontrollieren und mit ruhigen Bewegungen den Knoten aus dem Tau zu lösen, als ihn ein Pfeil in der Schulter traf. Der Krieger fluchte, weil sich der beißende Schmerz über seinen gesamten Rücken bis in die rechte Ferse seines Fußes zog. Mit einer fahrigen Handbewegung griff Danis nach dem Pfeil in seiner Schulter und zog ihn aus dem Fleisch. Dann versuchte er weiter, den Knoten aus dem Tau zu lösen, was ihm schließlich gelang. Beinahe hätte Danis aufgejubelt, als sich das Rad um das Seil entlang zu drehen begann und das vertraute Quietschen der Zugbrücke ertönte, welches sich so manche Nacht in seine Träume geschlichen hatte. Die Brücke war noch nicht einmal vollständig heruntergelassen, als auch schon das erste Pferd übersetzte. Darauf saß Ariel. *Natürlich.* Ihm folgten unmittelbar Neyla, Blanca, Birk und Modorok und weitere Krieger auf ihren Pferden. Danach jene, die zu Fuß waren. Erschöpft ließ sich Danis mit dem Rücken gegen die Mauer des Tores sinken, um sich ein paar Augenblicke auszuruhen. Er beobachtete, wie Neyla, Ariel und Blanca von den Pferden stiegen und sich in den Kampf stürzten. Was er Ariel und Blanca bedenkenlos zutraute, bereitete Danis bei Neyla Kopfschmerzen. Sie mochte mit Pfeil und Bogen umgehen können, aber im Schwertkampf mit einem erfahrenen Schwertkämpfer würde sie nicht bestehen können. Seufzend stieß sich Danis von der kalten Mauer ab und steuerte auf Neyla zu. Er schlang ihr einen Arm um die Hüften und zog sie aus dem unübersichtlichen Getümmel heraus.

„Gott, Danis!“ Neyla umarmte den Krieger. „Was ist passiert?“, sprudelte es aus Neyla heraus.

„Ney.“ Danis fing Neylas Hand ab, die sein Gesicht rahmen wollte. „Ich möchte, dass du auf das Plateau gehst, deinen Bogen nimmst und unseren Männern den Rücken freihältst“, sprach er ernst in das Gesicht seiner Frau. „Ich werde dir alles erklären. Aber jetzt hilf uns, das hier zu Ende zu bringen.“

Neyla nickte.

„Ariel!“, rief Danis über seine Schulter hinweg und schob Neyla in die Richtung ihres Bruders. „Bring Neyla hoch zum Plateau und achte auf sie!“ Mit diesen Worten verschwand Danis im Getümmel.

„Blanca!“, schrie Ariel der Tusjo zu, während er immer wieder sein Schwert gegen einen Gardisten erhob. „Geh mit Ney auf das Plateau!“

„NEIN!“, fluchte Blanca und zog ihr Schwert aus der Brust ihres Gegners, der gerade kniend kopfüber zu Boden stürzte. „Ich bleibe an deiner Seite!“

„Tu, verflucht noch mal, was ich dir sage!“, brüllte Ariel und zog Neyla am Arm beiseite, weil in ihrem Rücken der Kampf immer näher rückte. „Oder geh zum Teufel!“

Wütend sah Blanca zu Ariel hinüber. Sie schien einen Moment lang mit sich selbst um eine Antwort zu ringen und Ariel rechnete damit, dass es gleich einen lauten Knall geben und Blanca vor seinen Augen verpuffen würde. Stattdessen stampfte Blanca mit der Anmut einer zornigen Amazone durch das Kampfgeschehen, metzelte im Vorbeigehen zwei Gardisten nieder, griff nach Neylas Hand und zog die Prinzessin im Schlepptau hinter sich her, während sie sich den Weg zu den Stufen hoch zum Plateau freikämpfte.

„Du stellst dich oben mit dem Rücken zur Mauer!“, fauchte Blanca Neyla über ihre Schulter hinweg an. „RÜCKEN ZUR

MAUER, verstanden?!" Ruppig zog Blanca die Prinzessin die letzte Stufe hinauf auf das Plateau und schob sie in Richtung Mauer. „Und jetzt zeig mal, ob du mit dem Teil da umgehen kannst!" Sie deutete auf Neylas Bogen und schob sich ihren eigenen von der Schulter. „Wenn Ariel da unten etwas passiert, weil ich nicht bei ihm bin, werde ich dich persönlich umbringen."

Neyla nestelte einen Pfeil aus dem Köcher an ihrem Gürtel. „Ich denke, das Schicksal lässt sich nicht beirren?"

„Im Moment beirrt das Schicksal eher mich", gab Blanca flach zurück und schoss einen Pfeil nach unten in die Menge. Ariels Kampfgegner sank zu Boden.

Neyla verstand und spannte den Pfeil in ihren Bogen. „Du magst Ariel", sagte sie dann, kniff ein Auge zusammen, zielte und schoss. „Und ich dachte immer, du wärst herzlos." Der Pfeil traf einen Gardisten, der gerade einen jordanesischen Kämpfer entwaffnet hatte, in den Rücken.

„Liebe *macht* herzlos", antwortete Blanca trocken und schoss erneut einen Pfeil nach unten ab. „Genau wie Krieg."

Yarne konnte Birks Tod nicht verhindern. Er wurde mit zwei Gegnern selbst gerade so Herr der Lage. Birks Tod kam hinterrücks. Das Schwert des Gardisten bohrte sich durch seinen Rücken, trat an der Brust wieder aus. Aber so war das in der Schlacht. Kein Wimpernschlag später wurde der Gardist von einem Pfeil getroffen. Direkt ins Auge. Ein sehr unschöner Anblick. Yarne Bork blickte hoch auf das Plateau, wo ihm Blanca zunickte, bevor sie wieder einen Pfeil in ihren Bogen spannte. Irgendwie hatte Yarne Bork auch niemand anderen da oben erwartet, der Pfeile direkt in das Auge seiner Feinde schoss. Eigentlich wunderte es ihn nur, dass es kein Feuerpfeil war.

Danis rang einen von Yarnes Gegnern endgültig mit dem Schwert nieder.

„Wir brauchen ein paar Männer. Markos hat sich im Thronsaal

verschanzt“, wandte sich der Stammesfürst an seinen Sohn.

Danis nickte und gab seinem Vater ein Zeichen, jetzt aufzubrechen. Sie hielten einander den Rücken frei und kämpften sich aus dem Schlachtfeld. Vor den Stufen zum Eingang des Königssitzes, schlug Modorok gerade einem Gardisten den Kopf von den Schultern und schwankte unter seinem eigenen Schwerthieb wie ein Schlachtschiff im Wind, bis er schließlich mit seinem Hintern auf den Stufen landete und nach Luft schnappte. „Ich werde langsam zu alt, für so eine Scheiße.“, schnaubte Modorok atemlos, als er Danis und Yarne heraneilen sah.

Yarne reichte dem Stammesfürsten die Hand und zog ihn wieder auf die Beine. „Lass uns nach unserem Gastgeber suchen“, schlug ihm Yarne Bork vor.

„Aye“, antwortete Modorok mit rauer Stimme und wischte sich mit einer fahrigen Handbewegung Blutspritzer aus dem Gesicht.

Sie nahmen die Stufen nach oben. Die schwere Eingangstür stand offen und dunkler Rauch quoll in den Hof.

„Wir haben das Plenum unterhalb des Thronsaales in Brand gesteckt“, erklärte Danis den beiden Stammesfürsten, während er mit schnellen Schritten vorausging.

„Dann wird hier schon bald alles in Flammen stehen“, bemerkte Modorok und schob sich hustend den Kragen seines Bärenfellmantels vor das Gesicht.

„Ja, alles, bis auf den Thronsaal“, antworte Danis. „Die Wände und Decken dort sind aus massivem Stein gebaut und so konstruiert, dass der Thronsaal auch dann noch stehen würde, wenn ganz Thalél Malis in sich zusammenfällt. Die Tür ist aus Eisen. Es gibt nichts Brennbares dort. Keinen Teppich, keine Holzmöbel, nicht einmal ein Bild an der Wand. Nur den ehernen Thron.“

„Dann kann ich nachvollziehen, warum es Markos

ausgerechnet dorthin gezogen hat, obwohl eine wunderschöne, nackte Frau in seinem Bett lag", bemerkte Yarne Bork und zog sich ebenfalls den Kragen seines Fellmantels vor das Gesicht. Der Rauch wurde immer dichter und beißender. Von oben herab regnete es Geröll, als sie den Thronsaal erreichten. Die Flammen loderten bereits die Treppen vom Plenum hinauf, denn im gesamten Königssitz stützten in Lehm eingelassene Holzbalken die Decken der Räume und Gänge.

„Uns bleibt nicht viel Zeit!", rief Danis den Stammesfürsten zu und rüttelte an der schweren Eisentür zum Thronsaal. Die Hitze und das reißende Knacken des Feuers schienen seine Stimme förmlich zu verschlucken. „Er hat sie von innen verriegelt."

„Das ist Eisen, Danis. Wie willst du eine verdammte Eisentür aufbekommen?", fragend blickte Yarne Bork seinen Sohn an. „Gibt es noch einen anderen Weg hinein? Ein Fenster? Einen Geheimgang?"

Danis nickte. „Es gibt einen Weg vom Plenum in den Thronsaal. Aber da unten brennt alles."

„Das ist der verfluchte Bastard doch überhaupt nicht wert!", fluchte Modorok. „Holen wir ihn da raus, wenn Thalél Malis in Schutt und Asche liegt."

„Nein!" Entschlossen blickte Danis Modorok an. „Du wirst hierbleiben. An unserer Seite. So, wie du es Wim versprochen hast, bevor du ihn abgestochen hast."

„Das ist Wahnsinn", entgegnete Modorok kopfschüttelnd. „Wenn du mich tot sehen willst, gibt es andere Wege!"

„Nein", antwortete Danis genüsslich. „Ich will dich nicht *tot* sehen. Ich will dich *sterben* sehen." Die beiden Männer taxierten einander. Lange.

Dann nickte Modorok lächelnd. „Vielleicht sehe ich dir ja beim Sterben zu."

„Du kannst es versuchen", antwortete Danis und lächelte bitter.

Nach dem heutigen Tage gibt es niemanden mehr, den euer Rachegott nicht mit offenen Armen empfangen würde.

Danis, Yarne und Modorok hatten toten Gardisten, über die sie im Gang gestolpert waren, die Brustharnische, Helme und Schilde entwendet und trugen sie nun als Schutz vor dem Feuer am eigenen Körper. Geduckt und in die Umhänge der Uniformen gehüllt, stiegen sie nacheinander die Treppe zum Plenum hinunter. Über ihren Köpfen züngelte das Feuer den Holzbalken entlang. Die einst so prachtvolle Eichentür vor dem Plenum brannte lichterloh. Die Verzierungen rollten sich wie verkohltes Papier zusammen. Yarne sah die leblosen Körper auf dem Boden des Plenums liegen, auf denen noch immer die Flammen tanzten. Wortlos blickte er Danis an.

„Sieht ganz so aus, als wäre ich nicht der einzige Vater hier, den das schlechte Karma seines Sohnes bis nach Walhall verfolgen wird.“, brummte Modorok in Yarnes Richtung. „Da lang?“ Er deutete auf eine verschlossene Tür, die unmittelbar neben der Treppe in der Wand eingelassen war und auf der ebenfalls schon Flammen tanzten.

„Ja“, antwortete Danis flach und bedachte seinen Vater mit einem entschuldigenden Blick.

Der Stammesfürst nickte schwach.

Modorok versuchte, mit seinem Umhang die Flammen an der Tür zu ersticken. Dann wickelte er den Umhang um seine Hand, schob unter großer Kraftanstrengung den rostigen Riegel der Tür beiseite und riss sie auf. „Dunkel wie in einem Bärenarsch“, verkündete der Stammesfürst nach einem Blick in den Gang. „Oder hat jemand Feuer?“ Modorok feixte über seine

Schulter hinweg zu Danis und Yarne, als er in den Gang trat. Die beiden folgten ihm und Danis zog lautlos die Tür hinter sich zu. Blind tastete er sich hinter seinem Vater durch den engen Gang. Seine Hände glitten an den feuchten, moosbehangenen Wänden entlang. Die Luft roch nach abgestandener Feuchtigkeit und das Feuer hatte sie bereits unangenehm erwärmt. Beißender Qualm mischte sich darunter. Nur langsam gewöhnten sich die Augen der Krieger an die Dunkelheit und die Stille. Modorok unterdrückte ein Husten. Gedämpft vernahmen sie ihre eigenen Schritte und bemühten sich, möglichst lautlos zu laufen und nicht zu stolpern, um ihr Kommen nicht durch Krach anzukündigen.

Modorok blieb vor einer Tür stehen. Vorsichtig tastete der Stammesfürst mit der Hand nach ihrer Beschaffenheit. Holz.

„Auftreten?" Kaum hörbar formulierte Modoroks Mund diese Frage, als er sich zu Danis und Yarne umsah.

Yarne nickte zustimmend.

Modorok drängte die beiden mit der Masse seines Körpers zurück. Er atmete demonstrativ ein, hob sein Bein und trat mit einem martialischen Aufschrei gegen das Schloss der Tür. Die Tür gab kurz nach, sprang jedoch nicht aus dem Schloss.

„Verflucht! Sie ist auf der anderen Seite mit Eisen beschlagen", schlussfolgerte Danis, wütend darüber, dass Markos und seine Männer jetzt alarmiert waren. „Los, zusammen!", forderte er die Stammesfürsten auf, gemeinsam gegen die Tür zu rammen. Nachdem sie sich mit dem ganzen Gewicht ihrer Körper mehrfach gegen die Tür gestürzt hatten, riss diese aus ihren Angeln und krachte mit einem gewaltigen Knall auf den Boden des Thronsaals. Staub wirbelte auf, als Danis, Yarne und Modorok mit gezogenen Schwertern in den Saal stürzten. Danis erfasste die Anzahl der Gardisten, noch bevor er das erste Mal mit seinem Schwert ausholte. Und er nahm aus dem Augenwinkel auch Markos wahr, der abwartend auf dem ehernen Thron saß und zu ihnen herunterblickte. Er schien sich sicher zu fühlen, denn die Männer seiner Leibgarde waren in deutlicher Überzahl. Es war Danis ein inneres Bedürfnis, diese Sicherheit aus Markos' Gesicht weichen zu sehen.

Allerdings musste Danis sehr bald feststellen, dass es sich eindeutig nicht nur um Gardisten handelte, sondern dass auch Männer des Inneren Kreises zugegen waren. Ihr Kampfstil war schlecht beherrschbar. Sie kämpften ruhig und taktisch. Und ausdauernd.

„Krieger des Inneren Kreises", rief Danis seinem Vater warnend zu.

„Was tun sie hier, wenn ihr Schutz Neyla gilt?", erkundigte sich Yarne angestrengt und parierte einige Schwerthiebe. Die Anwesenheit der Krieger des Inneren Kreises im Thronsaal bestätigte ihn in der Annahme, mit ihrer Vernichtung die richtige Entscheidung getroffen zu haben.

„Es fällt mir schwer, sie zu verurteilen, wo wir ihnen doch ebenso in den Rücken gefallen sind.", gab Danis atemlos zurück. Es war schwierig die Anzahl der Männer des Inneren Kreises unter den Gardisten zu beziffern. Aber angesichts der Tatsache, das Vale ihre Stärke mit siebzehn Männern angegeben hatte, von denen gut ein Dutzend im Plenum lichterloh brannten, dürften nicht mehr allzuviele von ihnen im Thronsaal zugegen sein.

Modorok zog sein Schwert aus dem Körper eines Gegners und versetzte ihm einen Tritt. „Was meinst du, Yarne? Sind sie sehr sauer, dass unter unseren Füßen gerade ihre Brüder verkohlen?"

„Nein, schätzungsweise wollen sie nur tanzen", seufzte Yarne und schlug einen seiner Gegner mit dem Heft seines Schwertes nieder. Er hoffte, dass er noch genug Kraft aufbringen würde, um in diesem Kampf bestehen zu können.

„Tanzen ist gut für etwas Zerstreuung", flachste Modorok weiter, während er einem seiner Gegner die Kehle durchtrennte.

Und auch Danis schaffte es endlich, einen seiner Gegner auszuschalten. Allerdings fand sich sehr schnell ein anderer. Modorok ging dazwischen. Seine linke Hand fing den Arm des Mannes ab, während sein rechter Arm mit dem Schwert ausholte. Modorok führte seinen Gegner förmlich in den Tod, zog ihn in die Klinge seines Schwertes. Hätten die Dinge um Modorok anders gestanden, so wären Danis mit Sicherheit Worte des Dankes über die Lippen gekommen. Aber so starrte er einfach nur in Modoroks Gesicht, in dem jenes überlegene Grinsen lag, dass sich auch stets auf Kjells Lippen widergespiegelt hatte. Und dann war Modoroks Glück für dieses Leben aufgebraucht. Die Klinge eines Schwertes spaltete seinen Schädel. Seine Augen weiteten sich tellergroß und verdrehten sich, bevor das Grinsen aus seinem Gesicht blätterte und sein Körper in sich zusammenbrach, als würde man ein Stück Papier falten.

Danis und Yarne kämpften weiter und verloren dabei jegliches Zeitgefühl. Und irgendwann, als der letzte Mann durch die Hand des Stammesfürsten fiel, ging Danis atemlos auf die Knie, auf alle viere und rang nach Luft, während seine Arme zitterten und es kaum mehr vermochten, sein eigenes Körpergewicht zu tragen.

Es war Markos' höhnischer Applaus, der Danis aufblicken ließ. Hin- und hergerissen zwischen Fassungslosigkeit und Ekel. Der jordanesische Thronanwärter klatschte in seine Hände. Erst sehr bedächtig und langsam, und dann immer lauter. Mit versteinerter Miene blickte er dabei zu Danis und Yarne hinunter.

„Runter vom Thron", brummte Danis und richtete sich langsam mit geballten Fäusten auf.

„DU. SOLLST. VOM. THRON. STEIGEN!", wiederholte Yarne Bork und trat mit gemäßigten Schritten vor Markos, während die Spitze seines Schwertes geräuschvoll über den Steinboden schleifte. Und obwohl die Drohung seiner Stimme eine mächtige Klangfarbe verlieh, hörte Markos lediglich auf, zu klatschen, und lehnte sich auf dem Thron zurück.

„Ich frage mich immer wieder, ob es damit endet, wenn ich mich erhebe und von diesem Thron steige“, sagte Markos dann nachdenklich mehr zu sich selbst, als an Yarne oder Danis gewandt und sein Blick wanderte zur Decke des Saales, während seine Hände über die Armlehnen des ehernen Thrones fuhren.

„Es endet auf jeden Fall, wenn ich dir den Kopf von den Schultern schlage“, bemerkte Yarne trocken.

„Nein, das wird es nicht.“ Markos lächelte. „Zwischen unseren Reichen hat es niemals etwas anderes gegeben als das“, sagte er, breitete die Arme aus und deutete mit den Händen auf die am Boden liegenden Leichen. „Mal sind wir in Lahn eingefallen, dann wieder anartische Krieger in Thalél Malis. Es war nie anders.“

„Heute *ist* es anders“, sagte Danis bekräftigend. „Heute haben anartische Krieger Seite an Seite mit Männern deines Volkes gekämpft. Diese Schlacht hier, hat unsere beiden Reiche vereint und nicht wie sonst, entzweit.“

Markos nickte gedankenversunken. „Du hast keine Ahnung, um welchen Preis, Danis Bork.“ Markos seufzte theatralisch. „Es gibt Dinge auf dieser Welt, die kann man nicht mehr aufhalten, wenn sie einmal in Gang gesetzt worden sind. Seid ihr bereit dafür?“

Danis rang mit dem Verlangen, Markos mit einem Fausthieb darzulegen, was er ihn mal alles kann, aber es erschien ihm als sinnlos, dafür jene Kräfte zu mobilisieren, die er dringend für den Rückweg benötigen würde.

„Du wirst dich deinem Volk gegenüber verantworten müssen, Markos“, antwortete Yarne stattdessen.

„Das war nicht meine Frage.“

„Das ist alles, was ich dir mit Gewissheit sagen kann“, gab Yarne finster zurück. „Und jetzt steh auf, oder ich helfe dir dabei!“

Einen Moment lang zeigte Markos keinerlei Regung. Dann erhob er sich, stieg vom Thron und blieb keine Handlänge entfernt vor Yarne Bork stehen. „Glaubst du ernsthaft, dass ich mich den barbarischen Ritualen anartischer Bastarde aussetzen werde?“ Markos sah dem Stammesfürsten in die Augen.

„Ich denke, das Vidar würde dir ausgezeichnet stehen“, presste der Stammesfürst beherrscht zwischen den Zähnen hervor.

„Nach dem heutigen Tage gibt es niemanden mehr, den euer Rachegott nicht mit offenen Armen empfangen würde.“ Markos’ Stimme war nicht mehr als ein Flüstern. Sein Blick wanderte zur Tür, aus der sich kaum merkbar Dampf löste. Und als Markos sich in Bewegung setzte, umschloss Yarnes Hand seinen Arm, um ihn zur Tür zu begleiten.

„Nur zu.“ Freundlich blickte er Markos an, der nun auf den schweren Eisenriegel der Tür starrte, während Danis an seine andere Seite trat und mit einer schnellen Bewegung das Schwert aus der Scheide an Markos’ Gürtel zog, um es achtlos auf den Boden zu befördern. Markos wirkte sichtlich ertappt. Jegliche Erhabenheit war von ihm gewichen.

„Die Tür ist heiß“, bemerkte Markos.

„Deshalb wirst *du* sie öffnen.“ Yarne lächelte. Er lächelte sein Misstrauen weg, denn die Ruhe, die von Markos ausging, war ihm fast unheimlich. Noch unheimlicher jedoch war Markos’ Mut zur Selbstverstümmelung, denn während Yarne an dieser Stelle seine Hand mit Stoff umwickelt hätte, um den heißen Riegel der Eisentür zur Seite zu schieben, legte Markos einfach nur seine Hand auf den Riegel. Er presste die Lippen aufeinander, um den Verbrennungsschmerz zu unterdrücken, und blickte dem Stammesfürsten dabei provokativ in die Augen. Erzürnt schlug der Stammesfürst Markos’ Hand vom Riegel der Tür, bevor das verbrannte Fleisch des Thronanwärters darauf hängen bleiben konnte.

Danis packte Markos unsanft am Genick und zog ihn zurück,

damit sein Vater die Tür entriegeln konnte.

Der Stammesfürst umwickelte seine Hand mit dem Umhang seiner Uniform und versuchte den Riegel zurückzuschieben. Aber durch die Hitze des Feuers, welches vor der Tür loderte, hatte der Eisenriegel bereits begonnen zu arbeiten. Er verschmolz mit der Tür. Yarne unterdrückte einen Fluch und machte sich mit aller Kraft daran, den Riegel zurückzuschieben. Dem Feuer würden sie im Thronsaal zwar entgehen, aber bis irgendjemand diese Tür aufbekam, um sie herauszuholen, würden sie wohl mehr oder weniger verhungert und verdurstet sein. Yarne empfand weder das als eine angenehme Vorstellung, noch die, den Leichen am Boden beim Verrotten zuzusehen. Am Ende des Geheimganges, durch welchen sie in den Thronsaal gekommen waren, würde das Feuer einen Rückzug unmöglich machen und Yarne wollte sich nicht darauf verlassen, dass der Gang nach dem Feuer vor dem Verfall verschont blieb, denn er hatte das Gefühl, sein Glück bei den Göttern ausgereizt zu haben. Er *musste* den verdammten Riegel zurückschieben. Der Stammesfürst brüllte, während er sich mit seinem gesamten Körpergewicht gegen den Riegel stemmte und sich dieser endlich bewegte.

Yarne nahm Anlauf und trat mit aller Gewalt die Flügeltür auf. Ihre Seiten sprangen nach außen auf, Flammen tanzten auf den Wandteppichen, Stützbalken regneten von der Decke und Funken flogen durch die Luft. Die Hitze, die ihnen von draußen entgegenschlug, versenkte Yarne fast den Bart.

Markos versuchte zurückzuweichen. Der Ausblick über den geplanten Rückzugsweg beeindruckte ihn offenbar. Aber Danis teilte die Gedanken seines Vaters, lieber im Feuer zu sterben, als hier im Thronsaal eingeschlossen zu sein. Also stieß er Markos unsanft zur Tür, während er sich in seinen Umhang hüllte. Yarne fing den Thronanwärter ab und bedeutete Danis mit einem Nicken, dass er sich um Markos kümmern würde und Danis vorausgehen sollte. Es war ein stummes Nicken, mit dem Yarne

Bork seinen Sohn schon so oft bedacht hatte, dass sich daran für Danis nichts falsch anfühlte. Und so trat Danis nach diesem flüchtigen Moment der Vertrautheit durch die Tür und rannte los. Er rannte so schnell wie der Teufel. Nie war er sich darüber bewusst gewesen, wie laut ein Feuer war. Jetzt konnte er an nichts anderes mehr denken. Die Flammen schienen sich durch Thalél Malis zu walzen. Der Rauch war beißend, trieb ihm Tränen in die Augen und machte jeden Atemzug schmerzhaft. Danis stürzte über einen Leichnam und als er sich aufrappelte, warf er einen Blick über seine Schulter. Im Rauch erkannte er die Umrisse seines Vaters, der Markos hinter sich herzog. Beruhigt rannte Danis weiter. Der Rauch lichtete sich bereits vor ihm. Und als er schließlich das Feuer hinter sich gelassen hatte und die Hitze nicht mehr auf seiner Haut brannte, sah er sich wieder um. Doch da war Niemand, dessen Körperumrisse sich im Qualm dunkel abzeichneten. Nur das unerträgliche Geräusch der Feuerwalze. Danis starrte in den Rauch und erwartete jeden Moment, die Umrisse seines Vaters darin zu erkennen. Aber nichts geschah. Und in dem Augenblick, als Danis beschloss, zurückzurennen, löste sich unter der Last des Feuers die Decke im hinteren Teil des Ganges, in welchem sich Yarne und Markos befanden. Es gab einen übermächtigen Knall, als die schweren Steinplatten zu Boden fielen und unter ihnen hinweg das Feuer verdrängten. Eine Druckwelle aus sprühenden Funken, Hitze und dickem Rauch überrollte Danis und warf ihn zu Boden. Dann geschah lange Zeit nichts. Danis wollte schreien, aber je länger er am Boden liegen blieb und einfach nur in den Gang starrte, ohne dass er seinen Vater ausmachen konnte, desto endgültiger wurde das Geschehnis für ihn. Und eine zweite Welle überrollte den Krieger: Verzweiflung. Danis wusste nicht, ob ihm Schweiß oder Tränen über die Wangen rannen, als er sich irgendwann erhob und schwer atmend an der Wand entlang taumelte. Der Rauch fraß sich in seine Lungen und benebelte seine Gedanken.

Er hatte keine Ahnung, wie er die Tür erreichte. Grell blendete ihn das Tageslicht, welches der Schnee reflektierte, als er durch die Tür hinaus ins Freie stolperte und sich die frische Luft wie eine Ohrfeige für seine Sinne anfühlte. Danis spürte, wie seine Beine nachgaben. Durch den Schleier in seinen Augen konnte er Ariel auf dem Hof ausmachen. Die Lage hatte sich gelichtet. Und Ariel lebte noch. Danis schwankte, als er sich den Helm vom Kopf zog. Er rang nach Luft, hustete und rutschte auf den Stufen aus. Geräuschvoll fiel der Helm die Steintreppe hinunter. So laut, dass Danis sich am liebsten die Ohren zugehalten hätte. Danach vernahm er nur noch ein Fiepen in seinen Ohren und die Welt um ihn herum fühlte sich meilenweit entfernt an. Der Krieger tastete nach dem beißenden Schmerz an seinem Hinterkopf und als er seine Finger betrachtete, mischte sich warmes Blut unter den Ruß und Dreck auf seiner Haut. Einen winzigen Moment lang beobachtete Danis, wie Ariel auf dem Hof herumlief und unter den Toten nach Verletzten suchte. Dann glitt sein Blick hinauf zum Plateau. Dort erkannte er die Silhouetten von Neyla und Blanca, die noch immer wachsam mit gespannten Bögen nach unten in den Hof blickten. Ächzend zwang Danis sich dazu, aufzustehen. Er schwankte die letzten Stufen nach unten und stolperte Ariel entgegen. Es gab keinen Menschen, in dessen Arme er sich jetzt lieber stürzen wollte, um schwach sein zu können und dem Schmerz zu unterliegen.

Als Ariel ihn erblickte, zog er mit zusammengekniffenen Augen sein Schwert. Ruß bedeckte Danis' Gesicht und noch immer trug er die Uniform eines Gardisten. Aber je näher Danis dem Krieger kam, desto unsicherer wurde Ariel in seiner Vermutung, es würde sich um einen überlebenden Gardisten handeln.

Danis erkannte und verstand das Zögern seines Freundes. Er blieb erschöpft stehen und hob ergeben die Hände.

Die Krieger standen sich nicht mehr als ein paar Armlängen entfernt gegenüber, als Ariel seinen Freund erkannte.

Und die beiden Freunde hielten inne, blickten einander in die Augen und der Raum, der sie trennte, füllte sich mit unausgesprochenen Worten des Schmerzes.

Danis' Gesicht verzog sich und nur mühsam konnte er sich beherrschen, seinem Tränenfluss zu unterliegen, ihm Macht zu verleihen.

Ariel nickte stumm. Er hatte Tok nirgendwo ausmachen können. Und Yarne auch nicht. Und wie ihm Danis jetzt so gegenüberstand und das Gesicht, der Körper, ja die gesamte Haltung seines Freundes gezeichnet waren von Schmerz und Verletzlichkeit, da war sich Ariel sicher, dass Yarne und Tok gefallen waren. Dass er und Danis Überlebende waren. Plötzlich fühlte sich das blutverschmierte Schwert in seiner Hand an, als würde es unmenschlich viel wiegen. Und die Hand, die es hielt, schien ihm nicht mehr gehorchen zu wollen. Ariel senkte kraftlos das Schwert und dessen Spitze ruhte auf dem Boden.

Dankbarkeit lag in Danis' Blick, als Ariel diesen auffing und bekräftigend festhielt.

Das Schweigen in diesem Moment fühlte sich unendlich an.

Dann durchschnitt ein Surren die Luft. Nicht lauter als der Flügelschlag eines Schmetterlings.

Und die Unendlichkeit eines Momentes endete mit einem einzigen Wimpernschlag.

Ariel blinzelte und vor seinen Augen tastete Danis nach dem Pfeil, der sich in seinen Hals gebohrt hatte. Ariel stieß einen Schrei des Entsetzens aus. Er stürzte auf Danis zu und fing seinen Freund auf, bevor er zu Boden sinken konnte. „Danis! Bei den Göttern, DANIS!" Ariel hielt seinen Freund in den Armen. „Hilfe! Ich brauche hier HILFE!", schrie er über seine Schulter hinweg. Und dann sank er mit Danis auf den Boden. Blut quoll aus der Wunde an Danis' Hals. Ariel fluchte verzweifelt und schüttelte den Kopf, weil er wusste, dass dieser Pfeil seinem Freund den Tod bringen würde. Wunden wie diese überlebte man nicht. Zu *präzise*. Als ihm dieses Wort durch den Kopf ging, erstarrte er und sein Blick glitt hinauf zum Plateau. Dorthin, wo Blanca stand, mit gesenktem Bogen und einem Gesichtsausdruck, der sich anfühlte, als hätte man ihm eine Faust in den Magen gerammt.

„Was hast du getan?", flüsterte Ariel leise, während er Danis in seinen Armen hielt. Und dann spie er es Blanca mit hassverzerrtem Gesicht entgegen. „WAS. HAST. DU. GETAN?"

Danis sah verständnislos in das verzweifelte Gesicht seines Freundes. Er wollte ihm sagen, dass es sich gar nicht so schlimm anfühlte, wie es vermutlich aussah. Dass es sich anfühlte, wie eine warme Decke. Selig, als würde man in den Himmel sehen und in den Wolken Tiere oder Fabelwesen erkennen. Aber dann schmeckte Danis das Blut in seinem Mund. Und plötzlich wusste er, dass es so schlimm war, wie es aussah. Angst stieg in ihm auf. Seine Finger krallten sich in das Fleisch von Ariels Arm, als müsste man das Leben nur fest genug umklammern, um dem Tod zu entkommen.

Blanca hatte den Gardisten lange Zeit anvisiert. Aber es geschah erst in dem Moment, in welchem sie den Pfeil abschoss. Ein Windstoß wirbelte ihre Haare zurück und raubte ihr den Atem. Blanca schloss intuitiv die Augen und die Bilder zuckten vor ihren Augen. Ihr Pfeil verwandelte sich noch im Flug in einen Adler mit mächtigen Schwingen. Er kreiste über dem Gardisten und Ariel. Blanca konnte durch die Augen des Tieres nach unten blicken. Sie erkannte Danis. Sie erkannte ihren Fehler.

Was hast du getan?

Diese Worte durchfuhren ihren Geist. Und Blanca wusste augenblicklich, dass Ariel diese Worte mit unüberhörbarem Hass in der Stimme zu ihr herauf brüllen würde, sobald sie die Augen wieder öffnen würde. In dem Moment, in dem sie das täte, würde ihre Vision bittere Realität werden und sie würde Danis Bork getötet haben, weil sie ihn für jenen Menschen hielt, der Ariel nach dem Leben trachtete. Weil er, wie in ihren Visionen, das Emblem des Adlers trug.

Und dann spürte Blanca Danis' Angst. Seinen Widerwillen von dieser Welt zu gehen. Und sie sah, durch Danis' Augen, Wims Körper zwischen den Vidarpfählen hängen. Sie sah Tok zusammenbrechen und wie ein Schwert Modoroks Kopf spaltete. Und auch das Feuer, welches auf Yarne herabregnete und ihn begrub. Das Letzte, was Blanca sah, war Ariels Gesicht, als er begriff, wer den Pfeil auf seinen Freund geschossen hatte.

Blanca weinte mit geschlossenen Augen.

Was. Hast. Du. Getan?

Tonlos formulierten Blancas Lippen diese Worte, als sie von unten zu ihr heraufdrangen. Und obwohl sie darauf vorbereitet gewesen war, ließ der Hass in Ariels Stimme sie erschaudern. Blanca öffnete die Augen. Sie war sich der Unausweichlichkeit, Ariel entgegenzutreten, bewusst. Dieses Wissen war der größte Schmerz, der ihr jemals zuteilgeworden war. Blanca sah, wie Neyla die letzten Stufen vom Plateau nahm und auf Ariel zu rannte. Und dann hörte Blanca die Prinzessin wimmern und schreien. Nur sehr langsam setzte Blanca einen Fuß vor den anderen. Jede einzelne Stufe nach unten versetzte ihrem Körper einen Fausthieb. Ins Gesicht. In den Magen. Die Letzte riss ihr fast den Boden unter den Füßen weg, denn sie sah Ariel und Neyla und den Schmerz in ihren Gesichtern. Unzählige Blicke ruhten auf ihr, wie stille Schuldzuweisungen.

Ariel bettete Danis' Leichnam behutsam in die Arme der Prinzessin. Als er sich erhob, um auf Blanca zuzugehen, blieb die Tusjo stehen und wich zurück. Der Ausdruck im Gesicht des Kriegers war so unbeschreiblich hart, dass Blanca das volle Ausmaß ihres Handelns bewusst wurde. Als Ariel dicht vor ihr stehen blieb, rechnete die Tusjo damit, dass sie seine Hand mit aller Gewalt treffen würde. Aber nichts geschah. Ariel sah sie einfach nur an und Blanca wünschte sich förmlich, er würde *irgendetwas* tun. Sie anschreien, schlagen. Irgendetwas. Aber Ariel tat nichts, während er die Hände zu Fäusten ballte, so fest, dass sich seine Fingernägel in das Fleisch bohrten.

„Warum?“, fragte Ariel irgendwann heiser und er vermochte es kaum, Blanca dabei in die Augen zu sehen. Er hatte Angst vor der Antwort, die er bereits kannte. Aber Blanca musste sie aussprechen, damit er es verstand.

„Er trug das Emblem des Adlers …“, stammelte Blanca mit tränenerstickter Stimme. „Ich wusste nicht … ich wollte dich doch nur beschützen.“ Mit flehendem Blick sah sie Ariel an, doch das Gesicht des Kriegers blieb hart.

„Verschwinde von hier, Blanca“, flüsterte er und seltsamerweise klangen seine Worte nach einer Bitte, nicht wie ein Befehl. „Verschwinde, bevor ich dir wehtue.“

„Es … es tut mir leid, Ariel. So unendlich leid“, weinte Blanca. Übermächtig war der Wunsch, den Krieger zu umarmen. Ihn zu Küssen und seine Tränen zu trocken. Seinen Schmerz zu betäuben. Ihn zu halten. Ihn einfach nur zu halten. Blanca trat einen Schritt auf Ariel zu und der Krieger wich zurück, hob abwehrend die Hände. „Letzte Warnung, Blanca. Verschwinde. Denn, bei den Göttern, ich werde dich töten, auch wenn ich mich selbst dafür irgendwann hassen werde.“ Sehr beherrscht kamen diese Worte über Ariels Lippen und seine Augen glänzten wässrig. „GEH!“, schrie er dann und richtete sein Schwert auf ihre Kehle. „VERSCHWINDE!“

Blanca nickte kaum merkbar. Dann wich sie rückwärts. Schritt für Schritt und ohne Ariel aus den Augen zu lassen, sog sie den Anblick des Kriegers in sich auf, wie die Luft zum Atmen. Und dann wandte sich Blanca um und lief davon. Sie stieg elfengleich über die Leichen am Boden und der Bogen in ihrer Hand wirkte wie eine natürliche Verlängerung ihres Armes. Das Bild, wie sie mit wehendem Haar durch das Tor zu Thalél Malis lief und sich noch ein letztes Mal zu dem Krieger herumdrehte, brannte sich tief in Ariels Erinnerungen ein. Unmittelbar nach der Erinnerung, in welcher er seinen toten Freund auf die Stirn küsste, ihm eine Münze in die Hand drückte und dann seinen leblosen Körper dem Feuer übergab.

Sag ihnen, dass sie nunmehr den ehernen Thron in ihren Händen halten. Und damit einen Teil Thaléls Malis'.

Der eherne Thron fühlte sich kalt und befremdlich an. Neyla füllte ihn, im Vergleich zu Emilijan oder Markos, nur dürftig aus. Als sie sich zurücklehnte, spürte Neyla die Kälte und Härte der Lehne des ehernen Thrones in ihrem Nacken. Neyla starrte an die Decke. Noch immer roch es in ganz Thalél Malis nach Tod. Aber hier im Thronsaal war einzig und allein die Kälte vorherrschend. Und so starrte Neyla an die Decke und beobachtete, wie ihr Atem in Wölkchen in der Luft gefror, während sie das geschnitzte Holz, das sie bei Danis gefunden hatte, zwischen ihren Fingern drehte.

„Was wirst du jetzt tun?" Ariel trug seit Danis' Tod kein anderes als dieses ausdruckslose und durch Härte gezeichnete Gesicht zur Schau. Mit leerem Blick sah er seine Schwester an. Der Thron war zu groß für Neyla. In jeder Hinsicht. Auf der Sitzfläche war noch so viel Platz, dass er sich zu ihr hätte setzen können. Stattdessen hockte er auf der mächtigen Lehne zu Neylas linker Hand.

„Hat man Len gefunden?", fragte Neyla anstelle einer Antwort und die Trauer in ihrer Stimme untergrub das aufrichtige Interesse an der Antwort auf ihre Frage.

„Nein", antwortete Ariel und ließ sich neben Neyla auf den ehernen Thron gleiten. „Aber da draußen liegen unzählige Leichen. Einige sind bis zur Unkenntlichkeit verbrannt."

„Dann sind wir übrig geblieben." Eine Feststellung. Neyla blickte ihren Halbbruder von der Seite an.

„Sieht ganz so aus", stimmte Ariel seiner Schwester zu und

beobachtete, wie ihre schmalen Finger mit dem Holz, das Len Bold geschnitzt hatte, spielten.

„Ich wollte nur einmal wissen, wie es sich anfühlt, auf ihm zu sitzen", sagte Neyla dann beiläufig.

„Kann ich nachvollziehen", antwortete Ariel leise.

„Ich habe veranlasst, dass man ihn einschmelzen und aus seinem Eisen vier Schwerter schmieden lässt", fuhr Neyla fort und ihr Blick glitt über das Holz. Sie wendete es und betrachtete den Thron auf der einen Seite und das Schwert auf der anderen. „Ein Schwert wird bei mir in Thalél Malis verbleiben. Mit den anderen wirst du nach Lahn reiten und sie den rechtmäßigen Stammesfürsten übergeben. Sag ihnen, dass sie nunmehr den ehernen Thron in ihren Händen halten. Und damit einen Teil Thalél Malis'."

Ariel nickte zustimmend, den Blick auf das Holz in ihren Händen gerichtet und über seine Stirn zog sich eine tiefe Falte über die Erkenntnis, dass alles was passierte, einen Sinn zu haben schien. Und wenn es nur belanglose Schnitzereien, eines scheinbar gelangweilten Rebellen, in einem Stück Holz waren.

„Wenn das dein Wille ist …" Ariel blickte auf den Boden.

„Ich vermisse Danis so sehr", wisperte Neyla anstelle einer Antwort und schloss die Augen. „Und Yarne. Und Elodie. Und Tokker. Ich vermisse, dass er mich ohrfeigen will, nur weil ich ihn so nenne. Und Wim. Ich glaube, nachdem ich ihm zum zweiten Mal etwas über den Kopf gezogen hatte, hat er begonnen mich ernsthaft zu mögen." Neyla lachte bei der Erinnerung, die sie überkam. „Oh, mein Gott, wie sehr ich Danis vermisse. Er fehlt mir so sehr." Neyla biss sich auf die Unterlippe und Tränen rannen über ihre Wangen.

Ariel legte seine Hand auf die seiner Schwester. „Ich weiß", sagte er mit ruhiger Stimme. Und nach einer gefühlten Ewigkeit fragte er, „Möchtest du, dass ich Blanca suche?"

„Warum?", hauchte Neyla tonlos. „Damit du sie tötest?"

„Wenn du das möchtest …“

Einen winzigen Moment lang dachte Neyla ernsthaft über Ariels Angebot nach. Aber dann schüttelte sie entschlossen den Kopf. „Nein, Ari. Die Dinge, die um mich herum passiert sind, bringen mich zum Straucheln. Ich vermag es vielleicht nicht, es so wirken zu lassen, als ob ich nur tanze, aber ich gebe mir alle Mühe, niemandem zu zeigen, wie gern ich mich einfach nur auf den Boden fallen lassen würde. Und ich wäre dir dankbar, wenn du das ebenfalls versuchen würdest. Blanca…“

„… wollte mich nur beschützen. Ich weiß“, unterbrach Ariel seine Schwester. „Sie hat mir Danis schon zum zweiten Mal genommen, wusstest du das?“ Ohne Neylas Antwort abzuwarten, fuhr er fort, „Damals, vor zehn Jahren, wusste sie, dass man Danis gefangen genommen hatte. Sie hat uns in dem Glauben gelassen, dass er in Thalél Malis gestorben ist. Zehn verfluchte Jahre lang.“ Ariels Blick glitt haltlos durch den Thronsaal. „Sie hat Danis getötet. Und ich lebe. Ich fühle. Und ich leide. Und es vergeht kein Tag, an dem ich mir nicht wünsche, sie hätte diesen Pfeil nicht abgeschossen. Es ist mein erster Gedanke morgens, wenn ich aufwache. Und bei den Göttern, ich kann abends nicht so viel trinken, wie ich es bräuchte, um nicht mit diesem Gedanken ins Bett zu fallen.“ Ariel betrachtete seine Schwester von der Seite. „Warum begleitest du mich nicht nach Lahn?“

„Mein Platz ist hier, Ari.“ Neyla wischte sich mit der Hand die Tränen aus dem Gesicht, erhob sich und stieg vom Thronpodest hinunter. „Ich muss die Trümmerhaufen in Jordanes beseitigen. Und Thalél Malis wieder aufbauen. Wir alle hier brauchen das Gefühl, etwas Neues zu beginnen.“ Sie sah zu ihrem Bruder auf. „Wenn du mit der anartischen Führung nach Thalél Malis zurückkehrst, werden alle Bedingungen erfüllt sein, die der Friedensvertrag vorgesehen hatte.“

Ariel nickte zustimmend. „Hast du etwas dagegen, wenn ich noch ein wenig hierbleibe?“ Die Stimme des Kriegers klang müde.

„Bleib, solange du willst. Die Schmiede warten, bis du hier fertig bist." Neyla versuchte ein Lächeln und wandte sich zum Gehen ab.

„Ney? Ich frage mich immer wieder, was Blanca meinte, als sie sagte, dass auf Danis' Schultern eine schwere Schuld lastet." Der Krieger hatte lange mit sich gerungen, seine Schwester auf diese Sache anzusprechen. Aber irgendetwas daran verstand er nicht und das quälte ihn.

Neyla blickte über ihre Schulter hinweg zu Ariel.

„Dann erzählte mir einer unserer Männer, dass sich Danis dazu entschloss, die Krieger des Inneren Kreises in einem Feuer verbrennen zu lassen, anstatt gegen sie zu kämpfen", begann Ariel zu erzählen.

Fragend blickte Neyla ihn an. Sie verstand nicht, worauf ihr Bruder hinaus wollte.

„Was Danis tat, um unsere Männer zu schützen, entehrte ihn nach anartischem Glauben. Und zieht den Zorn der Götter auf ihn."

„Danis ist tot. Eure Götter können so zornig sein, wie sie wollen", bemerkte Neyla trocken.

„Darum geht es nicht, Neyla." Prüfend blickte Ariel seine Schwester an. „Wir fanden überall in Thalél Malis Leichen. Überreste des Feuers. Aber im Plenum, dort, wo ein Dutzend Männer des Inneren Kreises verbrannt wurden", Ariel schüttelte vage den Kopf, „da war nichts."

„Nichts?", wiederholte Neyla irritiert.

„Nichts", bestätigte Ariel. „Weder menschliche Überreste, noch geschmolzenes Metall von Schwertern. Gerade so, als wäre da unten niemals irgendjemand gewesen. Kannst du dir das erklären?"

„Nein." Neyla schüttelte den Kopf und überlegte. „Vielleicht konnten sie durch den Gang in den Thronsaal flüchten?"

„Warum sollte unser Mann lügen? Er selbst hat sie dort brennen sehen“, begegnete ihr Ariel mit einer Gegenfrage. „Und selbst wenn du recht hast, wo sind sie dann hin? Nach Danis hat kein einziger mehr Thalél Malis verlassen. Im Gang vor dem Thronsaal ist die Decke herabgestürzt. Und alles was wir nach dem Feuer im Thronsaal fanden, waren die Leichen von Modorok und einer Handvoll Gardisten.“

Neyla zuckte nachdenklich mit den Schultern. „Ich habe keine Erklärung dafür, Ariel“, sagte sie dann. „Blanca sagte, dass Danis eine schwere Schuld auf seinen Schultern trägt, die ihn die Endlichkeit des Tages und die eines jeden folgenden Tages herbeisehnen lassen würde. Aber sie sagte nicht, dass es *seine* Schuld sei“, erinnerte sich Neyla zurück, bevor sie sich abwandte und mit schnellen Schritten den Thronsaal durchschritt.

„Da ist noch etwas, Ney“, drang die Stimme des Kriegers zu ihr vor. „Wir wollten die drei Männer abschneiden, die sie an der Mauer gehängt haben. Aber alles, was wir fanden, waren die Seile und leere Schlaufen.“

Neyla jagte ein Schauer über den Rücken. Was Ariel berichtete, war unmöglich. Sie selbst hatte gesehen, wie man die Männer gehängt hatte.

„Vale zählte zum Inneren Kreis, nicht wahr? Er und die zwei anderen, die man ebenfalls hängte.“

Neyla drehte sich zu Ariel um und eine tiefe Falte der Sorge zog über ihre Stirn. „Ja.“

„Was weißt du über den Inneren Kreis?“

Wir sind nicht die Lakaien irgendeines Herrschers. Dieses … Arrangement mit König Nero, erforderte viele Opfer von uns. Er steht knietief in unserer Schuld. Und eines Tages, Neyla von Thalél Malis, wird der Innere Kreis an Euch herantreten und die Opfer werden auf Eurer Seite liegen. Bis es so weit ist, könnt ihr davon ausgehen, dass nichts, von dem was gestern geschah, oder heute, Morgen oder Übermorgen noch passieren wird, zufällig ist.

Vales Worte durchdrangen Neylas Erinnerung auf dieselbe Art, wie es ein plötzlicher Regenschauer in einer heißen Sommernacht tat. Und besonders ein Wort brannte sich in Neylas Innerstes ein. *Schuld.*

„Offensichtlich nichts", sagte Neyla leise.

Ariel nickte nur und als Neyla den Thronsaal verließ, fuhr er sich nachdenklich mit dem Finger über die Unterlippe. Alles, was bis hierhin passiert war, hatte im Nachhinein einen Sinn ergeben. Aber in diesem Fall bereitete es Ariel aufrichtig Sorgen, der Auflösung des Rätsels abwartend entgegenzusehen.

Anartier, Lahn
Im Frühjahr

„Du stirbst jetzt schon ziemlich lange, alter Mann", bemerkte Ariel trocken, als Thore von seinem Krankenlager zu ihm aufblickte. Es roch so abscheulich, als ob Thore tatsächlich die letzten Monate damit verbracht hätte, langsam zwischen den Laken seines Bettes zu verfaulen. Das Gesicht des Stammesfürsten wirkte abgemagert und eigentlich bestand es hauptsächlich aus seinem auswuchernden Bart, der langen markanten Nase und trüben, blauen Augen unter denen tiefe, schwarze Schatten lagen. „Jeder Atemzug bringt mich dem Tod näher. Wer hätte das gedacht?", entgegnete Thore zynisch und sein Atem rasselte dabei, als würden tausende Bläschen in seinen Lungenflügeln platzen. „Ich schicke seit Wochen den verdammten Gydhja jeden Morgen aufs Neue zur Hölle, nur, weil ich mit eigenen Augen sehen will, wer von euch zurückkehrt. Mit dir hatte ich nicht gerechnet."

„Ich bin alles, was du bekommen kannst", entschuldigend

zuckte Ariel mit den Schultern und trat näher an Thores Krankenbett heran.

„Das war eher anerkennend als unverschämt gemeint.“ Thore versuchte ächzend, sich aufzusetzen. „Mit einem Sohn wie dir, wäre ich ein gesegneter Mann. Stattdessen beschenkten mich die Götter mit einem Mädchen, gefangen im Körper eines Mannes.“ Der Stammesfürst japste und ließ sich hustend zurück in seine Kissen fallen.

Ariel musste unweigerlich schmunzeln. „Und dennoch liebst du ihn.“

„Nichts, in dieser verfluchten Welt, könnte mich jemals davon abhalten.“ Der alte Stammesfürst schnaufte. „Tritt näher, Ariel Frost, und berichte mir, was in Thalél Malis passiert ist.“

Ariel versuchte, den beißenden Geruch, der im Raum lag, zu ignorieren. Vorsichtig legte er die, in ein Laken gewickelten, drei Schwerter auf dem Boden ab, zog sich einen Schemel heran und nahm neben Thores Krankenbett Platz.

„Unser Plan war es, mithilfe von Verbündeten in Thalél Malis, Männer in den Königssitz zu schleusen. Sie sollten Markos ausfindig machen, den Inneren Kreis ausschalten, die Bogenschützen beseitigen und die Zugbrücke für den Rest unserer Männer öffnen. Wir wissen nicht genau, was passiert ist, aber unsere Männer, die von Yarne, Danis und Tok angeführt wurden, gerieten in einen Hinterhalt. Sie kämpften sich durch, aber ihnen standen danach weniger Männer zur Verfügung, als sie benötigt hätten. Trotzdem schaffte es Danis Bork, für uns die Zugbrücke zu öffnen“, erinnerte sich Ariel mit leiser Stimme zurück. „Es war eine blutige Schlacht, Thore. Wir haben viele gute Männer verloren. Birk ließ sein Leben im Kampf. Tokker Wynds Leiche fand man auf dem Plateau, Modoroks im Thronsaal. Danis Bork starb in meinen Armen, sein Vater irgendwo im Feuer.“

„Was ist mit diesem jordanesischen Bastard, der das alles zu verantworten hat?“, krächzte Thore und in seinen Augen spiegelte sich wider, wie sehr Ariels Bericht ihn aufwühlte.

„Wir fanden eine verbrannte Leiche mit dem königlichen Siegelring. Es ist anzunehmen, dass es sich um Markos handelt."

„Gut." Dieses Wort klang wie ein Seufzen und Thore schloss einen Moment lang die Augen. „Neyla von Thalél Malis ...?", erkundigte er sich dann mit rauer Stimme.

„Meine Schwester lebt. Sie lässt das hier überbringen." Ariel stand auf, hob die Schwerter vom Boden auf und legte sie neben Thore auf das Bett. Vorsichtig faltete er das Laken auseinander, bis es den Blick auf die Schwerter freigab.

„Was ist das?"

Ariel nahm eines der Schwerter mit kunstvoll verziertem Heft in die Hand und zeigte es Thore. „Es sind insgesamt vier. Sie wurden aus dem ehernen Thron geschmiedet. Neyla bat mich, drei davon der anartischen Führung zu überreichen."

Thore lachte auf und bezahlte dies mit einem Hustenanfall.

„Diese verfluchten Geborunenträger und ihre bedeutungsschwangeren Worte." Thore zog mit einem pfeifenden Geräusch Luft durch den Mund ein. „Aber natürlich. Im weitesten Sinne hat sie damit Thalél Malis in Flammen gesteckt." Mit zittriger Hand strich Thores Hand über die glänzende Klinge des Schwertes.

„Du musst mir die Namen derer nennen, die du für Yarnes und Modoroks Nachfolge bestimmst", sagte Ariel dann vorsichtig.

„Ich nenne dir lediglich einen Namen", brummte Thore schwach und versuchte, den Ring am Finger seiner linken abzuziehen. Thore stöhnte, als es ihm schließlich gelang. Einen Moment lang betrachtete er den Ring, der von Generation zu Generation dem Stammesfürsten seines Stammes übergeben worden war. Dann reckte er schwach das Kinn und bedeutete Ariel, ihm seine Hand zu reichen. Mit einer zittrigen Bewegung legte er den massiven Ring in Ariels Handfläche. „Ariel Frost", stöhnte er dabei mit brüchiger Stimme. „Der Name meines Nachfolgers."

Sprachlos starrte Ariel auf den Ring in seiner Hand.

„Sei kein Narr, Ariel", erkannte Thore das Zögern des Kriegers. „Niemand könnte für dieses Land bessere Entscheidungen treffen, als der Mann, der es in den Frieden geführt hat." Wieder atmete Thore schwer ein. „Entscheide du, welche Männer deines und Modoroks Stammes würdig sind, die anderen beiden Schwerter zu tragen."

„Darauf hast du mein Wort", bekräftigend sah Ariel Thore an.

„Ich werde mich jetzt auf den Weg begeben, wenn du nichts dagegen hast." Thore entglitt wieder ein Seufzen. „Schick nach dem Gydhja. Sag ihm, dass ich jetzt bereit bin."

„Der Priester wird sehr erfreut sein, das zu hören, nachdem er wochenlang jeden Morgen von dir verflucht wurde." Ariel versuchte ein Lächeln und unter dem Bart des Stammesfürsten war so etwas wie ein schiefes Grinsen zu erahnen.

Ariel packte die Schwerter zusammen, schob den Hocker beiseite und bedachte den Stammesfürsten mit einem letzten Blick, einem letzten stummen Nicken, bevor er durch die Tür ins Freie trat und feststellte, wie gut der Frühling roch. Nach Regen und Freesien. Nach Hoffnung, Veränderung und Zukunft. Ariel betrachtete den Ring in seiner Hand, bevor er ihn an den mittleren Finger seiner rechten Hand steckte und die frische Luft tief einatmete. Dann verstaute er die Schwerter in der Satteltasche seines Pferdes, sprang auf den Rücken des Hengstes und jagte durch das Tor von Lahn. Er ließ das Niederdorf hinter sich und ritt in die Lahnwälder. Erst nach einer ganzen Weile drosselte er die Geschwindigkeit seines Pferdes und sah hinauf in die Baumkronen, zwischen denen die müde Frühjahressonne tanzte. Ein Adler kreiste mit riesigen Schwingen über ihn hinweg und Ariel bewunderte die bedrohlich anmutende Eleganz, die von diesem Tier ausging. Er spürte Blancas Nähe und schloss die Augen. Denn er wusste, wenn er sie wirklich erblicken würde, dann würde er vergessen, wer sie einmal für ihn gewesen war. Die Erinnerungen an Blanca waren mehr als nur erträglich. Sie wärmten sein Herz, brachten es zum Stolpern. Aber ihre Anwesenheit würde diese Illusion zerstören. Sie würde den Schmerz zutage fördern, für den er zu töten bereit war. Und so betete Ariel stumm, Blanca möge im Verborgenen bleiben und in jenem Teil seines Herzens, den er verschließen konnte.

Lautlos trat Blanca hinter einem Baumstamm hervor und ihr Blick glitt von dem Adler im Himmel, hinunter zu dem Krieger, der an ihr vorbeigeritten war. Mit leerem Blick starrte sie in seinen Rücken, so lange, bis er zwischen den Bäumen verschwand. Ihr Herz hämmerte wild gegen ihren Brustkorb. Sie verstand die Zeichen. Der Adler kreiste noch immer über Ariel. Irgendetwas aus Thalél Malis hatte überlebt. Es hatte den Weg nach draußen gefunden. Und jetzt lauerte es auf den Tag, an dem es aus der Dunkelheit heraustreten und sein Gesicht zeigen würde.

Das hier war nicht das Ende.

Es war der Anfang.

Ende Band 1

Man sagt, Liebe sei unsterblich.
Aber in der Unsterblichkeit,
in welcher alte Schulden neues Unheil bringen,
aus Verbündeten Gegner werden und der Feind
ein Vertrauter,
wo die Zukunft im Dunkeln liegt
und die Hoffnung einzig darin besteht,
dass du aufgibst, was du am meisten begehrst,
wird das Ende nur eines überdauern:
die Liebe oder die Unsterblichkeit.

„Ob Ihr es glaubt oder nicht, jeder Unendlichkeit eilt der Tod voraus. Sterben ist äußerst schmerzhaft. Auch für mich. Dann wieder das Reich der Lebenden zu betreten fühlt sich an, als würde mein Körper so lange brennen, bis er über und über mit Narben bedeckt ist, die sich unter jeder noch so kleinen Bewegung bis zum Zerbersten spannen. Und ich *warte* förmlich darauf, dass es meinen Körper zerreißt." Der Schattenkrieger legte seinen Kopf etwas schief und betrachtete die Königin lauernd. „Aber dieser Moment kommt nicht. Stattdessen zerreiße ich jemanden, um mich von diesen unsäglichen Schmerzen zu befreien. Ich zerreiße jemanden, der *nicht* wieder auferstehen wird. Jemanden wie Euch, Neyla von Thalél Malis."

Begriffsklärung

Die Bezeichnung **Tusjo** für Hexe oder Geist stammt aus dem Westgermanischen. (Quelle: Wiktionary)

Als **Gydhja** bezeichnete man bei den Germanen Priesterinnen. (Quelle: Fandom, Mittelalter-Wiki)
In TM werden auch Priester als Gydhja bezeichnet.

Das **Sumbel** war ein bedeutender ritueller Umtrunk bei den Germanen. (Quelle: Wikipedia)
Der in TM dargestellte Ablauf des Sumbel ist rein fiktiv.

Baduhenna ist eine germanische Göttin der Friesen. Um die Funktion der Göttin klären zu können, wurde der erste Teil ihres Namens, Bad- zu germanisch **badwa (=Kampf**) gestellt. Baduhenna wurde daher als eine Kriegs- oder Kampfgöttin gedeutet. (Quelle: Wikipedia)
Der in TM dargestellte und als Badwa erwähnte Zweikampf auf Leben und Tod ist rein fiktiv.

Eine Volks- oder Gerichtsversammlung nach alten germanischem Recht wurde als **Thing** bezeichnet (Quelle: Wikipedia)
Der in TM dargestellte Ablauf eines Things ist rein fiktiv.

Skullhain ist ein frei erfundener Begriff, welcher in TM für ein anartisches Ritual steht, bei welchem aus Jungen Männer werden.

Der Oktober, die herbstliche Zeit des Welkens und Vergilbens wird auch als **Gilbhart** bezeichnet. (Quelle: Wikipedia)

Vidar (Krieger des Waldes) rächt in der nordischen

Mythologie seinen Vater Odin, indem er dem Fenriswolf mit einem besonderen Lederschuh in den Rachen tritt. (Quelle: Wikipedia)

In TM steht Vidar fiktiv für den Gott der Rache. Das Vidar stellt ein Blutracheritual dar.

Kwasir zählte zu den Wanen und wird als **Gott des Wissens** bezeichnet. (Quelle: Wikipedia)

Nachdem TM 1 fast vollständig lektoriert war, stellte ich beim zufälligen Googeln fest, dass es das Volk der **Anarten** tatsächlich gab. Wikipedia weist die Anartier als eine antike Ethnie aus, welche zwischen dem 1. und 2. Jahrhundert im heutigen Ungarn und Rumänien lebte.

Das in TM als Anarten bezeichnete Volk ist rein fiktiv.

Jordanes hingegen war ein spätantiker römisch-gotischer Gelehrter und Geschichtenschreiber des 6. Jahrhunderts. (Quelle: Wikipedia)

In TM ist Jordanes ein Königreich.

Gebo, **Othala** und **Naudiz** sind germanische Runen. Sie bedeuten so viel wie Gabe/Geschenk, Erbe und Schicksal/Widerstandskraft. Die von der Othalarune abgeleitete Odalrune wurde im Zweiten Weltkrieg u. a. von der HJ als Kennzeichen verwendet und zählt daher in Deutschland zu den verbotenen Symbolen. (Quelle: Wikipedia)

Mein Dank gilt Guido Zander für die zur Verfügung gestellten Informationen, an welche das beschriebene Hochzeitsritual angelehnt ist.
Nähere Informationen findet ihr hier:
www.drangur.de

Danksagung

Ich hatte das unglaubliche Glück, dass viele der Menschen, die an der Entstehung von TM beteiligt waren, ein Teil meiner Freundesfamilie sind und alle Höhen und Tiefen dieses Projektes hautnah miterlebt haben. All diesen Menschen möchte ich für ihre Geduld danken, ihre Zeit und das Herzblut, das sie in TM investiert haben, sowie für ihre Freundschaft. Wenn ich der Herzschlag von TM bin, dann seid ihr die Seele von TM: Bianka Riede (Komplizin der ersten Stunde, Testleserin, Designerin des TM-Logos sowie kreativer Kopf sämtlicher Merchandising-Artikel), Anna (Cover, Titelbilder, Lesezeichen, Postkarten, Vollblutbloggerin bei *Fuchsias Weltenecho*), Teja (Lektorat, Vollblutbloggerin bei *Gwynnys Lesezauber*), meine Autorenschwester Vero und ihre Lebensgefährtin Tasmin, Jasmin von *Bücherleser* (Vollblutbloggerin, Produzentin des TM-Buchtrailers), Nicci von *Trallafittibooks* (Vollblutbloggerin), Stephanie von *StAnni's Living Books* (Vollblutbloggerin, TM Merchandising), Aurelia L. Night (Autorenschwester, Buchsatz und Vollblutbloggerin), Jennie von *Die Buchmaid* (Vollblutbloggerin), Kerstin von *Booknerds by Kerstin* (Vollblutbloggerin) und meine Autorenschwester Sylvia Steele.

Liebe Jessica, du hast TM aufgefangen und mit viel Engagement dorthin geführt, wo jeder Autor sein Werk wissen möchte: In guten Händen. Ich danke dir für alles. Die Zusammenarbeit mit dir ist mir ein innerliches Rodeo.

Mama und Papsch, ich danke euch für jedes vorgelesene Buch meiner Kindertage, das den Wunsch in mir weckte, eigene Welten zu erschaffen.

Dietmar und Barbara, Andreas und Petra, Chrissi, Frieda, Sassi, Mariechen und Steph – Danke für all eure Unterstützung, das Aushalten meiner Euphorie, den Zuspruch und euren Glauben an mich.

Freumda.

Das erste Projekt unter einem Verlagsdach ist etwas Besonderes.

Nicht nur für einen Autor, sondern auch für einen Coverdesigner. Anna dankt ihrer Familie und ihren Mädels für die Unterstützung und ihren festen Glauben daran, dass ihr Talent und Gespür für Bilder und Design irgendwann durch einen Verlag Anerkennung findet.

Und dann ist da noch meine liebste Teja, die mit dem Lektorat an TM erstmals für einen Verlag tätig werden durfte. Auch sie ist nicht nur stolz darauf, sondern voller Dankbarkeit für die Menschen, die immer an sie geglaubt haben: Ihre Oma, ihr Mann und Mel.

Der letzte Satz geht an meinen Sohn: Mommey ist fertig mit dem Buch, mein kleines Universum. Jetzt fahren wir erst einmal an die See und bauen Thalél Malis in den Sand. Ich liebe dich!